Thomas Klugkist

Hanna und Sebastian

Thomas Klugkist

Hanna und Sebastian

Roman

C. H. Beck

Gesetzt aus der SwiftEF bei Fotosatz Amann, Memmingen
Druck und Bindung: GGP Media GmbH, Pößneck
Umschlagabbildung: Silhouetten, © Ocean/Corbis 42-26763990;
Coka/Fotolia 19469537
Umschlaggestaltung: Anzinger/Wüschner/Rasp
Gedruckt auf säurefreiem, alterungsbeständigem Papier
(hergestellt aus chlorfrei gebleichtem Zellstoff)
Printed in Germany
ISBN 978 3 406 65960-7

www.beck.de

Für
Susanne und Tristan

Teil 1

23. Juni 2000 bis 9. September 2001

Berlin, den 23. Juni 2000

Liebe Hanna,

was für ein Traum! Ich kann ihn schon fast nicht mehr glauben, wie damals nach unserem Club-Abend, als ich immer unsicherer wurde, ob wir uns wirklich verabredet hatten. Wenn ich mich an unseren Tunnelblick auf der Tanzfläche erinnerte, den Stolperlauf an die Isar, an unser bestirntes Gespräch über Freundschaft, mein Geständnis ... dann beschlich mich immer wieder dieses dumme Gefühl, ich hinge einer bloßen Wunschvorstellung nach, schließlich hatte ich mal auf eine sehr komplizierte Art von dir geschwärmt. Und wenn ich dann auch noch an unsere Umarmung zurückdachte – *wir* uns umarmen! – und an diese utopische Verabredung über eine ganze Dekade hinweg – als ob auch *du* Angst bekommen hättest, das Leben könnte uns zu schnell auseinandertreiben! –, dann war ich im Gegenteil fast sicher, dass ich nur eine schöne und berauschende Vision dieses außergewöhnlichen Abends abgespeichert hatte.

Erst bei Claudia in Hamburg, ein oder zwei Jahre später, als wir uns zum ersten Mal nach dem Abi zufällig wiedergesehen haben – erinnerst du dich? ... Du hast mich von deiner Holzbank herab so umtunnelt angesehen wie im *Ouroboros* und, weil ich dir irgendeinen Witz etwas herzlos zurückgegeben hatte, in königlicher Empörung *Und das, wo wir im Worte sind!* ausgerufen, dazu deinen eleganten Fuß im schönen Bogen auf meinem Knie abgestellt ... sehr selbstverständlich, sehr besitzergreifend und sehr verwöhnt, du hattest ja sowieso schon einen Menschen und Mann im Arm ... Erst da *wusste* ich, dass ich unsere Verabredung nicht herbeiphantasiert hatte.

Ich hoffe, du verzeihst mir, dass ich überhaupt jetzt darüber spreche. In Rom hatte ich noch das Gefühl, dass wir den Zauber durch jede Reflexion gefährdet hätten, dass wir alles erst einmal zurück in die Schwebe unserer Isar-Weltennacht und deiner schönen Geste bringen mussten. Nur so konnte es offen bleiben, *mehr* als denkbar ... Aber nachdem wir uns jetzt gefunden haben, werden wir nichts mehr kaputt machen, glaube ich, sondern auf Dauer nur gewinnen, wenn wir alles, was wir tun, *in echt*, im vollen Bewusstsein und im Lichtkegel der Sprache tun. Was meinst du? War es denn nicht das, was die Tage so reich, so frei gemacht hat, dass wir uns, von den Bedingungen unseres Treffens einmal abgesehen, ausnahmslos *alles* sagen konnten? Dass wir sonst *gar nicht* befürchten mussten, Entscheidendes im Geplapper an die Luft zu setzen, sondern sicher sein konnten, dass es weiterhin gut und sogar besser aufgehoben war, weil jetzt *zwei* darauf aufpassten? ... Ich fände es schön, wenn wir es weiter so halten und anfangen könnten, auch über uns selbst ohne Angst zu sprechen.

Im Übrigen war ich von dir und Rom schier überflutet. Ja, wirklich! Ich hatte mir ja die Stadt wegen unseres Zehn-Jahres-Projektes aufgespart; ausgerechnet *diese* Stadt hatte ich nicht betreten dürfen. Als es dann losging, war ich gleich doppelt gespannt, als Mensch *und* Historiker – und schon bei durchschnittlicher Empfänglichkeit ist Rom eine Überforderung, hat es zu viele und zu gut erhaltene Reize.

Ich frage mich, wie ich alles gleichzeitig machen konnte! – Gehen und schauen und riechen und hören, in historische Tiefenschichten hinunterblicken, Gegenwartsmenschen ausweichen, Straßenschilder lesen, Häuserschluchten einsehen ... dazu verdauen, meine Körpertemperatur regeln und mein Immunsystem in Gang halten ...

Hast du dieses männliche Multitasking überhaupt bemerkt!? Und trotzdem hatte ich immer noch die Muße, mit dir in diesem Kokon der Aufmerksamkeit zu wandeln, der alles andere gedimmt und auf Distanz gehalten hat. – Vielleicht kommt daher das Traumhafte, Unwirkliche …

Oder hast *du* noch die geringste Erinnerung an das, was sich zum Beispiel an dem Abend vor dem Pantheon ereignet hat, als wir dort gegessen – *schlecht* gegessen – und auf die Piazza della Rotonda geschaut, dazu noch einem Sänger zugehört haben, der wahrscheinlich *Nessun Dorma* und ähnlich widerstandsfähige Gassenhauer zum Besten gegeben hat? … Ich nicht! Für mich ist das Ganze ein stummes, geschmacksneutrales Standbild, verstehst du?, und nur du neben mir bewegst dich, gibst Wärme ab, duftest dezent und sprichst. Sehr eigenartig … Wahrscheinlich hat Rom für mich bis ans Ende meiner Tage vor allem *dein* Gesicht und *deine* Sprache – was wohl auch der Grund dafür ist, dass mich meine Studenten, wenn ich das antike Leben schildere, jetzt so misstrauisch ansehen … Lehrbeauftragte sind ohnehin schon unzuverlässig genug. Es scheint, als würde ich das Grenzverwischte, Grenzöffnende im Zusammenhang mit dir nicht los.

Aber ich *glaube* jetzt, dass wir da waren. Das Schreiben hilft. So, wie ich inzwischen glaube, dass schon vor zehn Jahren an unserem *Ouroboros*-Abend etwas zwischen uns «geschehen» ist. Ich verstehe nur nicht, warum wir uns in all der Zeit nicht verabredet oder wenigstens gesprochen haben.

Ich muss gleich anfangen, hier auf meinem Schreibtisch die Papiergipfel abzutragen. Die Rom-Woche fehlt mir hier, das deutsche Kaiserreich verlangt wieder meine ganze Aufmerksamkeit. Aber ich hoffe, du bist ebenso gut nach Hause gekommen wie ich, hast diesen allzu jungen Menschenmann im hellen Jackett noch abgeschüttelt, bist erfüllt wie ich, schreibst mir bald – und bist mir nicht böse, dass ich das Schweigen breche und die nächsten zehn Jahre bis Athen nicht in so künstlicher Verknappung wie die letzten verbringen möchte…

Herzlich und in Sorge, Sebastian

München, den 28. Juni 2000

Lieber Sebastian,

von Bosheit keine Rede! Natürlich freue ich mich, von dir zu lesen! Von dir und über uns! Die Tage mit dir waren *so* schön – ich mag mir gar nicht vorstellen, dass ich mich noch einmal… wie hast du geschrieben?… – dass gar *du* dich noch einmal künstlich «verknappen» könntest. Bitte *denk* nicht einmal daran! Ich möchte dich überhaupt nicht mehr missen und werde – hiermit sei es versprochen – entschieden allergisch reagieren, wenn du dich wieder so ärgerlich und übrigens ganz unnötigerweise entziehst.

Denn um die Wahrheit zu sagen (und das tue ich *gar* nicht gern!): Mir ging es ganz genauso. Ja, da brauchst du gar nicht wieder so ungläubig zu schauen: Wirklich! – Vielleicht hätten wir vorher doch *einmal* miteinander reden sollen, meinst du nicht? Nur ein klitzekleines, Sicherheit spendendes Wort? Warum hast du dich denn überhaupt so männlich über all die Jahre beherrscht? Obwohl du von mir, wenn auch auf eine sehr komplizierte Art, geschwärmt hast, wie du behauptest? Ich meine: Ich wäre ja damals bei Claudia… – ob ich mich erinnere, fragst du?! –, ich wäre ja *froh* gewesen, wenn ich nicht solche *Stiel*augen hätte machen müssen, Stielaugen, dass man mich für Marty Feldmans leibhaftige Tochter hätte halten können. So viele Zaunpfähle und elegante Füße, wie es für dich brauchte, gibt es ja gar nicht! Von meinen eigenen bescheidenen Möglichkeiten, damit auch noch zu winken, ganz zu schweigen… Immerhin, nächste Woche fange ich wieder mit dem Yoga an!… Aber was mich viel mehr beschäftigt: Was für ein «Geständnis» meinst du denn? Ich zermartere mir mein Hirn und walke und wringe es und komme einfach nicht drauf! Und dass ich dich damals umarmt habe, entschuldige bitte, weiß ich auch nicht mehr. Nur eben, dass wir Angst hatten, einander zu verlieren – woher nur auf einmal? – und darum zur Sicherheit unsere grandiose Verabredung für Rom trafen… Ach, warum soll ich mich noch länger quälen. Aufklärung bitte!

Ansonsten: Ja, die Rückfahrt aus unserem Traum war ausgesprochen kurzweilig. Der Menschenmann, wie du ihn nennst, der kein Mannmann war wie du, sondern wirklich vor allem jung und sogar ein *bisschen* hübsch – vor allem, wenn er lachte, das konntest du nicht mehr sehen, sein prachtvolles, schmuckes Gebiss –, dieser Mannesmensch in seiner donjohnsonhaften Aufmachung, mit dem hellen, gerefften Jackett über dem T-Shirt und der hochgeklappten Sonnenbrille, hat mir sehr wohlerzogen mit dem Koffer geholfen und mich über Stunden gut unterhalten. Nicht wie du, keine Sorge, nicht so tiefschürfend und gleich tonnenweise goldfördernd, übrigens auch überhaupt nicht anstrengend, dafür aber sehr aufmerksam – ja, mein Gott, ich bin eben von Natur aus dankbar! –, gänzlich unverpflichtend und sehr farbig… – weil er nämlich Rom ganz scheußlich fand, eine, wie er meinte mir auseinanderlegen zu müssen, sedimentierte Missgeburt, eine Marktschreierin und überschminkte Hure, eine Hehlerin des hängenden Fleisches undsoweiterundsofort… – Nunja, es ist nicht zu leugnen, er war eben sehr jung. *Blutjung* und extrem in seinen Vorstellungen vom Leben und ganz eigenartig in seiner Gestik, fällt mir dabei ein. Jetzt, meine ich, da du mich fragst… Denn zu jeder Bewegung gab es eine Gegenbewegung, einen balancierenden Ausgleich: Wenn der Kopf mit dem linken, sich öffnenden Arm mitgegangen war, zog er bald zwanghaft wieder nach rechts. Wenn er die Beine anzog und die Knie auf die Zehenspitzen hob, dauerte es nicht lange, bis er die Fersen aufsetzte, den Rücken durchstreckte und diskursiv Haltung annahm. Es war *Spannung* in ihm, in seinem Körper, ein ständiges Dehnen und Sichzusammenziehen unsichtbarer Gummibänder... ein *körperlicher Sinn fürs körperliche Ganze*... Ich habe ihm wirklich gern zugesehen. Und immer weiter zugehört, wie er im Gegensatz zu Rom «sein» Florenz rühmte – er reklamierte doch tatsächlich *diese* Stadt für sich allein –, als die vollkommene, die erhaltene Stadt, als das ewige steinerne Versprechen, begeisterte sich an den ringenden Sklaven in der Academia, mit dem Fluchtpunkt im befreiten David... Ich fürchte, ich fürchte, ich bin eingeschlafen, während er weiter erzählte. Weiß der Himmel, was er an meinen erschlafften, entglittenen Gesichtszügen, wahrscheinlich an meinem offenen Mund, meinem Sabbern und womöglich Schnarchen so inspirierend fand.

Ich bin auch jetzt so furchtbar müde! Bis *dahin*! Sei mir nicht böse, ich wollte dir nur schnell schreiben und dich ermuntern, mir ganz, ganz viel, viel mehr zu schreiben! Jedenfalls *überhaupt nichts mehr* zu verschweigen! Morgen habe ich Frühdienst, was sich sehr lebhaft anhört, aber ein leidiger Konzeptionsfehler dieses Berufes ist, was sage ich: die eitrige Stelle an seiner Wurzel. Also säume nicht, sondern schreib mir bald und tröste mich! Ist es, nebenbei, nicht verräterisch, dass ich bei dem fernsten Gedanken an meine Arbeit sofort an Eiter denke? Findest du das nicht auch ein bisschen tragisch? Schreib und lass mich vergessen!

Deine Hanna

P. S.: Schön, dass du auch so gern das eine oder andere im Schriftbild hervorhebst! Da habe ich sofort auch dein Gesicht und deine Hände vor Augen und deine Stimme im Ohr… – und fühle mich selbst nicht mehr *ganz* so unfähig, allein durch meine Wortwahl zu sagen, was ich meine…

P. P. S.: Herzlichen Glückwunsch!

Berlin, den 3. Juli 2000

Meine Lieblingshanna,

du weißt, wie gern ich dir jeden Gefallen tue! Nur zweifle ich, dass es schon deinem beruflichen Vergessen dient, wenn ich einer kleinen privaten Erinnerung auf die Sprünge helfe… Mein Geständnis… – ich hätte es nicht so nennen sollen, jetzt ist die Erwartung natürlich groß. Aber hast du denn diese… *Erweckungsszene* – ich trete entschlossen die Flucht nach vorne an – wirklich *gar* nicht mehr im Kopf? Für mich bedeutete sie eine echte Befreiung, ein echtes Aufleben nach dem gegenseitigen Strangulieren, gegenseitigen Atemrauben im ersten Jahr unserer Freundschaft. Ich sehe, wie sich deine Augenbrauen düster aufeinander zu bewegen… Schon gut, schon gut, du willst es und zwingst mich, mein Sätzchen noch einmal aufzusagen…

Also. Wir haben uns damals ziemlich häufig getroffen, so weit herrscht doch wahrscheinlich Einvernehmen? … Wir waren im Sommer am See, wenn du dich erinnern magst, und danach in der italienischen Eisdiele, haben im Winter zum Kaffee süße, noch heiße und klitschige Hefebrötchen gegessen, waren Schlittschuh laufen und haben Altbierbowle mit Dosenfrüchten getrunken. Wir sind spazieren gegangen, ins Kino und sogar für ein paar lächerlich naive, aber schön bunte Bilder zusammen nach Kochel am See gefahren, mit deinem alten Golf, ins Franz-Marc-Museum… Und wenn ich mich nicht täusche, waren wir auch grundsätzlich und immer verschiedener Meinung, haben uns leidenschaftlich gestritten, sofern du überhaupt bereit warst, deine eigensinnigen Gründe offenzulegen, haben umständliche Selbsterklärungen abgegeben und trotz verweigerter Zustimmung immer weiter begeistert geredet und geredet… und es blieb unklar, meinem Eindruck nach, worauf es mit uns hinauswollte, worauf ich mit dir und du mit mir. Und das eben wurde mir zunehmend unbehaglich. Dir nicht? Ich meine, kannst du dich denn *gar* nicht mehr erinnern? Auch jetzt nicht? Wer sagte noch: Ich habe mehr vergessen, als du jemals wissen wirst?… Man begrüßte sich auf Entfernung, man bemühte sich, den anderen nicht zu berühren, wenn man einander Zigaretten oder Tabak anbot, Geld in die Hand zählte, nebeneinandersaß, aneinander vorbeiging… Ein einziger Krampf. Und dabei war es ja nicht so, dass du mir nicht gefallen hättest – wem hättest du *nicht* gefallen? – und dass ich dich nicht irgendwie klasse gefunden hätte, und da hielt ich es eben für nötig, die Dinge beim Namen zu nennen und die Art unseres Kontaktes zu definieren. Grenzen zu ziehen. Ich sagte dir darum auch nichts anderes, sondern genau das: Dass du mir gefielst, dass ich dich sogar anziehend und richtig klasse fand – aber dass du mich trotzdem *erotisch überhaupt nicht interessiertest*. Und während ich erwartete, dass du mir Bauernlümmel die Mütze vom Kopf schlagen würdest, überkam ein Leuchten deine Augen, und du riefst: Sebastian!! *So etwas Nettes hat mir ja noch niemand gesagt!* Und du umarmtest mich, vollkommen rückhaltlos und ungescheut… und zum ersten Mal. Wie gesagt: Plötzlich hatten wir eine unbefangene Nähe.

Ja, so war das. Zumindest wenn ich dem glauben darf, was ich mir immer wieder gern erzähle. Mein Geständnis und deine Absolution. Und der eigentliche Beginn unserer Freundschaft, soweit du mich fragst. Nach dem Präludium. Zugleich der Beginn der großen Pause, des großen Schweigens. Als wäre es nun nicht mehr nötig oder möglich gewesen, zu sprechen und zu streiten … weswegen ich ja auch in Rom nichts mehr gesagt habe. Aber ich finde immer noch, dass wir das, was wir tun, erklärtermaßen tun sollten, und bin sehr froh, wenn du das auch so siehst. So. Jetzt du.

Hast du übrigens Aktien gekauft? Zurzeit scheint ja niemand mehr ein anderes Thema zu kennen. Sebastian, raunt und zischelt es mir alle paar Tage in die Ohren, du musst bei dem Börsengang dabei sein, das ist eine *Geldmaschine*, noch am selben Tag verdreifachst du, und dann geht es erst *richtig* ab. Ende des Jahres hast du einen Lamborghini. Und dann sage ich irgendetwas Langweiliges, wie zum Beispiel, dass ich Lamborghinis peinlich finde, dass irgendeiner am Ende die Zeche zahlt, das ist ein Kettenbrief, die Letzten beißen die Hunde, auf dass es den Ersten gut ergehe und sie lange leben auf Erden. Und dann werde ich für moralisch vergestrigt erklärt … – Dabei sieht es momentan ja ganz so aus, als ob der Rausch schon zu Ende ginge. Es kursieren erste «Todeslisten», die Dementis werden heftiger …

Corinna hat ihre Promotion überstanden und ist überglücklich! Meine Mutter auch, und noch auf der Promotionsfeier hat sie ausgerufen: Ach, Kind, wenn du mal erst Professorin bist! … Ich weiß nicht, warum ihr Ehrgeiz keine Erholung kennt. Vielleicht aus demselben Grunde, aus dem du bei der geringsten Unlust den Eiter bemühst. Der Mensch will Freiheit, will allen Ernstes Auslauf. Was sich als Hindernis in den Weg stellt, wird überwunden, weggeleugnet oder zur Pest erklärt. Wobei mich viel nachhaltiger irritiert, dass du ja gerade mit den körperlichen Widrigkeiten so viel Geduld beweist und ergo von Tragik gar keine Rede sein kann. Was ist es denn eigentlich, was dich innehalten und *hin*sehen lässt, wo ich aus einem sehr natürlichen Impuls und haltlos mit den meisten meiner Mitmenschen die Flucht ergreife? …

Und dann wiederum die Freude an den Jüngelchen! Was eigentlich ist an einem Mannmann auszusetzen? Ich meine: über die kantigen Kiefer, den Brustpelz, den scharfen Geruch, den überdimensionalen Schw… hinaus?!… Und warum schreibe ich das Wort nicht aus? Was hast du dagegen einzuwenden? Sollten wir nicht doch noch ehrlicher sein? Und du erzählst mir beispielsweise, was du an einem savonarolahaften Moralisten im hellen Jackett so unterhaltsam findest? Oder vielmehr: welcher Art die Spannung sein muss, die dich aus der Zeit nimmt?

Fragen über Fragen… – auf deren Beantwortung ich mit wachsender Verstimmung warte…

Viel Spaß beim Yoga, vielen Dank für deinen Geburtstagsgruß, schreib schnell auch du! Und lass mich begreifen.

Herzlich dein Sebastian

P. S.: Das ist keine Unfähigkeit. Die Schrift, die kann das Sprechen nicht, es sei denn, man *begabt* sie dazu. Aber unterstreichen und fetten und kursivieren, das ist alles nicht nur Bild und Ton und Situation. Man holt damit auch aus der Sprache, was in ihr versunken ist, nimmt sie wieder ernst und traut ihr etwas zu, lässt sie über sich hinauswachsen…

München, den 11. Juli 2000

Mein Sebastian,

sehr geschickt. Mein Kompliment! Erst eine historische Beleidigung zu erneuern und dann umso effektvoller eifersüchtige Wertschätzung aufzubauen… Aber, wie soll ich sagen… Lass mich nachdenken ... Ich habe *Zweifel!* ... – Zweifel, dass deine Erinnerung dich nicht trügt. Dass du *mich* nicht trügst (du *hörst* mich, *jetzt!* ...), indem du dich angeblich so gut erinnerst oder so weise vergisst. Denn wenn du mich fragst – tust du das eigentlich? –, dann hast du damals gesagt, dass du ... warte! ... – dass du noch nie für einen Menschen so klar wie für mich Freundschaft empfunden hast. Ja, ich verwette meine Hände, *genau das* hast du gesagt. Mag ja durchaus sein, dass du mir damit vermitteln wolltest, es sei *nicht mehr* als das. Das kann ich mir sogar sehr gut vorstellen, nach allem, was du jetzt ausführst und was ich gar nicht gern lese, das kann ich dir sagen. Verstanden aber habe ich damals: Es war *nicht weniger* als Freundschaft. Freundschaft ohne Abstriche und ohne Einschränkungen. Die reine Wohltat, *kein* Geständnis. *Darum* habe ich dich umarmt. – *Wenn* ich dich umarmt habe und gar noch zum ersten Mal ... Weil ich anderer Meinung sein durfte, biestig und bissig und schroff, was ich immer noch sehr gerne bin, und du mich *trotzdem* mochtest. Vielleicht sogar deswegen. Und weil wir uns trotzdem das Wort gaben. Solche Krämpfe dagegen, von denen du berichtest, habe ich weder vorher noch nachher gespürt ...

Tust du das eigentlich? Mich mögen? *Obwohl und weil* du mich kanntest und kennst? Tat ich überhaupt recht daran, dich so zu umarmen, wie du dich erinnerst? ... Nur heraus mit der Wahrheit, an der dir angeblich so viel gelegen ist!

Denn Zweifel habe ich auch, was deine Jüngelchen-Phobie betrifft. Denn wenn du mich damals und jetzt so vollkommen erotinfrei in meiner menschlichen Klasse betrachtest, wie du zu deiner und meiner Entlastung sagst, warum lässt du mir dann nicht meinen Spaß? Soll heißen: mein interesseloses Wohlgefallen an einem kompromisslosen Ästheten? Ein interesseloses Wohlgefallen übrigens, das ich bei Gelegenheit auch gern auf seinen Schw ... ellkörper ausdehnen würde? Natürlich nur, sofern der hält, was der ganze Mensch verspricht, und *so* viel sollte das schon sein... Wie auch immer, nur rundheraus. Sag, was du zu sagen hast, keine Schranken.

Ich habe, fällt mir da ein, einen weiteren Menschen kennengelernt. – Wenn ich dir das erzählen darf, ohne dass du großzügig zensierst oder dich gar auf *meine* Zensur berufst... Nein, ich werde es ganz einfach tun, damit musst du nun also zurande kommen. Ich spreche von einem hübschen Zivi, der bei uns in der Schwabinger Pathologie seinen Dienst verrichtet, einem kurzhaarigen Existenzialisten mit langen, geschmeidigen, athletischen Gliedern. Braun gebrannt, ein südlicher Typ, mit Boxernase, dick gepolsterten Lippen und leuchtenden Zähnen und, was das Wichtigste ist, mit einem *hinreißenden* Humor. Wenn er grinst, schmelze ich dahin, wenn er lacht, schüttelt es mich mit. Du hättest auch deine helle Freude. Wie der erste Kontakt stattfand? Du willst es doch wissen und deine Phantasie damit unpassend ernähren? Vielleicht sogar *ungesund*? Nun: So profan, wie nur irgend möglich, in der überfüllten Kantine. Ich saß allein, weil ich spät dran war, und er fragte mich, ob der Platz neben mir frei sei. Ich sagte eher fahrig, wie ich eben manchmal so bin: Ja, natürlich. Und aß weiter. Und er: Vielen Dank. Ich, ohne aufzusehen: Keine Ursache. Woraufhin er fragte: Nicht? Ich werde trotzdem nicht aufhören zu hoffen, dass es da *irgend*etwas gibt... – Was ich so einfach und nett und charmant fand... – eigentlich nur: so *wohlerzogen* –, dass ich dann doch aufsah und höflich versuchte, seinen Gedanken über Kleist und dessen komische Marionetten, über ihren inneren Schwerpunkt als Ausgangspunkt aller Bewegung zu folgen. Als gäbe es kein besseres Thema, um sich zwanglos kennenzulernen! Vielleicht *gibt* es keines... – Ich habe darum sogar angefangen, diesen stotternden Pedanten und Maximalisten und Gefühlsextremisten zu *lesen*... Denn Markus, so heißt tatsächlich mein Krankenhausliterat, treffe ich mittlerweile fast jede Woche, ich meine: außerhalb der Kantine. Natürlich ist auch er zu jung für mich. Natürlich *entsage* ich. Seinem athletischen Oberkörper, seinen wunderbaren Schlüsselbeinen, seinen muskulösen Hinterbacken (ich habe ihm beim Tischtennis mit den anderen Zivis, oben im Zentralröntgen zugesehen ...). Ich entsage *allem*.

Rebecca ruft gleich an, ich muss Schluss machen. Sie isst überhaupt nichts mehr.

Deine Hanna

Berlin, den 14. Juli 2000

Meine Lieblingshanna,

verzeihst du mir? Verzeihst mir, wenn ich dir versichere, dass ich damals genau das gemeint hatte, was du verstanden hast? Und nur voll Sorge war, dass du mich anders und missverstehen würdest? Schon vorher, als ich mich an dir vorbeidrückte, weil du es ja gewohnt sein musstest, dass Jungen angeblich mehr, *tatsächlich viel weniger* von dir wollten? Weil diese Art der Annäherung einfach viel zu erwartbar war? Weil ich, um zu deinem Eigentlichen zu kommen, deine unleugbaren leiblichen Vorzüge erst einmal übergehen musste?

Das hört sich merkwürdig an, ich weiß. Ich würde auch nie wagen, derart Durchsichtiges zu schreiben, wenn du mich nicht durch dein freies, interesseloses Gerede dazu ermutigt hättest. Denn es ist ja tatsächlich so, dass es eine Art der Schönheit gibt, im Sinne des formalen Regelmaßes, eine Symmetrie und Glätte, dass es Düfte und Klänge und geschmackliche Wohltaten gibt... – eben eine Schönheit, die mich gerade als *Selbstzweck* versöhnt und zugleich verstört. Die, um es noch klarer zu sagen, nur dann, wenn sie unerreichbar bleibt und die *Berührung ausgeschlossen* ist, auf meine ganze Sympathie rechnen kann. Sie *muss* für sich bleiben, wenn ich mich ihr hingeben soll. Und um mit der Ehrlichkeit voranzugehen – ich finde immer mehr Gefallen an dem Gedanken –, deine leibliche Existenz, dein Körper hat durchaus diese Vorzüge in meinen Augen. Er ist für mich nicht tabu, das meine ich nicht, dann wäre sein Reiz, seine Anziehungskraft unendlich … – ich kann und will ihn gar nicht berühren. Was ich berühren kann, berühren will, das ist nicht mehr und nicht weniger als deine *Seele* …

Genug davon. Und auch wieder nicht. Denn ich frage mich mittlerweile: *Wie ehrlich kann man sein?* Wie ehrlich, ohne sich schöner zu machen, kraftvoller, idealtypischer, bedeutender, komplizierter, aber auch erschreckender oder verworfener, Hauptsache *größer und reicher,* als man ist? Was mich übrigens wieder an deinen Ästheten erinnert, der offenbar auch nur auf das *große Ganze* ging, darunter tat er's wahrscheinlich nicht … Wer schon anfängt mit *Ehrlich gesagt* … oder *Wenn ich die Wahrheit sagen soll* …, hat die Lüge auf den Lippen. Glaubst du mir auch nur ein einziges Wort in den letzten beiden Absätzen? Auch nur einen einzigen Gedanken? Verrate ich nicht überall hinter der gesalbten Rede meine Lust und Gier? Dies oder meine Feigheit, mich vor *deinen* Augen zu meinen plastischen Bedürfnissen zu bekennen? Und doch! Und doch! … Vielleicht besteht gerade in der scheinbaren Nacktheit und Transparenz die List des Teufels? Und ich versteckte hinter dem Gestus mühsam zurückgehaltener Geilheit, die man von mir und meiner Männlichkeit gemeinhin erwartet – *erst jetzt* die Lüge! –, versteckte hinter der Fassade *eines weiteren Geständnisses* tatsächlich nur meinen jämmerlichen, ganz und gar unmännlichen Romantizismus? Der seinerseits, schockierenderweise, vollkommen *echt* wäre? Meine … unverbesserliche Naivität? … Wer weiß?! … Wer weiß! … Was ist schlimmer und damit wert, tiefer und gründlicher versteckt zu werden? … Was ist *größer* und folglich das, was ich dich besser *selbst* finden lasse? Weil man ohnehin nicht glaubt, was einem einfach so *gezeigt* wird? …

Und weil wir vernunftbegabte Wesen sind und gebildet und gefasst, gehen wir einfach weiter im Text und sprechen über die politische Großwetterlage, das richtige Rezept für Mousse au Chocolat – ohne rohes Ei! –, über die Notwendigkeit, einen globalen Bewusstseinswandel herbeizuführen – 19:30 Uhr: die Welt verbessern! –, und über unsere diebische Freude, morgens wenigstens noch fünf Minuten länger liegen zu bleiben – und *erst dann* wieder verantwortlich zu denken und zu fühlen... Verzeih mir. Nun auch noch meine Ungehaltenheit. Ich weiß gar nicht, wo ich sie heute hernehme.

Dein Sebastian

P. S.: Auch ich habe eine Schwäche für Kleist. Für den Absolutismus seiner Empfindlichkeit, das unerschütterliche Vertrauen in die letzte Instanz, die Sicherheit geben könnte, in das *innerste Gefühl*... Seine Hoffnung auf Verständnis, eine Sprache der Herzen. Denn was bleibt, wenn man das nicht mehr hat?... – Womit ich mich *nicht* für deine existenzialistische, gefühlsextremistische, wohlerzogene Gazelle ausgesprochen haben möchte.

Kuss, Kuss.

München, den 20. Juli 2000

Mein seltsamer Sebastian-Mensch,

verzeihst du auch mir, wenn ich mit dir die Schönheit preise – mich als Gegenstand deiner Betrachtung aber umstandslos und auf leisen Sohlen entferne? Denn du spielst doch nicht etwa auf meine spitzige Gesamtpersönlichkeit an? Auf mein schmales, von blutleeren Öhrchen flankiertes Mausgesichtchen mit der abgesenkten Nasenlanze und den engen, ständig verflunschten Lippen? Auf meine Spindelfinger, deren Nägel ich zu allem Überfluss und mit unverhohlener Bosheit auch noch lang wachsen lasse und wochenends zu kleinen, brauchbaren Waffen feile? Auf meine ebenfalls gemeingefährlichen Hüften, meine gänzlich verunglückten Füße – ein Lob der professionellen Fußpflege! –, ach, ich weiß gar nicht, wo du hinsiehst, wenn du so unverantwortlich und haltlos daherredest. Gut, mein Busen, der ist makellos und den Männern eine Wucht – aber wie lange noch?! Hm? Wie lange noch?! Die Größe ist bald schon ein Fluch, und die Spitzen – siehst du, siehst du, selbst hier! – hätten auch ohne den ganzen Wabbel meinen Charakter offenbart. Nein, ich weiß nicht, worauf du dich mit der Behauptung von Vorzügen beziehst, aber mein Körper kann es definitiv nicht sein.

Und meine Seele? Mein Gott, ich habe nicht die geringste Ahnung, wovon du sprichst! In der Pathologie war es eine meiner ersten Erfahrungen, dass ich unten in den Kachelkatakomben zwei dieser Blechkästen stehen sah, mit den zugezogenen Planen, unter denen auch mal ein Fuß hervorlugte. Ein gelblich verschrumpelter, wächserner Fuß, um dessen großen, hässlichen, krummnägelig verhornten Zeh sich ein schlichtrotes Gummiband zog, an dem ein Zettel hing, ich las ... Und meine erste Reaktion war nichts als blanke Empörung. *Das da*, sagte ich mir, soll einen *Namen* haben?! Das ist haltlose Biomasse, schwieriger Sondermüll, widriger Rest, aber mit Sicherheit keine Person. Und der Name bezeichnet etwas, das sich vollständig verflüchtigt oder das von mir aus einen anderen Aggregatzustand angenommen hat. Weg, das war einmal. Eine Funktion organischer Prozesse, die ungeplante, luxuriöse Eigenschaft eines biologischen Systems. Das war einmal und ist nicht mehr. Und *das* willst du von mir? Die Blume meiner Körperfäulnis? Nein, ich stelle mich neben dich und freue mich, wenn ich mich mit dir der einen oder anderen Illusion hingeben kann und wir uns mit schönen Dingen über den Gestank hinweghelfen. Aber im Vertrauen, mein Lieblingssebastian, und ganz leise von Schmalmund zu Schnörkelohr: Jenseits des Gestanks ist nichts. Nichts, was des Aufhebens wert wäre.

Und das ist auch die einzige Ehrlichkeit, die ich dir bieten kann. Die ich dir *gern* biete, so viel zu deiner Anfrage. Nur die Ehrlichkeit der Oberfläche, die tapfere Leugnung jeder Tiefe. Aber ist damit das Spiel nicht schnell zu Ende? Und wollen wir uns dann nicht lieber gleich der unendlichen Verfaltung der Oberfläche widmen? Die sich ja sogar nach innen stülpt, als Darm, als Auge und Hirn, gespeicherte Außenwelt, und dann bekannt wird unter den Namen Geist und Seele?... Meiner unerfreulichen Meinung nach gibt es nichts unter- oder innerhalb der Oberfläche. Nur ungeschützte und geschützte Haut, Haut mit kurzer und Haut mit langer Erinnerung.

Nun habe ich doch mehr gesagt und dich sehen lassen, als ich wollte. Ob es selbst nun versteckt oder aufgedeckt sein will. Und wahrscheinlich magst du mich nun auch gar nicht mehr. Aber sei unbesorgt: Weder glaube ich an deine Gier noch an deine Verseeltheit, nur an deinen Willen und deine skeptische Begabung, jedem Ding mehr als eine Bedeutung zu geben – und sie ihm zugleich und im selben Atemzug zu nehmen.

Wir diskutieren. Und so kommen wir nicht dazu zu erzählen. Was doch sowohl interessanter als auch entspannender ist! Und jetzt muss ich ins Bett. Bald also mehr.

Deine unbeschönigte Hanna

Berlin, den 25. Juli 2000

Meine Hannaschöne,

das ist doch ein wahrhaft unterhaltsames Spiel. Ich zeige mich, indem ich mich öffne, und du, noch radikaler, indem du dich verhüllst ... Und weder erwartest du, denke ich, dass ich deine Selbstbeschreibung übernehme, noch, dass ich dir widerspreche. Das kokette fishing for compliments ist deine Sache nicht, nicht hier – obwohl du es weit treibst, indem du dich mit einer Leiche in einen gemeinsamen Brief-Raum legst ... Ist dir deine eigene Körperlichkeit tatsächlich *so* fern?

Aber egal. Ich finde das Spiel wunderbar, wie gesagt. Was hältst du davon, wenn wir es jetzt immer so halten? Mit der Wahrheit, meine ich? Und schauen, wie weit wir mit ihr kommen? Ist es nicht das, worum es dem Klischee nach auch in der Freundschaft geht – dass man sich *alles* sagen kann? Keine Geheimnisse voreinander haben muss? Und dass man es einfach so sagen kann, wie es ist? Das wäre doch einen Versuch wert, oder? Ob wir schon bald einen Ehrgeiz darin entwickeln, einander mit Schlechtigkeiten oder schockierend Belanglosem oder Erschütterndem oder Verzwicktem zu übertrumpfen ... Oder ob wir der Versuchung des Versuchs widerstehen können und uns einander *zeigen und glauben* können, was wir sind – wozu ja durchaus das erschütternd Belanglose gehören kann ... Ob wir vielleicht erst dank des anderen und seiner Aufmerksamkeit auf die *Idee* kommen, was wir sind.

Und damit zu den Sachen selbst. Du hast vollkommen recht mit deinem Appell. Gestern hatte ich nämlich eine sehr interessante Begegnung – das Treffen mit dem Programmchef von 98,3, von dem ich dir am Telefon erzählt habe. Wir haben uns in einem Haus in der Reinhardtstraße getroffen, ganz in der Nähe von dpa und vis-à-vis vom Deutschen Theater, sehr passend, sehr standesgemäß, im Büro eines Internet-Unternehmens, an dem er offenbar privat beteiligt ist. Schmuckloser Sitzungsraum, je über Eck zwei weiße und zwei Glaswände, durch die etwas zu heiß die Sonne schien, an einem langen, schwarzen Konferenztisch. Er kam zwei oder drei Minuten zu spät, ein kräftiger, dabei gegerbter Typ, so groß wie ich, in einem braunen Sommeranzug, ohne Krawatte, lächelte ein Lächeln, das vielleicht noch eher eine schmerzliche Verzerrung war, gab mir eine ledrige, kompakte Maurerhand mit überpflegten Stummelfingern, entschuldigte sich, setzte sich, fragte, ob ich etwas trinken wolle – und beschäftigte sich erst einmal mit dem Mineralwasser und den Gläsern, als ob es sich um die japanische Teezeremonie handelte. Und dann saßen wir einander gegenüber, er protokollarisch mit meiner Vita, auf die er aber keinen Blick warf, immer noch lächelnd, fast schalkhaft, als hätten wir immer schon so gesessen. *Sehr* eigenartig, sage ich dir ... ein Männer-Ritual, auf das ich gar nicht stehe, geradezu archaisch, und dabei auf eine Weise konzentriert und offen und sinnlich ... Und auch unser Gespräch hatte schon wegen dieser Sinnlichkeit überhaupt nichts Feinstoffliches, sondern war in jedem Wort mit Händen zu greifen, mehr ein gemeinsames Bauen als Kommunizieren, wahlweise auch ein Abschlagen alles Überflüssigen, ja, wie bei Hephaistos und Michelangelo. Ein Arbeiten mit und im Stein, aber mit der selektiven Sensorik des erfahrenen Handwerkers. Ich hatte das Gefühl, mit jedem Satz Wirklichkeiten zu schaffen oder eben freizulegen, Wirklichkeiten bei ihrer Entstehung zuzuhören. Und am Ende war die neue Geschichts-Sendung konzipiert, unter dem zeitlosen Namen *Zeitreise*. Eine Sendung, von der er meint, dass sie schlicht unverzichtbar sei. Gegenwart sei Genuss oder Gewalt, nichts dazwischen, entweder Hingabe oder Herrschaft und Zukunft ihr bloßes Sichvorschieben und Dehnen. Freiheit gebe es darum nur in der Vergangenheit. Das hat mich sehr an *unser* Rom erinnert. «Sie müssen die Hörer aus der Versklavung ins Gelobte Land führen.» – Das sind so Sätze, die er ironisch sagt und fügt und stapelt und meißelt. «Sie müssen einmal pro Woche *Raum schaffen.*» Oder: «Ihr Thema ist jetzt das, was es ohne Sie *niemals gegeben* hat.» Spätestens ab Oktober und übrigens für zweitausend Mark pro Sendung, die ein Sponsor finanziert, eine traditionsreiche Privatbank auf der Suche nach Kunden mit langem Atem. Ein Angebot, das ich nicht ausschlagen kann, ich habe sofort zugesagt. Und er hat wieder so schulbubenhaft und zugleich schmerzensmännlich gelächelt, dass ich das Gefühl hatte, das, was wir abmachten, ein weiteres Mal per Handschlag, das, wie soll ich sagen, das ... *das gilt*. Kraft Unschuld und Pathos. Gilt *absolut*. Erstaunlich. Mein erster Charismatiker.

Wir müssen mal wieder telefonieren, fällt mir dabei auf! Obwohl ich das Schreiben wunderbar finde und damit zu mir komme. Aber das schnelle Spiel mit dir fehlt mir. Ich versuche am Wochenende, dich zu erreichen. Freilich: Das ist noch so lange hin ... Ich hasse Dienstage!

Dein Sebastian

P. S.: Wie geht's Rebecca?

Mariapfarr, d. 7. August 2000

Mein lieber Mannmann,

das ist ja jammerschade, dass wir uns verpasst haben! Ich hätte *so* gern noch viel mehr über Machterotik gehört! Über lächelnde Tatmenschen und ihre Sprecher ... Zum Beispiel, wie er *gerochen* hat! ... Ob du mit ihm tanzen würdest ... Ob du alles, ich meine *alles* für ihn tun würdest ... Und ob er dir einen abgeschnittenen Pferdekopf ins Bett gelegt hat ... Aber das kannst du mir ja noch alles mündlich erzählen, sobald ich wieder da bin. Bis dahin, hoffe ich, hast du Spaß beim Geldverdienen und noch mehr beim Geldausgeben! So wie ich, hier in den Bergen…

Denn ich bin tatsächlich ein paar Tage allein nach Österreich gefahren, ins schöne Lungau, mit Sonnengarantie. Ich wohne in einer Pension, wie sie sein soll, mit Balkon und Garten, im Haus eines Münchner Steinmetzes, der hier gut genährt seine Freizeit verbringt und mir bei selbst gesammelten und selbst zubereiteten Pilzen des Abends von seinem Sohn erzählt, der seit Jahren fehlgeht und neuerdings seine gesamte Zeit mit Computerspielen verbringt… Armer Sohn, armer Vater! Dessen zweite Frau sich mit dem Spross nur streitet, während die Mama sich im fernen Paris mit einem eigentlich schwulen und von ihr angeblich bekehrten Maler vergnügt. Und tagsüber wandere ich in den 50er-Jahren umher, auf schattigen Wegen, durch atemberaubende Schluchten, über reißende Bäche… Ich setze mich auf Findlinge im Strom, streiche mir das Wasser, die Sonne, die Luft aus dem Gesicht, schließe die Augen und übergebe mich dem hellen Gesprudel und Geklatsche… traumhaft. Ich bleibe, einfach so, bis die Müdigkeit nicht mehr reicht und mein Körper aufsteht, ich immer hinterdrein, über Stunden bis zu einsam gelegenen Hütten, in denen es brodelt und birst vor Menschen, vor Frauengruppen, die schmutzige Lieder singen und an allen «Stellen» hysterisch kreischen («Finger weg von meiner Musch, dos i dir ned ane tusch!»), vor krachledernen Bartträgern, hyperdynamischen, gebräunten Schlankbeinern, bemalten und lackierten Wasserstoffblondinen, schwitzenden Halbwüchsigen… Hütten, in denen es duftet von Hirschsalami und über Buchenholz geräuchertem Schinkenspeck und Obatzda und Kaiserschmarrn… und natürlich vom Bier nebenan und vom kalten, aufpoppenden Ribisel direkt vor mir… Herrlich! Ich kann dir nicht *annähernd* sagen, wie sehr ich das alles genieße! Das und dann das Wellnessen, sobald ich zurück bin, das Saunen und Schwitzen und Liegen mit dem dramatischen Panorama hinter schützendem Glas, gewölbt über dem asiatischen Garten, mit sphärischen Melodien, manchmal einfachen Naturklängen, wo ich mich meinen Gliedern überlasse, ihrer Wärme, dem Puls, den Phantasien ...

Ah, da merkst du auf, wie? Und das war es ja auch, was du mir und dir mit deinem Wahrheitsspiel entlocken wolltest, oder? Dabei ist es ganz einfach. Denn *natürlich* habe ich mich nicht beherrschen können und meinen Existenzialisten gefragt, ob er mich nicht begleiten wolle, nur ein paar Tage, ganz unverfänglich. Und *natürlich* hat er mir abgesagt, dem dummen, dummen Dummding ... Mit dem Ergebnis, dass ich, schon um es ihm zu zeigen, trotzdem gefahren bin und jetzt nahezu pausenlos an ihn denke und an seinen geschmeidigen, schaurig großartigen Körper, den ich vor Augen habe, kaum dass mich die Umwelt auch nur *etwas* weniger in Anspruch nimmt. Was willst du hören?! Dass ich ihn zum sexuellen Objekt degradiere? Selbstverständlich! Oder, im Gegenteil, auf seine inneren Werte reduziere? Nie und nimmer! Dass ich weniger an seine Kleist-Exegese als an das Schwellen seiner Schultern, seine Eleganz, das elastische Federn in seiner Körpermitte denke?.. Aber ja!! Was denkst denn du?! Und dass ich das Pumpen in meinen Händen spüre, wenn ich sie nur spüren lasse. Mein Gott, wie soll es anders sein?! Wir schlafen halt miteinander, das habe ich dir nicht erzählt, kann aber nicht ohne Folgen bleiben. Psychische, meine ich. Und verflucht, ich habe nicht die geringste Ahnung, warum er jetzt nicht hier ist und mir gewaltigen Spaß macht! Warum er mich nicht nachher mit ein paar netten Anregungen über dramatisches Denken versorgt ... Ach. Macht Alkmene. – Und ich mache es mit ihr, wenn er recht hat und er sie versteht. Man kann nicht alles haben.

Rebecca geht es schlecht! Sie spricht noch immer für diesen Seltene-Krankheiten-Verband – woher eigentlich dieses familiäre Helfersyndrom? –, organisiert Konferenzen und Ausstellungen mit lauter wichtigen Leuten, sogar unserem Bundespräsidenten, redigiert dieses Mitgliedsblättchen, geradezu aufopferungsvoll – und stellt tatsächlich wieder nahezu ganz die Ernährung ihres schönen, knochigen Körpers ein. Ah, wie ich diese vom Ekel ergriffene, vornehme Ablehnung alles Stofflichen hasse! Dieses starre, empfindungslose Gesichtchen, wenn man ihr Gewalt mit einer süßen Banane androht! Diese eherne Disziplin, diese Herrschsucht, dieser Terror langer Kinderjahre! Und dabei könnte ich sie küssen und herzen und mästen wie eine Gans ... Hast du nicht irgendeine wertvolle Idee, wie man es schafft, einer Frau, die schon als Mädchen nichts fühlen wollte, endlich ihren Körper anzuziehen? Diesen Körper glatt zu ziehen?! Ihr eine *Oberfläche zu geben*? ... Hast *du* nicht Lust ...? ...?! Aber ach, ich verlange zu viel, nein, entschuldige bitte, ich weiß, ich weiß ... zu viel. *Die* Verantwortung kann keiner tragen. Und wagt ja auch keiner. Woran, damned merkt man es bloß? Was an meinem hübschen, reizenden Schwesterchen macht den Männern eine solche Angst? Was gibt ihnen die Ahnung ein, dass sie wahrhaftig Angst haben *sollten*? Ich danke für jeden sachdienlichen Hinweis.

Ich sitze auf dem hölzernen Balkon, in einem Funzellicht, zwanzig Meter unter mir das Rauschen und Plätschern des Baches. Hinter der Trennwand mein Steinmetz, der, glaube ich, einfach ein Buch liest. Guter Mann. Ich sage ihm und dir jetzt gute Nacht und freue mich auf die Schwerkraft ...

Kusskuss,

deine Urlaubshanna

Berlin, den 17. August 2000

Meine schwere, fließende Hanna,

wie schön es ist, dir zuzuhören! Wie gut es tut, wenn du dich ohne Widerstand von den Elementen tragen lässt! Ich gäb was drum, jetzt mit dir in Mariapfarr die physische Existenz zu genießen und reflektierend zu vertiefen ... und zu tun, als ginge es mich nichts an, wenn du dich phantasierend und delirierend an Männerkörpern weidest ... Als ginge es mich nicht einmal etwas an, dass du phantastischerweise meinen Chef beschnupperst und dabei *mir* die Lust am Körpernackten unterstellst – die mir vergeht, sobald ich sie gut machterotisch erprobe, gerade weil sie Aufschluss geben könnte, wo ich keinen finde ...

Denn für mich wird der Mann immer mehr zum Rätsel. Zu einem Mysterium. Das Schlimmste an ihm ist seine Einfachheit. Wenn wir diskutieren, über die Erfindung des Geldes beispielsweise, und ich die Emanzipation des Wertes von der Materie betone, er dagegen die Demokratisierung und Speicherung der Arbeit ... – und ein Wort das andere gibt und ich denke, dass wir Spaß miteinander haben und er schließlich unwillig, wie ich plötzlich merke, einen Tempel von Feststellung macht, nein, Länge und Breite der Grundfläche zieht: «Sie kämpfen mit mir. Sie müssen mit mir nicht kämpfen.» – Sodass ich nicht weiß, ob ich alles machen muss, wie er es will, oder ob ich freie Hand habe. Zumal seine Augen dabei funkeln, vielleicht drohend, vielleicht amüsiert ... Oder wenn ich ihm meine Fin-de-Siècle-Sendung skizziere, eine Nebenrechnung meines entstehenden Meisterwerkes über das Kaiserreich, und denke, dass ich ihm dieses Mal erzähle, was er hören will, dass nämlich nach hundert Jahren Wohlstandsmehrung die Décadence von einer Avantgarde- zu einer Massenbewegung geworden ist und die Überfeinerung zum Gemeingut, da wird er immer mehr Abwehr und zurückgebogene, leidende

Skepsis und baut am Ende wieder Unverrückbares, Pyramidales, schlägt Stein zu großen Quadern: Sie sind da oben, sagt er, irgendwo da oben. *Ich dagegen bin Realität.* – Stell dir eine knurrige Stimme vor, die Akzentuierung jedes Wortes, jede Verzögerung ein Abgrund, in den du nicht blicken willst: *Ich – dagegen – bin – Realität.* Und dann geht er und lässt einen damit stehen. Das geht einem durch Mark und Bein. Mir jedenfalls. Das reinste Orakel.

Obwohl ich deswegen nicht unbedingt besser orientiert bin. Denn die Entstehung unserer ersten Sendung war im Grunde eine Katastrophe, auch das muss hier gesagt werden. Wir hatten nur das Grundgerüst von acht Formaten auf einem Din-A4-Blatt und dachten, wir nehmen die Expo als Aufhänger und machen – think big! – eine epochale Sendung über die Entwicklung des urbanen Lebens. Und da hatten wir dann etwas über das Selbstverständnis des Bürgers als bloßen Leistungsträger, die Bedeutung des weltweiten Handels für das Toleranz-Ideal der Aufklärung, über die Entwurzelung als Freiheit... lauter schöne Sachen in gebauten Beiträgen, Interviews, Straßenbefragungen... Wir hatten uns in unserem kleinen Team eben erst kennengelernt, die dankenswert erfahrene Moderatorin, ein ebenfalls hochkompetenter, wenn auch unsteuerbarer Redakteur und ich als ahnungsloser Leiter, mussten erst uns zusammenbringen und dann *das Ding*, ich musste die Studios kennenlernen, die Techniker, das Schneideprogramm... wie auch immer: Das alles von einem auf den anderen Tag zu schaffen, war im Grunde unmöglich. Am Abend hatten wir zwar glücklicherweise alle Töne im Kasten, hatten die meisten sogar schon geschnitten, auch die Interviews waren fertig – aber das Schreiben der Beiträge, das Sprechen und Zusammenfahren machten wir ab Feierabend die ganze Nacht hindurch. Andreas, der Redakteur, der nur mitmacht, weil er sich auf die Sendung als *Insel* freut, wo ihn das zeitverknappte Geschäft täglicher Berichterstattung nur noch als Wellenschlag erreicht... Andreas also sackte nach gut zwei Schachteln Zigaretten irgendwann morgens gegen fünf im Stuhl vor dem Rechner zusammen und ließ sich drei Stunden später wieder von mir wecken, Heike, die auf ihre Moderationstexte warten musste, kam um neun, und gegen elf waren wir fertig, um das Ganze, wie verabredet, Hermann, meinem Chef, per Telefon vorzuspielen und von ihm abnehmen zu lassen. Wir waren ziemlich zufrieden, wenn auch todmüde, und warteten im Studio, weil er jeden Moment anrufen konnte. Aber da kamen nur ständig Anrufe von seinem Adlatus, dass sich «der Chef» leider noch etwas verspäten werde, es könne aber nicht mehr lange dauern. Andreas rauchte auf dem Gang und schimpfte auf das ganze verfickte System der Willkür und Gängelung, weil er Hermann für einen Tyrannen hält, Heike blätterte begütigend und suchte in irgendwelchen Zeitschriften nach neuen Themen für uns, ich las in den Abschnitten, die sie mir zuschob, den Kopfhörer griffbereit neben mir, der Techniker traute sich nicht, aufs Klo zu gehen, und schob sinnlos an den Reglern… So ging das bis halb drei. Und dann rief Hermann an, kam sofort zur Sache, ließ sich den ersten Take vorspielen, gut, dann den zweiten, ja, dann den dritten nur noch anspielen, den vierten… um dann ehern zu konstatieren: *Die ganze Sendung ist ja monothematisch.* Ja, sagte ich: So hatten wir das doch besprochen. Und er: *Nein, das ist falsch.* – Wieder unklar, worauf sich das bezog, ob nur auf die Monothematik oder auch auf meine Behauptung einer Absprache… Und weiter: Das muss ein bunter Strauß sein. Eine Zeitreise mit vielen Zielen. Abwechslungsreich, kurzweilig, anregend. Da müssen Sie noch einmal ran. Ich rufe morgen um elf wieder an. – Sprach's und legte auf. Und hinterließ alle mit erstarrten Gesichtern, voller Neugier, ob das bereits mein kurzes Gastspiel bei 98,3 gewesen war. Aber aus irgendeinem Urgrund meiner Seele holte ich den sportlichen Ehrgeiz und die Lust, es ihm und allen zu zeigen, sagte ok, dann konzipieren wir jetzt neu, holen noch die Töne, schlafen ein paar Stunden und bauen die Sendung heute Nacht zusammen. Nahm mir gleich das Artikel- und Themen-Konvolut vor, das Heike in weiser Vorahnung zusammengestellt hatte, besprach neue Optionen, legte die Aufgaben fest und lief mit brennender Zigarette den Gang hinunter zu meinem Platz, um Fragen aufzuschreiben und Interviews zu vereinbaren … Andreas graust es seitdem, glaube ich, ein bisschen vor mir. Aber die Sendung haben wir so auf die Bahn gebracht – auch wenn, wie gesagt, das nicht unbedingt auf die Klarheit von Hermann zurückzuführen ist. Ich bin mir im Grunde ziemlich sicher, dass er vorher selbst nicht wusste, ob wir Monothematik oder Vielfalt bräuchten, und das erst im Hören so für sich entschieden hat. Und das heißt eben nichts anderes: Seine Klarheit ist keine sachliche Klarheit. Sondern nur die Klarheit des persönlichen Anspruchs. Du entkommst mir nicht, heißt sie, egal, was auf dem Weg liegt und wie der Weg verläuft. Am Ende bist *du* es, dem *ich* es abverlange.

Dazu passt übrigens auch – und dann höre ich auf zu erzählen, wie mein Tag war, während dich noch immer die Auszeit umfängt –, dass wir uns jetzt, um weitere Abstimmungsprobleme klein zu halten, einmal die Woche zum «Denken» treffen. Meistens wirklich ohne Tagesordnung und ohne vorab verschickte Papiere, nicht einmal mit dem Konzept der Sendung, sondern einfach zum Tee in seinem Büro, wo eine Flotte militärischer Spielzeug-Flugzeuge ein ganzes Regalbrett füllt, ich habe mich noch nicht getraut, danach zu fragen … wo wir uns niederlassen, er das Ritual des Aufbauens, Kochens, Aufgießens, abschließenden Einwerfens des knisternden Kandis und des Rührens in der Tasse pflegt, mich funkelnd ansieht, «Und?» fragt, «Wie geht es Ihnen?» und ich mir gehorsam irgendetwas aus den Fingern sauge, an dem wir uns dann assoziativ weiterhangeln, bis wir unversehens bei neuen Ideen landen – ob für *Zeitreise* oder für die Nachrichtenredaktion oder das Auslandsmagazin oder für eine noch gänzlich ressortunspezifische Recherche. Und oft ist es dann auch so, dass er irgendwelche Zahlen in den Raum wirft – wie viele Menschen in Deutschland historisch wirklich interessiert seien, wie viele sich von denen für das Mittelalter (sehr viele, ich hab's vergessen), wie viele für die griechische Antike (deutlich weniger) und wie viele für den Zweiten Weltkrieg interessierten (trotz des omnipräsenten Genudels am allermeisten) – und ich ihn frage, wo er diese Zahlen gefunden habe, und er mir antwortet: «Die habe ich nicht gefunden. Die habe ich *gedacht.*» Immerhin erklärt er mir dann seinen Denk- und teilweise Rechenweg, was dann im Detail wieder sehr nach case study und Unternehmensberatung klingt... Er macht einfach immer den Menschen haftbar, nicht die Fakten oder das, was man dafür halten könnte. Und korrupterweise bin ich geneigt, ihm darin recht zu geben...

Schluss jetzt damit. Und nur um zu beweisen, dass ich auch anders kann: Ich bin heute von einer Schneiderin sexuell belästigt worden. Willst du das noch hören? Ich wusste es. Also, das kam so. Ich wollte mir Hemden kaufen, die nur am Hals zu eng waren, sonst hervorragend passten. Die Verkäuferin ruft also die Schneiderin im Hause an, auf die wir dann warten. Ich wühle zum Zeitvertreib noch ein bisschen auf den umstehenden Tischen, sehe plötzlich, dass die Verkäuferin mit einer reifen Blondine dasteht, Typ lustige Hausfrau, und ihr im kurzen Gespräch, während sie schon mit dem Kopf auf mich zeigt und mir ein Zeichen gibt, noch etwas aus dem Auge streicht. Ich komme im Slalom näher, sage, da die Verkäuferin gerade erst fertig wird und ich darum fast noch in das imaginäre Boudoir platze, launig und obenhin «Das hätte *ich* doch machen können!...», woraufhin die Schneiderin hell auflacht und den Ball sofort mit einem fröhlichen «Stimmt. Aber erst einmal versorge ich Sie!...» aufnimmt. Ich erkläre ihr das Problem, sie grinst mich an, sie misst meinen Hals und nestelt an ihm herum, sie misst den Kragen, dann noch einen anderen, und erhält verwirrende Werte, die nicht stimmen können, sie misst am Halse nach und umarmt mich mit ihrem Maßband, nestelt wieder herum und grinst mich auf zehn Zentimeter Entfernung offen und vertraulich an, sie sagt, es helfe alles nichts, ich müsse die Hemden anprobieren, ich antworte, wenn es nicht anders gehe, für *sie* machte ich das, aber nur für sie, ziehe mich um, zeige mich ihr, sie begutachtet mich, lässt mich eine Pirouette drehen, zuppelt an mir herum, schickt mich wieder in die Kabine, lässt mich wieder präsentieren, nur für sie, streicht über meine Arme, über meinen Rücken, schaut mir in den Ausschnitt, auch ich kann mir längst das Grinsen nicht mehr verkneifen, und schließlich, wir finden keinen Vorwand mehr, das Spiel zu verlängern, sagt sie «gut!» und schlägt ab, indem sie mir mit beiden flachen Händen auf die Brust klapst und die Hände dort warm liegen lässt, dann hinaufschiebt, hinunter über die Brustwarzen und wieder hinauf, scheinbar ein bisschen abwesend und gerade darum auch ein bisschen zu langsam, zu genießerisch, sodass ich mich kaum ihren Händen entwinden will, aber muss, um nicht doch noch aufzufallen, und mich wieder in die Kabine verfüge. Das Grinsen, das sich bei den abschließenden Regularien mit den Kassen- und Abhol-Abschnitten nur unterdrücken ließ, indem wir uns kaum mehr in die Augen sahen, hielt sich bei mir auch draußen noch über Minuten. Ich lasse mich *gern* sexuell belästigen!...

Ah, ich schicke den Brief, an dem ich drei Tage mit ausnahmsweise archaischer und übrigens trotzdem störanfälliger Technik gewerkelt habe, wie du an den verschiedenen Kugelschreiberspuren erkennen kannst, doch besser nach München, sonst macht er womöglich einen riesigen Umweg. Es ist spät. Zu Rebecca nächstes Mal.

Kusskuss, schlaf gut,

dein Arbeitssebastian

München, den 10. September 2000

Mein viel geforderter Lieblingssebastian,

was für eine hübsche Geschichte! – Ich meine natürlich die von deiner Schneiderin und hoffe, du gehst bald wieder Hemden kaufen, schon um mir die Fortsetzung zu erzählen ... Und was für eine *eigentümliche* Männerfreundschaft, von der du mir da berichtest! Ist *das* nicht viel eher sexuelle Belästigung? ... Oder gar ein erster Fall deutschen Rinderwahns? – Verzeih mir. Aber du wolltest es ja nicht anders, ich erlege mir jetzt *ü-ber-haupt* keine Zwänge mehr auf ...

Und außerdem geht es mir schlecht. Mariapfarr ist schon längst nicht mehr wahr, das angenehme Fließen und Wehen hat meine Glieder verlassen, sie sind nur noch hart und bröckelig und staubig und meine Sinne abgestumpft und müde. Müde, müde ... Und das Einzige, was mich belebt, ist zugleich das, was mich abstößt und vertreibt. Ach ja, ich will nicht klagen ... Ist es das, worauf dein Spiel hinausläuft? Dass ich vor dir stehe und nur noch verzweifelt schluchze: Es geht mir schlecht! Ich bin allein! Ich weiß, es wird niemals wieder gut! – Ist es das? ... Fluch über dich! Schrecken und Langeweile! ... – Ah, ich darf nicht so viel von dem Zeug lesen, das Markus mir so unterschiebt ... Nicht Kleist, nicht Nietzsche, nicht Büchner ...

Ja, natürlich Markus! Was denkst denn du?! Ich werde nicht schlau aus ihm, ich fasse ihn nicht, ich bekomme ihn nicht in den Griff. Stattdessen besetzt er mein Seelenleben, beansprucht er mich, statt mir gutzutun. Er rennt in mir herum und lässt alle Türen offen. Er rennt hinunter in meinen Keller und werkelt dort herum, dass mir übel wird. Er macht es sich gemütlich in meinem Allerheiligsten und stellt nichts an seinen Platz zurück. Ja, Markus. Ebender.

Dabei ist gar nichts Schlimmes vorgefallen. Wir reden und schlafen miteinander, ich koche, er liest, wir essen, lachen, lesen uns etwas vor, sehen fern, wir schlafen miteinander, er liest, ich kippe weg und schlafe und träume von ihm, wie er im weißen Kittel, die Vinyl-Handschuhe hochgezerrt und gespannt, blass wie eine Leiche, von der Notaufnahme hinunter in das Untergeschoss eilt und die Schlüssel an dem großen Ring scheppern. Wie er tief unten um die nackten Mauern streicht, an einer schweren Eisentür hält, den Schlüssel einsteckt und umdreht, die Tür öffnet, diesen schmierig-modrigen, etwas süßlichen Geruch auf sich zieht, hineindringt. Wie er das Licht anstellt und den gefüllten Kasten bemerkt, entschlossen auf ihn zueilt, an dem Stahlbügel zieht und das Schalentier hervorruckelt, aus der Kammer, heraus auf den Gang, die Eisentür krachend ins Schloss wirft. Rasselnd abschließt, den Kasten erneut anzieht, hinter sich herzieht, um die Ecken, zur nächsten Kammer, mit gespannten Muskeln und starr … Ich wache auf, taste nach ihm, der immer noch liest, mich mit dieser südlichen Zartheit, seinen gepolsterten Lippen unter der Boxernase kurz anlächelt, weiterliest … Ich sehe ihn, wie er einen weiteren der Kästen aufspürt, ihn anschiebt, den anderen hinter sich her, und in rasender Fahrt an erschreckten Patienten vorbei, in Betten und Rollstühlen, ein blasser Todesengel, mit dem Sensenblatt hoch über dem Haupt, in die abschüssige Bahn vor der Pathologie einbiegt, nur mit Mühe in der Kurve abbremst, den ersten Wagen gegen das Tor krachen lässt. Aufschließt, klickernd über die Kacheln die Wagen zieht, an den Einmachgläsern vorbei, mit den weißen, madendick schwimmenden Föten, den Zyklopen, den an ihren Köpfen verwachsenen siamesischen Zwillingen … Wie er die Abdeckplanen aus ihren Schienen zieht, die Klappen öffnet und herabscheppern lässt, die Bett- und Grabtücher zusammenknüllt, dann über die Leiber greift und sie zu sich auf die Liege zieht, die Laken auseinanderschlägt … wächserne, unrasierte Fettmasken unter dem Neonlicht aufleuchten, eingefallene Kiefer und tiefe Augenhöhlen, aus dem Leben gerissene Mädchengesichter … wie sie zur Seite kippen und aus den aufgeblähten Bäuchen, vom Gas getrieben, den Mageninhalt, erste Substanzen des Magens selbst erbrechen … wie ihre alte, kalt aufschwimmende Haut in pergamentartigen Schollen reißt, während Markus an ihr zerrt und die Körper auf den Liegen in die Kühlkammer schiebt, das Rad des Tresor- oder U-Boot-Schlosses dreht …

Ich *sehe* ihn. Wie er da unten werkelt, während ich oben, im Tagewerk, beschienen von der Sonne, zwischen den Patientenbetten wandle, EKGs lese und Laborwerte und Röntgenbilder ansehe und alles unternehme, damit *er* da unten nichts zu tun bekommt. Damit er und sie alle da unten keine Gelegenheit bekommen, den Schnitt um die Stirn und in die Kopfhaut zu führen, die kleine Kreissäge anzusetzen und das Stemmeisen, den Schädel zu öffnen mit diesem dumpfen, kokosnussartigen Krachen und Reißen … alles unternehme, dass alle mit mir hier oben bleiben, während er, meine Sehnsucht, da unten *holt* … und am Abend zu mir kommt, mich küsst und sich *dann erst* duscht … Den Espresso trinkt und mich dann wieder küsst. Liest und einen neuen Menschen aus sich macht und mich anfasst und mich berührt und lacht und den Kopfhörer aufsetzt und Fauré hört, was mich irritiert … Ich sehe und höre ihn in meinem Traum mit dem kleinen, früh beendeten, todesleichten Bündel im Arm, seinen frühmorgendlichen Gesang in den Katakomben – *Die Blümelein, sie schlafen, schon längst im Mondenschein …* –, und wenn ich aufwache und er immer noch liest und immer noch lächelt und mich zärtlich streichelt und ich friere und wenn ich tagsüber erschöpft ins Leere starre, wo nur *einer* sich ansiedeln und zurückschauen kann …

Ach Sebastian, wie gut, dass ich dir das erzählen kann und du mir zuhörst! Aber wie eigentümlich auch das Ganze, wie schwer zu fassen und zu entschärfen! Die Sphären schlieren ineinander, und sosehr ich ihn begehre, *und ich begehre ihn sehr*, so sehr wünsche ich mir, dass er mich nicht berührt, mich nicht eher berührt, als bis ich warm geworden bin und Farbe bekommen habe und mich meine Haut wieder fest und schützend und in organischer Tiefe umspannt. Wie kann man mit jemandem zusammen sein, der über so viele Stunden des Tages allein ist mit Leichen, Herr über menschliches Fleisch und Fett? Der Köpfe aufmacht und in sie hineinsieht und Füße durch die schmierig auf- und abratternde Säge schiebt und den Schmauch konzentriert und abwesend in die Nase saugt? ... Und wie mit jemandem, der, nachdem er eben noch geholfen hat, die Organe auf Tabletts zu präsentieren und die menschliche Fleischsuppe in den Ausguss strudeln zu lassen, jetzt schon in der Kantine die Weißwürste wählt? ...

Ich muss die Dinge für mich greifbarer machen. Das Sprechen hilft mir. Ich muss das Gemeinsame zusammen sehen und das Verschiedene auseinanderhalten. Vielleicht geht es mir auch nur darum in meinem Job? Dass ich den Dingen, *diesen* Dingen, ihre Ungreifbarkeit nehme? Sie mir vornehme, medizinisch unterbringe und wegsortiere? Und was mache ich dann mit Markus? ...

Und Rebecca, Rebecca ... Ich erlebe sie nur noch als verdrehten Rest. Letzte Woche, an ihrem Geburtstag, konnte ich sie erst gar nicht aus ihrer Wohnung bringen, weil ihr der Schweiß auf die Stirn trat, wenn sie an Menschen dachte. Nur weil es auf dem Balkon noch schlimmer war und die Tür schließlich *den letzten Ausweg* darstellte, konnten wir doch irgendwann noch ein Eis essen. Ich drei Kugeln und sie eine. An der sie herumlutschte, als wollte sie sie außerhalb des Körpers verdauen, während sie ständig an sich hinunterlinste und den Magerbauch in die Höhlung zog. Und am Abend, bei mir, als ich etwas für uns kochte und nur kurz nach ihr sah, saß sie auf dem Ledersofa, zog versonnen an ihrer Zigarette, zerdrückte die Glut ohne jede Regung auf ihrer linken Handinnenfläche – und erschrak erst, als sie bemerkte, dass ich ihr zusah und sie meinem

Blick folgte. Sie hatte nicht einmal eine Blase!… Irgendeiner *muss* sie erlösen.

Ich höre jetzt auf. Von allein nimmt das ja sonst kein Ende. Schreib mir bald und erlös *mich*.

Deine bedürftige Hanna

Mallorca, den 15. September 2000

Meine arme Hanna,

ich habe deine lange Vision, deine bohrende Tief- und Weitsicht eben noch rechtzeitig vor meinem Abflug nach Mallorca bekommen – und sitze nun einigermaßen ratlos mit einem Cortado in Sa Rapita, weil ich überhaupt nicht weiß, was ich dir schreiben kann. Das glitzernde Meer, die ocker-roten Lavafelsen, die sich hinschlängelnde Zeile der weiß getünchten Häuser mit ihren unbesetzten Veranden, das alles will mir so *gar* nicht helfen, mir deinen Todesengel auf seinen Wegen, seine aufgebrochenen Kinderleichen, die Kühlhauskälte deines eigenen oder Rebeccas versehrten, aus dem Umriss gefallenen Körper nahezubringen. Und ich weiß nicht einmal, ob ich das bedauern soll. Wahrscheinlich ist das alles doch eher dein Terrain, wie ich dummerweise jetzt erst merke. Denn irgendwie habe ich die Medizin immer vor allem in ihrem Willen zur Gesundheit, zum Leben, zur heilen Form wahrgenommen, weniger in ihrer Konzentration auf Krankes, Kaputtes, Widriges, Totes – was ja auch zweifellos dazugehört, nein, was im Grunde schon fast die ganze Tätigkeit beschreibt. Einschließlich der Lust oder doch mangelnden Scheu, im Fleisch des Nächsten herumzupfuschen.

Was aber reizt dich überhaupt daran, hat dich schon bei deiner Berufswahl und wahrscheinlich schon in den Erzählungen deiner Eltern daran gereizt, am Menschen vor allem seinen Körper und seinen Umgang mit Körpern wahrzunehmen? Ich meine … Ist es nicht angenehmer und … *menschlicher*, zuallererst seine Ideen und Vorstellungen zu sehen – und dann, wie er sie im Materiellen ausdrückt und verwirklicht? Und nicht umgekehrt zu beobachten und zu verfolgen, wie das Materielle über das Ideelle herrscht – und der Mensch ergo immer wieder *scheitert*? So zumindest sehe ich das, und ich frage mich, welchen Aufschluss du gewinnst, wenn du als Grund eines schönen, vielleicht allzu schlüssigen Gedankensystems eine Stoffwechselstörung identifizierst? Oder wenn du in einem wahrlich aufregenden Blick nicht den Ausdruck einer Persönlichkeit, sondern eines hormonellen Ungleichgewichts erkennst? Was, denkst du, treibt Markus dazu, das Tote nach den Toten abzusuchen – wo du selbst doch sagst, dass dieser Sondermüll nichts mehr enthält – oder gar die Lebenden nach dem Toten? Für mich ist das ein sehr klares Entweder-oder. Entweder beseelt oder unbeseelt, lebendig oder tot – dazwischen gibt es nichts. Und wenn ich jemanden umarme, dann niemals nur Fleisch und Knochen, sondern immer den Menschen, der darin sein Feuer hütet. Und mit *seinem* Feuer *das* Feuer. Und wenn Markus dich umarmt, dann bekommt er dich nicht ohne dich, auch wenn du dreimal oberflächlich kalt bist. Genau: Es *gibt* die Tiefe. *Meiner* Einsicht nach …

Vielleicht am Beispiel und als Fortsetzung meiner Schneiderin-Geschichte, die natürlich keine Fortsetzung haben wird: Vor ein paar Tagen saß ich noch spät in der Redaktion an meinem Rechner, und eine Kollegin von der Kultur, Gesa, kam von einer Theaterpremiere noch herein, um ihren Beitrag zu produzieren. Sie setzte sich gleich neben meinem Rechner auf die Tischkante, im langen schwarzen Rock, eng unter der tiefroten Bluse, erzählte von ihren Eindrücken, öffnete die Arme und gestikulierte, sodass ich, obwohl zurückgesetzt, schon aus physikalischen Gründen gar nicht anders konnte, als auf ihre schön verpackte Figur zu sehen. Und weil ich mich irgendwann im entspannten Gähnen festsah, den Blick auf halber Höhe, hörte sie plötzlich zu sprechen auf, lächelte mich an, fragte, was ist denn da?, habe ich da etwas?, wischte sinnlos, begriff, dass ich einfach zu müde war, um inhaltlich noch mitzukommen, sagte kurz «Ah!» und «Vielleicht sollte ich dich nicht mehr überfordern», grinste, beugte sich vor, lupfte ihren Rock ein wenig, lächelte mich fragend an, der ich in der Tat verwirrt, aber wieder ganz da war, zog den Rock langsam höher, über ihre schwarzen Nylonstrumpfhosen, ohne den Blick von meinen Augen zu lassen, die der Unterkante des Vorhangs folgten, von den Fesseln zu den Waden und Knien, den überraschend prallen Oberschenkeln, bis fast nach oben, noch ein Stückchen weiter, ich sah sie mit gehobenem Blick, mit dem ironischen Genuss des Theaterkenners an der Choreographie und seiner eigenen Aufgabe an, erwartungsvoll und in jedem Moment zufrieden, sie lächelte breit, zog den Rock langsam wieder nach unten, stieß sich leicht von der Tischkante ab, stand mit leicht geöffneten Beinen, ordnete sich direkt vor meinem Gesicht, sagte triumphierend, jetzt müsse sie sich aber wirklich beeilen, und ging langsam, alles noch immer kontrollierend, an ihren eigenen Rechner ... Das war *gut*, sage ich dir. Kommunikation. Psychologie. Das Entstehen, Verstehen, Erzeugen von Gedanken und Vorstellungen.

Wenn ich jetzt von diesen Zeilen aufsehe – kannst du mit deinen technisch verwöhnten Augen meine Handschrift überhaupt entziffern? –, entdecke ich auch nur Biomasse. Am Strand von Estrenc. Schlanke, fette, lange, kurze, braune, weiße Beine, Brüste, Bäuche, Backen, brutzelnd, schwitzend, kühlend, lagernd, räkelnd, schlafend ... Aber was ist daran gelegen? Solange nicht irgendwo in dieser glibbrigen Strandlast ein Auge glitzert, Bewusstsein aufkommt, Erkenntnis um sich greift, so lange gibt es keinen Grund, etwa den silikonbrustähnlichen Körper einer Qualle geringer zu schätzen. Solange die

Materie nicht geistig belebt ist oder meinetwegen lebt. Und solange du dir Gedanken darüber machst, ob das Tote in der Lage ist, Markus wesentlich zu verändern, oder ob du selbst mehr als ein Gegenstand bist, er mehr in dir schätzt als deine gut geformte Gegenständlichkeit, so lange gibt es noch nichts – verzeih mir –, *nichts* in deiner Beziehung zu Markus, dessen Verlust man schlimmstenfalls beklagen müsste.

Ach, wollen wir uns nicht mal wieder treffen? Ich meine, *bevor* die nächsten zehn Jahre herum sind? Ich habe das Gefühl, dass wir immer stärker Gefahr laufen, das gründliche Missverständnis zu riskieren … Der Anruf hat ja auch noch nicht geklappt. Vielleicht sollten wir den gleich überspringen.

Kusskuss,

dein im Dunkeln tappender Sorgensebastian

München, den 1. Oktober 2000

Mein heiliger Sebastian,

wie gut du mich verstanden hast! So wirst du deinem Namen doch gerecht und stehst tapfer ein für deinen Glauben? … Daran, dass etwas Höheres in uns ist? – Wie gern ich diesen Glauben mit dir teilen würde! Und wie herrlich es wäre, wenn auch Markus mitmachen würde! Wenn wir beide, er und ich, davon ausgehen könnten, dass da eine Seele, etwas Eigenes und Ewiges im anderen ist … Stattdessen legen und reiben wir uns aneinander, quetschen uns fremde Laute und leckere Säfte aus allen Enden und liegen, wie es gar nicht anders sein kann, am Ende immer noch durstig da. Schauerlich. Und so jämmerlich. Ich weiß nicht, wen ich mehr verachten soll – ihn, der sich nicht zu schade ist, noch aus der Sprache das Mark zu kratzen – oder mich, die aus der Oberfläche eine Wissenschaft macht und hofft, dass sie das Geheimnis hütet *und* preisgibt…

Aber sei mir nicht böse: *Muss* es da nicht eins geben? In der Materie selbst? Wie sonst, verdammt, soll es denn in ihr gefunkt haben? Wie, mein auserkorener Lieblingsmensch, sollen es ein paar Aminosäuren und Mineralien geschafft haben, das Leben vom Zaun zu brechen, wenn nicht die Oberfläche selbst einen Willen zur Tiefe und zum Innenleben hat? So dass, wenn man genau genug hinsieht, wirklich nur *ihr* Geheimnis entdeckt? Vielleicht ist das mein Projekt? Nicht, die Wahrheit zu sagen – ich weiß sie nicht –, sondern, die Oberfläche aufzufalten und auszuleuchten? Vielleicht kommt ja auch dabei etwas heraus…

Also. Zumal es mir und uns gerade wieder ein bisschen besser geht, beobachte ich einfach mal weiter. – Mehr Empirie, bitte schön!… Was mich zum Beispiel beschäftigt, um beim Thema zu bleiben: der Gegensatz zwischen dem, was Menschen mit Worten, und dem, was ihre Körper sagen. Markus beispielsweise – nur so mal als Beispiel! – widerspricht mir aus Prinzip. Wie du! Ihr seid alle gleich… Er erklärt das, was ich sage, für blanken Unsinn, für politisch naiv, für himmelschreiend in seiner Unberührtheit, und das natürlich vollkommen zu Recht, wann hätte ich jemals weiter als bis zu meiner Nasenspitze gesehen – doch er tut es lächelnd, mehr noch, mit so liebeserfülltem Blick, fast mit Rehäuglein über seiner reizenden Boxernase, dass ich ihm kein einziges vernichtendes Wörtlein mehr glaube. Und wenn ich mich dann auf der richtigen Ebene befinde und diese Wörtchen da oben schwirren und klingen und sicheln lasse, wenn ich meine Hand währenddessen einfach nur in die warme Nähe seiner Hand bringe, mein Knie irgendwo zwischen seine Knie, keinen seiner zynisch-olympischen Lacher unbeantwortet lasse – dann kann es auf dem verbalen Schlachtfeld noch so unerfreulich hergehen, *das hat mit uns nichts zu tun*, und ich bekomme ihn doch ins Bett. Und wenn er sich dann noch so sehr bemüht, seiner Lust jede Nachgiebigkeit zu nehmen, hart zu sein und hart zu bleiben, so ist es doch letztlich seine Empfindlichkeit, an der ich ihn roh zu fassen bekomme, ist es seine Sensibilität, die ihn zum Mann macht – was auch immer er selbst von sich halten mag und möchte. Fast scheint es mir, als *müsste* er sich verkennen, um er selbst zu sein.

Was sagst denn du dazu? Ich meine: du als Mann? Ach, ich würde so gern von all den schwierigen Themen wegkommen und wieder richtig Spaß mit dir haben. Mit dir und Markus und überhaupt allen Menschen um mich herum. Wie ist es mit der Lust?

Ich breche fast zusammen, es ist schon kurz nach eins. Ich weiß gar nicht, wie ich morgen die Visite überstehen soll. Bleib mir wohlgesonnen und schreib bald! Ich gebe mir Mühe, dir nicht noch einmal so eine Überforderung zu schicken. Du hast einen schlechten Einfluss auf mich. Apropos: Bitte mehr von deinen Geschichten! Gesa gehört meine ganze Sympathie! Prachtweib, das.

Herzlich deine so ziemlich wiederhergestellte Hanna

Berlin, den 16. Oktober 2000

Meine Lieblingshanna,

das Angebot nehme ich an: Deine Beobachtungen und Ausleuchtungen gegen meine Wahrheiten. Und wenn dir, als Seherin des Fleisches, meine männlichen Auskünfte überhaupt noch etwas Ungewusstes sagen können, will ich die auch gern noch dazugeben. Als Berichte von der anderen Seite der Sonne …

Also gut, pass auf, mit der Erektion ist es folgendermaßen bestellt. Natürlich zeugt sie von einem *unendlich* feinen Sensorium, steht sie im Zentrum und an den Enden eines Nervengeflechts, das in jedem Moment einen *ungeheuren* Reichtum umweltlicher Informationen sammelt. Sie ist *plastische Offenheit* – je plastischer, desto offener, je raumfüllender, desto ungeschützter. Das kann man natürlich Sensibilität nennen, feine Logik der Oberfläche, aber empfindliche Schwäche – ist es nicht. Denn Erregung ist *immer* Hingabe, Mut zur Preisgabe, Vertrauen auf die eigene Kraft, selbst empfindliche Enttäuschungen einstecken und die Dinge laufen lassen zu können, und ergo Stärke. Weswegen die Lust auch tatsächlich eher zum klassischen Männerbild passt und es der Macho angesichts einer *Frau* mit sehr viel Lust, ob ihrerseits zupackend oder genießerisch oder einfach frei, mit der *Angst* zu tun bekommt – wenn es sich in seinen Augen bei dem Menschen dann überhaupt noch um eine Frau handelt. Und weswegen man einer Frau, die heute mit den Männern gleichziehen will, tatsächlich nur raten kann, mit aller Entschiedenheit das ganze Spektrum ihrer Erregbarkeit auszuforschen und auszukosten. Dann haben übrigens auch beide etwas davon … außer der Frau natürlich *nicht* der Macho, der leider immer noch Angst hat und in seiner Ecke sitzt, wohl aber der *richtige* Mann – der heute viel mehr fühlt als in früheren Zeiten …

Aber auch ganz abgesehen von diesen aufgeklärten Überlegungen am unaufklärbaren Objekt: Ich für meinen Teil finde Lieben, auch dies ein Geständnis, ohnehin viel wichtiger als Geliebtwerden. Wobei ich durchaus bereit bin, darin bei mir auch wieder ein gewisses Sicherheitsbedürfnis zu erkennen … Denn das Lieben bereichert unmittelbar und sofort, es lässt glauben, bewundern, wertschätzen, steigert das Leben, inspiriert. Und man kann die Sache beurteilen, hat sie bis zu einem gewissen Grad unter Kontrolle. Das Geliebtwerden dagegen macht faul und selbstgefällig, überheblich, geringschätzig, besänftigt die Lebensgeister bis zur dümmlichen Grimasse.

Und bei alledem wird man auch noch abhängig; je länger es sich hinzieht, desto mehr. Jederzeit können die guten Gefühle sich einem anderen zuwenden und sich dort ebenso erfreulich entwickeln.

Aber um deinem nimmermüden Appell «Mehr Empirie!» zu folgen: Ich habe dir noch nie von Sibylle Urdahl erzählt, glaube ich. Was eigentlich eine unverzeihliche Geheimniskrämerei ist. Denn Sibylle hat, zu Beginn meines Studiums, wie keine andere Frau in meinem Leben Epoche gemacht. Eine Erscheinung. Es ist ein Wunder, dass ich mir ihretwegen nicht das Leben genommen habe – aus lauter Gram, den Knoten nicht durchschlagen zu können. Ich habe sie geliebt, bevor ich sie das erste Mal gesehen, als ich bloß von ihr gehört hatte, habe sie begehrt, bevor ich auch nur irgendein Detail ihres Körpers kannte. Und war in heller Verzweiflung, dass ich sie niemals würde berühren können, nachdem ich längst mit ihr geschlafen hatte. *Weil* ich mit ihr geschlafen und wunderbare Nächte mit ihr verbracht hatte. Noch Stunden nachdem wir uns nach allen begriffenen Regeln der Kunst zusammengetan hatten, lag ich manchmal neben ihr, den Kopf aufgestützt, genoss in der Morgendämmerung leicht fröstelnd die Wärme, die von ihr aufstieg, ihren Atem, den ich vorsichtig einsog, beobachtete das Flackern ihrer Augäpfel unter den Lidern, die Andeutung von Lächeln, als würde sie meine Aufmerksamkeit bemerken, sich dieser Aufmerksamkeit mit Selbstverständlichkeit *schenken* – und blieb doch wie vor verschlossenen Türen. Dabei war sie auch noch *schön*, musst du wissen. Nicht im landläufigen Sinne, das nicht. Nicht symmetrisch, glatt oder stupsig. Aber kurzhaarig-rotblond, mit vielen Sommersprossen, leidenschaftlich geschnittenen Nasenflügeln, einer vollen Unterlippe, großen, weißen Zähnen, blaugrünen Augen … insgesamt schlank und fest und hoch, ein kleiner, sportlicher Busen …

Sie saß einfach irgendwann neben mir. Im Bistro eines Nachtzuges zwischen Madrid und Berlin. Seite an Seite, in einer merkwürdigen

Vertrautheit, lesend wie ich, unsere Schultern berührten sich, weil es eng war, und immer noch, als es nicht mehr eng war. Weswegen ich irgendwann einen Witz dazu machte, worüber sie lachte, um dann weiterzulesen, immer noch ihre Schulter an meiner Schulter, sodass mir heiß wurde. Zuerst heiß und dann warm. Und als es nur noch gemütlich war, fing sie wieder an zu sprechen, als säßen wir auf dem Sofa vor dem Fernseher, den Blick meist geradeaus, in die leicht verspiegelte Dunkelheit, sprach vertraulich und gedämpft, mein Einverständnis voraussetzend, reichte mir die Kekse, goss mir, ohne zu fragen, von ihrem Mineralwasser ein, bestellte für uns beide Espresso, erzählte mit warmer Stimme und leicht nasal von ihrem Buch, bezahlte sogar, als ich zwischendurch aufs Klo ging, beide Rechnungen, mit dem launigen Hinweis, das nächste Mal könne ja ich das übernehmen. Erstaunlich, dass sie mich überhaupt fragte, ob ich zu ihrem Abteil mitkommen wolle... Tat sie auch nicht, fällt mir dabei auf. Eigentlich fragte sie nur, ob ich noch mehr Gepäck hätte und ob ich das holen müsse.

Wir saßen dann allein in ihrem Abteil, schoben die Sitze zusammen, schalteten das Licht aus, setzten uns wieder eng nebeneinander und schauten in die langsam vorüberziehende Nacht hinaus. Und mittlerweile fand ich es auch schon gar nicht mehr seltsam, dass sie ihre Hand auf meinem Oberschenkel ablegte, gestikulierte, wieder ablegte, sich irgendetwas aus dem Gesicht strich, wieder ablegte... Sie erzählte irgendwann von ihrer Herkunft, einem alten Bauernhof im Lauenburgischen, von ihren Eltern, ihren drei Brüdern, davon, dass sie selbst sich lange Zeit wie ein Junge gefühlt habe und erst kurz vor Ende der Pubertät angefangen habe, Jungenkörper unter anderen Gesichtspunkten als der gemeinsamen Anstrengung zu sehen, beim Obsternten oder Unkrautjäten oder Spargelstechen, beim gemeinsamen Fußballspielen oder Raufen – was mir zumindest ein bisschen ihre merkwürdige Distanzlosigkeit erklärte –, dass sie es im Grunde immer noch befremdend finde, wenn Frauen sich verhielten, als verfügten sie nicht über Gebrauchskörper, mit denen man etwas machen könne und die sich dabei nun einmal abnutzten, sondern über rein dekorative Kunstkörper, der Natur und dem Gebrauch entzogen. Weswegen sie es letztlich auch in Ordnung finde, in der großen natürlich, dass ihr ältester Bruder, der Landwirtschaft studiert hatte, vor einigen Wochen unter einen umkippenden Mistwagen geraten und an den Folgen gestorben war. Männer hätten immer schon gewusst, sagte sie, dass Körper in Bergwerken oder Fabriken zerschunden oder in Kriegen zerschossen oder im Büroalltag infarktweise beendet wurden ... und nicht anders wolle sie sich sehen und fühlen, wenn sie dafür nur das Recht erhalte, ganz und gar Teil der wirklichen Welt zu sein ... – Ich fand sie unglaublich, Hanna, kannst du das verstehen? Unglaublich in ihrer Distanzlosigkeit, ihrer Ungeschminktheit ... in ihrer abenteuerlustigen Lebendigkeit ... aber auch in ihrer Unberührtheit und leider Unberührbarkeit. Denn das war für mich das Problem, wurde es immer mehr: dass wir zwar intim werden konnten, dass die Wärme ihrer Hand nicht nur aufliegen, sondern auch einsickern und ausstrahlen und sich zur Hitze steigern konnte, dass sie reizen und aufnehmen und genießen konnte, die Vertrautheit aber, die von Anfang an da gewesen war, keine Steigerung kannte. Auch wenn ihre Unterlippe sich ab einem bestimmten Punkt von der Oberlippe löste und, dieses Haltes beraubt, unmerklich anfing zu zittern, als wüsste sie nicht, ob sie sich an einem Lächeln oder leidenden Atemholen beteiligen sollte ... auch wenn dieser Ausdruck, ebenso wie zu einem späteren Zeitpunkt das leichte und tiefere Anstoßen der Stimme, meine Lust auslöste, nein, sie *anstellte*, ohne dass ich etwas dagegen tun konnte ... Trotzdem blieb alles, was folgte, so natürlich und selbstverständlich und erwartbar für jeden Menschenkundigen, so sehr ein Vorkommnis im Rahmen unserer Gattung, dass sich nichts weiter entwickeln konnte, was es nicht immer schon gegeben hätte. Ich konnte sie *nicht binden*. Nicht stärker jedenfalls, als die Biologie es vermochte, nicht als Individuum. Ich drang nicht zu jener Schicht vor, die in ihrem Bruder mehr als einen Mann und Landwirt, in ihren Schulfreundinnen mehr als echtbürtige Produkte ihrer lauenburgischen Heimat, mehr als landestypische, hier gewachsene Flora und Fauna gesehen hätte. Wahrscheinlich gab es das gar nicht für sie. Der Einzelne war nur Schaum auf dem Meer. Und wenn der Schaum knisterte, wie in meinem Falle: na, und? Gibt es ein bedeutendes Leben im unbedeutenden? Niemals.

Ah, ich merke auch jetzt wieder, wie es nagt. Es kam vor, dass ich in der Rostlaube stand, unschlüssig, ob ich in die Mensa oder in die Cafeteria oder nach Hause gehen sollte, und sie plötzlich auftauchte und mich fragte, ob ich mit zum Italiener käme. Was die geniale Lösung aller gewälzten Probleme war. Dass ich auf der Terrasse des Schwulencafés saß, des Café Rosa, in der Sonne, die Augen geschlossen, und innerlich an ihrem Bild arbeitete, die aufreizende Entblößung ihrer Zähne imaginierte, das lachende Kräuseln ihrer etwas zu großen, aber darum nur umso aufregenderen, sommersprossigen Nase … – dass ich die Augen öffnete und sie eben so, ganz *exakt* so vor mir sah, wie sie sich, den Kopf geneigt wie ich, wirklich über meine Selbstvergessenheit freute. Oder dass ich sauer auf sie war, aus irgendeinem Grunde beleidigt – das heißt aus immer demselben Grunde, weil ich sie nicht wirklich *haben* konnte –, freudlos im Seminar saß und sie unvorhersehbar hereinkam, sich zu mir setzte und mir verlockend zuflüsterte: «An die Ostsee? …» Da hatte sie dann ein Auto organisiert, den alten Scirocco – von ihrem Freund, der später aus dem Fenster sprang, was er aber früher oder später sowieso getan hätte –, hatte sogar schon Handtücher eingepackt und Wasser und Zeitschriften, und ich hatte nichts Eiligeres zu tun, als mit ihr aus dem Seminar zu knarzen und zum Parkplatz zu rennen und den Wind auf der rasenden Fahrt nach Meck-Pom, nach Loissin zu genießen. Das war meiner Meinung nach Metaphysik. Schicksal, gespenstische Gabe, das Leben als zuträgliche Erscheinung. Und für sie blieb es natürlich und schön und im Rahmen. Einfach nur … – Leben at its best, würdest du sagen.

Tja. Leben. Davon kann man eben verschiedene Begriffe haben. Ich denke auch gerade an unsere, an ihre und meine erste Nacht … Ich würde sie zu gern treffen und sie fragen, ob sie die empfunden hat. Nicht wie, sondern ob. Das ist auch ein bisschen so wie mit dir, fällt mir gerade auf, und mit meiner Unsicherheit darüber, ob wir im Wort seien … Ja, ich sollte über die Schwelle gehen und sie anrufen.

Ob wir beide das noch schaffen? Oder ob wir einfach bei der gefundenen Schriftform bleiben?

Dein nachdenklicher Sebastian

München, den 4. Dezember 2000

Mein Herzenssebastian,

das war allerliebst. Wie schön du die Menschen machst! Wie schön und begehrenswert! Ich sehe deine Sibylle vor mir, wie sie daliegt und dich wärmt, ich könnte förmlich Lust auf sie bekommen. Und fast glaube ich, wenn ich mit deiner Hilfe meinen Blick schärfe, könnte ich auch Markus so vor mir sehen. Markus in ungewohntem Frieden, Markus im Vertrauen auf die Welt. Was natürlich vollkommen unmöglich ist oder, wenn es geschieht, nichts bedeutet. Gar nichts.

Doch eines haben die beiden offenbar gemeinsam: Sie sind *frei*. Ganz anders als wir, die wir uns bestenfalls auf dem Wege dahin befinden. Und das ist ja, glaube ich, überhaupt auch der tiefere Grund, warum du mir von ihr erzählt hast. Nicht, weil du sie wiedersehen willst, so egoistisch bist und erzählst du gar nicht… außerdem willst du ja *mich* wiedersehen, ach, du bringst alles durcheinander… – sondern weil sie auf dieselbe Weise wie Markus in der ganzen Welt zu Hause war (*ist?*) und sich in keinen kleineren Raum als den der *ganzen Welt* einsperren ließ (*lässt?*)…

Ich lese Kleist und bilde mir ein, ich finge an, ihn zu verstehen. Ihn und diesen Kohlhaas-Wüterich, der für seine Sache eben die ganze Welt anzündet, oder Penthesilea, die auch keinen Halt kennt und ihre Zähne ins Fleisch ihres geliebten Achill schlägt. Sehr mitreißend, finde ich. Oder diesen Nicolin, der den undankbaren Adoptivsohn erst durchs Diesseits und dann durchs Jenseits jagt… Vor allem geht es Kleist immer darum, glaube ich, sich loszureißen und Grenzen zu überschreiten. Ist das nicht sein Erzählrezept? Man nehme eine Grenze und überschreite sie. Genau wie Nietzsche, der erst überall Denkverbotsschilder sieht, wo keiner sonst sie sieht, der wahrscheinlich also diese ganzen Schilder selbst aufstellt, dann losfährt und beschleunigt und sie eines nach dem anderen missachtet… Was sagt es über Markus, mein lieber Sebastian, dass er lauter Leute liest und mir zum Lesen empfiehlt, die sich eingesperrt fühlen und ausbrechen wollen? Selbst Büchner, Markus' jüngste und gründlichste Errungenschaft, will wegkommen, erst von der Ungerechtigkeit und dann von der Revolution und seinen Illusionen, damit er am Ende wenigstens die Medizin einigermaßen menschlich betreiben kann… Wovon muss Markus wegkommen, frage ich mich? Und wohin?… *Gibt* es da ein Ziel?…

Lesend wach geworden, beginne ich plötzlich, lauter Dinge, die ich an ihm liebe, verdächtig zu finden. Seine wirklich rührende Art zum Beispiel, lächelnd und nickend zuzuhören und ausnahmslos alles gelten zu lassen. Wie wärmt mich diese sanfte, rehäugige Großzügigkeit an ihm! Aber ermuntert er die Menschen damit nicht, sich *jede* Freiheit zu nehmen? ... Und läuft das nicht letztlich wieder auf *Kälte* hinaus? Oder sein Humor. Was wäre er ohne sein Lachen, ich muss dir mal ein Foto seines südlichen Mundes, mit den gleichmäßig aufblitzenden Zahnreihen schicken ... Aber ich habe inzwischen das Gefühl, dass er nicht nur über dies oder das, sondern aus den verschiedensten Anlässen immer gleich *über alles* lacht. Wo, bitte schön, soll das hinführen und enden? Oder sogar seine Liebe ... – die er ja nicht einmal artikuliert, wo bliebe da die Selbstbestimmung ... Vielleicht geht es ihm auch mit seinen ... seinen *Fixationen* auf mich überhaupt nicht um mich, sondern nur darum, dass er sich mit meiner Hilfe *vergessen* kann? Sodass meine Wirkung sich nicht wesentlich von der Wirkung der Musik oder des Alkohols unterscheiden würde ... oder von der des Lesens? ... Tatsächlich wählt er abends unter genau diesen Möglichkeiten ... Am liebsten nimmt er alles zu sich und am liebsten alles zugleich ... Mit Alkohol im Blut den Kopfhörer aufsetzen, sich auf mich legen, sich mit mir verbinden, hören und lesen.

Warum macht er überhaupt diesen weltfernen Zivijob in der Pathologie? Warum rasiert und poliert er sich regelmäßig eine Glatze, als wäre er ein buddhistischer Mönch? Warum bekommt er manchmal diese Anfälle, diese ... zynischen Verkrampfungen, wo er alles in Grund und Boden spottet? Wo er anfängt, Foucault oder Derrida anerkennend und vertraulich als «diese Burschen» zu bezeichnen, denen seiner tiefen Einsicht nach ganze Fakultäten auf den Leim gingen. Und wo er damit endet, dass er für die großzügige Vernichtung aller klassischen Bestände der bildenden Kunst plädiert, um *Platz zu schaffen,* für das Neue, für das er zu kämpfen behauptet – während ich weiß, dass er nichts so liebt wie einen Gang durch eine Galerie alter Meister ... Ist die Selbstdemontage ein solcher Genuss? Hauptsache, dass einen nichts mehr hält? Ich würde ihn gern halten ...

Ich habe es übrigens wahrhaftig geschafft, noch zum 1. Dezember in die Wohnung am Pündterplatz zu ziehen. Ich habe jetzt: eine Waschmaschine, eine Spülmaschine, eine unglaublich kleine, geradezu *winzige* Stereoanlage, man muss aufpassen, dass man sie nicht versehentlich zertritt; früher waren das Tempel-Anlagen, in denen man sich verlief... und eine eigene kleine Bibliothek mit Leseecke. Mein Vater, der Pfau, würde sich immer noch schämen, wenn er wüsste, wie wenig Luxus mich polstert. Während Bernhard, der Bock, als Polster nicht den Luxus, sondern das ästhetische Konzept vermissen würde... Aber ich für meinen Teil lasse niemanden herein, der urteilt, und genieße es, dass ich jetzt abends in meiner stilistischen Haltlosigkeit einfach die Maschinen anstellen und mich dann auf meinem alten Sessel rücksichtslos bilden kann. Und vorbereitet bin, wenn Markus kommt, sich zu meinen Füßen lagert und anfängt, kitzelnd an mir zu knabbern...

Deine wachsame Hanna

Berlin, den 18. Dezember 2000

Meine Schmerzenshanna,

wenn ich die Menschen schöner mache, machst du sie verehrungswürdiger! Was für einen Bannkreis des Respekts, des geistigen Schauders du um ihn ziehst! Du gehst mit ihm um, als wäre er selbst eine dieser historischen Geistesgrößen, mit denen er so exklusiven Umgang pflegt! Und fast scheint es mir, als würde ihr Tod in deinen Augen schon auf ihn übergreifen. Kleist erschossen, Nietzsche dahingesiecht, und auch ihm ist schon ganz schlecht... Aber ist es nicht sein gutes Recht, sein *Lebens*recht, sich eine Gesellschaft zu suchen, die ihm *Spielraum* gibt? Habe ich jemals Geschichte betrieben, um in ihr unterzugehen? Und nicht viel eher, um mit ihrer

Hilfe aus der Gegenwart aufzutauchen? Markus' Beschäftigung mit Philosophie und Literatur, scheint mir, ist nicht Ausdruck eines Fluchtbedürfnisses – und wenn er zehnmal versucht, das Weite zu gewinnen –, sondern eines Bedürfnisses nach *Intensität* und *Dichte*. Weswegen es auch kein Zufall ist, dass du, indem du ihm folgst – und folgen *kannst*, meine Hochachtung! –, dass du auf diese Weise selbst eine Art existenzieller Steigerung erfährst. Ich kann dich nur beglückwünschen, versuche, jeden Anschein von Kritik oder Missbilligung künftig zu vermeiden, und freue mich stattdessen offiziell, dass der Gegenstand deiner Lust offenbar deiner wert ist. Obwohl es natürlich mindestens ebenso interessant wäre, wenn er das *nicht* wäre…

Von den Pfauen und Böcken musst du mir bei Gelegenheit noch erzählen. Was meinen eigenen Vater angeht, so hat er sein Vorhaben tatsächlich umgesetzt und pünktlich zu seinem 57. Geburtstag gekündigt. – Ich fürchte, der Hang zur Schicksalsplanung liegt in unserer Familie… «Drei Jahre noch!», hat er fröhlich ausgerufen. Und emphatisch, voller Verheißung: «Drei endlose Jahre *Leben*!» Nun sitzt er zu Hause, lästert über seine Kollegen und «ihre» Begabtenförderung, surft im Internet und lässt die Familie Großes erwarten. Wenn du mich fragst, grenzt diese fixe Idee an Altersschwachsinn… Selbst wenn er recht haben sollte und er, wie sein Vater und sein Großvater, tatsächlich nur für sechzig Jahre Lebenskraft zur Verfügung haben sollte, würden gesunde Lebensweise und Medizin statistisch noch ein paar Jahre obendrauf packen… Aber es ist die *Zahl*, auf die er setzt. *60* Jahre. Das ist es. Also noch drei Jahre. Drei *rücksichtslose* Jahre. – Nur darum fängt meine Mutter an, sich ganz allmählich Sorgen zu machen…

Im Übrigen scheinen ältere Männer überhaupt eine schwierige Gattung zu sein. Was Hermann angeht, so hast du mit deinen launigen Fragen, wie er riechen und ob ich alles für ihn tun würde, intuitiv, fürchte ich, bereits das Entscheidende getroffen. Früher oder später wird das tatsächlich nötig sein – ihm alles zu geben, meine ich, denn er ist ein Schlund. Nein, wirklich! Ob Anerkennung, Freundschaft, positive Energien, ob Gedanken, Bücher, Geschichten, Geld, Menschen oder ganze Unternehmen …: Das alles braucht und greift er in rauen Mengen, stopft und frisst er in sich hinein, das alles verschwindet in ihm auf Nimmerwiedersehen. Auch ich muss täglich liefern und ihn füttern, mit Aufmerksamkeit, stärkenden Worten, Ideen und Konzepten. Fast komme ich mir vor wie diese Spinnenmännchen, die dem übermächtigen, naschsüchtigen Weibchen zur Kopulation möglichst große Fliegenpäckchen zum Knabbern mitbringen, damit sie nicht noch vor Beendigung des Zukunftswerkes selbst verspeist werden. Wobei er an wirklicher Nahrung, auch an Alkohol, überhaupt am Genuss, kaum interessiert ist und mir nicht einmal die nötige Zeit bleibt, um die lebensrettenden Energie-Happen vorzubereiten … Neuerdings telefonieren wir schon morgens um halb acht das erste Mal. Kannst du dir das vorstellen? Ich und morgens um halb acht einen klaren Gedanken fassen? Ihn gar mit geschmeidiger Stimme auf den elektronischen Weg schicken? Aber so ist es. «Wann stehen Sie auf?», hat er mich vor einigen Wochen gefragt. «Wir müssen früher sein als alle anderen.» Ganz abgesehen davon, dass die Nachrichtenredaktion überhaupt nie schläft und ich sein kerniges Ziel schon von daher ins Land Utopia hätte verweisen können … – abgesehen davon habe ich glücklicherweise auch der Versuchung widerstanden, ihm Märchen über mein benediktinisches Ora et Labora aufzutischen … Sonst hätte er unweigerlich vorgeschlagen, dass wir noch vor seiner frühmorgendlichen Jogging-Runde – ohne die er, angefüllt mit einer doppelten Ration von Aggressionen und Hormonen, spätestens am Nachmittag ganz einfach *platzen* würde –, er hätte also vorgeschlagen, dass wir noch vor sechs miteinander Eucharistie feiern und sprechen … Worüber, fragst du? – Über alles! Meine Funktion ist die eines Wirklichen Geheimen Rates, keiner im Unternehmen weiß, dass der regierende Fürst nichts tut, ohne mein Urteil einzuholen und mit mir zu denken. Am frühen Morgen, dann zwischendurch am Telefon, übrigens wechselseitig ohne Begrüßung («mm?», «ja?»), abends, nachdem alle die Redaktion und die Verwaltung verlassen haben, im Separee seines Büros. Er folgt nicht all meinen Empfehlungen, das nicht, ich brächte keinen Ton mehr heraus. Aber es ist wie … – wie in Kleists allmählicher Verfertigung der Gedanken beim Reden, vielleicht hast du die jetzt auch schon genossen, na, wo habe ich sie denn … Ja, hier: «Es liegt ein sonderbarer Quell der Begeisterung für denjenigen, der spricht, in einem menschlichen Antlitz, das ihm gegenübersteht; und ein Blick, der uns einen halbausgedrückten Gedanken schon als begriffen ankündigt, schenkt uns oft den Ausdruck für die ganze andere Hälfte desselben.» – Hermann sieht mich an, ich habe keine Ahnung, was ihm durch den Sinn geht, er fängt an zu formulieren, ich nicke ihm freundlich zu, er fasst Vertrauen und tastet sich weiter … ich unterbreche ihn leicht mit einem unverständlichen Wortansatz, kaum mehr als ein Laut, der Stress in ihm nimmt zu … er schüttelt heftig den Kopf, neinnein, das war es nicht, was er sagen wollte … er gestikuliert, ich sehe ihn erwartungsvoll an, er begibt sich auf die Bahn, seine Hand treibt kreisend ein imaginäres Rad voran, ich werfe ein halb schon erlöstes «Sie meinen? …» ein, nicke nun rhythmisch mit ihm zusammen, er stockt noch an einem kleinen Widerstand, er überwindet ihn, spricht den Satz ganz aus, der Satz ist da, der Satz ist gut, er führt weiter, und wir sind beide gleichermaßen hochzufrieden. – Er, weil er das kleine Kunstwerk geschaffen hat, und ich, weil ich die kreative Energie zu ihm durchleiten konnte und selbst von den organischen Nöten der Produktion verschont blieb … In anderen Fällen komme ich nicht darum herum und sage, was ich zu sagen habe, was er vollkommen unbelehrt findet, weswegen er mir erklärt, wie es richtig ist – und dabei auch gleich selbst darauf kommt, was wir tun können. In wieder anderen Fällen werfe ich selbst einen Gedanken ein, von dem nur er dank größeren Überblicks wissen kann, was er wirklich wert ist, weswegen er aufspringt und mich aus Bosheit mit Lob beschämt, mit lauter gelösten Problemen, von deren Existenz ich nie auch nur geahnt habe … Und dann gibt es natürlich auch noch die Fälle, in denen ich wahrhaft Gold schürfe *und das weiß* und ihn Nugget für Nugget teilhaben lasse. Nicht die glücklichsten Momente, wie du dir jetzt denken kannst. Er wird dann meist ruhig, sagt gar nichts mehr, wechselt manchmal sogar die Gesichtsfarbe, verzieht den Mund, als hätte er einen schlechten Geschmack auf der Zunge, beendet, kaum dass er alles begriffen hat, kurz angebunden unseren Jour fixe, trägt mir womöglich noch irgendetwas auf, damit ich zeitfressende Existenz mich wenigstens noch ein bisschen nützlich und rentabel mache. Aber ich weiß, dass ich ihm nur aufgrund dieser Momente, da er fast sein Gesicht und sein exklusives Urheberrecht und eben seinen Vorrang verliert, ein Denkpartner sein kann, der ihm mit bloßem Nicken das schenkt, was ihm fehlt. Morgens, zwischendurch, abends, am Wochenende, selbst während des Urlaubs, wo er auch nicht lockerlässt …

Wobei es falsch wäre, sich als Gegenteil des Lockerlassens den zupackenden Griff des Machtmenschen vorzustellen. Denn die Pranke ist zugleich ein Säuglingsfäustchen, im harschen Ton des Vorgesetzten steckt immer auch das Geplärre des hilflosen Wickelkindes … Entschuldige bitte, das Telefon …

Berlin, den 19. Dezember 2000

Ich schreibe einfach weiter, gestern kam ich nicht mehr dazu: Ist es nicht plausibel und naheliegend, wollte ich mit Blick auf diesen Hermann fragen, dass vor allem Menschen, die *allein nicht zurechtkommen*, unselbständige und bedürftige Menschen also, Arbeitssituationen herbeiführen und aufsuchen, in denen andere Menschen um sie herum sind, die ihnen helfen und ihnen Wünsche erfüllen? Du solltest ihn erleben, wie jetzt, in diesen Tagen vor Weihnachten, die Verzweiflung nach ihm greift – wie *beleidigt* er beobachtet, dass sich alle Energien von ihm und seinem Sender abziehen, hin zu den vielen ihm fremden Familien und Partnern, ins *Private* – etwas, das es seiner Meinung nach gar nicht geben dürfte –, wie verächtlich er auf Ankündigungen reagiert, dass jemand schon morgen oder übermorgen *nach Hause* fahren wolle – «Wir führen hier Krieg, und Sie wollen Plätzchen backen?!» –, wie er jetzt zur Hochleistung auffährt, lange Korrespondentenketten zu Weihnachtsbräuchen anweist, internationale Themenmusik zusammenstellen lässt und wie empfindlich er auf Kritik an seiner endlosen Reihe von Sondersendungen reagiert – «Wie? Zu Überschuldungen und Verbraucherinsolvenzen will niemand etwas hören? Wieso nicht?! Und zur Fettleibigkeit auch nicht?! Wann, wenn nicht jetzt?! Wir sollten auch noch ein Spezial über Mord unterm Weihnachtsbaum bringen! Haben wir das Loriot-Gedicht?!...» Selbst mir fällt es schwer, ihn durch Verständnis und Nachsicht in seine gewohnte babyblaue Kuscheldecke zu hüllen, ihn zu trösten und zu ermutigen – wirklich helfen würde ihm wahrscheinlich nur eine Klausur bis zum zweiten Januar, Strategie- und Marketingtage à deux, damit ihm die diesigen, dumpfen, überheizten Tage im Hotel nicht gar so lang werden...

Denn natürlich wohnt er selbst nicht mehr «zu Hause». Schon seit Monaten nicht. Seine Frau sitzt im hauptstadtnahen Brandenburg auf einem alten Bauernhof, dessen Wiederherstellung und Erneuerung sie überwacht hat und den sie nun sehr künstlerisch und sehr schön mit lauter alten Gerätschaften, Werkzeugen und Mobilien, mit Milchkannen, Bauernschränken, Pflügen, Trögen, Laternen und Wandtellern füllt. – Vor ein paar Tagen haben Hermann und ich uns spontan, um Tee zu trinken und zu denken, für ein paar Stunden in diese Menschenferne chauffieren lassen. Sie sitzt da mit ihren beiden gemeinsamen Kindern, fährt sie zur Schule und zum Sport und zur Musik, fährt zum Einkaufen und zum Filzkurs bei einer Berliner

Hexe und führt ansonsten ihr eigenes, abgelegenes, selbst den Nachbarn unendlich fernes Leben, altert in Ruhe mit den Dingen, an denen sie, wie sie mir sagte, *vor allem* ihr Altern liebt – während er, um diese nachrichtliche Ödnis und Diaspora nicht betreten zu müssen, als Aufmerksamkeits- und ergo Öffentlichkeitsjunkie vom Sender direkt ins Hotel, von dort zu Abendveranstaltungen und, der Einfachheit halber, wieder zurück ins Hotel geht. Werktags und mindestens einmal auch am Wochenende. Natürlich geht sie davon aus, dass er eine Bettgespielin hat, und freut sich über die außerhäusliche Entsorgung von Bedürfnissen, die sonst bei ihr aufschlagen würden, sie verspannt sich, sobald er zu ihr tritt. Ich für meinen Teil glaube aber nicht daran. Es kommt mittlerweile so oft vor, dass er behauptet, außerplanmäßig nach Hamburg zu müssen, ohne dass er sagt, worum es geht ... dass er sich von mir abends beim Telefonieren erwischen lässt und das Gespräch so ostentativ beendet, dass ich mich frage, ob da überhaupt eines stattgefunden hat ... dass er mich zu steigenden Scheidungsraten oder Scheidungskindern befragt, als *hätte* er ein persönliches Problem damit ... Er macht inzwischen, will ich sagen, eine solche Show aus der Potenzialexistenz einer hermannvernarrten Frau, dass ich fast sicher bin, es handelt sich um ein Phantom. Er *braucht* etwas Weibliches, keine Frage, so wie das Joggen oder den Titel des Programmchefs, aber er *hat* da nichts. Es ist wie mit seinen Statistiken und sonstigen scheingenauen Annahmen über die Wirklichkeit: Die Frau ist ganz einfach *gedacht*.

Ist es nicht übrigens unglaublich, dass die Amerikaner nun tatsächlich George W. Bush zum 43. Präsidenten der USA gewählt haben? Was für eine Korruption in dieser Justiz! Der reine Staatsstreich. Und das von einem Mann, der bisher vor allem Sohn war und in allem anderen gescheitert ist, von einem Bekehrten und reuig Zurückgekehrten, einem Loser hinter der Maske des staatstragenden Biedermannes, einem *Abhängigen* wie Hermann ... Ich plane eine Sendung über Dekadenz, unser Rom kommt als Deutungsrahmen für das imperial überdehnte Amerika zu Ehren, lese Lactanz über Seneca, der die Geschichte Roms in Lebensalter einteilte. Kindheit und Jugend unter Romulus und seinen Nachfolgern, erwachsen im Gehorsam gegenüber dem eigenen Gesetz, Reife nach dem Sieg über Karthago, bis nichts mehr zu besiegen war... Und von da an Selbstzerfleischung und innere Übel im Greisenkörper, Rückfall in kindische Monarchie, bis Rom *die Kaiser als Krücke* brauchte... Wenn nichts Unvorhersehbares geschieht, die USA keine neue Realitätserfahrung machen, werden auch sie, vom grimassierenden Bush-Tölpel, rasselnd ins Zeitalter der Gehhilfen geführt...

Da nehme ich mit Hermann als Kleinausgabe fast noch vorlieb. Aber unter uns: Es tut gut, dir von all diesen Dingen zu erzählen – dir, einer Frau, eigentlich sogar *Fraufrau*, die mich von allen männlichen Gerüchen um mich herum erlöst. Das ist wahrscheinlich auch die einzige Entschuldigung dafür, dass ich erzähle und erzähle – und dich zwar kommentiert, aber noch immer nicht gefragt habe, wie es dir geht. Dir an sich und dir mit deinem Markus? Denn deine letzten Mitteilungen sind ja auch schon wieder gut zwei Wochen her... Ich hoffe sehr, dass du die Oberfläche – und die Freiheit genießt! Ohne gleich in gefährliche Spielräume abzudriften... Du fehlst mir sehr. Auch so eine Wahrheit. Eigentlich spreche ich nur, um dich heraufzubeschwören. Schreib mir bald. Du selbst. Und schöne, warme, unverdorbene Festtage!

Dein Weihnachtssebastian

P.S.: Ich habe von Rebecca geträumt. Wie ich sie zufälligerweise treffe, was seltsamerweise nie passiert, und sie mich zur Begrüßung umarmt, dabei ihre linke Hand, als wäre sie nur Haut und Knochen, hart und fest von hinten um meinen Hals legt, sich zurücklehnt, abscheulich grinst, lachend wie aus mehreren Kehlen nun ihren Kopf zurückwirft, während mein Hals immer stärker schmerzt, sie das blond aufleuchtende Haar nach hinten schleudert, dass es ihr wirklich in Büscheln aus- und auf die Straße fällt… Entschuldige bitte. Ich hätte das nicht schreiben dürfen. Aber eine Zensur in *dieser* Korrespondenz?… Ich lasse es einfach stehen und hoffe, dass *du* etwas Gutes damit anfangen kannst. Mir ist es rätselhaft.

München, den 15. Januar 2001

Mein Lieblingsträumer,

ich muss mich entschuldigen, dass ich dich so lange auf die Absolution warten ließ: Denn du *kannst* ja nichts dafür, dass dich Rebecca im Traum aufsucht! Es ist *meine* Schuld, weil ich sie, Rebecca, dir nahegelegt habe – obwohl ich ja längst weiß, wie aufmerksam du auch alle subkutanen Regungen wahrnimmst… Männlichkeit ist eine Form der Sensibilität und Empfindlichkeit, für deinen Fall stimmt das vielleicht. Nein, ganz sicher! Aber es gibt auch andere Fälle, mit denen du ja selbst gerade deine Erfahrungen machst… Und um ehrlich zu sein, mich *graust* es, wenn ich dich erzählen höre, von diesem Zugreifer und weit geöffneten Säuglingsschlund, es stellen sich mir die Nackenhaare auf, und ich kann nur froh sein, dass du keine Frau bist und ich weit weg. Diese alten Männer… Manchmal ist mir, als müssten wir erst unsere Körper von ihnen holen.

Gut, ich erzähle. Es ist einfach, es dauert nicht lang, aber ich brauche einen Rotwein und die räumliche Distanz, die wir gerade haben, sonst geht es nicht. Meine Mutter ist Zahnärztin, wie du weißt, mit geradezu ansteckender Lebenslust. Keine Schönheit, aber mondän und charmant, sprachbegeistert und schlagfertig, und wenn sie in Stimmung ist, mit ihren kaum mehr als fünfzig Jahren immer noch unwiderstehlich. Mein Vater, der Pfau, konnte von Anfang an nicht widerstehen, er machte ihr auf irgendeiner langweiligen Gesellschaft und vor Zeugen einen launigen Antrag, sie nahm aus reinem Übermut an, sie bekräftigten die Sache mit einer spontanen Reise nach Venedig, wo sie sich überhaupt erst kennenlernten, und er bezahlte die Eroberung mangels sonstiger Qualitäten mit der schönen Villa in Bogenhausen, in der wir aufgewachsen sind. Meine Mutter hat sie renoviert und ausgebaut, solange wir klein waren, und war so lange ausgelastet. Aber als das getan war, hat sie sich gelangweilt. Die Kinder waren hübsch und intelligent und auf dem von ihr bestimmten humanistischen Bildungsweg, der Mann ein erfolgreicher Radiologe, ihre eigene Praxis lief wunderbar, aber nichts von all dem half ihr in ihrer Fraulichkeit. Also fing sie an, Galerien zu besuchen, über bildende Kunst zu lesen, zu Vorträgen zu gehen – und lernte bei einer solchen Gelegenheit Bernhard, den Bock, kennen. Er lud sie nach seinen gelehrten Ausführungen und einer zwanglosen Plauderei am Rednerpult in ein mittelprächtiges Restaurant ein, weil er als alternder Kunstprofessor nur über begrenzte Mittel verfügte, aber dieses Restaurant, so behauptete er noch auf dem Weg, war der perfekte Rahmen für ihre Erscheinung – wie sie mir noch am nächsten Tag begeistert wiederholte ... Er setzte sie an einem Tisch in das richtige Licht, fing an, Gang für Gang mitsamt den Getränken zu *komponieren*, wählte dazu auch die passenden Tischgespräche, erfreute sich wortreich an ihr, schmeichelte ihrer Intelligenz mit steilen und einsamen Thesen über den Expressionismus, sah sie grundvergnügt und warm an, wenn sie lachte. Kurz, er tat alles, was man in so einer Situation tut, um die Frau ins Bett zu bekommen, und hatte Erfolg. Das war im Sommer 1986, ich war dreizehn, Rebecca elf und Judith noch nicht einmal neun.

In den Monaten danach war sie jede Woche mindestens eine Nacht weg. Sie ging dann zu ihm in seine Schwabinger – natürlich! – Altbauwohnung, wo er, wie es sich für einen erklärten Wiedergänger des Pan gehört, oft Gäste hatte, wo viel getrunken wurde, meine Mutter in ein Bad aus Komplimenten sogar jüngerer Männer tauchte.

Und anschließend mit Bernhard kiffte und guten Sex hatte. Das weiß ich heute. (Dieser Brief ist geheim und ist zur *sofortigen* Vernichtung bestimmt! Aber wenn er die Zeiten überdauern sollte… dann *soll* es so sein, und es komme alles an den helllichten Tag.) Sie tanzte und vergaß alles. Mit der unausbleiblichen Folge, dass der Pfau sein Rad schlug und, als sie nicht ausreichend beeindruckt war, den Platz so schnell verließ, wie er ihn betreten hatte. Ich glaube, im Grunde hatte er ohnehin an sich und seinem Rad genug – und brauchte sie und uns vor allem als Federn, um ein noch größeres Rad zu schlagen.

Und meine Mutter, die gern und oft Fehler machte, machte einen weiteren Fehler, indem sie den Bock nach Hause brachte. Die Villa war uns geblieben, mein Vater hatte genug Geld, um großzügig zu sein und sich loszukaufen. Er ging in die Schweiz, nach Davos, baute dort eine eigene Klinik auf und machte noch mehr Geld. Wir sahen ihn seitdem nur noch halbjährlich, wenn er mit Sonnenbrille in irgendeinem schnellen Auto heranrauschte, mit uns ausging und dabei nach dem Rechten schaute, was aus seinem biologischen Kapital geworden war. Und dort, wo er gesessen hatte, wenn er im Haus gewesen war, in der Leseecke im Wohnzimmer, saß jetzt oft Bernhard, mit Milde und Verständnis für alles, was wir ihm zutrugen – auch er ein *Schlund*! –, trank den Hauswein und besuchte uns, nachdem unsere Mutter uns ins Bett gebracht hatte, um uns etwas vorzulesen – nichts wichtiger als erzählen! –, uns sein warmes Verständnis anzubieten und uns zu trösten. Was im Falle Rebeccas so aussah, dass er seine große, etwas zu zartgliedrige und feuchte Hand unter die Decke gleiten ließ, über ihren Po, ihre Schenkel. Er sprach mit ihr voller Frieden und Empathie und streichelte dabei ihre Ritze, wie es früher die Ammen mit den kleinen Jungen und ihren Zipfeln gemacht haben, und irgendwann legte er sich zu ihr. Mindestens vier Jahre ging das so, bis 1991. Vier Jahre! Und Rebecca sagte nichts, sondern ließ es geschehen und hatte nichts damit zu tun, dachte sie.

Aber irgendwann dachte sie das nicht mehr und wehrte sich und schrie und zappelte und trat ihn von sich, etwas verspätet, aber immerhin. Und das Unglaubliche geschah, denn er bewahrte auch in diesem denkwürdigen, heroischen Abwerfen seiner garstigen Bocksgestalt dieselbe Nachsicht und dieselbe Ruhe, die Rebecca in all den Nächten vorher gelähmt hatte – wahrscheinlich dachte er an Gauguin und sein Naturkind, über die er gern Vorträge gehalten hat, oder an Kirchners, Heckels und Pechsteins Annäherungen an Isabella, Senta oder Fränzi, an das schöpferische *Recht* des Künstlers auf die Mädchenblüte... Er strich noch einmal mit tröstenden Worten über ihr entsetztes, begreifendes Gesicht und entfernte sich. Und nahm, behaupte ich, ihren Körper mit sich. Rebecca sieht das natürlich anders. Wenn du sie fragst, gibt sie ihren Körper jetzt noch weniger her als früher. Jeder Quadratzentimeter eine Angriffsfläche zu viel...

Er kam danach nie wieder. Nicht in unser Haus und nicht zu unserer Mutter. Wahrscheinlich hatte er längst das Interesse an ihr verloren. Aber umso unerträglicher war es für sie. Sie lief zu ihm, klingelte an der Schwabinger Haustür mit dem Jugendstilportal, schlüpfte mit einem heimkehrenden Hausbewohner hinein, klopfte an der hohen, schweren Wohnungstür, rief ihn, er machte auf, derangiert und mit einer jungen Frau im Arm, den Genuss breit und faul im übermüdeten Gesicht, Gesellschaftsgeräusch hinter sich, er lachte betrunken über sie und lud sie mit schmeichelhafter Stimme und tiefer Verneigung ein – woraufhin auch sie die Flucht ergriff. So konnte ich mir schon damals aus den Fetzen, die sie um sich schleuderte, die Szene zusammensetzen. Denn weil sie wirklich bis in die äußersten Sensorien ihrer Weiblichkeit entehrt war, packte sie mich, kaum wieder zu Hause, in meiner Sofaecke beim Fernsehen, stellte mich kreischend und zerrend zur Rede, erst mich und dann Rebecca, die neben mir saß, Judith war zum Glück nicht da, stellte uns eine nach der anderen zur Rede, weil sie es sich nicht erklären konnte: ob *wir* Bernhard vertrieben hätten, wir seien ja *immer* gegen ihn gewesen, was wir angestellt hätten, dass er nicht wiederkommt. Und weil Rebecca nun endlich sich befreien wollte und die Lautstärke ihr guttat, schrie sie meine Mutter an: Ob ich ihn *vertrieben* habe? Meinetwegen war er doch überhaupt nur da!! – Und als meine Mutter nachfasste und sie schüttelte, noch obendrauf: Er hat mich *gefickt*!! Verstehst du? *Darum* war er hier! Glaubst du wirklich, er hatte es auf *dich* abgesehen?! *Gefickt!!* – Da hat meine Mutter zugeschlagen, mit der flachen Hand ins Gesicht, einmal und noch einige Male und hat geschrien: Du Schlampe!! *Du* hast ihn mir weggenommen!! Und ist aus dem Zimmer gelaufen.

Und im Grunde ist auch sie nie wiedergekommen. Sie hat sich nicht entschuldigt, hat nicht gefragt, hat überhaupt nichts mehr gesagt, sondern einfach weitergemacht in ihrem verhassten, fraulich unterfordernden Alltag. Und ich versuche seitdem mit Rebecca, irgendeinen Weg zu finden, damit sie ihren Körper wiederbekommt. Oder wieder in ihn hineinschlüpft. Selbst als sie magersüchtig wurde, hat unsere Mutter nichts gesagt. Nur diesen einen Satz, den allerdings mehrmals, dass sie sich von Rebecca weder unmöglich machen noch tyrannisieren lasse. Rebecca müsse selbst wissen, welche Risiken sie eingehe, mit ihrem Hungerstreik und mit allem anderen. Und weil meine Mutter das immer noch nicht anders sieht, ganz im Gegenteil, weil sie im Älterwerden immer unversöhnlicher wird, das Altern selbst als Beleidigung empfindet, habe ich auch keine Hoffnung, dass wir uns irgendwann wiederfinden. Es wird nur immer fataler, ich denke seit Weihnachten darüber nach, ob ich den Kontakt zu ihr kappe. Auch, nein gerade die *stillen* Vorwürfe einer Frau, die uns den Bock auf den Leib geschickt hat, sind einfach inakzeptabel.

So weit. Der Wein ist alle. Es ist gesagt, du hast deine Wahrheit und ich meine intakte Oberfläche, die sich jetzt wieder ganz schließt. Fang ja nicht an, Verständnis zu entwickeln. Ich lege Wert darauf, dass du mir nach wie vor die Wehrkraft zutraust. Ich kann kratzen, beißen, stechen und krieche gleich zu Markus, meinem schönen und abgelegenen Partnerkörper, der vom Schlafzimmer bis hierhin an den Schreibtisch schnarcht.

Deine Stachelhanna

P. S.: Bush ist kein Mann. Aber das sind die Schlimmsten. Sieh dich vor.

Berlin, den 27. Januar 2001

Meine starke, tapfere Lieblingshanna,

mit Dank für dein Vertrauen, für deine Offenheit und schiere Mühe, diese kostbaren Seiten mit deiner runden, kraftvollen, regelmäßigen Handschrift (!) zu füllen: Ich weiß nicht, was ich dir sagen soll, und schreibe nur, um dir kein leeres Schweigeblatt zu schicken. Ich werde nicht anfangen, versprochen, dich zu bemitleiden, aber ich finde immer mehr, dass uns etwas fehlt, wenn wir uns erst in gut neun Jahren wiedertreffen, und würde es sehr vorziehen, jetzt einfach mit dir zusammenzusitzen. Nicht um dich aufzufangen, sondern einfach, um bei dir zu sein und Zeit mit dir zu verbringen. Ich mache damit natürlich einen Rückzieher und schwäche meinen eigenen großartigen Vorschlag, hier und auf dem Papier die Wahrheit zu sagen. Aber ich hätte dann vielleicht auch den Mut, dich zu fragen, ob sich der Bock wirklich nur Rebecca genähert hat oder ob ihr denn gar nichts bemerkt habt, solange es lief. Das geht hier nicht, und darum lasse ich es.

Und weil ich jetzt auch keine Überleitung ins sonstige Leben finde und es vielleicht auch gar keine gibt, weil ich müde bin und noch etwas ratloser als vor meinem P. S., schweige ich nun doch noch ein bisschen mit dir, bis es Zeit wird und es wieder einen von uns überkommt, indem er spricht.

Dein jederzeit erreichbarer, dir naher Sebastian

P. S.: Vielleicht aber noch dies, weil es im Zusammenhang stehen könnte und dich möglicherweise nicht von ungefähr bedrängt: Mir fiel im Laufe unserer letzten Briefe auf, dass für die Lieblingsautoren von Markus die Freiheit so wichtig ist, weil für sie alle auch die Begrenzung durch das Väterliche ein, verzeih mir, heimliches Großthema darstellt. Für Nietzsche und seinen Kampf gegen die Geistlichkeit in seiner Familie, der durch den frühen Tod seines Vaters vielleicht noch schwieriger wurde. Dann für Kleist, dessen Vater ebenfalls früh starb und ihm mit der Kraft des letzten Wortes die preußische Offizierstradition hinterließ. Und für Büchner, der nur so lange kreativ war, wie er Probleme hatte, den väterlichen Vorgaben zu folgen; in Zürich hätte er vielleicht wissenschaftlich Karriere gemacht und den Dichter mit dem so gelösten Vaterproblem hinter sich gelassen. Vielleicht liegt in dieser Gemeinsamkeit auch ein Schlüssel zu Markus? – Da mir die direkte Anschauung fehlt, kann ich dir nur solche indirekten Wahrnehmungen liefern.

P. P. S.: Journalisten übrigens suchen *nicht* nach Wahrheit. Sondern nach der Story, dem Thrill, nach Streit und Krieg. Wo kein Drama herrscht, keine gemeingefährlichen Gegensätze aufeinandertreffen, beginnt das Land unjournalistischer Langeweile. Und wo partout kein Blut fließen will, wird eben selbst zugeschlagen – mit der Meinung, dem Kommentar, dem hervorgekitzelten Kalaschnikow-Satz im Interview. Wir erschaffen jeden Tag neu das Colosseum … Manchmal in der montäglichen «Früh-Lage» kommt es vor, dass einer der Ressortleiter *erklärt*, warum er dieses oder jenes Thema ins Wochenprogramm heben will, dass er gar *wissenschaftlich* wird. Du solltest dann mit mir in die Runde schauen, wie die Gesichter herunterfallen, die Hände nach Marmelade und Croissants greifen, wie hektisch gekaut und binnen Sekunden nur noch glasig geschaut wird, wie die Körper zusammensacken. Wörter, die nicht schwirren und treffen und vom erlegten Opfer triefen, wirken hier zuverlässig wie Chloroform. Auch Hermann verliert sofort das Bewusstsein.

München, den 19. Februar 2001

Mein lieber, entbehrungsreicher Sebastian,

ich weiß ja, was ich dir zumute. Nicht, wie gesagt, weil ich es für einen solchen Vorzug hielte, mir körperlich nahe zu sein … Beileibe nicht! Außerdem finde ich es selbst so jammerschade, dass wir uns nur schriftlich austauschen. Mir fehlen deine ausgreifenden Gesten, deine kennerhaft hochgezogenen Augenbrauen, die zum Satzende warm abfallende Stimme … Stimmt, sie hat da etwas Verführerisches in ihrem finalen Hinunterschlieren, da sinke ich schon mit der Erinnerung nieder … Neinnein, du darfst mich *nicht* beim Wort nehmen … Mir fehlt all das, meine ich, was dir unabsichtlich so durchgeht – und das ist eine ganz beachtliche Menge. Und umgekehrt fände ich es manchmal schön, wenn ich nicht immer alles *sagen* müsste und du mich *trotzdem* verstehen würdest. Manchmal hätte ich ganz einfach Lust, leicht erhöht zu sitzen, meine Füße im schönen Bogen und mit einer Punktlandung auf deinen Knien abzusetzen – du magst sie ja unbegreiflicherweise –, mit dir Cappuccino zu trinken und zu schweigen …

Andererseits bin ich so *froh*, diesen Raum hier zu haben … auch das kann ich dir gar nicht sagen. Einen Raum wie ein Zugabteil, wie das Bistro in deinem Nachtzug, ein anderes natürlich, in einem anderen Zug, in dem ich dich jederzeit vorfinde, du immer Zeit für mich hast, wir die Welt vorüberziehen lassen, gemeinsam nachdenken.

Und in dem wir uns unterderhand verändern. Ich habe schon jetzt das Gefühl, dass es gar nicht leicht wäre, das, was wir hier miteinander entwickeln, in ein persönliches Treffen hinüberzuretten. Wenn du nicht aufpasst, wirst du für mich korrespondierend zu einer *Figur*, ausgeführt mit kaum mehr als ein paar notwendigen Strichen. Alles *Überflüssige* ... – nein, nicht, dass du es falsch verstehst: alles, womit ich nicht *sofort* etwas anfangen kann, ... ist weg. Auch ich selbst werde zu einer Plastik, an der ich mit spitzen, ungeübten Fingern herumknete, auch ich verschiebe mich in eine Figur, die wir hier aus dem Stein befreien. Warum sollten wir dieses gemeinsame Werk kaputt machen? Du solltest, unabhängig davon, wenigstens Sibylle anrufen ...

Vielleicht sollte auch ich sie anrufen. Ihre Unterscheidung zwischen Gebrauchs- und Dekorationskörper finde ich ganz wunderbar. Und wenn ich jetzt meinen Tag Revue passieren lasse, finde ich auch noch einige andere von diesen komischen Dingern. Den *Weichkörper* zum Beispiel, den ich morgens im Spiegel sehe. Unbewohnt, würdest du sagen, wenn du neben mir stündest, ganz ohne Zweifel ein *Hohlkörper*; aber ich finde ihn vor allem ungenau. Dann den *Duftkörper*, der manchmal noch in meinem Bett liegt, von dem überhaupt so viel Angenehmes ausgeht; vielleicht sollte ich ihn besser einen *Quellkörper* nennen. Ich schöpfe und trinke ein letztes Mal aus ihm, wenn ich die Decke anlupfe und ihm einen Kuss gebe. Die vielen *Fremdkörper* draußen auf der Straße, in der Tram; man wird einer von ihnen, ob man will oder nicht, kaum dass man zwischen ihnen einhergeht und sich zu ihnen setzt. Dann die vielen Unberührbaren im Krankenhaus: der vorauswehende *Astralkörper* unseres Chefarztes, die weiß verpackten *Subjektkörper* der geschätzten Kolleginnen und Kollegen, die leidenden, uns auf die Pelle rückenden *Objektkörper* der Patientinnen und Patienten, von denen wir leider auch nicht alle wieder zu uns auf die Subjektseite bekommen ... Und am Abend die leckeren, gesalzenen und gepfefferten *Nährkörper* in der Pfanne, mein eigener, endlich doch noch in Form gebrachter *Präzisionskörper*, im Gespräch mit dem geistig sprudelnden Quellkörper, dessen *Schwellkörper* ich irgendwann noch genieße, bevor wir beide als eng umschlungene *Heizkörper* liegen bleiben, als verträumt zurückgelassene *Löffelchenkörper* …

Und natürlich, du hast recht, *sprechen* die meisten dieser Körper, auch ohne Worte. Der Astralkörper, der plötzlich ganz diesseitig wird, indem er seinen rechten Fuß auf den Bürocontainer neben meinem Schreibtisch stellt und den Oberkörper mit verschnürten Armen über seinen Oberschenkelkörper federn lässt – bis er meinen Blick bemerkt und sein Bein ganz, ganz schnell wieder auf den Boden gleiten lässt. Auch der Objektkörper spricht, indem er sein Gesicht zu einer starren, abnehmbaren Schmerzmaske verzieht; freilich, wenn ich darunterschaue, ist da nichts, nichts, *nichts*. Und vom Quellkörper, der zugleich ein *Ausdruckskörper* ist, der sich manchmal in reine Bewegung und Tanz auflöst, brauche ich erst gar nichts zu sagen … Wie geht es *dir* unter so vielen Körpern? Oder nimmst du tatsächlich nur die *Seelen* wahr? … Lebst du nur im funkelnden Raum? …

Apropos: Dein Hinweis auf das Väterliche bei Markus ist interessant! Ich achte mal darauf. Und noch einmal zu den Körper-Dingen: Ich habe es dir ja nachgetan und genieße gerade das Schreiben mit der *Hand* – vielleicht sollte ich wieder anfangen zu malen – und frage mich bang, wann wir dazu übergehen, selbst auf den physischen Versand des Getippten zu verzichten und uns nur noch Mails zu schicken …

Ach Sebastian, ich habe gerade ein wenig die Leichtigkeit verloren … Vielleicht kannst du uns aufhelfen? Oder ist das alles gut so? Du musst es wissen, du bist der Mann! Sag etwas!

Deine ganz reale Hanna

Berlin, den 10./11. März 2001

Meine wundervolle Hanna,

entschuldige bitte, dass ich dich ganze zwei Wochen auf eine Antwort warten lasse – obwohl ich dir eigentlich *sofort* hätte sagen müssen, wie sehr ich dich bewundere: dich und deine Fähigkeit, die Dinge wahrzunehmen, hin- und nicht wegzusehen, vielleicht sogar noch einmal *nach*zusehen (ich habe in letzter Zeit zu wenig hervorgehoben, wie ich anhand deines Briefes bemerkte ...), dich dann von nichts und niemandem und von keinem Eindruck irritieren oder aufhalten zu lassen, sondern einfach *weiter*zugehen. Was mich angeht, so schaue ich ja wirklich über vieles hinweg, anders könnte ich den Alltag kaum überstehen. Nein, das ist übertrieben ... ebenso übertrieben wie der funkelnde Raum, auch wenn das ein schönes Bild ist, finde ich. Aber wahrscheinlich gehe ich mit den Körpern um wie du mit den Figuren: Ich wähle sehr scharf aus. Obwohl es mir da nicht um das Überflüssige oder um das Notwendige geht, sondern um das, was mich abstößt, und um das, was mich nicht abstößt.

Auch das ist vielleicht noch übertrieben ... Vielleicht beschreibe ich es besser am Einzelfall. Typisch für mich ist, dass ich auf einem Empfang eine Frau kennenlerne, im ersten Moment ihre hübschen Augen wahrnehme, wir einander lächelnd die Wege ebnen, lebhaft miteinander sprechen, wir nehmen zwei Stühle, mein Blick streift im Zurechtsetzen ihre Hände, ich notiere blitzschnell etwas nachlässig gepflegte Nägel, weigere mich bereits, noch einmal genauer hinzusehen, nehme entschlossen den Blick wieder auf, wir lächeln weiter, sie streicht sich mit diesen Händen das Haar vom Hals, ich sehe widerwillig einen allzu dicken, schrumpelig gehäuften Leberfleck, ich schaue noch entschlossener in ihre Augen, irgendein Duft steigt auf, ich lehne mich zurück etc.pp. – bis ich mich irgendwann aus sicherer Entfernung nur noch an die Augen halte, trotz der inzwischen noch entdeckten Grieskörner in den Winkeln, alles andere ausblende und folglich in der Fast-Finsternis sitze... Bei Männern habe ich meist noch weniger Licht, allerdings ist die umgebende Dunkelheit auch nicht ganz so tief – was sicher daran liegt, dass ich ohnehin eine größere Distanz zu ihnen habe. Während ich Frauen ja grundsätzlich sehr anziehend finde und dann umso empfindlicher auf alles reagiere, was mich zurückstößt und auf Entfernung hält... Ist es nicht überhaupt so, dass *nur* das Himmlische über das Potenzial der Hölle verfügt? Und dass darum gerade der *menschliche* Körper, von dem man sich alles Mögliche bis hin zur Erlösung verspricht, so erschreckend hässlich und grässlich wirken kann?

Was mich auf zweierlei bringt. Zum Ersten auf *Alien*. Hast du den Film mal gesehen? Ich habe ihn vor einigen Tagen wieder und nun mit deinen Augen gesehen. Insofern kannst du dir das jetzt auch sparen, habe ich erledigt... – Denn vor einigen Jahren fand ich es noch ganz normal, dass da ein paar Leutchen von einem Monster verfolgt und zerfleischt werden, in der Sphäre des Gruselgenres ist das ja das Normale selbst. Aber jetzt, sensibilisiert von deiner Wahrnehmung, fand ich es bemerkenswert. Denn es gibt ja längst eine ganze Science-Fiction-Bibliothek und -Videothek mit Geschichten, in denen die Maschinen das Bedrohliche und die Körper das Urvertraute sind. Kubricks *2001 – Odyssee im Weltraum* beispielsweise, wo man innerlich Zuflucht zur Wärme des Astronautenkörpers nimmt, um sich im eckigen Bauch der Technik und in der unendlichen Raumwüste drum herum nicht doch noch existenziell zu erkälten. In *Alien* dagegen ist die Technik das Vertraute, der Zentralcomputer heißt zu Recht «Mutter», und der Horror beginnt, als in einer eierstrotzenden Geburtshöhle fremde Lebensformen entdeckt sind – die den Körper anspringen und besiedeln und zum Wirt degradieren, schließlich in einer insektenhaften Geburt aus der Hülle brechen wie fiepende Organe und als Brut der grausen Großen Mutter – Anfang und Ende der Welt – Jagd auf alles Großbiologische machen. Übrigens ist der Film über weite Strecken von hypnotisierenden Herzschlägen untermalt... Normalerweise hätte ich die Videokassette auswerfen lassen und zurückgebracht. Aber mit deiner Hilfe konnte ich all die aggressive Organik nüchterner betrachten. Nicht wie Agent Smith in *Matrix*, ein computergenerierter Bösewicht, der als Kunstwesen angewidert über die schwitzende Glatze seines Opfers streicht...

Und das Zweite: Ich habe mich von dir inspirieren lassen und dem protestantischen Schlund, der sich momentan im Rückzugsgefecht für unseren mafiosen Finanzsenator verrennt, harmlos vorgeschlagen, mindestens zwei Sendungen über den Körper im Mittelalter zu machen. Natürlich hat er sofort Blut gerochen, die Brille abgesetzt, einige Papiere eilig in der Schublade verstaut, mich vom Schreibtisch weg- und in die Sitzecke komplimentiert und ironisch nachgehakt... – Der Körper, sagen Sie?... Interessant! Aber: Der Körper... – hat eine Geschichte? – Natürlich, antworte ich: Natur ist ja nur sein Ausgangspunkt, alles andere, was dann kommt, seine Haltung, seine Gesten, seine Mimik, seine Kleidung, das alles... ist Kultur. Hmm, macht Hermann, noch immer lächelnd und wie immer angriffslustig, während er nach sich selbst greift: Dieser Körper hier, ein bisschen zu... zu kräftig momentan, gehört *eigentlich* der Gesellschaft? Sodass ich froh sein muss, wenn ich ihn weiter füttern und waschen und behängen darf? Hm? ... – Der Ausdruck «gehört», sage ich zögernd, führt vielleicht auf die falsche Spur... Indem Sie ihn füttern und waschen und behängen, wie Sie sagen, *sind* Sie Gesellschaft und gehen hautnah mit ihr um. Was natürlich insofern bitter ist, als wir immer denken, dass gerade unser Körper... – Das ist nicht Geschichte, sondern *Soziologie*, was Sie da herbeten, geht er schneidend dazwischen: linke Theorie, die einen immer irgendwie enteignen will. Und die immer auf neue Vorschriften und Benimmregeln hinausläuft. Sie wollen doch nicht im Ernst... – Die Benimmregeln, sage ich, sind in der Tat interessant. Norbert Elias ... – Ist mir bekannt, unterbricht er mich noch einmal: Es gab auch in meinem Leben eine Zeit, in der ich es spannend fand, über Affektkontrolle nachzudenken ... Aber wollen Sie wirklich unseren Hörern erzählen, wie man sich im Griff behält und bei Tisch verfeinert?! ... – Nein, sage ich und begreife augenblicklich, dass ich schon wieder als Mann gefordert bin: Mir geht es eher um Macht und Rebellion, um Gewalt und Gegengewalt. Darum, wie das Gute unterdrückt und erst dadurch schlecht wurde, wie Sperma und Blut tabuisiert wurden, wie der Körper missachtet und misshandelt wurde, gegeißelt und gefoltert, wie sich in der Antikultur des Karnevals, im Schlemmen und Sexen und Lachen die leibliche Unterwelt wieder Luft verschaffte, wie ... – Sehr gut!, fährt mir Hermann dazwischen, schon im Aufstehen, vollkommen zufrieden und darum auch jedes Spaßes beraubt. So machen wir's. Und wenn wir damit durch sind, dann sprechen wir über den Körper in der Antike, im Rokoko, im Orient ... Daraus kann sehr gut eine Serie werden, das Thema ist ja unerschöpflich. Haben Sie sich die Unterlagen von Capital Vision angesehen? ... Ich muss morgen antworten ...

Und dann fällt mir noch ein (ich kann nicht bis drei zählen ...), dass ich vor ein paar Tagen eine merkwürdige, halbseidene Erfahrung gemacht habe, von der ich dir eigentlich noch erzählen muss. Aber eben wieder nicht so gern schriftlich ... Ich habe auch (Punkt Numero vier ...) tatsächlich Sibylle geschrieben und mich mit ihr verabredet. Weil mich an ihrem Körper bekanntlich gar nichts stört. Was für meine Verhältnisse eben unglaublich viel ist, fast schon eine Utopie.

Ich war mit diesem Brief wieder zwei Abende beschäftigt. Vielleicht übertreibe ich auch quantitativ und mache mir damit den nächsten Angang noch einmal schwerer ...

Dein fleißiger Sebastian

München, d. 7. April 2001

Mein lieber, grenzenloser Sebastian,

die Tage flattern mir nur so aus den Händen. Mit den immer gleichen Verrichtungen am viel zu frühen Morgen, dem Putzen exakt derselben Zähnchen, die schon gestern so viel penible Aufmerksamkeit verlangten … Mit den immer gleichen Links-rechts-Einstiegen in viel zu teure Slips und Hosen, dem Pusten in hübsche Kaffeetassen (die kenne ich doch? …), auf platt getretenen Wegen zum Krankenhaus und zum Einkaufen und nach Hause … das Köcheln und Schmausen, Plauschen und Schmökern … Sogar meine Klage über diese Routine ist alt und abgelauscht und wiederholt sich in dieser Welt mit schöner Regelmäßigkeit, Markus kann sie schon nicht mehr hören, er macht sich nur noch lustig über meine genau beobachteten Teufelskreise. Dann das ausdauernde Schlummern am Wochenende, ins Kino oder Theater, spazieren gehen, vielleicht noch in eine Ausstellung … tagein, tagaus, Woche für Woche, Jahr für Jahr … Und schon wieder geht die Sonne auf, und schon wieder geht sie unter, und schon wieder endet der Winter und beginnt der Frühling, immer so weiter und immer schwindelnd um und um, und es ist überhaupt nicht abzusehen, wie es irgendwann einmal anders werden könnte … Ich glaube, man liebt das Leben, wenn man dieses ewige Déjà-vu liebt, wahrscheinlich ist das sogar der Prüfstein, ob man in der Lage ist, jeden Zopf und jede Nase achselzuckend zu begrüßen: Das hatten wir schon? Umso besser, noch einmal! Nur das Briefeschreiben fällt glücklicherweise heraus und bleibt außen vor …

Aber was du von deinen Filmen schreibst … Die muss ich nun wirklich nicht mehr sehen. Obwohl ich gar nicht sicher bin, ob das meine Augen sind, mit denen du da geschaut hast … Mir gehen da nämlich in deinem Bericht lauter schauderhafte Vorstellungen viel zu unschön durcheinander. Wenn ich es richtig verstehe – bitte korrigiere mich! … –, ist das insektenhafte Monster zugleich Dämon, Kind und Parasit. Und weil es im befallenen Körper die Macht und die Steuerung übernimmt, ist es zeitweise wohl auch noch so etwas wie seine Seele, wie? – Selbstverständlich eine sehr dunkle … Was mir sehr anschaulich zeigt, warum *mir* das Organische überhaupt keine Angst macht, sondern nur das, was es angeblich beherbergen soll. Ich halte mich dann noch sehr viel lieber an Filme wie *Gladiator*, wo Körper, Gebrauchskörper, in einer Massentierhaltung trainiert und aufgepumpt, in den Kampf geschickt und geschlachtet werden, wo sie zwar auch Gefühle und Gedanken und Erinnerungen haben, aber einfach als Funktionen ihrer biologischen Organisation, und wo von parasitären Monsterseelen in Wirtskörpern nichts zu befürchten ist.

Aber auch Schlachten sind natürlich zum Aus-der-Haut-Laufen. Man braucht *Gegenmittel*, um trotz solcher Vorkommnisse in Kunst und Film leidlich zurechtzukommen. *Ich* brauche sie. Lasst unversehrte, intakte, *schöne* Körper um mich sein! Und mindestens einen, der sich unter meinen Händen belebt, dessen Atem sich beschleunigt, wenn ich mich an ihn kuschele, dessen Temperatur ansteigt, der Stimme bekommt und sich mir hingibt – weil er selbst schon alles und für mich noch einmal alles ist.

Rebecca will heiraten. Ist das zu fassen? Vor mir und Judith, die uns eigentlich immer überholen wollte. Sie trifft sich schon seit Monaten mit einem lustigen Menschen, der sterblich in sie verliebt ist, und sagt es niemandem! Gut, er ist keine Schönheit, nicht groß und stark, eher etwas kleiner als sie und zeigt um die Hüften herum Ansätze von Frühverschwabbelung – aber ist das ein Grund, ihn uns vorzuenthalten?! Er hat sogar schon einen kleinen glänzenden See auf dem Haupt, und aus seinem Hemd krausen dafür überlange, schon etwas harte Brusthaarbüschel, aber er hat gepflegte Hände mit vornehm gewölbten Nägeln, ist Finanzchef eines kleinen Telekommunikationsunternehmens und will sie durchs Leben tragen. Ist das nicht wundervoll? Wir sind ganz hin und weg und kichern und lachen über jeden blöden Witz, den Günther (schrecklicher Name!) zum Besten gibt – und das sind leider eine ganze Menge. Denn im Tiefsten seines Herzens ist er unsicher und ein großes, verspieltes Kind und macht uns zur Sicherheit und zu seiner eigenen Konfusion gleich allen vieren den Hof, einschließlich meiner Mutter, die sich darüber offensichtlich am meisten freut und zu großer Form aufläuft... – glücklicherweise hat sie erst ein einziges Mal die Gelegenheit dazu gehabt. Judith will vor allem das Tragische auf dem Grund seiner Lustigkeit erkennen, aber das will sie immer und überall. Ich halte es mit Rebecca, freue mich mit ihr und habe ihr jede Unterstützung zugesagt. Er wird sie in Ehren halten, und sie wollen Kinder haben und miteinander glücklich sein. Ich wünsche ihr so sehr, dass das etwas wird! Und werde zur Furie, falls er sie *nicht* auf Händen trägt!

Was macht eigentlich deine Promotion? Seit deinem Seminar hast du die gar nicht mehr erwähnt. Liegt die jetzt auf Eis? Erzähl mir von Sibylle! – Hast du sie inzwischen getroffen? Und von Hermanns dunklen Geschäften! Und dann das Halbseidene! Keine Ausreden!

Deine neugierige Hanna

Berlin, den 29. April 2001

Meine nimmersatte Hanna,

wie soll ich das alles abarbeiten? Plus all dem, was das Leben inzwischen noch zusätzlich draufgepackt hat? Vielleicht ist es doch besser, bald auf Mail umzusteigen, auch wenn wir damit natürlich die ganze abendländische Kultur preisgeben. Man kann einfach schneller und fast übergangslos miteinander sprechen, ohne größere Ansprüche an die Form. Und wenn man will, kann man sich ja *trotzdem* Mühe geben. Das Einzige, was mich an dem Versuch hindert, ist die Sorge, dass die Fenster in unserem Bistro womöglich aufspringen würden. Wenn wir anfangen, direkt und tagsüber zu schreiben und zu antworten, weht uns alles noch um die Nase, was abends oder am Wochenende endlich in unsichtbarer Ferne liegt. Und ich habe dich dann nicht mehr so ausschließlich für mich, was ich bisher ja sehr genieße... Und das dritte Einzige (ich kann einfach nicht die Fülle der Gründe übersehen, bevor ich sie zusammengetragen habe!...): Ich kann deine Briefe nicht mehr in meine Holzkiste legen und dort sammeln. Sie sind keine Originale mehr, mit den von dir verursachten Knicken und Dellen, keine Dinge, die mit mir altern... sondern Dateien, gleich ursprüngliche Ausdrucke und Kopien. Übrigens auch keine Varianten, wie du sie in deinen täglichen Routinen durchleidest. Denn du glaubst doch nicht ernsthaft, dass du dich auch nur ein einziges Mal exakt so anziehen kannst, wie du es schon einmal getan hast? Und wenn es zweimal derselbe teure Slip ist, in den du steigst.

Hermann hat jetzt für die Eigentümer sogar noch einen Fernsehsender gekauft – obwohl die Baumafiosi, die sich 98,3 einst unter den Weihnachtsbaum legten, um in der öffentlich-rechtlich dominierten Medienlandschaft einen konservativen Wellenbrecher zu platzieren, gerade allen Grund haben, keine Aufmerksamkeit auf sich zu lenken. Unser großprojektfreundlicher Finanzsenator und Amigo ist schließlich noch keineswegs aus der Schusslinie. Aber Hermann ist in solchen Dingen absolut beratungsresistent. Bevor er mir zuhört, rast er lieber direkt in die Morgenlage, versprüht dort gute Laune – *gefährlich* gute Laune –, fragt jeden Ressortleiter zu Beginn seines Berichts, wie es ihm gehe, worauf jeder gut daran tut, größte Zufriedenheit und Motivation zu zeigen, und fragt auch unseren Politikchef, der ein Streber ist, sich eine besondere Nähe zu Hermann ausrechnet und darum nicht nur alles super findet, sondern auch noch die Dummheit begeht, fröhlich zurückzufragen – und Ihnen?... Hermann verfrostet sofort und spricht nur noch mit dem Kehlkopf tief unter blutleeren Lippen – «Das geht Sie gar nichts an» –, nimmt die Ressortplanung auseinander und lässt den ungeschickten Menschen eine Stunde später wegen einer Lappalie hinauswerfen. Von unserem Prokuristen übrigens, der die zugestandenen zehn Minuten neben dem Schreibtisch stehen bleibt, bis der Delinquent seine physischen Siebensachen zusammengepackt hat und den Sender verlässt. Digital darf er nichts mehr anrühren. In solchen Situationen gegenüber Hermann auch nur den geringsten Zweifel an der hierarchischen Ordnung durchblicken zu lassen ist tödlich. Die Dienstälteren erzählen hinter vorgehaltener Hand von einer Palastrevolution vor rund fünf Jahren, damals sollen einige Redakteure versucht haben, den Sender politisch umzukrempeln und mithilfe von Investoren zu übernehmen, womit Hermann seine Machtbasis verloren hätte. Irgendwann stand er, wenn die Erzählungen stimmen, wie Rambo in der Redaktion, fragte Mensch für Mensch, ob er gegen oder für ihn sei, sagte jedem, der sich auch nur andeutungsweise gegen ihn erklärte, seelenruhig, er möge bitte den Raum verlassen und zum Personalchef gehen, sodass schließlich nur noch eine versprengte Handvoll Leute in den beiden Redaktionsräumen saß, besprach sich mit dem Produktionsleiter und dem ebenfalls verbliebenen Musikchef, setzte sich ins Studio und machte mit Interviews, Hörer-Call-ins, eingekauften Nachrichten und Live-Schaltungen, während deren sich Techniker zu authentischen Reportern auswuchsen, jeden Tag achtzehn Stunden Programm – so lange, bis wieder genügend Leute da waren, die ihm loyal zuarbeiten und am Mikro ersetzen konnten. Für ihn war auch das *Krieg* – während seine redaktionellen Gegenspieler samt Investoren in den Kategorien des Friedens dachten und darum verloren.

Aber ich fange vielleicht an, mich ein wenig freier zu machen. Ich war jetzt zum ersten Mal auf dem First Tuesday, wo sich zwar viele hippe Schaumschläger und Übermotivierte, darunter zu viele T-Shirts und Basecaps, aber auch einige interessante Internet-Gründer treffen. Vielleicht komme ich da auch noch auf eine goldene Idee …

Alles Gute für Rebecca! Obwohl ich mich aus der Entfernung wundere, verzeih mir, dass du die bürgerliche Unterbringung in Weiß für eine gute Lösung hältst. Wäre es nicht erst einmal wichtiger und richtiger, aus ihrer Körperfestung ein normales Zuhause zu machen, statt noch weitere Mauern um sie herumzuziehen? Wie kann der arme Halbmann da überhaupt auf größere Nähe hoffen? Zumal ihr ihn wahrscheinlich mit vereinten Kräften sicher-, das heißt kaltstellt? Aber ebenso wahrscheinlich irre ich mich – du wirst es besser wissen und beurteilen können. Und ich bin auch gar nicht gestimmt, mich hier zu versteigen. Wie gesagt, mir fehlt gerade der direkte Kontakt. Ich erzähle darum auch nichts Halbseidenes mehr und verschweige dir sogar, dass ich mir seit meiner Verabredung mit Sibylle ständig unser Treffen, das noch *nicht* stattgefunden hat, zusammenphantasiere,

dein sehnsüchtiger Sebastian

Berlin, den 10. Mai 2001

Meine Festhanna,

alles Gute, Schöne, Wahre und sonst irgend Vorteilhafte!

Dein Sebastian

München, den 26. Mai 2001

Mein ungeduldiger Dulder,

Dank für deine guten Wünsche! Aber: Ich mache mir allmählich Sorgen um dich! Wie war das noch mit deinem regelmäßigen Ärger auf Sibylle? Und immer aus demselben Grund? Haben auch wir in Rom womöglich eine Zeitbombe gestellt? Erkläre dich! Sprich deutlicher! Ich möchte nicht schuld daran sein, wenn du irgendwann explodierst und mir gar nicht mehr schreiben kannst… Die Wahrheit und nichts als die Wahrheit! Das hast du dir vorgenommen, und das sollte dir am Ende doch leichtfallen.

Bei Markus jedenfalls lagst du goldrichtig: Sein Vater ist Richter und ein christlicher Tyrann. Jemand, der die ganze intellektuelle Welt beherrscht, sich davorstellt und seinen Sohn nicht hereinlässt, es sei denn, der schwört, auf den rechten Wegen zu bleiben. Ich habe ihn jetzt kennengelernt, bei Markus zum Abendessen, als hohen Besuch in bescheidener Hütte, du hättest ihn sehen sollen: ein Himmelsstürmer mit schlohweißem Haupt, groß und schlank, dunkle Lederhaut, abgehangenes Fleisch. Jemand, der immer und überall überragt und dort, hoch oben im Licht, den Kopf weithin sichtbar schräg legt und die Augen in die Winkel rutschen lässt, wie unser Herr Jesus am Kreuz. Natürlich spricht er leise, *sehr* schwer zu verstehen, mit einem leichten Singen in der Stimme, ich musste mehrmals näher rücken, dann noch näher, mich vorbeugen und nachfragen, was allein schon unangenehm und eine Demütigung ist… Und natürlich spricht er eingängig, eindringlich und setzt nach, wenn man ihm nicht uneingeschränkt recht gibt, mit starren Hundeaugen und wieder schräg gelegtem Kopf, behaarten Händen und dieser okkupanten Gewalt der Stille, dieser untergriffigen Liebe und Nachsicht… Es stellt sich mir jede Pore auf. Er hat Verständnis für alles, kein Wesen ist ihm zu gering, und darum lässt er auch niemanden allein in seinem unerleuchteten Eigensinn, nicht einmal *mich* ... wo ich doch nur gesagt hatte, dass Gerechtigkeit von der Rache komme, die man dem Staat überlasse ... – schon musste ich die Teller stehen lassen, durfte ich nicht mehr abräumen, musste ich mich wieder zu ihm setzen, er fasste mich am Arm, um meine Gänsehaut, wendete sich zu mir und setzte mir ruhig auseinander, dass mit dem Gewaltmonopol des Staates die Rache historisch verschwunden sei – stimmt das überhaupt? ... –, und war nicht eher zufrieden, als bis ich ihm alles zugestand, alles, alles, alles ... Grauslich, sage ich dir, du wirst ihn und seine glühenden Zangen ganz einfach nicht los. Und dabei spricht er pausenlos von Gesetzen, Verordnungen, Strukturen, Systemen, Institutionen, niemals, niemals von sich, als gäbe es ihn gar nicht, du kannst ihn nicht packen und nicht treten. Und Markus *verändert* sich, er trägt plötzlich ein gebügeltes Hemd, sehr kleidsam, nebenbei gesagt, aber alles, was ich an ihm liebe, seine Körperlichkeit, seine Offenheit, sein Lachen, all das verschwindet ins Heimliche, er selbst wird leise und erschreckend höflich und furchtbar nachgiebig. Und irgendwann haben er und sein Vater ein Streitgespräch, das niemand auch nur bemerken würde, der nicht die entspannte Geschmeidigkeit meines begehrenswerten Partnerkörpers kennt ... Ein Gespräch, was sage ich, eine gegenseitige diskursive Bedrohung, in der Markus das Objektive bezweifelt und, wie in einem großen Ausverkauf, tatsächlich alles aufbietet, was ich in den vergangenen Monaten mit ihm gelesen und lebhaft diskutiert habe: das perspektivische Sehen, das absolute Gefühl, den Sinn für den Unsinn ... Und sein Vater wehrt das alles ab, schüttelt traurig den Kopf, macht sich Sorgen um seinen lieben Sohn, erklärt, begründet, versucht es im besten Willen noch einmal, Gott ist sein Zeuge, und spricht immer noch, beharrlich, ruhig, souverän, als Markus längst schon schweigt. Als er seinen Körper vor dem alten Gespenst da sitzen lässt, einen flirrenden Kokon der Einsicht, und längst nur noch mir und meinem Abwasch mit seinen wachen Rehaugen folgt, blickweise um meinen Körper schleicht und in ihn hineinkriecht, als bräuchte er einen neuen... Ist nicht *alle* Erfahrung körperlich? Ich meine, alle Erfahrung, die *irgendein Gewicht* hat?...

Und ich weiß nicht, ob es etwas damit zu tun hat: Zwei oder drei Tage später, auf einer Party, habe ich jemanden kennengelernt, der... ich meine, habe ich *noch* jemanden kennengelernt. Erlaubst du mir, dass ich dir davon erzähle? Ach, das ist *zu* blöd, dass ich jetzt *gar* nicht mehr weiß, was ich dir überhaupt noch erzählen darf!... Aber ich tue es einfach, alles andere macht es *hoffnungslos* kompliziert... Und ich *mag* keine komplizierten Geschichten... Wir waren beide, Markus und ich, eingeladen auf einer Vernissage in Neuhausen, am Rotkreuzplatz, bei dem Sohn unseres Chefarztes, selbst Medizinstudent und zugleich noch Maler, ich habe ihn auf der Station kennengelernt, als er seinen Vater besuchte, ein hübscher, funkelnder Blonder, der am Ende seiner langen Beine so spitze Schuhe trägt wie kein anderer Mensch, den ich kenne... Ein großer, genialisch gescheitelter Junge, der das Feiern zur Kunstform erhoben hat, sogar in New York schon Partys organisiert, gegen eine unverschämt hohe Anerkennung... Münchner Boheme, die es eigentlich gar nicht mehr gibt. Ich sitze also auf einem glutroten Biedermeier-Sofa in einem riesigen Atelier unter dem Dach, unter großen, eisern eingefassten Scheiben wie in einem Wintergarten, fast unter dem Sternenzelt. Um mich herum hängen *Die fünf Sinne* in großen, allegorischen Gemälden, zusammengehalten durch eine Pyramide, die sich mal dem Tastsinn, mal dem akustischen Sinn, mal geweiteten Nüstern erschließt. Ich habe ein wenig getrunken, Markus ist irgendwo, da setzt sich ein Mann zu mir, ich nehme ihn erst gar nicht wahr, zum Versinken langweilig, ich bleibe an nichts hängen, alles an ihm ist in Ordnung und ungefährlich und absolut überflüssig. Aber dann fängt er an zu sprechen, ich merke auf, alles ist plötzlich klar und leicht und übersichtlich, ich antworte nur obenhin, er nimmt präzise auf, *nichts* von dem, was ich gesagt habe, ist ihm entgangen, ich antworte, er fasst wieder restlos *alles* auf, gibt es mir schwerelos und in neuem, sogar reizvollem Zusammenhang zurück … Es war eine so mühelose Kommunikation, dass ich an der Wirklichkeit zweifelte. Ich habe dir das schon in Rom erzählt: Als Teenie dachte ich immer, dass die Gefühle uns verbinden. Es hat Jahre gedauert, bis ich begriffen habe, dass sie noch öfter trennen und dass es stattdessen die *Gedanken* sind, die über alle Abgründe hinweghelfen. Hier, das war so ein Fall: Ein federleichtes Gespräch, weil die Gedanken klar waren, weil nichts ablenkte, nichts mitsprach. Nach einer halben Stunde habe ich ihn gefragt, ob ich ihn küssen dürfe. Wahrscheinlich nur, um sicherzugehen, dass es da überhaupt etwas zu küssen gab. Er grinste irritiert, sagte aber Ja. Und dieser Kuss … der hatte all die Leichtigkeit noch einmal, ich konnte gar nicht aufhören, wie ein guter Landwein im Sommerwind. Oder wie das Naschen vom Büfett. Irgendwann kam Markus, sagte, er wolle gehen, ich habe mich verabschiedet, wir tauschten unsere Karten aus, Markus und ich schwiegen auf dem Weg zur Tram, dann in der Tram bis zum Kurfürstenplatz, auf dem Weg zum Pündterplatz, saßen in der Küche, hörten kitschigerweise Enyas *A day without rain* und hatten eine der besten Nächte unserer an guten Nächten reichen Beziehung.

Am nächsten Morgen lag dann eine Mail in meinem Dienstaccount, von Joachim, wie ich mich jetzt auch erinnerte: Der Abend sei wunderbar gewesen, schrieb er, etwas ganz Außergewöhnliches. Und obwohl er nicht wusste, wer der junge Mann gewesen sei, mit dem ich die Party verlassen hatte, wolle er mich gern wiedersehen. Ich schrieb ihm, ich sei nicht ganz zurechnungsfähig gewesen, es tue mir sehr leid, ich befände mich glücklich in einer funktionierenden Beziehung, ich wünschte ihm ein schönes Leben und auch sonst alles Gute. Woraufhin er mir vor drei Tagen, spät in der Nacht, eine Mail mit acht Seiten (!) Anhang geschickt hat, auf denen er mir in einer minutiösen, geradezu pedantischen Analyse unserer ersten Stunde, einer Darlegung aller Optionen und tatsächlichen Handlungsweisen, geduldig nachgewiesen hat, dass ich *nicht* glücklich sei, sondern erst in ihm den Richtigen gefunden hätte. Was mich schon rein intellektuell so beeindruckt hat, dass ich seinem Wunsch nach einem Wiedersehen nachgegeben habe. Was auch immer daraus werden mag...

Ich muss schlafen! Ich bin wieder einmal nach einem ganz normalen Arbeitstag die ganze Nacht über in der Notaufnahme herumgeflattert. «Bereitschaft» nennt sich das. Wenn die Zivis nicht gewesen wären, die man ja glücklicherweise ab und zu in ihrem Kabuff wecken darf, damit sie die Patienten auf die Stationen fahren... wenn die Zivis uns nicht mit ihren Komplimenten und ihrem Galgenhumor am Leben gehalten hätten, wäre ich irgendwann ganz einfach verloren gegangen... Daniel, ein kleiner, stämmiger, ewig unrasierter Mann, hat sich irgendwann kommentarlos auf einen Stuhl gestellt und in die Pose eines Opernsängers geworfen, hat den Mund jubelnd geöffnet, jubelnd und mit großem, federndem Ruck, bei weit ausgelegten Armen, aber ohne irgendetwas Hörbares, so angestrengt wir auch lauschten, und vor lauter ungemindertem Druck ist er dann rot angelaufen, dunkelrot, bis ein klägliches Rinnsal von Ton aus ihm herausgesickert und er in stummer Verzweiflung wieder zu uns herabgestiegen ist. Nachdem er das unverdrossen und als Stehaufmännchen vier- oder fünfmal erneut vor erwartungsfrohem Publikum probiert hat, immer wieder mit triumphal ausgebreiteten Armen und der roten, dunkelrot verstopfenden Birne hoch oben, verfielen wir gemeinsam in einen Lachkrampf, der jeden weiteren Notfall das Leben hätte kosten können... Sei mir gut, mein Lieblingsmensch! Und sei mir gnädig! Aber sei laut, wenn du es brauchst, und nicht so leise, dass es mir Angst macht...

Deine verunsicherte Hanna

San Pietro Clarenza, den 19.06.2001, 10:20 Uhr

Meine wankelmütige Hanna,

ich sitze auf Sizilien, auf einem Landgut aus angeblich dem 7. Jahrhundert, gebaut aus schwarzem Vulkangestein, lehne an einem Steinbrunnen, über mir die Kurbel mit dem Schöpfeimer, und sehe in der Ferne den Ätna. Ich habe wie immer am Morgen im noch ziemlich kalten Pool gebadet, dann im Garten zwischen den seltsamerweise noch unbesetzten Gästewohnungen gefrühstückt – Weißbrot mit Olivenöl, Tomaten, Parmegiano und Knoblauch, dazu Espresso – und will später noch zum Markt nach Catania, obwohl das allein natürlich nicht so richtig viel Spaß macht. Irgendwie läuft alles immer darauf hinaus, dass ich in einem Café sitze und dem Treiben der anderen zusehe. Vorher das Promenieren am Meer, das Schwanken im Gedränge (Syrakus), das Herumklettern zwischen alten Steinen (Agrigent) oder zwischen Sitzreihen hoch über der Bühne, vor dem gewaltigen Felspanorama der maritimen Natur (Taormina)... – das alles, habe ich das Gefühl, ist immer nur dazu da, mich endlich an einen Tisch zu bringen, an dem ich Cappuccino schlürfe und öffentlich nachdenke. Bilder, die mir dann in den Sinn kommen und die sich geisterhaft zwischen mich und die Plätze, Spaziergänger, passierenden Augenpaare schieben: Hermann vor dem fertigen Bundeskanzleramt, mit schnellen Schritten und schnellem Gefolge, wie er sich seinen Mantel von den Schultern nimmt, der Mantel einen Augenblick lang ausgebreitet im Wind hängt und dem diensteifrig eilenden Fahrer in die Arme flattert... mein Vater als Daytrader am Monitor, stundenlang unverändert, der genauso auch in irgendeinem Spielsalon auf rotierende Scheiben starren könnte... mein Vater in einem Kreuzberger Szene-Restaurant, mit gespielter Leidenschaft und bunten Lichtflecken im Gesicht, ihm gegenüber eine schwarzhaarige Bewunderin, intellektuell, herbe und plötzlich ausgelassen, ich erschrocken auf leisen Sohlen zurück, wieder Richtung Schlesisches Tor … meine Mutter von hinten, die in einem scheinbar unbeobachteten Moment in Gesellschaft heimlich ihren Pullover nach unten zuppelt, über die Kante des Rockes, bis er wieder glatt aufliegt … Gesa, die im engen Schwarzen an mir vorübergeht und hoch an ihrem Hinterkopf den Haarkamm nachsteckt, sich zu mir umdreht, meinen Blick noch eben erwischt und lacht … die Hände, die ich gestern auf dem Markt beobachtet habe, weswegen ich heute überhaupt wieder hinfahre, perfekte, gepflegte, geschickte Hände, mit runden, aufreizend ruhigen, dann hektischen, fast artistischen und trotzdem immer noch runden Bewegungen … Markus, mit guter Figur, gazellenhaft ins Buch vertieft, deine Hände auf seinen nackten, braunen Schultern, auch *ich* sehe ihn, deine Augen leuchten im Hinaussehen mit dem Fensterlicht auf … die schlanke, fast spinnenhafte Hand meiner lieben Freundin Eva, wie sie über einen weiblichen Schenkel streicht …

Gut, ich erzähle. Hier. Es stimmt, ich bin jetzt manchmal ungeduldig, verstehe auch nicht, warum wir uns nicht sehen können und in mir selbst etwas dagegen spricht. Ich finde es merkwürdig, dass wir uns nach Rom weder gesprochen noch getroffen haben, als müssten wir aufpassen, dass keine Dämme brechen, während du mir ganz einfach fehlst, gerade hier, ich gebe es zu, schon Mariapfarr hätte ich gern gemeinsam mit dir erlebt. Warum denn schreiben wir uns überhaupt weiter, häufen Schrift auf Schrift – wenn nicht aus dem einzigen Grunde, dass wir immer noch von unseren gemeinsamen Erlebnissen zehren können? Als Körper unter Körpern? Also warum jetzt wieder Distanz, wie schon einmal über zehn Jahre, trotz aller anhaltenden Offenheit? Wieder aus Angst, wir könnten alles kaputt machen? Obwohl wir doch auf genau diese Weise schon so viel aufgebaut haben? Und du ohnehin niemals irgendwelche Hürden zwischen uns erkennen konntest? Wahrscheinlich hätte ich dem Schreiben nicht so viel Bedeutung geben, nicht so viel Potenzial darin sehen sollen. Ich meinte ja immer nur: in der Zeit, in der wir uns anders nicht haben können.

Aber jetzt ist es zu spät, ich muss erst einmal nach Catania...

19:30 Uhr

Aber gut. Ich habe einen schönen Tag mit viel Fisch gehabt, die Sonne versteckt sich gerade, ich fröstele ein bisschen hier an meinem Brunnen, obwohl es eigentlich schon richtig warm ist, die Gräser sich gelb färben und die Kaktusfeigen blühen, ich ziehe mir etwas über, tue dir den Gefallen und bleibe auf dem Papier. Von Eva hatte ich dir erzählt, sie ist Reporterin bei unserem Stadtmagazin und abonniert auf soziale Feldforschung, was ihr einen ziemlichen Spielraum und immer einen guten Vorwand gibt. Dieses Mal wollte sie, angeblich mit Blick auf das gerade in den Bundestag eingebrachte Prostitutionsgesetz, über Huren aus Osteuropa berichten und hatte darum mit Hydra Kontakt aufgenommen. Die wollten ihr auch Gesprächspartnerinnen vermitteln, aber vorher wollte sie Huren bei der Arbeit sehen, ohne den künstlichen Rahmen des verabredeten Interviews, und hatte mich gefragt, ob ich mit ihr ins Berliner Milieu gehen würde. Nun hatte ich da überhaupt keine Erfahrungen – und nicht, wie du zweifellos von mir denken wirst, aus moralischen Gründen. Denn ich finde dieses ganze Geschäft überhaupt nicht unmoralisch, sondern nur langweilig und unästhetisch und habe noch nie begriffen, wie man mit einer Frau intim werden kann, die man nicht kennt und die keine Lust hat. Wahrscheinlich bin ich da unmännlich – angeblich stört das drei Viertel aller Männer überhaupt nicht, sodass es jeden Abend angeblich rund eine Million Mal erfolgreich zum trostlosen Verkehr kommt. Oder vielleicht bin ich auch undeutsch, denn in Großbritannien beispielsweise soll nur jeder Zwanzigste ein Freier sein. Aber sei es, wie es sei, ich habe Eva meine Unterstützung zugesagt, wir haben etwas willenlos im Internet recherchiert – was außer dem Preis sind Indizien für ein geschmackvolles oder interessantes Etablissement? –, haben uns eines Abends nach ausgedehntem Essen in ein Taxi gesetzt und den etwas älteren, irgendwie südlich akzentuierten Fahrer gefragt, ob er eine hübsche Lokalität mit Bar und erotischem Tanz empfehlen könne. Natürlich hat er erst einmal um den Brei herumgefragt. – Erotischer Tanz? Schweigen. Ob uns seine Zigarette störe. Nein? Nächtliche Fahrt, noch tastend. Ja, erotischer Tanz, wo man etwas sehen könne, vielleicht ein bisschen Lust bekomme … – Hm. Abaschen, nächtliche Fahrt, Rauchen … – Sie wollen da zusammen hingehen? … – Ja, natürlich, zusammen, wir tauschen einen skeptischen Blick, das wäre schon Bedingung. Und plötzlich wird mir klar, dass er nicht touristisch denkt, sondern innerlich *seine* Läden durchgeht, ob man uns da haben will, ob *er* uns da haben will und wo er am sichersten seine Provision bekommt … Ja, er wisse da etwas, in Moabit, nicht großartig, aber sympathisch und gar nicht teuer. Wir sehen uns an, überlegen, ob wir unser einziges Kriterium fallen lassen wollen, zucken mit den Schultern. Eva sagt, das sei genau richtig, wir hätten keine größeren Ansprüche, sondern suchten einfach nur etwas Nettes. Gut. Woraufhin er seine Zigarette aus dem heruntergekurbelten Fenster wirft und langsam etwas mehr Gas gibt.

Die Sonne rutscht unter die Mauer, allmählich kommt auch hier der Abend …

An einem Eckhaus in einer Nebenstraße hält er an, parkt gegenüber, kassiert, steigt tatsächlich mit uns aus, schließt den Wagen ab, wir gehen über die Straße, zwei Stufen hoch, durch die offene Tür, bis vor eine Bar ohne Gäste, hinter der ein mittelalter Typ im knappen Oberhemd steht. Unser Taxifahrer wechselt mit ihm einen Blick, er nickt, wir werden rechts eine Kellertreppe hinunterkomplimentiert und steigen hinab in einen Raum mit grundierendem Schummerlicht, auf eine weitere, hellere Bar zu, an der unser Taxifahrer mit schwerer Bremsung stehen bleibt, offenbar an seinem Stammplatz, gehen an einer Reihe vor allem türkischer oder arabischer Männer vorbei, weiter zu einer Pergola mit leeren, hölzernen Bänken und Tischen, an einer ebenfalls leeren Tanzfläche mit Stange, sehen einander fragend an und setzen uns. Die Kellnerin kommt, eine Frau mit langen, lockigen Haaren, die sich in knackig weißer Bluse zu uns hinunterbeugt, wir bestellen Bier, bekommen es zwei Minuten später, und dann passiert erst einmal gar nichts. Die Musik läuft, die Typen haben ihre Unterhaltung wieder aufgenommen, zwischen ihnen sitzen, wie wir jetzt erst bemerken, drei weitere Frauen auf Barhockern, Auslagen mit geradem Rücken, Zigaretten wie Autoantennen zwischen bunten Nägeln, die Netzstrumpfbeine züchtig nebeneinander oder übereinandergelegt, unser Fahrer steht nach wie vor allein ganz vorn am Tresen, trinkt ebenfalls Bier und raucht. Eva und ich unterhalten uns, vage angeregt, aber da nichts weiter geschieht, gehe ich zu dem Barmann mit aufgekrempelten Ärmeln, behaarten Unterarmen und einer riesigen Digitaluhr und frage ihn, ob hier heute Nacht auch getanzt werde. Klar, sagt er ernst und beiläufig, wenn ihr wollt, greift hinter dem Tresen zum Telefon. Ich setze mich wieder, berichte Eva, wir trinken und warten. Und plötzlich schreitet von rechts eine Frau auf die Tanzfläche, die Augen lächelnd auf uns gerichtet, in schwarz-dunkelroter Corsage, kniehohen Stiefeln und langen Handschuhen, einem Flitterrock, der schon bei ihrer ersten Bewegung an der Stange, dem lang hoch- und in den Halbkreis geworfenen Bein, den Blick einfängt und auf einen wenige Millimeter breiten String lenkt. Sie tanzt direkt vor uns, etwas zu leidenschaftlich und ohne jede Entwicklung, wie wir bald bemerken, es baut sich nichts auf, aber sie gefällt uns, wir halten den Blickkontakt, und nachdem sie die Tanzfläche wieder verlassen hat, sind wir uns schnell einig, dass wir sie gern für uns allein hätten. Da sie nicht zurückkommt, gehe ich wieder zu dem Barmann, frage ihn nach ihr, er nickt, wenig später sitzt sie in ihrem aufregenden Outfit an unserem Tisch, vor einem Cocktail auf unsere Kosten, und nimmt mit einem schüchternen Lächeln unsere Komplimente entgegen. Und als wir sie fragen, ob sie auch für uns allein tanzen würde, fragt sie rückversichernd nach: Für euch beide?, erhebt sich, als wir bestätigen, zeigt uns ihre reizend verschnürte Rückenansicht, spricht mit dem Barmann, verschwindet. Der Barmann kommt zu uns an den Tisch, sagt, normalerweise würde Natascha nicht mit Frauen aufs Zimmer gehen, aber in unserem Fall wolle sie eine Ausnahme machen, und nennt uns den Preis, hundertfünfzig Euro, wir akzeptieren und bezahlen sofort.

Entschuldige bitte, ich muss noch einmal pausieren und morgen weiterschreiben. Ich sitze längst schon zwischen dicken Mauern in der Wohnküche, an einem schlicht quadratischen Holztisch, der übermengt ist mit Reiseführern und sonstigen Büchern, trinke Wein und bin nicht mehr in der Lage, die Geschichte zu Ende zu erzählen ... Schlaf gut! Ich stelle mir vor, dass trotz allem Markus neben dir liegt.

San Pietro Clarenza, den 20.06.2001

Also ... ich sitze wieder an meinem Brunnen, halte den Blick auf den Ätna und imaginiere ein Berliner Etablissement im Halbdunkel ... Wir sind geködert, haben angebissen, fächern dem Barmann am Tresen das Geld in die Hand. Er steckt es sich in die Brusttasche neben das Feuerzeug, kommt hinter dem Tresen hervor, steigt uns auf der Treppe voran, wieder hoch ins Erdgeschoss, geht mit uns durch eine Tür in den Hausflur, schließt gegenüber eine normale Altbauwohnung auf, wir stehen im Wohnungsflur, auf einem alten Teppich, er klopft links an eine Zimmertür und bittet uns, in einer Wohnecke Platz zu nehmen, wieder ein versiffter Teppich, fragt, ob wir etwas trinken wollen, schaltet einen bereitstehenden Ghettoblaster an, irgendein Schmusepop, verschwindet, kehrt zurück mit zwei Gläsern Bier und einem Glas Sekt auf einem wankenden Tablett, plötzlich widert es mich an, hier irgendetwas zu mir zu nehmen, da geht wieder die Tür auf, Natascha kommt herein, in einem glutroten Kimono, setzt sich zu uns, lacht, prostet, trinkt und sagt noch einmal, dass sie eigentlich nur Männern zur Verfügung stehe, aber wir seien so ein nettes Paar, was wir uns denn vorgestellt hätten. Na ja, wie gesagt, dass du ein bisschen für uns tanzt, sage ich, nur für uns. Und im Übrigen seien wir kein Paar, nur befreundet. Kein Paar? Nun ist sie beinahe erschrocken. Nurr danzen? Das sei serr kommiesch… Aber o.k., sie steht auf, stellt die Musik lauter, öffnet den Kimono, wiegt sich langsam, ausgerechnet zu Sinéad O'Connors *Nothing compares 2 U*, wir lächeln ihr freundlich zu, trinken, zeigen keinerlei weitere Ambitionen, sie schließt die Augen, genießt die Klänge, besinnt sich, kommt auf uns zu, senkt sich vor mir ein wenig ab, mit sich spreizenden Beinen, ich lächle verbindlich, aber ohne weitere Aufmunterungen, sie schaut irritiert, schüttelt den Kopf, stellt die Musik wieder leiser, fragt, seid ihr sicher, dass irr niecht merr wollt? Wir hätten kaum mehr als eine halbe Stunde, dann werde der Barmann allmählich nervös und schaue nach dem Rechten. Wir sagen, wir hätten uns das genau so vorgestellt. Wir stünden einfach beide auf eine gute Show. Sie schüttelt wieder den Kopf, offenbar unglücklich, dass sie uns für unser Geld nicht mehr bieten kann, tanzt wieder ein paar Takte, kommt dann kurz entschlossen an den Tisch und zieht mich in den Hintergrund, wo ein rundes Bett steht, lässt los, springt hinauf, streckt den Arm nach mir aus, nun schüttele ich den Kopf, bleibe aber und knie mich auf den unsympathischen Teppich am Bett, neben mir Eva, und sehe Natascha erwartungsvoll an. Sie zieht sich also langsam und aufreizend aus, räkelt sich vor uns, weniger zur Musik als zu unseren Blicken, sie schaut, wonach wir schauen, zeigt uns nach und nach ihre ganze Nacktheit, behält nur den String an, obwohl sie mit weit geöffneten Beinen auf ihren Fersen sitzt, den Oberkörper zurückgebogen, ich sehe auf den schmalen Streifen Stoff, sie lacht, hält die Hand schützend vor den Fetzen, schließt die Schenkel, ich verstehe nicht. Irr said kommiesch, sagt sie lachend noch einmal. Ist doch alles super, versichere ich ihr, das ist genau das, was wir wollten, zeigst du dich ganz? Das sei ihr peinlich, behauptet sie da unglaublicherweise. Wie? Sie lacht wieder. Ich habe da … – Ah!, fällt sie sich selbst ins Wort und zieht sich, wieder kurz entschlossen, den Slip aus, hält aber, in der früheren Stellung, immer noch die Hand vor ihre Möse. Eva und ich schauen beide erwartungsvoll, dass der letzte Vorhang fällt, was er dann auch tut, und können nichts feststellen, sehen sie fragend an. Ach, ich habe da, sagt sie und zuppelt sehr profan an sich herum, rechts särr kurze Schammlieppen, normalerweise schaue da niemand so genau hin, aber wir … Wir versichern ihr, dass wir sie bildhübsch fänden, und sind erst jetzt wirklich von ihr eingenommen – was sie bemerkt, sodass sie sich nun mit wachsender Gelassenheit und wachsender Lust, wie wir uns einbilden, vor uns dreht und öffnet und die Beinmuskeln spannt … Schließlich legt sie meine Hand auf ihren Bauch, ich lasse sie dort eher aus Höflichkeit liegen, nehme sie dann wieder an mich, aber Eva erfüllt die Aufgabe und legt ihre Hand dorthin, was Natascha erst wohl wieder kommiesch findet, dann aber akzeptiert. Sie schließt die Augen, überlässt sich Evas Streicheln über ihre ölige Haut – ich habe das Öl meinerseits längst in ein Taschentuch gewischt –, schmiegt sich rückwärts in Evas Arme und greift nach ihrem Busen, was sie aber abwehrt. Bis sie sich irgendwann aufrichtet, auf die Uhr schaut und sagt, wir hätten eine gute halbe Stunde hinter uns, wir müssten jetzt aufhören oder verlängern. Wir entscheiden uns für das Verlängern, legen zusammen und geben ihr weitere hundert Euro, von denen sie meint, dass das schon reichen werde, sie springt auf, in ihren Kimono, in bereitstehende Latschen, eilt aus der Tür und lässt uns in ungewissen Gefühlen zurück.

Und nun geschieht etwas, das wir wahrscheinlich alle nicht erwartet hätten, das uns aber schlagartig erklärt, warum wir hier sind und was wir hier eigentlich machen. Denn nachdem Natascha zurückgekehrt ist, wieder auf dem Rundbett und Plüschtablett, sucht sie ihre Position, findet keine, setzt sich schließlich auf, lässt die Beine zwischen uns herunterhängen, hebt Eva an ihre linke Seite, die ihr eigenartigerweise tatsächlich auf die Kante folgt, stützt sich rückwärts auf, hebt ihren Brustkorb samt Busen höher und sieht Eva grinsend an. Ruckelt sich zurecht, zieht den linken Schenkel noch etwas höher, ein bisschen auf Evas Schenkel, und reckt ihr wieder ihren Busen entgegen, wackelt ein bisschen und lächelt, als hätte sie einen guten Witz gemacht. Und Eva sieht kurz noch mich an, den Natascha inzwischen an ihren Rücken gezogen hat, zögert dann aber nicht länger, sondern nimmt das Angebot mit beiden Händen und sehr sensibel an. Was folgt, ist eine einzige Verwöhnung, eine einzige, fließende Bewegung, an deren Ende Natascha einen Orgasmus zu haben scheint. Ich habe keine Ahnung, ob das Ganze gekonnt und studiert war oder sie uns nur gegeben hat, worauf wir es, ohne es selbst zu wissen, ihrer Einschätzung nach von vornherein abgesehen hatten, auf den lang gezogenen, leidenden, nachschwellenden Ton und ihr Zerfließen. Dass sie sich danach auf die Seite legte, den Kopf abgestützt, eine Zigarette rauchte und von sich erzählte, während Eva sie weiter streichelte, spricht für echten Genuss. Auch das, was sie inhaltlich erzählte: Denn danach stammt sie aus der Ukraine, aus der Nähe von Odessa, wo sie angeblich eine Zeit lang als begeisterte Fremdenführerin und Übersetzerin gearbeitet hatte – sie müsse uns das einmal zeigen, in der Elias-Kirche gebe es verglaste Ikonen, die vom vielen Küssen ganz trüb geworden seien, und auf der Deribasowskaja könne man sogar gesottene Schweinsohren bekommen, das Hotel Otrada übrigens sei das beste der Stadt –, wo sie aber leider nicht entdeckt wurde, wie sie gehofft hatte. Und weil ihre arme und fast taube Mutter ein Hörgerät brauchte, ihre achtjährige Tochter eine Zukunft haben sollte und das Haus, das sie am Schwarzen Meer bauen ließ, sonst niemals fertig würde, habe sie selbst den Kontakt zu den Schleusern gesucht, einen richtigen Vertrag unterschrieben, in dem das Honorar und der genaue Einsatzort festgehalten war, und sei über Tschechien, Österreich und Zypern nach Deutschland und gleich nach Berlin gekommen. Frrraiwiillieck! Niemand habe sie gezwungen. Und wenn sie in zwei oder drei Jahren genug Geld verdient habe, werde sie zurückgehen und weiter studieren. – Ob das die Wahrheit war? Obwohl sie damit die volle Verantwortung übernahm? Oder ob es das war, was sie uns erzählen musste, damit wir die Legalität der Einrichtung und des Barmanns nicht infrage stellten? Ich weiß es wirklich nicht. Vielleicht war es das, was sie meinte, uns merkwürdigen Leuten liefern zu müssen: etwas Seele und Authentizität, ein bisschen Geschichte mit realen Koordinaten, dazu noch Familie und sehr bürgerliche Ziele. Wahrscheinlich passt das zu gut, als dass es hätte wahr sein können. Vielleicht aber hatte sie bei uns auch das Gefühl, genau so langweilig und bürgerlich sein zu dürfen, wie sie nun einmal war – weil wir es ihrer Vermutung nach auch waren. Langweilig und bürgerlich und auf der Suche nach dem richtigen im falschen Leben. Nach etwas sozialer Romantik und Bekräftigung unserer Werte. Was Eva übrigens dann in ihrer Reportage auch daraus gemacht hat – um die Prostitution so weit in das normale Bild zu rücken, dass sie sogar in den Rahmen eines Gesetzes passt. Viel interessanter als dieses Nebenprodukt ist aber, dass Eva zurückkehrte. Zu Natascha und inzwischen auch zu einer anderen Frau – die sie nicht mehr bezahlt. Sie hat sich verstanden und geht sich nach, mehr kann man von so einer Nacht nicht erwarten. Ich begleite sie dabei nur noch am Rande, fühlte mich ja auch so schon etwas deplatziert und überfordert, weiß aber, dass sie mit ihren neuen Erfahrungen längst vom experimentellen ins ernste Fach gewechselt ist.

So. Genug damit. Und auch wieder nicht. Weil mir gerade noch Engelhardt einfällt, dieser Mönch, der seit Jahren und sehr erfolgreich Unternehmen in Sachen Corporate Governance und Compliance berät und gerade durch die Gazetten gezogen wird, weil er als rotlichtbekannter Paulus Urinus erpresst und an unser Berliner Boulevardblatt verraten wurde. Hast du von ihm gelesen? Er selbst, der auch 98,3 regelmäßig Interviews mit hoher ethischer Schlagzahl gegeben hat, konnte sich nicht vorstellen, dass irgendjemand dem Erpresser glaubt. Das tun aber alle – und es gibt jetzt ein Gerücht, nach dem der Zweite, mit dem er gemeinsam in gelber Mission unterwegs gewesen sein soll und den jetzt alle suchen (vielleicht sollte ich das nicht schreiben, aber du bist ja glücklicherweise branchenfremd ...) unser guter Hermann war – was mir umso plausibler erscheint, als er bei all dem Zeug, das er sich morgens zum Rauf- und abends zum Runterkommen einpfeift, sicher nicht mehr über die Manneskraft verfügt, die man bei klassischen Praktiken braucht, und er sich regelmäßig so kindisch auf jede Dienstreise nach Osteuropa freut ... Wenn es so ist, wie es sein könnte, begreift er als Protestant dieses dekadente Setting wahrscheinlich als Offenheit gegenüber der Sünde und standfesten Realitätssinn ... Nun ja. Heute bleibe ich hier in meiner Oase und schreibe weiter an meinem Businessplan. *Lectiones.net* soll das Portal jetzt heißen – und erst einmal Gymnasiasten anziehen, die klug genug sind, online Nachhilfe in Anspruch zu nehmen ... Ich hoffe, dass ich nicht zu spät auf den Internet-Zug aufspringe, aber den selbstausbeuterischen Größenwahn der New Economy teile ich sowieso nicht.

Dein Urlaubs-Sebastian

München, den 4. August 2001

Mein lieber, verirrter Sebastian,

was für ein merkwürdiger, grundromantischer Brief, das muss ich dir sagen! Wenn es noch eines Beweises bedurft hätte, dass du *alles* Vertrauen der Welt verdienst, hier hielte ich ihn in Händen. Wenn ich noch den *geringsten* Zweifel an deiner Zivilisiertheit hegen würde, er wäre jetzt ausgeräumt. Eure ganze Inszenierung, von der du so ausschweifend erzählst, mit gutem Essen, sozialem Ausflug und sicherer Rückkehr ... dazu der Bildungserfolg für die abenteuernde Karrierefrau ... Das alles folgt fast einem Rezept ... – Wie verbürgerliche ich ein Bordell? Antwort: Indem ich die *Seele* suche und finde. Indem ich für mein Geld *mehr* verlange als nur den Körper – der ist für die anderen. Aber entschuldige bitte, mein heiliger Sebastian: Willst du wirklich die Wahrheit sehen? Auch was Hermann angeht? Der für mich übrigens längst ein komplett ungenießbarer «Fall» ist ... Oder willst du weiter und noch viel lieber wahrhaben, was du für die Wahrheit hältst? Manchmal hilft auch die Moral ein bisschen weiter, manchmal öffnet sie die Augen, wo die ästhetische Toleranz versagt ...

Ich will dir deine Fragen beantworten, die beiden Fragen, die du nicht gestellt hast (wie du überhaupt, mein Parzifal, so einige Fragen nicht gestellt hast). Das ist auch schnell abgemacht. Denn der Po, von dem ich dir gelegentlich erzählt habe, du erinnerst dich, der kleine Po unter der Decke – der gehörte natürlich mir ... Wie sonst hätte ich denn wissen sollen, wie friedlich er sprach, während er an der Ritze streichelte, ich höre ihn ja immer noch und spüre seine feuchten Finger und kann es immer noch nicht sehen, noch nicht einmal erinnerungsweise, wie er mit seinen aufgefächerten Händen kunstvoll und raumgreifend herumfuchtelt. Ich spüre auch immer noch, wie mich das winzige Zucken dieses widrigen Fingers und seiner Kuppe ein kleines Stück aus dem Körper stieß, was nicht sein konnte, weswegen ich ihn gleich von mir weg- und aus dem Bett gestrampelt und hinunter auf den Teppich getreten habe, nur dank dieses Zuckens, das mich noch im selben Moment zu mir gebracht hat. Wie Rebecca ihn losgeworden ist, weiß ich gar nicht, das hat sie mir nie erzählt. Ich weiß nur noch, wie sie geschrien hat und dass der Bock danach nicht wiederkam. Nur ich habe es gehört, weil sonst niemand da war, und ich habe Rebecca nicht gefragt, sondern nur in den Arm genommen, was natürlich ein Geständnis war. Sie musste mir ja nichts erklären, ich wusste sofort alles und hatte es selbst erfahren und war froh, dass sie mir keine Vorwürfe machte, weil ich über Jahre aus dem Haus geflüchtet und draußen durch die Straßen gezogen war und nichts hatte wissen wollen. Auch von ihr nichts hatte wissen wollen. Im Grunde halte ich sie immer noch in meinen Armen, ohne sie zu fragen, und weiß gar nicht, was geschieht, wenn sie ihren zurückeroberten, aber klapprigen und harten, ledrig vermantelten Körper nun wirklich von einem Mann, einem verschwabbelten Halbmann umarmen lässt und dort halb mütterlichen Schutz findet... Mitte September ist die Heirat.

Und auch für mich finde ich eine Lösung, vielleicht noch eine bessere. Joachim ist ein Geschenk, ein großer Raum, der mir immer offensteht, fast so etwas wie unser Bistro. Nicht so kuschelig, auch nicht so vielversprechend in Bewegung, nichts, was mich über mich selbst hinausträgt, aber da du, mein Lieblingsmensch, nicht mit mir aussteigst und mir keine Bleibe suchst, gehe ich inzwischen fast täglich in diesen anderen großen Raum und breite mich da aus. Joachim – auch er ein Heiliger! – nimmt mich auf, in jedem Sinn, er umgibt mich und hält ein Auge auf mich. Wir spazieren und sprechen oft Stunden, das heißt, die meiste Zeit bin ich es, die spricht, ihm halb zugewandt, während er alle paar Momente nachhakt, «wirklich?» fragt und «meinst du damit?..» und «Nein!» ausruft, in ein etwas überdrehtes Gelächter ausbricht und dann die Dinge deutet, die ich erzählt habe, sie auf so überraschende Weise ordnet und immer noch so leicht macht, dass ich das Gefühl habe, ich würde ganz viel Ballast einfach am Wege liegen lassen, lauter Sachen, die ich nicht mehr brauche. *Wirklich* nicht mehr brauche. Ich weiß nicht, ob ich Markus schon davon erzählen soll, zumal er gerade wieder so eine bedrohliche Ruhe ausstrahlt und ja sexuell noch fast nichts geschehen ist. Joachim ist seltsam unkörperlich, auch nicht wirklich anziehend, nur sauber und korrekt, und ich bin mir ziemlich sicher, er kann mit Technik und Mechanik besser umgehen als mit Biomasse. Und wahrscheinlich geht er auch so mit seinen und meinen Gedanken um, er härtet sie aus, zu sehr filigranen, für ihn greifbaren Strukturen. Und erst wenn wir damit fertig sind, werden wir auch körperlich füreinander greifbar sein. Von daher gibt es keinen Grund zur Eile und auch nicht zur Eifersucht, und zwischen Markus und mir gilt sowieso die Abmachung, dass wir nur das erzählen, was unsere Beziehung gefährdet, und so lange, wie es noch Sinn hat, für sie zu kämpfen. Alles andere macht nur unnötig Angst, mindert nur unnötig das Selbstvertrauen, die Attraktivität, die Gesundheit... Wahrheit ist das, was wir ertragen können.

Ach, und manchmal denke ich, mein Sebastian, du hast recht, und wir sollten uns sehen. Papier ist geduldig, aber auch blutleer. Was meinst du? Magst du noch? Magst du *mich* noch? Warum kommst du nicht einfach her? Ich genieße unsere eigentümliche, sozusagen kommiesche Freundschaft so sehr und möchte sie nicht verlieren, und vielleicht hätte ich dir nicht glauben sollen, sollte ich dir auch jetzt nicht glauben, einfach weil du dich selbst nicht kennst und im Grunde viel weniger, womöglich *viel* weniger als Freundschaft willst... – kann ich mir gut vorstellen. Aber mehr mag ich jetzt auch meinerseits nicht sagen. Sag du!

Wie stehst du eigentlich *in Wahrheit* zu Eva? Ist *das* die Geschichte, die du eigentlich erzählen wolltest? Die Geschichte in der Geschichte?...

Deine Hanna

P.S.: Verzeih bitte, dass ich mich zu deinem Tag nicht gemeldet habe. Ich konnte nicht schreiben und mochte nicht sprechen und bin dann selbst älter geworden... Alles Gute!

Berlin, den 9. August 2001

Meine arme, starke, kostbare Hanna,

verzeih mir, ich bin ein Idiot! Wenn ich auch nur das Geringste bemerkt hätte, hätte ich ja nicht so bescheuert... und hätte ich andererseits ein bisschen mehr Initiative ergriffen, statt mit vornehmer Zurückhaltung... Aber jetzt kein Wort mehr, nicht hier. Ich habe mir fest vorgenommen, nach München zu kommen, entweder nächstes oder übernächstes Wochenende – passt das bei dir? Morgen schaffe ich es nicht, da muss ich noch einiges zum 40-Jahres-Jubiläum des Mauerbaus vorbereiten, Hermann will mich bei diesem Thema nicht heraus- und nichts den «Ideologen» überlassen, aber danach findet er es vollkommen in Ordnung, wenn ich mal einen oder zwei Tage gen Süden ziehe. Er überlegt nur noch, was für Töne ich da en passant einsacken könnte...

Aber ich weiß, woran es gelegen hat! Immerhin *einen* Grund weiß ich, den du auch hättest sehen können, nachdem ich dir darüber geschrieben hatte... Vielleicht macht nämlich doch nicht das Geliebtwerden, sondern mehr noch das Lieben faul und selbstgefällig – zum Beispiel, wenn es ihm gleichgültig ist, ob da etwas antwortet... Und du hättest auch meine gelehrten, platonischen Ausführungen dazu als Geständnis lesen können, nämlich als Zurücknahme des anderen Geständnisses, das ja gar keines war, sondern nur eine Frechheit, weswegen ich auch sofort versucht habe, es wiedergutzumachen...

Egal, in ein paar Tagen bin ich da und stoße mit dir auf uns an. Ich habe sowieso gerade das Gefühl, dass ich alles irgendwie falsch oder verschoben oder wie hinter einem Schleier erlebe. Wahrscheinlich habe ich nur darum den Verzicht auf jede Verhüllung vorgeschlagen, weil ich sonst *gar* nichts sehe und verstehe. *Alles muss man mir sagen...* – das zumindest meinte Sibylle, wie ich jetzt noch zugeben muss, aber das spielt im Falle des Falles keine Rolle mehr und muss hier darum auch gar nicht weiter ausgebreitet werden. Sie hat mir nur offenbart, als ich ihr im Café hier in Kreuzberg erzählte, wie sehr ich in *unserer* ersten Nacht ihre Selbstverständlichkeit, ihre umstandslose Nähe genossen hatte… – dass sie sich damals erst im Halbschlaf und dann überhaupt die ganze Zeit über gefragt habe, worauf ich denn um Gottes willen noch wartete. Sie habe sich jetzt gewundert und gefreut, dass ich mich überhaupt von mir aus gemeldet hätte… Gut, es gibt da offenbar einen Punkt, den ich lernen muss und will.

Mein Vater übrigens hat ziemlich sicher viel Geld verloren. Er äußert sich nicht direkt, aber so blind ich in manchen Zusammenhängen bin, so klar sehe ich in anderen Fällen – und ich müsste mich sehr irren, wenn sich seine haltlose Stimmung, irgendwo zwischen melancholisch verloren und überdreht, *nicht* darauf zurückführen ließe. Ich frage mich nur noch, wie groß seine Verluste sind, schreibe innerlich schon mal mein Erbe ab – und freue mich zugleich über die Leichtigkeit, die mit diesen Verlusten einhergeht, die neue Leichtigkeit meines Vaters… Er war immer ein Mensch, der gesammelt und gehortet hat, wie ein Hamster, wenn auch ich ein tierisches Bild finden soll… – vor allem Wissen, das war lange mein großes und größtes Problem, er fraß das nur so in sich hinein und stellte überall auch gleich seine Fahne auf, sodass es kein Wissensgebiet gab, das er nicht schon vor Langem und rechtmäßig in Besitz genommen hätte, war immer schon da und überall zugleich, wie der märchenhafte Igel vor dem Hasen, aber das bringt jetzt wirklich zu viel Animales auf die Bühne… Sooft ich mir eine neue Erkenntnis erobert hatte und in der nächsten Diskussion vortrug, so oft hatte er längst alles vermessen und ausgeschritten und durch ein ewig arbeitendes Räder- und Hebelwerk miteinander verbunden. Die innere Bewegungsfreiheit, die er sich über seinen klassisch-humanistischen Universalismus verschaffte, ging auf meine Kosten, es gab in der ganzen weiten Wissenswelt keinen Raum mehr für mich, und ich musste Ideen haben, *gute* und *neue* Ideen, um trotzdem intellektuell überleben zu können. Da ging es mir wahrscheinlich wie Markus. Wenigstens hatte mein Vater, solang ich denken konnte, große blinde Flecken im Politischen und Religiösen, er *glaubte* nicht an die Kräfte des Politischen oder Religiösen. Aber abgesehen von dieser bildungsbürgerlichen Aversion gegen die Extreme, gegen die äußerste Diesseitigkeit und ihr Pendant, das Jenseits, verstaute und verbaute er nicht nur Wissen, *positives* Wissen über greifbare Wirklichkeit, sondern auch Geld und Gegenstände, er hortete seine Vorräte oben im Haus so lange in den Flurregalen, bis man kaum mehr durchkommen oder atmen konnte, alles übersichtlich, aber alles vollgestopft, bis in die kleinste Ecke. Indem er jetzt alles und offenbar *leichten Herzens* aufs Spiel setzt, seine Überzeugungen und geistigen Eroberungen ebenso wie seine materiellen Schätze, befreit er auch mich von einem Albdruck und gibt mir Lebensraum zurück. Manchmal habe ich sogar das Gefühl, als legte er es darauf an, alles zu verlieren, als *mache er mir Platz* – und treibe damit das, was meinem Großvater durch seinen Tod eher unwillkürlich unterlaufen war, meinem Vater damals aber ein zweites Mal das Leben geschenkt hat, nun bewusst und vorsorglich.

Was freilich den anderen Zocker, Hermann, angeht, so glaube ich, dass er nicht mehr lange übersteht. Seine mafiosen Gönner und Finanziers kommen zunehmend unter politischen und inzwischen juristischen Druck und werden sich eine mediale Flüstertüte nicht mehr lange leisten können. Auch *seine* Laune ist unerträglich, seiner leichtsinnigen Lustigkeit fällt fast jede Woche ein unvorsichtiger Redakteur zum Opfer… Ich bin vorerst noch nicht im Fadenkreuz, verfolge aber meine lectiones weiter.

Auf bald, mein Lieblingsmensch!

Dein Sebastian

München, den 16. August 2001

Mein Sebastian,

er hat es getan! Er hat es wirklich getan! Ich hatte ihm von Joachim erzählt, für ihn gekocht, wir sind in den Englischen Garten gegangen, um den See herum, ich habe ihm erzählt, dass es da einen anderen gibt und ich ihn, Markus, verlassen würde, und er hat die Nachricht vollkommen ruhig, nur etwas humorig aufgenommen. Als habe er das längst schon erwartet und sei eher noch dankbar für die Offenheit ... Wie konnte ich nur so dumm sein! – Ruhig und mit Humor! Und mit so ausgesuchter, ausbalancierter Höflichkeit! Ich hätte wissen müssen, dass das nicht gut geht, ich hätte den Schwerpunkt der Marionette spüren müssen! ... Wir haben die Nacht noch zusammen verbracht, sogar noch miteinander geschlafen, haben unser Sonntagsfrühstück genossen, und ich bin dann nur etwas zu hektisch losgestürmt, weil ich mit Joachim verabredet war. Und als ich am Abend angerufen und ihn gefragt habe, wie es ihm gehe, antwortete er, er sei ganz heiter – und lachte wieder. Und ich habe nicht geschaltet! «Heiter»! Hätte ich doch nur meinen Mund gehalten und einfach zwei Beziehungen nebeneinander geführt! Wozu nur immer dieses rasiermesserscharfe Klarheitschaffen! ... Am Montag bin ich zu ihm gegangen, um ein paar Sachen zu holen, wollte an der Wohnungstür klingeln, nicht mehr den Schlüssel benutzen, sehe den Zettel, einfach mit einer roten Stecknadel über das Klingelschild geheftet: «Liebe Hanna, bitte erschrick nicht, ich habe mich umgebracht. Dein Markus». Ich war sofort taub, nur noch Pochen an den Schläfen, habe fahrig aufgeschlossen, bin in den Flur gefallen. Und habe ihn gleich durch die offene Tür im Wohnzimmer gesehen, das Telefonkabel, zwischen Fenstergriff und Hals, die Füße, fast die Waden auf dem Boden ... und er hat sich *trotzdem* nicht wieder hochgedrückt. Keine Schweinerei, nur das aufgedunsene, blaurote Gesicht, nicht mein Markus, das Blut aus Nase und Mund, nicht mein

Markus, die Zunge zwischen den Zähnen, ein bisschen Speichel, die getrockneten Tränen ... Oje, ich habe alles in einem Sekundenbruchteil erfasst, zu viel, nur die Augen nicht, die offen waren, aber er wusste, wie man mit der eigenen edlen Leiche am wenigsten Arbeit macht. Und ich bin zu ihm hingesprungen, meinem herrlichen, gefallenen Todesengel, und habe mit meinen kleinen Frauenkräften versucht, ihn anzuheben, das schreckliche Strangulieren zu beenden, ihm das Leben wiederzugeben, das Pulsieren und Atmen und Lachen und Seufzen und Sprechen ... Ich habe ihn sogar noch massiert und kurz beatmet, als ich das Kabel endlich abgewickelt hatte, obwohl ich wusste, dass er nicht wiederkommt, und habe mit ihm gesessen, lang in meinen Armen, in meinem Schoß, unter dem Fensterkreuz, am Heizkörper ... Ach, Sebastian! Was soll ich nur ohne ihn machen?! Ohne seine ausdrückliche Erlaubnis, weiterzuleben und glücklich zu sein? Er hat mir nichts geschrieben, niemandem, keine Zeile, nur diesen freundlichen, *höflichen* Zettel ... Wie soll ich ihn jetzt noch verlassen? Wer hilft mir jetzt noch, Klarheit zu schaffen, wenn Markus doch nicht mehr da ist? Nicht mehr da! Joachim ist rührend, er hat keine Schuld, aber ich, ich ... Komm nicht hierher! Ich komme, wenn ich kann. Wenn ich darf. Oder muss. Ojeoje! ...

Deine arme, verlorene Hanna

Berlin, den 18. August 2001

Meine arme, gute, tapfere Hanna,

was soll ich dazu noch sagen, ich kann es mir nicht ausmalen. Ich wollte mit dir sprechen, aber du gehst nicht ans Telefon. Ich darf nicht kommen, es ist Samstag, aber hier auf dem Papier hat es auch keinen Sinn. Komm, wenn es dir hilft, weil es mir hilft, sobald du es schaffst und du dich losreißen kannst, ich fahre mit dir, wohin auch immer du willst, ich lasse alles stehen und liegen, gib mir ein Zeichen, nur ein Zeichen. Ich versuche es weiter telefonisch, wieso habe ich nicht deine Handynummer.

Ich liebe dich,

dein Sebastian

Berlin, den 22. August 2001,

Meine Lieblingshanna,

bitte melde dich! Ich habe es satt, auf deinen Anrufbeantworter zu sprechen, weiß auch gar nicht, ob du nicht bei Joachim bist, ich mache mir große Sorgen, kann die Entfernung zwischen uns kaum mehr ertragen. Bitte melde dich!

Dein ohnmächtiger Sebastian

Berlin, den 24. August 2001

Meine liebe Hanna,

du hast keine Schuld. *Dafür* kann niemand die Verantwortung abgeben. Du hast ihm gutgetan, da bin ich sicher, und hast ihm Zeit *geschenkt*. Und vielleicht war das Letzte wirklich ein Akt des Humors, *kindliche* Wannsee-Heiterkeit, *wieder*gefundene Leichtigkeit. Eine andere Leichtigkeit, als du sie suchst und findest, da bin ich sicher, aber eben doch Leichtigkeit. Selbst seinen Vater ist er losgeworden, was ist eigentlich mit seiner Mutter? Hatte er noch Geschwister? Du hast mir viel zu wenig geschrieben, ich finde das nicht in deinen Briefen. Im Krankenhaus sagen sie mir, du hast Urlaub. Wenn ich nichts von dir höre, fahre ich nächste Woche los und suche dich.

Dein sorgenvoller, angstumstellter Sebastian

Berlin, den 27. August 2001

Meine liebe, verschollene Hanna,

ich habe von ihm geträumt. Habe ihn *gesehen*, wie du: nur sein Gesicht, mit lauter Lichtflecken, aber so klar, so genau in jeder Pore und jeder Falte, ein einziges Schmunzeln und dann Lachen unter übrigens *langen* Haaren, ein vollkommen entspanntes Lachen, über das der kühle Schatten eines Zweiges, von Blättern wanderte... Und dann schmunzelte er wieder, nickte mir kurz zu, drehte sich um und ging, zwischen grünem Blattwerk, auf einer Wiese, einen kleinen Hügel hinauf. Als hätte auch er dich nicht gefunden und wollte darum wenigstens mir Bescheid sagen. Und du hast recht: Seine Boxernase und seine Zähne sind wunderschön.

Du fehlst mir,

Sebastian

München, den 30. August 2001

Meine liebe, vom Erdboden verschwundene Hanna,

ich sitze an der Münchner Freiheit, habe dich gestern Abend und heute den ganzen Tag über gesucht und nicht gefunden, bin hier alle Wege abgelaufen, habe mehrmals bei dir geklingelt, ich war im Krankenhaus, in allen Cafés und Restaurants, an denen ich hier vorbeikam, ob geschmackvoll oder finster, war auch auf bloßen Verdacht hin in Neuhausen, am Rotkreuzplatz, heute außerdem im Englischen Garten, es war drückend, vielleicht auch Föhn, ich weiß nicht, ich hatte das Gefühl, mich leiten lassen zu müssen, dass die Stadt mir die Wege zeigen würde, aber sie tat es nicht, und vielleicht bist du ja auch gar nicht hier, vielleicht habe ich alles gesehen, was ich sehen sollte, vielleicht war ich dir auf den Fersen, es fühlte sich so an, aber zu langsam, wer weiß, wer weiß... Ich bin müde, deliriere fast ein wenig – macht das der Föhn?.. – und steige nachher noch in den Zug, muss morgen in die Redaktion und die Sendung für Sonntag zusammenfahren. Ich trinke mein Helles gleich aus, gehe dann noch bei dir vorbei und werfe diesen Zettel in deinen Briefkasten.

Ich hoffe, dir geht es trotz allem in irgendeinem unbestimmbaren Sinne gut.

Dein unwirklicher Sebastian

Hamburg, den 5. September 2001

Mein wirklicher Lieblingssebastian,

es tut mir so leid, ich habe erst gestern deine Briefe von meinem Nachbarn in Empfang genommen und habe noch keine Stimme, mit der ich dich anrufen könnte. Aber ich finde es sowieso besser, mich mit dir in unser Bistro zu setzen, in dem wir beide ungestört sind, hier weiter zu sprechen, bis es wieder hell wird, in einer Zwischenwelt, in der uns keiner findet. Obwohl der Rotwein natürlich sehr mäßig ist...

München habe ich verlassen, endgültig. Ich konnte keine einzige Nacht mehr am Pündterplatz sein, wo oben im Hochbett zwei Leichen liegen, die kalte Hanna und der noch kältere Markus, und wo die beiden auf ewig in der Küche geistern. Wasser aufsetzen, Tassen und Teller aus den Schränken räumen, auf den Balkon hinaustreten, da war kein Platz mehr für mich. Ich konnte auch nicht mehr ins Krankenhaus gehen, wo er unten noch immer durch die Kellergänge zieht, in Weiß, mit seiner Rasselkette, und wo er noch vor wenigen Wochen geschlagene zwei Stunden in der Kühlkammer eingeschlossen war, dank einer ordentlichen und leider neuen Putzfrau, die sich grauste und darum nicht nachsah, bevor sie die Tür anzog und schnell weglief. Markus hatte Glück, dass zufällig noch einer der Pathologen vorbeikam, der sein Klopfen hinter der tresordicken Tür hörte. Glück für ein paar Monate, und ich weiß nicht, warum er damals noch klopfte und *dann nicht mehr*... Er erzählte mir hinterher grinsend, wie einen gelungenen Streich, von der hübschen, hämatomübersäten Leiche einer vergewaltigten Rothaarigen, die ihn in der Kühlkammer beruhigt hatte, dass jeden Moment die Gerichtsmedizin kommen würde, um sie abzuholen, da werde er mit befreit; sie habe ihn *gestreichelt* in der Finsternis... Ich konnte auch nicht mehr in diesen Straßenschluchten gehen, in unseren Supermarkt, in unseren Kiosk, nichts war mehr so wie früher, und dass sich nichts mehr wiederholen ließ, dass nur noch diese Geister es wiederholten, dass *sie* auf ewig *meine* Runden drehten, war in der Tat fataler als alles andere. Ich glaube, du bist *ihnen* gefolgt, nicht mir... Was gäbe ich drum, jetzt noch einmal da capo rufen zu dürfen – und es selbst noch einmal in die Hände zu bekommen... Wie gut, dass du ihn gesehen hast! Mit seinen langen Haaren, ja, die hat er sich in den letzten Wochen wachsen lassen. Dass er sich wenigstens bei dir melden konnte und sich so auch von mir verabschiedet hat!... Ich kann ihn momentan nicht einlassen. Weißt du noch, ob er einen Ring trug? ...

Wir sind in Hamburg, genauer in Ottensen, Joachim und ich. Wir haben uns in der Wohnung von Freunden eines Freundes von ihm einquartiert, die alle zusammen gerade für einige Wochen quer durch die USA fahren, drei Zimmer mit einem wunderschönen, kleinen Balkon und Blick auf einen kleinen Park, ganz nahe an der Elbe, wo wir jede Stunde verbringen, die Joachim nicht am Rechner sitzt oder am Telefon oder in der wir uns keine Wohnungen ansehen. Er kümmert sich wundervoll um mich, organisiert mein Leben, bis ich es wieder kann, schafft Tatsachen, kaum dass ich den ernsthaften Wunsch nach ihnen verspüre, und vollbringt das Kunststück, alles zu ignorieren, was *nicht* ernsthaft, sondern nur ein Gefühl und eine Laune und eine augenblickliche Verzweiflung ist. Und davon gibt es viel... Manchmal sitzen wir am Elbstrand, und ich schüttle den Kopf, fange einen Gedanken an, spüre seine Sinnlosigkeit, schüttle wieder den Kopf, setze neu an, stocke wieder, nichts als Bodenlosigkeit, schüttle den Kopf... Seltsam, denke ich dann und sage es auch: *Seltsam*. Und noch einmal: Seltsam... Und das finde ich dann so *grund*seltsam, dass ich wieder den Kopf schüttle. Und Joachim ignoriert das einfach, erzählt von seinen Gesprächen mit potenziellen Dienstleistern für seinen Internet Service Provider, von neuen Features – weil diese Dinge sowieso gerade anstehen, konnte er das übernehmen, und wenn aus dem geplanten Netzwerk etwas wird, kann er den Job auch von hier aus weitermachen, sonst will er sich etwas Neues suchen. Ich meine: Joachim geht weiter im Text, und auch der Lebensfluss hält nicht plötzlich an, und ich bin beiden dankbar dafür.

Was mich quält: Ich hätte es wissen können. Niemand weiß das, und ich erzähle es nur dir, weil du es so willst, aber ich habe mich ihm manchmal genähert, im Bett von hinten, untergreifend, mit der einschleichenden Hand... wie der Bock einst mir. Es war mir nicht bewusst, ich habe den Gedanken nicht zugelassen, aber ich glaube jetzt, ich habe das dann noch einmal durchgespielt, aus einer anderen Position und ohne jede Gewalt, und sein Körper hat ganz so reagiert, wie ich damals reagiert habe. Nicht, weil er auch missbraucht worden wäre, das sicher nicht. Aber er war psychisch misshandelt und kurierte das körperlich aus, leise, zuckend und keuchend. Er kurierte das für uns beide aus, mit dieser Hingabe und diesem Vertrauen, das sich nach und nach doch wiederherstellen sollte, indem es vom Körper auf seine Seele übergriff... Ja, mag sein, dass es doch diesen Bewohner tief in der warmen Materie gab, und ich wollte nichts mit ihm zu tun haben und ekelte mich vor ihm wie vor einem schweren Parasiten tief unter der schönen Haut... Du und deine Aliens! Mag sein, und wir sind alle Aliens, mag sein. Ich hätte es jedenfalls wissen können und wollte es nicht wissen und nahm von dir stattdessen die Berechtigung zu brutalstmöglicher Klarheit... Nein, entschuldige bitte! Ich, nur ich! Ich nahm dich als Vorwand, um ihn allein lassen zu dürfen. Und wurde ihm so meinerseits zum Vorwand, doch noch das Freie zu suchen, die enge Hülle, den Wirt zurückzulassen... Es lag alles offen zutage.

Sei mir nicht böse, ich kann jetzt nicht anders. Joachim kümmert sich, du ahnst nicht, wie viel Ruhe für mich von diesen drei Wörtern ausgeht. Seelenruhe, würdest du sagen. Joachim kümmert sich. Und er ist da. Noch einmal drei Wörter. Er ist da. War da, als ich ihn brauchte, und blieb. Was will ich mehr? Ich werde mich hier in Hamburg bewerben, erst einmal neue Möglichkeiten schaffen, ich will auf jeden Fall meinen Gyn-Facharzt machen, ob mit Joachim oder ohne. Momentan sieht es so aus, als wäre er mit dabei. Und es ist nicht so, als würdest du mich zurückzerren, wie all die anderen Münchner, die jetzt wie aus dem Massengrab nach mir winken und rufen, du bist längst entstiegen. Aber wir haben uns verpasst, und das ist auch eine Aussage. Oder? Real verpasst, nicht virtuell... Da haben wir uns immer noch. Ich schreibe dir, sobald ich eine neue Adresse, eine neue Bleibe, einen neuen Ort habe. Bewahre mich in deinem Herzen, mein Lieblingssebastian, ich bewahre und umarme dich,

Deine Hanna

Berlin, den 9. September 2001

Meine liebe Fernhanna,

ich versuche es. Nicht, weil ich es verstünde oder selbst wollte oder mir irgendeinen Erfolg davon verspräche, sondern nur dir zuliebe. Obwohl und weil du es mir nicht erklären kannst, ich es deinen Erklärungen nicht entnehmen kann... Ich versuche es, mache mir allein irgendeinen Reim darauf, warte auf deine Adresse und treffe mich mit Sibylle. Eine Epoche geht zu Ende, habe ich das Gefühl, wir haben zu schnell Zwischenbilanz gezogen. Nicht zehn, sondern offenbar gute elf Jahre dauert ein Umlauf, wir liegen irgendwo zwischen den Zyklen, sicher auch noch in Athen. Aber ich werde da sein, das ist wieder die einzige Sicherheit, und ob wir uns zwischendurch noch einmal sehen, wer weiß. Ich freue mich auf deinen Brief.

Übrigens trug er einen Ring, ja, am linken kleinen Finger: einen silbernen mit einem quadratischen schwarzen Stein, vielleicht ein Onyx. Meintest du den?... Und die Rothaarige war auch da, sie hat oben auf dem Hügel gesessen, zwischen den Wiesenblumen, die sie pflückte. Ich habe nicht gedacht, dass sie zu ihm gehört, und dachte, ihre Flecken seien Sommersprossen. Jetzt weiß ich, wer sie war, und dass ihre Berührung in der Finsternis ihn nicht verlassen hat... Wer weiß, welchem Licht und Ruf wir folgen? Und gar, welchem Licht und Ruf unser Mitmensch folgt. Du hattest keine Schuld, dessen bin ich mir jetzt sicher.

Dein trauriger und etwas gekränkter, aber tapferer Sebastian

Teil 2

6. Juni 2006 bis 11. Mai 2007

06.06.2006, 19:21

Lieblingshanna?

06.06.2006, 23:14

Liebe Hanna, bist du da? ...

07.06.2006, 09:32

Sebastian?!

07.06.2006, 09:36

Ja. Claudia hat mir deine Nummer gegeben. Telefonieren?

07.06.2006, 09:38

Herzlich gern! Heute Mittag? So gegen halb eins?

07.06.2006, 09:41

Passt. Bis dann!

07.06.2006, 09:44

Bis dann! Ich freue mich!

07.06.2006, 09:46

:-) Ich mich auch!

07.06.2006, 09:49

:-))

Von: Hanna Dudenhausen <hudenhausen@dllf.de>
Gesendet: Mittwoch, 07. Juni 2006 21:57
An: Heilering, Sebastian
Betreff: Wieder beieinander

Mein lang entbehrter Lieblingsmensch,

wie schön das war, endlich wieder deine Stimme zu hören! Mich von deiner Stimme durch den Eppendorfer Park tragen zu lassen, zu kieksen wie ein Backfisch und zu schweben! Ich bin dumm aufgefallen, wie lange nicht mehr. Bald wieder!

Deine Hanna

Von: Sebastian Heilering <sebastian@heilering.de>
Gesendet: Mittwoch, 07. Juni 2006 23:08
An: Dudenhausen, Hanna
Betreff: Re: Wieder beieinander

Meine wohlklingende Einzighanna,

ja, da waren wir beide schier am Platzen. Ich bin noch den ganzen Nachmittag in der Redaktion mit dieser leichtsinnigen, gefährlichen Laune herumgelaufen, fast wie früher Hermann. Sofern ich überhaupt herumgelaufen bin und nicht sitzend und auf meiner Tastatur hackend wie immer die Systemfrage gestellt habe... Aber ich hätte niemanden entlassen, nur umarmt – was schlimm genug ist... Ja, bald wieder, sehr bald! Wir müssen aufholen, was geht.

Dein hundemüder, nach Schlaf winselnder Sebastian

Von: Hanna Dudenhausen <hudenhausen@dllf.de>
Gesendet: Mittwoch, 07. Juni 2006 23:19
An: Heilering, Sebastian
Betreff: Re: Re: Wieder beieinander

Aufholen? *Ich* hatte das Gefühl, dass wir unmittelbar anschließen konnten! Da gab und gibt es keine Lücke, keinen Bruch, nirgends. Alles andere: Details...

Schlaf gut, mein einsamer Rufer

Von: Sebastian Heilering <sebastian@heilering.de>
Gesendet: Donnerstag, 08. Juni 2006 22:38
An: Dudenhausen, Hanna
Betreff: Re: Re: Re: Wieder beieinander

Die Diskussion hatten wir doch schon einmal. Erinnerst du dich nicht? Das war ja sogar einer der Gründe, warum wir uns damals vor sechzehn Jahren überhaupt für Rom verabredet haben. (Vor fast genau sechs Jahren wandelten wir auf dem Forum über gläsernen Grund und sahen dort unten die Epochen funkeln! ...) Wir sprachen an der Isar über Freundschaft, und ich sagte, dass man Freundschaften pflegen müsse, dass überhaupt menschliche Beziehungen Arbeit seien, Aufmerksamkeit und Zuwendung. Dass es freundschaftlich darum gehe, nicht nur füreinander da zu sein, sondern füreinander etwas zu *tun*. Und du fandest das kleingläubig und kleinkrämerisch, meintest, Freundschaft sei *kein Werk, sondern ein Wert*. Und wenn der sich gleich verliere, nur weil man nicht täglich an ihm herumputze und -wienere, dann sei es eben von vornherein nichts mit ihm gewesen. Das sei bei uns ja wohl anders. Wir könnten uns aus den Augen verlieren, könnten uns zehn Jahre nicht sehen, und danach sei alles wie immer ... So ist das überhaupt erst entstanden, wenn ich mich nicht täusche. Und ich finde immer noch, dass etwas Entscheidendes fehlt, wenn man immer nur auf das achtet, was brav im gemachten Bilde bleibt, und dafür umso weniger auf das, was sich störend davon unterscheidet ... – weil eben nicht nur wir die Welt, sondern die Welt vor allem uns verändert.

Davon abgesehen, hast du natürlich recht: Ich erkenne dich auch ohne jedes Zögern, ohne jede Verzögerung wieder. Deine Stimme, dein schnelles, munteres, akkurates Sprechen, deine kurz eingeworfenen Bosheiten und plötzlichen Heiterkeitsausbrüche, die genutzte Bandbreite von ganz tief bis ganz hoch und wieder zurück, das klang gleich alles sehr vertraut und schön: Ich habe die halbe Stunde mit dir in jeder Minute genossen. Aber bevor ich mir jede Chance nehme, neue Erfahrungen mit dir zu machen, und alles im Bekannten unterbringe, muss ich mehr von dir hören oder lesen… Details, natürlich. Aber doch sehr wichtige. Und kommt es im Leben nicht zunehmend auf die Details an?

Herzlich, immer noch dein Sebastian

Von: Hanna Dudenhausen <hudenhausen@dllf.de>
Gesendet: Donnerstag, 08. Juni 2006 23:57
An: Heilering, Sebastian
Betreff: Re: Re: Re: Re: Wieder beieinander

Mein Dauersebastian,

du hast so recht! Auch wenn ich es herzlos finde und beinahe taktlos – nach kaum sechzehn Jahren schon wieder! –, meinem Vertrauen in unsere Ewigkeit die widerborstige Wirklichkeit in den Weg zu legen… Siehst du, da fange ich sogar an zu stabreimen, es fehlt nicht viel, dass ich stottere!… Hast du es darauf abgesehen? …

Was möchtest du denn wissen? Von unserem Hamburger Wohnen und Leben habe ich dir erzählt… Willst du noch mehr von meinem glücklich errungenen Facharzt, von Joachims Business-Plattform oder von unserem kinderlosen Luxus an der Elbe? … Das ist *gar nicht* aufregend, sondern im Gegenteil sehr *langweilig*! Aber ich werde mir redlich Mühe geben! So viel, wie nur irgend nötig ist, dir das Fremdeln wieder abzugewöhnen!

Ich kann dir gar nicht sagen, wie *froh* ich bin, dass wir uns wiederhaben.

Gute Nacht!

Deine gutwillige, willfährige Hanna

Von: Sebastian Heilering <sebastian@heilering.de>
Gesendet: Freitag, 09. Juni 2006 15:03
An: Dudenhausen, Hanna
Betreff: Re: Re: Re: Re: Re: Wieder beieinander

Meine herzallerliebste Hanna,

wer will denn, um Gottes willen, dass du willfährig oder auch nur gutwillig bist?… Sag mir bloß eins, wenn ich dich um etwas bitten darf: Warum hast du mir nie deine Adresse geschickt?

Herzliche Grüße aus den Randbezirken der weltweiten Vertrauenskrise, den Logen hoch über Abu Ghuraib,

dein Sebastian

Von: Hanna Dudenhausen <hudenhausen@dllf.de>
Gesendet: Freitag, 09. Juni 2006 21:12
An: Heilering, Sebastian
Betreff: Re: Re: Re: Re: Re: Re: Wieder beieinander

Ja, das sollst du natürlich wissen, ich habe mir das schon mehrmals zurechtgelegt und umeinandergeschoben, obwohl mir das Sprechen immer noch schwerfällt. Schreiben geht. Und es ist auch schnell erzählt. Ich hatte damals einfach das Gefühl, alles hinter mir lassen zu müssen, was mich an ihn – ich mag immer noch nicht seinen Namen nennen – irgendwie erinnert. Vielleicht auch, weil er mich damals an noch viel ältere und schwerere Sachen erinnert hat. Das war, habe ich irgendwann gedacht, wie eine hübsche, filigrane Kette, an der ein Seil hängt, an dem ein kräftiges Tau hängt, an dessen Ende ein Anker befestigt ist, den ich nicht heben kann … Und nachdem ich mich noch mit seinem Vater getroffen hatte – der mir in seinem abscheulich gedämpften Tonfall *verziehen* hat … und der mich auf meine etwas ungehaltene, nein gezischelte Rückfrage *Sie mir? – Wofür denn bitteschön?* bei demonstrativer Unterdrückung moralischer Missbilligung und *tätschelnd* ermutigt hat, es werde Zeit brauchen, *nichts weiter als Zeit* … Nachdem ich also noch diesen Heuchler und sanften Henker genossen und verabschiedet hatte, konnte ich einige Monate gar keine Berührungen mehr ertragen. Ganz buchstäblich, meine Haut tat weh, wenn ein anderer darüberstrich. Manchmal hatte ich das Gefühl, sie ließe sich in schmalen, verbrannten Streifen abziehen, ich selbst musste mich *hart* anfassen. Joachim brauchte viel Geduld für mich. Und auch zu dir hätte ich damals keinen Kontakt haben können, auch das Schreiben war physisch geworden, mehr, als ich ertragen konnte. Und später wusste ich nicht, wie ich es hätte anfangen sollen. Verstehst du das? Ich hatte dich so sehr enttäuscht, so lang und ungebührlich versetzt, vielleicht sogar verletzt … Ich hatte jedenfalls kein *Recht* mehr, auf dich zuzugehen, mich plötzlich nach so langer Zeit zu melden … Und warum dann gerade nach fünfzehn Monaten oder dreiundzwanzig oder achtunddreißig, was hätte ich vorweisen können, wovon hätte ich sagen können, dass es sich genau *jetzt* geändert habe, weswegen es genau jetzt wieder gehe, was für Erwartungen hätte ich guten Gefühls wecken können? Ich wusste ja auch gar nicht, auf was für eine Gefühlslage ich bei dir gestoßen und ob es für mich selbst nicht eine Überforderung gewesen wäre, sodass ich dann gegebenenfalls hätte sagen sollen, entschuldige bitte, vergessen wir's, das Ganze ist mir doch zuviel, ein Anker hängt an jedem Wort? …

Aber jetzt weiß ich in der Tat, dass es geht, die kleine halbe Stunde im Park hat mir gutgetan, das ist dein Verdienst, und ich bin dir nicht nur dankbar, sondern glaube inzwischen auch, dass du mir verzeihen kannst. Es tut mir so leid, mein Herzenssebastian! Um die für uns verlorenen Jahre, aber mehr noch wegen der Belastungen, die durch mein Verschulden auf ihnen lagen! *Hier* habe ich gefehlt, *hier* ja … Magst und kannst du mich so tief vom Boden wieder aufheben? Ich wünsche es mir so sehr.

Deine bange Hanna

P. S.: Warum Abu Ghuraib?

Von: Sebastian Heilering <sebastian@heilering.de>
Gesendet: Sonntag, 11. Juni 2006 02:03
An: Dudenhausen, Hanna
Betreff: Re: Re: Re: Re: Re: Re: Re: Wieder beieinander

Natürlich, meine Herzenshanna, kann ich dir verzeihen – schon weil ich es muss, weil dein Schweigen die Nachsicht *verlangt*. Und um einmal mehr ganz ehrlich zu sein: Ich habe mich nicht aus heiterem Himmel gemeldet. Stattdessen war ich letzten Sonntag aus irgendeinem dunklen Grunde peinlich nervös. Ich habe gelesen, Habermas, und konnte mich nicht konzentrieren, habe etwas gegessen, gelesen, schweifte ab, bin aufgesprungen, habe Klavier gespielt, fand kein passendes Stück, Sinding zu seicht, Mozart plänkelnd, Mussorgsky gewaltsam, bin um Sibylle herumgeschlichen, die schon meinte, ich liefe herum wie Falschgeld, habe mich wieder in mein Arbeitszimmer verfügt, ein bisschen zur Geschichte des Westens recherchiert, trieb willenlos umher, schaute auf – und hatte endlich einen vollkommen klaren Gedanken: *Hanna braucht mich.* Nichts weiter als das. Weder, ob akut oder grundsätzlich, ganz praktisch oder eher psychologisch ... Nur *Hanna braucht mich*. Also habe ich angefangen, nach dir zu suchen. Erst online und dann per SMS, keiner hatte deine Koordinaten. Aber ebenso klar wie alles andere war mir plötzlich, dass Claudia eine stehende Verbindung war. Womöglich ja die einzige ... Kennst du den Grund für diesen Ein- und Überfall des Hanna-Gedankens? Den Grund oder wenigstens den Anlass?

Dabei muss ich gestehen: Ich habe schon früher an dich gedacht. Nicht so traumhaft nüchtern, so einen überwirklichen Impuls gab es vorher nicht. Aber du hast mir gefehlt, das sehr wohl, gefehlt, wie nur ein Mensch dem anderen fehlen kann. Ich habe nachts an dich gedacht, nein, ich habe dich nachts angedacht und bin tagsüber ohne Antwort im entleerten Raum gewandelt, wochenlang, monatelang. Du warst weg und unerreichbar, wie aus der Welt und aus der Zeit gereist, es hätte damals keinen Sinn gehabt, nach deiner Nummer zu forschen und dich anzurufen. Dazu bedurfte es irgendeiner Verdichtung, das wusste ich, der Zweifellosigkeit *dieses* Satzes, das wusste ich nicht. Und wenn du mir nichts weiter sagst, als dass du neuerdings wieder *erreichbar* bist, bin ich zufrieden und verzichte auf jede weitere Erläuterung.

Ich habe dich geliebt, auch das ist mir erst jetzt ganz klar. Habe dich meinerseits gebraucht, wie nur ein Mensch einen anderen brauchen kann, und wenn Sibylle nicht gewesen wäre, die unfassbar natürliche, fraglose, warme Sibylle, die mich nicht drängte, nichts erwartete, einfach entstehen ließ ... ich hätte nicht gewusst, wie ich mit deiner sehr präzisen, fast körperlichen Abwesenheit hätte leben sollen. Niemand ist so präsent wie der Mensch, der fehlt.

Und vielleicht war Sibylle ein bisschen wie Joachim: nämlich im richtigen Moment meines Lebens da. Sie kam und blieb, saß bei mir, aß mit mir, antwortete mir, schlief bei mir, wanderte durch die Wohnung und putzte sich dabei die Zähne, streichelte mich, ließ sich umarmen, schrieb mir einen Zettel, eine SMS, rief mich an, erzählte und lachte und schenkte mir ihre Trauer, als ihre Mutter starb, rückte näher an mich heran … Sie war wie ein Naturereignis, aber keines von der tosenden oder fauchenden Sorte, sondern eher wie das steigende Wasser der Nordsee oder das allgemeine Blühen im Frühling – man merkt erst gar nicht, was sich da vorbereitet, obwohl sich längst eine gewaltige Energie darin sammelt, und dann scheint es ganz schnell gegangen zu sein, und die Welt ist nicht wiederzuerkennen. Entschuldige bitte, ich sollte dir das nicht erzählen, aber erstens können wir eben auch jetzt nicht mehr hinter unsere Abmachungen zurück, und zweitens muss ich dir ja verständlich machen, warum ich dich irgendwann *nicht mehr* vermisst habe – dass die Welt erst eine vollkommen andere sein musste, bevor dein wortloser Abschied in eine tiefere Schicht absinken und ich den Schnitt vernarben konnte.

Sibylle und ich haben einen kleinen Jungen, das ist eine unglaubliche, zauberhafte Realität. Einen kleinen, hübschen Jungen mit Schirmmütze, der von Natur aus *rennt*, sodass jedes Gehen oder gar Stehen bei ihm nichts als gehemmte Bewegung ist, der zum Abschluss jedes gelassenen Laufes auch noch übermütig springt und laut und etwas dreckig lacht, der abends dann lauscht, denkt, kuschelt, *Papa* zu mir sagt und auf dem Kissen neben mir einschläft … Und bei dem mir, wenn ich sein traumhaft beschäftigtes Gesichtchen beobachte, fast ist, als hätte es sich schon damals hinter Sibylles entspannten Zügen abgezeichnet, als hätten sich die damals verschlossenen Türen mittlerweile geöffnet und sei alles von jeher nur auf ihn abgesehen … Zumindest steht er oft so selbstbewusst zwischen lauter Riesen, als wäre es so, nimmt er so unverrückbar seinen Platz im Leben ein, als hätte niemand sonst ihn jemals einnehmen können.

Beide schlafen und atmen ruhig. Wenn ich mir Mühe gebe, kann ich sie durch die geöffneten Zimmertüren hören. Ich lege mich jetzt dazu.

Und hier irgendwo, fühle ich, liegst auch du. Schlaf gut, meine Herzenshanna,

dein Sebastian

Von: Hanna Dudenhausen <hudenhausen@dllf.de>
Gesendet: Sonntag, 11. Juni 2006 22:45
An: Heilering, Sebastian
Betreff: Re: Re: Re: Re: Re: Re: Re: Re: Wieder beieinander

Mein guter, großartiger Duldersebastian,

womit habe ich nur diesen schönen, nachgiebigen, nachdenklichen Mail-Brief verdient? Ich komme mir jetzt sogar *noch* ein bisschen schlechter vor, angesichts deiner Großmut und fast Güte, mit der du mich wirklich einfach wieder aufnimmst. Ich kann dir das nur vergelten, indem ich dir Gleiches tue, obwohl das etwas fatal ist. Denn auch ich habe dich geliebt. Was mir freilich immer schon klar war, wie *ich* gestehen muss. Und ansatzweise auch schon gestanden *habe*, weswegen du ja damals, glaube ich, nach München aufgebrochen bist... Geliebt *und begehrt*. Sodass es im Grunde wirklich nicht zu begreifen ist, warum wir jetzt nicht beieinandersitzen und in ein paar Minuten, verzeih mir, nicht gewohnheitsmäßig miteinander schlafen. Was, um Himmels willen, ist da nur so entsetzlich schiefgegangen? Einen Punkt weiß ich, einen einzigen, auch ohne unsere gesamte Korrespondenz noch einmal zu durchwühlen: dass du mich tatsächlich gleich nach unserer schönen Reise zu unseren Wurzeln erst einmal beleidigt hast und, unter Verweis auf irgendwelche dummen, alten Geschichten, auf den Genuss meines immerhin doch recht passablen, wenn auch gar nicht überirdischen Körpers verzichten wolltest. Ich schaue da jetzt nicht mehr nach in unserer Korrespondenz – obwohl ich sie natürlich aufgehoben habe – und will es so genau auch gar nicht mehr wissen. Aber ich für meinen Teil habe von dir geträumt, schon vor Rom und erst recht danach, habe mir deinen Körper vorgestellt, wie ich ihn leider nur von ganz außen erlebt habe, manchmal sogar, wenn ich … wenn ich mit *ihm* geschlafen habe, du weißt, mit wem. Und wenn ich dir davon erzählte, dann erzählte ich dir ein bisschen auch von uns, von dir und von mir, von dem, was hätte sein können und was ein bisschen auch so war. Du hast jetzt noch einmal von Sibylles verschlossenen Türen gesprochen und dem Durchblick auf euren Jungen, auch bei mir gab es solche Türen, aber die waren nur für dich geöffnet, in jedem Brief neue, und ich konnte nicht auch noch für dich und an deiner Stelle hindurchgehen. Verzeihst du mir, auch dieses noch, dass ich nicht zusätzlich noch Signallampen aufgehängt habe? Weil ich wollte, dass du *selbst* es willst? Dass du *von dir aus* nach Wegen und Möglichkeiten suchst? Weil ich es ja gerade auf *deinen Impuls, deine Lust* abgesehen hatte? Ich glaube, ich muss dir das jetzt allein schon deshalb sagen, weil ich es so schade finde, so jammerschade, dass wir einander schlecht verstanden haben, und weil ich das nicht allein bedauern will. Vielleicht auch, weil du es womöglich besser begreifst als ich. Aber wir hätten uns und anderen wahrscheinlich viel ersparen können. Warum, mein Sebastian, erst jetzt, erst jetzt …

Aber genug. Ich mag nicht mehr darüber nachdenken. Du bist bei deiner Sibylle, ich bei meinem Joachim, zwei wundervollen Menschen, wenn man uns glauben darf, und nachdem wir einander getäuscht und in die Irre geführt haben, in all unserer Wahrhaftigkeit, sollten wir nicht auch noch andere täuschen und in die Irre führen. Obwohl ich, auch das sollst du wissen, damit wir nicht zweimal denselben Fehler machen, oder wenn, dann wenigstens sehenden Auges … obwohl ich dir immer zur Verfügung stehen werde. Bei Joachim und mir gehört die Freiheit zum Konzept, es liegt nur an dir. Vielleicht hast du deswegen von mir geträumt: weil ich die Tür schon vor Monaten noch etwas weiter geöffnet habe und nur nicht wusste, wie ich dich darauf aufmerksam machen sollte. Und jetzt, da ich dir innerlich auch noch eine Hintertür geöffnet habe, längst gut vernehmlicher Durchzug herrscht …

Nach so einem Satz, du weißt schon, welchem, kann ich nicht weiterschreiben. Ich könnte ihn löschen, aber er stimmt, also lasse ich ihn stehen und schicke die Mail lieber ganz schnell ab.

Schlaf auch du gut, mein Traumsebastian. Auch ich höre dich atmen.

Deine Hanna

Von: Sebastian Heilering <sebastian@heilering.de>
Gesendet: Montag, 12. Juni 2006 23:03
An: Dudenhausen, Hanna
Betreff: Re: Re: Re: Re: Re: Re: Re: Re: Re: Wieder beieinander

Meine liebe, einzige Hanna,

wow. So eine Mail, so einen Brief, so ein *Angebot* habe ich mein Leben lang nicht bekommen. Der Satz steht und prangt, selbst Gesa in all ihrer Kraft und Herrlichkeit muss da zurückstehen, fürchte ich … Und das nicht nur, weil sie damals sehr überrascht gewesen wäre, wenn ich mich überhaupt nur um Millimeter bewegt hätte, und sie von daher in Sicherheit war. Denn im Unterschied zu ihrem Angebot ist deines *grenzenlos*, und wenn es dreimal zum Konzept gehört. Und wenn ich es annähme, wäre auch das grenzenlos, *ein bisschen Hanna geht nicht*. Weswegen es *gar* nicht geht, sei mir nicht böse, und ich hier sehr klar sein muss.

Ich bin mir nicht einmal sicher, ob wir eine Chance verpasst haben – ich muss da an Kafkas Türhüter denken, dem ich noch nie geglaubt habe. Und wenn, dann schon gar nicht, weil *ich* eine verpasst hätte, denn ich habe ja trotz meiner Unbewusstheit um dich geworben und wollte, dass wir uns sehen, zumindest sprechen, und meiner Erinnerung nach warst du es, nach meinem ersten, bedauerlichen Fauxpas, die alles ins Leere hat laufen lassen ... Was wäre, könnte man denken, da nicht alles möglich gewesen! Wie viel Wahrheit hätten nicht unsere Körper sprechen können, unsere Gesten, Gesichter und Stimmen, wie viel Wahrheit, von der wir uns nicht einmal in unserer umschriebenen Einsamkeit, jeder für sich, etwas haben träumen lassen. Aber wie froh bin ich ebendarum, dass wir uns *nicht* so gefährlich nahekamen, wenn ich jetzt den kleinen Jungen sehe, den es dann vielleicht nicht gäbe. Natürlich, vielleicht gäbe es einen anderen. Aber da ich diesen, meinen Leon, nun einmal kenne und seine selbstverständliche Existenz als Beweis dafür nehmen muss, dass es nicht anders kommen konnte und sollte: War die Chance dann jemals eine Chance? *Mehr* als eine ... denkbare Realität? Ist nicht schon die Tatsache, dass aus dem Denkbaren nichts wurde, Beweis genug, dass es trotz aller Denkbarkeit *nicht möglich* war? Und dass, *wenn* wir eine Zukunft haben und *von Anfang an* haben sollten, sie uns *dann* auch noch bevorsteht? Kein Bedauern, kein Klagen, auch nicht gemeinsam: Lass uns nur weiter schlau werden auseinander und verstehen, worauf es mit uns hinauswill oder kann. Ich freue mich, dass offenbar ein weiteres Kapitel für uns aufgeschlagen ist.

Und nicht zu vergessen: Sibylle. Sibylle in ihrer vollkommen vorbehaltlosen, unspektakulären Freude über das, was ist, mit ihrer vollkommen unspektakulären, unprätentiösen Fähigkeit, anderen *gutzutun*. Die auch für mich immer so viel Wohlwollen und zugleich Dankbarkeit bereithält, dass ich mich oft kaum wiedererkenne, die auch in meinem Fall das Beste hervorkehrt: Sie soll ich nun betrügen und belügen? Das kann und will ich nicht. Ich kann sie lieben, und ich kann gleichzeitig dich lieben, auf eine andere Art und Weise. Aber ich kann *ihr* nichts wegnehmen und *dir* keine Hoffnung darauf machen. Wenn das keine Basis für dich ist, kann ich dir keine bieten. Vielleicht bin ich zu schroff, ganz sicher sollte ich mehr in der Schwebe lassen. Aber je älter ich werde, desto mehr scheint mir, als komme es nicht darauf an, möglichst *viel*, sondern darauf, möglichst *genau* zu leben. Und als habe auch die Aufrichtigkeit nur Sinn, wenn sie *dazu* diene. Ich hoffe sehr, dass ich dich deswegen nicht gleich wieder verliere.

Nun aber genug mit diesen Gefühlsdingen. Den nur gefühlten Dingen. Oder? Ich tue einfach mal, als wären wir schon miteinander im Reinen, und erzähle dir jetzt noch irgendetwas. Zum Beispiel von meinem Vater? Er ist nämlich tatsächlich schon vor einiger Zeit gestorben, nur wenige Tage nach seinem 60. Geburtstag, einfach an einem nächtlichen Herzinfarkt, und hat uns, wie absehbar, so gut wie nichts mehr hinterlassen – abgesehen von dem, was er uns ja glücklicherweise längst geschenkt hatte, und abgesehen von einem primitiven Haus in Italien, zu ebener Erde in einem halb verfallenen Dorf in der Nähe des Trasimener Sees, das er sich als letztes Refugium gekauft hat, noch vor seinem Börsenruin, in dem er gebastelt und gebaut hat und das jetzt derjenige von uns haben soll, der es braucht und darin leben will … – was natürlich heißt, dass es keiner bekommt. Schon Ende 2001, kurz nach dem 11. September, hat er meiner Mutter alles gestanden, die ersten großen Verluste am Neuen Markt, das Greifen in die fallenden Messer – *seine* Wendung! –, die spielertypischen Versuche, alles zurückzuholen, unter Einsatz des Hauses, das die Bediensteten früher «Schloss» nannten, seit vier Generationen im Familienbesitz … dann den Totalverlust, die noch gar nicht eingerechneten Kapitalertragssteuern … Sie sind bereits ein halbes Jahr später in eine Drei-Zimmer-Altbauwohnung in Charlottenburg gezogen, gekauft mit dem letzten verbliebenen Rest des Familienvermögens, immerhin am Stuttgarter Platz, hinter einem schmiedeeisernen Jugendstil-Portal, mit hohen stuckbesetzten Decken, einem Erker und großen Balkon mit Wintergartenecke und Weitblick auf die S-Bahn … Und in dieser Wohnung haben sie dann gewohnt, als lebten sie immer noch in ihrer großen Villa, haben sie in ihrer eigenen Erscheinung und Art die Welt repräsentiert, für die jahrhundertelang das ehrwürdige Familiengemäuer stand – bis mein Vater sang- und klanglos, ohne dass irgendjemand ihm größere Vorwürfe gemacht hätte, und offenbar glücklich ganz verschwand. Dabei war meine Mutter über die finanzielle Wendung der Dinge durchaus schockiert gewesen und hatte verständlicherweise Angst gehabt, auch noch die letzten Quadratmeter ihrer bürgerlichen Grundlagen zu verlieren, Angst zudem, er könnte nach all dem Extremismus auch noch mit seiner düstersten Erwartung Ernst machen – weswegen sie erst einmal nur versucht hat, ihn zu halten und zu stabilisieren, was ihr bis zum Erreichen der *dead line* auch recht gut gelungen ist. Und nun scheint es mir fast, als müsste *ich* dafür sorgen, dass die Idee und der Geist des alten Hauses in der Familie bleibt, das historisch tief ausholende Denken in großen Räumen ... Merkwürdigerweise habe ich *nicht* das Gefühl, als müsste ich die besondere Idee und den Geist meines Vaters erhalten. Aber vielleicht graust es mir auch nur davor ... – so wie es Corinna graust, wenn sie morgens in den Spiegel sieht und die Gesichtszüge unserer Mutter darin erkennt, unserer Mutter, als sie noch mehrmals so alt war wie wir. Es dämmert meinem Schwesterchen ohnehin, dass sie mit all ihrem Wissen, all ihrer Schläue und sozialen Raffinesse zwar über sämtliche Voraussetzungen verfügt, um akademisch und universitär Erfolg zu haben, wahrscheinlich sogar im Schnellverfahren ihre Habil durchzubekommen und einen Ruf zu erhalten, dass sie aber mit jedem Quantum zusätzlicher Macht und zusätzlichen Einflusses nur *noch* tiefer im Sumpf des Mütterlichen, in *ihrer* Macht und *ihrem* Einfluss versinkt. Corinna erfüllt ihren Willen; sie erreicht, was unsere Mutter zu anstrengend fand, sich aber trotzdem aneignen wollte, *für sie*. Folglich geht sie dazu über, der alternden Frau, die man nun auch einfach so lassen könnte, wie sie ist, ständig zu widersprechen, damit niemand, vor allem sie selbst nicht, auf den Gedanken kommt, hier gebe es eine durchgehende Linie ... Natürlich steht Corinna *gerade ideell* auf eigenen Füßen. Natürlich ...

Meine Lieblingshanna, wollen auch wir unsere kleinen Traditionen aufnehmen und fortführen? Ich hoffe das sehr und erwarte meinerseits bang deine Reaktion an meinen Grenzen.

Dein Sebastian

Von: Hanna Dudenhausen <hudenhausen@dllf.de>
Gesendet: Dienstag, 13. Juni 2006 17:31
An: Heilering, Sebastian
Betreff: Kein Grund zur Sorge ...

..., mein Lieblingssebastian, wirklich nicht. Ich lasse es jetzt mal, mich dauernd zu entschuldigen, das wird mir bald zur schlechten Gewohnheit, aber eine Missverständlichkeit ausräumen muss ich doch: Denn es gibt da meinerseits kein Drängen und keine Ungeduld. Nur eine Feststellung, weniger ein Angebot und ganz sicher keinen Anschlag. Für mich ist es *vollkommen* in Ordnung, wenn du Sibylle treu bist und bleibst, ach, was rede ich, ich finde das großartig und bewundere dich dafür – nicht, weil ich mich für so verlockend hielte, sondern weil ich selbst so schwer widerstehe ... *Der* ist groß, denke ich oft, der begehrt *und* entsagt ... – wobei das Begehren natürlich da sein muss, sonst ist das Entsagen auch wieder keine Leistung. Und ich finde dich in deiner wunderbaren Treue nur umso begehrenswerter, aber auch darauf musst du keine Rücksicht nehmen. Du bestimmst, was geschieht, und wenn ihr beide euch einig seid, dass nichts geschieht, stehe ich zu dem, was ich gesagt habe, und habe Spaß an dem, was trotzdem noch möglich ist. Ich bin definitiv die Letzte, die irgendwen auf irgendeine Weise zu irgendwas zwingen wollte. Und ich stimme dir auch *bedingungslos* zu, was die verpassten oder nicht verpassten, jetzt jedenfalls neu eröffneten Chancen angeht, ich nehme mein kurz aufgewalltes Bedauern zurück, bin froh, dass es dich in meinem Leben wieder gibt, und fühle mich in dieser Tatsache wundervoll aufgehoben. Nur so kann ich mir letztlich auch deinen Traum erklären. Denn seit du einen Ring gesehen hast, den du nie gesehen hast, und eine Rothaarige auf der friedlichen Wiese, habe ich immer gewusst, dass du auf mich achtgibst – sodass es auch sicher stimmt, wenn dir zugetragen wird, dass ich dich brauche. *Ich brauche dich und stehe dir zur Verfügung.* Das ist so und bedeutet genug, wenn es nur das bedeutet, was es besagt.

Und damit wirklich genug von den gefühlten Dingen – sehr schöne Formulierung! – und zu deinem Vater: Denn das ist ja wirklich der *Hammer*, was du über ihn und die Erfüllung seines Schicksals schreibst! Aber die einmal durchgeführte Rechnung *muss* aufgehen, das verstehe ich ... Auch was du über das Weiterleben eures Hauses als großräumiges Denken sagst, die Entscheidung, nicht seine Wände und Steine, sondern seine *Dimensionen* in der Familie zu halten, kann ich sehr gut nachvollziehen. Wahrscheinlich ist das für dich ohnehin immer seine eigentliche Form gewesen, von der du jetzt erkennst, dass sie immer da war und zu dir gehört und dir überall offensteht – so wie ich umgekehrt gespürt habe, dass etwas, von dem ich dachte, dass es fest zu mir gehört, ganz einfach von mir abgefallen ist. Denn auch der Bock ist tot, vor gut zwei Jahren sehr schnell am Bauchspeicheldrüsenkrebs zugrunde gegangen. Ich kann dir gar nicht sagen, wie ich seine körperliche Verendung und Verflüchtigung genossen habe. Ich habe immer daran gezweifelt, ob ich diesen widrigen Redner und Alb überleben könnte, irgendwie habe ich befürchtet, dass er mit seinen großen Theatergesten und Luftkompositionen den Platz behaupten könnte. Und dann hat es ihn einfach dahingerafft, ohne dass ich ihn noch einmal sehen musste, ich habe es sogar luxuriöserweise erst hinterher erfahren, musste mir keine Gedanken mehr machen oder befürchten, dass er davonkommt, und zehre noch immer von diesem tiefen Durchatmen danach, dem Lauschen, ob nicht doch irgendwo noch etwas hemmt und klemmt, und dann *noch* tiefere Durchatmen ... Er hat alles mitgenommen, was seins, und alles hier gelassen, was meins war. Einfach herrlich.

Ich muss los zum Dienst. Ich freue mich über uns!

Herzlich deine Hanna

Von: Sebastian Heilering <sebastian@heilering.de>
Gesendet: Dienstag, 13. Juni 2006 18:08
An: Dudenhausen, Hanna
Betreff: Re: Kein Grund zur Sorge ...

Ich mich auch! Einen reibungslosen Dienst!

Ich nähere mich schon glücklich dem Feierabend, so leben wir weiter im fliegenden Wechsel, ich bin aber verabredet und habe die nächsten Tage viel um die Ohren. Melde mich darum wahrscheinlich erst wieder am Wochenende, dann aber mit der Chance, mich mit dir in unser frei fluktuierendes, rollendes Separee zurückzuziehen, in einen Raum derselben Welt, in der auch das Haus steht.

Dein Sebastian

Von: Hanna Dudenhausen <mailto:hudenhausen@dllf.de>
Gesendet: Dienstag, 13. Juni 2006 18:14
An: Heilering, Sebastian
Betreff: AW: Re: Kein Grund zur Sorge ...

Nicht im Wechsel, sondern doppelt! Es ist ein Privileg, dich zu kennen. Ich umarme dich gleich hier in der U-Bahn, deine Hanna

Von: Sebastian Heilering <sebastian@heilering.de>

Gesendet: Montag, 19. Juni 2006 18:08

An: Dudenhausen, Hanna

Betreff: Schwarzrotgold

Entschuldige bitte, Einzighanna, ich kann mich nicht mehr konzentrieren, spätestens seit dem Polen-Spiel sitzen Sibylle und ich in jeder freien Minute irgendwo draußen in irgendwelchen Biergärten, am Stuttgarter Platz, essen und leben italienisch mit Fernseher, in südlicher Wärme, freuen uns über und auf eine verspielte deutsche Mannschaft, phantasievoll, kämpferisch, mit fast brasilianischem Charme, Leon hat nur noch die deutschen Farben im Gesicht, schwenkt übergroße Fahnen, schläft zu wenig, feiert eine Party, die Deutschland schon jetzt stärker verändern wird, als jeder Titel es noch könnte. Man hat das Gefühl, ganze Jahrhunderte scharfsinnigen Schrifttums über die Deutschen vergessen zu dürfen. Endlich macht es *Spaß*, in diesem Land zu sein! Die reine, historisch völlig unverbrauchte Lebensfreude. Und ich will nichts davon verpassen.

Ich möchte dir noch mehr schreiben, aber wir müssen uns gedulden, die Zeitzeugenschaft verlangt den ganzen Mann. Bist du auch dabei? Morgen spielen sie gegen Ecuador, und wir sind im Stadion!

Ich umarme dich, zugegeben leicht delirierend, zurück,

dein Sebastian

Von: Hanna Dudenhausen <hudenhausen@dllf.de>
Gesendet: Montag, 19. Juni 2006 23:03
An: Heilering, Sebastian
Betreff: AW: Schwarzrotgold

Auf keinen Fall lasse ich mir das Spiel entgehen! Ich habe mich für das Heiligengeistfeld mit unserem distinguierten Oberarzt aus der Anästhesie verabredet, stockschwul und in seiner Freizeit mit Oberhemden angetan, die mir den Atem rauben ... Den werde ich beschützen und in das Regelwerk einweisen. Und danach bekehre ich ihn und zeige ihm, wie man Kinder macht. Er hat mir schon erzählt, dass ihm Frauen grundsätzlich «absolut einleuchteten», nur ihr «krauses Geschlechtsteil», mit mehreren Lagen und größtenteils versteckt, das finde er einfach «unübersichtlich» ... Dem Manne kann geholfen werden! Irgendwie entspricht er sogar meinem Beuteschema: Schön und unerreichbar. Wir werden sehen ...

Im Übrigen musst du dich nicht dauernd melden und auch nicht auf jeden Stuss antworten, der mir so durch den Kindskopf schießt. Manchmal schreibe ich auch nur einfach etwas hin, ich glaube, das ist mit Mail und SMS noch schlimmer geworden. Und seit meine Mitmenschen schon meine Aussprache herrlich finden und vollkommen zufrieden sind mit dem, was ich fränkisch zum Besten gebe – sehr beliebt meine Übersetzung der Anatomie ins kindlich Dialektale, von der Goschn übern Ranzn bis zum Sächen ... –, seitdem verstehe ich mich nach Dienstschluss ohnehin nur noch als ästhetische Existenz ohne jeden Gebrauchswert, fast als moderne Kunst. Fang also ja nicht wieder an, mich zu interpretieren! Es ist nicht mehr da, als man sieht, mich *muss* man überhaupt nicht verstehen.

Viel Spaß und viel Erfolg im Spiel! Feuer die Jungs gut an!

Deine Hanna

Von: Sebastian Heilering <sebastian@heilering.de>
Gesendet: Sonntag, 25. Juni 2006 19:15
An: Dudenhausen, Hanna
Betreff: Re: AW: Schwarzrotgold

Tschüß, macht's gut, ihr Schweden... Und das dank zweier Polen, Podolski und Klose!... Ist *das* eine Stimmung. Ich erkenne das Land nicht wieder. Mit einem Mal wird zugleich der Welt und uns vollkommen klar, dass nichts Gefährliches mehr in uns steckt. Was löst sich hier nicht alles in Luft auf. Das einsame Ressentiment, die verfrorene Hybris, die lebenslustlose Arbeitswut, der verklemmte Seitenblick ins Jenseits... – alles weg, und keiner vermisst es. Und auch der Verdacht, dass sich die hässliche Fratze zeigen würde, wenn man es ihr nur erlaubte, die faustische Dämonie... – ab diesem Sommer kein deutsches Phänomen mehr. Stattdessen wird gefeiert im fröhlichen Kreis der Fußballnationen...

Nur den einen Verdacht hege ich noch: Noch immer, glaube ich, soll am deutschen Wesen die Welt genesen. Haben wir jetzt nicht schon über Jahrzehnte der Welt vorgemacht, wie man mit einer schlimmen Vergangenheit umgeht? Und haben, nachdem wir schon mit Hitler den Vogel abgeschossen haben, unserer stolzen Einsicht nach auch in der Reue und Friedfertigkeit den Preis verdient? Selbst unsere Generation mag vom alten streberischen Extremismus nicht lassen, prägt all ihre Antinationalismen, Kosmopolitismen und globalen Umweltverträglichkeiten nun ebenso perfektionistisch und ordnungsverliebt und bieder entschlossen, wie es die wilhelminischen Kolonialherren oder nationalsozialistischen Völkermörder einst mit *ihrer* Seite der deutschen Medaille taten... Egal. Jetzt wird gefeiert, vergeben und vergessen.

Apropos: Schön, dass auch du losgelassen bist! Manchmal hätte ich diesen *schwachen* Mann und Unmann gern kennengelernt. Ohne ihm zu sagen, was ich von ihm weiß oder von ihm im Sinn habe. So wie man vielleicht als höflicher Franzose heute einem Deutschen begegnet, mit historischer und obendrein noch moralischer Überlegenheit, weil man rücksichtsvoll nur nach den beruflichen Erfolgen fragt ... Hast du eigentlich noch Kontakt zu deiner Mutter? Wie geht es Rebecca?

Übrigens wollte ich dir aus *eigenem* Antrieb etwas ausführlicher schreiben. Jetzt, nach deinem ausdrücklichen Wunsch, ist das kaum mehr möglich – es sei denn, du ziehst ihn glaubhaft zurück, womit wir freilich in derselben hoffnungslosen Situation wären, in der ich uns schon einmal habe stecken lassen ... Sehr vertrackt.

Jetzt habe ich immer noch nicht aufgeholt, was ich aufholen wollte, sodass ich nicht hoffe, wie Sternes Tristram Shandy zu enden, der mit seiner Geburt anfangen will, aber mitgerissen wird vom Strom des Lebens und einfach nicht mehr zurückkommt ... Ich muss sogar vorübergehend aus dem Wasser steigen, weil ich Leon versprochen habe, noch einmal mit ihm auf den Spielplatz zu gehen. Er schläft sowieso erst, wenn er schläft ...

Dein Sebastian

Von: Hanna Dudenhausen <hudenhausen@dllf.de>
Gesendet: Montag, 26. Juni 2006 08:47
An: Heilering, Sebastian
Betreff: AW: Re: AW: Schwarzrotgold

In der Tat, wie vertrackt du bist! So schwöre ich denn hoch und heilig, in deiner Richtung noch niemals Wünsche oder gar Ansprüche gehabt zu haben, sondern nur *höflicherweise* solche formuliert habe, um dir vorab eine Rechtfertigung deines, nur deines Impulses zu bieten ... – Hmm, ich wusste gar nicht, dass ich solche Verrenkungen beherrsche ... Ist jetzt alles wieder möglich? ...

Zu meiner Mutter habe ich nach wie vor Kontakt. Sie behandelt noch, obwohl sie letztes Jahr immerhin schon – unbeschadet! – 60 geworden ist und es längst nicht mehr nötig hätte. Nicht finanziell. Ansonsten hat sie es durchaus noch nötig, glaube ich, im Mittelpunkt zu stehen, das allgemeine Geschehen zu lenken, Aufmerksamkeit zu kassieren, mit weiblicher Potenz an die Wand zu spielen ... Vor gut zwei Jahren, noch an einem Winterabend, hatten wir eine Aussprache, besser gesagt, *ich* hatte eine Aussprache ... Ich habe ihr alles gesagt, was ich auf dem Herzen hatte. Du sollst es wissen, habe ich gesagt, und sie hat gezetert und geschrien, ich solle es für mich behalten, sie habe keine Zeit dafür, und ich wieder, nein, *einmal* hörst du es dir an. Und dann habe ich geredet und geredet, und sie hat zwischendurch gestichelt und laut aufgelacht und den Kopf dramatisch auf die Seiten geworfen und in beide Hände gestützt und ist energisch in die Küche gerannt und auf harten Hacken wiedergekommen, und ich habe einfach nicht aufgehört, bis endlich alles raus war und wir in der Dunkelheit saßen – weder sie noch ich hatten irgendeine Veranlassung gesehen, den Schutz der Dunkelheit aufzugeben. Und schließlich haben wir uns noch umarmt, was eine Lüge und unwichtig war. Und ich hatte ihr, wenn ich in mich hineinhorchte, definitiv *nichts* mehr zu sagen, was wahr und unendlich wichtig war. Und seitdem haben unsere Verabredungen so etwas angenehm Unnötiges und Überflüssiges, dass ich sie nach ein paar Wochen immer schon vermisse. Und weißt du was? Ich habe ihr verziehen! Oder halt, das habe nicht eigentlich ich gemacht, der Satz ist irreführend, es ist einfach so passiert. Ich brauche keine Nachsicht mehr von ihr, und stattdessen ist in mir ein ganzes Schwimmbecken voller Nachsicht für sie, frag mich nicht, wo all das Flüssige herkommt. Und seitdem bin ich frei. Willst du einen Rat von mir, einen großartigen, unendlich teuren Lebensrat, so sage ich dir: Sprich dich aus. Und trag niemandem, hörst du: *niemandem* irgendetwas nach.

Und Rebecca ... Bei ihr ist alles in Ordnung. Aber so etwas von in Ordnung! Ich ersticke, wenn ich bei ihr zu Besuch bin. Da gibt es nichts, was nicht seinen Platz hätte, nichts, was nicht abgestimmt wäre auf das Gesamtbild, nichts, was einfach herumläge, achtlos liegen geblieben wäre ... Und dann benutzt sie wahrhaftig Sets zum Unterlegen oder an den Ausgießern ihrer Teekannen solche umschnallbaren Schaumstoffpolster zum Auffangen der Tropfen, gießt Honig in gesonderte Töpfe und steckt gedrechselte Honiglöffel hinein, verwendet allen Ernstes einen Eierschalensollbruchstellenverursacher, so ein Ding, von dem ein scharfrandiger Metallhut wie das Messer einer Guillotine auf das arme Ei heruntersaust ... sodass ich mich wundere, dass Einzelnes aus diesem pedantisch-hysterischen Kunstwerk, die Brötchen zum Beispiel, tatsächlich echt und essbar sind ... Und das alles nicht unter Honoratioren jenseits der siebzig, sondern in einem Haushalt mit Kindern! Denn sie und ihr Günther, der inzwischen trotz Verschwabbelung zum erhabenen Geschäftsführer aufgestiegen ist und sich kaum mehr blicken lässt, haben zwei reizende, begabte kleine Kinder, einen Jungen, Tommi, und ein kleines Mädchen, Annika – bei *gewollten* Assoziationen an Astrid Lindgren! Um die Heilige der Kinderliteratur höchstselbst zu zitieren: Kann man sich so was Schreckliches vorstellen?! Ich fange gar nicht erst an, von den hellen Zimmerchen mit wahlweise blauen oder rosafarbenen Himmelbettchen zu erzählen, dem teuren Holzspielzeug, an dem alle Erwachsenen ihre nostalgische Freude haben, den Minianzügen, Minikleidern oder davon, dass Tommi natürlich immer blitzsauber daherkommt, offenbar nicht einmal das *Bedürfnis* hat, sich nach eigenen Regeln im Garten zu suhlen ... Als ich ihn in seinem Zimmer still auf dem Boden angetroffen habe, mit nichts als dem Blick aus dem Fenster beschäftigt, und ihn gefragt habe, ob wir nicht mit seinen Sachen spielen wollten, hat er mir düster geantwortet: Nee, dann muss ich das nachher ja alles wieder aufräumen … Er müsste übrigens so alt sein wie euer Leon. Und das Allerschlimmste: Rebecca lässt sie kaum einen Moment aus den Augen, sie sind wie Teile ihres Körpers, die sich immer wieder selbstständig machen und immer wieder zurückgerufen und eingefangen werden. Mamas Ziel ist erreicht, wenn die Kinder ebenso unmittelbar gehorchen wie ihre schlanken Arme oder noch schlankeren Hände. Günther ist auch deshalb außen vor, er steht etwas dümmlich daneben, wenn er sich mal nicht in seinem Job versteckt, und wird, wenn er Glück hat, von Rebecca zu allerlei kleinen Dienstleistungen herumgeschickt, von denen er die meisten leider nicht zu ihrer vollen Zufriedenheit ausführt. Sie straft ihn dann kurz ab, mit einem Kopfschütteln und eigenem Aufspringen, mit einer kurzen pädagogischen Zurechtweisung, dass dies oder das bei einigem Nachdenken ja wohl nicht das Richtige sein oder nicht funktionieren könne, oder? … Hm? Hm? Und das alles vor anderen, vor Freunden und Verwandten, und kurz angebunden, damit sie sich gleich wieder mit all ihrer hochpreisigen Liebe den Elfenprinzen und -prinzesschen widmen kann … Er ist ein Männchen, kein Mann, und wird von ihr immer noch ein bisschen kleiner gemacht. Ich würde mich wundern, wenn *irgendetwas* von ihm in ihrer Gegenwart wachsen dürfte … Immerhin kann er sich in seiner Telko entfalten. Und immerhin hat sie beinahe Normalgewicht und verzichtet darauf, an sich herumzuritzen. Mir kommt es sogar so vor, als läge ihr nichts ferner, *gar nichts*, als sich zu verletzen oder die Form zu verlieren. Die Kinder sind geradezu eine zweite Schicht auf ihr, eine zweite Lederhaut, dank deren kein anderer und auch sie selbst nicht mehr an sie herankommt. So wie auch das Haus mit all seinen Dingen anderen und ihr selbst ebenso viele Hindernisse in den Weg stellt, an sie heranzugehen … Länger als ein Wochenende kann ich es nie bei ihnen ertragen. – München! … Bah!, macht die Italienerin … München! …

Genug. Heute *spielt* Italien. Und was willst du mir denn noch erzählen? Darf ich das überhaupt noch fragen? Du musst selbstverständlich nicht… – Merde, ich kann kein Desinteresse heucheln, damit ich endlich, endlich mehr von dir bekomme!!

Deine gierige Hanna

28.06.2006, 11:55

Herzlichen Glückwunsch! Lebe lang und in Frieden! Deine Hanna

Von: Sebastian Heilering <sebastian@heilering.de>
Gesendet: Montag, 03. Juli 2006 17:37
An: Dudenhausen, Hanna
Betreff: Fortsetzung

Liebe Hanna, vielen Dank noch für die interplanetaren Geburtstagsgrüße! Und es ist auch gar nichts Besonderes, was ich zu berichten hätte. Ich finde nur ganz generell, dass Menschen sich heute zu schnell verstehen, weil sie oft nur darauf aus sind, gemeinsam in Stimmung zu kommen. Kein Wunder, wenn sie dann irgendwann befremdet aus allen Wolken fallen… Ich hatte ja schon angefangen, deine Wissenslücke zu schließen, und bin froh, dass du auch meine bereits ein bisschen verkleinert hast.

Im Übrigen bin ich nach dem Argentinien-Spiel immer noch im Deutschland-Fieber. Und ich habe eben mit einem Volkswirt gesprochen, der mir sehr überzeugend dargelegt hat, warum die Immobilienblase in den USA platzen *muss*. Platzende Blasen scheinen ja überhaupt ein Trieb- und Backmittel des Kapitalismus zu sein, vielleicht auch so etwas wie ein Waldbrand, der die Erneuerung ganzer Ökosysteme ermöglicht, aber ich frage mich, warum dann immer gleich Dollarbillionen in Rauch aufgehen müssen, die Milliarde scheint mittlerweile die kleinste Geldeinheit zu sein, das Brötchengeld. Hm ... – Darüber muss ich gleich noch schnell eine Glosse schreiben.

Dein Sebastian

04.07.2006, 23:55

Shocking. Ich fahre nie wieder nach Italien. Deine Hanna

04.07.2006, 23:58

Ich kann nicht frei simsen. Um mich herum grünweißrotes Gewoge. S.

05.07.2006, 00:02

Wo bist du denn?

05.07.2006, 00:03

Bei meinem Lieblingsitaliener. Nie wieder.

05.07.2006, 00:04

:-)

05.07.2006, 00:08

Und Leon schläft auf meinem Schoß. Der versteht g a r nichts ... Wo bist du?

05.07.2006, 00:11

Ganz nahe dran. Schön und unerreichbar ...

05.07.2006, 00:13

Oh, ich wollte nicht stören ...

05.07.2006, 00:15

Unerreichbar! ... ;-)

05.07.2006, 00:19

:-) Gut so? – Sibylle will los. Morgen ist wieder Alltag. Grmpf ...

05.07.2006, 00:21

Gut so. Die Vorfreude bleibt ... ;-) Gute Nacht!

05.07.2006, 00:22

Gute Nacht! Und schöne Grüße von Sibylle!

05.07.2006, 00:24

?! Du hast ihr von uns erzählt?

05.07.2006, 00:26

Ja, sie ist wunderbar. Später … Schlaf gut!

05.07.2006, 00:27

Dito! Ich umarme dich.

Von: Hanna Dudenhausen <mailto:hudenhausen@dllf.de>
Gesendet: Sonntag, 9. Juli 2006 23:07
An: Heilering, Sebastian
Betreff: Gedanken, die du wieder aufrührst

Mein *griechischer* Körper: Kein Gehäuse mit geisterhaftem Bewohner, wie du ihn mal beschrieben hast, sondern ein Gewässer, das sich mit wachsendem Bewusstsein seine Form ausspült. Man *sieht*, was dieser Körper aus sich gemacht hat, was sein Wesen ist und was sein Werk. Ich finde es unvernünftig zu glauben, dass ein hässlicher Mensch tief unter seiner Haut eine schöne Seele hegt. Viel wahrscheinlicher finde ich, dass andere Menschen ihn wegen seiner Hässlichkeit ungerecht behandeln, weswegen sich immer mehr schlechte Gefühle und Gedanken in ihm sammeln, die er gar nicht für sich behalten *kann*, was wiederum seine Mitmenschen in ihrer Abneigung bestärkt und immer so weiter. Alles drückt sich aus, und was sich ausdrückt, ist da. Wie konnte es dazu kommen, dass die meisten Menschen heute etwas so Einfaches und Klares leugnen?

Mir zumindest scheint der Glaube an eine schöne Seele im hässlichen Körper genauso absurd wie die Annahme, dass die Materie vergeht und das Ideelle besteht, wo doch jeder weiß, dass Dinge und Körper nie restlos verschwinden, sondern sich nur umformen, in Nahrung, Feuer, Flüssiges, Erde... und dass Gedanken, die man nicht rechtzeitig vor dem Tod oder der Lähmung oder der Demenz mitteilt, einfach weg sind. Was ich mir im Ideellen als dauerhaft vorstellen kann, das sind höchstens noch die naturwissenschaftlichen Bau- und Ablaufpläne, die Gravitation oder die Entropie oder die Gene, die wie ein Gedächtnis der Materie funktionieren. Aber auch die sind so endlich wie das All und abhängig von der Materie... Was bringt Philosophen oder religiöse Menschen dann nur dazu, alles, was wir mit den Sinnen erfassen, für flüchtig und alles Flüchtige für die eigentliche Realität zu erklären? Welchen Vorteil haben sie davon?

Aus meiner Sicht haben diese Behauptungen jedenfalls nichts mit dem Wunsch nach Wahrheit und Erkenntnis zu tun. Wissen ist eben auch Macht, Geheimwissen noch mehr. Und am geheimsten ist das Wissen, auf das man beim besten Willen nicht kommt, das dem gesunden Menschenverstand so fern wie nur irgend möglich liegt. Wer seine Macht und Vormacht sichern möchte, tut folglich gut daran, das eindeutig Idiotische für wahr, und das, was nun wirklich keiner wollen kann, für richtig zu erklären. Das Jenseits ist dann wichtiger als das Diesseits, der Tod verehrungswürdiger als das Leben, das Hässliche wertvoller als das Schöne und das Unbeweisbare respektabler als alles, was man sieht...: Niemand würde diese Verdrehtheiten akzeptieren, wenn es nicht schon so lange so viele Menschen gäbe, die ein persönliches Überlebensinteresse daran haben, deren *Geschäftsmodell* darin besteht, dass alles anders ist oder anders zu sein scheint, als es wirklich und in Wahrheit ist.

Puuh. An dieser kleinen Notiz habe ich Wochen gewerkelt! Aber ich habe schon früher oft darüber nachgedacht, jetzt musste das mal gesagt werden …

Herzlich deine Hanna

Von: Hanna Dudenhausen <mailto:hudenhausen@dllf.de>
Gesendet: Sonntag, 9. Juli 2006 23:12
An: Heilering, Sebastian
Betreff: P. S.

Inwiefern ist Sibylle wunderbar?

Von: Hanna Dudenhausen <mailto:hudenhausen@dllf.de>
Gesendet: Sonntag, 9. Juli 2006 23:14
An: Heilering, Sebastian
Betreff: P. P. S.

Deutschland ist Weltmeister der Herzen!

14. 07. 2006, 00:48

Ich habe dir eine Mail geschrieben …

HH (= Herzlich Hanna)

14.07.2006, 07:13

Habe ich gesehen. Seit Montag habe ich die Antwort auf der Seele… Kommt.

B (= Herzlich Sebastian)

14.07.2006, 07:44

Das ist gar keine Abkürzung…

14.07.2006, 07:48

Nein, das ist ein Geheimcode…

14.07.2006, 08:29

C

14.07.2006, 08:33

?

14.07.2006, 09:12

Das ist ein Geheimcode.

14.07.2006, 09:18

Wofür?

14.07.2006, 09:20

Für: Ich liebe es, Geheimnisse mit dir zu haben …

14.07.2006, 09:22

:-) ICE

14.07.2006, 10:03

ICE?

14.07.2006, 10:07

Du findest mich immer dort, wo niemand uns findet und niemand uns zuhört. In unserem Zug, in unserem Bistro. Hier.

B

14.07.2006, 11:18

:-)) DH

Von: Sebastian Heilering <sebastian@heilering.de>
Gesendet: Sonntag, 16. Juli 2006 22:26
An: Dudenhausen, Hanna
Betreff: AW: P. S.

Was Sibylle so wunderbar macht: Ihr grenzenloses Vertrauen auf das Leben. Nur ein einziger Beweis von vielen: Ihr grenzenloses Vertrauen zu mir. Schon am Anfang, als ich die Vertrautheit nur als irritierend distanz- und wahllos empfand, nicht als den Riesenraum aufregender Möglichkeiten, der er war – und den sie mir damals einfach so eröffnete, weil sie es im ersten Moment und dann wieder und immer wieder für gut und schön hielt. Und dann später, als ich versucht war, Evangelia nachzugeben, einer peruanischen Indio, genauer Quechua, auf die ich eigentlich gar nicht stand, weswegen ich sie ohne Bedenken als meine erste Mitarbeiterin eingestellt hatte. Das heißt, sie war jung und schlank, hatte eine schöne Haut, feingliedrige und gepflegte Hände, aber ich konnte schon mit ihrer Schamhaftigkeit und vor allem den schmalen Augen kurz unter den rabenschwarzen Haaren wenig anfangen und hätte darum nicht im Traum erwartet, dass gerade diese Augen so berückend funkeln konnten und gerade das schamhaft mit einer flachen Hand verdeckte Lachen so aufreizen konnte. Kurz, nach ein paar Wochen der gemeinsamen Arbeit, nachdem sie ausgiebig gelacht und verdeckt und gefunkelt hatte, war ich weich gekocht und konnte nur mit Mühe widerstehen – obwohl zu Hause meine herrliche Frau und mein zauberhafter Sohn auf mich warteten. Ich war tief verunsichert und habe das darum Sibylle erzählt, eben weil ich nicht wusste, was ich davon halten und wie ich damit umgehen sollte. Und Sibylle hat mit mir über die dünne Eisdecke bürgerlicher Ruhe, über den wackeligen Kunstbau aller Wirklichkeit philosophiert und viel empathisches Interesse für die Situation einer südamerikanischen Frau aufgebracht, die sich fern ihrer Familie und Kultur ein neues Leben aufbauen musste – so viel, dass ich mich wunderte, wie wenig ich selbst bisher über diese Situation nachgedacht hatte. Und am nächsten Tag ging ich wieder ins Büro, und sie fragte mich am Abend, wie es gewesen sei. Und so am nächsten und übernächsten Tag. Und irgendwann wurde sie nervös und ungehalten, ohne Vorwurf, einfach im Ärger darüber, dass es war, wie es war, und zusätzlich zu allem anderen so viel Energie abzog. Ich sagte ihr, dass ich sie verstünde und dass ihr Part sicher schwieriger und auch noch ärmer an Bestätigung sei, aber dass ich mir trotzdem nicht zu helfen wisse und den Rat meines besten Freundes brauche, und der sei nun einmal sie – woraufhin sie augenblicklich umschaltete und wieder wochenlang auf mich einging. Bis ihre angestachelte Lust doch erneut verzweifelt wurde, der Geduldsfaden doch wieder riss, sie mir nicht mehr zuhören konnte und darum vorschlug, ein Wochenende mit Leon zu ihren Eltern ins Lauenburgische zu verreisen, damit ich Evangelia in unsere Wohnung einladen und mit ihr schlafen könnte. Weil sie sicher sei, dass sich der Reiz damit verflüchtigen würde. Einzige Bedingung: Unser Bett sei tabu. Ich fand den Vorschlag unglaublich, aber als er sich zu einem Plan auswuchs und Sibylle tatsächlich Reisevorbereitungen traf, verabredete ich mich für den ausgewählten Samstag mit Evangelia in einem gemütlichen Restaurant und ließ es darauf ankommen. Und nach zwei Stunden des Plauderns über das Leben war mir klar, dass alles Weitere undenkbar war, dass sie sich wahrhaft einbildete, Sibylle und Leon ausstechen und mich gut katholisch heiraten und auf dieser Grundlage für immer in Deutschland bleiben zu können, mehr noch, dass sie in all ihrem Katholizismus gar kein Problem damit hatte, Sibylle und Leon um ihren Mann und Vater zu bringen – womit die Sache für mich erledigt war. Ich verabschiedete mich herzlich von *jener* Frau, um mit ihr ab dem nächsten Montag in endlich unversuchter Distanz zu arbeiten, und stieg ins Auto, um mit *dieser* großartigen Frau und meinem Jungen wenigstens noch den Sonntag zu verbringen.

Verstehst du, dass ich so ein Vertrauen nicht enttäuschen, so einen Raum nicht leer lassen kann und ergo Sibylle von unserer unabgeschlossenen, sich fortsetzenden Geschichte erzählt habe? Dass ich ihr sogar erzählt habe, wie knapp ich dich damals verpasst habe und dass wir, du und ich, wahrscheinlich heute zusammen wären, wenn ich damals rechtzeitig bei dir in München gewesen wäre? Was Sibylle *gar* nicht interessiert, das sind Affären. Von denen will sie auch gar nichts wissen, da erwartet sie schon von ihren Freundinnen, dass sie sie mit diesen Banalitäten verschonen, und erst recht von mir, dass ich die gegebenenfalls mit mir selbst abmache. Was sie aber sehr wohl interessiert, das sind alle menschlichen Begegnungen, in denen es ernst wird. Weil die Lebenslust oder Lebensunlust angesprochen ist, weil sie nach und nach *alles* aufs Spiel setzen. Und dazu müssen sie ihrer Meinung nach wiederum überhaupt nicht sexueller Natur sein, da reichen Freundschaft oder Bewunderung oder Feindschaft oder Abscheu. Einziger Gradmesser ist für sie die Intensität – und als sie begriffen hat, dass du schon ganz für dich allein intensiv bist, dass unser Feuer nicht immer hochschlägt, aber doch ununterbrochen brennt, da hätte sie angefangen, mich zu verachten, angefangen, *mich nicht mehr zu lieben*, wenn ich Abstand zu dir genommen hätte. Man schlägt dem Leben nicht die Hand aus, lässt es nicht im Regen und vor verschlossener Tür stehen, sondern bittet es herein und nimmt es mit offenen Armen auf. Kein größerer Frevel in Sibylles Augen, als großen oder auch nur größeren Gefühlen nicht nachzugehen, niemals tiefer die Reue als im Bewusstsein, die Chance auf *mehr* Leben verpasst zu haben. Und so bleibe ich bei ihr und schon ihr zuliebe bei dir – weil du für mich eben keine Affäre, sondern viel, viel mehr bist… Ich merke schon, wie nun auch noch *ihre* Begeisterung für dich in mich einfließt.

Dein unchristlicher Körper übrigens könnte trotzdem eine Seele haben – da ich sie selbst schriftlich noch spüre. Und meine Seele wiederum könnte sich trotzdem sehr griechisch im Fleische zeigen…

Auch die Tiefe hat eine Geschichte, und die Geschichte ändert nicht alles. Aber ansonsten möchte ich mit dir glauben, dass du recht hast, weil ich mit dir und Sibylle möchte, dass das *Leben* recht hat.

Immer noch dein Sebastian

Von: Hanna Dudenhausen <hudenhausen@dllf.de>
Gesendet: Samstag, 22. Juli 2006 23:55
An: Heilering, Sebastian
Betreff: Re: AW: P. S.

Ich bin entsetzlich müde und verstehe darum nicht alles… Aber Sibylle ist großartig, nein, groß, das verstehe ich. Ich freue mich so sehr für dich und würde sie liebend gern kennenlernen, würde ihr alles Mögliche versprechen und ein ewiges Bündnis mit ihr schließen, natürlich zu deinen Gunsten. Könntest du das bitte arrangieren?

Und nebenbei, weil ich wieder einmal eine elendige Nacht hinter mir habe: Ich ertrage manchmal den Schmerz nicht mehr. Das heißt meinen eigenen alltäglichen schon, in dem stecke ich drin, den habe ich ebenso gut im Griff wie er mich, und wer am Ende klein beigeben muss, er oder ich, das ist noch gar nicht ausgemacht. Aber der Schmerz anderer Menschen, dringlich und stark und nicht zu fassen, nur zu ahnen hinter einem dünnen Vorhang aus Jammer und Wehklagen und Heulen und Aufschreien, als wäre ich nicht Teil der Lösung, sondern das Problem… dieser hartnäckige, immer noch etwas näher rückende, fast schon untergriffige, sich einschleichende Vorwurf… der zermürbt mich. Ich bin immer noch nicht professionell genug.

Deine Hanna

P. S.: Was du dauernd schreibst und mit irgendwelchen Wirtschaftsleuten besprichst, habe ich immer noch nicht begriffen. Kannst du mich über diese Details bitte endlich aufklären?

Von: Sebastian Heilering <sebastian@heilering.de>
Gesendet: Sonntag, 30. Juli 2006 22:26
An: Dudenhausen, Hanna
Betreff: Lückenfüller

Meine liebe Hanna,

ich weiß, dass ihr euch glänzend verstehen würdet, obwohl ihr sehr verschieden seid, schon weil ihr beide Klasse habt und klasse seid – was ich nur darum nicht öffentlich zugebe, weil es längst inflationär ist, Frauen toll zu finden, über tolle Frauen zu schreiben, tolle Frauen zu fragen, was Frauen so toll macht, warum trotzdem immer noch nicht alle tollen Positionen von Frauen besetzt sind etc. pp. Während Männer entweder als die ganz normalen ärgerlichen Existenzen herüberkommen, die sie immer schon waren, oder als nicht weiter erwähnens- und bemerkenswert. Aus grobem Holz geschnitzt, ideell archaisch, moralisch minderwertig, ästhetisch und stilistisch unzulänglich, weniger individuell als uniform … Frauen übermenschlich und Männer untermenschlich zu finden ist politisch proportional korrekt: Je höher die eine im Ansehen steigt, desto tiefer fällt der andere, und umgekehrt.

Und im Grunde habe ich, was mich am meisten wurmt, auch gar keine Gegenbeispiele vorrätig. Um wenigstens nicht als unmännlich zu gelten, was die Potenz aufs Spiel setzt, um nicht als *Günther* zu gelten, erfüllen die Männer jedes noch so dumme Klischee. Hermann, bei der Gelegenheit, hat sich genau so entwickelt, wie man das voraussehen konnte. Der Senat, die Baumafia, seine Unternehmerspezis – alle haben ihn fallen gelassen, als sich der politische Wind gedreht hatte und mit der Medienkrise die Aussicht auf wenigstens ausgeglichene Ergebnisse schwand. Und als auch noch ein Video auftauchte, auf dem er illegal eingeschleusten Ukrainerinnen *golden showers* verpasste, Seit an Seit diesmal nicht mit Engelhardt, den er zweifellos auch in die Szene begleitet hat, sondern mit seinem Lieblingsmoralisten Schönberger, der als Publizist ohne Publikationen in zahllosen Interviews und Kommentaren über unseren Sender den gesellschaftlichen Kompass nachjustiert hat... Hermann kann froh sein, dass er jetzt überhaupt noch als Berater sein Auskommen findet, natürlich für dieselben Konzerne, die er schon früher als Werbekunden verwöhnt hat. Ein Glück, dass ich schon vorher abgesprungen war, nachdem er ultimativ von mir verlangt hatte, eine Sondersendung zu produzieren, über die großen Leistungen und Spuren des Konservatismus in der Stadt... Auch er hat sich einfach nach allen Klischees gestreckt, die man sich für mächtige Männer so zurechtlegt.

Nur darum ist mir übrigens auch erklärlich, warum ich überhaupt auf ihn hereingefallen bin. Denn natürlich habe ich die Erotik der Macht genossen, das Testosteron gewittert, da lagst du schon ganz richtig. Und natürlich wollte ich mir die Chancen nicht entgehen lassen, das hat sicher mein Urteilsvermögen getrübt und manches Kriterium verschoben. Aber die eigentliche Faszination ging, glaube ich, tatsächlich davon aus, dass er so eindeutig und unzweifelhaft als *Mann* auftrat, dass er seine Männlichkeit nicht schamvoll versteckte und relativierte, wie man es heute korrekterweise tut, sondern ihr die alte, vormoderne Würde verschaffte – eine Würde übrigens, die keineswegs auf Kosten der Frauen ging. Da er etwas von ihnen wollte, gab er ihnen so viel Aufmerksamkeit und Anerkennung, dass sie ihn eher noch der reaktionären Kavalierstugenden verdächtigten. Ich kenne niemanden, der gerade älteren und eher unattraktiven Frauen ähnlich konsequent Führungsaufgaben übertrug. Doch er tat das weniger aus protestantischer Moralität als aus einer Machtvollkommenheit und Willkür, die sich ganz auf junge Männer konzentrierte. Denn das war die latente Beleidigung für alle Frauen, die ihm gern erotische Absichten unterstellten, aber seine ihm selbst halb verborgene, ins Urinieren verirrte Homosexualität nicht bemerkten. Und das war auch die latente Beleidigung für mich, der ich natürlich gern für meine intellektuelle Brillanz und nicht für meine vielversprechende Körperlichkeit geschätzt werden wollte und mich trotzdem dazu verleiten ließ, eine überprofessionelle Beziehung mit Hermann einzugehen, ihm ein allgemeinmenschlicher Partner zu sein, der seiner infantilen Bedürftigkeit guten Morgen und gute Nacht sagte, auch zwischendurch Wünsche erfüllte und sogar mütterliche Sorge walten ließ. All das, weil ich tatsächlich seine inszenierte Männlichkeit bewunderte und er, entschuldige bitte, in all seiner Schwäche tatsächlich der kulturellen Frauenherrschaft die Stirn bot. – Kannst du das verstehen? Auch dass ich deine hellsichtigen Warnungen in den Wind schlagen musste und sogar und erst recht den Hinweis, *er sei kein Mann,* übergehen musste? Obwohl ich spürte, dass es sich so verhielt, spürte, dass er den möglichen Frauen in meinem Leben Konkurrenz machte, keinen Raum für sie ließ und ich dir in genau dem Maße mehr erzählte, in dem er Macht über mich gewann, ohne dass du viel dagegen tun konntest? Wie ja umgekehrt auch du mir Dinge erzähltest und erzählend vor Augen führtest, *um mich zu zwingen, sie geschehen zu lassen*? ...

Aber ich habe einiges gelernt. Zum Beispiel über *gedachte Räume*. Die Hermann lange beschäftigen konnten, wenn er innerlich Schach mit seinen Gegnern spielte, viele soziale Züge vorausberechnete, die niemals eintraten. Wenn er Vorträge immer wieder überarbeitete, weil er mit jedem Satz in alle Richtungen zugleich kommunizieren und handeln wollte und die eingewebten Fäden sich verknäulten. Oder wenn er Geschäftsverläufe «projizierte», wie es so treffend heißt, und mir noch Mitte 2001 erzählte, dass alle Unken sehr bald verstummen würden, weil die Werbeeinnahmen gestiegen seien, große Sonderformatverkäufe bevorstünden, die Akquisitionen günstiger geworden seien und früher Erträge abwerfen würden... *Die werden sich wundern*, meißelte er in harter, ruhiger, tiefer Artikulation – und schon im Herbst waren die Verluste sogar noch höher, als es selbst die leidigen Unken vorausgesehen hatten. Ich wüsste zu gern, ob seine Freundin jemals existiert oder ihn als eine Art Harvey begleitet hat... Denn er selbst *glaubte* ja an all das, was er erzählte, da bin ich mir sicher, auch an sein wirtschaftliches Genie, an die wachsenden Erträge und an seine natürliche Überlegenheit über all seine Feinde. Über Dummköpfe, Intriganten, Feiglinge und Herdenmenschen. Nachdem er sich von seiner Frau und Familie getrennt hatte, gab es jedenfalls keine Auffanglösung, so viel ist sicher. Er hat sich definitiv nur noch im Hotel aufgehalten.

Und ich habe gelernt, dass trotzdem selbst hypertrophe Finanzmärkte oder globale Kasinos nicht typisch männlich sind, wie ich zunächst dachte, sondern typisch menschlich. Auch mein Vater hat ja immer nur in gedachten Räumen gelebt, erst recht, als er gespielt hat, und die Irrationalität der Finanzmärkte, ihre tiefe Verachtung von Fakten und noch tiefere Achtung vor Gerüchten, ihre tierhafte Dämonie, Hysterie und plötzliche Schwarmbildung sind längst legendär. Aber es sind ja nicht nur die Finanzmärkte, sondern überhaupt *alle* Märkte irrational – weil Käufer eben keine unfehlbaren Rechenmaschinen für Kosten-Nutzen-Verhältnisse sind, sondern sich manchmal ganz *grundlos* Vor- und Nachteile versprechen. Aus einer Laune heraus, einer Einflüsterung, von augenblicklichem Genuss, einer temporären Mode, einem Image, einem vielleicht falschen, dafür aber oft gehörten Argument, und dabei, wie den liberalen Wirtschaftswissenschaftlern erst ein Psychologe nobelpreisgekrönt erklären musste, ständigen Verzerrungen ihres Urteilsvermögens unterliegen. – Sodass sie plötzlich Häuser kaufen, die sie sich nicht leisten können, auf deren viel zu hohen Marktwert auch noch Hypotheken aufnehmen, mit denen sie dann Autos kaufen oder Fonds zeichnen, die ganz offensichtlich luftgebaute Renditen versprechen, wodurch dann ganze Industrien und die Konjunktur befeuert werden, die ebenso fest auf Pump gebaut ist wie die gesamte private Prosperität, und niemand auf die Idee kommen darf, an die Stelle des blinden Vertrauens ein gesundes Misstrauen zu setzen und Geld abzuziehen. Denn dann bricht alles zusammen. Und davor stehen wir. Genau jetzt.

So, jetzt höre ich auf. Ich wollte eigentlich auch nur erklären, warum ich bottomupp.net gegründet habe, weil du ja gefragt hattest – aber den Bogen schaffe ich jetzt nicht mehr. Bei nächster Gelegenheit. Du musst ja sowieso erst einmal schauen, ob du angesichts meiner Streitbarkeit in der Geschlechterdebatte überhaupt noch mit mir sprechen magst … Aber: Ich für meinen Teil habe das Gefühl, dass sich zwischen uns schon wieder ein Raum eröffnet, der keine Grenzen kennt. Hoffentlich nicht auch nur ein gedachter … Andererseits: *Alle* gedachten Räume haben ja ganz reale Folgen, sind auch nur Teile und vielleicht Blasen der Wirklichkeit. Naja, ich will jetzt nicht nachträglich Hermanns Wahngebilde rechtfertigen … Schluss.

Dein Sebastian

Von: Hanna Dudenhausen <mailto:hudenhausen@dllf.de>
Gesendet: Donnerstag, 3. August 2006 20:12
An: Heilering, Sebastian
Betreff: Huch! …

…, mein lieber Sebastian, was ist da denn alles zusammengekommen?! Du flirrst und irrst ja munter zwischen allen geschlechtlichen Identitäten! Ich meine: Der Mannmann, den ich kenne, ist ja durchaus noch da und wird, denke ich jetzt, sogar immer noch ernster, tieffurchiger und strenger, hoffentlich nicht fanatischer. Aber zugleich nimmt er immer mehr in sich auf, nimmt auch immer mehr von seinem Gegenteil in sich auf – gilt noch unser Wahrheitsspiel? –, kann er empfindlich und zartfühlend auf geschlechtliche Zurücksetzung reagieren, mit weiblichem Feinsinn menschliche Beziehungen analysieren, kann er sich sogar in einer – darf ich? – homoerotischen Konstellation die Rolle (!!!) der bewundernden, dienenden Frau zuordnen – hast du das auch *währenddessen* gemacht? – und sich das nachträglich sogar als Fehler und Schwäche zurechnen ... – Ich meine, das ergibt ein Gesamtbild, für mich so schwer zu fassen, dass ich mich nicht wundern würde, wenn du mir erzähltest, dass du zu Hause abwaschen und sauber machen und kochen und eurem Löwenkind die Windeln wechseln würdest! ... Entschuldige bitte, ich spotte, wo ich viel mehr mit dir überlegen sollte, ob du vielleicht auf halbem Wege zu etwas ganz Neuem, vielleicht sogar schon am Ziel bist, vielleicht ganz einfach viel freier als jeder Mann, den ich kenne, und ich gar nicht weiß, ob ich so viel Freiheit begrüßen soll ... Wir hatten das bereits.

Ich müsste mich jetzt wieder entschuldigen, das wird wieder zur Manie, zu einer Weibchen-Manie, obwohl auch ich mich geschlechtlich gar nicht gern einsperren lasse, weswegen ich dich ja verstehen müsste ... Ja, vielleicht ist das wirklich eine Möglichkeit, auf deine selbstbewusste Komplexität halbwegs angemessen zu reagieren ... Denn was wir an diesem Punkt gemeinsam haben, fürchte ich, ist wirklich unsere Übergriffigkeit. Das verbindet, aber das trennt uns auch. Denn wo kämen wir hin – jetzt auch mal auf meine Kosten –, wenn wir Frauen erfolgreich die männlichen Stärken gelernt hätten und ihr Männer, noch bevor wir euch ganz vom Platz hätten, auf den Trichter kämt und euch unsere Schwächen – glaubt es doch bitte weiter, es sind *Schwächen*! – als die Erfolgsrezepte einverleiben würdet, die sie tatsächlich sind? Was wäre gewonnen?

Ich meine: für unsere Gesellschaft vielleicht unendlich viel. Aber für uns Frauen?!

Nein, ich sehe es gar nicht gern, wenn du, der du ohnehin schon – als Mannmann, das ist *unnatürlich*! – solche Sachen kannst wie reden und schreiben und dich für Kunst und Philosophie und Geschichte interessieren – die Wirtschaft, finde ich, steht dir sehr gut! –, wenn du jetzt auch noch anfangen solltest, über die gesellschaftliche Rolle des Mannes nachzudenken und für seine Rechte einzutreten. Viel lieber hätte ich es, wenn du mich moralisch dabei unterstützen würdest, ein Ärztinnenhaus aufzubauen. Das habe ich nämlich gerade vor. Soll ich erzählen? Ja?! Ich wusste es, du bist ein Schatz! Denn höre: Weil ich eine Frau bin, emotional und ein guter Mensch, weil ich außerdem gern kommuniziere und dauernd mit meinen früheren Kommilitoninnen und Kommilitonen spreche, die jetzt an den verschiedensten Kliniken des Landes arbeiten, bin ich zu der Überzeugung gelangt, dass wir alle infolge der Gesundheitsreform täglich und notorisch Verbrechen an der Menschheit begehen. Und dass ich nicht mehr korrupt genug bin, im Stile unserer Verwaltung und unseres Geschäftsführers zu denken, schließlich *habe* ich längst meinen Facharzt... Ein Freund beispielsweise konnte vor ein paar Wochen im Notdienst – Schauplatz: ein Krankenhaus in der norddeutschen Provinz – den Thrombus einer Schlaganfallpatientin nicht auflösen. Grund: Der durchaus vorhandene Kernspin wird nachts aus Kostengründen nicht betrieben; die Frau stammelt und brabbelt jetzt auf Pflegestufe 3. Eine ehemalige Kommilitonin, zweites Beispiel, hat von einem Patienten erzählt, dem in München ein Teil des Meniskus durch eine Kniespiegelung entfernt wurde. Danach hatte er wegen allgemeiner Verschleißerscheinungen sehr normale Probleme, bekam trotzdem zugunsten des Klinikbudgets gleich ein künstliches Kniegelenk aufgeschwatzt, entwickelte nach der Operation eine Thrombose und hinkt jetzt. Und weil unter solchen Bedingungen immer weniger junge Ärzte und Ärztinnen arbeiten wollen, die ja nicht umsonst Medizin statt Betriebswirtschaft studiert haben, haben wir in der Inneren jetzt immer mehr Probleme, offene Stellen zu besetzen. Mit dem Ergebnis, dass wir momentan, drittes Beispiel, einen osteuropäischen Gastarzt auf der Station haben, der nichts und niemanden versteht und vor ein paar Tagen einer Frau eine sehr schmerzhafte Lumbalpunktion verpasst hat, um Meningitis auszuschließen – obwohl eine sprachlich versiertere Anamnese später ergeben hat, dass sie ganz einfach ein Medikament gegen Nervenschmerzen in zu hoher Dosis bekommen hat, mit den entsprechenden Nebenwirkungen ... Ich könnte da jetzt Beispiel an Beispiel reihen. Aber weil das alles so ist, wie es ist, und Frauen als Zielgruppe immer interessanter und tragfähiger werden, will ich jetzt jedenfalls ein Ärztinnenhaus aufbauen. Ein Haus, in dem Frauen – Männer dürfen, werden aber nicht kommen – mich, die Gynäkologin ihres Vertrauens, finden werden, ebenso ihre Internistin, Zahnärztin, Augenärztin und alle anderen Ärztinnen plus Physiotherapeutinnen oder Heilpraktikerinnen, die wir zum Mitmachen bewegen können. – Und die dann als Netzwerk, in dem bei Zustimmung der Patientinnen dank gemeinsamer Datenbank *wirklich* die Informationen fließen, mit Blick für die spezifisch fraulichen Krankheitsbilder und bei wachsender Erfahrung mit den entsprechenden Therapien, Heilung aus einer Hand und an einem Ort anbieten können. Ein kleines, feines Gesundheitszentrum, jenseits der extremen Renditeorientierung der Krankenhausbetreiber. Wir haben sogar schon eine Frau, die unten ein Café betreiben will, eine schrill bebrillte, kommunikativ unbremsbare Spät-68erin (kann man das so schreiben?) ...

Ist das nicht ein schöner Plan?! Und ist das nicht auch ein viel schönerer Plan als z. B. ein Ärztehaus, das mit seinem Namen ernst machen und nur Männer behandeln würde, mit männlich vorgetragenen Männerproblemen, männermäßigen Therapien, männlichen Trinkgewohnheiten bei männlichem Austausch im Erdgeschoss?

Wäre das nicht vielmehr *ein Graus*?! Sogar und gerade dann, wenn sie Erdbeerkuchen miteinander essen und Verständnis füreinander entwickeln würden? Während *wir*, die wir uns jetzt regelmäßig am Wochenende treffen und eine Architektin beschäftigen, *wir Frauen* also auf der richtigen Seite sind, wie du ganz richtig festgestellt hast? Die nicht nur einige der wenigen Berufe ausüben, in denen man gut Geld verdienen und trotzdem ein guter Mensch sein kann, sondern auch noch etwas tun, womit frau politisch immer und überall richtigliegt? Willst du mir *das* nehmen? Spricht so ein Freund?! Bitte sag, dass das nicht wahr ist! Die Männer sind schlecht, oder? Und unfähig zu lernen, nicht? Sodass wir sie schon aus biologischen Gründen bald überholen werden, ja? Und weiter unseren Spaß haben dürfen und müssen? Ich trete jetzt jedenfalls aufs Gaspedal.

Andererseits ... Ja, ein *bisschen*, das gebe ich unter uns zu, hast du womöglich auch recht. Ein *bisschen*! Das merke ich jetzt, da ich mich spöttisch in mich und uns hineinsteigere. Aber das macht dann alles so furchtbar kompliziert! Wollen wir das? Ich finde, dass es sich in den letzten Jahren sehr schön und übersichtlich entwickelt hat. Alles ist nur noch eine Frage der Zeit. Und da kommst du und bringst alles durcheinander.

Hmm. Ich mag jetzt nicht mehr. Sei so nett, sei ein Kavalier – ich finde Kavaliere *überhaupt* nicht reaktionär! –, lass uns Frauen unsere Vorrechte, und gönn uns obendrauf noch ein paar mehr.

Aber eins nicht zu vergessen: In Sachen Hermann hast du dich, scheint mir, *ta-del-los* verhalten. So etwas darf man sich erst einmal nicht entgehen lassen, das muss man zumindest versuchen. Und wenn es nicht mehr geht, das heißt *moralisch* nicht mehr geht, muss man es dann eben auch wieder beenden. Mit dem Mütterlich-Therapeutischen zwischendurch vergibt man sich *gar* nichts. Kann ich als

Frau leicht sagen. Aber dass du das offenbar genauso siehst, finde ich nun meinerseits wieder großartig. Auch wenn ebenfalls ich das öffentlich niemals sagen würde. Passt auch gar nicht ins Fernsehprogramm bei den vielen tollen Frauen. Mach dir keine Hoffnungen. Das kann dauern, bis die alle abgefeiert sind...

Deine Hanna

Von: Sebastian Heilering <sebastian@heilering.de>
Gesendet: Donnerstag, 3. August 2006 22:26
An: Dudenhausen, Hanna
Betreff: Manifest

Doch, alles durcheinander! Durcheinander, durcheinander!! Du musst bei dem, was ich dir jetzt bekannt gebe, sehr tapfer sein. Nicht Mädchen, sondern *Jungen* werden im Kindergarten und in der Schule, nicht junge Frauen, sondern junge *Männer* in der Hochschule benachteiligt und diskriminiert. Jungen werden nicht so oft missbraucht, dafür viel öfter misshandelt. Der Mann wird gewohnheitsmäßig instrumentalisiert und verbraucht, alles Männliche als minderwertig ab- und glatt gebügelt, von längst erfolgreichen, gut organisierten Frauen und von rückgratlosen Männern, die ihnen folgen und den Platz bereiten. Frauen sind in Ehen ebenso gewalttätig wie ihre Männer, sind *nicht* besser, *nicht* friedlicher, *nicht* kooperativer, sondern ebenso gierig, machthungrig und autoritär. Indem der klassische Feminismus alles Schlechte vom Mann und alles Gute von der Frau erwartet, betet er nur nach, was seit dem späten 18. Jahrhundert von den Aufklärern vorgebetet wurde. Schon seit mehr als 200 Jahren gilt der Mann als egoistischer Barbar und die immer selbstlose Frau als Retterin, die ihn zivilisiert; es wird Zeit, dass dieses historische Bild entsorgt wird. Wir brauchen die Jungenförderung, die Emanzipation des Mannes, die Rehabilitation und Wiederbelebung männlicher Werte, und das vor allem zu unseren und zugunsten der Frauen, die sich wie wir Männer und mit uns zusammen endlich von halben zu ganzen Menschen entwickeln wollen. Hugh, ich habe gesprochen.

Von: Hanna Dudenhausen <hudenhausen@dllf.de>
Gesendet: Donnerstag, 3. August 2006 23:46
An: Heilering, Sebastian
Betreff: Re: Manifest

Ok.

Von: Sebastian Heilering <sebastian@heilering.de>
Gesendet: Freitag, 4. August 2006 00:02
An: Dudenhausen, Hanna
Betreff: Re: Re: Manifest

Wie?!…

Von: Hanna Dudenhausen <hudenhausen@dllf.de>
Gesendet: Freitag, 4. August 2006 00:05
An: Heilering, Sebastian
Betreff: Re: Re: Re: Manifest

Ja, ok. Stimmt vielleicht.

Von: Sebastian Heilering <sebastian@heilering.de>
Gesendet: Freitag, 4. August 2006 00:08
An: Dudenhausen, Hanna
Betreff: Re: Re: Re: Re: Manifest

Und? ...

Von: Hanna Dudenhausen <hudenhausen@dllf.de>
Gesendet: Freitag, 4. August 2006 00:11
An: Heilering, Sebastian
Betreff: Re: Re: Re: Re: Re: Manifest

Your business. Ich muss hier jetzt auch weitermachen. Später mehr. Willst du nicht schlafen gehen?

Von: Sebastian Heilering <sebastian@heilering.de>
Gesendet: Freitag, 4. August 2006 00:13
An: Dudenhausen, Hanna
Betreff: Re: Re: Re: Re: Re: Re: Manifest

Doch. Gute Nacht.

Von: Hanna Dudenhausen <hudenhausen@dllf.de>
Gesendet: Freitag, 4. August 2006 00:26
An: Heilering, Sebastian
Betreff: Re: Re: Re: Re: Re: Re: Re: Manifest

Noch da? Gute Nacht!

DH

Von: Hanna Dudenhausen <hudenhausen@dllf.de>
Gesendet: Freitag, 4. August 2006 10:26
An: Heilering, Sebastian
Betreff: Erklärung

Und jetzt wieder in diesem besinnungslosen Zustand, der unverkünstelte Tragik verspricht: Ich nehme die ganze Geschlechter-Diskussion schon lange nicht mehr ernst. Ich habe die angebliche Überlegenheit des Mannes noch nie empfunden, weder als Tatsache noch als Anspruch. Selbst damals nicht, du weißt schon, in Bogenhausen, *gerade* damals nicht. Denn war das nicht erbärmlich? Und wusste er das nicht? Den Mann zu achten, damit habe ich im Grunde erst begonnen, als ich den Mann als Sexualobjekt entdeckt habe. Als einen schönen, empfindsamen, reizbaren Körper, mit Mut zur Hingabe. Vorher fand ich den Mann vielleicht gefährlich; aber gerade darum eben nicht respektabel. Ich wollte und will den *wirklich* starken Mann – den, bei dem ich mich sicher fühle, weil ich *vor ihm sicher* bin. Der keine alten Geschichten zu verarbeiten hat, sich nicht rächen oder seine Würde wiederherstellen muss. Und wenn er *diese* Souveränität und Freiheit besitzt, kann er von mir aus auch der ganz klassische, harte, barbarische Mann sein. Hauptsache, er hat keine Angst vor Frauen und muss ihnen nicht sagen und zeigen, wie es läuft. Ich habe nur Angst vor den feigen Männern, die noch oder schon wieder Gemeinheiten, Tricks, Umwege, Beleidigungen *nötig* haben, die Frauen kleiner machen müssen, um nicht selbst zu schrumpfen. Können wir jetzt dieses leidige Thema vorläufig beenden? Denn dass du ein starker Mann bist, das wusste ich ja immer. Und im Schutze meiner Besinnungslosigkeit darf ich es vielleicht auch bei dieser Gelegenheit sagen: Ich liebe dich immer noch. Aber daraus ergeben sich keine Verpflichtungen für dich. Auch ich finde das Lieben wichtiger als das Geliebtwerden.

Deine Hanna

Von: Sebastian Heilering <sebastian@heilering.de>
Gesendet: Samstag, 5. August 2006 22:23
An: Dudenhausen, Hanna
Betreff: Verkündigung

Entschuldige bitte, das passt jetzt gar nicht, aber ich weiß, dass du dich mit uns freust, erst recht nach deiner letzten Mail: Sibylle ist wieder schwanger. Haben wir gestern getestet und abgesichert. Wir sind alle unmerklich aus der familiären Verankerung gerutscht und lassen uns auf der Erdoberfläche frei verschieben.

Dein Sebastian

05.08.2006, 22:57

Sebastian, das ist ja wundervoll! Herzlichen Glückwunsch! Auch an Sibylle, die ich jetzt kennenlernen m u s s ! H.

05.08.2006, 23:04

Herzlichen Dank! Ja, das sollten wir jetzt hinbekommen. Männlich gesprochen: Schwanger ist sie noch wunderbarer als sowieso schon, das pralle, blühende, köstliche Leben. Darf ich das sagen? Oder ist das bereits der geistige Bankrott? DS

05.08.2006, 23:06

D i e Männlichkeit ließe auch ich mir gefallen, auch bei geistigem Bankrott!

05.08.2006, 23:09

P. S.: W e n n es eine Situation gibt, in der die Verherrlichung des Weibes noch statthaft ist, d a n n doch wohl diese, oder?..

05.08.2006, 23:14

Wir Frauen können b e i d e s, Körper und Geist. Alles zu seiner Zeit. Jaja, höre ich dich einwenden, könnt ihr auch… dein Gerechtigkeitssinn wird allmählich langweilig! Will ich dir mal sagen… Kusskuss

05.08.2006, 23:22

Brauchst du mich noch? Ich meine, manchmal antworte ich auch gern selbst…

05.08.2006, 23:27

Hmm… Hängt davon ab, was du sagen willst…

05.08.2006, 23:31

Nur dass ich froh bin, mit meiner grenzdebilen Schwiemelei durch deine PC-Grenzkontrolle gekommen zu sein…

05.08.2006, 23:34

?! Nein. Solche Extremismen werden hier nicht zugelassen. Kümmer dich jetzt um Frau und Kind, gute Nacht.

05.08.2006, 23:36

:-) Gute Nacht.

Von: Hanna Dudenhausen <hudenhausen@dllf.de>
Gesendet: Sonntag, 20.08.2006 14:26
An: Heilering, Sebastian
Betreff: Ordnen und einrichten

Jetzt bin ich aber doch ein *wenig* verstimmt... Du kannst dir *sicher* vorstellen, dass ich nahezu pausenlos mit professioneller und natürlich auch unprofessioneller Neugier zu euch hinüberblinzle – und du verschaffst mir nicht *so* viel Einblick! Wahrscheinlich grübelt ihr gerade über die Einrichtung eines weiteren Kinderzimmers, sprecht verständnisvoll mit Leon, diskutiert Namenslisten... und fragt mich nicht einmal, ob ich euch wenigstens bei den *großen* Dingen helfen könnte, wie Wänden und Türen und Decken... Damit kenne ich mich nämlich schon sehr bald aus, in dieser Woche habe ich ein echtes Schnäppchen gemacht! Ein Altbau in Ottensen, in der Eulenstraße, nur zwei Minuten von der Ottenser Hauptstraße entfernt, mehr als 700 qm, trotzdem nur eine schlappe Million. Natürlich sanierungsbedürftig, wir werden noch einmal dasselbe investieren müssen, bevor wir überhaupt die Praxen einbauen können. Aber bei mindestens acht Frauen, von denen ich gestern immerhin fünf zu einer abendlichen Spontanbesichtigung bewegen konnte, ist das trotzdem erschwinglich, unsere Architektin ist begeistert, die Lage ist einfach phänomenal, und wir haben volle zwei Wochen lang die Option. Ich bin guter Dinge, die Sache der Frauen *entscheidend* vorantreiben zu können ... Mich ärgert nur, dass ich das schnuckelige Ferienhaus, das Joachim und ich uns auf Fehmarn kaufen wollten, nun irgendwelchen anderen Menschen überlassen muss, die es mit Sicherheit viel, *viel* weniger verdient haben als wir ... Aber das kommt auch noch. Und bis dahin baue ich erst einmal zu Hause um. Als Erstes habe ich unser Schlafzimmer in Angriff genommen, das ich mithilfe eines alten Bauernschrankes samt passendem Bett, einer Truhe, eines Regals aus Naturholz und eines begehbaren Schrankes, der im geschlossenen Zustand kaum zu sehen ist, aufs Land verlegt habe; wenn man aus dem Fenster auf die Birke in unserem Hinterhofgarten schaut und den Vögeln zuhört, ist man definitiv nicht mehr in Hamburg. Als Nächstes nehme ich mir die Küche vor, die bekommt einen mediterranen Terrakotta-Boden und eine neue Treppe in den Garten, der gegossene Steinboden auf der Terrasse wird ebenfalls gegen Terrakotta ausgetauscht. Aber ich fühle mich durchaus nicht ausgelastet – *damit* nicht! – und verfüge noch über freie Kapazitäten! Wenn ihr also Beratung braucht oder tatkräftige Hilfe bei der Anschaffung und Umgestaltung eines neuen Hauses ...

Allerdings ... Nein, nicht allerdings, nur habe ich auch weniger Schönes zu berichten. Rebecca war für ein paar Tage in der Psychiatrie der LMU. Sie bekommt jetzt Solian und scheint es gut zu vertragen; dass sie rapide zunimmt, findet nur sie schrecklich ... ihr Zustand ist erst einmal stabil. *Wirklich* schrecklich ist aber, wie sie dahin gekommen ist. Ich weiß nicht, ob sie irgendwelche Drogen genommen hat, aber vor rund zehn Tagen ist sie in ihr Auto gestiegen, um Tommi vom Kindergarten abzuholen, im dichten Feierabendverkehr, da hat ihr plötzlich eine Stimme befohlen, eine warme, männliche Stimme, sie solle nach Neuhausen fahren. Das hat sie gemacht, glücklicherweise ruhig und sicher, aber als sie am Rotkreuzplatz war, hat die Stimme zu ihr gesagt: Fahr nach Unterföhring. Wobei interessant ist, dass die Stimme sie offenbar geduzt hat, fällt mir gerade auf... Und als sie im Gewerbegebiet in der Neubruchstraße war, heil durch den Blechdschungel und hinaus laviert, da hat die Stimme ihr befohlen, zum Schlosspark Nymphenburg zu fahren. Und so ging es über Stunden, kreuz und quer durch München, Rebecca bekam das Gefühl, eine Hand liege beruhigend auf ihrem rechten Oberschenkel, und hat deswegen auf ihren Sitz gepinkelt, aber sie hat stur gehorcht, hat das Klingeln ihres Handys überhört und den Tank fast leer gefahren, bis die Stimme ihr am Rindermarkt befohlen hat, anzuhalten und auszusteigen und nach Sankt Peter zu gehen, ihr auf dem Weg mit *noch* mehr Ruhe und Wärme offenbart hat, sie, die Stimme, sei Petrus, und Rebecca gebeten hat, die bereitliegenden Feldsteine zu nehmen und das Portal zuzumauern. Und das hat sie dann gemacht, Stein für Stein, bis sie abgeholt wurde... – was sich zunächst übrigens als schwierig herausstellte, weil sie noch nicht fertig war. Aber die Sanitäter haben dann die Einsicht gehabt, sie ihr geistliches Werk abschließen zu lassen; danach ist sie ruhig und willig mitgekommen. Günther, der schon vom Kindergarten angerufen worden war und den weinenden Tommi abgeholt hatte, kam aus dem Haarkranzraufen gar nicht mehr heraus.

Was mich irritiert: dass sich überhaupt plötzlich religiöse Vorstellungen bei ihr zeigen. Das ist mir noch nie aufgefallen. Ansonsten ist sie in ihrem Bedürfnis, Ordnung zu schaffen, offenbar nur einen Schritt weitergegangen. Günther hat mir erzählt, sie habe vor einigen Wochen angefangen, kleine Prosatexte zu schreiben, die eigentlich nur einen Grundwiderspruch, irgendeine Aporie ausformen sollten; vielleicht gibt sie mir ja davon noch etwas zu lesen. Und mit diesen Texten, so Günther, habe sie dem eigenen Bekunden nach «heilige» und «unbetretbare» Räume schaffen wollen. Das klingt ja in der Tat nach einer Verbindung. Außerdem hat Günther erzählt, dass Rebecca seit geraumer Zeit Schwierigkeiten im Verband habe, weil sie sich eigentlich gar nicht mehr für die Heilung der seltenen

Krankheiten interessiere, sondern nur noch Bewunderung für sie einfordere, auch politisch. Vor Kurzem habe sie eine Ausstellung organisiert, mit lauter kranken *und schönen* Körpern. Das Verbandspräsidium habe zu bedenken gegeben, dass die Besucher so vielleicht neidisch, sicher aber nicht aktiviert würden. Darauf sei Rebecca ausfallend geworden und habe das Präsidium angeschrien: Solange Krankheit als Abweichung von der gesunden Vollkommenheit, als ungewollt und unschön dargestellt werde, solange werde man auch die hässlichen, normverletzenden Kranken nicht wollen. *Nur schönen Kranken helfe man gern.* Die Argumentation hat ja in meinen Augen durchaus etwas für sich ... Die Aussprache steht wohl noch aus, bei vollkommen offenem Ausgang für Rebeccas weitere Beschäftigung als Geschäftsführerin – mal gesetzt den Fall, dass sie nicht sowieso ausfällt –, aber es ist natürlich sehr unwahrscheinlich, dass das Präsidium sich dazu entscheidet, die Strategie des Verbandes zu ändern und künftig dafür zu werben, seltene Krankheiten als erlesene, attraktivitätssteigernde Kostbarkeiten zu begreifen und den kranken Körper als unantastbar ... Rebecca will, so haben Günther und ich uns geeinigt, offenbar nichts mehr an den Verhältnissen ändern, sondern sie nur noch anders sehen. Ist ja *auch* ein Erfolgsrezept. Wenn jetzt diese Irrfahrt nicht wäre ...

Jedenfalls schwanke ich zwischen Organisation der physischen und Kapitulation meiner psychischen Welt – und bin dir sehr dankbar, wenn du mir bald (!) beim Ausgleich hilfst. Joachim wuselt in meinem Rücken herum und will, dass ich mit ihm sofort (!) joggen gehe. Er duldet keinen Widerspruch ...

Jetzt plötzlich sehr eilig deine Hanna

Von: Sebastian Heilering <sebastian@heilering.de>
Gesendet: Sonntag, 20.08.2006 22:14
An: Dudenhausen, Hanna
Betreff: Re: Ordnen und einrichten

Entschuldige bitte, meine Lieblingshanna, ich wollte dir längst schon geschrieben haben – obwohl es eigentlich gar nichts zu berichten gibt. Sibylle arbeitet weiter in der Gedenkstätte, ich schaue, wenn ich nicht gerade über SS-Trommler und deutschtürkische Guantanamo-Häftlinge oder islamistischen Terror-Glamour schreibe, dass ich sie mit frischem Orangensaft und Salat, Brennnesseltee und überhaupt mit vollwertiger Kost versorge, bin viel mit Leon zusammen, ohne viel mit ihm über das bevorstehende Ereignis zu reden, einfach nur, damit er sich nicht zurückgesetzt fühlt, repariere ein paar Sachen – aber ansonsten läuft hier alles wie gewohnt. Wir wollen in unserer herrschaftlichen Wohnung bleiben, auch das nächste Kindelein erst einmal zu uns ins Schlafzimmer nehmen, die Korbwiege aus dem Keller holen, Leons Klamotten ... Vielleicht wird es ja auch ein Junge, dann haben wir sowieso noch fast alles, was wir brauchen. Wir machen uns also erst einmal gar nicht so viele praktische Gedanken, wie du annimmst, sondern stimmen uns nur von ferne ein.

Aber sei mir nicht böse: Bist du sicher, dass du mit Rebecca nicht ... wie soll ich sagen ... dass der Sinn für Ordnung nicht auch mit dir ein wenig durchgeht? Mit der sträflichen Folge, dass du deine Schwester zu schnell rational unterbringst und wegsortierst? Der Schluss liegt insofern ein bisschen nahe, das gebe ich zu, als du in derselben Mail von deinen Immobilien-Projekten erzählst, und es ist vielleicht etwas zu billig, die Begriffe deiner eigenen Betreffzeile gegen dich zu wenden. Aber ich sehe es schon so, dass wir nach wie vor ehrlich miteinander sein sollten – sonst können wir auch gleich auf die schriftliche Form verzichten –, auch wenn es dreimal wichtiger ist, wahr zu leben, statt wahr zu sprechen ... und dann ist das, was scheinbar *gegen* dich gesagt ist, tatsächlich nur ein Mittel, *für* dich etwas zu tun ... Ich habe jedenfalls den Verdacht, dass du zu schnell aus Rebecca schlau wirst, dass du nur darum mit dem tumben Günther den Schulterschluss suchst, *weil du sie dann nicht verstehen musst* – wobei ich natürlich nicht zu sagen vermag, was da schlimmstenfalls zu verstehen wäre. Nur dass sie Günther ja ganz offensichtlich geheiratet hat, um hinter ihrer Maske bleiben zu können, und dass du wahrscheinlich die Einzige bist, die hinter diese Maske sehen kann, ohne sie ihr mitsamt Haut vom Gesicht zu reißen. Du siehst sie als medizinischen Fall, habe ich das Gefühl, willst sie so sehen, magst keine Wärme für sie entwickeln, keine Nähe zu ihr suchen, magst dich nicht auf sie einlassen, sondern gibst dich zufrieden mit ein paar Hinweisen. Mit Hinweisen, die mehr Fragen aufwerfen als Antworten geben. Warum zum Beispiel wird sie ihre Dämonen einfach nicht los? Warum sucht sie immer noch dringlich einen Raum der Unberührbarkeit, auch nach Jahren der Ehe mit einem anscheinend ungefährlichen, uninspirierten, gefühlsblinden Mann – der sie eigentlich längst entspannt haben müsste – und nach Jahren auch der körperlichen Mutterschaft? Ist Religion für sie die höhere Ordnung oder vielleicht im Gegenteil das Ende aller Ordnung? Inwiefern hat ihr Petrus womöglich *recht* gehabt, die Pforte mit ihr zu vermauern? Was ist mit ihren Kindern, an welchem Punkt sind sie schon jetzt nicht mehr zu retten? Und warum läufst du sehenden Auges weg? Warst du jetzt überhaupt in München? Ist Rebecca wirklich die Einzige, die die Stimme gehört hat? Vielleicht ist gar kein *Schaden* nötig, um sie zu hören, sondern im Gegenteil eine *Fähigkeit* und *Begabung*? ... Ich habe das Gefühl, nicht hier in Berlin, sondern im Bayerischen warten große Aufgaben auf dich ...

Und da ich jetzt schon mal in Fahrt bin und wir sowieso schon wieder ausufern: Im Grunde war es exakt diese aufgeklärte Illusion, die Dinge im Griff zu haben, dieser aufgeklärte *Wille* zur Illusion, der mich damals nach dem Börsencrash und in der Medienkrise dazu gebracht hat, den Dienst zu quittieren, auch mein braves historisches Bildungsprojekt, die lectiones, zu beenden, und noch vor dem pünktlichen, freundlichen Tod meines wissensfrommen Vaters meine «freie Plattform» *bottomupp* zu gründen. Der Mensch, wie wir ihn kennen, ist ein Oberflächenphänomen der Tiefsee, von der wir bekanntlich weniger wissen als vom Mond. Mich interessiert die Tiefe heute viel mehr als die Weite – und das nicht so sehr, weil ich Lust hätte, darin unterzugehen, sondern weil ich hoffe, neue Begriffe aus ihr hervor- und ans Licht zu bringen, andere Begriffe als die des Rationalismus, der in der Welt auch immer nur sich selbst fand. Und weil ich hoffe, das seinerseits noch gänzlich unbegriffene, unvermessene Meer *auszuleuchten*, es als *neuen Raum* dem bekannten Raum einzufügen und an seinen Rändern *urbares Land zu gewinnen*. *Das* ist der eigentliche Grund dafür, dass ich auf meiner Plattform alles platziere, was tiefer schöpft und *nicht* wiederholt. Und so jemand wie Rebecca würde auf ihr zumindest aus diesen konzeptionellen Gründen genaue Aufmerksamkeit erfahren, von gesellschaftspolitischen, gar von emotionalen, familiären, schicksalssolidarischen Gründen ganz zu schweigen …

Entschuldige bitte, ich habe mich von meinen eigenen Impulsen hinwegtragen lassen. Und auch ich kann es offenbar so weit treiben, dass ich mich noch ständig entschuldige. Wahrscheinlich werde ich dir überhaupt nicht gerecht und kann dir damit nicht *so* viel helfen … Aber ich checke die Retourkutsche jetzt trotzdem nicht noch einmal durch, sondern schicke sie einfach weg.

Eine gute Nacht!

DS

21.08.2006, 07:41

Du hast recht, nicht mit allem, aber recht, vielen Dank für den Tritt! Ich fahre am Wochenende nach München, auch wenn es mir s c h w e r fällt. Ach, ich Arme!

21.08.2006, 09:14

Gut! Herzliche Grüße aus dem Wartezimmer...

21.08.2006, 09:28

?!

21.08.2006, 09:32

Sorry, wir sind bei Sibylles Gynäkologin. Sitzen hier turnusmäßig. Ich mit Leon an der Kugelbahn.

21.08.2006, 09:39

Ah. Ok. Ich sitze hier auch turnusmäßig, hier im Krankenhaus. Wird Zeit, dass sich etwas ändert...

21.08.2006, 09:40

P. S.: Übrigens kannst du ganz schön gemein sein! Auch du!

21.08.2006, 09:51

Ich weiß.

21.08.2006, 10:09

Ich bin nämlich ein sehr empfindliches und auch empfindsames Wesen…

21.08.2006, 11:56

P. S.: Findest du nicht?

21.08.2006, 12:48

Sebastian?

21.08.2006, 14:07

Entschuldige bitte, ja, finde ich auch.

21.08.2006, 15:03

Hm.

21.08.2006, 15:32

Nein, wirklich. Ich kann gerade nicht.

21.08.2006, 15:37

Ok.

Von: Hanna Dudenhausen <hudenhausen@dllf.de>
Gesendet: Montag, 28.08.2006 22:34
An: Heilering, Sebastian
Betreff: Vollzugsmeldung

Ich sitze im Zug, ich bin müde, ich fahre die Nacht durch, ich war gutwillig, ich habe gehorcht und nichts bewirkt. Es war ein wunderschönes, ganz normales, festlich durchsonntes, überlanges München-Wochenende. Mit hellen, durchlüfteten Räumen, hellen, sauberen Möbeln, hellem, vielleicht etwas zu hektischem Lachen. Wir haben hervorragend gegessen und fanden alles gleichermaßen goldrichtig oder gleichermaßen grundfalsch. Ich habe aus existenzieller Enge, wie du mir nachsagen wirst, von meinen Bauprojekten erzählt, das passte herrlich ins Bild (lach mich nur aus!…). Und nur an den Kindern, an dem mädchenhaften, übersensiblen, hoch begabten Tommi und an der munteren, etwas zu lauten, etwas verzuckerten Annika, an ihrer nervösen Dauerforderung nach Aufmerksamkeit, Unterstützung, Zuwendung, nach Saft und Brot und Kuscheltier und Windelwechseln und Schlaf und Geschichtenvorlesen konnte man erkennen, dass womöglich irgendetwas nicht stimmte. Sie waren das Ventil, durch das es fast pausenlos pfiff. Während Rebecca und Günther, das rationale Männchen, mit ihrer Behauptung von Normalität immer weiter den Kesseldruck erhöhten… Was hätte ich sagen sollen? *Rebecca, du lügst*? Schau dir das arme Kind an! Rebecca, dir geht es eben *nicht* gut, da hilft auch das ganze Weißeln nichts!? Rebecca, das Ganze hier, das Haus, der Kunstaufwand, die Hygiene, eben das Ganze hier ist *nicht* die Lösung, sondern Teil deines Problems? Die Befestigung und *Versiegelung* deines Problems, das geschlossene Fenster, hinter dem es längst stinkt, hinter dem immer noch *dein alter Körper* liegt, den der Bock nicht freigibt, dein Körper, den du herausholen musst, damit er endlich in die Welt kann?!... Ich bin in der Lage, mein Lieblingssebastian, noch mehr Fragen zu stellen als du, weil sich noch mehr Fragen ergeben haben, als du in deiner eigenen unverletzten Körperlichkeit ahnst. Aber ich kann die Fragen jetzt zulassen und stehen lassen, ich kann sie aushalten, ohne gleich Antworten zu zücken. Und wenn du nicht schon wieder unzufrieden mit mir bist, weil ich mir zum Ersatz für die Antworten wenigstens doch eine Erkenntnis zurechtlege und *sie* als Profit nach Hause trage, weil ich es nun einmal hasse, mit leeren Händen dazustehen – ich *kenne* mich doch!... –, dann, ja dann hat deine Intervention einen guten Sinn gehabt. Obwohl ich jetzt wirklich nicht mehr weiß als das, was Günther mir schon vorher erzählt hat. Sie *redet nicht mit mir*, mehr noch, sie *fürchtet* jede Situation, in der ich versucht... – trotz meiner eigenen Furcht versucht sein könnte, sie anzusprechen. Ich müsste ihr die Maske nicht vom Gesicht reißen, sie würde einfach abfallen, so locker sitzt sie... Das immerhin weiß ich jetzt.

Gut. Ich sitze im Zug. Ein bisschen mit dir, aber nicht so spürbar, dass ich nicht in den Speisewagen gehen, einen Wein trinken und mir einen Mann suchen könnte. Ich habe *Lust* auf einen Mann. Ich klappe den Rechner jetzt zu, und wenn du mich noch erreichen und zurückhalten willst, vielleicht auch nur, um mich eben zurückzuhalten... – dann musst du mir simsen oder mich anrufen. Und irgendwann, ja, irgendwann musst du eben alles geschehen lassen.

Deine, immer auch deine Hanna

01.09.2006, 19:32

Alles in Ordnung?

01.09.2006, 23:18

Sebastian?...

01.09.2006, 23:49

Ja, alles in Ordnung.

01.09.2006, 23:53

Ich schreibe dir morgen.

Von: Sebastian Heilering <sebastian@heilering.de>
Gesendet: Samstag, 02.09.2006 23:44
An: Dudenhausen, Hanna
Betreff: Gedanken

Worauf, meine Lieblingshanna, kommt es an im Leben? Darüber denke ich in den letzten Tagen verstärkt nach... Was ist das *Wesentliche*? Ist es das, was gleich bleibt, oder das, was selten ist in Raum und Zeit, sich schnell verändert und verflüchtigt? Ich neige zu Letzterem... Zumindest scheint es mir mehr und mehr ein Fehler zu sein, das Wesentliche festhalten zu wollen. Es ist da, oder es ist nicht da, es nähert sich dir oder nicht, aber jeder Versuch, es beim Schopfe zu packen, endet mit leeren Händen. Es ist ein Geschenk, das man nicht einfordern kann und erst dann überreicht wird, wenn man seine Interessen … – und sogar sich selbst längst vergessen und hinter sich gelassen hat. Wovon haben sich denn alle Kulturen das große Glück, die große Erfüllung versprochen? Von der Liebe, der Sexualität, dem Tanz, der Ekstase, dem Rausch, der Versenkung, der Verbindung mit Gott oder mit dem Weltganzen … immer jedenfalls von Zuständen, in denen der Einzelne seine Grenzen und jede Rücksicht auf sich selbst verliert. Fast ist es wie mit dem Tod, vor dem man keine Angst haben muss, weil man nie mit ihm zusammenkommt: Solange das Ich ist, ist kein Glück, und wenn das Glück ist, ist das Ich nicht mehr. Man braucht *Mut*, um glücklich sein zu können … so viel Mut wie zum Sterben.

Ich frage mich, was ich in der Situation meines Vaters getan hätte oder tun würde. Ich meine, wenn ich *wüsste*, wann es zu Ende geht: Was würde ich bis dahin noch tun? Wenn ich beispielsweise noch drei Jahre hätte? Oder drei Monate? Ich würde mich sicher nicht vor den Rechner setzen und zocken … Vielleicht würde ich den Job hinwerfen, mich vielleicht auf mein Kind oder meine Kinder konzentrieren. Es gab schon viele, die sich auf ihren letzten Laken gegrämt haben, dass sie zu wenig Zeit mit ihrer Frau oder ihrem Mann oder mit ihren alten Eltern oder ihren Kindern verbracht haben, aber ich wette, es gab verschwindend wenige, die meinten, sie hätten noch mehr Akten abarbeiten, mehr Meetings organisieren, mehr Umsatz machen sollen. Wahrscheinlich entscheidet sich oft erst dann, ob der Job tatsächlich etwas mit einem selbst zu tun hatte und in der Lebensbilanz als schwarzer Posten vorkommt – die Rettung von Flüchtlingen könnte so etwas sein, der Kampf für den Frieden, der Bau einer Kirche – oder ob er unter dem Strich nur ein Job und ein Kostenfaktor war. Wahrscheinlich sollte man bei verstreichender Frist nur einen Job weitermachen, der einem auch im eigenen Sterbezimmer noch einen Blick wert ist. Andererseits stelle ich mir vor, dass mir *jeder* Job, *jede* Normalität bei absehbar verstreichender Frist lieber wäre als das vorzeitige Herausfallen aus allen Bezügen, als plötzlich so haltlos, formlos, aussichtslos dazusitzen wie mein Vater … Aber ich weiß es nicht. Vielleicht muss man irgendwann loslassen, nicht, um sich selbst zu finden – was wäre da schon zu finden? … –, sondern einfach, um sich loszulassen und bereit zu sein, auch noch für die letzte Annäherung des Glücks …

Was dieses Glück für mich wäre? Gerade für mich? Nicht einfach. Du meinst, welcher der Zustände, die ich aufgezählt habe? … Ich denke, ausnahmslos alle, sonst wären sie mir nicht eingefallen … Aber es fehlt noch etwas in der Reihe, nicht so leicht zu erreichen wie ein Rausch oder das Versinken im Gebet, vielleicht nicht einmal so leicht wie die Liebe: die utopische Möglichkeit oder Fähigkeit, sich noch einmal so offen der sinnlich erfahrbaren Welt hinzugeben, wie sie war, als man alles *zum ersten Mal* sah … zum ersten Mal sah und roch, tastete, hörte, schmeckte … Die staubdurchtrudelte Lichtsäule in der guten Stube der Großeltern. Den noch kühlen Morgennebel im Sommer, bevor man still auf den vollkommen glatten See rudert. Das Sirren und Landen der Insekten auf der Oberflächenspannung des Wassers, wie auf einem Tuch. Den Einstich der Mücke im gerade trocknenden Unterarm, in die sehr ähnlich nachgebende, dann um den Rüssel zurückspringende Haut. Den knirschenden, schweren Sand zwischen den Zehen, während man nackt, Schritt für Schritt, ins kühle Wasser eintaucht, die Wassergrenze den Oberkörper hinaufwandert, den Hals, sich über der Kopfdecke schließt … Die erste sanfte Böe, die den Duft einer begehrten Haut zuträgt. Das erste erwartungsvolle Zucken der Lippen. Das erste Trinken eines Atems … Noch einmal, wie es war, noch einmal das erste Mal, noch einmal wie am Anfang, noch einmal *neu* … Wäre das nicht wunderbar? – Nicht … – *Glück*? …

Und vielleicht ist das auch eine Antwort auf deine griechische Mail?

Die ich ansonsten gar nicht beantworten, sondern ausdrücklich so stehen lassen möchte…

Dein versunkener, verwehter, vertrunkener Sebastian

Von: Sebastian Heilering <sebastian@heilering.de>
Gesendet: Sonntag, 03.09.2006 05:03
An: Dudenhausen, Hanna
Betreff: Noch mehr Gedanken

Dein Frauenprojekt finde ich übrigens klasse, herzlichen Glückwunsch zu eurem Eulenhorst! Die Medizin ist ja wirklich ein Feld, auf dem der persönliche Erfolg immer geadelt ist. Und da es so viele frauenspezifische Krankheiten und Krankheitswahrscheinlichkeiten gibt, frauenspezifische Symptome, Komplikationen, Wirkungen von Wirkstoffen etc., *kann* es nur verdienstreich sein, hier die diagnostische Aufmerksamkeit und therapeutische Fachkraft zu erhöhen. Obwohl… ja, obwohl der Aufholbedarf bei Männern wahrscheinlich ungleich größer ist und Männer nicht einmal so etwas wie Gynäkologinnen haben… Und komm mir jetzt nicht mit den paar Andrologen oder gar mit den Urologen, die kenne ich gar nicht, die zählen nicht. Aber egal. Darum müssten wir Männer uns kümmern, ich sehe das ein, und, natürlich, da wir *wirkliche* Männer bleiben wollen, kümmern wir uns eben *nicht* darum. Gut, dass ihr da klüger seid, dass die traditionelle Frauengussform diese Klugkeit für euch bereithält, sehr gut, ich bin froh, wenn wenigstens euch nichts passiert.

Aber du kannst etwas, fällt mir immer wieder auf, was ich nicht mehr kann: das *Denken im System*. Dazu braucht man einen Glauben, den ich verloren habe, den Glauben daran, dass gedankliche Zusammenhänge, die stimmig sind, auch zutreffen. Ich halte das inzwischen für unwahrscheinlich. Zusammenhängende Gedanken haben eine Neigung, sich von der Wirklichkeit abzulösen, je mehr andere Gedanken sie vereinnahmen und einbauen, desto mehr, sodass die Gefahren des Irrtums und der Verblendung mit ihrer Zahl ständig wächst. Und das wiederum liegt wahrscheinlich daran, dass all diese Gedanken auf die Sprache angewiesen sind, dass sie ohne… ohne den *Körper* der Sprache, würdest du vielleicht sagen, nicht existieren können. Ich meine, es ist ja durchaus denkbar, dass die Sprache ursprünglich daraus entstanden ist, dass man wirkliche Gegenstände und Vorgänge benannt hat. Ich, du, gehen, Wald. Banane, du, essen… Aber irgendwann werden die Zeichen selbständig, wird das Wort «Banane» weniger von der wohlschmeckenden Krummfrucht bestimmt als davon, dass es an andere Wörter grenzt, sich mit anderen Wörtern zusammentut, sich aus ihren Bedeutungen zusammensetzt oder sie assoziiert, irgendwann beschäftigt man sich mit dem sprachlichen Zusammenhang mehr als mit der Sache selbst. Und so ist es auch mit dem gedanklichen Zusammenhang. Irgendwann ist nur noch wichtig, dass und wie der nächste Gedanke sich ins Übrige fügt, wie seine Zähne in das Rad des Nachbargedankens greifen – das ist sogar umso wichtiger, je lockerer, unverbindlicher der Kontakt zur Wirklichkeit aussieht. Sodass *gerade* das absolut Unverbindliche, das absolut Unbeweisbare und von daher *ewig Unzutreffende* kluge Menschen dazu reizt, stimmige Systeme zu bilden – religiöse Systeme, pseudowissenschaftliche Systeme, Wahnsysteme. Oder noch deutlicher: Sind nicht alle Systeme letztlich Wahnsysteme? *Ansteckende Träger des Wahns*?

Und weißt du (komisch, diese mündliche Floskel zu *schreiben…*), genau dieser Gedanke hat mich dazu gebracht, bottomupp als *Entwicklungsplattform für freies Denken* zu gründen – als einen Ort *außerhalb des Zusammenhangs.* Das kommt mir hier natürlich bekannt vor… Wie gesagt, vielleicht bin ich mittlerweile einfach nur unfähig, systematisch zu denken, vielleicht habe ich einfach nicht die Disziplin und nicht die Raffinesse, die man braucht, um Widersprüche aufzulösen. Aber umso hemmungsloser habe ich es genossen, als nach dem Ende des Kalten Krieges ideologisch abgerüstet wurde und wieder kreativer Spielraum entstand. Und umso tiefer leide ich nun darunter, dass wegen des 11. September – oder einfach nur, weil das menschliche *Bedürfnis* so lange nicht befriedigt wurde – der Wahn wieder systematisch um sich greift. Dass die einen augenrollend den Glauben an «den Markt» predigen, die anderen düstere Visionen «des Kapitals» an die Wände werfen, die Nächsten wutschnaubend und überall «das Patriarchat» am Werke sehen, wiederum andere elektrisiert das Wirken «der Sterne» oder «der Steine»... Es gibt packende und hinreißende Warnungen vor Asien, dem Islam, dem Untergang Europas und Deutschlands, der Wiederkehr des Nationalismus, des Radikalismus, des Terrorismus – und ich bekomme darüber immer mehr den Eindruck, dass wir in einer hysterischen, medial überhitzten, um sich selbst kreisenden, sich von den eigenen Ängsten nährenden Epoche leben, die zum kühlen Denken *jenseits* der ansteckenden, systematisierten Wahnvorstellungen gar nicht mehr in der Lage ist. Vielleicht rührt die Wahrnehmung ja auch von meinen besonderen Empfindlichkeiten oder von meinen gegenläufigen Bedürfnissen her. Aber *gibt es überhaupt noch ein Außen?* Unvermessenes, unbesetztes, unbebautes Land? *Gibt es noch ein Spiel jenseits dieses Ernstes*? Kann man die Elemente noch den frommen Hysterikern aus der Hand nehmen und sie neu zusammensetzen? Wo gibt es wahrhaft zündende Ideen? Die Feuer legen und Neues in der Asche des Alten brennen lassen? Mir scheint mittlerweile *alles* davon abzuhängen, ob wir in *dieser* Glut das Freie gewinnen...

Darum sammle ich. In ideologisch sich zuziehender Zeit sammle ich das Nichtideologisierte – und das ist ein viel mühsameres Geschäft, als ich gedacht habe. Ob es um Rentenfonds als Kapital in Arbeiterhand geht oder um die neuen Megastädte als Keimzellen einer neuen globalen Kultur oder um arabische Reformer oder um die

Wiederkehr der Kunstreligion oder um die Geburt einer neuen Lebensform aus den gewitternden Neuronen des Internet, um die Wiedergeburt unserer Gattung als Cyborg … – immer muss man aufpassen, nicht doch auf Schleichwegen in den Katakomben unserer durch und durch ritualisierten, im Räderwerk arbeitenden, auch in ihren Flucht- und Auswegen durchgeplanten Kultur zu landen. Aber es ist *sinnvoll*, habe ich das Gefühl, es könnte irgendwann Einlass in mein Sterbezimmer finden. Es ist, wie dein Job und dein Projekt, eine Chance, *zugleich gut zu leben und gut zu sein*. Und darum werde ich es erst einmal auch betreiben, so lange es geht. Da die Zugriffszahlen auf bottomupp weiterwachsen und sowohl die Spenden als auch die Werbeeinnahmen mitwachsen, geht es erst einmal sehr gut …

Entschuldige bitte, ich muss einfach manchmal genauer und ergo schriftlich nachdenken, schriftlich und nicht allein. Und mit wem könnte ich das, wenn nicht mit dir?

Dein schlafloser Sebastian

Von: Hanna Dudenhausen <hudenhausen@dllf.de>
Gesendet: Dienstag, 05.09.2006 23:03
An: Heilering, Sebastian
Betreff: Re: Noch mehr Gedanken

Mein Einzigsebastian, du überschätzt mich! – Wahrscheinlich in vielerlei Hinsicht, wie ich fürchte, einmal ganz um mich herum … ganz sicher aber, was das systematische Denken angeht! Es stimmt schon, ich versuche im Allgemeinen, meine paar Gedanken zusammenzuhalten. Weil mir schnell schwindlig wird, bleibe ich dabei auch gern auf dem Boden und bin meist sehr zufrieden, wenn ich da unten nachvollziehen kann, was andere sich hoch oben im Fluge ausgedacht haben. Und habe ich die wenigen für mich fasslichen

Dinge dann mühsam geordnet und untergebracht, finde ich es zugegeben ärgerlich, wenn sich herausstellt, dass doch wieder alles ganz anders ist. Ich brauche durchaus *nicht* jeden Morgen einen neuen Gedanken, nage oft wochenlang an immer demselben herum und komme darum mit meinem kleinen Vorrat ziemlich lange aus. Vielleicht bin ich auch deswegen manchmal so schnell zufrieden, wenn mir jemand etwas erzählt, zeige untrügliche Symptome der Sättigung und will es gar nicht genauer wissen. Aber das alles hat wirklich *gar* nichts mit systematischen Vorbehalten oder gar mit logischer Strenge zu tun – ich bin voller Bewunderung und auf ewig dankbar, wenn jemand gute Ideen für mich hat und mich auf ein oder zwei neue Gedanken bringt. Ich habe nur einfach keinen Platz und keine Verwendung für *noch* größere geistige Einkünfte und bin erst dann halbwegs produktiv, wenn es um die *Umsetzung* von Gedanken geht. Weswegen mein Projekt übrigens auch kein Hinweis darauf ist, dass ich nur «Frauen» denken kann – eigentlich denke ich ja oft stundenlang nix als «Männer» … –, sondern nur darauf, dass mir zu anderen Themen zufälligerweise keine konkrete Anwendung eingefallen ist. Meine Pläne sind nicht aus Reichtum, sondern aus dem Mangel an besseren Ideen, aus Verlegenheit und aus der schieren Not geboren … Apropos Not: Ein befreundeter Unfallchirurg hat mir gestern erzählt, dass unser Geschäftsführer ihm als Zielvereinbarung 5000,– Euro für eine zweiprozentige Steigerung der Case-Mix-Punkte in seinem Bereich angeboten hat. Du brauchst nicht nachzuschlagen, was das bedeutet, denn er hat abgelehnt – weil er weder die Zahl der Patienten noch die der Indikationen beeinflussen könne. Aber viele machen das. Ich *muss* meine eigene Chefin sein …

Entschuldige bitte, Joachim kommt doch noch, und wir waren eigentlich einander versprochen … Morgen weiter!

Deine Hanna

Von: Hanna Dudenhausen <hudenhausen@dllf.de>
Gesendet: Dienstag, 05.09.2006 23:14
An: Heilering, Sebastian
Betreff: P. S.

Er hat sich erst noch aufs Klo verfügt, das kann dauern … Also noch kurz zu einer *deiner* Ideen, an denen ja kein Mangel herrscht, weswegen ich gar nicht verstehe, warum du noch mehr von der Sorte einsammelst …: «Eulenhorst» ist wundervoll! Ich habe den Namen gleich gestern Abend auf unserem Montagsmeeting in die Runde geworfen. Wir mussten zwar erst die uneinsichtigen Widerreden von zwei zahnmedizinischen Kampflesben ins Protokoll entsorgen, haben dann aber gleich beschlossen, uns die Markenrechte zu besorgen und eine Agentur mit der Entwicklung eines Corporate Designs rund um ein Eulen-Logo zu beauftragen. Die weise, bebrillte Begleiterin der Hexen, Botin, Glücksbringerin – das passt oder lässt sich in dieser Straße doch passend machen. Vielen, vielen Dank! – Wobei ich voraussetze, fällt mir gerade auf, dass du uns deine Idee einfach so überlässt … Natürlich tust du das. Weil du Ideen im Überfluss hast *und* das klare, unbestechliche Denken, das jedes System durchdringt, um es aus *guten* Gründen ad acta zu legen … Während ich mich mit der Praxis bescheiden muss, im doppelten Sinne. Auch bottomupp ist übrigens wunderbar! Das klingt so hübsch nach etwas Trinkbarem, lässt zugleich aber die Revolution des Volkes erwarten. Was will man mehr.

Nun aber. Er kommt federnden Schrittes, wie der Erlöser, auf mich zu. Morgen weiter!

Kusskuss

Von: Sebastian Heilering <mailto:sebastian@heilering.de>
Gesendet: Mittwoch, 06.09.2006 2:34
An: Dudenhausen, Hanna
Betreff: Re: P.S.

Gern! Und entschuldige bitte, du hast recht... Ich habe dir da etwas untergeschoben, wo du vollkommen unproblematisch bist... Schlaf gut!

Dein schlafloser Sebastian

Von: Hanna Dudenhausen <hudenhausen@dllf.de>
Gesendet: Mittwoch, 06.09.2006 22:04
An: Heilering, Sebastian
Betreff: Fortsetzung

Du machst mir Sorgen, mein nächtlicher Sebastian, und fast ein bisschen Angst. Du verschweigst mir etwas, und ich will dich ja nicht zwingen. Aber diese Grundsatzerklärung war viel, viel mehr, als du angekündigt hattest, und auch anderes, da bin ich mir sicher. Sie war ja im Grunde auch gar keine Erklärung, sondern eher eine Erkundung und eine kleine Expedition, an der ich aufgrund meiner schwächlichen Konstitution gar nicht teilnehmen könnte, ohne unterwegs verloren zu gehen.

Aber vielleicht doch noch ein paar Dinge, die mir beim *Zusehen* durch den Kopf geschossen sind... Das Einfachste zuerst. Die Bilder, die du fürs Glück gefunden hast, finde ich alle so nah und schön... manche, wie das von den kosmischen Staubpartikeln in der Lichtsäule – oder hast du gar nicht kosmisch geschrieben?... egal... –, manche waren, hatte ich das Gefühl, direkt meinem eigenen Erleben entnommen. Fast waren es *meine Erinnerungen* – was ich ein bisschen unheimlich finde. Glück kann allerdings für mich auch viele Formen annehmen. Und wenn ich bei mir nach gemeinsamen Nennern meiner Glücksempfindungen suche, dann muss ich mich nicht vergessen oder in der Sache aufgehen – das Gebet oder die Konzentration, muss ich mal sagen, sind für mich definitiv *kein* Glück –, sondern dann brauche ich *Licht* und *Wärme*. Du hast ja sehr schön die Menschheitsgeschichte in Anspruch genommen, die würde ich dir auch gar nicht streitig machen, weil du da ja schließlich einen universitären Abschluss hast, aber sehnen sich nicht alle lebenden Wesen, ob Mensch oder Tier oder Pflanze – nach Licht und Wärme? Vielleicht sogar nach dem Licht und der Wärme des anderen lebenden Wesens? Mir zumindest geht es so. Das tanzende Geglitzer auf dem Wasser … die von der Abendsonne warm angestrahlten Giebel … die friedlichen, sanft gepolsterten Hände auf meinen Wangen … männlich Körperliches um mich herum … – *Das* ist der Stoff *meiner* Träume.

Aber du kamst auch auf das «Wesentliche» – und da, entschuldige bitte, verstehe ich schon die Fragestellung nicht. Meiner bescheidenen Meinung nach kommt es im Leben vor allem auf Leben an, auf Bewegung, Wachstum, Wahrnehmung, auf Austausch und Genuss – ist das eine dumme Antwort? Muss das Wesentliche, wie du es zweifellos philosophisch meinst, etwas *anderes* sein als Leben? Da kommen wir dann, fürchte ich, schon wieder in den Bereich der Verdrehtheiten … Wesentlich *für mich* ist jedenfalls, dass Rebecca vor ein paar Tagen wieder einen psychotischen Schub hatte, und dieses Mal hat sie auch Tommi ein Stück mitgezogen. Sie hat irgendwann aufgehorcht, als sie in der Küche mit ihm war, und hat starr *Hörst du das?* gefragt … Tommi hat es später nachgemacht, und Günther hat es mir weitergegeben, es muss ein dunkles, ruhiges *Hörst du das?* gewesen sein, fast eine Feststellung, wie im Selbstgespräch. Und dann mit großen Augen *Jetzt schießen sie sich wieder …* So hat der zartfühlende Tommi das erzählt. Sie ist mit ihm von der Küche, die am Garten liegt, durch den Vorratsraum und den Flur auf allen vieren bis nach vorn ins Gästezimmer geschlichen, den Kopf geduckt, ist mit ihm unters Fenster gekrochen, hat ihn erst in den Arm genommen und dann aufgefordert, vorsichtig aufzustehen und hinauszusehen. Siehst du sie, hat sie gefragt, auf der Straße die Schwarzen hinter dem brennenden Auto? Und gegenüber im Fenster den großen Gewehrlauf? Jetzt schießen sie sich wieder, komm nach unten, von da drüben kommen die Polizisten, wir gehen lieber wieder nach hinten. Und dann ist sie plötzlich umgekippt und war ohnmächtig, und Tommi hat darum einen Moment lang geglaubt, sie sei erschossen worden, und ist schreiend hinausgelaufen, weswegen Günther, der oben in seinem Arbeitszimmer saß, glücklicherweise gleich kommen und sich Tommis verwirrende Erklärungen anhören konnte, warum die Mama auf dem Boden liege. Sie ist auch gleich aufgewacht, als Günther ihre Füße hochgelegt hat, und als er fragte, ob alles in Ordnung sei, hat sie sich nur vor ihm erschrocken, gefragt, ob alle weg seien, ist auf- und zur Heizung unterm Fenster gesprungen, hat sich da in sich verkrochen und ihn von tief drinnen angesehen, als wäre auch er einer von den Schwarzen... Günther hat gleich die Klinik angerufen, die dann einen Wagen geschickt hat.

Und seitdem dreht *er* durch. Er erzählt allen, die es hören wollen, darüber hinaus auch denen, die es nicht hören wollen, er halte das jetzt nicht mehr aus, es sei ja von Anfang an furchtbar gewesen, aber es werde von Jahr zu Jahr schlimmer, er wolle die Scheidung, und er wolle die Kinder. Rebecca habe die beiden eingesperrt, ins Haus, in ihre zwanghafte Ordnung, in ihre zwanghaften Vorstellungen, in ihren zwanghaften Körper, alles an ihr sei zwanghaft und verschlossen und hart und fest und von allem Schmutz der Welt gereinigt. Selbst wenn sie miteinander ins Bett gegangen seien – lang, lang sei es her!... –, habe sie vorher und hinterher geduscht, vorher und hinterher die Betten frisch bezogen, das Licht angemacht, die Fenster aufgerissen, Hauptsache, keine Heimlichkeiten, manchmal über seine Lust gelacht und sicher niemals Lust empfunden … Er fühle sich überfordert, wolle die Scheidung und wolle die Kinder. Und als unsere beknackte Mutter, die *nichts* gelernt hat und nichts behalten, als sie Rebecca im Krankenhaus davon erzählt und Rebecca sie schockiert angesehen hat, hat sie nur nachgelegt und kommentiert, das sei ja vielleicht sogar die beste Lösung, das sei ja ganz offensichtlich kein Mann für sie, und wenn sie krank sei, könne sie sich nicht auch noch um ihre Kinder kümmern, das sei sowieso ein Fehler gewesen, jemand wie sie dürfe selbstverständlich keine Kinder haben … Woraufhin Rebecca einen Schreikrampf bekommen hat, *niemand nimmt mir die Kinder weg*, und wenn hier jemand keine Kinder haben dürfe, dann sei es Günther, er habe sie *geschlagen* und ihnen abends *unter den Pyjama gefasst*. Und meine Mutter hat sich nicht entblödet, sofort zu antworten: Ach was, das hast du dir doch sicher ausgedacht, und hat sofort den Pfleger geholt. Das hat sie mir gegenüber am Telefon noch einmal triumphierend wiederholt: Das hast du dir doch sicher *ausgedacht*. Damit tust du weder dir noch ihm, noch den Kindern einen Gefallen. Es wäre schön, du kämst *endlich* wieder zur Vernunft.

Und nun liegt also alles in Trümmern. Und ich habe nicht die geringste Lust, nach München in diese Schlangengrube der Gefühle zu fahren. Verstehst du das? Du verstehst es. Und schreibst mir eine Entschuldigung, oder? Sag einfach, Hanna fiebert und kann leider nicht nach Hause kommen … Bitte, sei so gut.

Deine verstockte, verbockte Hanna

Von: Sebastian Heilering <sebastian@heilering.de>

Gesendet: Sonntag, 10.09.2006 03:04

An: Dudenhausen, Hanna

Betreff: Schlag auf Schlag

Meine Herzenshanna, das klingt ja alles entsetzlich, was du da erzählst, so entsetzlich, dass ich mir gar nicht vorstellen kann, wie das besser werden soll. Natürlich schreibe ich dir die Entschuldigung, eure Mutter ist ja wahrhaftig ein Biest, außerdem offenbar vollumfänglich nachtragend. Günther hat sich wohl längst um Kopf und Kragen geredet, sodass er gar nicht mehr zurückkann, und muss jetzt aufpassen, dass Rebecca ihn nicht ganz offiziell beschuldigt – denkbar ist ja sogar, dass sie mit ihren Anschuldigungen recht hat, gerade *weil* sie das so übergenügsam kennt… Oft arbeiten sich ja Opfer, in welchem Zusammenhang auch immer, ein Leben lang an der vertrauten Fatalität ab und suchen sie ein Leben lang immer wieder auf, nicht nur Täter, auch die Opfer… Und Rebecca muss in der Tat erst einmal wieder halbwegs gesund werden. Was mit den Kindern wird, mag ich mir da gar nicht mehr ausmalen. Anscheinend ist ja niemand da, bei dem sie gut aufgehoben wären. Zumal sie, wenn sie besonders begabt oder sensibel sind, was oft auf dasselbe hinausläuft, auch noch besondere Aufmerksamkeit brauchen…

Allerdings bin ich auch überhaupt nicht in der Verfassung, derartigen Schwierigkeiten zu begegnen. Denn natürlich hattest du recht, dir Sorgen zu machen und meine Gründeleien bedenklich zu finden, mittlerweile ist es auch amtlich: Sibylle hat Krebs. Gebärmutterhalskrebs, Zervixkarzinom. Wir haben es erst nicht fassen können. Wie kann es sein, dass eine Frau während der Schwangerschaft und ausgerechnet an diesem Organ einen Krebs bekommt? Aber der Befund lässt keinen Zweifel, kommt wohl bei Frauen über 30 auch immer häufiger vor. Und die einzige Therapie, die Ärzte in einem solchen

Fall empfehlen, ist die Operation, alles andere verschlechtert dramatisch die Prognose. Aber wenn man operieren wollte, müsste man das Kind holen, und dafür ist es noch zu klein. Operation bedeutet, dass das Kind nicht überlebt. Ich brauche dir nicht zu sagen, dass das für Sibylle nicht infrage kommt. Seit sie informiert ist, weigert sie sich, einen Abbruch auch nur zu erwägen, schüttelt den Kopf, wenn ich die Sprache darauf bringe. Auch eine Strahlen- oder Hormonbehandlung kommt damit nicht infrage. Und über eine Chemo will sie ebenso wenig mit sich reden lassen. Nachdem unsere sehr gute, aber vielleicht ein wenig zu ehrliche Ärztin uns auch hier reinen Wein eingeschenkt und uns erklärt hat, dass die intrauterinen Wachstumsverzögerungen oft zu einem geringeren Geburtsgewicht und zu einem erhöhten Risiko für Herzerkrankungen, vor allem aber mitunter zu Fehlbildungen und gelegentlich zum Tod des Kindes führen, hat Sibylle die Chemo auch für das zweite und dritte Schwangerschaftsdrittel ausgeschlossen. Und wenn ich darüber schier verzweifeln will, erklärt sie mir mit einem liebevollen Lächeln, dass sie das Ganze mit ihrem Heilpraktiker schon hinbekomme, sie sei sicher, alles werde gut, das Leben bekomme so etwas ganz allein hin. Mit dem Ergebnis, dass ich mich kaum mehr unter ihre Augen traue, aus Angst, dass meine Angst ihre positive Energie versiegen lässt und so die Heilung vereitelt…

Denn an die Wirkung des positiven Denkens glaube ich ja durchaus. Aber an hoch dosiertes Vitamin, Rotwurzel-Salbei und Madagaskar-Immergrün? Als Mittel gegen Krebs? Das kann ich nicht. Und so sitze ich nachts, brüte da meine düsteren Gedanken aus, damit ich sie tagsüber von Sibylle und Leon fernhalten kann, beruhige meine Bauchschmerzen mit heißem Wasser und denke über das Leben nach. Darüber, was es ausmacht, was es braucht und wie man es unterstützen kann. Während Sibylle allmählich anfängt zu leuchten. Vor ein paar Tagen hat sie sogar behauptet, dass sie der Krankheit *dankbar* sei – weil sie eine Chance bedeute, sich auf das Wesentliche zu konzentrieren. *So* kam ich auf die Frage … Sie war gar nicht philosophisch gemeint. Zumindest nicht akademisch.

Dein Sebastian

Von: Hanna Dudenhausen <hudenhausen@dllf.de>
Gesendet: Sonntag, 10.09.2006 13:18
An: Heilering, Sebastian
Betreff: Re: Schlag auf Schlag

Herzenssebastian, wollen wir heute am späten Nachmittag telefonieren? Auf so eine Nachricht kann ich jetzt nicht ewig schreiben, ich muss dich hören. Und von Vitaminen, Salbei und Immergrün etc. kann ich nicht lesen, ohne aus der Haut zu fahren. In meinen Augen gehört das in einen Zusammenhang mit Körperverletzung, unterlassener Hilfeleistung, fahrlässiger … – egal. Ab fünf spätestens bin ich wieder gut erreichbar. Vorher auch, da bin ich nur im Eulenhorst, aber mehr Ruhe ist ab fünf. Ok?

10.09.2006, 16:43

Jetzt? Bin schon fertig … dh

10.09.2006, 16:47

Was denn? ds

10.09.2006, 16:49

Telefonieren?

10.09.2006, 16:50

Telefonieren? Warum nicht?... In einer halben Stunde?

10.09.2006, 16:52

Ok, bis dann. dh

10.09.2006, 19:53

Alles g a r nicht schön!... Aber es tat gut, dich endlich einmal wieder zu sprechen. Und fast war es mir, als würde ich das jetzt für Sibylle tun. Ich kann gar nicht sagen, wie schwer es mir fällt, n u r das zu tun. Deine Hanna

Von: Hanna Dudenhausen <hudenhausen@dllf.de>
Gesendet: Sonntag, 10.09.2006 23:34
An: Heilering, Sebastian
Betreff: In Gedanken

... Mir fällt das sogar *unglaublich* schwer. Ich will ja nicht sagen, dass ich die Lösung hätte, schon gar nicht, wenn das Kind «bleiben» soll und Sibylle dafür alles andere zurückstellt. Und ihr habt ja tatsächlich schon viele Optionen ausgeschlossen, ohne Risiko ist da schrecklicherweise gar nichts. Aber dass ich jetzt der Psyche das Feld überlassen soll, mit der sehr anfechtbaren Begründung, dass in der Psychosomatik der Körper fast immer ausführt, was die Seele will, das kommt mich doch ein wenig hart an. Zumal ich dir jetzt endlich meinerseits helfen, endlich etwas wiedergutmachen könnte ... Wollt ihr das wirklich, wirklich alles unversucht lassen?! ...

Gutgut, ich schweige. Auch wenn sich mir die Nackenhaare aufstellen. Ich möchte dich nur bitten, den angehängten Artikel zu lesen, das ist ein sehr kompakter Überblick, finde ich, und vielleicht noch einmal ein Anlass zum Nachdenken. Außerdem habe ich noch einmal deine letzten Mails gelesen, jetzt noch einmal mit anderen Augen. Und dabei ist mir dein beiläufiger Satz über den Rationalismus aufgefallen, der in der Welt immer nur sich selbst findet. Ich habe das ja schon oft festgestellt, dass die meisten meiner Mitmenschen sehr umfassend von sich auf andere schließen. Wenn ihre eigene kleine Physis krank ist, ist in ihren Augen gleich die ganze Welt aus dem Lot, stimmt *gar nichts* mehr. Und wenn sie gesund sind, passt wieder alles. Aber diese Entsprechungen gehen meistens und vor allem von der Welt aus, glaube ich, der Mensch deutet sich nach ihrem Bilde. Zum Beispiel hat der durchschnittliche Bewohner des Mittelalters, wie ich vor einigen Wochen bis tief in die Nacht gelesen habe, von der göttlichen Ordnung auf die himmlische Klarheit seines regierenden Kopfes geschlossen, auf die Hölle seiner Geschlechtlichkeit und sein irdisches Herz dazwischen ... Wenn es solche Entsprechungen immer gibt, vielleicht finden wir dann heute, natürlich unbewusst, die Demokratie in uns vor, als Ameisenstaat ununterbrochen kommunizierender Zellen? Als arbeitsteilige Gesellschaft von lauter spezialisierten Individuen – die einen können Leber, die anderen Hirn, die Dritten alles ein bisschen, das sind dann die Stammzellen ... –, die aber auch alle über das Ganze mitreden, unterhalb der Wahrnehmungsschwelle wispern und tuscheln und dazwischenquatschen? ... Und wenn diese Vorstellung irgendeinen Teil der Wirklichkeit trifft: Wäre es dann vorstellbar, dass die Zentrale eines solchen Gesellschaftskörpers die Stimmen unterscheiden, dass sie *einzelnen* Stimmen zuhören könnte? Ich spekuliere da natürlich auch wegen Rebecca, wer weiß, was und wen die da hört… vielleicht wäre das auch ein Weg, um die Entscheidungsprozesse im Körper günstig zu beeinflussen? In einer Demokratie muss man ja vor allem das Volk überzeugen, sodass man doch im Körperlichen das Wesen der Dinge und ihren Quellpunkt suchen müsste… – Vielleicht ist das sogar etwas für deine Sammlung?

Ach, wenn ich dir doch *richtig* helfen könnte, nicht nur mit krausen Gedanken!… Dir und auch Rebecca. Meine perfide Mutter hat gestern am Telefon behauptet, dass Rebecca immer schon psychisch instabil gewesen sei, dass sie als Mutter zu wenig für sie da gewesen und dass sie zu wenig auf sie aufgepasst habe… – Sie glaubt wahrhaftig, Rebecca jetzt doch noch entmündigen, sich doch noch an ihr rächen zu können! Ich war nur der Testfall für ihren nächsten zerknirschten Angriff… Und ich kann Rebecca nicht schützen. Manchmal habe ich regelrecht *Angst*, dass ich meiner Mutter zu ähnlich werde, gerade jetzt, wo ich meine Praxis aufbaue. Ihre Erziehungsfehler kann ich verhindern, Kinder bekomme ich auf keinen Fall, aber vor dem narzisstischen Missbrauch meiner Mitarbeiter und Patienten schützt mich keiner außer mir selbst. Und außer dir vielleicht. Versprichst du mir, auch wenn das gerade ganz unpassend ist… – versprichst du mir, mich zu stoppen, wenn ich durchbreche? Bitte! Es gibt sonst niemanden, glaube ich, den ich fragen würde. Ich brauche, das fühle ich, wenn ich mit meiner Mutter spreche, eine Notbremse.

Deine Gründeleien stecken an. Aber ich habe dich noch im Ohr, ganz real und mit fleischlichem Resonanzraum, daran halte ich mich.

Schlaf gut!

Deine Hanna

11.09.2006, 11:17

Ich sitze im Café und schnappe um mich herum Begriffe auf: Lernprozess, Erfahrungen, Entwicklung … Kennst du Bullshit Bingo? Wo man solche Worthülsen sammelt und aufschreit, wenn man eine Reihe voll hat? …

11.09.2006, 11:24

Beziehung, sensibel, Kommunikation, mehr an dich denken, reflektieren … Bingo.

11.09.2006, 13:07

:-)

11.09.2006, 17:03

Positiv, entspannt, verstehen, einfach machen, authentisch … Bingo.

11.09.2006, 17:12

Sitzt du schon wieder im Café? Hör nicht auf die, hör auf mich! …

11.09.2006, 17:18

Du hast recht. Süß, super, geil, cool … entzückend, brillant, vornehm …

11.09.2006, 17:21

Weghören!

11.09.2006, 17:24

Ok. Also ich muss sagen, wie gesagt, sag ich …

11.09.2006, 17:26

Aus!

11.09.2006, 17:28

Ok, ok …

14.09.2006, 18:58

Wie geht's? dh

14.09.2006, 19:15

Mäßig. ds

14.09.2006, 19:23

Mut und Zuversicht!

14.09.2006, 19:28

Jawohl.

14.09.2006, 19:31

Wie?!

14.09.2006, 19:34

Jawohl! ds

16.09.2006, 12:13

Und jetzt? dh

16.09.2006, 13:24

Besser. ds

16.09.2006, 13:44

Brav.

16.09.2006, 13:51

Und bei dir?

16.09.2006, 14:03

Ich verschwinde im Alltag. Jetzt gerade in der Mönckeberg, gleich im Supermarkt, Schuster und Schneider habe ich schon hinter mir... Ich versuche, nicht zur Besinnung zu kommen, gelingt mir hervorragend. Solltest auch du mal versuchen!

16.09.2006, 14:08

:-)

Von: Sebastian Heilering <sebastian@heilering.de>
Gesendet: Sonntag, 17.09.2006 01:26
An: Dudenhausen, Hanna
Betreff: Beiseite

Ich denke, du mein Denkgespiel... ich denke ständig darüber nach, warum ich Sibylle, schlimm zu sagen, als so *unersetzlich* empfinde... Sie hat mich erlöst, das weiß ich, befreit durch ihre Liebe. Aber das sagt alles und nichts und auch lange nicht genug. Denn sie hat mich auch befreit durch ihre Freundschaft und ihren Respekt... Zu nüchtern gesprochen? Gar nicht schön? Aber ich behaupte, dass es in den meisten Beziehungen genau daran fehlt. Nicht an Liebe, sondern an Freundschaft und Respekt. Sibylle hat freundschaftlichen Respekt vor den Dingen und Menschen, wie sie sind, vor ihrem Beharrungsvermögen im Strom der Ereignisse, vor ihren Grenzen, die sie selbst nicht überschreiten können und die andere nicht verletzen sollten. Sie hat freundschaftlichen Respekt vor der Leistung eines Menschen, bloß da zu sein und dazubleiben, trotz allem weiterzumachen, obwohl es schwer ist und er es schwer hat, obwohl jeder mit seiner Aufgabe am Ende immer allein bleibt – sie hat freundschaftlichen

Respekt vor ihm, weil er *tapfer* ist. Und vielleicht ist das auch schon ihre ganze Liebe, der Grund, warum sie anderen das Gefühl geben kann, dass sie es wert sind, jede Anstrengung wert. Dass es mit ihnen *um etwas geht…*

Warum ich wieder einmal so grundsätzlich nachdenke? Weil es mich, seltsam zu sagen, fast *beglückt*, sie zu sehen, wie sie ihre unglaublich schwierige Situation durchsteht. Weil ich durch sie fast meinen Kinderglauben wiederfinde, an Abenteuer und Bewährung und Heldentum und großes Erdulden. Weil ich ihr diesen Glauben, die Kraft, die darin liegt, durchleiten möchte, damit das Abenteuer gut ausgeht. Wo nimmst zum Beispiel *du* diese übermenschliche Kraft her, wenn du sie brauchst? Und man braucht sie ständig, finde ich. Ich sehe Leon an, bin tapfer, wie Sibylle es von mir erwartet, und lasse ihn nichts spüren und spiele und koche mit ihm – er hilft mir gern und spricht dann in einem fort, sodass ich immer ein Stück weit draußen bleibe –, aber danach habe ich das Gefühl, dass all das nur vorgeführt ist und Fassade und ich Sibylle damit nicht unter die Augen treten kann. Sibylle, die wirklich und ernstlich etwas auszustehen hat, während ich nur einkaufen und vorlesen muss. Und natürlich Gedanken aus aller Welt sichten und ordnen und redigieren und einstellen… Ach, ich fühle mich erbärmlich.

Ich habe manchmal das Gefühl, als reichte alles nicht. Als müsste ich schon in die Erdkruste greifen, sie vom brodelnden Stein heben, sie der Länge nach ausschütteln, dass die Städte von ihr purzeln, den Asphalt wie eine feine Haut von ihr ziehen, damit die Krume darunter sich erholen und tief durchatmen kann und wieder Gras und Wälder auf ihr wachsen. Mich in das Mittelmeer werfen, dass es an Europas und Afrikas Küsten hinaufschwappt, hinein in diese Wanne, weil das Leben eine Lust ist. Und als müsste ich einmal kräftig auf alle Materie schlagen, dass sie in ihre Einzelteile zerspringt, in eine gewaltige, kosmische Wolke, und sie neu und richtig zusammensetzen, ohne all die kleinen und großen Fehler… Neustart. Brauchen wir nicht einen Neustart, von Zeit und Raum?…

Und ich habe manchmal das Gefühl, es sieht nicht gut aus. Sieht hier in unserer kleinen Welt nicht gut aus… In dieser kleinen Welt, in der abends so friedvoll getippt und gelesen und gegessen und gesprochen und Schule gespielt wird… Was soll ich bloß machen. Die Uhr ist gestellt, mein Bauch rebelliert, es vollzieht sich. Nicht Geschichte mehr, sondern Geschehen.

Und auch in der Welt um uns herum. Wo in den Banken die Wetten gegen die Finanzmärkte laufen, weil sie selbst nicht mehr an ihre Produkte glauben. Die Bank gewinnt immer. Wo erst die Moral, dann die Wirtschaft und dann erneut die Zivilisation vor die Hunde geht. Wo der Parasit den Wirt verenden lässt. Sei mir nicht böse, bei mir geht alles durcheinander, das Große und das Kleine und das Mittelgroße, und wenn du mich fragst, dann gibt es da einen Zusammenhang und nicht nur einen symbolischen… Das Große und Kleine wirken aufeinander, ganz real, sie verstärken und beschleunigen sich gegenseitig. Wenn meine kleine Welt tatsächlich, wie ich es absehe, noch Fahrt aufnehmen sollte, dann, bin ich sicher, wird es auch die große tun. Du wirst es noch in Hamburg spüren. Das alles ist eins. Eins. Ich muss ins Bett, meine Hanna, ins Bett, zu meiner Sibylle.

Dein, auch dein Sebastian

17.09.2006, 23:01

Sebastian, Lieber, trink nicht so viel! Und halt durch! Ich mache mich sofort auf den Weg, wenn du mich rufst. dh

17.09.2006, 23:39

Ich war und bin absolut nüchtern. So denke ich n u r, wenn ich vollkommen klar bin ... Abgesehen davon: Schön zu wissen!

18.09.2006, 07:14

Unglaublich! Und: Schön, dass du das schön findest!

Von: Hanna Dudenhausen <mailto:hudenhausen@dllf.de>
Gesendet: Samstag, 23.09.2006 19:03
An: Heilering, Sebastian
Betreff: Kurz vorm Theater

Mein Innigsebastian, ich kann zu deinen gelehrten Klar-Delirien noch immer gar nichts sagen. Du hast sicher recht mit dem, was du über freundschaftlichen Respekt schreibst. Oder über den Wert. Aber mir fällt es mit den Jahren immer schwerer, auf die Flughöhe zu kommen, die man für solche Gedanken braucht. Und so ausschließlich bei der Sache zu bleiben. Ich kann Abstriche machen und Bläschen ansehen, EKGs anordnen und Mammos empfehlen, kann ein paar Symptome zu Syndromen zusammenzählen – aber wenn da noch mehr zusammenkommt, falle ich zurück. Manchmal habe ich das Gefühl, dass einfach meine Energie nicht mehr reicht, oder besser: dass ich nur noch für den Körper die nötige Geduld aufbringe. Denn da ist sie nahezu unerschöpflich, da kann ich dann auch zusätzlich noch philosophieren und organisieren. Alles andere aber nimmt irgendwann nur noch mein Auge oder mein Ohr auf, und das kleine Fenster meines Bewusstseins schließt sich.

Allerdings hält mich auch der Eulenhorst in Atem. Die ewig zaudernden Lesben sind ausgestiegen, angeblich meinetwegen – was ich *gut* verstehen könnte, schließlich bin ich stärker als sie und habe mir alle Mühe gegeben... – damit haben wir nun vorläufig eine Finanzierungslücke. Aber auch das passt wunderbar. Ich habe nämlich auch noch eine HNO-Ärztin gefunden, keine Kommilitonin, aber umso netter. Und weil sie die Wohnung nicht kaufen, sondern nur mieten und sonst keiner investieren will, wird mir der jetzige Eigentümer, der auf jeden Fall an uns verkaufen will, damit seine anderen Häuser drum herum mit dem MVZ an Wert gewinnen, und der meinem Charme erlegen ist... wird mir also dieser grundsympathische Mann das Geld leihen und über die nächsten fünf Jahre aus meinen Gewinnen bedient, so sie denn überhaupt entstehen – denn wenn ich den Gewinn in der abzuschöpfenden Höhe mache, hat er eine traumhafte Rendite, aber wenn ich keinen Gewinn mache, bekommt er gar nichts... Mit dem angenehmen Nebeneffekt, dass ich in der GmbH künftig über eine Sperrminorität verfüge, was den anderen sechs zwar nicht gefällt, was sie aber akzeptieren, damit das Projekt jetzt nicht mehr stolpert. Und weil ich es nicht nur einfach, sondern auch schön haben will, habe ich mich entschlossen, die unvermieteten drei Räume im Erdgeschoss neben dem Café frei zu lassen und dort höchstselbst Ausstellungen zu organisieren. Ich hoffe natürlich nicht, damit viel Geld zu machen. Aber die Provisionen werden sicher die Vernissagen finanzieren, der Werbeeffekt ist unbezahlbar, und der Spaß ist es auch. Und Seminare oder Lesungen kann man da trotzdem noch veranstalten. Herrliche Aussichten! Ich kann die Eröffnung kaum abwarten. Joachim schüttelt zwar dauernd den Kopf über mich, weil ich mich angeblich als so «abgekocht» herausstelle. Aber dann besteht er immer nur darauf, dass ich die Rechnung bezahle, und alles ist in Ordnung. Er ist keine Sibylle, aber ich weiß inzwischen gar nicht mehr, ob ich einen so perfekten Menschen überhaupt lange ertragen könnte. Das normalerweise Menschenmögliche reicht mir oder ist mir sogar lieber.

Wenn das Menschenmögliche indessen so wenig ist wie im Falle Rebeccas und Günthers ... Er hat jetzt behauptet, dass sie vor den Kindern mehrmals mit Selbstmord gedroht habe. Und das so glaubhaft, dass Tommi angeblich schon mehrmals gefragt hat, ob der Urlaub stattfindet, «wenn Mama stirbt», oder ob er dann nächstes Jahr trotzdem in die Schule kommt. Und wenn es stimmt, dass Tommi so etwas gesagt hat, muss Rebecca tatsächlich damit rechnen, dass ihr die Kinder weggenommen werden. Aber ob sie dann zu Günther kommen? Oder zu unserer Mutter? Auf Judith, die nach ihrem Studium der Theaterwissenschaft gerade angefangen hat, als notorisch überforderte Regisseurin durch die deutsche Provinz zu tingeln, kann man sicher nicht bauen. Schauderhafte Perspektiven ... Ich will nicht nach München. Und ich will auch nicht sonst wie mit dem familiären Netz wieder eingefangen werden ... Oje.

Ich habe übrigens keine Ahnung, was es gibt. Ich komme nicht im Traum darauf, dass wir sicher ins Thalia zu Molières Tartuffe gehen ... Joachim überrascht mich gern, wir fahren einfach los, und ich überlasse mich seinem Programm. Überlasse mich liebend gern ... Wie gesagt, ich weiß nichts und fühle mich wie ausgeblasen. Für den Rest des Abends muss ich nichts mehr entscheiden.

Deine Hanna

Von: Sebastian Heilering <sebastian@heilering.de>
Gesendet: Sonntag, 24.09.2006 18:29
An: Dudenhausen, Hanna
Betreff: Re: Kurz vorm Theater

Lass dich nicht einfangen, niemand hat das Recht dazu. Du bist niemandem etwas schuldig, und du hast keine Rechnungen mehr offen. Wenn du etwas tust, dann nur, weil du es willst.

Herzlich Sebastian

24.09.2006, 19:48

Ok. D a s lasse ich mir gesagt sein. Man braucht nur die richtigen Berater. ;-) dh

Von: Sebastian Heilering <sebastian@heilering.de>
Gesendet: Donnerstag, 05.10.2006 19:14
An: Dudenhausen, Hanna
Betreff: Wartezeit

Warten. Es ist alles Warten. Wenn ich mit Leon auf seinem Fell sitze und wir seine Burg aufbauen. Wenn sie einbricht und wir sie einfach wieder neu aufbauen. Wenn ich mit Sibylle nach dem Essen einen Espresso trinke, wir beide plötzlich ruhig werden, ich es nicht ansprechen mag, weil sie gerade frei davon ist und einfach genießt. Wenn der Montag nicht kommen will, noch nicht der Alltag, einfach immer noch keine Normalität. Wenn sie schläft, ruhig atmet, sich von irgendwoher mit Kräften versorgt, fernen Bildern folgt… und Leon mit rührendem Gefühl für die helle Heiligkeit von Mamas Schlaf auf leisen Sohlen geht. Wenn meine Mutter mich anruft und beruhigt, obwohl ich gar nichts gesagt habe, ihr dann nichts mehr einfällt und wir pro forma noch ein bisschen Zeit totschlagen... Furchtbare Formulierung, Zeit totschlagen... Ich warte den ganzen Tag auf einen Bescheid, auf dem steht, Ihr Zeitkonto ist wieder aufgefüllt, Sie können munter abheben, die Zeit ist wieder quicklebendig. Ich warte darauf, dass es wieder zappelt, leichtsinnig und überflüssig zappelt und glitzert, dass diese Vorsicht und kluge Zeitbewirtschaftung, dieses Abmessen aller Bewegung endet, und dann plötzlich: schlage ich sie tot... Wir sind für dieses Leben an der Grenze, dieses Herumschleichen nicht gemacht. Eigentlich nicht einmal für die Geradlinigkeit der Geschichte, viel eher für die ewige Wiederkehr, die du damals nicht mochtest...

Obwohl ich wirklich nicht *alles* noch einmal haben muss, schon gar nicht im Großen. Zum Beispiel nicht noch einmal das globale Finanzbeben, nicht noch einmal das Verspielen von Werten, die von vielen in der Realwirtschaft erarbeitet wurden, durch einige wenige in der parasitären Geldwirtschaft... Nicht noch einmal die Angst, den Verfall des globalen Wettgeschäfts, das Realisieren der Wettverluste, Inflation, wachsende Staatsschulden... Kehrt nicht überhaupt die Angst wieder? Ich meine, die Angst vor Terror, Epidemien, Giften, Arbeitslosigkeit, sozialem Absturz, Krieg aus dem Nahen Osten? Die Medien schlagen aus nichts so viel Kapital wie aus der Angst, selbst die Lust an der Streitlust lebt von der Angstlust. Und natürlich gilt die Angst auch den Ärzten. Acht Millionen Deutsche leiden offiziell an Depressionen... Ich nicht. Aber ich warte wie das Kaninchen vor der Schlange. Warte, indem ich beobachte und analysiere, warte, indem ich schreibe, warte, indem ich auf bottomupp die Ideen gleich eimerweise ins alchimistische Feuer der User gieße und sie darin härte, ohne das Geringste zu bewirken... Warte, warte, warte.

Hatte nicht auch Faust vor allem das Warten satt? Ich meine: gleich am Anfang, wo er sich von der Melancholie abstößt? Wie kommt man, wenn man sie braucht, mit den unteren Mächten ins Gespräch?... Keine Angst... Aber ich *traue* der Sache nicht. Wie kann man da nichts tun?...

Dein D. Johann Sebastian F...

Von: Hanna Dudenhausen <hudenhausen@dllf.de>
Gesendet: Sonntag, 15.10.2006 17:44
An: Heilering, Sebastian
Betreff: Trotzdem

Nicht hängen lassen, mein Herzensjunge! Und keine falschen Schlüsse ziehen! Du wartest nicht, sondern *machst*, und vielleicht machst du sogar etwas, was die Dinge ändert. Die Oberfläche ist das Eigentliche und Wirkliche, die Tiefe nur spekulativ. Ich bin sicher, dass du deiner Sibylle sehr hilfst und dass alles ganz anders wäre, wenn du nicht wärst. Du passt sicher gut auf sie auf und brauchst keinen Kontakt zu den unteren Mächten, ich würde dich nur ungern an sie verlieren...

Aber ich habe auch leicht reden, ich habe einen kreativen Schub. Ich habe momentan das Gefühl, alles geht von mir aus, nichts geschieht ohne mein Zutun. Vielleicht kann ich dir davon etwas zuleiten? Gestern habe ich mich neben allem Übrigen sogar noch zu einer zweijährigen Fortbildung angemeldet, Sexualtherapie für Gynäkologinnen. Nicht, dass ich an Beschäftigungsarmut kranken würde, aber meine momentane Energie muss ich einfach nutzen. Und ich fand die breite Unkenntnis über frauliche Sexualität, die Unkenntnis von Frauen über ihre eigene Sexualität schon immer so grundseltsam, nein, irgendetwas zwischen erschreckend und lächerlich... Spätestens, als die Forschungen von Helen O'Connell bekannt wurden... – Du kennst die Geschichte nicht? Das bestätigt noch einmal, dass es sich bei dem Frauenkörper um eine Terra incognita handelt, über die wir weniger wissen als über den Mond, der ja angeblich für uns Frauen lichtempfangend am Himmel steht. Ich meine, da wird der frauliche Körper seit Menschengedenken und auch über Jahrhunderte anatomischer Forschung mit Augen verschlungen... Wird er beschnüffelt, befummelt und penetriert... Da beobachtet ein Mann lange unwidersprochen den fraulichen Penisneid, emanzipiert sich die Frau und überwindet die patriarchalisch gezogene Schamgrenze... Da diskutiert eine ganze sexuell befreite Generation über vaginalen oder klitoralen Orgasmus, werden der G- und der U-Spot entdeckt... – Und dann kommt da eine Urologin, 1998!, nimmt sich der Sache noch einmal an, schaut in ein paar Frauenleichen und stellt fest, huch, das ist ja alles ganz anders! Die Klitoris ist ja gar kein Knöpfchen und Stummelpenis, sondern ein Organ von ganz erstaunlichen Ausmaßen! Wenn ich recht sehe, bedeckt sie sogar einen großen Teil der vorderen Vaginawand! Ist denn das die Möglichkeit? Sehen kann man zwar nur die Eichel, aber das Gewebe umfasst Schwellkörper, die größer sind, wahrhaftig, als die der durchschnittlichen Mannespracht! Und sie berühren genau dort die Vaginawand, schau einmal!, wo der G-Spot gefunden wurde... und umgibt von drei Seiten die Harnröhre, wo sich der U-Spot befinden sollte... Ja, pfüati und sacra, ist denn das zu fassen? Schon lange und sehr zu Recht empören sich Frauen, Menschen über die weibliche Beschneidung in Afrika, aber niemand kam jemals auf die Idee, dass hier bei uns Lustverluste nach Zervixkarzinom-OPs vom wilden Geschnippel um die Harnröhre herrühren könnten – da müsst ihr gegebenenfalls übrigens auch noch aufpassen!... –, vom Geschnippel in einem Organ, das ganz genauso funktioniert und ganz genauso empfindlich ist, nur eben ein wenig größer als die männliche Wahrnehmungsschwellung! Das nenne ich die Axt anlegen! Kein Wunder, dass noch heute so viele Frauen so ahnungslos und mit Gefühlsblindheit geschlagen sind, wenn etwas bei ihnen nicht funktioniert... Dem muss abgeholfen werden. Und ich bin dabei.

So, das musste mal gesagt werden. *My* business. Und ein weiterer Beweis dafür, dass wir uns erst einmal mit dem Offensichtlichen und Wirklichen beschäftigen sollten, bevor wir in irgendeiner ominösen Tiefe nach den «eigentlichen» Gründen für die Phänomene suchen. Vielleicht denke ich da zu eng und begrifflich unsauber: Aber warum musste man sich ewig über die Geheimnisse des klitoralen oder vaginalen Orgasmus austauschen, wo es doch nahegelegen hätte, einfach ein einziges Mal richtig hinzusehen?!

Ich muss los... Alles Gute, genießt die Zeit, ob aus diesen oder anderen Gründen!

Deine heilige Johanna

Von: Sebastian Heilering <sebastian@heilering.de>
Gesendet: Samstag, 28.10.2006 22:46
An: Dudenhausen, Hanna
Betreff: Besser

Schön, meine streitbare Johanna, dass es dir so gut geht! Ich war immer schon immun gegen ein Gerechtigkeitsempfinden, wonach, wenn es einem schlecht geht, gleich *alle* Menschen Trauer tragen müssen. Oder wonach es obszön ist, wenn die einen lachen, während die anderen weinen. Eher schon konnte ich mich mit der Vorstellung anfreunden, dass es sich irgendwo auszahlt, wenn ich draufzahle, zumindest ausgleicht. Wenn ich schon leide, dann soll dafür wenigstens ein anderer, der mir nahesteht, in vollen Zügen genießen, und ich bin sehr einverstanden, wenn du das bist.

Aber auch mir geht es besser, mal abgesehen von meinem immer noch rebellierenden Gedärm. – Was natürlich nicht bedeutet, dass nun weniger Glück für dich zur Verfügung steht... Irgendwie gewöhnt man sich an das Leben mit der Angst. Das Leben setzt sich tatsächlich durch und geht weiter, es wächst unter Sibylles Bauchdecke, es lächelt und lacht mit ihren schönen Zähnen und ihrer krausen Nasenspitze, es weint wegen scheinbarer Kleinigkeiten aus Leons verknautschtem und gerötetem Gesichtchen, es ist auf jeder Lebensstufe neu und alt und im Fluss.

Ich finde es klasse, was du alles auf die Beine stellst! Mehr noch, ich bewundere dich dafür. Manchmal scheint es mir, als habe es Menschen wie dich noch niemals auf diesem Teil des Erdenrunds gegeben, jedenfalls nicht in dieser selbstverständlichen Eigenart. Frauen, die sich nicht zu schade sind, anzupacken und zu kämpfen, und dabei noch mehr zu Frauen werden. Die denken und nachdenken und über alles sprechen können, die eingreifen und sich ihren Platz in der Welt erobern und dabei nicht weniger, sondern eher noch etwas mehr Interesse an Männern finden, an Sex und Kindern ... Na gut, das mit den Kindern passt bei dir vielleicht nicht *ganz* so perfekt, aber das ändert nichts daran, dass du zu einer neuen, schon ihrer selbstbewussten Sorte Mensch gehörst ... Wie es übrigens auch noch andere Sorten Mensch gibt, die, wie ich glaube, noch niemals so unverstellt und unmissverständlich in dieser Erdregion gewandelt sind. Schwule Leistungsträger zum Beispiel, erklärte, anerkannte Schwule, die als Manager oder Bürgermeister ihren Mann stehen und anderen Männern Befehle erteilen. Oder ältere «Junggesellinnen», Frauen, die eine oder zwei Ehen hinter sich haben, sich deswegen aber nicht verstecken, sondern in die Öffentlichkeit gehen und sich ein eigenes Leben aufbauen, vielleicht noch ab und zu einen Mann vorlassen, im Übrigen aber mal an sich denken und nur wenig Zeit haben, weil sie damit beschäftigt sind, sich weiterzuentwickeln, zu pflegen und zu verwöhnen ... Oder fast erwachsene, meist sogar noch besonders intelligente und gebildete Jungen, die sich zur Begrüßung und zum Abschied umarmen und auf die Wangen küssen, oder Mädchen, die sich vor anderen prügeln, gut in Mathe sind und schnelle Autos mögen, oder alte Männer, die als verbrauchte Krieger zur Gymnastik gehen, und alte Frauen, die sich noch einmal immatrikulieren, um endlich die Machtverhältnisse zur Karolingerzeit zu studieren ... Das alles hat es in der Geschichte Europas und vielleicht der Menschheit nur vereinzelt und ausnahmsweise mal gegeben, wir leben in einem großen Experiment. Als würde man in einer Maschine bei laufendem Betrieb einzelne Bauteile austauschen. Ob sie irgendwann stillsteht oder zum Turbo wird oder plötzlich vollkommen neue Funktionen bekommt, das weiß keiner.

Ich bin gespannt, wie es bei dir weitergeht! Welche neuen Funktionen der Maschine an deinem Ort zuwachsen ... Am Ende steht immer der Cyborg.

Dein Sebastian

Von: Hanna Dudenhausen <hudenhausen@dllf.de>
Gesendet: Sonntag, 29.10.2006 16:32
An: Heilering, Sebastian
Betreff: So viel Anfang war nie

Ich bin so stolz auf dich, mein Sebastian, dass du dich wieder gefangen hast! Und dass du den Kopf sogar so hoch bekommst, dass du die eine oder andere neue Sorte Mensch und Frau entdeckst! Was mir schon insofern sehr willkommen ist, als wir uns gerade gestern die Premiere von *Ulrike Maria Stuart* angesehen haben, die lauter *alte* Sorten auf die Bühne brachte und trotzdem nicht enden wollte – und das, obwohl Elfriede Jelinek angeblich schon mehrmals versprochen hat zu verstummen und mir irgendwann auch auf der Bühne aus der Seele gebrüllt wurde, *diese ganze Scheiße hier* müsse endlich aufhören. Wie bei Pollesch, wenn Sophie Rois sich unter dem Stuhl zusammenrollt, hysterisch von da unten heraufbrüllt *Komm mir nicht mit*

Psychologie! Nichts verfehlt mich so wie Psychologie! und dann trotzdem noch immer und immer weiter räsoniert... Es ist ja durchaus *nicht* so, dass «alle Spielformen weiblicher Herrschaft» am Ende immer in den Tod führen – ich blättere gerade noch im Programmheft und lese diese beknackte Behauptung von dieser famosen Dutt-Österreicherin mit der Schamlippen-Schnippelphantasie, die immer glaubt, gleich selbst vollstrecken zu müssen, was ihr andere dem gestörten Empfinden nach antun wollen... Und es ist durchaus *nicht* so, auch wenn Plüsch-Vaginae das von der Bühne wienern – was für eine hässliche Idee!, das Verplüschen und Verwienern dieser einzigartigen Naturschönheit ist ja fast noch schlimmer als Piercen oder Tätowieren!... ich muss Luft holen... –, ich will sagen, es *widerspricht* geradezu meiner Erfahrung, allem, was ich von mir weiß, dass sich der sexuelle Wert der Frau durch den Intellekt nicht steigern lässt! Oder wie siehst du das!? Jetzt sag nichts Falsches!... Ich konnte schon Jelineks Klavierspielerin nicht ertragen, nicht ihre Texte gegen die Lust, obwohl man unter manchen Frauen kaum daran vorbeikommt, und ich kann auch diese gewaltsame Königinnenverzweiflung nicht ertragen. Immerhin... Es gab Sätze, die mir gefallen haben. Den hier zum Beispiel, da musste ich an dich denken, ich weiß gar nicht, warum: «Der bäuerliche Sozialismus ist nicht brauchbar für die großen Städte». Doch, natürlich, jetzt wird es mir klar, genau darum suchst du ja nach einer *anderen* Lösung. Gestern haben sie die aber auch nicht gefunden, mach dir bloß keine falschen Hoffnungen. Ich muss aufhören, den armen Joachim dauernd in so ein Theater mitzuschleppen und seinen angeborenen Hang zur Höflichkeit auf derart grausame Proben zu stellen...

Puuh... Ich sollte mich nicht so in Rage reden, die Elfriede will ja nur spielen. Andererseits: Ich muss mich auch in Stimmung bringen, für morgen, wenn ich zur Verwaltung gehe und kündige. Jawohl, es ist so weit, ich kündige. Vor ein paar Tagen habe ich wieder so eine Horrorgeschichte gehört, von einem befreundeten Arzt in der Onkologie einer Privatklinik. Da kam eine rund vierzigjährige Frau mit Speiseröhrenkarzinom, ohne Partner, nur mit den alten Eltern, die sie nicht schützen konnten. Der Krebs hatte längst gestreut, sie hatte nur noch wenige Wochen zu leben, die Bestrahlungen haben die Metastasen zuerst verkleinert, aber dann das Immunsystem geschwächt, sie hat eine Blutvergiftung bekommen, mit hohem Fieber, war kaum mehr ansprechbar. Dann ging es ihr plötzlich besser, sie hat sich gefangen und war wach, mein Freund wollte sie in Ruhe nach Hause gehen und in Ruhe sterben lassen. Doch dann kam sein Chef und hat noch einmal Bestrahlungen angeordnet. Warum? Natürlich, weil sie mittlerweile schon einige Tage ohne Behandlungen in ihrem Bett gelegen hatte, sie sollte das Geld, das dem Haus dadurch verloren gegangen war, wieder einspielen. Erst als das geschehen war, als sie wieder vor sich hindämmerte, wieder kaum ansprechbar, schwach und aufgedunsen, wurde sie entlassen und zurück in die Obhut ihrer Eltern gegeben. Die Klinik hat diese Frau um ihre letzten Wochen betrogen. Und ich will nicht warten, bis ich in eine ähnliche Situation komme, ich will mir solche Entscheidungen nicht routiniert und professionell aufzwingen lassen, sondern nach meinen eigenen Regeln spielen oder wenigstens nach den Regeln, die ich akzeptieren und mit mir vereinbaren kann. Im Grunde ganz ähnlich wie du, fällt mir gerade auf. Nur dass ich das System nicht auswechseln, sondern von innen verändern will und es mir ja sowieso nur um einen kleinen Teil des großen Ganzen geht, das du im Blick hast – ich hoffe sehr, dass du mit deinen Befürchtungen unrecht hast und das Ganze im Lot bleibt.

Was ist das übrigens mit deinem Darm? Und wie geht es Sibylle? Kann ich euch nicht doch noch zur Schulmedizin bekehren? Bitte, gebt mir eine Chance! Jetzt allmählich könnte man ja auch daran denken, die Geburt einzuleiten und dann die OP zu machen … Ich würde mich so sehr freuen, wenn ich auch hier mein Gewissen wieder aufhellen könnte!

Ich freue mich auf das Gesicht unseres Personalchefs. Er ist so ein alt gewordener, teigig aufgeschwemmter Milchbubi, weißt du, mit hoher, ins Haupthaar sich hineinfressender Stirn, etwas ängstlichen Knopfäuglein, warm und sämig gehaltener Stimme, federndem Gang... Aber mit völlig starrer Sitzhaltung! Ich freue mich darauf, seine Erwartung moderater Gehaltsforderungen – «Nun, liebe Frau Kollegin, was kann ich für Sie tun?..» – gründlich zu enttäuschen und sein Gesicht eine halbe Sekunde lang *fallen* zu sehen... Ich berichte.

Deine aufgeregte Hanna

30.10.2006, 13:11

Ich hab's getan! Wirklich getan! I did it my way!

30.10.2006, 13:17

Great! For what is a man... – or woman... Congratulations! Ist es gefallen? ...

30.10.2006, 13:20

Nee. Der merkt gaa nix mehr.

30.10.2006, 13:25

Dann darfst du ihn jetzt getrost vergessen. Es gibt und gab bei euch niemals einen Personalchef.

30.10.2006, 13:29

Wen meinst du? Bei uns?!

30.10.2006, 13:34

Hm?

30.10.2006, 13:37

...

30.10.2006, 13:40

:-)

30.10.2006, 13:44

:-)

Von: Sebastian Heilering <sebastian@heilering.de>
Gesendet: Freitag, 03.11.2006 23:31
An: Dudenhausen, Hanna
Betreff: Re: So viel Anfang war nie

Ich glaube im Übrigen und nach Tagen, du immer noch schwach erhellte, im Schein der Bühne sprechende Theatergängerin, dass du vollkommen richtigliegst: Elfriede Jelinek ist ein Stachel im Frauenfleisch, eine Agentin der anderen Seite, ihr Masochismus gehorcht vorauseilend dem Männerwillen... Das Problem ist nur, dass dieser Männerwille in ihrer Eile tatsächlich vorweggenommen ist, schlimmer noch, ich weiß es: dass kein Mann jemals etwas von ihr wollte und will. Und ihr zum Gram sei's dir gesagt und begeistert zugestanden: Mit jedem deiner Gedanken wirst du nur noch reizvoller und begehrenswerter, ich sehe keinen Grund, dass du dieses Licht unter irgendeinen Scheffel stellst. Deine Schönheit leuchtet auf und gewinnt Tiefenwirklichkeit – in *meinem* Begriff. Oder nimmt griechische Formen an – würdest *du* sagen...

Und trotzdem muss ich mich dir und deiner Medizin entziehen, nein, dir bekennen, dass Sibylle ihren Wirkungen verschlossen ist. Ich würde dir gern anderes sagen, aber sie ignoriert mich jetzt nur noch, wenn ich damit anfange. Um sie herum liegt dämpfend ein Noli-me-tangere-Kreis, ein heiliger Bezirk der Milde, ein numinoses Leuchten, das mir immer mehr Angst macht, weil es nicht natürlichen Ursprungs ist... Sie lacht auch gar nicht mehr, sondern lächelt nur noch und legt mir ihr Lächeln wie ein Tuch um. Leon kuschelt sich manchmal bei mir ein, als suchte er Schutz vor ihrer Fremde. Als sie vor ein paar Tagen ganz in Weiß nach Hause kam, hat er sie nicht einmal erkannt, sondern ist gleich von der Tür weg zu mir in die Küche gelaufen, um mir zu sagen, dass Besuch vor der Tür und schon im Flur sei. Ich hätte Lust, sie zu heiraten: und wäre es nur, um sie zu binden, zurückzuholen, überhaupt erst zu finden. Irgendwie ist sie weg, ich scheue mich zu sagen: schon weg. Und wenn sie nicht über den Flur schwebt und Liebe und Zärtlichkeit verschenkt, legt sie sich hin und schläft. Sie schläft beängstigend viel, und ich weiß nicht, ob es das Kind ist oder das andere, das wuchernde Zellding, das von ihren Kräften zehrt... Ich bin froh, wenn auch Leon schläft – wir lesen jetzt Harry Potter – und ich still in mein Arbeitszimmer gehen und sehr wirklich in die Tasten klappern kann.

Apropos. Was du erzählst, kann einem Angst und Bange machen. Ist übrigens auch kein Werbeschild für die Schulmedizin. Ich weiß, du meinst es anders und bestreitest den Vorrang der Ökonomie. Zumal man als Arzt, verzeih mir, auch mit dem Vorrang der Medizin und medizinischen Ethik immer noch sein gutes Auskommen findet... Schon darum *glaube* ich ja an dein Projekt. Aber vielleicht hat sich die Ökonomie längst schon viel tiefer in die Medizin gesenkt – sodass die Forschung gekauft ist, die Diagnostik mit Apparaten zugestellt, die therapeutische Effizienz dem betriebswirtschaftlichen Kalkül gehorcht und die Ärztin es gar nicht mehr merkt, wo sie sich ihren Patientinnen entfremdet. Woran liegt es denn, abgesehen von den sehr realen Wirkungen der Suggestion, auf die ohnehin jeder Behandler angewiesen ist, wenn beispielsweise die Homöopathie Erfolge zeitigt? Obwohl sie eigentlich keinen Erfolg haben *kann*? Ich sage es dir: weil der Körper im Schutze der Homöopathie die *Zeit* bekommt, die er braucht, um die Krankheit selbst zu besiegen. Gib deinen Patientinnen Zeit, *investiere* Zeit in sie und am besten: *verschaff* sie ihnen, dann ist in den meisten Fällen wahrscheinlich schon alles gewonnen. Ebendas versuche ich momentan auch, auch bei mir, mein Darm reagiert auf fast alles, was ich ihm schicke, mit Blähungen, Durchfall, Schmerzen, aber ich belaste ihn nicht zu oft, und er wird auch wieder damit aufhören.

Wobei ich mich gerade frage, ob man Zeit überhaupt investieren kann... Das ist ja fast wie mit dem Totschlagen. Zeit sollte man nur geben und schenken, und ich frage mich, ob sie ein ebenso anonymes und handelbares Gut sein kann wie Geld... Du bist und bleibst ja ohnehin Teil eines medizinischen *Systems*, das unmittelbare Hilfe durch Verwandte und Freunde überflüssig macht und an ihre Stelle die bezahlte Hilfe ohne Ansehen der Person setzt. Vielleicht solltest du da nicht auch noch deine höchsteigene Zeit in Kapital verwandeln, sodass der Patientin ohne Gesicht auch noch eine Ärztin ohne Gesicht gegenübersitzt. Im Internet geht es ja in die Gegenrichtung, da spricht man jetzt dauernd darüber, Inhalte und Werbung zu individualisieren, weil Menschen, die sich gemeint fühlen, eher bereit sind, zu klicken und zu kaufen. Sofern sie nicht schreiend davonlaufen, weil man sie erkennt. Die sowieso verwöhnten und eigensinnigen Nutzer von bottomupp, habe ich mir überlegt, beliefere ich demnächst also mit Theorien, die exakt und ausschließlich ihr je individuelles Leben umkrempeln und sich danach gleich selbst zerstören ... Ich weiß manchmal nicht, ob ich es besser finden soll, dass wir Menschen so besonders oder dass wir einander so ähnlich sind.

Wie fühlt sich die Freiheit an? Wandelst du noch als deine eigene Vergangenheit durch die Klinikflure?

In Gedanken verloren

dein Sebastian

Von: Hanna Dudenhausen <hudenhausen@dllf.de>
Gesendet: Mittwoch, 08.11.2006 15:04
An: Heilering, Sebastian
Betreff: Auf und davon

Das Leben, Sebastian, mein Lieber, öffnet und weitet sich in alle Richtungen! Man muss nur vor die Tür gehen! Joachim hat sich nicht lumpen lassen und anlässlich meines großen Absprungs gleich noch einen weiteren Flug gebucht – wahrhaftig in die USA, schon Samstag, erst West-, dann Ostküste! In New York hat ein sehr schwuler und noch reicherer Freund von ihm – wieso hat er eigentlich solche Freunde!? ... –, hat also ein Immobilien sammelnder Geschäftsfreund von Joachim in der 23., Ecke 7., eine todschicke Wohnung, gleich neben dem Chelsea Hotel, er ist jetzt wie fast immer weg, sodass wir sturmfreie Bude haben ... Wir werden durch Straßen und Ausstellungen wandern, Modeboutiquen am Hudson durchstöbern, Burger fressen, dazu Champagner trinken und hoch über den Straßen von Manhattan einander die Lust hervorstreichen… Und vorher will Joachim mich irgendwo an der Westküste mit irgendetwas überraschen, für das ich meine Jogging-Sachen brauche. Wahrscheinlich werden wir uns in L. A. kaum vor den Nachstellungen dieser lästigen Schauspieler retten können, man kennt das ja aus den Klatschpostillen, die ich selbstverständlich *nicht* lese… Ist das nicht herrlich? Seit Tagen renne ich nur noch kopf- und hilflos in *meinem* Haus, *meiner* Praxis, *meiner* Galerie herum, befehlige und arrangiere und beweise Geschmack wie eine richtige Hamburgerin – inzwischen hat sogar der Slang abgefärbt –, verwirkliche mich schnell noch selbst, bevor ich mich auf Wolken betten und hinwegtragen lasse… Grenzenlos! Ist es das nicht überhaupt, worauf es ankommt im Leben? Auf das Sprengen und Beiseiteräumen, das Überwinden von Grenzen, Schranken, Hindernissen? Ich habe zwar gerade brav in meiner Fortbildung gesessen und ausführlich von narzisstischen Strukturen gehört, auch davon, wie wichtig es für eine reife Persönlichkeit sei, das Realitätsprinzip anzuerkennen – was darauf hinausläuft, am besten schon als Kleinkind bei den ersten schmerzhaften Gehversuchen anzuerkennen, dass das Leben *schwer* und *hart* sei. Aber schwer und hart… Wenn du mich fragst, so kann ich auch eine reife Persönlichkeit sein, *ohne* mir derart die Laune verderben zu lassen. Freiheit! Die Freiheit, machen und gehen zu können, was und wohin man will – *die* setze ich dem Licht und der Wärme noch an die Seite. *Ich* will *nicht* von mir loskommen, darüber habe ich inzwischen noch einmal nachgedacht, *ich* will in meiner Haut stecken, mich aber *ungehindert* durchs Licht bewegen und dazu Wärme spüren, sooft es mich danach verlangt… Genau, *das* ist es.

Und damit noch mehr Grenzen fallen, habe ich mir jetzt übrigens auch noch einen Blackberry besorgt. Ein ausgesprochen nettes Accessoire! Zwar gnibbele ich auf der Tastatur noch dauernd daneben, und bis mein Daumen begriffen hat, was ein trackwheel ist und was er damit tun soll, werden auch noch ein paar Wochen ins Land gehen, schließlich gibt es nirgendwo auf Gottes evolutionärer Welt etwas Vergleichbares … Aber ich finde es äußerst wirkungsvoll, mich in einem Café mit einem hübschen jungen Mann zu verabreden – mein Anästhesist ist wieder da!, auch das anlässlich meines gloriosen Abgangs … –, nein, ich finde es ganz einfach *lässig*, mich hinzusetzen, dieses kommunikative Raumschiff aus meiner Designer-Handtasche hervorgleiten zu lassen, es kurz zu *checken*, vielleicht noch mit einem «ja!» oder «nein!» über ein paar tausend Euro zu entscheiden und mich erst *dann* dem zurückbleibenden Geschlecht zu widmen …

Was ich daran nur seltsam und *gar* nicht schön finde: Nicht nur der Mann ist in der Defensive, auch der Körper ist es. Wahrscheinlich wird die Welt sogar weiblicher, weil es immer einfacher wird, ohne rohe Muskelkraft und Einschüchterungsorgane Dinge und Menschen zu bewegen … Aber wollen wir in ein paar Jahren nur noch mit Maschinen und Dateien umgehen? Du hast die Frage auch mal aufgeworfen, aber jetzt erst weiß ich, wie genau sie lauten muss: Kann man Maschinen und Dateien *lieben*? Menschen und Papier und ganze Bücher und Briefe und Schallplatten und CDs, ja, ok. Aber *Dateien*? Etwas *Körperloses*?! Dafür müssen dann die Geräte noch *sehr* viel griffiger und handschmeichelnder werden, wenn wir in der schönen neuen Welt nicht erkalten wollen. Oder sie müssen Gliedmaßen ähnlicher werden, damit wir sie in unser Körperbild einfügen können … Hast du das nicht auch vor Kurzem geweissagt? Ja, am Ende steht der Cyborg. Aber *nur, wenn die Maschine Körper wird*. Denk an meine Worte …

Und noch etwas. Die Zeit wird nur dann knapp und teuer, wenn man sie nicht einfach nimmt und gibt: Das entnehme *ich* deinen Gedanken, und das will ich gern beherzigen. Wie ich umgekehrt, wenn ich meinen Patientinnen Zeit *schenke*, plötzlich auch selbst in rauen

Mengen davon habe und wieder weiß, warum ich diesen Job eigentlich mache… Aber in einem irrst du: Denn die Zeit, die Sibylle sich jetzt nimmt, ist möglicherweise auch die Zeit, die ihr am Ende fehlt. Ich will nicht unken, aber ich kann es nicht widerspruchslos hinnehmen oder gutheißen, dass ihr einfach nichts tut. Und, verzeih mir, das, was ihr tut, *ist* nichts. Bittebitte…

Was haben wir denn mehr als einen gesunden Körper? Gleich, wenn Joachim und ich wieder da sind, in drei Wochen, haben wir einen Termin in einem Tantra-Salon. *Das* ist für mich wichtig. Spielerei, magst du sagen, dekadente Reizsucht, vor dem Horizont globaler Sinnkrisen nicht ernst zu nehmen, vielleicht sogar frivol. Stimmt. Aber für mich ist es *fast alles*. Letztlich alles. *Leben*… Bittebitte…

Herzlich eure Hanna

Von: Hanna Dudenhausen <hudenhausen@dllf.de>
Gesendet: Freitag, 10.11.2006 21:07
An: Heilering, Sebastian
Betreff: Kurz vor dem Sprung

Mein Lieber, hast du die Mail im Anhang bekommen? Ich bin nicht sicher, weil sie bei den Gesendeten nicht auftaucht. Und bekommst du diese Mail? Ich trainiere mit flinken Daumen…

Ansonsten habe ich mir heute noch ganz viel über Praxisdesign erzählen lassen, dann nur noch meinen Papierstapel abgearbeitet, gepackt, aufgeräumt, unserer Putzfrau einen Brief geschrieben… Und morgen in aller Herrgottsfrühe geht es in die Neue Welt! Joachim tut die ganze Zeit geheimnisvoll, als hätte ich nicht längst schon auf den Tickets gesehen, dass wir zuerst über New York und Denver nach *Portland* fliegen… Und wenn ich richtig gesehen habe, brauchen wir dafür fast 26 Stunden. Aber schauen wir mal… Ich schicke dir eine SMS, sobald wir ein neues *mobile phone* mit ortsüblicher SIM-Card und entsprechend günstigen Tarifen haben… Ich hoffe, dir und euch geht es gut!

Deine Hanna

Von: Hanna Dudenhausen <hudenhausen@dllf.de>
Gesendet: Donnerstag, 16.11.2006 17:48
An: Heilering, Sebastian
Betreff: Am Pazifik

Mein Schweigesebastian, allmählich mache ich mir Sorgen! Nach *Tagen* schaue ich erstmals in meinen Account, und noch immer gibt es keine Nachricht von dir! Ich erwarte ja wirklich nicht, dass du jeden Mitteilungsdrang von mir immer gleich mit einem ebensolchen Drang entgegeneilst… – aber ein kleines Lebenszeichen wäre mir doch ganz lieb! Also bitte: Melde dich!…

Joachim hatte für Portland übrigens nur einen Tag eingeplant, was uns aber vollkommen reichte, um einen Jeep zu mieten, im Hotel komatös zu schlafen, im Studentenviertel und am Willamette herumzulaufen, gut europäisch zu essen, noch einmal tief in den Schlaf zu tauchen, sehr amerikanisch mit Endloskaffee zu frühstücken und nach Cannon Beach zu fahren – wo wir seitdem ein Leben im Luxus führen. Dabei hatten wir extremes Glück, denn Joachim hatte nur für Portland reserviert, und als wir hier angekommen sind, haben wir zwar gleich eine feudale, romantische Holzvilla entdeckt, direkt am Strand, mit dem vielversprechenden Namen Seasprite, aber wir waren zuerst nicht einmal sicher, ob da überhaupt Zimmer vermietet würden, geschweige denn, dass wir sie bezahlen könnten. Ich habe nur gedacht, wir können uns die Villa ja trotzdem einmal ansehen, einfach weil sie so wunderschön war. Und als wir unten im Hausflur standen, saß da ein junger Mann links in einer Art Besenkammer mit integrierter Schreibplatte, sagte auf unsere Anfrage, natürlich würden sie vermieten, und zufällig sei auch eine Suite frei, eigentlich für sechs Personen, aber die könne er uns gern zeigen. Und als wir die engen Treppen hoch in den dritten Stock geklettert sind, hat es uns dann schlagartig den Atem genommen: eine große, traumhafte Wohnung mit weitem Panoramablick auf den Pazifik und auf einen riesigen, schwarzen, magischen Monolithen im flachen Wasser, einen der größten seiner Art, wie ich inzwischen weiß, dazu seitlich vom Balkon und aus den Schlafzimmerfenstern Wälder und Berge, in den Schlafzimmern King Size Betten, im Badezimmer ein Air Jet Tub – und das alles zu einem Spottpreis, weil jemand kurzfristig abgesprungen ist, der uns nun mit seinen Stornogebühren freihält…

Vor allem morgens sind wir in einer anderen Welt. Wir laufen früh an den Strand – dafür die Joggingsachen! –, immer am Wasser entlang, eine gute halbe Stunde zu den Felsen, darüber hinaus und wieder zurück, springen dann mit Jogginggunterwäsche ins eisig kalte Wasser und wieder heraus, ziehen die noch trockenen Sachen einfach auf die nasse Haut, laufen barfuß die letzten 500 Meter an einem Siel entlang und durch den lockeren Sand, duschen heiß, ziehen uns warm an und frühstücken draußen in der sonnigen Frische, Obst, Ei, Tomaten, Öl und Knoblauch, deutsch-mediterran im pazifischen Wind. Gehen wieder hinein, räumen auf, lesen, ziehen einander mit viel Zeit und Aufmerksamkeit wieder ins Bett… Nachmittags gehen wir vielleicht shoppen in den nostalgischen Läden hier – typisch amerikanischer Jahrmarkt, nur etwas hochwertiger und, durch die kulturelle Nähe zu San Francisco, mit Öko-Geschmack – oder wandern auf irgendeiner gepflegten Nationalpark-Route, abends gehen wir europäisch und teuer essen… Ich kann mich nicht erinnern, jemals so gut entspannt zu haben! Trotz des immer noch nicht überwundenen Jetlags, der vielleicht aber auch hilft, meinen Körper aus dem Tritt und in eine andere Gangart zu bringen ...

Aber sei mir nicht böse, ich habe einfach das dumme Gefühl, ins Leere zu schwärmen ... Außerdem schließt hier gleich das Internet Café, Joachim sitzt in einem anderen Café, ohne Internet, wartet auf mich und bestellt so unbeaufsichtigt womöglich *noch* einen Brownie ... Und wir wollen nachher irisch essen und müssen dafür noch zwanzig Minuten die Hauptstraße runter – oder vielmehr sehr verschlungen rauf.

Ich hoffe sehr, dass ich bei meinem nächsten Blick ins Postfach einen Brief von dir vorfinde! Wenigstens eine Notiz! Das Simsen nach Europa klappt übrigens nicht. Mail!

Deine ferne Sehnsuchtshanna

Von: Hanna Dudenhausen <hudenhausen@dllf.de>
Gesendet: Mittwoch, 22.11.2006 18:48
An: Heilering, Sebastian
Betreff: New York

Seebastiaan!! Huhu!! Kannst du bitte mal antworten!? Auch telefonisch bist du einfach nicht zu bekommen, ein kurzes «alles ok» würde mir ja reichen! Nichts weiter als ein Lebenszeichen, von mir aus ein Smiley! Oder ein kräftiges Ausrufezeichen! Wobei ich auch durchaus bereit wäre, noch vor dem Nachtschlummer einen deiner kleinen Romane oder Essays wegzunaschen ... – *Wie geht's??!!*

Wir haben inzwischen schweren Herzens unser Refugium verlassen, sind noch anderthalb Tage in San Francisco herumgelaufen, was vor allem an den Piers sehr nett war – wenn man von der obligatorischen Volksbelustigung, hier: Fisherman's Wharf, absieht ... Wir haben darauf verzichtet, in Sacramento dem lieben Arnie zu seiner Wiederwahl zu gratulieren, und sind wohlbehalten in New York angekommen, wo wir sofort ein straffes Programm aufgenommen haben. Guggenheim, Metropolitan Museum, MoMA, Neue Galerie, dazu Broadway, 5th Avenue, Harlem ... Wir müssen aufpassen, dass das hier nicht in Arbeit ausartet und wir unnötigen Ballast schnell von unserer To-do-Liste nehmen. Joachim hat seine Nase pausenlos in irgendwelchen Führern, aus denen er vorliest, sodass ich ihm abends erzählen muss, was wir gesehen haben ... Wir fühlen uns aber sehr wohl miteinander, auch mit seiner Shitfood-Plauze. Jetzt schläft er, irgendwo tief unten in den Decken, während ich den Rechner hier in der Wohnung nutze – die übrigens ein wenig schäbig ist, vor allem den Anblick der Matratze muss ich verdrängen – und eine Mail von Rebecca lese, aus der hervorgeht, dass der Bruch mit Günther irreparabel und das Jugendamt offenbar geneigt ist, sowohl ihr als auch Günther zu glauben – was nur heißen kann, dass am Ende weder ihr noch ihm die Kinder zugesprochen werden. Und ich kann mir weniger denn je vorstellen, dass meine geldschicke Mutter oder meine regieschicke Judithschwester sie nehmen wollen ... Schauerlich. Wenn ich an das Puppenhaus in München denke, an die aufgeräumten schwedischen Kinderzimmer, an diese ganze Polsterung gegen das Leben, die Rebecca mehr noch als die Kinder braucht, die aber auch die Kinder bald vermissen werden ... Nein, ich mag definitiv *nicht* daran denken, es dreht mir den Magen um, was da auf uns alle und auch auf mich noch zurollt.

Schreib *bald!*

Deine Stars-and-stripes-Hanna

Von: Sebastian Heilering <sebastian@heilering.de>
Gesendet: Donnerstag, 23.11.2006 22:03
An: Dudenhausen, Hanna
Betreff: Re: New York

Meine weite Welthanna, sei mir nicht böse, ich bin krank gewesen, habe seit zwei Wochen nur noch das Nötigste geöffnet und freue mich jetzt mit dir über eure große Reise, überhaupt über deine zupackende Lebenslust. Ich schreibe ausführlicher, sobald es mir wieder besser geht. Kommt heil wieder, guten Flug!

Dein tief versunkener Sebastian

Von: Hanna Dudenhausen <hudenhausen@dllf.de>
Gesendet: Freitag, 24.11.2006 23:17
An: Heilering, Sebastian
Betreff: Richtung Europa

Mein Armer, Lieber, wie froh bin ich, von dir zu hören! Und solange es nur deine und eine inzwischen *überstandene* Krankheit war, verzeih mir, die dich am Schreiben hinderte, und meine schlimmsten Befürchtungen gegenstandslos werden, bin ich vollkommen beruhigt. Was hattest du denn? War es dein Bauch? Ein Infekt? Gute Besserung jedenfalls weiterhin, ich harre deiner Nachträge!

Wir beide hier, auf der anderen Seite des Atlantiks, haben heute noch einmal in unserem Stammcafé gefrühstückt, sind noch einmal im Regen durch New York gelaufen, haben noch einmal ein Plastikfest mitgefeiert – die Macy's Thanksgiving Day Parade auf dem Broadway, wo wir uns unter riesigen Aufblasfiguren wegducken mussten – und sind jetzt sehr bereit, wieder ins Good Old Europe aufzubrechen. In ein paar Stunden geht es los, wieder in grausamer Frühe.

Vielen Dank für deinen Geleitwunsch! Er wird uns heil zurückbringen.

Herzlich deine Hanna

Von: Hanna Dudenhausen <hudenhausen@dllf.de>
Gesendet: Dienstag, 28.11.2006 19:12
An: Heilering, Sebastian
Betreff: Hamburg

Mein Alteweltsebastian, wir sind wieder da, heil wieder da, trotz einiger Turbulenzen. Und weil ich immer noch kein erhellendes Wort von dir höre und hoffen muss, dass bei euch *wirklich* alles gut ist, fülle ich die peinliche Stille einfach mit einer lustigen Geschichte. Ich habe mich nämlich gerade mit einem Künstler getroffen, mit dem unfassbaren Namen Johannes Kock, von dem er behauptet, dass er *kein* Künstlername sei, aber ich glaube ihm kein Wort. Diesen unaussprechlichen Menschen habe ich im Frühsommer auf der Altonale entdeckt, in seiner schwarz ummantelten, ewig sonnenbebrillten, aggressiven Frische und mitsamt seinen Bildern, die aussehen wie die Revolution, mit viel Rot auf Schwarz, einzelnen Buchstaben und ganzen Schriftzügen, aufreißenden Gewitterfronten und eingeschlagenen Schädeln. Und was mich vollkommen fasziniert hat, das war sein kehliger, gepresster Revolutionston, in dem er die aberwitzigsten, steilsten Thesen verkündet hat, ich brauchte ihn nur anzupieksen. Worauf es ihm ankomme, informierte er mich zum Beispiel sehr hektisch, kahl und fleischig, sein eigentliches Ziel, das sei die *totale* Herrschaft der Kunst, der *ab-so-lu-te* Dienst an Form und Farbe – am besten dadurch, dass die Staaten sich nicht mehr für den Konsum, sondern mit dem Kauf von Kunst verschulden ... Damit werde dann endlich die Diktatur des Geldes beendet und das Zeitalter der anarchischen Massen eingeläutet, eine neue mittelalterliche Ordnung, unter der apokalyptischen Führung des Künstler-Klerus. Er sei bereit, sein eigenes Leben als Oberpriester zu opfern, er werde keine Gnade gegenüber Ungläubigen und Häretikern walten lassen… – Ich gebe das nicht halb so gut und so hektisch weiter, wie er das gerade eben noch einmal mitten im Café dekretiert hat, befürchte auch, dass ich es falsch behalten habe und deinem möglicherweise entfachten Interesse gar nicht mehr liefern könnte, fand ihn aber von vornherein auch als Mann beeindruckend. Und darum habe ich irgendwann auch seine Einladung in sein Atelier am Hafen angenommen, eine Lagerhalle in einem fast baufälligen Speicher mit viel Licht und einem unglaublichen, wirklich *unglaublichen* Chaos von Farbtöpfen, Leinwänden, Plakaten, Installationen, Objekten, Stühlen, Flaschen, Zeitungen… Man konnte kaum durchgehen. Und als ich eine bemalte Rostplatte hochnahm, meinte er gleich, ich solle einpacken, was mir gefalle, von ihm aus den ganzen Krempel. Was er künstlerisch *ausgeschieden* habe, das könne er nicht mehr sehen, er sei froh um jeden gewonnenen Quadratmeter Platz, und stinkender Besitz sei der Totengräber der Freiheit. Ich habe dann tatsächlich zwei, drei Dinge mitgenommen und hinterher im Internet festgestellt, dass die Preise für seine Sachen in die Tausende gehen – auch weil wenig auf dem Markt ist, er kümmert sich einfach nicht darum. Und als ich jetzt überlegt habe, mit was für einer Ausstellung ich den Eulenhorst eröffnen könnte, habe ich wieder an ihn gedacht – weil er auf jeden Fall gut für Aufmerksamkeit ist. Also habe ich mich revanchiert und ihn nun meinerseits eingeladen, sich den Stand der Dinge und die Galerie anzusehen, was er vorhin auch spontan gemacht hat. Und danach haben wir bei einem Kaffee verhandelt, sehr kurzweilig. Er finde das *geil*, meinte er mit der Brille auf der Nase, so eine bürgerliche Heilanstalt mit seinem *Scheiß* zu eröffnen, das sei maximal unpassend und also *maximalgeil*. Aber eines müsse klar sein, dass die Kunst herrsche und dass die Ausstellung die Hauptsache sei und der ganze Praxisdreck die Nebensache. Und als ich zu protestieren wagte, meinte er, dass er auf diese ichkaputte Kacke von mir *überhaupt* keinen Bock habe, sprang augenblicklich auf und wollte gehen. Worauf ich mich an Jelinek erinnert gefühlt und mir gesagt habe *Der will doch nur spielen …* Und plötzlich war ich überzeugt, dass es uns nur umso mehr schmücken wird, wenn wir unsere Eröffnung ganz in den *Dienst an der Kunst* – und zwar zum Beweis unserer Selbstlosigkeit in den Dienst einer *maximal unpassenden* Kunst stellen. Also habe ich zugesagt. Worauf er in ein meckerndes Gelächter ausbrach, ruhig wurde, auf dem Tisch herumstrich, aus dem Fenster sah, ab und zu *geil* sagte und dann ging. – Das war mit Sicherheit noch nicht alles, da kommt noch was … Erst die Ausstellung und dann.

Hübsch, oder? Allmählich wird es ernst … Ende März ist es so weit. Und am Wochenende machen Joachim und ich unseren Tantra-Besuch …

Alles Gute euch allen, herzlich deine Hanna

Von: Sebastian Heilering <sebastian@heilering.de>
Gesendet: Donnerstag, 30.11.2006 22:34
An: Dudenhausen, Hanna
Betreff: Re: New York

Meine Maximalhanna, was für Geschichten du erlebst! Wie schön und aufregend sich dein Leben gestaltet und entwickelt! Ich genieße es, von dir zu lesen, von deiner beruflichen Reifung, deiner pazifischen Entfaltung, deinem Kunst- und Künstlergenuss … Ich halte es für ein Vorrecht, wenigstens ein bisschen an diesem gewaltigen Ausspannen der Eulenflügel teilzuhaben – während ich zu Hause sitze und das Gefühl habe, dass die Wände und Decken auf mich zukommen.

Denn es ist mittlerweile schon gut zwei Wochen her, es hat keinen Sinn, es dir länger zu verschweigen, dass Sibylle meinte, das Kind bewege sich gar nicht mehr. Ich habe mir erst nicht viel dabei gedacht, warum soll ein Kind nicht auch einmal ruhigere Phasen haben und etwas mehr schlafen, aber als ich sie in den beiden Nächten danach wie eine Grabfigur auf dem Rücken liegen sah, die Hände auf dem Bauch und die Augen in die Dunkelheit geöffnet, als sie auch tagsüber meinem Blick auswich, immer eine Hand auf dem Bauch, da wurde mir plötzlich klar, dass sie längst mehr wusste und nur den Moment hinauszögerte, in dem sie das Kind, den Körper, die Leiche in ihrem Bauch hergeben musste. Sie ist dann widerwillig mit mir gefahren, immer die schützenden Hände um die Dunkelheit in ihrer Mitte, mit starrem Blick, und die Untersuchung hat nur grausige Sicherheit erbracht. Unser Kind ist tot, mit der Nabelschnur erhängt. Und das Einzige, das Sibylle noch tun konnte, war, die Wehen einleiten zu lassen – das immerhin hat sie erlaubt! – und das Kind in einem Höllenritt von fünfunddreißig Stunden zu gebären, es trotzdem und jetzt erst recht auf die Welt zu bringen … Ich werde nicht vergessen, wie glücklich sie aussah, als sie *das* noch für unseren Jungen getan hatte und ihn, Benjamin, in ihren Armen hielt. Wir konnten ihn begrüßen und uns von ihm verabschieden, er gehört jetzt in Abwesenheit zu uns. Inzwischen wurde sein kleiner Körper verbrannt, seine Urne werden wir Ende der Woche bestatten. Er wird ein Grab und einen Stein haben und einen Ort, an dem wir ihn besuchen können. Auch Leon braucht so einen Ort, glaube ich. Nicht mehr da?…, fragt er unsicher, klatscht unbeholfen auf Sibylles leeren Bauch und horcht hinein: Und wo ist das Baby *jetzt*? Und weil wir ihm nichts vom Himmel erzählen wollen und nichts vom Kirschblütental, gehen wir lieber mit ihm auf den Friedhof.

Das war am Montag. Die Geburt. Und seitdem leuchtet Sibylle fast nur noch. Sie schläft, und sie weint, sie spricht auch ganz normal mit uns, nur vielleicht ein bisschen zu zärtlich – und sie leuchtet, so wie die Hand leuchtet, wenn man sie um das Licht einer Taschenlampe schließt, in vollkommenem Einverständnis mit ihrem Schicksal. Hast du das Gefühl, dass es so kommen sollte, habe ich sie gefragt. Und dass es deine Aufgabe war, es dahin zu bringen? Nein, hat sie mir ruhig geantwortet, es ist, wie es ist, und ich bin, die ich bin. Wir sind einfach ein Teil dessen, was geschieht. Und als ich sie wahrscheinlich hilflos und unzufrieden ansah, strich sie mir die Haare aus dem Gesicht und legte mir diese wunderbare Hand auf die Wange: Du brauchst immer irgendeinen Sinn, mein Sebastian, irgendeine höhere Bedeutung, und ich liebe dich dafür. Aber mir reicht es, wenn ich da bin und nicht wegzudenken. Auch Benjamin war und ist da, nicht mehr wegzudenken. Das macht mich ruhig und so dankbar, dass ich niemand anderes sein möchte als die, die das jetzt hier mit dir erlebt – auch wenn du noch etwas mehr daraus machen musst … Und sie stieß ein kurzes Lachen an, das nur ein paar Tränen hervorbrachte, und stand auf zum Abwaschen.

Ich traue mich nicht einmal, jetzt neu mit ihr über den Krebs zu sprechen, so einverstanden ist sie … Dabei ist das ja das einzig Gute an Benjamins Tod – schrecklich zu sagen –, dass wir jetzt keine therapeutischen Tabus mehr haben. Wie bringt, wie zwingt man in so einem Fall den Blick nach vorne? Kennst du das aus deiner Praxis? Hast du einen Tipp?

Ich glaube, ich rufe dich morgen oder übermorgen an.

Dein Leidenssebastian

Von: Sebastian Heilering <sebastian@heilering.de>
Gesendet: Freitag, 08.12.2006 20:03
An: Dudenhausen, Hanna
Betreff: Neuanfang

Meine Lieblingshanna, ich glaube, wir haben es geschafft – und es war gut, sie nicht zu drängen. Ich habe ihr noch an demselben Abend von unserem Gespräch erzählt, und statt mir zu antworten, hat sie nur genickt, mir dann einen Kuss gegeben und den Tisch abgeräumt. Seitdem hat sie sich an ihren Alltag gehalten. Der Gedenkstätte hat sie einfach die Wahrheit gesagt, sie ist «erst einmal vollkommen entschuldigt». Sie hat viel mit Leon gebastelt und philosophiert – er kam vor Kurzem vom Kindergarten, erzählte, wie zwei Mädchen, eigentlich seine besten Freundinnen, ihn nicht haben mitspielen lassen, ihn ständig abgedrängt haben, er neuen Anlauf genommen hat und sie ihn wieder ausgegrenzt haben, er erzählte immer wieder von vorn und suchte seinen Punkt und fand ihn schließlich in heller Empörung mit hochgezogenen Schultern und seitlich ausgelegten, offenen Handflächen: So… So behandelt man doch keinen *Menschen!* Und nun ist genau das sein Thema: Wie behandelt man einen Menschen? Und Sibylle spielt das unermüdlich mit ihm durch. Man schubst ihn natürlich nicht weg, das ist schon mal klar. Aber muss man mit ihm spielen, auch wenn man ihn nicht mag? Oder wenn er mit anderen, die man nicht mag, «verfreundet» ist? Muss man jedem etwas abgeben, bis man selbst nichts mehr hat? Darf man andere hauen, wenn sie doof sind? Darf man, damit es gerecht zugeht, zurückhauen? Reicht es, wenn man nicht gemein ist? Oder muss man immer nett sein? Und wie ist es mit Tieren? Es ist fast ein eigenes Spiel, wenn die beiden miteinander sprechen, Sibylle hat es «Tee trinken» getauft. Sie verabreden sich, trinken Rooibos und süßen Früchtetee, und Leon fühlt sich offenkundig ernst genommen und nimmt das Zusammensitzen sehr wichtig, als jemand, der etwas vom Menschen versteht und höchstselbst einer ist, und dann sprechen sie darüber, was gemein ist oder nicht, verlieren ihr Thema manchmal sehr schnell, und manchmal ist die Teetasse auch sehr schnell geleert, aber oft nehmen sie ihren roten Faden auch wieder auf, dank derselben Ruhe und Selbstverständlichkeit, die Sibylle schon im Zug damals auf mich hat wirken lassen. Und ich glaube, nur unter uns, dass es den beiden vor allem darum geht, gemeinsam über den Wert eines Menschenlebens nachzudenken und über den Wert dessen, was man als Mensch überhaupt tun kann, dass sie letztlich diesen Wert des Menschen und seines Tuns bekräftigen und *zelebrieren*. Aber das sage ich natürlich nicht. Sollen sie doch zaubern – vielleicht hilft es ja sogar.

Und gestern Abend hat mir Sibylle dann plötzlich gesagt, dass sie zu ihrer Frauenärztin und ins Krankenhaus gehen und noch einmal neu über das Notwendige nachdenken will. Einfach kurz vorm Schlafengehen, während wir beide mit unseren elektrischen Zahnbürsten durch die Wohnung wanderten. Sie hat mich nicht einmal angesehen, aber ich bin mir sicher, dass sie jetzt nichts mehr per se ausschließen will, und habe darum nur «Schön.» geantwortet. Sonntag sammeln wir noch Kräfte am Adventskranz, am Montagvormittag haben wir einen Termin bei ihrer Frauenärztin, und dann wird es wahrscheinlich sehr schnell gehen. Ich bin dir so dankbar, dass du mich noch einmal bestürmt hast! Sibylle hat mir, als ich ihr deine Appelle weitergegeben habe, nur irgendwann gesagt, sie habe das Gefühl, du seist so etwas wie mein guter Geist, vielleicht seist du ja auch ihrer. Und so etwas sagt sie nie einfach so. Darum habe ich auch aufgehört zu sprechen und, weil etwas passiert war, die letzten Tage *in Ruhe* abgewartet. *Wenn* sie der Schulmedizin jetzt eine Chance gibt, dann, weil sie an mich und nun auch an *dich* glaubt. Vielleicht noch mehr an dich als an mich – schon weil du nicht zu fassen bist.

Kuss, dein erleichterter Sebastian

Von: Sebastian Heilering <sebastian@heilering.de>

Gesendet: Mittwoch, 20.12.2006 22:14

An: Dudenhausen, Hanna

Betreff: Schritt für Schritt

Du hattest leider recht, meine Lieblingshanna, zur Schnelligkeit zu drängen. Mit der Konisation ist es nicht getan, der histologische Befund am Präparat ist leider positiv, jetzt werden noch die Lymphknoten untersucht, damit wir wissen, ob eine Trachelektomie ausreicht – Sibylle will die vollständige Entfernung der Gebärmutter um jeden Preis vermeiden. Wahrscheinlich hat sie darum wieder damit angefangen, sich die Hand auf den Bauch zu legen, ihn festzuhalten ... Immerhin hat sie keine Beschwerden von dem ambulanten Eingriff, die Blutungen haben auch aufgehört. Ach, was schreibe ich hier, die medizinischen Sachen lassen sich sowieso besser telefonisch klären, aber man denkt und spricht einfach ständig darüber, ich recherchiere lauter komplizierte Dinge im Netz und bin froh, wenn ich mit dir darüber reden kann, und Begriffe wie «Tumoren» oder Kürzel wie 1B1 oder 1B2 entscheiden plötzlich über alles Wohlergehen. Wie hältst du so einen Job überhaupt aus? Wie den Umgang mit solchen Ängsten? Mit solchen flankierenden Angstbehältern wie mir?

Wohlgemerkt wie *mir*. Denn Sibylle ist vollkommen angstfrei. Je konkreter die Bedrohung wieder wird – in den letzten Monaten hatten wir sie ja konsequent ins Vage abgedrängt –, desto mehr verliert sie offenbar ihren Schrecken. Vielleicht lagert Sibylle das Thema aus, überlässt sie es den Ärzten. Vielleicht hat sie das Gefühl, dass eine Bedrohung, die sich messen lässt, ungefährlich ist. Vielleicht aber – und das halte ich für viel wahrscheinlicher – kommt ihre Zufriedenheit auch daher, dass die Ärzte ihrer Einschätzung nach *sowieso nichts ändern*. Dass sie aber ihnen und mir und überhaupt allen ihren Freunden und Verwandten einen Gefallen tut, wenn sie die Ärzte trotzdem konsultiert. Ihr *Es ist, wie es ist:* Das wird mir immer unheimlicher. Mitsamt dem *Es ist nichts weiter*, das dahinter steht. Denn für mich ist es unendlich viel. Unendlich viel *mehr*... Vielleicht ist für sie auch ein guter Geist nur ein Schicksalsbegleiter, eine Schicksalsbegleiterin, die am Verlauf selbst nichts ändern kann... Ich weiß gar nichts mehr, ich reiche nicht aus. Nicht für eine solche Situation.

Aber ich freue mich auf Weihnachten. Auf unseren Schutzraum. Nicht weil wir in ihm wirklich sicher wären. Aber solange er dauert, sind wir in ihm geborgen. Und ich werde dafür sorgen, dass seine Dauer sich *in die Ewigkeit* dehnt, das ist ein *räumliches* Geschehen... Ich wünschte, ich wäre gläubig – damit ich nicht immer nur alles machen, sondern auch mal etwas vorfinden würde.

Auch dir schöne Festtage! Was machst du?

Herzlich dein Sebastian

Von: Hanna Dudenhausen <hudenhausen@dllf.de>
Gesendet: Donnerstag, 21.12.2006 06:13
An: Heilering, Sebastian
Betreff: Re: Schritt für Schritt

Danke, gleichfalls! Wir fliegen am 24. in die Berge, vorher geht es dummerweise nicht, weder bei Joachim noch bei mir, und wir kommen erst am 2. wieder.

Aber ich rufe heute Abend noch mal an! Geht es noch kurz vor zwölf?

In Sorge und auf dem Sprung deine Hanna

Von: Hanna Dudenhausen <hudenhausen@dllf.de>
Gesendet: Samstag, 06.01.2007 14:23
An: Heilering, Sebastian
Betreff: Neujahrsmail

Sebastian, mein Lieblingsmensch, nachdem wir am 1. so ausführlich und weit ausholend telefoniert haben und bei der Gelegenheit vielleicht sogar den Angstbehälter ein wenig leeren konnten, habe ich einige Tage, mehr noch: ganze *Abende* und leider auch ganz viel Wein gebraucht, um aus dieser wunderschönen, *allzu* schönen, *verlockend* schönen Fernnähe mit dir – ach!… – wieder in eine gesunde, realistische Nächstferne zu finden… Wenn ich es recht bedenke, habe ich dir wieder einmal *entsagt* – obwohl der immer noch verfressene Joachim mir gar nichts verbieten und Sibylle, *jetzt erst recht*, die ungeminderte Intensität von dir sogar *verlangen* würde… Und im Grunde weiß ich auch gar nicht, warum ich ausgerechnet in deinem Fall alle Grenzziehungen akzeptiere. *Bis hierhin und nicht weiter*? Wann hätte mich das jemals aufgehalten? Warum also bei dir?

Mit meinem Anästhesisten zum Beispiel ist das längst ein etwas fatales, immerhin einigermaßen unterhaltsames Spiel. Frank nämlich, so heißt der Gute, ist nicht nur hübsch und schlank und wohlriechend und bis zu 97 Prozent schwul, sondern auch sehr intelligent. Das ist einerseits nicht weiter verwunderlich, weil ich gerade Intelligenz unglaublich sexy finde und bei Abwesenheit dieses Merkmals nicht einmal *anfange*, mich zu interessieren. Andererseits ist seine Intelligenz auch unfassbar hinderlich – und das nicht etwa, weil sie ihn vor mir warnen würde, wie du jetzt zweifellos denkst… Sie ist hinderlich, weil er sie *an und für sich* so wichtig nimmt, dass er beleidigt ist, wenn ich sie bei ihm wie bei mir als sekundäres Geschlechtsmerkmal sehe. Und das tue ich natürlich. All seine Gedanken über die Kulturgeschichte des Fracks, über die Notwendigkeit der Elternaustreibung oder über Baron de Charlus alias Montesquieu als Prototypen des alternden Schwulen, den Unterschied zwischen Pathos und Tragik oder den Zusammenhang von Pathos und Ironie, seine gesammelten Bosheiten gegen unsere lieben und meine ehemaligen Kollegen – dieses ganze bunte, abendfüllende Spiel, dieses Jonglieren und Bällezuwerfen und Fangen und Jagen, ist, ich gestehe es, für mich natürlich *vor allem* Flirt und Vorspiel. Und zwar, weil es intelligent ist. *Weil.*

Frank empfindet das leider aber so, dass ich den Flirt darin sehe, *obwohl* es doch so intelligent ist. Da rede ich und rede ich, sagt er, mache und tue, wir haben Spaß und lachen, wir heben ab, es könnte alles gut, ja, es könnte *wundervoll* sein. Und das Einzige, woran du denkst, ist, immer noch: Sex. Als könnte man mit mir nichts anderes machen! Als hätte ich nicht gerade *bewiesen*, dass man mit mir anderes machen kann! – Und dann entbrennt ein absurder Streit, in dem ich haltlos behaupte, dass ich an viel *mehr* interessiert bin als an seinem Hartkörper (nämlich auch an seinem festen Hintern und an seinen Schultern und an seinen Muskeltitten, aber das sag ich ihm natürlich nicht ...), und er sich missverstanden fühlt, weil er zu den Menschen gehört, die vor allem als ästhetische, nicht als erotische Existenz verstanden sein wollen. Weswegen ich ihn am Ende pausenlos meiner vollkommen unaufgereizten, nachgerade *interesselosen* Wertschätzung versichere, immer in der Hoffnung, dass ich vielleicht doch noch die irgendwo versteckten drei bis fünf Prozent Heterosexualität an ihm zu fassen kriege ... Wie gesagt, etwas fatal, aber noch (!) unterhaltsam. Und ich denke manchmal, dass wir, wie wir da streiten, in deinem Sinne tatsächlich zwei Sorten Mensch darstellen, *die es noch niemals gab* ... Vielleicht denke ich irgendwann ja: *Gut so* ...

Aber wenn ich es zum Beispiel hier nicht aufgeben kann, wenn ich zum Beispiel hier und fast immer so hartnäckig am Ball bleibe: *Warum nicht bei dir?* Oder ist das Schreiben zwischen uns genau das? Vielleicht halte ich dich gerade damit warm und bereit fürs Feuer? Um dir vorzugreifen: Ich glaube nicht. Erstens, weil es zu viel Aufwand wäre, geradezu selbstverleugnend, und das bin ich nicht. Zweitens, weil du zu eigenwillig bist. Ich hätte die Sache trotzdem nicht in der Hand und liefe Gefahr, am Ende allein dazustehen. Und drittens, weil unsere Briefe und Mails einen Eigenwert haben. Sie sind *sich selbst genug*. Was nichts anderes heißt, als dass wir eine *erfüllte Liebe* leben. Keine körperliche, was mich hart genug ankommt, sondern eine *schriftliche Liebe*. Aber eine erfüllte. Und daran glaube ich. Wir führen über gut anderthalb Jahrzehnte eine Beziehung, davon einen großen Teil auf dem Papier oder im Rechner. Aber eine Beziehung. Und wenn es dabei bleiben sollte – was Gott verhüten möge… ;-) –, haben wir immer noch mehr voneinander gehabt als so manche, die sich jeden Tag sehen konnten.

Bei Licht betrachtet, entsage ich also gar nicht, sondern habe ich alles. Und solange deine wunderbare Sibylle da ist und Leon Anspruch auf deine ungeteilte, ungefährdete Aufmerksamkeit erhebt, solange ich selbst einen wunderbaren Ehemann habe, der mich auf seinen gepflegten und reich geschmückten Händen trägt, und meine Pyramide in der Eulenstraße noch nicht fertig ist, so lange wären wir mit dem Klammerbeutel gepudert – was bedeutet diese beknackte Redewendung überhaupt?… –, wenn wir die seltene, eigentümliche Form unserer Beziehung verändern wollten. Was selbstverständlich nicht heißt, dass ich nicht *sofort* alles stehen und liegen lassen würde, wenn du mich rufen würdest… – Wie gut, dass ich dir so etwas sagen kann, ohne dich zu erschrecken.

Natürlich. Das kann alles Finte und feine Jagdlist sein. Dass ich behaupte, zufrieden zu sein, das Angebot aufrechterhalte und zugleich entschärfe, meine scheinbar unproblematische Offenheit, die lustige Ironie… Vielleicht wiege ich dich kunstvoll in Sicherheit, führe dich auf falsche Fährten, nur um doch noch mein Ziel zu erreichen. So wie bei Frank; ich hätte dir das wahrscheinlich nicht erzählen sollen… Und so wie du. Denn du hast mir auch mal einen

Brief geschrieben, nach dessen Lektüre ich definitiv nicht mehr wusste, woran ich war und was ich denken sollte. Ich suche den jetzt lieber nicht heraus. Aber: Glaub mir, ich liebe dich. Das muss dich nicht stören. Es kann einfach ein zusätzlicher Ort sein, an dem du sein kannst, wie du bist. *Reiner Luxus.* On top. Ein Sahnehäubchen des Lebens.

Deine, immer deine Hanna

07.01.2007, 00:17

Kein Luxus, nichts Überflüssiges, aber eine Gabe ohne Pflicht zur Gegengabe, die ich annehmen kann. Es ist schön, meine Hanna, dass es dich gibt. Wir leben schon so lange zusammen. Dein, immer dein Sebastian

Von: Sebastian Heilering <sebastian@heilering.de>
Gesendet: Samstag, 27.01.2007 01:53
An: Dudenhausen, Hanna
Betreff: Alles neu

Hanna, mein Ergänzungsmensch, mein Lebendluxus, es sieht nicht gut aus. Die Prognose ist schlecht, es sind Metastasen unterwegs, es sind wahrscheinlich auch schon Organe betroffen, mit dem Herausoperieren der Gebärmutter wäre es nicht einmal getan, und Sibylle hat, als wir bei unserer Ärztin saßen, kein Wort gesagt, sondern nur die linke Hand auf ihren Bauch gelegt, erst die linke und dann auch noch die rechte, hat gedankt und ist aufgestanden, hat auf die erschrockene Rückfrage noch einmal gedankt, *für alles*, und ist gegangen, ich hinter ihr her. Zu Hause hat sie mir nur noch irgendwann gesagt, sie werde sich nicht peu à peu ausräumen, nicht ausweiden lassen, sie lief mit ihrem schützenden Arm herum, noch ein oder zwei Stunden, und als ich nichts erwiderte, sondern akzeptierte, *es ist, wie es ist,* da nahm sie ihren Arm irgendwann herunter, er fiel von ihr ab, wie alles, sie entspannte sich und fragte mich, ob ich mit ihr laufen oder Tennis spielen gehe, sie höre jetzt auf, sich den Krebs *einreden* zu lassen, und werde neu anfangen. Ob ich ihr dabei helfen, ob ich *wieder mit ihr leben* wolle. Und da habe ich natürlich Ja gesagt, Ja und Amen und *so soll es sein*. Wir hören auf zu sterben und fangen wieder an zu leben. Ich erreiche sie nicht mehr, du erreichst sie nicht mehr, sie gehört sich wieder selbst. Und es ist ein Gran Unvernunft in mir, eine Art Spurenelement, ein von weit herkommender Wunderglaube, den sie irgendwie nährt, und ich glaube mit ihr, dass die *Realität der Ärzte* hinter uns liegt, wir laufen und rennen den Bällen hinterher und schlagen auf sie ein, wir bauen auch nachts immer mehr Rückhalt ab, wir geben uns, schenken uns, fallen ineinander, schöpfen aus plötzlichem Überfluss, wir gehen mit Leon spazieren und stapfen durch den Schnee, atmen die frische, klare Luft, und Sibylle lacht wieder, sie ist aus dem heiligen Sumpf des Lächelns herausgekommen und lacht wieder aus vollem Halse, mit ihren schönen, großen Zähnen, kraust die sommersprossige Nase und zittert leicht mit ihrer Oberlippe, wenn wir anhalten und uns küssen. Heute hat sie mir dann zugeflüstert, Stirn an Stirn, dass sie vollkommen angstfrei sei; selbst wenn das Leben kurz sei, sei es schön und in jedem Augenblick auf ewig geborgen, und ich wusste nicht, ob ich meine eigenen Schleusen der Angst wieder öffnen oder auch noch den letzten Rest aus dem Behälter ablassen sollte, aber ich habe mich *entschieden*, dass er sich nicht wieder füllen wird und ich mit Sibylle nur noch leben werde. Sei mir nicht böse, ich kann dir nichts weiter sagen, nichts, was dich zufriedenstellen wird, nichts, was du mit dir vereinbaren kannst, aber ich bitte dich, sei jetzt mein guter Geist und meine Schicksalsbegleiterin, die Teilhaberin eines Glückes, das ich nicht mehr hergeben werde. Selbst meine Bauchschmerzen sind wie ausgeblasen, mein Gastroenterologe hat nichts gefunden, sie sind wahrscheinlich psychogen, wie alles, und verzeih mir: Auch Sibylles Körper wird ihrer Seele folgen. Und was auch immer in ihm geschieht, du hast es selbst einmal gesagt, ist Ausdruck ihres Willens. Und so ist auch *alles gut*.

Dein, ich gebe es zu, etwas angetrunkener, kreisender,
sich auf der Umlaufbahn beschleunigender, sie und dich und
das Leben liebender Sebastian

Von: Hanna Dudenhausen <hudenhausen@dllf.de>
Gesendet: Sonntag, 18.02.2007 14:46
An: Heilering, Sebastian
Betreff: Kulturfragen

Sebastian, mein Nächstmensch, so schön es ist, mit dir zu telefonieren – und es ist *sehr* schön!... –, so ungern verzichte ich auf unseren fahrenden Sprechraum – und ich verzichte *sehr* ungern... Schon jetzt fehlt mir die hübsche kleine Gewohnheit, mich wie Rahel Varnhagen, die mir vor einigen Wochen eine Patientin und romantische Feministin als Gegenmittel zu Elfriede Jelinek mitgebracht hat, an meinen zartgliedrigen Biedermeier-Sekretär zu setzen, mein dort bereitliegendes Notebook aufzuklappen und unter einsamem Geklicker meine verkarstete Seelenlandschaft zu rekultivieren. (Habe ich das nicht schön gesagt?!!) Erst recht, seit du mir erlaubt hast, von unserer schriftlichen Liebe zu sprechen. Doch statt sie nun an ihrem Ort weiter mit Leben zu erfüllen, mache ich offenbar gleich wieder etwas anderes, nämlich eine *mündliche* Liebe daraus, werde schreibfaul und überhaupt bequem, falle nach Dienstschluss und Sonnenuntergang dekorativ in unsere Sofa-Landschaft, lasse den ebenfalls sehr gemütlichen Joachim widerstandslos meine Reste verwerten, trinke dabei guten Rotwein und gleite noch vor Erreichen des Bettes umstandslos in den Schlaf. Du darfst mir das nicht durchgehen lassen! Nimm ab, wenn ich anrufe – das schon, lass mich *um Gottes willen* nicht hängen –, aber sag mir, dass du gerade *überhaupt* nicht kannst und später leider auch nicht, dass es für dich aber eine *Freude* wäre, wenn ich dir in ein paar Zeilen schreiben könnte, *nur ein paar Zeilen*, was mir auf dem Herzen liegt. Du könntest auch sagen: eine *große* Freude. Ich glaube, ich glaube, ich könnte meine Trägheit so ein wenig zerstreuen, wahrhaftig, ich weiß, ich könnte sie überwinden. Hinfort mit dem Polsterparadies! Hinfort mit der Säuglings-Passivität, mit allen konsumierenden Opfern der Verhältnisse! Zumindest in diesem Haus. Du musst nur ein bisschen strenger mit mir sein!…

Aber abgesehen davon und da ich nun schon einmal hier sitze… Ich will nicht wieder mit unserem leidigen Streitpunkt oder besser: mit meiner rationalistischen Versperrtheit anfangen – dann aber vielleicht mit dem Gegenteil? Ja, da staunst du, nicht?, mit so viel Geschicklichkeit hättest du nicht gerechnet… Aber es ist wahr, die Gespräche mit dir haben mich etwas mürbe gemacht, *vielleicht* sogar etwas zugänglich, und das auch darum, weil sie nach unserem, Joachims und meinem großen Satz über den Atlantik auf fruchtbaren Boden bei mir fallen… Denn eigentlich hatte ich erwartet, mich in den USA heimisch zu fühlen. Und das *habe* ich sogar, ich *war* zu Hause, aber das ist nur die halbe Wahrheit, wie mir immer klarer wird, denn ich war da *nicht gern* zu Hause. Tatsächlich habe ich gesehen, was aus der Welt wird, wenn ich mich zu Ende denke, und war davon, gelinde gesagt, a little bit shocked. Ich überlasse es ja eigentlich immer gern den anderen, für «Tiefe» zu sorgen, und sehe es dann als meine Rolle an, sie zu leugnen oder Bretter über sie zu legen, damit keiner mehr hineinfällt. Aber was ich jetzt gemerkt habe: Ich *verlasse* mich auch darauf, dass andere für die Tiefe sorgen und ihre Sache vertreten und ich dafür meine Maske behalten darf. Und wenn alle Welt die Tiefe leugnet, wenn alle Welt sie *zuschüttet*, empfinde ich es am Ende doch als meine Aufgabe, die Maske abzusetzen, all den Schutt wieder herauszuschaufeln und mich ernstlich und öffentlich für Geschichte, Moral und Selbstreflexion zu erklären, für Authentizität, Gefühl und Gespräch... und was weiß ich noch alles, was mich am Ende noch den Hals kostet. Ich meine: Wie kann man leben, ohne sich wenigstens ab und zu mal richtig zu unterhalten, ausgiebig zu essen und zu trinken oder sich auf seine Herkunft zu besinnen? Wie kann man immer nur mit Plastik, Imitaten, Fälschungen leben?... Wie kann man es aushalten in einer Jahrmarktswelt, in der alles nur *anstelle* des Echten da ist, als *Platzhalter* des Echten, aber so nicht mehr wahrgenommen wird, weil auch eine Plastikente eine echte Ente, nämlich eine echte Plastikente ist? Und weil das Pappmaché-Venedig in Las Vegas für schöner gilt, für dichter und kompakter als das Original?... Ich bin natürlich übertrieben und ungerecht. Amerika ist selbstverständlich auch großartig und weit und mutig und eine Entdeckung und immer neu. Aber erstens *will* ich übertreiben und ungerecht sein. Und zweitens orientieren sich ja auch die Amerikaner selbst, wo sie nur können und über das Geld verfügen *und* natürlich über Stil und Geschmack, an Good Old Europe. Ich bin als Amerikanerin hingeflogen und als Europäerin zurückgekehrt. Rom – bleibt der Maßstab... und Paris und Barcelona, Berlin, Wien, Prag, Florenz und so weiter und so fort: What the fuck soll *dagegen* ankommen? ...

Dabei will ich nicht etwa behaupten, dass du *nur* recht hast. Mit deinen antikapitalistischen und immer auch ein bisschen antiamerikanischen Reflexen gewinnst du nicht *so* viel Abstand von unserer Scholle. Sage ich jetzt mal so, weil ich es darf und weil du so unwillig bist – auch du versperrt! –, so trotzig abgeneigt, noch einmal über euren, Sibylles und deinen geheimnisvollen «Weg» und eure noch geheimnisvollere «Entwicklung» nachzudenken. Ich bin heute ein wenig böse, entschuldige bitte, aber ja, ich meine das ernst! Es ist nun einmal so *deutsch*, auf die Natur zu setzen, auf den natürlichen Gang der Dinge, auf Lebensqualität statt Lebensquantität, immer noch etwas zu vermuten, was *dahinter* und *darunter* liegt ... Und es kann sein – ich bin doch nicht so verrückt, rundheraus das Gegenteil zu behaupten! –, es *kann sein*, dass genau das stimmt und richtig ist. Auch ich grenze mich ab von den proletarischen Massen und kaufe im Bioladen ein – gemeinsam mit den Geschmackseliten des nachwachsenden Bürgertums ... Aber auch die natürliche Geburt beispielsweise ist ein deutsches, germanisches Phänomen, das eine moderne Gallierin einfach nur degoutant findet. Tacitus würde alles wiedererkennen. Es kann durchaus sein, dass deine ganze Suche nach Alternativen einfach nur aus unserem Bayerischen Wald kommt ...

Gut, ich höre auf, inzwischen ist es durchsichtig. Ich habe die USA nur benutzt, um dich doch noch zur Moderne zu bekehren. Dich und euch. Es ist einfach unverantwortlich, die Wirkung von Heilkräutern hat ihre Grenzen ... Aber das soll denn auch mein letzter Versuch gewesen sein. *Nun* entscheide! Du selbst.

Ich erwäge übrigens, der stilvollen Rahel noch viel gründlicher nachzufolgen und hier in Hamburg einen Salon aufzubauen. Ich stelle mir ganz viele bedeutende, schöne, ästhetisch ansprechbare Menschen vor, warm grummelnd zwischen großflächigen Malereien im Erdgeschoss unseres Eulenhorstes. Menschen, die auch dann gut aussehen, wenn sie zuhören, keine Großkopferten wie auf deiner Revolutionsplattform, nur Menschen, über deren Besuch man sich freut. Was hältst du davon? Kommst du dann auch mal nach Hamburg? Oder sogar schon vorher? Natürlich kannst du dich jetzt nur schwer von Berlin entfernen ... Aber ein Spaziergang an der Elbe oder an der Alster, wir nebeneinander, russisch eingepackt, im Gespräch über das Leben ... – wäre das nicht vielleicht sogar etwas, das dir mehr Klarheit *und* mehr Nähe geben könnte? Muss man nicht manchmal das Weite suchen, wenn man einen Weg ins Tiefe sucht? Auch ich brauche jedenfalls Abstand, merke ich – den ich *mit dir* ganz sicher gewinnen kann ... natürlich: den ich mit dir auch jederzeit *habe*.

Deine haltlos hoffende Hanna

P. S.: Das mit meinem Johannes übrigens läuft. :-) Ich hoffe, dass ich nicht auch darin meine Mutter wiederhole ... Aber erstens hat der Bock über die Kunst *gesprochen* und sie nicht *gemacht*, hat auch meine Mutter sie nur *genossen* und nicht *gezeigt*. Und zweitens ... zweitens habe ich keine Kinder. Können *die* froh sein! Brrrr. Kein Wort weiter.

Von: Sebastian Heilering <sebastian@heilering.de>
Gesendet: Sonntag, 25.02.2007 22:44
An: Dudenhausen, Hanna
Betreff: Re: Kulturfragen

Ich weiß es zu schätzen, du meine andere Gefährtin, dass du auf uns aufpasst und uns nicht aufgibst. Wahrscheinlich würde ich mindestens ebenso vehement reagieren, schon weil man selbst nichts tun kann, auf dem Beifahrersitz. Im Grunde geht es mir ja ganz genauso, bin ich ebenfalls außen vor. Auch ich kann die Sache nicht wirklich einschätzen, kann nicht eingreifen, nur dabeibleiben, und neige zu der Annahme, dass selbst Sibylle die Mittel fehlen, ob zur inneren Diagnose oder Therapie. Wir tun nichts, ja, nichts, und wir heiligen das als Demut, du hast recht. Diese Demut ist so respektabel wie die Angst des paralysierten Kaninchens vor der Schlange, sie hat mit Moralität nicht viel zu tun. Und wenn das Schicksal, in das wir uns fügen, uns schlimmstenfalls ereilen sollte, brauchen wir eine gute Entschuldigung, warum wir nicht gerannt sind oder uns nicht wenigstens umgedreht haben.

Aber … wie soll ich sagen … Du *erlebst* sie nicht. Und nicht so wie ich. Du siehst nicht dieses Versammeln aller Kräfte, ihre Intensität, diese Konzentration auf das Wesentliche. Sibylle zieht ihre Energien ab, von allem, was sie nicht betrifft. Das hat etwas Egoistisches, Absolutistisches, Tyrannisches … Ich wage oft nicht, den Mund aufzutun, obwohl sie mich laufend anlächelt, sich bei mir anlehnt, mein Gesicht zwischen ihre Hände nimmt, mit mir lacht … obwohl sie höchste Aufmerksamkeit für mich hat, sich nichts von mir entgehen lässt, keine Stimmung, nicht den Ansatz eines Gedankens, nicht den Anhauch einer Sorge … nein, obwohl und weil sie mich behandelt, als könnte auch von mir nur Wesentliches kommen, sodass ich immer fürchte, sie zu enttäuschen. Dabei, scheint mir, funktioniert ihr Filter so, dass alles Unnötige und Falsche einfach nicht bei ihr ankommt … Es besteht nicht die geringste Aussicht, sie zu enttäuschen – was mich auch wieder nicht befriedigt. Denn bedeutet das nicht, dass es letztlich egal ist, was ich mache? Dass sie aus mir macht, was sie braucht und will? Sodass es am Ende doch wieder auf Egoismus hinausläuft, auf den engen Kreis, den magischen Zirkel, der nichts herein- und nichts hinauslässt … Ach, ich weiß nicht, ich weiß nicht …

Es kommt jetzt wieder vor, dass ich Stunden neben ihr liege, vor allem morgens, wenn es hell wird, wenn ich aufwache und nicht wieder einschlafen kann. Manchmal bin ich da eben erst ins Bett gegangen, nach der Arbeit an meinem Blog, eigentlich schwer wie ein Amboss, aber plötzlich bin ich hellwach, sehe sie, das langsame Heben und Senken ihrer Brust, das Rollen ihrer Augäpfel, ein unwillkürliches Lächeln, ihre wunderschönen Sternenfältchen an den Augen, die Textklammern links und rechts um die Mundwinkel … Ich sehe ihr, während so im Morgengrauen die Zeit vergeht, denke ich manchmal, beim Altern zu, was sehr schön ist, weil es uns verbindet, immer und auch weiter noch verbindet … Und dann wiederum bemerke ich voll Schrecken, dass ihr Gesicht vollkommen ist, vollkommen und vollendet. *Ich kann es mir nicht alt vorstellen*, beim besten Willen nicht, obwohl ich mir doch, wie du weißt, *alles Mögliche* vorstellen kann … Gestern bin ich darum aufgestanden, ich konnte diese Schönheit in ihrer prangenden, abgeschlossenen Gegenwart nicht mehr ertragen, dieses Beisichsein, Beisichangekommensein, ich bin aus der Wohnung ins Treppenhaus geflüchtet, habe mich unten aufs Fahrrad gesetzt, bin mit klammen Gliedern kreuz und quer durch die Stadt gefahren, habe mir schließlich in einem Hotel an der Heerstraße ein Handtuch geliehen, bin zum Teufelssee gerast und ins eiskalte Wasser gesprungen, dass man mich für einen Selbstmörder hätte halten können. Ich war immer gespannt auf Sibylles Vollendung, aber gespannt auch darum, weil es doch noch so lange, lange hin ist! Die Frau von der Rezeption war übrigens sichtlich erleichtert, als ich ihr das Handtuch zurückbrachte, und meinte angesichts meines Trinkgeldes «jederzeit wieder!» – worauf ich meinerseits nicht wirklich hoffe … Nicht wirklich.

Denn auch ich versuche ja, mich zu konzentrieren, mich *trotzdem* zu konzentrieren, arbeite mit meiner eigenen Intensität gegen diese wachsende, sich auswachsende Dichte an. Ich weiß nicht, ob du in den letzten Tagen auf bottomupp warst, da gibt es fast eine Kettenreaktion an Beiträgen, über die Hinrichtung Saddam Husseins zum Beispiel, während Bush zu Bette lag, über das kursierende Video und die global vernetzten Todesspanner, die es herunterladen, über die heimliche Vorbereitung des nächsten Aufmarsches. Dann sehr viel auf einmal über den kommunistisch verbrämten Kapitalismus in China, die ameisenkalte Funktionärsdiktatur, da gab es auch einen wirklich großartigen Artikel über den hohen Preis, den die Welt für Chinas Billigprodukte zahlt, ökologisch, humanitär und auf mittlere Sicht sogar ökonomisch, wenn man den einen oder anderen Gedanken an die Folgen der Produktpiraterie verschwendet. Und sehr schön fand ich die Kaskade, die auf meine *Fütterungszeit* folgte. Ich hatte mit dieser bitteren Glosse eigentlich nur ein Bild entworfen, du kennst es, das Bild des Ego-Säuglings, der den Konsum, die Finanzmärkte, die Machtmaschinen und Korruptionsmechaniken in Gang hält, hatte geschlossen mit *Ihr werdet ihn nicht satt bekommen* – und damit sofort andere Bildermaler auf den Plan gerufen. Zum Beispiel einen Franzosen, der aus der Erfahrung der Fremdenlegion die merkantilen Anzugträger dieser Welt als internationale Söldnertruppe beschrieb, als weltumspannende, gewissenlose Schreibtischmörder-Division. Oder einen anderen, der angesichts der Wachstums- und Fortschritts-Doktrin die Frage stellte, *was* da eigentlich wächst und fortschreitet – mir wurde unheimlich während des Vortrags, ich musste mich wirklich schütteln. Leben wir nicht in einer merkwürdigen Zeit? In einer Zeit der schleichenden Erosion, des plötzlichen Wegbrechens, andererseits der subkutanen Allianzen und des Durchsickerns – einer Zeit, in der *niemand mehr weiß, was eigentlich geschieht? Und wer dafür zuständig ist*? Es gab einmal Epochen, die haben Helden hervorgebracht, übergroße Einzelgestalten, die Lasten getragen und weithin sichtbar den Weltenlauf verändert haben. Auch jetzt ändert sich alles – aber durch viele normalsterbliche Bürger, die es überall in ihren Behausungen mit dem Lästigen aufnehmen, und niemand kennt die Wege und Mittel, wie daraus die eine epochale Kraft entsteht. Im Grunde hat erst jetzt das *Zeitalter der Massen und Strukturen* begonnen …

Gibt es eigentlich Neues von Rebecca? Wie machst du das nur mit den Männern? Warum bekommst du sie alle, warum bekommen sie dich?

Es liegt auch ein Automatismus im Schreiben an dich … Ich *lebe* so mit dir. Solange ich dir schreibe, bin ich mit dir zusammen. Und trotzdem muss ich mal ins Bett gehen. Hoffentlich kommen nicht gleich wieder die Schmerzen, hoffentlich nicht wieder die Wachgedanken … Schlaf gut, meine Liebe!

Dein Lebendsebastian

Von: Hanna Dudenhausen <hudenhausen@dllf.de>
Gesendet: Freitag, 09.03.2007 18:56
An: Heilering, Sebastian
Betreff: Frauenfrage

Sebastian, meine Schreibliebe, wir haben es schon wieder getan! Mündlich, fernmündlich, stimmennah... Wie soll ich so wieder meine Disziplin finden? Eigentlich wollte ich dir einen ganz langen Brief schreiben, mit ganz vielen Gründen, warum das Heil der Welt wirklich an der Frau hängt. Warum die männliche Finsternis nur aufbricht und Licht auf die Erde lässt, wenn die Frau den Redestab bekommt. Das Ewig-Weibliche zieht uns hinan. Und zwar *nur* das Ewig-Weibliche!... Wollte ich dir *schreiben!* Obwohl... Das ist ja Schmarrn, was ich hier vor mich hinplappere! *Nach*plappere! Warum fährst du mir nicht einfach über den Mund?! Im Reich der Biologie gibt es nichts Ewiges, und was weiblich war, wird nicht weiblich sein. Aber alle Welt setzt auf die Frau, und wenn du das dreimal ärgerlich findest, warum also gibt es auf bottomupp nicht *einen* Beitrag über die segensreichen Wirkungen *meiner Art*?!! Hm?... Doch eine heimliche Zensur?! All die klugen Männer, und *nicht einer* kommt auf die Idee: eine Frau muss her?!... Wie das??!

Aber bei der Gelegenheit und weil wir nicht mehr dazu kamen: Ob Rebecca der bessere Günther oder Günther die bessere Rebecca ist, kann ich dir nicht sagen. Zumindest ist beiden schon ganz schlecht, und sie haben allen Grund dazu. Die Ehe ist kaputt, das schöne Zuhause, und nicht nur die Kinder sind verstört, sondern auch das Jugendamt, und es sieht schrecklicherweise tatsächlich danach aus, dass die Kinder vorerst in ein Heim müssen. Rebecca schäumt nur noch, und wenn ich mit ihr telefoniere, habe ich das Gefühl, *sie erkennt mich nicht mehr*, so gründlich missversteht sie mich. So entschieden hält sie mich auf Abstand, so massiv sind ihre Unterstellungen und so kalt beide Schultern... sogar als ich gefragt habe, ob sie möchte, dass ich die Kinder zu mir nehme. Es sind zweifellos begabte und sensible Kinder, *allzu* begabte und sensible Kinder, sie bekommen viel mehr mit und sind viel reifer, als ihr Alter es erwarten lässt. Ich glaube sogar, sie hatten die prekäre Lage viel früher erkannt und zu Ende gedacht, als Rebecca und Günther sie auch nur haben kommen sehen, und ich bin mir sicher, ich könnte mit ihnen reden, vernünftig mit ihnen reden, schließlich kann und will ich ihnen ihre Eltern nicht ersetzen. Aber Rebecca hat einen Schreikrampf bekommen, *du lässt die Finger von ihnen*, hat sie mich angeschrien, du hast schon alles, du bekommst nicht auch noch meine Kinder, eher noch soll Mama sie nehmen, *oder keiner soll sie haben.* Auch Günther will, dass ich mich fernhalte – seit ich ihm gesagt habe, dass ich es unwürdig finde, seinen Indiskretionen über meine Schwester folgen zu müssen, und dergleichen nicht mehr hören möchte. Seitdem behauptet er, ich könne ihm offensichtlich aus Befangenheit nicht gerecht werden und seinen Kindern auch nicht. Also habe ich nachgedacht, habe erwogen, wie weit ich mich einlassen und mich engagieren muss, und habe mich am Ende freigesprochen. Ich muss da nichts mehr tun, und ich werde da nichts mehr tun. Ich glaube, Rebecca verweigert sogar schon wieder die Nahrungsaufnahme… Nicht noch einmal, nicht noch einmal mit mir.

Heute Abend geht es wieder einmal ins Theater. Ich brauche *Dramatik*, um ruhig zu werden. Viel Dramatik, viel Verzweiflung und absolute Aussichtslosigkeit. Nur so ist das eigene Leben zu ertragen. – Nunnun, liebe Hanna, halt einmal, das Leben ist doch eigentlich sehr schön, versündige dich nicht. – Stimmt, meine Guteste. Ich bin frei.

Deine gordische Schwertführerin

Von: Sebastian Heilering <sebastian@heilering.de>

Gesendet: Mittwoch, 21.03.2007 05:13

An: Dudenhausen, Hanna

Betreff: Re: Frauenfrage

Meine Hannarettung, was wäre ich ohne deine luziden, bösen, feinsinnigen Mails! Ohne deine spöttische, dich selbst so schön entblößende Offenherzigkeit! In der Tat: Wenn viele Frauen heute sind wie du, sollten wir Männer das Zepter abgeben. Und mit ihm unsere Skrupel, unseren höheren Gehorsam, unsere schützende Eitelkeit, um nur noch als Privatiers und Lebenskünstler unseren Liebhabereien zu leben ... Endlich seid ihr so weit! Ich für meinen Teil überlasse euch herzlich gern jede Verantwortung für die Alltagsbewältigung, auf jeder Ebene und mit jeder Anerkennung, die ihr euch nur wünscht. Solange ich eure Körper nicht ausschließlich als funktionalen Einsatz in der beruflichen Materialschlacht sehen muss, sondern sie weiterhin als den Eigenwert des Lebens selbst genießen darf ... Ich komme auch gern auf Zuruf! Und bleibe bei Fuß, wenn er schön ist. Mit dem, was der Feminismus will, verlieren wir Männer nichts ... Die kämpferische, soldatische Sphäre, das elegante Mörderdasein in Anzug und Uniform, das könnt ihr von mir aus gerne haben. Und komm mir nicht mit der weiblichen Kooperation. Wo gemordet werden muss, werdet auch ihr bereit und in der Lage sein, mit all eurer weiblichen Intuition und Einfühlung ... Macht nicht auch das Quälen mehr Spaß, ist es nicht effektiver, wenn man in jedem Moment *weiß*, wie das Opfer sich fühlt? Und was noch etwas gemeiner schmerzt? *Darüber* kannst du gern einmal schreiben: über die *Einfühlung als Mittel der Machtübernahme,* über die große Erlaubnis, sie *gegen* den Fühlenden zu richten ... – und über die neuen, zukünftigen, *weiblichen* Schleichwege zur Rechtfertigung von Folter und Mord ...

Entschuldige bitte, damit meine ich ja gar nicht dich. Zumindest nicht in erster Linie. Man gerät bei dieser Diskussion immer in Gefahr, die besonderen, hervorragenden Eigenschaften der Einzelnen einzuebnen. Ich meine einfach nur, dass nicht stimmt, was seit Jahrhunderten behauptet wurde – und dass du recht daran tust, den Horizont zu öffnen. Was weiblich war, wird nicht weiblich sein, sehr gut. Und auf bottomupp ist immer ein Platz für dich – natürlich auch, wenn du über Gesundheit schreiben willst. Zum Beispiel warte ich immer noch auf einen Autor oder eine Autorin, der oder die eine hemmungslose Ausweitung der Gesundheitsausgaben fordert. *Das* wäre für mich qualitatives Wirtschaftswachstum! Geh mir mit deiner amerikanischen Jahrmarktsökonomie oder mit der nächsten Generation von Hightech-Rasierern oder Waschmitteln oder Luxuskarossen, das alles ist eigentlich keinen einzigen zusätzlichen Cent wert. Aber wenn es darum geht, das *Leben* um ein Jahr, eine Stunde, eine Sekunde zu verlängern, wenn es darum geht, Schmerzen zu lindern oder zu vertreiben, das Leben wieder *lebenswert* zu machen – dafür sollte uns kein Preis zu hoch sein, dafür sollten wir sogar den Fortschritt rehabilitieren! Ob 30 oder 60 oder 90 Prozent des BIP künftig in die Gesundheit gehen: Das wäre alles gleich gut und angemessen, da es dem Leben und dem Wert des Lebens dient. *Du bist das, was auf uns alle zukommt. Und was uns vorschwebt.* Als Frau und Medizinerin und medizinische Unternehmerin. Schreib das. Oder lass es wenigstens durchblicken. Dass du es bist. *Die Lösung.* Ich gebe dir jedes Forum und jede Unterstützung, um nur selbst ein bisschen an dieser Zukunft teilzuhaben…

Im Übrigen kann ich, wenn ich schon das Leben preise, gleich auch noch diese Stadt preisen. Ich kann dir gar nicht sagen, wie ich sie plötzlich liebe, plötzlich und heftig liebe, die breiten Straßen, die breiten Gehwege, diese Neigung des breiten Publikums, beim ersten Sonnenstrahl draußen zu sitzen und Kaffee zu trinken… die permanente Belebung und Bevölkerung des öffentlichen Raums, das ungetrübte Bedürfnis nach Gesellschaft und Kommunikation, und sei es im Streit … In der deutschen Provinz versuchen die Leute, möglichst schnell von A nach B zu kommen, der Zwischenraum hat keinen Eigenwert, *hier haben A und B keinen Eigenwert …* Dazu die Abneigung gegen jede Verhaltensvorschrift, die Lust am Unübersichtlichen, am Verrühren aller Farben, bis nur noch Schwarz kommt … die Lust am Schrägen, Abfallenden, Herausfallenden, Kaputten, Brüchigen, Gebrochenen, Geflickten … Diese Berliner Aufnahmefähigkeit, Aufnahmebereitschaft für alles, was nicht funktioniert, sich seiner Funktion entzieht … höchstens das *vorläufig* Funktionierende wird geduldet, das Provisorische und Experimentelle, zum Scheitern Verurteilte … Gibt es einen einzigen Ort in Deutschland, einen einzigen Ort in der Welt, der freier und inspirierender wäre als Berlin? Einen Ort, an dem der Absturz kein Gegenargument, sondern Programm ist, übrig gebliebener Naturalismus – solange man gemeinsam und öffentlich abstürzt, zumindest davon erzählen und etwas Hübsches daraus machen kann? Kunst nämlich, Literatur, eine politische Performance? *Wer, verdammt, will glücklich sein, wenn er stattdessen auch einen Roman schreiben kann?* Und ist Berlin nicht all das und ganz allein auf der weiten Welt, weil es günstiger ist und grüner und unverstellter als jede andere urbane Spielwiese?! München kann sich keine Kreativität leisten, weil die Kreativen sich München nicht leisten können – und weil sie vor lauter München die Wirklichkeit nicht mehr sehen … Und das gilt über München weit hinaus … Hier sind sie noch, wo die Gentrifizierung noch nicht greift, die Spinner dieser Welt, und lassen es sich gut gehen. Was der wahre Grund dafür ist, dass die Welt auf diese Stadt sieht. Wenn du einem in New York erzählst, dass du aus Berlin kommst, macht er sich gerade, würdest du sagen, und hebt die Augenbrauen … Was allerdings schon darum kein Wunder ist, weil, nach Meinung meines Volkswirtes, das *amerikanische Beben* beginnt. Der größte amerikanische Hypothekenfinanzierer steht seiner Kenntnis nach kurz vor dem Kollaps, auch einige große Fonds seien längst Totalverluste, an den Börsen würden bald schon Werte vernichtet, die ganze Nationen in Jahren nicht wieder erwirtschaften könnten …

Und wenn ich zurückkehre aus diesem Berliner Frühling, zurückkehre in unsere dunkle Wohnung am Ufer, komme ich in eine Luft, die gesättigt ist von Sibylles Schmerzen. Man kann sie nicht hören, diese Schmerzen, man kann sie nicht sehen, aber sie sind da, verlässlicher und wirklicher als meine eigenen. Sie sind in Leons Augen, wenn er mir erlöst entgegenspringt, in seinem Redeschwall, mit dem er mich in sein Zimmer zieht, in der Espressomaschine, die unnütz röchelt, im geöffneten und unregelmäßig zuklappenden Fenster, im leeren Kühlschrank, im aufgeschlagenen Buch über Naturheilverfahren … Sie sind in der leicht verdrehten, über außen auf den Rücken gedrehten Hand, die auf Sibylles Bettdecke liegt, in ihrem Lächeln, in ihrer überweichen, samtigen, fließenden Umarmung, in ihrer herabgedimmten Stimmlage, in ihrem plötzlichen Stocken, dann Anstoßen und schleppenden, überartikulierten, übernormalisierten Weitersprechen … Und sie sind in dem, was sie mit mir bespricht, am offenen Fenster, meine Hand in ihrer … Manchmal, sagte sie mir heute in der Dämmerung, habe sie das Gefühl, dass alles und jeder ihr *zustoße*. Auch sie selbst sei anderen immer zugestoßen, ohne dass sie das Geringste daran ändern konnte, was ich ihr für meinen Fall sofort bestätigt habe. Und dann wieder, sagte sie, komme es ihr so vor, als sei genau das der Selbstbetrug. Weil in Wahrheit alles von ihr ausgehe, weil sie die ganze Welt und alle Ereignisse darin projiziert habe, aus sich heraus in einen Raum verlegt, *der dadurch überhaupt erst entstanden sei*. Und als ich Zweifel anmeldete – denn irgendwie schafften wir beide es ja offenbar, die Welt *gemeinsam* herbeizuphantasieren –, nickte sie nur und meinte, ja, es sei alles genau das, was es zu sein scheine, nichts weiter und nichts dahinter, und sie sei froh, dass ich das auch so sähe. Woraufhin sie wieder meine Hand nahm und mit ihr spielte, sie sich zurechtlegte, auf den Rücken legte, die Polster ein bisschen knetete, sie umdrehte, über sie hinwegstrich, als müsse sie entstaubt werden…

Und als ich sie fragte, ob sie schon Abschied von mir nehme: Sie habe keine Angst. Als sie ihre Liebe zu mir zugelassen habe, habe sie auch die Trauer um mich zugelassen. Und mir die Trauer um sich zugemutet. Ob es nicht überhaupt eine Zumutung sei, dem anderen seine Liebe zu gestehen, ihn in die Pflicht der Liebe zu nehmen? Aber ob man deshalb darauf verzichten solle? Soweit es sie betreffe, habe sie niemals gezögert, liebend etwas entstehen zu lassen – weil nichts, was entstehe, jemals vergehe. Hier, in dieser Blase von Zeit und Raum, seien wir und unsere Liebe ewig, könnten wir sie immer wieder aufsuchen. Und von hier werde sie aufbrechen, wenn Leon und ich sie brauchten, jetzt und immer. Sie habe keine Angst, um nichts. Mit dem Leben habe sie immer auch den Tod mit offenen Armen umfangen – weil es ohne ihn schrecklich wäre, weil er uns tröste und auffange. Wir fielen, sagte sie, niemals tiefer als in *seine* Hand und in seinen Schutz. Und ich gab ihr recht, um ihr diesen Trost und Schutz nicht zu nehmen. Ich sah ihre Sommersprossen, ihre arbeitenden Nasenflügel, das Zittern ihrer Oberlippe, ich sah das Leben selbst, das unverwüstliche, immer wiederkehrende, sich immer wieder seinen Weg bahnende und durchbrechende Leben, und wusste plötzlich, *dass sie nicht sterben kann.* Warum ich dir das erzähle? Weil der Kuss, den ich ihr schließlich im Kuscheln gab, so wehtat… weil er immer noch wehtut und ich jemanden brauche, der mir gegen die Folgen dieses Kusses hilft… Dabei bist auch du eine Zumutung, das weiß ich jetzt, bist auch du mir zugestoßen. Aber du warst nie gewalttätig in deiner Liebe, nicht so wie Sibylle, und ich verstehe jetzt deine Vorbehalte. *Sie wird mich nicht freigeben.* Das ist so schön, dass kein Kraut dagegen gewachsen und nichts dagegen zu machen ist. Und ich nun darüber nachdenken muss, wie und wohinein wir uns verwandeln.

Ich habe Markus gesehen. Du verstehst mich, *ich habe ihn gesehen*. Vorhin. *Darum* bin ich wieder aufgestanden. Er war allein, ohne die Rothaarige, und er sah gar nicht gut aus. Er hat mir angeboten, auf Sibylle aufzupassen, sie zu führen, bis sie drüben ist. Aber ich habe abgelehnt, weil ich weiß, dass sie noch nicht weiter gehen will, dass sie sich nur auf eine Veränderung vorbereitet. Ich habe ihm das gesagt, und er hat nur gelacht, mit seinen immer noch wunderschönen Zähnen unter seiner katzenhaften Boxernase, wie über einen intellektuellen Witz. Vielleicht ist es einer, aber vor allem ist es doch *wahr* – und ich hatte das ärgerliche Gefühl, mit seinem Lachen wolle er die Wahrheit verführen, ihre Gefallsucht einzugestehen, wolle er sie an ihrer Eitelkeit packen und in seine Lusthöhle schleifen. Ich bin aber trotzdem noch ein bisschen mit ihm an der Isar spazieren gegangen und habe ihm von dir erzählt, und er war, nach seinem auffallend rhythmischen Nicken zu schließen, sehr zufrieden. Merkwürdig fand ich nur, dass er irgendwann meinte, im Grunde begreife er nichts davon, er kenne keinen Absatz, keine Veränderung. Im Grunde sei er immer nur eins, ein ununterbrochenes Sehnen und Fassen, eine Glut, ein Strom. Seine Natur sei nun einmal so, wer könne darüber hinaus, und dann lachte er wieder, wie über einen gelungenen Witz, als habe er Komödie gespielt, und ich weinte über ihn, weil einer ja weinen muss, und er ließ es geschehen und schlang seine Arme um mich, immer fester, immer fester, bis ich keine Luft mehr bekam, da wachte ich auf.

Ich konnte übrigens die Stelle nicht finden, an der wir damals den Hang hinuntergesprengt sind, vom *Ouroboros*. Die Zeit ist noch nicht wieder reif dafür. Und meine Bauchschmerzen nehmen wieder zu, sie sind ein Seismograph, oder ich brüte etwas aus oder beides. Ich bin sicher, nicht nur Sibylle, sondern auch du entfernst dich. Aber wir werden sehen … Markus konnte gar nicht genug von dir hören. Als ich ihm vom Eulenhorst erzählte, hat er sich geradezu weggeworfen vor Vergnügen, ich musste ihm alles drei- oder viermal erzählen, weil er immer wieder nachfragte – Echt? Wirklich? Auch noch eine Galerie? – und sich dann schüttelte und deftig auf die Schenkel schlug. Kennst du das von ihm? Das sah sehr seltsam aus, als stecke ein lustiger Waldschrat in ihm ... Nur von deinem Maler mochte er nichts hören, es war, als ob er ihn kannte.

Auch du bist bei mir, ich bin bei dir,

dein Andermensch

Von: Hanna Dudenhausen <hudenhausen@dllf.de>
Gesendet: Samstag, 07.04.2007 22:13
An: Heilering, Sebastian
Betreff: Leben in der Bude

Mein Sebastian zwischen den Welten, ich kann nicht sagen, dass ich das gerne lese. Ich weiß nicht, wie du das machst, du scheinst den Schleier wirklich heben zu können, wie es sein kann, dass du sein Lachen siehst, und ich bin *fast sicher*, du siehst es ... wie du es machst, dass du das Katzenhafte seiner Nase siehst, sogar sein Schenkelklopfen, da hat's mich schon zu seinen Lebzeiten immer gegraust, und dann auch noch diese schauerliche Umarmung, ich habe noch nie jemandem davon erzählt ... Zu seinen Lebzeiten, sage ich, und dabei erlebst du ihn wie eh und je ... Aber mir wäre bedeutend wohler, wenn du dieses Erleben und Träumen abstellen könntest, und ich glaube, es wäre besser auch für dich. Wie immer du es machst, dass die Sphären durchlässig werden, ob durch Empathie oder Phantasie oder, nicht auszudenken, ob durch wirkliche Nachbarschaft ... Das Leben existiert nur da, wo es seinen Abstand und seine Grenzen bewahrt, das gilt von der Zelle über den Körper bis zur ganzen Gesellschaft. Und schon darum sollte man alle verfügbare Aufmerksamkeit der Bewahrung dieser Abstände und Grenzen widmen, auch und gerade dann, wenn man in einer Situation ist wie ihr oder wie Sibylle. Entschuldige bitte, aber auch euer Gespräch, von dem ich nichts verstehe, wirkt auf mich, als habe es ... als habe es auf der anderen Seite stattgefunden. Dabei solltest du sie *hier* halten, bei *uns*, ich will sie bald kennenlernen und nicht stattdessen auch noch dich hinüberziehen lassen. Genug davon. Ich konnte dir nicht antworten, weil ich diese Dinge nicht berühren möchte, oder besser: weil ich von ihnen nicht berührt werden möchte. Und ich bin schon jetzt sehr viel weiter gegangen, als mir lieb ist. Genug.

Aber ich hatte noch einen anderen Grund, mich nicht zu melden: Die Eröffnung des Eulenhorstes, die ein wirkliches *Fest* war – und das natürlich vor allem wegen Johannes, der tiefschwarz unter seinem fleischigen Kopf, immer mit Sonnenbrille und dank eines hohen Alkoholpegels sehr, sehr aufgeräumt kam ... Er hat sich laut über die Besucher amüsiert, sie nachgeäfft, ihnen schallend ins Gesicht gelacht, albern gewiehert und sich jedes Kompliment verbeten. *Den* Dreck findest du Penner aber nicht *wirklich* gut, oder?!, hat er einen wegschreckenden Anzugträger gut gelaunt angebrüllt, dann mit zugekniffenem Auge ein *Naain!* ... lang gezogen, den Kopf geschüttelt und den armen Mann hart geknufft, als begreife er plötzlich und halte den Penner nun für einen *ganz* Ausgebufften ... *Das kann nicht sein* ... Überhaupt jeden Ranschmeißer hat er laut auf Abstand gehalten – *Ehrlich? Findste? Is ja zum Piepen, du Vogel!* ... – und nur einen blonden Sonnenjüngling, der selbst meinte, dieser Schmierkram hier ist aber nicht dein Ernst, oder?, zeig mir mal deine *richtigen* Sachen, den hat er zum Propheten erklärt. Mit dem Ergebnis, dass jeder auf seine Kosten kam und alle jemanden hatten, über den sie ablästern und die Nase rümpfen konnten. Und als irgendwann ein Besucher und erklärter Künstlerkollege ein aggressives Wort in den falschen Hals bekam und ihm tatsächlich ein Glas Champagner ins Gesicht kippte, hat er nur noch weiter aufgedreht und sich wiehernd ausgeschüttet: He, du Vollpfosten, glaubst *wirk-*

lich, dass du etwas *machst*, wenn du etwas *nass* machst, oder?! Du glaubst, du bist ein *Revolutionär*, wenn du effektvoll auf dieses Gesöff verzichtest, oder? Haha, selten so eine Dumpfbacke gesehen, was für ein Kunstgenuss, haha, du bist ja *der* Partyhammer, kann man dich mieten?! Haha, und du, Flaneur, he, ja, *dich* meine ich, *Bürger*, bleib stehen, verdammt, und nimm das Jackett von den Schultern, wenn ich mit dir rede, das ist ja lächerlich, die Nackendeko, hast du das eben mitgekriegt? Nicht?, Komm zurück, Spritzer, mach's mir noch mal, der Kenner hier will den Fetisch auch noch sehen!… Und so weiter pp., es war einfach großartig. Auch wenn meine Kolleginnen mindestens ebenso aufgescheucht herumflatterten wie unsere Gäste, die Eröffnung ging bis in den Nachmittag und schließlich bis in den Abend, wir hatten grenzenlos Spaß und gute Gespräche, und jeder weiß jetzt, dass wir da sind, alle sind durchs Haus gelaufen, und es ist jetzt *angesagt*, sich im Eulenhorst einen Termin zu holen und sich vorher bei einem Cappuccino in Ruhe noch den *Dreck* anzusehen. Ich könnte dir sogar noch von Johannes und mir auf dem Kiez und von unserer anstrengenden, hysterischen, brutal guten Nacht zwischen Farbtöpfen erzählen, von Johannes Kocks unveröffentlichtem Hanna-Werk… – wenn ich nicht das Gefühl hätte, dass wir diese Ebene momentan nicht haben, natürlich nicht, und ich verschone dich.

Ach, mein Fernmensch, wir werden sie wieder haben, diese Ebene, alles kommt irgendwann wieder, und auch ich lasse dich nicht los, alles Gute, ich umarme dich,

deine Hanna

11.05.2007, 12:03

Ich denke an dich!

DS

11.05.2007, 12:06

Schön!

Von: Sebastian Heilering <sebastian@heilering.de>
Gesendet: Sonntag, 03.06.2007 15:05
An: Dudenhausen, Hanna
Betreff: Aufbruch

Es ist so weit, mein Bleibendmensch, am Mittwoch in aller Frühe ziehen wir los. Leon weiß nicht recht, was auf ihn zukommt, ich kann es ihm auch nicht sagen, darum testet er nun mit jedem Spielzeug, jedem Kuscheltier aus, wie groß die Reise ist, wie tief der Bruch, wie umfassend der Abschied. Kann Jonathan mit? Aber klar, sage ich, Jonathan muss natürlich mit. Ok, nickt er zufrieden, aber auch etwas beunruhigt, weil ich unvorsichtigerweise gesagt habe, Jonathan *muss* mit. Also folgt die nächste Erkundung auf dem Fuße: Muss Fridolin auch mit? Nein, sage ich, Fridolin nicht, der kann hierbleiben und aufpassen und warten, bis wir zurückkommen. Wieder befriedigtes Nicken, er geht, kommt nach wenigen Augenblicken erneut angerannt: Felix kann auch hier auf uns warten, nicht? Ja, sage ich glücklich, weil sich das alles so einfach gestaltet, Felix kann auch hierbleiben. Er springt zurück durch den Flur, hält plötzlich an, kein weiteres Geräusch, dann plötzlich ein hoher, lang gezogener Ton. Ich schaue um die Ecke, sehe ihn weinend stehen, die Tränen fließen und sprudeln nur noch, wie ein Gebirgsbach, der aus dem Felsen bricht, und ich laufe hin und nehme meinen kleinen Jungen in den Arm, und er stammelt nur noch: Felix *soll* nicht hierbleiben!... Woraufhin ich sage, na, dann kommt er eben mit. Wenn du *sicher* bist, dass er mitsoll, dann kommt er *natürlich* mit. Woraufhin er wieder nickt, mit gesenktem Blick, seinen Felix unter den Arm klemmt, sich die Tränen aus den Augen wischt und wieder tapfer ans Werk macht. – Und so geht es den ganzen Tag, so kommen allmählich die Gesellschaften zusammen, diejenigen, die gehen, diejenigen, die bleiben – und diejenigen, von denen wir uns endgültig trennen. Bei Leon sieht das vor allem so aus, dass er Dinge, für die er inzwischen *zu groß* ist, an die kleinen Geschwister seiner Freunde verschenkt. Das kann Till haben!..., heißt es dann auf einmal. Das sollst du *aufschreiben!* Und dann hefte ich weisungsgemäß einen Zettel mit dem Namenszug «Till» auf das Kleinkinder-Puzzle, damit bezeugt ist, dass Leon darüber hinaus ist, und damit es nicht wirklich wegkommt, sondern künftig bei Till wohl verwahrt ist. Und fast kommt es mir vor, als ginge es mir ganz ähnlich. Zwar verschenke ich nur wenig und werfe sehr viel weg, aber auch mir ist, als würde ich mit jedem Stück, das von mir abfällt, ein kleines bisschen wachsen. Oder als würde jedes Stück, ich komme immer wieder darauf zurück, wie überflüssiger Stein von mir, dem Sklaven, springen... Nur bezweifle ich, dass auch in meinem Fluchtpunkt der David steht.

Immerhin hat irgendetwas in mir nur auf diese Gelegenheit gewartet. Ich weiß wirklich nicht, auf was wir da zusteuern. Ich kenne nur die paar Fotos und das wenige, das meine Mutter von meinem Vater aufgeschnappt hat, sie selbst war ja nie da. Aber irgendetwas sagt mir, dass mein Vater gute Gründe hatte, dass zu diesen guten Gründen auf irgendeine komplizierte Weise auch wir beide zählten, sein Enkel und sein Sohn, und dass es uns gelingen wird, unser Leben neu aufzubauen. Leon ahnt nicht, dass ich ihn jetzt genauso brauche wie er mich, dass er für mich ebenso Zuhause ist wie ich für ihn. Er ahnt es schon deswegen nicht, weil *der wichtigste Mensch* ihn verlassen hat und er ihn nicht halten konnte. Ich werde lange brauchen, um die Schmerzkapsel aus seinem kleinen Herzen zu lösen, sie mit ihm zu öffnen und alles, was darin ist, im weiten Raum aufgehen zu lassen. Aber *wenn* es uns gelingen wird, dann dort, hoch über dem Trasimener See.

Im Übrigen habe ich das Gefühl, dass ich sehr viel mehr zurücklasse als nur Dinge. Es ist die Form meines Denkens, die von mir abfällt. Noch in ihren letzten Stunden hat sie… hat Sibylle zu mir gesagt, ruf Hanna an. Überstürze nichts, aber ruf sie an, *so schnell wie möglich.* Es war mir fast, als hätte sie mich zu dir zurückgeschickt. Aber ich fühle, es ist eben noch *nicht* möglich. Erst muss ich *sie* wiederfinden, die Unerreichbare finden, erst jetzt hat sie dafür die Voraussetzungen geschaffen, indem sie *die Geschichte mit sich nahm.* Das, was mich mein Leben lang vor allem beschäftigt hat, was auch dir so wichtig ist, das Denken und Handeln auf einer Linie, vorwärts, aufwärts, unumkehrbar, das ist vorbei, zumindest in meinem Leben. Ich werde Sibylle *wieder und erstmals* finden, weil die Geschichte endet und eine neue Zeitrechnung beginnt. Es sollte so sein, sie wusste das. *Erst wenn die Linie sich zum Kreis gerundet hat*, kann ich dich anrufen… Das kann ich dir nicht erklären, das kann ich erst recht nicht Leon erklären, aber es wird so kommen, und es wird gut sein, so wie es jetzt schon gut ist. Es ist so weit, alles fängt noch einmal an, aber wir werden uns wieder sehen. Adio.

Immer dein Sebastian

Teil 3

28. Juni 2007 bis 31. Oktober 2007

Von: Hanna Dudenhausen <hudenhausen@dllf.de>
Gesendet: Donnerstag, 28.06.2007 06:23
An: Heilering, Sebastian
Betreff: Zu deinen Gunsten

Alles Gute, mein Gegenmensch in der Menschenferne, alles Gute, Schöne und Wahre zur sicher schwierigsten Feier deiner Anfänge! Ich werde heute den ganzen Tag über an dich denken, an dich und deine immer noch jugendfrischen 35, und werde heute Abend in aller Stille, während Joachim auf den Squashball eindrischt, quer über die Alpen auf dich anstoßen! Auf dass es dir wieder besser geht, *viel* besser als in unserem letzten Gespräch, auf dass du da oben in deiner Klause findest, was du suchst, und dann hurtig mit deinem Leon wieder zu uns herunterkommst! Ich hoffe, ihr beide begeht den Tag zumindest in *etwas* herausgehobener Stimmung? Vielleicht sogar in Gesellschaft?

Wenn du pünktlich um 22:30 gen Hamburg prostest, klingen unsere Gläser vielleicht!...

Deine dich missende Hanna

Von: Sebastian Heilering <sebastian@heilering.de>

Gesendet: Donnerstag, 28.06.2007 17:03

An: Dudenhausen, Hanna

Betreff: Es gilt!

Dank, meine Immerhanna, für deine guten Wünsche, die erhabene *Trias* guter Wünsche, die ich jetzt mehr denn je gebrauchen kann und wahrlich nötig habe!... Wir sind fast so früh wie du aus den Federn gekrochen, weil es Leon nicht mehr hielt, schon beim ersten Tageslicht ist er zu mir ins Bett und auf mein Kissen geklettert und hat mich über wenige Zentimeter mit großen Augen angesehen, in der Erwartung eines grundbesonderen Ereignisses, bis ich es aufgegeben habe und schlaftrunken mit ihm in die Küche gekommen bin. Ich habe Frühstück gemacht, vor allem natürlich die Geburtstagsbrötchen gebacken, während er alle paar Momente hereingerannt ist, um erst die Kerze von mir zu holen, dann den Kuchen, den wir gestern gebacken haben, dann eine Vase, in die er einen Wiesenstrauß gestopft hat, dann einen anderen Tisch, weil der erste zu klein war, und so weiter und so fort, bis ich eine sehr genaue Vorstellung davon hatte, wie mein Geburtstagszimmer aussehen würde. Keine Vorstellung aber hatte ich von dem einsamen Geburtstagsstimmchen und von den Bildern, die er mir gemalt und auf den Gabentisch gelegt hat: eines mit einem schwarzen Wolf, der in einer tiefdunkelblauen Nacht kaum erkennbar auf einem tiefdunkelgrünen Berg sitzt, und ein anderes mit vier Schildkröten, eine größere vorweg und eine etwas kleinere hinterdrein, auf deren Panzer eine ganz kleine und dann noch eine winzig kleine sitzen. Eigentlich sogar nicht einmal sitzen, weil sie eine über der anderen gemalt sind, sodass jeweils ein kleiner Spalt, eine kleine Lücke bleibt. Und über ihnen allen scheint die Sonne, hinter ihnen steht ein Felsen, vor ihnen ein prächtiger Baum. Die Welt könnte so einfach sein. Ich war gerührt und bekam feuchte Augen, was er mit wissenschaftlichem Interesse registriert hat, sodass er mehrmals über den Tag nachgefragt und meine Gefühle genauer erforscht hat: Du freust dich, dass ich dir die Schildkröten geschenkt hab, nicht? Ich habe ihm das natürlich immer wieder bestätigt ... Einer hält sich an des anderen Gefühlen fest, nicht am Haus, nicht am Boden, sondern immer an dem, was als reines Licht und unpräparierbar hinter den Augen und in den Fibern sitzt – dies auch als weiterer Reflex auf deine philosophische Notiz, die bald unbeantwortet ihren Jahrestag feiert, weil ich jetzt sogar noch stärker mit mir ringe, ob ich die *Verdrehtheiten*, die du da so scharfsinnig freigelegt hast, mit dir anprangern oder als wahr und richtig vertreten soll ...

Jetzt schläft mein Söhnchen, schon seit fast zwei Stunden, sodass ich die Mails und die Site checken und dir ein paar Zeilen schreiben konnte. Heute Abend bin ich dabei! Ich bin sicher, dass wir uns spüren ... Und in den nächsten Tagen schreibe ich dir dann auch, warum ich am Sonntag eine so eigentümliche Stimmung hatte – die übrigens gar nicht mehr aufhören wollte.

Dein Andermensch

Von: Hanna Dudenhausen <mailto:hudenhausen@dllf.de>
Gesendet: Donnerstag, 28.06.2007 22:03
An: Heilering, Sebastian
Betreff: Re: Es gilt!

Dann bis gleich! Und nimm mein Geschreibsel bloß nicht so ernst! Mir hat es damals geholfen, darüber nachzudenken, aber das mitteilbare Ergebnis war erschreckend, hörst du, *erschreckend* dünn. Das ist wie mit Daniel, unserem Zivi damals in Schwabing, der zur Arie ansetzte und mit viel Mühe ein jämmerliches Fiepen zustande brachte ... Dies ist *mein* Fiepen! ... Viel wichtiger aber: Deine Stimmung, eure Stimmung und wie ihr euch haltet ...

Hast du nicht deinerseits vor einigen Monaten geschrieben, man liebt den Menschen, weil er es *schwer*hat? Und weil er *trotzdem* weitermacht? Weil er dem Leben genau damit seinen *Wert* gibt, den es sonst nicht hätte? So ungefähr jedenfalls ... Nun, wenn das stimmt – *wenn, ja wenn!* ... – dann liebe ich nicht nur dich, sondern auch dein Söhnchen. Herzliche Grüße von deinem, eurem guten Geist.

Geht es dir auch manchmal so, dass du *vor Gedanken* zurückschrickst? ... Wahrscheinlich möchte ich ihnen darum gern die Wirklichkeit nehmen ...

Ich mache einen echten Champagner auf. Ich *bin* in der Stimmung.

Mein Sebastian.

28.06.2007, 22:32

Hast du einen silbernen Armreif mit arabischen Gravuren umgehabt? ...

28.06.2007, 22:35

Sebastian, du machst mir manchmal Angst ...

28.06.2007, 22:39

Hm ... Ich mache mir manchmal selbst Angst. Jedenfalls hat es funktioniert. Mehr per Mail. Gute Nacht!

28.06.2007, 22:42

Guten Rest-Tag! Und gute Nacht auch dir! Pass g u t auf dich auf! Ich warte ... DH

Von: Sebastian Heilering <sebastian@heilering.de>
Gesendet: Freitag, 29.06.2007 23:13
An: Dudenhausen, Hanna
Betreff: An der Grenze

Meine traumhafte, schreckhafte Körperhanna, ich will dir schnell schreiben, um nicht zu hohe oder falsche oder finstere Erwartungen aufzubauen, schließlich weiß ich ja, dass du eine Freundin des geraden Weges und der Klarheit bist. Und da ich Letztere nicht bieten kann, im Gegenteil nur Nebulöses, will ich wenigstens ohne Umwege darauf zugehen. Es ist auch eher ein Gefühl, das mich bewegt, ich verfüge über keine Fakten, eher über Indizien, und ich weiß noch gar nicht, für was ... Und dazu habe ich deine Warnungen und Mahnungen im Ohr ... Aber egal, Leon und ich haben unsere Lesestunde hinter uns, ich musste noch ein bisschen bei ihm bleiben, jetzt liegt er hingegossen da, wie immer auf dem Rücken, beide Arme hoch neben dem Kopf, den Mund halb offen, das ganze Gesicht entspannt, nur ein wenig nass und heiß ... – und ich habe keine Ausrede mehr. Ich sitze auf unserer Gartenterrasse, der Berg ragt vor mir immer schwärzer empor, in der Ferne glänzt der See, ich habe Bauchschmerzen, aber das heiße Wasser beruhigt, und der Monitor leuchtet mich einladend an ...

Also, wie soll ich anfangen. Vielleicht mit dem Chaos, das wir hier vorgefunden haben, das ist der Anfang der Anfänge, und davon habe ich auch noch nicht erzählt. Denn ich frage mich mittlerweile, womit mein Vater hier seine Zeit verbracht hat ... Es ist ein wunderschönes Gemäuer aus Naturstein, Ziegeln und vielen sichtbaren Balken, mit Erdgeschoss und erstem Stock, verbunden durch eine große Holztreppe. Mit einer Terrasse direkt vor dem Wohnzimmer, einer zweiten Terrasse, zu der man über ein paar Stufen gelangt, und einer dritten im Garten, der nach ein paar Schritten immer dichter wird, an einem verwunschenen Brunnen, der *tief* ist, ein hinuntergeworfener Stein braucht fast zwei Sekunden … Wunderschön, wie gesagt, aber das alles musste *freigelegt* werden, es war begraben unter einer dicken Schicht von Zivilisationsmüll, überall standen und lagen Wein- und Champagnerflaschen, in allen, unglaublicherweise fünf Schlafzimmern waren die Laken zerwühlt, eines war sogar blutig, fast in jedem Raum stieß man auf Tütchen, abgeschnittene Strohhalme, Graspfeifen, Pillen und leere Schälchen, auf harten und vergammelten Käse, eine ganze Armada von edlen Wässerchen im geradezu römischen, terrakottagefliesten Bad, die Pfütze einer undefinierbaren Brühe in der hohen Emaillewanne auf Löwenfüßen, ich habe den satten Wasserstrahl aus dem kühlen, kupfernen Wasserhahn gleich doppelt genossen … Und dazu die umgestoßenen antiken Möbel, die verschobenen, teilweise auf dem Boden liegenden Büsten und Gemälde … Ob mein Vater *wollte*, dass wir das alles so sehen? Ob er wollte, dass *der* es so sieht, der alle Hemmungen überwindet und die Schwelle *hierher* übertritt? Der von vornherein bereit und seinerseits willens ist, *gerade* auf den Bruch zu achten, den sprengenden Widerspruch im System? Oder ob der alte Sammler für so etwas wie Aufräumen einfach *keine Zeit* mehr hatte? Denn eines ist sicher: Hier wurden *Orgien* gefeiert. Ich weiß nicht, mit wem, ob getroffen, gefunden oder gekauft, ob das Ganze erfüllend und großartig war oder ärmlich und unangenehm erschöpfend … Aber dass es hier primär um die Sinne ging, nicht um den Sinn, wie ich von meinem Vater wohlmeinend immer dachte, scheint mir mittlerweile unzweifelhaft. Und ich muss mir Mühe geben, mir meinen akademisch verblassten, überreinigten und ungelenken Erzeuger in all dem nachvollziehbaren Treiben *nicht* vorzustellen. Um *wegzusehen*. Er hat offensichtlich doch noch so einiges von seiner Vorahnung, seinem Geld und seinen letzten Jahren gehabt, ich will es ihm gönnen, weil es sicher besser war als das seelenlose Zocken… Ich will es auch *glauben*, aber möglichst wenig davon *wissen*…

Andererseits aber war es eben gut, dass wir überhaupt Chaos vorgefunden haben und unsere eigene Ordnung schaffen konnten. Wir haben ein Schlafzimmer im Erdgeschoss zum Spielzimmer umgewidmet, das all die Sachen aufnehmen konnte, die dann letztlich doch mitmussten… haben ein weiteres Schlaf- und Erwachsenenspielzimmer genau darüber zum Arbeitszimmer gemacht, indem wir eigentlich nur das Bett hinausgeschafft haben, direkt in den Stall… haben unten den großen Esstisch in die Mitte des Wohnzimmers gerückt, einen weiteren kleinen antiquarisch gekauft und in die traumhafte Küche gestellt, wo wir jetzt natürlich fast immer sitzen, schon wegen der Kühle tagsüber und der Abendsonne… Und nachdem wir gründlich gereinigt und inzwischen auch gekocht und eigene Gerüche hergestellt und verbreitet haben, habe ich fast das Gefühl, als sei das Haus für uns gemacht, als *entpuppe* es sich als unser Haus und habe es mein Vater nur nach strengem Ritus eingeweiht… Auch Orgien sind ja unter Umständen etwas Heiliges und höchst Folgsames… Aber so lege ich mir die Dinge zurecht, weil sie hier ganz generell eine Neigung haben, einen eigenen, mir nicht immer einsichtigen Zusammenhang zu bilden… womit ich schon bei meiner schwebenden Laune wäre. Nein, nicht schon, sondern erst… Denn ich bin auf einmal so furchtbar müde, dass ich in den nächsten Tagen fortsetzen muss… Ich bin einfach zu viel an der frischen Luft.

Gute Nacht, dein Grabungssebastian

Von: Hanna Dudenhausen <hudenhausen@dllf.de>
Gesendet: Sonntag, 30.06.2007 23:11
An: Heilering, Sebastian
Betreff: Re: An der Grenze

Wie erfreulich, mein liebster Weltenordner, dass du in deiner Familienarchäologie auf so viel Lebensgenuss stößt! Und ich verstehe auch *sehr* gut, dass du dir das so genau überhaupt nicht vorstellen willst … Mir säße das auch ungefähr *hier* … Aber kann man es besser treffen, als auf *so* einen Grund und Boden zu bauen? Dein Vater ist dir in die richtige Richtung vorangegangen, scheint mir … Und der Gedanke, dass eine Orgie etwas Heiliges ist, liegt mir so nahe wie nur irgendwas. Ich opfere momentan meine Wochenenden, treibe mich in tristen Provinzhotels herum, nicke zustimmend der dort lebenden Spezies der «Referenten» zu, füttere sie mit Aufmerksamkeit, mit Geld … – im Grunde nur, um am Ende *das* meinen Patientinnen zu vermitteln und beizubringen …

Aber ich sage das so dahin, merke ich, weil ich eigentlich gar nicht mehr weiß, wo mir der Kopf steht! *Wenn* er mir steht … Die Patientinnen rennen mir den Horst ein, meine Kolleginnen erwarten von mir, dass ich als Sperr-Minoritäre nun auch gleich noch das Management unseres MVZ übernehme, sie wollen mich sogar als Geschäftsführerin einsetzen und dafür bezahlen … Ein paar Altonaer Künstler wollen eine deutsch-dänische Ausstellung bei mir machen, weil Altona *eigentlich* dänisch sei … Und andere, vollkommen durchgeknallte Künstler mit fleischigen Köpfen stürmen in meine Praxis, glücklicherweise *nach* Feierabend, stürmen zu mir in mein Büro, wo ich eingeschlafen bin – ich war halt müde, mein Gott, ich konnte die Augen nicht mehr offen halten –, stürmen an meinen Schreibtisch und Ruheplatz, schütteln an mir herum und verlangen *sofort* offizielle Erklärungen, wo ich geblieben sei, seit *zwanzig* Minuten warte man in diesem *beschissenen* Café … sie verlangen Erklärungen und ertragen selbige dann nicht, sondern übertönen mich und brüllen mich schließlich an: Naaain! Verdammt! Ruhe! Nein! Ich will *nichts* mehr hören! *Zieh dich aus!!* Woraufhin ich mich natürlich ausziehe, auf der Stelle, was tut man nicht alles um des lieben Friedens willen, die Müdigkeit ist wie weggeblasen …

Entschuldige bitte, Joachim kommt überraschend nach Hause und will irgendetwas mit mir bereden. Später, mein Busenfreund …

Deine Hanna

Von: Sebastian Heilering <sebastian@heilering.de>
Gesendet: Sonntag, 01.07.2007 15:04
An: Dudenhausen, Hanna
Betreff: Weiter an der Grenze

In was, meine Liebeskameradin, bist du da bloß wieder hineingeraten? Kannst du dir nicht endlich mal etwas Schönes und Pflegeleichtes suchen? Oder dich ganz einfach mit deinem ohnehin gesprächsbedürftigen Joachim bescheiden? Von dem du überhaupt nichts mehr erzählst … Und vielleicht solltest du etwas kürzertreten? Um weiterzukommen?

Im Übrigen verstehe ich, dass ich dich auf den Geschmack gebracht habe, aber was ich sagen wollte, war, dass dieser Ort sich mir weniger lust- als vielmehr geheimnisvoll präsentiert … Das begann schon am Bahnhof, als wir am Café vorbeikamen und die alten Männer sich meinem Empfinden nach gegen uns versperrten, nein: wo sie in unsere Richtung *zuwuchsen*. Gesichter wie Landschaften, dachte ich noch. Und dann: wie die Rinde alter Bäume. Tiefe, fast erdige Furchen in den Wangen und Stirnen, knorrige Nasen, aus denen Büschel harter Haare sprossen, dicht bestandene Ohrenlappen, hölzerne Kinnpartien. Manche der Gesichter verschmitzt, noch viel mehr von ihnen aber tiefernst, gelegentlich dramatisch funkelnd, eines fast trottelig vor beamtischer Schlichtheit und fast alle unbeweglich, nur kurz im Wortwechsel aus den offenen Hemden brechend, dann wieder in sich zurücksinkend... dabei wachsam, immer bereit, auf irgendwelche Bemerkungen der anderen mit kurzen Erwiderungen oder Ergänzungen zu reagieren... Hier, dachte ich unwillkürlich und unbegründbar, liegt die Deutungshoheit. Bei diesen sparsam konsumierenden, mit zwei Tassen Kaffee schon fast überversorgten Hütern des Weltbildes und des Gedächtnisses. Mögen die Frauen auch herrschen und lenken und in Ordnung bringen – worin sie eigentlich besteht, diese Ordnung, das wissen nur die Männer und behalten sie für sich. Und ich hatte den Eindruck, dass dieses Geheimhalten *nötig* sei, damit es sich vollziehe, dass das, was kommt, keine Sprache und keinen Blick, kein Licht vertrage. Wie bei uns damals in Rom, manchmal denke ich, wir hätten es weiter so halten sollen.

Das nächste Indiz – aber wofür nur?... – waren die Wächter am Friedhof. Das heißt, ich habe sie so genannt, weil sie immer da sitzen. Verstehst du? *Immer*. Nicht immer dieselben, aber immer zwei oder drei von diesen alten Männern, von dieser *Bande* alter Männer, der Weg vom Café ist so etwas wie ein Ameisenpfad, sie sitzen hier auf einer Bank unter einem Baum, gegenüber dem Haupteingang des Friedhofs, wo sie auch den großen Platz davor gut im Blick haben, immer geschniegelt im kurzärmeligen, hellen Hemd und in Anzughose, sie reden nicht, sondern *schweigen* miteinander, in Schichten über den gesamten Tag, und passen auf. Als ich das begriffen habe, vor ein paar Tagen, habe ich mich kurz entschlossen am Ameisenpfad postiert, nicht weit vom Bäcker, und habe meinerseits aufgepasst. Über bestimmt zwei Stunden, denke ich, aber vielleicht waren es auch nur zwanzig Minuten oder drei oder vier Stunden, ich kann es nicht sagen, ich war in einem eigentümlichen Dämmerzustand, wie damals in München auf deinen Spuren oder auf denen eurer Nachbilder, wie unter der Föhnglocke. Und plötzlich war die Straße abgesperrt, der letzte Teil der Straße bis zum Friedhof, ich stand auf und ging ein paar Schritte, und aus einer Entfernung von gut hundert Metern kam ein Polizist auf mich zu, mit Sonnenbrille, glatter Bronzehaut, und hob in meine Richtung beide Hände abwehrend vor die Brust. Ich stutzte, ging etwas langsamer, drehte mich um, ob ich überhaupt gemeint war, sah niemanden außer mir auf der Straße, blieb stehen, bis dieser Vertreter der Staatsmacht mich erreicht hatte, verstand nichts von dem, was er in schnellem Italienisch kurz und gewichtig und einvernehmlich sagte, begleitet von einem breiten Fluss nachdrücklicher Gesten. Doch da auch keine Schärfe mitschwang, nur ein überdeutlicher Appell an mein Einsehen und mein Verständnis, nickte ich und blieb einfach weiter stehen, wo ich war, sah dem Manne zu, wie er zurückschlenderte, bis an die nächste Kreuzung, und ich den Grund der behördlichen Maßnahme entdeckte: eine Trauerprozession von vielleicht dreißig oder vierzig Menschen, in Zweier- und Dreiergrüppchen, deren Kraftzentrum die älteren Frauen bildeten, die sich untergehakt hatten und, gebeugt über ihre kurzen Blumensträuße, die mit Tüchern umwickelten Köpfe eng beieinander, mit wackeligen und steifen Beinen tapfer um die Kurve arbeiteten. Die Männer, nur wenig besser zu Fuß, deckten meist einzeln und zusammenhanglos die Flanken des kleinen Zuges. Schließlich nickte mir der Polizist zu und folgte als Nachhut.

Als alles längst vorbei war und schon nicht mehr wahr, ging ich weiter, den leeren Ort der Absperrung hinter mir, auf den großen Platz und das Halbrund einer Wand zu, schon zwischen den Grabhügeln und Kreuzen, und wusste nun auch endlich, was mich schon beim ersten Passieren milde aufgestört hatte: nämlich die schiere Ausdehnung dieses Gottesackers. Allein hinter den Kassetten des theatralischen Halbrunds mussten sich bis zu einer Höhe von mindestens dreieinhalb, eher vier Metern an die zweihundert Urnen befinden. Auf dem eingeschlossenen Areal waren letzte Ruhestätten für weitere gut hundert Verstorbene. Und als ich weiterwanderte, hinter die weißen Mauern, gelangte ich in ein tempelartiges Labyrinth mit offenen Decken, in dem sich, hinter elektrischen Kerzen im Halbdunkel, eine unüberschaubare Zahl weiterer Urnenwände befanden. Dazwischen schmale Gruften, in denen die Sarkophage aufgebahrt waren, und erst dahinter der eigentliche Friedhof, umfasst von einfachen weißen Gartenmauern und schwarzen Gittertüren unter steinernen Bögen – ein Friedhof, der ohne Weiteres einer größeren Stadt zur Ehre gereicht hätte, warum also hier, wo Dorf und Umland nur geringen Nachschub liefern konnten? Und als ich nach den Sterbedaten sah, fand ich auch nur wenige, die länger als zwanzig oder dreißig Jahre zurücklagen – der heilige Bezirk schien ein Moloch, der von der kleinen Gemeinde alljährlich viele Opfer forderte. Heirateten und gebaren sie denn nur, dachte ich, um dieses überdimensionierte Jenseits aufzufüllen? Und wenn ja oder wenn viele weitere Gemeinden hier liefern, was so anfällt: Wozu wird die Ernte dann ausgerechnet in diesem Dorf eingebracht? Verbirgt sich hier der Zweck, der verschwiegen sein muss? Bislang hatte ich mit Italien stets das Leben verbunden, das feierlich auch den Tod umschloss, hier scheint es umgekehrt. Ich setzte mich auf die nächste steinerne Bank am Wege, fand sofort, dass ich viel zu gut saß, und glitt in einen leichten Schlummer, nicht mehr Wachzustand, noch nicht Schlaf, einen Ort an der Grenze, wo es wisperte und verheißungsvoll an meinem Ohren flüsterte, wo ich berührt wurde, *nicht körperlich berührt* und wirbelnd umweht, bis sie sich plötzlich alle zurückzogen, ich vollkommen klar wurde, auf die Uhr sah und hochjagte, um Leon von unserer Nachbarin abzuholen, wo er mit ihrem etwas älteren Sohn Angelo spielte.

Und als wäre es des Spukhaften noch nicht genug, hatte ich danach auch noch ein grundseltsames Gespräch mit ebendieser Nachbarin, ein Gespräch in der Dämmerung, in ihrem Garten. Aber das muss ich jetzt wieder aufschieben ... Leon ist aufgewacht, sitzt oder liegt schon seit ein paar Minuten auf meinem Schoß, streckt sich und ist unwillig. Er kämpft einen geheimen, zähen Kampf gegen leuchtende Technik und alles, was sonst noch dazu führt, dass ich nicht da, sondern weg bin ...

Herzlich das Vatertier

Von: Hanna Dudenhausen <hudenhausen@dllf.de>
Gesendet: Dienstag, 03.07.2007 18:22
An: Heilering, Sebastian
Betreff: Re: Weiter an der Grenze

Manchmal, mein Liebster, wenn ich mir all die Freaks vor mein inneres Auge rufe, mit denen ich mein Leben hinbringe, weiß ich gar nicht, ob tatsächlich *du* es bist, der abseitig lebt, und ob nicht vielmehr *ich* weit abgeschlagen, in den wunderlichen Ecken und äußersten Nischen des Menschheitslebens hause ... Aber wenn ich dann wieder all deine Beobachtungen und Entdeckungen oder vielmehr deine Ahnungen lese ... Ist es wirklich nötig, mein Geisterjäger, dass du dich nicht nur bis Italien, sondern auch noch weiter bis ... *ich weiß nicht, wohin* entfernst?! Ich weiß ja, dass du für diese Dinge einen ... einen Sinn hast. Ja, wirklich. Aber du hast doch, wenn ich mich richtig erinnere, immer noch eine Welt zu retten – was dir unmöglich gelingen kann, wenn du dich bei alten Männern und auf Friedhöfen herumtreibst und dich hinterher so ... verzeih mir: so *wenig fassbar* äußerst! Was willst du da überhaupt? Ich finde es ja nachvollziehbar, dass du dich ein bisschen erholen und Abstand gewinnen, dass du das Weite suchen musst. Wer würde das nachvollziehen können, wenn nicht ich?! ... Obwohl ... Ich mag nicht daran denken ... Aber muss man dabei gleich auch die normalen Wege des zivilisierten

Denkens verlassen? Muss man darum eine Vorliebe für das Dunkle und Archaische entwickeln? Was, verdammt, ist schon wieder mit deinem Bauch? Klärst du mich da *endlich* mal auf?

Und wann darf ich kommen? Gern erst einmal nur ein Wochenende oder genauer ein paar Stunden am Samstag und Sonntag, ich brauche ja auch noch die Zeit für den Flieger und die Autofahrt … Und ich weiß ja auch gar nicht, ob ich das nötige Feingespür aufbringe, das man bei euch sicher braucht, ob all die kleinen Freiheiten und Frechheiten, die ich mir so nehme und gönne, tatsächlich gut für dich sind … Aber vielleicht ist die gehörige Portion Trampelhaftigkeit, die ich mir in sozialen Dingen mittlerweile zugelegt habe, *gerade gut für dich?* … Und vielleicht ist deine allzu verständliche Lebensverschrecktheit und -empfindlichkeit *gerade gut für mich*? … Ja, bitte bitte, lass mich zu dir kommen! Und Wege ebnen – für dich, für mich, zu deinen und meinen Gunsten …

Allerdings, das gebe ich zu, ich kann momentan eigentlich für *gar* nichts einstehen. Du tust recht daran, mich zu schelten und zu zügeln … Ich kann dir ja nicht einmal sagen, wer ich überhaupt bin. Zwar zwinge ich mein Individuum jeden Morgen in die Senkrechte, zwinge und zwänge es den ganzen Tag lang in und durch die Welt, das ja … Und die Leute fordern den ganzen lieben Tag lang meinen Namen, kommen mir zu nahe und stoßen mich umher, sodass ich gar nicht *umhinkann*, mich in meinem Körper und in meiner Praxis, *in Hamburg* zu verorten … – Aber was Hanna eigentlich für ein Mensch ist und was sie ausmacht, das weiß ich weniger denn je … Vielleicht hattest du recht, und es gibt *doch* eine Seele, und ich habe sie mir nun erfolgreich ausgetrieben (du *hörst* mich, rette mich! …), vielleicht bin ich einfach überarbeitet (lass mich ruhen, bei dir! …) und vielleicht auch nur enttäuscht von dem, was ich im Spiegel und in der Welt von mir sehe (*wie?, das ist alles?! …*) … Aber woran auch immer es liegt, ich spüre mich kaum noch. Meine Trampelhaftigkeit, die ist keine Strategie mehr, sondern längst als Konstitution entlarvt. Und Johannes hilft mir zwar einerseits (wer *den* nicht spürt, spürt *gar* nichts mehr ...), macht andererseits aber, das ahnst du ganz richtig, alles nur noch schlimmer. Schlimmer durch Überreizung (es braucht immer *stärkere* Reize, um mich noch zu reizen, darunter muss auch Joachim schon leiden ...) und schlimmer dadurch, dass er das, was ich von mir denke und sehe, gegen das, was *er* von mir denkt und sieht, mit Gewalt *ersetzt* ... Ich frage mich dauernd, wenn er schon wieder irgendeinen Unsinn von mir behauptet, irgendetwas, das er sich von mir wünscht (bleib so, höre ich ihn, jetzt sehe ich die Madonna in dir!) oder was er fürchtet (oh, oh, da spannt die Amazone ihren Bogen! ...), was er gerade braucht (was für eine Schönheit, lebendige Renaissance!) oder gar nicht gebrauchen kann (eine beschissene, kleine Bürgerin!) ... Ich frage mich dauernd, ob er mit dem einen oder anderen nicht doch ein bisschen recht hat ... Also *spiele* ich die Rollen, die er mir gerade zudenkt, und erfahre so, was es damit auf sich hat ...

Auch ich muss unterbrechen, auch ich muss schlafen, und da kein Maler kommt und mich anbrüllt ... Morgen mehr. Oder übermorgen. Aber erst du! Was war mit deiner Nachbarin in ihrem Garten? Bist du wirklich in Ordnung? Soll ich nicht doch besser *gleich* kommen? Vielleicht *brauchst* du mich, du mal mich! Ich schlafe im Flieger und bin putzmunter, sobald ich über deine Schwelle trete! ...

Gute Nacht auch dir! Lass mich, *trotz allem*, was da noch kommen mag, nicht allzu lange warten! ... Es gilt noch immer: die Wahrheit und nichts als die Wahrheit ...

Vermutlich deine Hanna ... Oder auch: Angenehm! – Gründerin. (Auch ich ein Anfang ...)

Von: Sebastian Heilering <sebastian@heilering.de>
Gesendet: Mittwoch, 04.07.2007 15:04
An: Dudenhausen, Hanna
Betreff: Weiter an der Grenze

Ich kenne das, meine Vielfachhanna, was du da beschreibst. Glaube ich jedenfalls. Eigentlich ist es etwas, das ich in den letzten Jahren zunehmend gehasst habe. Ich meine das Zerspringen in lauter kleine Sebastiane, wie eine Kugel Quecksilber, die in viele kleine, identische Kugeln zerspringt... Nur weil einem mal ein Geschäftspartner, mal eine Freundin, dann der Fleischer und dann ein anderer Vater zustößt... Jeder macht, indem er mit dir spricht, etwas anderes aus dir. Glücklicherweise finden sich die Kügelchen, wenn man sie zusammenschiebt, auch wieder zur großen zusammen, als wäre es nie anders gewesen... Empfindest du das jetzt als angenehm oder unangenehm?

Aber weiter im Text. Meine Nachbarin... Sie hat lange Zeit in Deutschland gelebt, sogar in Berlin, auch Angelo spricht noch ein wenig Deutsch, wir haben in ihrem Garten gesessen (ein paar Meter auseinander) und uns gut unterhalten, über die Schwierigkeiten, einen Ort zu finden, der einem etwas bedeutet, etwas sagt... Und darum habe ich sie irgendwann nach einer Holztafel an einem Kreuz gefragt, die mir auf einer Bergwanderung aufgefallen war, eine Holztafel mit einem bunten Bild von einem haltlos stürzenden Mann mit Hut und einer wunderschönen jungen Frau, die sich im Fluge über seine Lippen beugt. Und meine Nachbarin wusste sofort, was ich meinte, und sagte, auch sie finde das Bild sehr schön, schrecklich und schön, und wollte erst gar nicht sagen, was es damit auf sich hatte. Sie sprach über ihren Garten und stimmte mir zu, als ich von dem rissigen, durchlässigen Raum hier erzählte, und fand die alten Männer auch manchmal etwas bedrohlich und den Friedhof erstaunlich groß und wiederum sehr schön, aber sie überhörte partout meine Fragen nach der Geschichte. Irgendwann immerhin konnte sie nicht mehr darüber hinweggehen, und dann antwortete sie obenhin … ach ja, diese Geschichte, ja, die habe sich schon vor sehr langer Zeit zugetragen. Eigentlich wisse sie nicht einmal, ob sie sich überhaupt jemals zugetragen habe, denn beinahe alles, was davon noch übrig sei, kenne man aus einer alten, skurrilen Ballade. Aber die Alten im Dorf versicherten, es sei *ganz genau so* gewesen, wie in dieser alten Ballade besungen. Demnach also hatte sich ein junger Mann, ein Bauernsohn hier aus der Gegend, mit einer jungen, sittsamen Frau verlobt und hatte sie unsterblich geliebt. Aber ebendas hatte den Zorn einer Bergfee herausgefordert, die den Bräutigam seit seiner Kindheit auf den Almen und in den Felsen begleitet hatte, und wenige Tage vor dem Hochzeitstag stürzte sie ihn aus Eifersucht in jenen Abgrund. Am nächsten Tag fanden Hirten seine Leiche und auf einem Baum seinen Hut, trugen den Toten samt Hut zurück ins Dorf, wo die Braut ihnen entgegenkam und sogleich in eine Totenklage ausbrach, in der sie ihn als Wiederverkörperung eines ihrer vergöttlichten Ahnen ansprach, der sein Schicksal hier erneut erfüllte, das also in dem Frühverstorbenen erkannte, was der *wirklich* war. Und als ich meine Nachbarin fragte, wann die Geschichte denn in etwa spiele, wiederholte sie, dass das alles vor *sehr* langer Zeit geschehen sei. Genauer ging es nicht.

Aber als ich meinem Bäcker am nächsten Tag davon erzählt habe, einem Mann, der ebenfalls anderthalb Jahrzehnte in Berlin verbracht hat, dabei vor Kummer dick geworden ist und nun deutsches Brot in diesem traditionsverfangenen Dorf anbietet – natürlich mit mäßigem Erfolg, er selbst ist sein bester Kunde … als ich ihn also zwischen ungesalzenem Weißbrot und würzigem Vollkornbrot auf diese alte Legende angesprochen habe, hat er nur glucksend gekichert und mir munter erklärt: Alte Legende? Vor langer Zeit? Es stimmt, die Ballade gibt es, aber die Braut war und ist die beste Freundin meiner Mutter, sie hat nie geheiratet, ist vielleicht gerade darum noch sehr gut bei Kräften, kaum älter als sechzig und wohnt nicht weit von hier, du kannst sie gern besuchen. Jaja, die alte Legende ... Und wieder das glucksende Gekicher.

Du kannst dir nicht vorstellen, meine unendlich ferne Vielhanna, wie mich auch das erschreckt hat. Ich meine: Ich hätte ja zufrieden sein können, dass es mit der Unheimlichkeit nichts auf sich hat und sich alles aufklären lässt. Aber stattdessen hatte ich das Gefühl, als wäre die Braut auferstanden von den Toten und sollte ich nach Meinung des Bäckers, spotte nur!, wahrhaftig einen Geist besuchen. Und dann: Ich spürte auf einmal nicht nur den Druck, der von diesem Dorf ausging, diesen Druck, der normale Menschen, die hier alle gekannt haben oder noch kennen, in die mythische Vorzeit verbannte. Sondern im Protest gegen das geisterhafte Auftauchen der besungenen, einst singenden Braut in der Gegenwart spürte ich zugleich das Bedürfnis, den *Druck zu verstärken,* gemeinsame Sache mit dem Dorf zu machen und die Braut *aus ihrer Zeit nicht herauszulassen.* Zu meiner Rechtfertigung kann ich nur versichern, dass ich mich gegen dieses Bedürfnis am Ende doch noch moralisch empört habe und vom Auto, wo Leon längst quengelig wurde, zurück zum Bäcker gegangen bin und ihn gefragt habe, ob er mir die Adresse geben, mich vielleicht sogar ankündigen könne – ich würde mich tatsächlich freuen, sie einmal besuchen und zum geschichtlichen Grund der Ballade befragen zu dürfen. Ich sei Historiker, außerdem Journalist und immer dankbar für so einen tollen Stoff.

Und so wollen wir es halten. In ein paar Tagen gehe ich einfach mal am frühen Abend hin; mein Bäcker hat mir bereits ihre Zustimmung zugetragen. Vielleicht kann ich dann einen ersten Boden hier einziehen und ein paar Grenzen setzen. Das Schwebende, Offene macht mich allmählich ein wenig kirre. Und meinen Bauch beruhigt es auch nicht.

Dein Sebastiangeist

P. S.: Ich kann dir zu meinem Bauch nicht viel sagen. Nur dass er ständig krampft und schmerzt, dass ich morgens Verstopfung habe und abends Durchfall und dass mir oft ganz übel ist vor Trauer und vor Sehnsucht … Tja. Aber es ist ja nichts. Sagte mein Gastroenterologe. Und du glaubst doch solchen Leuten.

05. 07. 2007, 00:34

Mein Lieblingssebastian, wenn er das alles auf Rechnung hat, beruhigt mich das in der Tat! Wenn! Und wenn es trotzdem nicht wieder besser wird, komme ich und heile dich. Ich fürchte manchmal und bewundere dann gleich wieder deinen Gefühlsreichtum, deine Bereitschaft, dich ganz der Trauer, noch ausschließlicher und uneingeschränkter als je zuvor deiner Sibylle hinzugeben. Ich hätte sie *so* gern kennengelernt.

Von: Hanna Dudenhausen <hudenhausen@dllf.de>
Gesendet: Sonntag, 08. 07. 2007 22:24
An: Heilering, Sebastian
Betreff: Fortsetzung …

Ich habe deine Mail noch einmal gelesen, mit flatternden Augen und Ohren, verstehe nur Bahnhof, mein Irgendwosebastian, und frage mich, worauf du mit all diesen Dingen hinauswillst. Aber du wirst es mir sicher noch sagen, und wenn nicht, dann komme ich und schüttle dich, bis du es endlich tust! Und da meine eigene Welt viel übersichtlicher und bekannter ist, nur ein bisschen überspannt, erzähle ich einfach weiter, als *hätte* ich alles begriffen und würde noch immer zu demselben Menschen sprechen … Und du bekommst dadurch ein bisschen Zeit, um alles so hintereinanderzulegen, dass ein einfacher Vielfachmensch wie ich, eine *Körperdenkerin* wie ich deinen Ausführungen folgen kann … Was das Reingeistige angeht, so bin ich ganz erwiesenermaßen unmusikalisch.

Aber kennst du das, du Weltflüchtling, dass einem auf der Straße jemand entgegenkommt (stell dir von mir aus auch einen deiner Alten vor, mehr kommt dir ja nicht mehr entgegen …), irgendein seltsamer Mensch mit einer rätselhaften Miene, vielleicht angewidert oder wütend oder schmunzelnd oder alles zugleich … dass man es nicht fassen kann, was es ist, das diesen Ausdruck zustande bringt, bevor man nicht *in die Haut des Urhebers schlüpft*, ihn nachmacht und spielt? *Ohne* dass man sich zerteilt und zerkugelt, einfach nur, indem man eine andere Gestalt annimmt? … Ich bin oft froh, dass mich niemand sieht, während ich, kaum dass der unbegreifliche Mensch an mir vorüber ist, seine Grimassen schneide, schließlich bin ich mittlerweile eine Person des öffentlichen Lebens und habe zumindest in Ottensen etwas zu verlieren, nämlich *Respekt* … Jawohl! Aber dass derselbe Weg, der von einem Gefühl zu einem körperlichen Ausdruck führt, auch *rückwärts* begehbar ist, dass man von dem aufgeschnappten Ausdruck direkt an die Quelle des Gefühls gelangt, das ist mir seit Langem klar. Also nehme ich jedes Angebot an, dass mir neue Quellen erschließt, begreife augenblicklich auch das, was Johannes dazu bringt, mich etwa als Femme fatale zu denunzieren, und *bin* fortan sein Verhängnis. Ich komme leicht und beschwingt bei ihm an, setze mich, rauche, warte, frage ihn, der sich nicht um mich kümmert, wie lange er noch brauche, sage unwirsch, ich hätte Hunger. Er malt noch einen Augenblick konzentriert weiter, absurderweise mit Sonnenbrille im längst verdämmerten Atelier, pfeffert plötzlich seinen Pinsel auf die Leinwand, brüllt: Ver*dammte* Scheiße, ich *kann* so nicht arbeiten! und Die Herrschaft der Kunst endet, sobald eine Frau den Raum betritt! Worauf ich mir denke, *das kannst du haben*, und leise, sehr leise sage: *Halt den Mund.* – Was sagst du, Schlampe?!!, bellt er, ich *fasse* es nicht, *was* sagst du?! … Und ich noch leiser, noch drohender, mit Rauch zwischen den Lippen: *Halt den Mund und komm zu mir …* – *Du,* speit er aus: *Du* sagst *mir …?!* – Und ich fast tonlos: Ich sage es nicht noch einmal. *Komm – zu – mir. Auf allen vieren …* – Er erstarrt. Ich sage: *Tu es.* Er schüttelt den Kopf, marschiert und stolpert wild heran, ich sage, halt, keinen Mucks, auf die Knie, du bist leise und *kriechst,* ich trete dir *sonst wohin,* wenn du deine jämmerliche Figur nicht endlich auf den Boden bringst. Er gehorcht, kriecht hektisch heran, ich sage *langsam, langsam …* und streichle und klopfe ihn, da er endlich schwer atmend an meiner Seite hockt. Du hast vollkommen recht, flüstere ich ihm beruhigend in sein glühendes Ohr, während ich ihn kraule und er nach Luft schnappt … *Die Herrschaft der Kunst ist vorbei.* Der Seelenkrüppel wird nicht länger klecksen und tönen, er wird den Platz einnehmen, der ihm gebührt, zu Füßen seiner Herrin, nicht länger ein Mensch und weniger als das. Wie eine Töle und Promenadenmischung wird er seinen verfilzten Kopf auf den schlanken Frauenbeinen ablegen (er tut es), wird von ihr fortgeschoben und fortgetreten werden und trotzdem wiederkehren (er kehrt *trotzdem* wieder …), wird sie widrigerweise beschnuppern (er ist *allzu* folgsam …), wird ihr die Schuhe herunterbeißen und die Füße lecken (er macht überflüssigerweise *rrrrr …*), wird geschlagen werden und heulen und entkleidet werden, wird heulen und winseln … Und das Ganze endet damit, dass ich ihn auf dem Toilettenboden am Heizkörper fessle, ihm *symbolisch* den Samen raube und *tatsächlich* da liegen lasse und mit gutem Appetit allein etwas essen gehe. Weil ich es *bin …* das, was er von mir gedacht hat. Und weil er es genau so will. Als ich ihn am nächsten, frühen Morgen befreie und ihn lobe, dass er *kein Geschäft* gemacht hat, streicht er sofort weiter um meine Beine und fleht mich an, ihn als *Sklaven* anzunehmen … was ich unter Ekelschauern ablehne. Und obwohl er in den folgenden Wochen immer wieder versucht, das Spiel fortzusetzen oder zu wiederholen («Schnauze!», brüllt er dann hoffnungsvoll. «Hier herrscht die Kunst! Du hast zu warten, bis du *dran* bist! …»), entnerve und beschäme ich ihn mit Geduld, demütige ihn tiefer denn je zuvor, indem ich ihn *lasse* (*alles* tut er jetzt nur noch, *weil ich ihn lasse* ...) und indem ich als Spießerin ihn zwinge, mit mir eine Landesgartenschau zu besuchen ... Aber kann man unter solchen Umständen ein Gefühl dafür entwickeln, was Hanna ist? Hanna? Ich sage Nein ... Und fürchte, ja, so kam ich darauf, dass ich deiner gefestigten, wenn auch haltlos im Raum irrenden Persönlichkeit nur ein vorübergehendes Rauschen und Pfeifen sein kann. Ah, ich höre auf, es kann nur schlimmer werden ... Zum Beispiel, fällt mir gerade ein, habe ich ganz vergessen, den Wagen umzuparken. Aber ich *kann* jetzt nicht mehr runtergehen. Das wird teuer ...

Deine Spielhanna

Von: Sebastian Heilering <sebastian@heilering.de>
Gesendet: Donnerstag, 12.07.2007 22:56
An: Dudenhausen, Hanna
Betreff: Weiter an der Grenze

Ja. Ich denke, du, seine Herrin, dass du auf dem besten Wege bist herauszufinden, was Hanna ist. Zugleich aber habe ich das Gefühl, dass du in Gefahr stehst, dich zu verlieren. Denn auch als Sklave bestimmt ja er das Spiel. Seine Neurosen sind das Gefäß, in das du dich gießt, um am Ende die von ihm ausgesparte Form anzunehmen. Und hattest du nicht längst Kniffe gefunden, dich dem männlichen Zugriff zu entziehen? Willst du jetzt die Entscheidung? Oder noch einmal zu den Anfängen? Jedenfalls verführt mich deine Fähigkeit zum Rollenspiel keinen Moment lang zu der Annahme, du seist nichts von alledem. Sondern *du bist das alles* – und legst es dir jetzt nur vor. Vielleicht weil du ebenso nach der Wahrheit suchst wie ich? Zumindest nach *deiner* Wahrheit? Vermutlich wärst du sogar richtig an diesem Ort. Richtig und gut und schön ...

Und trotzdem, sei mir nicht böse, möchte ich bei dem bleiben, was ich dir am Telefon gesagt habe, und dich bitten, noch nicht zu kommen. *Noch* nicht. Du weißt, du hast hier einen Platz und bist hier vorgesehen. Ich habe dir inzwischen sogar oben eines der früheren Schlafzimmer hergerichtet, das heißt zunächst geleert – und jetzt kommt nach und nach immer ein Stück, das mir auffällt und zu dir passt oder das ich einfach schön finde oder liebenswert, da hinein. Das war zuallererst ein alter Waschtisch, mit eingesenkter Schüssel aus blaugelb ornamentiertem, fast türkischem Porzellan samt Kanne und mit einem schwenkbaren, blindfleckigen Spiegel. Auf dessen Galerie habe ich dann vor ein paar Tagen einen viktorianischen Silberleuchter gestellt, mit Widderköpfen und barocken Girlanden im Fuß, und davor einen alten Melkschemel, in dessen Mulde man wirklich hervorragend sitzt. Erst einmal zu Besuch in deinem Zimmer ist eine große Holzschale mit Beschlägen, in deren Wände der Großvater unseres Bäckers früher seinen Teig geknetet hat; ich bin noch nicht sicher, ob sie da bleibt. Es landen kleine Plastiken auf dem Boden, denen ich beim Stöbern nicht widerstehen kann, vor Kurzem zum Beispiel ein Ganymed aus schwarzem Holz, der sich hier offenbar ganz wohlfühlt. Und manchmal stelle ich sogar Blumen oder Sträucher oder einen Weinknüttel auf die staubigen Dielen, das sieht sehr hübsch aus. Wenn ich mit meiner Arbeit nicht vorwärtskomme, gehe ich manchmal zu dir, wandere in deinem werdenden Reich herum, setze mich irgendwo auf den Boden, denke an dich, beobachte deine Annäherung, die ja trotzdem längst stattfindet, und freue mich auf dich. Was auch immer daraus werden wird. Aber noch ist der Raum nicht fertig … Und noch kannst du ihr nicht *ganz* folgen, und wenn sie dreimal zugestimmt hat – ganz einfach, weil sie *noch da* ist …

Wie ich das meine? Jeden Tag beispielsweise bringe ich Leon morgens zu unserer Nachbarin, die da insgesamt fünf Kinder betreut, jeden Tag, abgesehen vom Wochenende. Aber nur an zwei Tagen springt Leon schon früh zu mir ins Bett, springt darauf herum, reißt die Fenster auf, bringt mir Wasser (statt Kaffee, den er noch nicht machen darf) und einen Keks, setzt sich neben mein Kopfkissen und fängt an, in einem Buch zu blättern, aus dem ich ihm gleich vorlesen soll, spricht bereits darüber … Er liebt diese beiden Tage, genauer Dienstag und Donnerstag, und weißt du, warum? Ich habe erst selbst nicht geschaltet, aber als er nicht aufgehört hat, mich zu fragen, welcher Wochentag sei, nicht aufgehört hat sicherzustellen, dass morgen Dienstag oder Donnerstag sei … Des Rätsels Lösung: An diesen Tagen habe ich ihn früher in Berlin immer in den Kindergarten gebracht und abgeholt. Und nur an diesen Tagen ist es darum jetzt immer noch *wie früher.* Ist *alles* noch wie früher. Und dass wir allein herumwirken und zum Kindergarten gehen und zurückkommen und kochen und essen, das hat rein gar nichts zu bedeuten. Wer weg ist wie immer, kommt auch wieder wie immer. Erst am Abend, wenn wir immer noch allein sind, ist alles trist und dunkel, *erst dann* ist der Festtag vorbei, und der kleine Junge kuschelt sich zitternd an mich und vergräbt sich in der Höhle zwischen meinem Arm und Kopf und meiner Brust und kann nicht schlafen, sodass ich bei ihm bleiben muss und selbst einschlafe … Verstehst du? Bis wieder Dienstag oder Donnerstag und *sie wieder da ist …* Irgendwo da. Du musst noch ein bisschen warten, bitte. Und vertrau mir. Vertrau uns …

Die Welt, die andere Welt rette ich jetzt übrigens mithilfe von Andreas, meinem früheren *Zeitreise*-Redakteur bei 98,3. Seine Wut auf herrscherliche Willkür und Machtmissbrauch ist seit damals nicht verraucht, er hat sich als freier Journalist durchgeschlagen, jenseits der Medienkonzerne, geißelt seit Jahren als gelernter Volkswirt den entsicherten Liberalismus und das ungesunde Wachstum des Finanzsektors, streitet für die Tobin-Steuer und fairen Handel, hat einige kleine Scoops und mittelgroße Investigativstorys platziert und sogar an den Rücktritten eines Provinzbürgermeisters und eines

Staatssekretärs maßgeblichen Anteil gehabt. Und als ich ihn gefragt habe, ob er bottomupp als Chefredakteur unter meiner Herausgeberschaft leiten will, hat er sofort zugestimmt – schließlich hat die Seite in krisensensiblen Kreisen mittlerweile Kultstatus, der Traffic nimmt in letzter Zeit mit alarmierender Geschwindigkeit zu, und ich bin sowieso einer der wenigen Menschen, die er halbwegs akzeptieren kann. Wir haben das Zusammenspiel definiert und schriftlich festgehalten, er schreibt und redigiert, trifft sich in Berlin mit Autoren und Interviewpartnern, leitet unser kleines Team von Freien und Studenten, organisiert Veranstaltungen, knüpft vor allem international an unserem Netzwerk. Und ich pflege weiter die «großen» und alten Kontakte, steuere Ideen bei, bestücke unregelmäßig meine Kolumne *Neues aus dem Off*, behalte natürlich die unternehmerischen Fäden in der Hand und habe das letzte Wort, wenn ich es haben will, was aber selten der Fall ist. Und aus Dankbarkeit – und um mich zuverlässig wegzuloben – macht Andreas einen kleinen Gebirgs-Mythos aus mir, einen radikalen Kapitalismuskritiker mit der Aura der Heiligkeit, nach dem Motto: *Es gibt keine Lösung innerhalb des Systems…* – etwas, wovon wir beide gut leben können, solange mich niemand mit Bin Laden in einen Topf wirft. Bisher erhalte ich nur Mails voller Ehrerbietung, meist mit der Bitte um Rat… Ich komme mir schon vor wie der Doktor Sommer der globalen APO. Aber wir haben noch niemals so viel Werbung und vor allem so viele Spenden gehabt. Von der Überwindung der Welt lässt sich sehr gut leben, lässt sich sogar die Rettung der Welt bezahlen… – und so geht es weiter.

Dein zurückgezogener, erwartungsfroher Sebastian

Von: Hanna Dudenhausen <hudenhausen@dllf.de>
Gesendet: Freitag, 13.07.2007 23:47
An: Heilering, Sebastian
Betreff: Noch eine Fortsetzung…

Ich habe noch niemals, mein lieber Stroh-zu-Gold-Spinner, hörst du: *niemals* einen so schönen Korb bekommen! Seit ich heute Morgen in der U-Bahn deine Mail gelesen habe, bin ich eine halbe Italienerin mit bronzener Haut, bekreuzige mich vor fremden Kleinkindern, trinke Espresso, stelle mir *mein Zimmer* vor und richte es ein. Den türkischen Waschtisch, glaube ich, möchte ich behalten und den Leuchter auch, aber die Holzschale muss vielleicht nicht sein, der Wein auch nicht unbedingt, stattdessen brauche ich unbedingt und ganz schnell ein großes Bett, auch wenn du dann weniger Platz zum Wandern hast, ein großes, schmiedeeisernes Gestell, das in Schwarz die Ornamente der Schüssel aufnimmt, auf die ich *so* gespannt bin! Ich laufe *sofort,* gleich morgen früh mit Joachim los und schaue mich um, auch nach einer Lampe… Und sobald ich etwas habe, schicke ich dir Fotos und lasse, wenn es dir gefällt, woran kein Zweifel besteht, alles über den Brenner zu euch bringen, damit du es in mein Zimmer stellen kannst. Ich brauche nur noch die Adresse. Und ich warte natürlich. Ich nähere mich an, komme stückweise, warte und freue mich meinerseits auf dich. Wir haben noch alle Zeit der Welt.

Und Joachim und ich sind nur noch befreundet. Oder verpartnert. Das wollte ich dir schon mehrmals sagen, passte aber immer nicht und dann noch weniger. Wir hatten schon länger nur noch verlegentlich Sex, das war ja nie so furchtbar aufregend. Ich hatte unser leibliches Gespräch irgendwann nur noch aus Gewohnheit und zur Grundversorgung fortgesetzt und er, was ich sehr zu schätzen weiß, weil er gut erzogen ist und von Natur aus liebenswürdig. Aber wir haben gemerkt, dass das für uns einfach nicht die richtige Form ist, auch Tantra war am Ende kaum mehr als eine Anfangslösung. Er meinte, nachdem er mir freundlich dabei *zugesehen* hatte, er finde es eigentlich viel spannender, von meinen Abenteuern mit anderen zu hören – und habe neuerdings auch eine Freundin, eine Soziologin (wie ich glaube, *sterbens*langweilig!…), mit der er ganz und gar neue Erfahrungen mache… Erfahrungen *im Kleinen*, von denen er mir seinerseits gern erzählen würde. Und wer wäre ich denn – sicher keine künftige Sexualtherapeutin! –, wenn ich für eine solche Entwicklung nicht offen wäre. Und seitdem, seit ein paar Wochen also rühren wir einander nicht mehr an, sondern sprechen nur noch in der Küche über unsere Erlebnisse. Sehr echt, sehr nahe, sehr dicht, sehr neu. Wir haben jetzt eine sehr gute Sprech- statt einer sehr mäßigen Sexualbeziehung – ich habe offenbar einen Hang dazu… Aber einige meiner Sprechbeziehungen haben keinerlei Sexualpotenzial mehr und andere sehr wohl. Entschuldige bitte, das konnte ich mir jetzt nicht verkneifen…

Und ich kann mir noch etwas nicht verkneifen und verhalten. Und zwar, weil mich mein Gewissen plagt, angesichts deiner verständlichen Warnungen – ich hätte dir Johannes anders vorstellen sollen, ich habe ihm Unrecht getan. Denn Johannes ist trotz aller Unbeherrschtheit ein ernster, ernsthafter, ernsthaft ringender Mitmensch (*ich* bin es natürlich nicht und übrigens auch nicht mein Anästhesist, den ich nur noch läppisch und tatsächlich einschläfernd finde…), und das alles ist er natürlich, ich muss das wenigstens grob skizzieren, weil es ihn mehrmals ernstlich getroffen hat. Das erste Mal, weil sein Vater irgendwann nicht wiederkam, ein Chemiker, der einfach am Abend nicht mehr da war, nachdem er am Morgen ins Labor gegangen war; er ist verschwunden und nicht wieder aufgetaucht. Da war Johannes neun. Dann, als seine Mutter *sofort* mit einem Freund nach Hause kam, den sie offensichtlich schon lange kannte und pausenlos berührte und mit dem sie lachte, *obwohl* ihr Mann nicht wiederkam, tagsüber lachte und unerträglicherweise auch nachts. Der dann aber ebenfalls nach ein paar Monaten nicht wiederkam, ersetzt wurde durch jemanden, der ebenfalls ersetzt wurde und so weiter. In dieser Zeit fing Johannes offenbar an zu malen, und die Mutter fing an zu trinken und kam irgendwann auch nicht wieder; da war er vierzehn und kam zu seinen Großeltern. Und nachdem er selbst sich einige Male ungelenk angestellt und darum bis in seine späten Zwanziger keinerlei Liebeserfahrungen gemacht hatte, lernte er auf einer Vernissage eine andere Malerin kennen, eine warme Brünette, die ihn an ihren vollen Busen nahm und ihm Vertrauen gab. Und plötzlich ging alles. Er hatte ein Zuhause, war sexuell untergebracht, plante Kinder und studierte Grafikdesign. Und als jeder, der ihn kannte, sicher war, dass er nie wieder malen würde, kam irgendwann die nächste schlechte Nachricht seines Lebens. Seine Freundin hatte eine Ausstellungs- und Lesereise mit einem jungen Schriftsteller organisiert, die beiden hatten über Monate eine kleine Tournee gemacht, mit ihren Bildern, seinen Texten und gemeinsamem Musizieren, Gitarre und Flöte, und irgendwann gab es einen Hotelbrand, und die beiden erstickten und verbrannten – in einem gemeinsamen Zimmer und gemeinsamen Bett. Seitdem malt er wieder. Und seitdem hat er sich auch seinen cholerischen Zynismus angewöhnt. Er ging mit seiner Trauer in den seelischen Untergrund, schickte sie von dort nur noch vermummt nach oben, vermummt als Wut und Gelächter, und wurde erfolgreich. Mit großen Ausstellungen in London und New York, Porträts, Interviews, Verkäufen, einer Professur … Mit der Herrschaft der Kunst. Weswegen er aber selbstverständlich nicht aufhört, sich nach der einen, unauflöslichen Beziehung zu verzehren … Ein Traum, den auch ich ihm, wiederum selbstverständlich, nicht erfüllen kann.

So weit. Ich freue mich auf morgen – wenn ich durch Hamburger Antiquitätenläden wandere und es jeden Moment geschehen kann, dass ich mich in Italien vorfinde, in einem alten, geweihten Hof am Trasimener See …

Deine Mitbewohnerin, die Hanna

P. S.: Hast du übrigens ein Foto von euch? Das Foto, das du auf bottom-upp eingestellt hast, mag ich gar nicht, da siehst du viel zu trotzkihaft blutleer, fast schon waldschratig aus. Und Leon habe ich noch nie gesehen. Hm?...

Von: Sebastian Heilering <sebastian@heilering.de>
Gesendet: Mittwoch, 18.07.2007 17:55
An: Dudenhausen, Hanna
Betreff: Weiter im Text

Interessante Geschichte, meine arme, obsessive Kunstliebhaberin, wenn auch natürlich sehr fatal. Denn wer hätte daran gezweifelt, dass dieser *Mensch unter Druck* es ernst meint? Aber *womit* genau, wenn du die Nachfrage erlaubst, meint er es denn ernst? Mit der Herrschaft? Ganz offensichtlich nicht! Mit dem cholerischen Führungsanspruch? *Der will nur spielen,* hast du selbst gesagt. Aber womit dann? *Ich* fürchte ja, mit der ungesund engen Bindung. Er will zu Hause sein, endlich zu Hause, will es warm und kuschelig haben, am besten als fötaler Teil eines anderen Organismus ... – genau diese Sehnsucht, diese gewaltige und manchmal *gewaltsame* Sehnsucht, macht ihn ja offenbar zum Künstler. Wobei ja auch hinter der Suche nach dem Abenteuer oft nur die Suche nach Beweisen der eigenen Unverletzlichkeit und damit nach der letzten, äußersten Sicherheit steckt. Wie in maßvollerer Ausprägung auch bei Joachim, der sich vermutlich nur so lange im Außerhäusigen erprobt, wie er ein Zuhause hat und weiß, dass am Ende des Tages alles wieder schön und gut ist... Ich meine: Ich will dir jetzt nicht auf einen Schlag beide ausreden (nun, vielleicht will ich es doch), im Falle Joachims ist das ja offenbar auch gar nicht mehr nötig (er war und ist meiner Meinung nach *der ungefährliche Mann* in deinem Leben), aber ich möchte die für mich viel entscheidendere Frage stellen: Worin besteht *deine* Sehnsucht? In der Heimkehr? Im Ausbruch und echten Abenteuer, das die alte Ordnung tatsächlich aufs Spiel setzt? Darin, *für andere* lockendes Lagerfeuer oder klirrende Fremde zu sein? Ich habe keine Ahnung. Du?

Und ich weiß es auch nicht bei mir. Ich spüre hier nur immer stärker eine Anziehungskraft, deren Quelle ich nicht anders herauszufinden vermag, als indem ich dieser Kraft nachgebe. – Das zumindest geht dir doch im Grunde genauso, oder? Und ich würde, auch wenn man mich auf die Streckbank legte und mich peinlich nach der Herkunft dieser Kraft befragte, nichts anderes sagen können, als dass ich das *Wirkliche* darin spüre. Dass ich hier überall *Risse* sehe, wie in einem vorgehängten Schleier, durch die ich hindurchschauen kann auf eine andere, dichtere, farbigere Welt, die *Welt hinter der grauen Illusion*. Risse zum Beispiel, wenn unser neuer Herd kommt, ein schöner, breiter, teils gusseiserner und mit Terrakotta verkleideter Herd, den die Arbeiter in der Mitte der Küche aufbauen, und wenn dann einer von diesen Männern ein Murmeln beginnt, wie eine Litanei, als stünde er an einem Altar. Ich hatte hinterher das Gefühl, als sei erst durch dieses Murmeln der Herd zum Mittelpunkt des Hauses geworden und stehe jetzt da als eine ganze Welt, in die man feuernd versinken kann. Oder wenn Leon, der diesen merkwürdigen Akt auch mitbekommen und mich danach gefragt hat, tagelang schweigt und erkennbare Schwierigkeiten hat, *über die Schwelle der Küche zu treten*, fast über die Schwelle des Hauses, zurückweicht, sich vortastet, ausprobiert, heimlich drüberspringt und dann eines Tages schließlich zu begreifen scheint, seine Miene hellt sich auf, er wird betriebsam, verschwindet in seinem Zimmer, taucht wieder auf, rennt in den Garten, gräbt ein oder zwei Stunden an einem Loch, legt auf Armeslänge ein gemaltes Bild mit einer Schlange ohne Kopf hinein, stößt einen Pfosten auf das Bild, schüttet Erde auf, klopft sie fest, erfasst zufrieden den Pfahl, sieht an ihm hinauf und erklärt mir: Hier kann Mama in den Himmel. *Hier kann Mama in den Himmel.* Kannst du mir das erklären? Es ist wie eine versteckte, heimliche

Ordnung, für die Leon eine angeborene Musikalität besitzt (um deinen schönen Begriff aufzunehmen), stärker noch als ich, der ich die meine aber auch nicht verleugnen kann. Gewürm musste ja schon oft in der Menschheitsgeschichte überwunden werden, die Schlange passt da gut hinein ... Aber glaubt er, dass Sibylle dort unten begraben liegt? Dass sie anders *nicht* in den Himmel kommt und jetzt herumirrt? An was für einen Himmel denkt er dabei? Und wie hat er es geschafft, dass sein Pfahl eine tatsächliche Lösung seines Schwellenproblems bedeutet? Oder ist der Pfahl nur Ausdruck dessen, dass er es gelöst hat? Und er *hat* es gelöst ...

Er kann mir auf diese Fragen nicht antworten, nur, dass er mir das alles ja «schon *gesagt*» habe. Allerdings war er schon immer ein sehr eigener Kopf. Gestern Abend im Kuscheln zur Nacht meinte er plötzlich unwillig, *Papa, ich brauch mehr Platz!*, und als ich mich dann schlaftrunken von ihm wegdrehte und vorschlug, ich könne ja sowieso jetzt gehen, es sei ja schon spät, und ich wolle noch etwas arbeiten, *noch* unwilliger: *Nee, dann hab ich zu viel Platz! ...*

Ich war ja inzwischen auch bei der Braut. Aber das muss ich mir aufsparen ... Leon und ich versammeln uns jetzt in der Küche, es beginnen jetzt unsere heiligen Stunden, in denen wir gemeinsam über alles und nichts nachdenken – eine der vielen Traditionen, die ich übernommen habe oder allein fortsetze. Erst am Herd, dann am Tisch, beim Waschen und schließlich lesend im Bett.

Dein offener, vielleicht zu offener Elternsebastian

P. S.: Ich spüre das Beben wieder etwas deutlicher, fast in jeder Mail aus der «Welt». Mehr Warnungen, mehr Sorgen, mehr Bitten um orientierende Beiträge ... Spürst du es auch? Schön, dass sich der Horst so gut macht! Dafür sei auch Johannes mit Blick auf seine Anschubenergie ein Stück weit entschuldigt ...

Von: Hanna Dudenhausen <hudenhausen@dllf.de>
Gesendet: Freitag, 20.07.2007 23:04
An: Heilering, Sebastian
Betreff: Re: Weiter im Text

Sebastian, mein Klausner, du warst schon immer ein Empath ... – in der Tat ein gefährliches Talent! Ein Einfallstor für alles Mögliche, das gar nicht in dich hineingehört! Ich halte es dir selbstverständlich zugute, dass du nicht nur Trends und Weltbewegungen spürst, sondern über beachtliche Entfernungen auch das, was zwischen mir und meinen Männern vorgeht, schließlich habe ich dann etwas, woran ich kauen und nagen kann. Aber wenn du all das Überkörperliche, das deine Dörfler und dein sicher sehr begabter, aber auch immer noch sehr kleiner Junge wahrnehmen, zu deiner eigenen Sache machst: Findest du nicht, dass du es dann mit der Offenheit ein wenig zu weit treibst? ...

Dabei hast du ja recht, wenn du meinst, dass mit manchen Rollen nur noch ungefüllte Existenzblasen abgeschnürt werden... Nein, huch, das meinst natürlich nicht du, sondern ist von meinen Gedanken an den morgigen Montag inspiriert... Was für ein *abscheuliches* Wort!... – «Montag» meine ich... Aber es gibt andere und viel häufigere Fälle, wo sich, wenn man in einer anderen Haut steckt, das eigene Fleisch darunter zersetzt... Du meine Güte, was ist denn heute mit mir los?... Jedenfalls erinnere ich mich, dass du dein größtes Glück oder besser den gemeinsamen Nenner all deiner Glückszustände darin gesehen hast, als bürgerliche Person zu verschwinden. Eigentlich hast du *nur* über das Glück des Verschwindens gesprochen, wenn ich mich recht entsinne, und wahrscheinlich habe ich das nicht ernst genug genommen. Ist das nicht überhaupt der Hauptgrund dafür, dass wir Menschen uns so oft verkennen und oft nicht einmal mehr wiedererkennen?... Wir nehmen das Entscheidende nicht wichtig und dafür das Unwichtige für entscheidend...

Wie heillos auch *diese* Verdrehung! Und im Nachhinein, da sagt man sich dann, ja, na klar, das hat er gesagt, aber ich dachte, das war eben so dahingesagt. Dabei war es die Hauptsache! Und, hui!, wird aus den kommunikativen Wehen eine Sturzgeburt... Ojeoje, ich rede mich hier und heute um Kopf und Kragen... Aber sei's drum. Du kannst ja aus dem Text werfen, was nicht brauchbar ist, das machst du sonst ja auch. Redigier nur nach Herzenslust in meinen sprachlichen Unfällen herum! Aber rührt die Unfähigkeit, die Dinge richtig zu gewichten, nicht meist daher, dass wir sie anders gewichtigen *wollen*? Weil sie uns dann besser ins schöne Bild passen? Da sieht man dann auch, wie gut es ist, wenn die Bilder *nicht* so schön sind! Sodass wir beide die Wahrhaftigkeit im achten Jahr unserer Übereinkunft so weit treiben sollten, dass wir einander endlich wahrhaben wollen... Wahr sprechen und wahr leben reicht ja nicht, wenn wir *miteinander* reden und leben wollen... Und ich gelobe hoch und heilig, dass ich es ernst nehmen will, wenn du mir sagst, dass du verschwinden willst und Dinge spürst, die niemand sonst spürt. Damit wir miteinander reden und miteinander leben können... Dass ich es sogar akzeptieren will, wenn ich auch dich verliere, weil du nun einmal bist, wie du bist, vielleicht sogar am meisten du selbst, wenn du verschwindest... Zumindest als der Sebastian, den ich kenne und liebe und in meiner Nähe brauche... Ach, ich fasele und kreise immer mehr, statt endlich festzuhalten, worauf es mir ankommt. Dich. Dichdichdich... – Und dabei habe auch ich nicht getrunken, jedenfalls nicht im Übermaß oder doch nicht im großen, und mir reicht ein haltloser, ein einziger *haltloser* Brief von dir, um wortreich zu verschweigen, was ich sagen sollte – obwohl ich darauf bestehen sollte, dass wir nicht nur klar, sondern auch Klares denken. Dass wir auf dem Boden der Tatsachen bleiben, im Greifbaren, in der Welt der Körper... und dass wir *da* unsere Schmerzen bekämpfen, denn nur da geht es. Ich sehe immer weniger Möglichkeiten, entschuldige bitte, Menschen zu helfen, die sich entziehen. Und die aus der Ferne, in die sie sich verzogen haben, auch noch richtige

Diagnosen stellen ... Die also, wenn nicht richtig, so doch Richtiges sehen ... Ich komme heute aus dem Delirieren und Kalauern nicht heraus.

Denn ja, natürlich: Auch Johannes ist zweifellos ein ungefährlicher Mann. Ebenso wie Joachim und irgendwie auch du, weil du ja nicht einmal hier am Platz bist ... Womit es raus ist, dass ich auf Nummer sicher gehe und nur dort das Abenteuer suche, wo keines zu erwarten ist. Momentan zum Beispiel mache ich mir den harmlosen, immerhin kurzweiligen Spaß, Bilder zu malen, indem ich den Künstler fernsteuere ... Du möchtest mehr wissen? Gut, das kam so. Ich hatte mich mit Johannes gestritten, weil ich zu ihm gekommen war und nach einem elendig langen und mühseligen Arbeitstag seine Musik nicht ertragen konnte, nicht sein Gebrülle vor der Staffelei und nicht seine Musik – weswegen ich sie einfach ausgestellt habe, wenigstens sie, und aus seinem Loft gerannt bin, um draußen auf der Terrasse in Ruhe eine Zigarette zu rauchen. Daraufhin hat er einen Anfall bekommen, was ja eigentlich nichts Besonderes ist. Sag mal, du *Luder*, hat er sich gedehnt in Rage geredet, du kannst hier doch nicht einfach hereinspazieren und die Stimmung kaputt machen, du blöde Sau, du, ich *arbeite*, kannst du Kackbraut das verstehen?! Ich *brauche* den Sound, und wenn ich den nicht kriege, gleitet mir ganz einfach der Pinsel aus, du Qualmquetsche, mach den Stängel aus, hier, siehst du, hier links diese beschissene, sinnlose Dynamik, einmal quer über den wunderbar blubbernden Bluttümpel, *was soll das denn*, du grenzdebile Lochtusse, *kannst du mir das mal sagen?* Und da hat es mich plötzlich geritten. Kann ich nicht, habe ich gesagt, du Gleitpinsel, seit wann weiß ich, was ich dich malen lasse? Mach endlich weiter, du Möchtemann, *ich spiele hier die Musik*. Woraufhin ich an die Anlage gegangen bin und ihm den offenen Mund mit ABBA geflutet habe. *Mal weiter!* Warum gerade ABBA da lag, kann ich dir auch nicht sagen, aber das war ja auch egal. Hauptsache, unpassend, *maximal* unpassend. Und weil ich ja inzwischen weiß, dass er auf diesen Umgangston steht, habe ich mich gleich hinter ihn gestellt und beobachtet, wie er die Farbe nicht mehr halten konnte und vor lauter Unwillen geplatzt ist und seinem schönen Tümpel einen Abfluss gemalt hat, unter dem es dickflüssig auf einen Acker fiel, wo es Sonnenblumen hervortrieb, fett prangende, in hohen, schwarzen Stiefeln stapfende Sonnenblumen, bis zu den Knöcheln im Rot… Keine Ahnung, was ihn da überkommen hat, aber sicher ist, dass es etwas anderes war, als es ohne ABBA gewesen wäre. Also probiere ich seitdem weiter und lege je nach Laune Rachmaninow oder Frank Zappa auf, flöße ihm mal Tee, mal Cola oder Hierbas ein, stelle mich mal vor und mal hinter ihn und schaue, was passiert. Und wenn es mir nicht gefällt, beschimpfe ich ihn, sage dem Mentalstumpf, wie es richtig geht, mehr Farbe, mehr Licht, kannst du nicht *endlich* einmal etwas Figürliches malen, du Reflexionssklave, du Traditionsschocker und Sicherheitsavantgardist, bekomme ich jetzt endlich einmal etwas zu *sehen*?!… Und heute habe ich ihm eine Corsage mitgebracht, ihn da hinein und in High Heels gesteckt und ihm befohlen, *etwas Schönes* zu malen… Du kannst dir nicht vorstellen, wie er getobt hat! Was sagst du?! *Etwas Schönes?! Jetzt soll ich auch noch gefallen?!!* Jetzt reicht's, du Dekorschlampe, ich entsteige doch nicht deinen Flakons!… Worauf ich ihn mit einer Zeitung an seine Staffelei geprügelt und ihn angeschrien habe: *Etwas Schönes!* Und wehe, mir gefällt es nicht! Und er mit unwiderruflich hängendem Schniedel zwischen Strapsen eine 50er-Jahre-Kaffeerunde gemalt hat, mit hässlichen, vertrockneten Weibern um einen traumschönen Käsekuchen vor glühendem Abendrot… Ich bin mit den Ergebnissen noch nicht ganz zufrieden, aber er macht Fortschritte, und der Aufenthalt im Zentrum der künstlerischen Herrschaft macht mir Spaß. Irgendwann wird das Ganze natürlich langweilig, aber noch ist es ein nettes Spiel.

Außerdem… Er hilft mir, das habe ich noch gar nicht erzählt. Ich gründe meinen Rahel-Salon, und Johannes kennt so viele Leute, die er angeblich alle verachtet, mir zuliebe aber kurz anruft, anherrscht und einbestellt, damit die notwendige Zugkraft entsteht. Für Anfang September habe ich eingeladen, nach den Sommer- und vor den Herbstferien. Ich bin gespannt, was sich da entwickelt.

Deine Hamburghanna

Von: Sebastian Heilering <sebastian@heilering.de>
Gesendet: Montag, 23.07.2007 17:55
An: Dudenhausen, Hanna
Betreff: Weiter im Text

Meine liebe Johanneshanna, ich nehme alles zurück: Denn er *ist* gefährlich, zumindest für dich, er verführt dich gerade mit seiner Abhängigkeit, mit seinen saugenden Bedürfnissen, seinem Säuglingshunger … Ich *kenne* diesen Menschen. Und auch du kennst ihn, fürchte ich, sonst hättest du ihn nicht schon damals in meinen Erzählungen gerochen und wiedererkannt. Seine Gefräßigkeit, seine Bodenlosigkeit, das Gewimmer in seinem Kommando … Ich sehe sogar sein Gespreize vor mir, seine Sorge um das richtige Arrangement, und höre, wie er die Wärme in seinem schnarrenden Plauderton aufdreht, um sich hinter allem Spiel letztlich doch das kuschelige Zuhause zu versprechen … Nimm Abstand. Ich verstehe den Reiz, es ist viel für dich drin, vielleicht sogar so viel, dass du es nur *dieses* Mal noch aufnehmen musst, um es dann abzulegen. Aber … auch wenn du es nicht gern hörst und vielleicht nicht einmal etwas damit anfangen kannst: Gerade dass du kühl bleibst und scheinbar unbeteiligt, als käme er dir *nicht* zu nahe, beweist in meinen Augen, dass du seiner Verführung erliegst und Gefahr läufst, das Entscheidende zu verlieren. Zwing mich nicht, es noch einmal zu benennen.

Im Übrigen verstehe ich meinerseits auch deine Sorgen und Mahnungen. Ich habe selbst manchmal das Gefühl, dass ich meiner Offenheit, wie du es nennst, für das, was nicht in mich hineingehört, auch meine ansonsten grundlosen Bauchschmerzen zu verdanken habe – zumal ich mittlerweile abnehme und mich immer ein wenig fiebrig fühle... Wenn sich über den Tag dann noch die Hitze in mir abspeichert und die entzündete Luft nicht nur die Landschaft, sondern auch mich in die Schwebe bringt, wenn ich den Grillen zuhöre, als wären es Stimmen... dann weiß ich in der Tat nicht mehr, ob ich noch in der Lage bin, klar oder Klares zu denken. Was auch immer, du kalauerst sehr schön. Selbst Andreas gegenüber komme ich gelegentlich in Erklärungsnöte. Gestern habe ich ihm wegen der August-Planung unserer Brennpunkt-Ecke gesagt, wir müssten uns nach all den Wasser- und Energie- und Umwelt-Themen wieder um den Finanzsektor kümmern – und konnte ihm, als er den Fluch des Rohstoffsegens in Afrika aufgreifen wollte und hörbar rauchend nach Argumenten fragte, nichts sagen außer einem mirakulösen: Ich sei *sicher*, es sei da etwas im Gange...

Aber vielleicht liegt das wirklich auch alles an dem Ort hier. Wobei mir die Braut einfällt, ich muss das noch zu Ende erzählen, denn ich war bei ihr... Du erinnerst dich, die Braut aus mythischer Vorzeit. Sie wohnt etwas weiter draußen, mitten auf dem Land, in einem rustikalen, aber sehr modernen, zweistöckigen Flachbau, am Rande eines kleinen, eisern abgesperrten Areals mit ein paar weiteren einstöckigen Flachbauten, die sie vermietet. Sie muss Publikumsverkehr gewohnt sein, spricht sehr gut Deutsch, aber als ich am Nachmittag kam und wir uns draußen an einen hübschen Tisch mit eingelegten Mosaiken setzten, strich sie – eine gepflegte, fast elegante und sehr muntere Frau, wie sich später zeigte – anfangs pausenlos auf sich und auf dem Tisch herum und ließ das Gespräch alle Augenblicke versickern. Eigentlich, sagte sie irgendwann, wolle sie über diese *dumme Geschichte* gar nicht sprechen, nur ihrem Nenn-Neffen einen Gefallen tun, und wischte ganz besonders energisch irgendetwas Imaginäres von ihrem linken Arm weg. Aber nachdem wir einige Schlucke Cappuccino – sie Espresso – und frisch gebackene Cantuccini zu uns genommen hatten und ich ein bisschen über mich und meinen kleinen Jungen erzählt hatte, fasste sie Vertrauen, sah angesichts meines en passant erwähnten Netzwerks offenbar wirtschaftliche Perspektiven, atmete tief durch, zog die Mundwinkel herunter und schnalzte, als habe sie einen schlechten Geschmack auf der Zunge, und brachte es hinter sich. Ja, bene, es stimme, sagte sie, sie sei tatsächlich die Braut in dem Lied, das aber nichts als … als eine fromme Lüge sei. Sie zog die hübschen Lippen zusammen und stülpte sie, hob Augenbrauen und Schultern und drehte die Handflächen nach oben. Ihr Pietro – sie bekreuzigte sich kurz und faltete die Hände – sei ein hübscher und tüchtiger Bursche gewesen, und sie hatten viele gemeinsame Pläne gehabt, von denen sie die meisten schließlich ohne ihn umgesetzt habe, weil sie einfach *gut* gewesen seien, und zusammen hätten sie beide sicher noch viel mehr zuwege gebracht. Aber er sei eben auch ein *donnaiolo* gewesen, sfortunatamente, keine Frau sei vor ihm sicher gewesen. Ihr, seiner wenn auch jungen, so doch ganz und gar nicht blinden Braut, sei das so lange egal gewesen, wie er seine Liaisons heimlich betrieben habe, sie sei realista. Im Grunde sei sie froh gewesen, wenn er … wenn er *das* woanders erledigt habe. Aber dann habe dieser hübsche und tüchtige Dummkopf noch kurz vor der Hochzeit eine Freundin von ihr besucht, deren Namen sie nicht sagen wolle, nein, nicht die Mutter des Bäckers, haha … Er habe sie natürlich nächtens besucht, habe getrunken und auf dem Rückweg nicht richtig aufgepasst und sei abgestürzt – an einer Wegbiegung, die hier wirklich jeder im Schlaf beherrsche. Sie schüttelte, noch immer ungläubig und schwermütig, den Kopf: *Impossibile bere così tanto*. So viel *kann* man gar nicht trinken. Und als man nach ihm gesucht und ihn peinlicherweise nur knappe drei Meter unter dem Pass und der Wegbiegung gefunden und ins Dorf getragen hatte, als man noch im großen Auflauf auf dem Marktplatz mit der Leiche stand, da sei auch noch Maria, diese dumme Kuh, gekommen, sie habe im Grunde sehr gut zu ihm gepasst, sie sei im weißen Kleid herbeigekeucht, sei erblassend vor ihm stehen geblieben, habe seinen zerknautschten Hut auf seine Brust gelegt und sei wieder davongestolpert. Meine Gastgeberin verdrehte die Augen, bog sich zurück, warf die Arme empor und federte zurück, barmte mit offenen Handflächen: Jeder, *ogni*, habe da sofort tutto begriffen! Sie, Julia, sei vor Scham im Erdboden versunken.

Julia fiel in ihren Sitz zurück, schüttelte langsam den Kopf: *Ogni*... Dann aber schob sie sich eng an den Tisch zurück, tippte mit dem Zeigefinger auf die Mosaiken und sagte mit großen Augen: Aber niemand, *nessuno*, habe etwas gesagt. Nicht einmal ihre eigene Familie. Und wahrscheinlich, weil man trotzdem gern etwas habe sagen wollen, seien alle zufrieden gewesen und hätten genickt, als dieses Lied aufgetaucht sei, in dem ihren Bräutigam keine Schuld, sondern eine geheimnisvolle, dem Berg entsprungene Macht getroffen habe – tatsächlich sei, das nur unter uns, *für ihn* frauliche Schönheit schon immer Macht genug gewesen – alle seien einverstanden gewesen, dass diese Macht ihn in den schwarzen Abgrund gerissen und er sogar seinen Hut behalten habe. Dort in der Ecke, das zerknautschte und speckige Ding an der Wand, das sei er übrigens. Und als ein paar Jahre später ein begabter Mensch die schöne Holztafel angefertigt habe, habe schon niemand mehr daran gedacht, dass es auch einmal eine andere Version der Wahrheit gegeben habe. Und sie, Julia, sei es zufrieden damit, sie genieße bei denen, die wüssten, wer sie sei, ob der Tragik ihres Schicksals und der übernatürlichen Stärke ihrer Herausforderin und fliegenden Bezwingerin höchsten Respekt und größtes Mitgefühl – und niemand frage sie mehr, warum sie keinen Mann habe. Was umso angenehmer sei, als es ihr noch nie, schon damals nicht, um einen Mann gegangen sei. Ob ich übrigens auf meiner Website ein bisschen Werbung für ihre Apartments machen könne? Und ob das etwas koste?...

Ich versuchte zu protestieren und fragte sie mehrmals, ob sie *sicher* und nicht nur an der Geschlossenheit ihres praktischen Weltbildes interessiert sei, aber sie ließ sich nicht verführen. Im Gegenteil. Beinahe schien es mir, als ob sie sich, nachdem sie erst einmal in Fahrt gekommen war, gern die historische Wahrheit von der Seele redete, insbesondere, was die namenlose Maria und dumme Kuh im weißen Kleid anging, die es hier ebenfalls noch irgendwo geben muss, wahrscheinlich samt Familie, Kindern, Freundinnen ... Und von daher hat es mich auch gar nicht gewundert, dass ich außer ihr und meinem Bäcker noch niemanden gefunden habe, der die Geschichte genauso trostlos sieht. Der Wirt im Café zum Beispiel hat mir auf meine Frage nach der Ballade die ganze vorzeitliche Geschichte noch einmal erzählt, wie meine Nachbarin, und als ich ihm sagte, ich sei mit der Braut bekannt, und sie selbst habe mir erzählt, wie es *wirklich* war, wie er sich das denn erkläre, da hat er mit Erstaunen und Empörung reagiert: *Wirklich*?! Was wollen Sie denn damit sagen?! Es habe sich *wirklich genau so* zugetragen, wie es die Ballade berichtet, und die gute Julia sei über den Ereignissen eben ein bisschen verrückt geworden, das sei ja ohne Weiteres nachvollziehbar und überhaupt kein Wunder, wenn einem in so jungen Jahren *so* etwas passiere, das ganze Dorf behandle sie mit größter Rücksicht und viel Verständnis, manchem zeige sie sogar den Hut. Und die alten Männer, die neben uns auf ihren Stühlen saßen, nickten zum Abschluss so ernst, wie sie die ganze Zeit über mit halb zugeneigtem Ohr genickt hatten, und ich nickte ebenfalls, weil ich mit dieser Wendung der Dinge ebenso einverstanden war. Seitdem habe ich es noch einige Male versucht und von jedem dieselbe Geschichte aus vorgeschichtlicher Frühe gehört, und ich weiß nicht, welche Version der Wahrheit ich letztlich stimmiger finde. Die Existenz von Bergfeen scheint mir jedenfalls mittlerweile in den Bereich des Möglichen gerückt. – Aber vielleicht liegt das auch nur an meinen Bauchschmerzen und an dieser trockenen Hitze, die allem Vernehmen nach einen hervorragenden Wein ausbrütet ...

Schon deswegen muss ich schnell ins Bett, den Anflug von Abkühlung nutzen. Aber bevor ich es vergesse: Ich habe kein schönes Foto von uns, mache auch gar keine Fotos, weil ich finde, dass sie immer einen falschen Eindruck geben. Darum sei mir bitte nicht böse, wenn ich weder etwas schicke noch etwas haben möchte. Ich sehe dich hier in unserem Lebensreisezug viel genauer, bin auch meinerseits hier viel besser zu sehen, und Leon kann ich ja mal bitten, dir einen Brief zu *malen* – den ich dann einscanne und dir maile.

Kuss, dein nachtumflorter Spurensucher
(du wirst *natürlich* protestieren!...)

Von: Hanna Dudenhausen <hudenhausen@dllf.de>
Gesendet: Mittwoch, 25.07.2007 23:46
An: Heilering, Sebastian
Betreff: Lebende Geister

O Sebastian, du Meinmensch, das lese ich in der Tat nicht gern! Ich hätte dir *sofort* ein *Halt!* zurufen sollen – zumal deine Geschichte ja sehr hübsch ist und gar nicht ausgemacht, ob man von ihr das Leben oder die Legende lernen sollte, und man also *die Wahl* hat... – Bis hierhin und nicht weiter! Aber das klingt matt, ich weiß wohl, wenn man so spät kommt, *sehr* matt... ich bin momentan einfach skandalös übermengt mit Sachen, schon mit meinem Eulenhorst-Management und natürlich meinen Patientinnen, vor allem mit der sehr jungen Sorte, die pausenlos wegen der Pille danach zu mir kommt, offenbar noch nie etwas von HIV gehört hat, weswegen sie von *mir* etwas zu hören bekommt und trotzdem nach wenigen Wochen wieder auf der Matte steht... Auch so eine neue Sorte! Dann mit meiner Therapie-Fortbildung, die selbst für mich, die ich notorisch zwischen den Bänken zusammensacke und wohlig schnarche, immer und immer spannender wird, zum Beispiel, weil ich in meinen wenigen lichten Momenten jetzt endlich begreife, in welchem Sinne das Hirn tatsächlich das größte und überhaupt ein ganz eigenes Sexualorgan ist … Letztes Mal haben wir über eine Studie gesprochen, in der die Hirnaktivitäten von Männern gemessen wurden, während sie munter Erotikfilme angeschaut haben – faszinierend, ich wollte schon immer wissen, was die sich dabei denken! … Und siehe da: Nicht in der Amygdala oder im Hippocampus war am meisten los, wie uns das Privdoz-Hirn durch den Stimmvoluminator erklärt hat, sondern im limbischen System, genauer: im vorderen Abschnitt des Cingulum – und das Cingulum ist, wer weiß es? …, für hormonelle Steuerungen, ganz richtig, *und* für zielgerichtetes Verhalten zuständig. Das heißt, diese Kerle haben tatsächlich mehr *gedacht* als gefühlt! Vielleicht sogar mehr *geplant* als gefühlt. Was mir auch Johannes' nimmermüdes Interesse an Inszenierungen erklärt, in deren Verlauf ich mangels CT oder MRT oft gar keine bemerkenswerten Veränderungen an ihm beobachte … Du verstehst, *gar* keine. Ich frage mich, ob ich nicht grundsätzlich mehr über Cyber-Sex nachdenken sollte … Und um die To-do-Liste zu vervollständigen: Ebenfalls der bereits erwähnte Johannes und sogar Joachim brauchen ihre Zeit, von Freunden oder potenziellen Salonbesuchern oder lebenslustigen Handwerkern ganz zu schweigen …

Aber vor allem bin ich darum schlecht geeignet, dir Pädagogisches zuzurufen, weil ich ja selbst jemanden bräuchte, der mich aufhält und steuert, das ist mir sehr klar geworden, als ich den Anfang deiner letzten Mail las … Herrje, ist das alles kompliziert! Brauchen wir nicht sowieso pausenlos Menschen, die auf uns aufpassen? Und uns vor denen beschützen, die sich hauptberuflich damit beschäftigen, anderen in den Lebenslauf zu greifen? Vielleicht, vielleicht liegst du richtig mit deiner Mustererkennung, und ich arbeite mich immer noch an ihm ab, drehe mich unter seinem zuckenden Finger weg und strample unter der Verletzung, mag sein!, mir kommt selbst immer mehr der Verdacht, und der therapeutische Blickwinkel macht mich durchaus nicht blind für meine eigenen Belange, durchaus nicht, auch ich stecke immer noch im Objektkörper, im Leidenskörper... Aber arbeitet man sich denn nicht *immer* ab, und je länger natürlich, desto mehr? Immer am Ältesten, dann aber auch am Alten und bloß Älteren und am Jüngstvergangenen und an dem, was gerade eben erst, vor ein paar knappen Sekunden, geschehen ist? Kommen wir denn überhaupt jemals mit *irgendetwas* zurande? Und war denn die Hoffnung, dass man die Dunkelheit nur durchdringen muss, um alles darin zu entkräften, nicht immer nur ein Kinderglaube? Wenn man groß wird, *sieht* man ja, dass die ganze Nachtbrut noch viel ekliger ist, als man sie sich je ausgemalt hat – und *nicht* zu entkräften, schon gar nicht durch die Erkenntnis. Womit ich andererseits ganz und gar nicht deine komischen Monster wiederbeleben will, auch nicht deine Geister, denen hast du sowieso schon einen *unverhältnismäßigen* Wert beigemessen, mir genügen schon die ganz normalen Menschen...

Entschuldige bitte (jaja...), du hast mich auf dem falschen Fuß erwischt, seit Tagen denke ich darüber nach, seit Tagen bin ich leck und sickert aus mir der Mut, dass ich den Gespenstern jemals den Rücken zuwenden und sie in Luft auflösen kann. Selbst du wirst sie ja nicht los, Rebecca eh nicht, auch Judith oder Leon nicht oder Joachim oder Günther, erst recht nicht Johannes, der zugleich zu meinem Gespenst gehört, das auch nichts loswird, wir sind immer erschrocken und ein Schrecken zugleich. Du meine Güte, ich *kann* ja gar nicht mehr normal schreiben... Und andererseits: Ist das Spiel, das Johannes und ich miteinander spielen, nicht auch nur ein Weg, die Sache in den Griff zu bekommen? Einer wie der andere und jeder auf seine Art? Und hat dieses Spiel denn nicht nur Sinn, wenn auch etwas auf dem Spiel steht? Wenn es um etwas geht? Man muss ans Eingemachte, sonst lohnt es sich nicht. Oder: Was ist der ganze schöne und klassische Optimismus denn wert, wenn er alles, was gegen ihn spricht, einfach immer nur *ausblendet* – und es nicht ernsthaft mit ihm aufnimmt? Erst wenn die Wahrheit gesehen *und* begriffen ist und wir *trotzdem* noch stehen, haben wir Lob und Aufmerksamkeit verdient. – Womit wir wieder bei unserer alten Abmachung wären, deiner und meiner, und ich gebe hier und heute feierlich zu, dass die Wahrheit *unter* der Oberfläche liegt, auch unter der Haut, aber immer noch im Fleisch, darauf bestehe ich, im Fleisch, im Fleisch … Ihm entrinnst selbst du nicht.

Aber was, mein Irgendwosebastian, *was* wäre aus uns geworden, wenn wir einander in den letzten Jahren noch näher gewesen wären? Wenn wir einander *noch* mehr Wahrheit abverlangt und *noch* mehr Vertrauen geschenkt hätten? Und was wäre aus uns geworden, wenn wir einander keinen zweiten Boden geboten hätten? – Keine *auffangende Hand*, in die zumindest ich mich habe fallen lassen, sooft ich sie brauchte oder gern wollte? Vielleicht hätten wir ohne diese … diese Grundwärme gar nichts riskiert? Hätten nicht spielen und nichts setzen können? … Grundwärme, grundierende Wärme, das ist schön, die haben erst wir in mein Leben gebracht, vielleicht auch in deines, und die werde ich demnächst einmal schneidend von Johannes fordern … Warum fangen eigentlich beide, *die beiden anderen,* mit «Jo» an? Egal …

Und wenn du zum Beispiel Sibylle nicht wieder angerufen hättest, wie ich es dir damals geraten habe, und nicht vor allem darum bei ihr geblieben wärst, weil das immerhin eine kleine Verbindung zu *mir* war – leugne es nicht, du hast es mir erzählt –, wärst du dann heute in der italienischen Pampa, am Nabel deiner Welt, bei *ihr*? Und wenn du mir nicht zu Markus geraten und ihn *akzeptiert* hättest – du siehst, ich spreche seinen Namen aus –, wenn ich mich nicht von ihm und seinem ganz ähnlichen Lebensgestrampel zur *Freiheit* hätte verführen und ermutigen lassen (ohne mich wieder *entmutigen* zu lassen, das möge Hamburg weiterhin verhüten …), wäre ich dann heute so selbstständig und unverbindlich und nervtötend als ewig quer schießender Spielball meiner Launen? Ich bin natürlich außerdem sehr diszipliniert und fleißig und tüchtig und arbeite mir die Häute wund – aber ich tue es doch *aus freien Stücken* und würde es niemals, niemals anders tun, eben weil ich mich damals dazu *entschieden* habe. Hätte ich mich auch ohne dich so entschieden? Und wenn nicht: Wie gedenkst du, Lieber, diesen deinen Teil der Verantwortung zu tragen?... Für das, was die Leute an mir *rasend* macht, ob in die eine oder andere Richtung?...

Ah, mir geht es besser. Es tut einfach wohl, bei uns zu sein. Ich könnte dich jetzt noch zu der Hanna befragen, die durch Abwesenheit wirkte... oder dir etwas von dem Sebastian erzählen, den ich irgendwie in *jedem* umarme, ich gebe es ungern zu... sodass ich viel lieber ablenke und dich hochinteressiert frage, was da eigentlich um dich herum vorgeht? Was es dir *bringt*, dass es da vorgeht und dass auch die Welt schon wieder in Krisenstimmung kommt? Seltsame Zusammenhänge! Ich will es gern wissen, aber noch viel dringlicher will ich, dass *du* dem Geheimnis auf die Spur kommst, damit dein Bauch wieder ruhig wird und ich endlich kommen kann. Nein, nicht *endlich,* wir sind ja eigentlich immer beieinander, ich bin manchmal erschrocken, wie nahe. Und obwohl sogar ich ab und zu ein klitzekleines bisschen älter werde – mein Gott, kaum der Rede wert, das sage ich aus übertriebenem, liebenswertem Hang zur Selbstkritik und aus objektiver Überlegenheit im Johannes-Spiel, du darfst mir nachdrücklich widersprechen –, auch wenn sogar ich ein kleines bisschen *erwachsener* werde, bin ich doch nicht zu alt für *unser* Spiel und *unsere* Romantik... Was kann schon passieren, solange wir uns haben. So, genug gedacht, das ist alles Verdienstausfall! (Das war ein Witz! Ein Wi-hitz!) Und jetzt *endlich* wieder du.

Ich

P. S.: Noch kein Bett, blöder Flohmarkt, aber ein Bild ist auf dem Weg zu euch – ein Porträt in Blau-Rot-Tönungen, in das ich mich auf einer Vernissage verliebt habe, weil das hübsche Mädchen so melancholisch und zugleich energisch an mir vorbeisah, etwas genervt, vielleicht abweisend, vielleicht ungeduldig, auf jeden Fall mitten im Strom der Gefühle … Ich habe sie vom Fleck weg gekauft und mitgenommen, zwei Tage bei mir gehabt und dann zu dir geschickt, damit sie mir den Platz freihält. Aber komm ihr nicht zu nahe! Stell sie einfach irgendwo an die Wand, wo sie einen guten Überblick hat.

Von: Sebastian Heilering <sebastian@heilering.de>
Gesendet: Freitag, 27.07.2007 01:02
An: Dudenhausen, Hanna
Betreff: Was hier vorgeht …

… das weiß ich selbst nicht, du meine Stammhanna, du hast gut fragen … – aber ich weiß, dass wir, du und ich, gut gewählt haben. Und wir *haben* gewählt, ich stimme dir rückhaltlos zu – mit wem geht das schon, dass man sich über Jahre schreibt, selbst wenn das im Mailzeitalter viel einfacher geworden ist. Im Grunde schreiben wir uns ja immer noch Briefe, zeitnahe Briefe, natürlich, mündliche Briefe, dialogische Briefe, aber eben Briefe, und ich behaupte, das tun wir nicht nur, weil wir beide einen wachen Sinn für Formen haben und uns auf eine komplizierte, zweite und neue Art lieben, sondern auch, weil wir einander *achten*. Und das ist vielleicht noch viel mehr als Liebe, die immer nahe daran ist, jede Achtung zu verlieren, wenn sie nicht ihren Willen und nicht das gewünschte Bild bekommt. Ich weiß nicht, ob es stimmt, dass ich Sibylle nur um deinetwillen aufgesucht und festgehalten habe, das habe ich so nicht gesagt, glaube ich, zumindest nicht so gemeint. Und ich weiß auch nicht, ob du Markus verlassen hättest, wenn ich dir Missfallen signalisiert hätte. Ich zweifle sogar, ob wir uns auf Ideen gebracht oder von Ideen abgebracht haben, ob wir überhaupt in *irgendeinem* Sinne entscheidend füreinander waren. Mal abgesehen davon, dass wir uns erklären und zu uns und unserer Sicht der Dinge stehen mussten. Aber wäre es denn so schlimm, wenn nicht einmal das irgendwelche Folgen gehabt hätte, wenn wir vielleicht *gar nichts* beieinander bewirkt hätten, du nichts bei mir und ich nichts bei dir? Wenn es wäre, als hätten wir im Leben des anderen gar nicht existiert? Wäre das nicht vielleicht sogar noch viel wunderbarer, weil es ein Beweis dafür wäre, dass unsere gegenseitige Achtung, unser Respekt vor dem Sein des anderen *grenzenlos* gewesen ist? Dass wir einander exakt so gelassen und in dem bestärkt hätten, wie wir *gedacht* waren? Mir ist das fast noch lieber. Die Vorstellung, dass ich spurlos an dir vorübergegangen bin, *kein* Schicksal für dich war, dir *nicht* zugestoßen bin. Und dass auch du mir bislang nur geholfen hast, meine Stimme zu finden und mich mit ihrer Hilfe an dich zu wenden – so genau, dass wir beide bleiben konnten, wo wir waren. In reiner, gelingender Kommunikation. Ist *das* nicht das Leben in der Wahrheit, das wir uns damals vorgenommen haben?...

Ich hoffe nicht, dass du das als Sarkasmus missverstehst. Aber vielleicht sage ich das nur, weil ich sowieso kaum noch Aufmerksamkeit für Veränderungen habe und für die menschlichen Möglichkeiten, sie herbeizuführen, und stattdessen viel mehr für das, was sich gleich bleibt und unberührbar ist, unerreichbar... Ich habe tagsüber, wenn Leon in seiner Gruppe ist, meine Bergwanderungen wieder aufgenommen. Manchmal richte ich mich im Garten auf, wische mir den Schweiß von der Stirn, lasse spontan die Schaufel fallen, blinzele in die sengende Sonne, gehe hinter dem Haus wie gerufen hinauf zum Pass, langsam an der Holztafel und dem Drei-Meter-Abgrund vorüber und dann weiter die Serpentinen und schließlich die Hänge hinauf, einfach immer weiter durchs enge Gestrüpp über einsame, geschwungene Pfade und kleine Terrassen, dann wieder steil bergan, bis es nicht mehr höher geht und ich den Himmel berühre und der Himmel mich berührt und ich um die Achse meiner Wirbelsäule herum unendlich weit über Gebirgsketten und das ferne Land blicke, immer herum und herum... Es gibt dann Momente, da ahne ich, dass dieser Ort unendlich fern ist von der menschlichen Geschichte, die ich einmal studiert habe, auch unendlich fern von dem aktuellen Weltbeben, da weiß ich, dass diese Geschichte samt dem Beben keine Festigkeit hat und keine Schwere und dass die Wirklichkeit nur hier, an ihrem höchsten Punkt, verlässlich ist, weil sie *von hier aus wächst,* ihrem Nabel, du hast recht... Abwärts renne und springe ich oft, wie ich seit meiner Kindheit nicht mehr gesprungen bin, nur noch ungehemmte, sich selbst überlassene Bewegung, ich stolpere und rutsche, bis ich an einen Bach komme, dort, wo er tief ist und ich mich ausziehe und über rissige Felsblöcke in das formlose, luftig durchwühlte Sprudeln hinabgleiten lasse, in Becken von wenigen Metern Durchmesser, wo ich untertauche und bleibe und mich tragen lasse und mit Ungeheuern kämpfe, bis ich luftlos sterbe und alles dort unten fällt, ich dann willenlos und als ein unentfalteter Mensch wieder auftauche, noch immer und erneut mit all den Möglichkeiten, die das Leben so bietet, und steige und auf die Felsplatte gehoben und gespült werde, wo ich nackt liegen bleibe, mein Brustkorb sich hebt und senkt und ich einen langen Augenblick das Gefühl habe, dir die Hand zu reichen, in Mariapfarr, und das Glitzern in den Tropfen auf deiner Haut zu sehen, das Glitzern in deinen wunderschönen Augen über deiner spitzigen Nase, weil du mich über Zeit und Raum hinweg *erkennst*... Ich *weiß* dann, dass die Welt hier heimlich geordnet ist und dass nur diese heimlich geordnete Welt *meine* Welt ist, *unsere* Welt, und alles andere eine große Illusion, eine große, dumme Täuschung, die mich von allem Wesentlichen abhält, von dieser dichten, *gesättigten* Welt, die hinter und über all diesen Dingen liegt, die mich mein Leben lang vom Leben ablenken, um das Leben herumlenken... Ich ziehe mich an und habe einen Ort, *bin* an meinem Ort und nicht mehr willens, ihn jemals zu verlassen...

Und da fragst du mich, was es mir *bringt*, was hier vorgeht? Ich bin in der glücklichen Situation, dass ich nichts weiter brauche. Vielleicht in der Situation des Verschwindens, du hast das auf einen schönen Begriff gebracht, vielleicht bereits in der des Zurückkehrens ... Auf jeden Fall aber offen, *weltoffen,* offen für das Ganze, auch und gerade für das Abgeschattete, Lautlose, tief Verborgene. Eben offen für das Wirkliche hinter dem Fadenscheinigen. Entschuldige bitte, jetzt klingt es fast, als hielte ich alle Menschen für blind und nur mich für sehend. Vielleicht ist es aber auch so, dass die meisten Menschen dort gut sehen, wo nur ich so lange blind war. Jedenfalls bringt es mir nichts, sondern ist einfach, und ich bin ein Teil darin. Ich gehe jetzt in den Garten, morgen wird unser Tisch angeliefert, drei fast weiße Marmorblöcke, von einem Bagger und mehreren starken Männern. Ich hoffe, dass sie nicht alles umpflügen, sondern sich sozusagen auf Zehenspitzen nähern ...

Gute Nacht, mein fern schlagendes Herz,

dein Sebastian

Von: Hanna Dudenhausen <hudenhausen@dllf.de>
Gesendet: Sonntag, 29.07.2007 22:54
An: Heilering, Sebastian
Betreff: Befremden

Sebastian, mein Weltenwanderer, du machst mir Sorgen. Gehst du uns am Ende doch noch verloren? Ich habe dich immer für einen vernünftigen Menschen gehalten, für einen Menschen, der auf die Vernunft setzt. Denkbar ist ja vieles, und es wäre unvernünftig, zu vieles davon auszuschließen, schließlich *gab* es schon so viel Unerklärliches, das inzwischen erklärlich ist, und so viel Zauberei, die heute zu unserem Alltag gehört ... Wenn es möglich ist, dass Menschen sich über Tausende Kilometer unterhalten und in unzähligen Bibliotheken gleichzeitig suchen und herumgeistern, wenn es Antimaterie und Wurmlöcher und Paralleluniversen gibt (nehmen wir mal an!...): Warum sollte es dann nicht auch möglich sein, dass du im Bach vor ein paar Tagen Zeit und Raum untertunnelt hast und damals bei mir in der Nähe von Mariapfarr wieder aufgetaucht bist?... – Denn ich habe dich, unfasslich zu sagen, damals auf meinem Fels im Fluss *bemerkt* und dich für einen Sekundenbruchteil im Gegenlicht *gesehen*. Ich habe dir das nur nicht erzählt, weil ich es für ein Zufalls-, nein für ein Zerfallsprodukt meiner Sehnsucht hielt, und hätte mir in *deinem* Fall natürlich gleich denken können, dass du selbst es bist... Wer weiß, vielleicht ist es eines Tages ganz normal, dass wir uns über große Zeitstrecken hinweg besuchen und die Hände reichen, ich wage nicht, mir das kausale Kuddelmuddel vorzustellen, wenn dauernd von irgendeinem begabten Menschen die Weichen der Vergangenheit neu gestellt werden – was du dir ja immerhin verkniffen hast.

Aber sei mir nicht böse: Bist du überhaupt interessiert daran, dass es erklärlich ist? Auch nur theoretisch, meine ich? Oder ist es dir viel lieber, dass es im Dunkeln bleibt? Ich verstehe nicht alles, was du schreibst, und fürchte, du sagst mehr, als ich entschlüsseln kann, zum Beispiel, wenn du von Ungeheuern, schon von Leons Schlange erzählst oder vom Sterben und Wiederkehren – das sind alles Dinge, da weiß ich nicht, was von alledem soll ich wörtlich und was eher als Bild oder Gefühlswert nehmen? Oder wenn du behauptest, du seist am höchsten Punkt der Wirklichkeit gewesen, was eine schöne Vorstellung ist – aber *ist* es nur eine Vorstellung? Wahrscheinlich ist es penetrant von mir, dass ich so ahnungslos frage, wahrscheinlich mache ich die Sache damit kaputt. Aber da ich es doch nun einmal nicht verstehe, unmusikalisch, wie ich in diesen Dingen bin – und ich mittlerweile fürchte, du seist auf dem besten Wege, *gläubig* zu werden? Womit ich, ehrlich gesagt, ein mittleres oder sogar ein größeres Problem hätte … Ich sehe ja auch deinen Rückzug von der Welt, deine *Verschiebung,* und will es gerne so annehmen, wie du es vielleicht meinst (meinst du es so?), dass du es momentan sogar mit noch *mehr* Wirklichkeit aufnimmst als in Berlin. Und dass die Welt, um deren Nabel du da streichst, tatsächlich *unsere* Welt ist … (Ist mein melancholisches Mädel eigentlich schon da? …) Andererseits aber habe ich das Gefühl, dass ich dich gar nicht mehr erreiche, dass du gar nicht mehr auf mich reagierst, und auch das spricht dafür, dass ich mir Sorgen machen sollte … Also, ich wäre dir dankbar für ein paar beruhigende Worte!

Und nur, um es harmloser auslaufen zu lassen, krame ich in meinem Bewusstsein, in meiner Bewusstseinskiste noch nach etwas weniger Tiefem oder sogar entschieden Flachem … Was hätten wir denn da … ah, einen Gender-Kongress zum Beispiel, auf dessen Podium ich gebeten wurde, vom Eulenhorst zu erzählen … Ich hatte nach der Moderation gerade erst begonnen, ein paar Dinge über die physiologischen Unterschiede zwischen den Geschlechtern vorauszuschicken und darüber, dass man beiden nur gerecht werden könne, wenn man in der Lage sei, die jeweils genetisch angelegten Syndrome zu erkennen – da wurde ich bereits niedergeschrien: *Es gibt nur kulturelle Unterschiede!!,* brandete es aus dem Publikum in unsere kleine Runde, *nur gemachte, angeboren ist gar nichts!!* Da muss ich widersprechen, sagte ich, man nehme nur, entschuldigen Sie bitte, die primären Geschlechtsorgane, dann *sieht* man ja recht unmittelbar, dass … Wollen Sie also leugnen, wurde ich von der Moderatorin unterbrochen, einer herben Stachelblonden mit mahlenden Kauwerkzeugen, wollen Sie also *leugnen,* dass es bis heute *keinen einzigen* Beweis für einen *objektiven* Unterschied … Ja, natürlich, habe ich dem Tribunal gesagt, Männer haben … Wir sprechen hier heute nicht über Männer, wurde ich aus den Regenbogen-Roben abgebügelt. Aber ist das hier nicht ein Kongress über Gender-Fragen? …, habe ich gefragt. Und handelt es sich bei Gender nicht um einen Begriff, der sowohl Frauen als auch

M…?… – Hier geht es nicht um *Begriffe*, hieß es daraufhin, sondern um *Realitäten*, die dazu führen, dass Frauen unerkannt krank werden und sogar aus vermeidbaren Gründen sterben. Könnten Sie *dazu* bitte etwas sagen?… Gern!, sagte ich. Da geht es um Folgendes… Und irgendwie waren sie mir in ihrer militanten Ablehnung aller Naturwissenschaft sogar sympathisch. Weil sie einfach einen Zustand erreichen wollten, in der die Frau sich als *Schöpferin ihrer selbst* versteht und in schöner Selbstherrlichkeit etwas aus sich macht. Hmm, wo ich das so schreibe, klingt das fast wie ein Freibrief auch für dich… Anderes Thema. Ich finde in meiner Kiste sicher noch Flacheres…

Das hier zum Beispiel, mein erster Salon, sehr hübsch. Aber nein, ich will dich nicht mit der Gästeliste langweilen… Oder mit Joachim, der gerade aufblüht, mit partnerschaftlichem Kochen und Erarbeiten der cineastischen 50er-Jahre, die er mir dann viel später noch im Bett in ganz zauberhaften Farben malt… Nee, das kommt wieder zurück in die Kiste… Hier, Rebecca, die unantastbare, unverletzliche Rebecca, die ihren Psychosen nicht entkommt… unsere Mutter, die wegen einer Augen-OP Unterstützung braucht, die ich ihr an dem Tag einfach nicht geben kann, dann muss sie halt ein Taxi und professionelle Hilfe in Anspruch nehmen… Tja, auch diese Dinge sind nicht flach genug… Wegwegweg… Oder Johannes, ja, das ist gut. Denn der verhält sich auch nicht immer genau so, wie man es von ihm erwartet, er ist einfach zu gar nichts nütze. Wenn man ihn braucht, ist er garantiert nicht da, und wenn er da ist, kann man ihn garantiert nicht gebrauchen. Und als ich ihm das vor ein paar Tagen mit exakt diesen Worten vorgeworfen habe, hat er nur genickt und meckernd gelacht: *Stimmt. Auch das ist eine Definition von Kunst. Revolutionäres l'art pour l'art.* Ich fühlte mich geehrt und gab jede weitere Attacke auf – zumal ich im Grunde ja immer froh bin, wenn er mal *keinen* cholerischen Anfällen erliegt… Ich habe jetzt eingewilligt, dass wir in einen Sado-Maso-Laden gehen, das Dark Region, dir kann ich's ja verraten, du kommst ja nicht plötzlich herbeigereist und sagst Frau Doktor zu mir, wie nett, Sie hier zu treffen, die Peitsche ist ganz allerliebst!... Diese Vision ist der absolute Horror, finde ich, und wenn der liebe Johannes noch mehr Unterweisung und Unterwerfung braucht – was tut man nicht alles, um es dem Manne recht zu machen?!... –, dann müssen wir eben nach Berlin oder noch besser New York ausweichen, da kann ich dann schlimmstenfalls sogar in allerpeinlichster Beinstellung noch behaupten, mit der Fernreise zumindest *den guten Willen* zur gesellschaftlichen Rücksicht bewiesen zu haben... Immerhin, dass Johannes so oft außer Rand und Band ist und über so viel *Überschuss* verfügt, kommt zweifellos auch mir zugute... Gut, kein Wort weiter, ich schlage bereits in die Gegenrichtung aus.

Aber ich weiß nicht, das fing ja ganz vielversprechend an, aber so richtig platt war auch das nicht. Was für eine trostlose Welt, in der noch und gerade der *bescheidenste* Anspruch scheitert! Ein bisschen Flachsinn, mal *gar* keinen Tiefgang, ist das schon zu viel verlangt? ... Ich mag nicht mehr, ich betrinke mich einfach und rauche dazu eine Zigarette. Und dann noch eine. Schlaf gut! Und träum von *dummen* Dingen!

Deine Flachpfeife

Von: Sebastian Heilering <sebastian@heilering.de>
Gesendet: Dienstag, 31.07.2007 01:16
An: Dudenhausen, Hanna
Betreff: Re: Befremden

Meine Haupthanna und erste Geige, womit habe ich das verdient? All deine Sorge und Nachsicht, deine Strenge, deinen Charme?... Ich werde tatsächlich unaufmerksam, ich spüre es selbst, oder achte hier, besser gesagt, auf ganz andere Zeichen – aber nicht, weil ich gläubig, sondern weil ich wieder *ganz* werde und das, was du immerhin für denkbar und darum offen hältst, einfach wieder in meine Welt hineinnehme... Muss es denn immer ein Entweder-oder sein, geht hier nicht *ein*mal das Sowohl-als-auch? Ich meine: Ich würde ja nie behaupten, dass ich plötzlich *wüsste*, was niemand weiß, andererseits aber auch nicht, dass dort, wo wir nichts sehen, nichts ist... Denn ich *erlebe* und *erfahre* doch etwas. Wer könnte beurteilen, was dem als «unabhängige» Wirklichkeit entspricht? Ist denn das nicht überhaupt die Stärke des Erlebens und Erfahrens, dass es sich für eine solche unabhängige, leere Wirklichkeit gar nicht interessiert, sondern sich als Teil eines lebendigen Ganzen begreift, das sich *von innen her* erschließt?...

Aber glaubst du im Ernst, ich würde dabei auf unseren Herrn Jesus stoßen oder auf den Styx oder aus heiterem Himmel auf ein gewaltig «Ich» sagendes Ich?... Oder plötzlich erkennen, dass der Amethyst Bluterkrankungen heilt, oder unter meiner Haut gebannt Chakren oder Meridiane orten? Das alles sind doch keine Erfahrungen, sondern Dogmen, das habe ich hinter mir, Denkbefehle, die Erfahrungen unmöglich machen und unmöglich machen *sollen*. Vorgefiebertes zum Nachfiebern, ebenso tot wie die wissenschaftliche Welt. Nur wer akzeptiert, dass es jenseits unserer evolutionär mitgebrachten Grenzen kein sicheres Wissen geben kann, auch keinen allgemein verbindlichen Glaubensinhalt, hat die Chance, etwas zu erleben.

Dabei merke ich gerade, dass ich damit schon so etwas wie deine griechische Grundsatzerklärung verfasse und vielleicht sogar die Antwort darauf. Denn ganz ähnlich, scheint mir, wie du dich damals gegen die Vereinnahmungen des Körpers gewehrt hast, so wehre ich mich jetzt gegen die Vereinnahmungen des Geistes. Was die Machtfrage aufwirft – beherrscht der Geist den Körper oder der Körper den Geist? – und zugleich eine Erklärung für die Beständigkeit unserer Liebe bietet. Ich meine, *eine* Erklärung, über deinen umfassenden

Liebreiz und meine Fähigkeit, ihn wenigstens *manchmal* abzuschätzen, hinaus… Denn so unterschiedlich wir uns verorten, je unverrückbarer du deinen Platz in der Welt einnimmst und je haltloser ich in ihr verschwebe, desto erstaunlicher ist, dass wir uns trotzdem berühren können und sogar dort, wo es darauf ankommt. Und das liegt vielleicht ein bisschen daran, dass wir beide genau an diesem Punkt sonst vor allem *Abwehr* sind und *freier Raum*. Das formuliere ich so, damit ich eine geistige Ebene behaupten kann… – aber da sie sich auch körperlich betreten lässt, könnte es ja sogar sein, dass du ihr zustimmst…

Apropos Schlange: Die scheint Leon in der Tat zu beschäftigen. Wir haben einen Orangenbaum hinten im Garten, eng am Sandweg, der in die Berge führt. Den hat er als Schattenspender zum Malen entdeckt und mittlerweile zu seinem Freund erklärt, unter dem er ganze Nachmittage verbringt. Manchmal lädt er mich ausdrücklich ein, was ich dann immer so rührend finde, dass ich alles stehen und liegen lasse und sofort mein Buch hole, auch Angelo, der Nachbarsjunge, darf ihm da nur ausnahmsweise Gesellschaft leisten. Aber die Früchte seines Baumes, hat Leon gleich gesagt, könne man nicht essen. Warum nicht, habe ich ihn gefragt und vermutet, weil man sie ihm nicht wegnehmen dürfe? Nein, hat er lachend ausgerufen, zum Knurpsen belustigt über so viel Unverstand. Aber warum dann? Na, hat er geantwortet, ohne den Malstift aus der Hand zu legen: *Weil die Schlange unter ihm noch lebt.* Und den Kopf geschüttelt, dass ich auf das Offensichtliche nicht gekommen bin… Seltsam, nicht? Die kopflose Schlange unter dem Pfahl ist also wirklich kein Zufall, sondern bedeutet irgendetwas… Und dann hat er mich nach ein paar Minuten auch noch gefragt, wo der Himmel am allerhöchsten sei. Ich wollte ihm schon unvorsichtig antworten, oben in den Bergen, ich war da, aber durch Schaden klug geworden, legte ich neben ihm mein Buch in den Schoß und fragte erst wieder kurz nach: Warum willst du das wissen?… Na, antwortete mein Söhnchen harmlos, weil da bestimmt Gott sei. Aha, sagte ich, fühlte mich irgendwie verrammelt und dachte lieber noch einmal nach. Mir fiel aber nichts Besseres ein, darum machte ich mir einen sehr unbelehrten Reim darauf. Du meinst, sagte ich, weil er da die größte Übersicht hat? Und es darum der beste Platz ist? Nee, machte er wieder und hielt sich den Mund zu, um nicht laut losprusten zu müssen. Warum denn dann, fragte ich. Weil die Menschen und überhaupt alle ihn da besser sehen und sich nach ihm richten können? Dieses Mal hielt er sich wirklich vornüber den Bauch vor Lachen. Ich glaube, er fand mich ganz einfach *zu* niedlich… Ja, warum denn dann, fragte ich ihn, erzähl's mir!… *Na, damit er seine Ruhe hat!* Und lächelte mir ermutigend zu, als müsste ich mir jetzt vor den Kopf schlagen und alle viere von mir strecken. Das machte mich wirklich sehr stutzig. Warum sollte er denn seine Ruhe haben wollen, fragte ich leicht verärgert, was sachlich natürlich nicht gerechtfertigt war. Aber er hatte immer noch viel Geduld mit mir. Na, höör mal, sagte er gedehnt: Er hat die *ganze Welt* gemacht, das ist doch *klar*, dass er jetzt müde ist. Klar, sagte ich, du hast vollkommen recht. Aber – und nun fühlte ich mich richtig schlau – wer, fragte ich, kümmert sich, wenn er ausruht, darum, dass diese ganze Welt auch richtig läuft? Jetzt brachte er nur noch Mitleid auf: Denk doch mal *nach*! Die hat *Gott* gemacht. Da *muss* sich niemand drum kümmern. Die läuft von *allein*. Wow, habe ich gesagt und mein Buch wieder vorgenommen, und er hat sich zufrieden wieder über sein Blatt gebeugt und großflächig ausgemalt.

Manchmal bin ich richtig froh, wenn er ganz normal, wie andere Jungen, einfach nur Hand in Hand mit mir zum Bäcker geht, schon ein paar Minuten nach der Schließzeit, viel zu langsam, aber seelenruhig, und mich im verträumten Plauderton fragt: Wir schaffen das, oder, Papa? Und ich es nicht übers Herz bringe, zu drängeln und zu ziehen, sondern ins volle Risiko gehe und väterlich antworte, mit eherner Sicherheit, als könne nichts, aber auch gar nichts mich und uns erschüttern, fast gemeißelt: *Wir schaffen das.* Und, wie soll ich sagen… Wir *haben* das geschafft, der Bäcker, mein Bäcker hat uns noch hereingelassen. Andererseits sind das oft die Tage, an deren Ende mir ganz übel ist vor körperlicher Sehnsucht… Wo sich mir alles im Gedärm verdreht und ich trotzdem einen Wein nach dem anderen trinke und ich den nächtlichen Garten in mich einsickern lasse… Wo ich mich schließlich fröstelnd in die bestirnte Himmelsdecke wickle und mit mondschwerer Müdigkeit ihren, immer *ihren* Schlaf bewache… Meine Nachbarin hat mir ein weiteres Geheimnis verraten, aber das beim nächsten Mal.

Dein Sebastian im Weltwinkel

Von: Hanna Dudenhausen <hudenhausen@dllf.de>
Gesendet: Donnerstag, 02.08.2007 16:23
An: Heilering, Sebastian
Betreff: Noch ein Befremden

Wie beruhigend, du ferner Welt- und Weitwinkel, dass sie dir nun doch zu *fehlen* scheint – wo ich bislang dachte, dass sie immer noch *da* ist!… Du beginnst, Abschied zu nehmen, und ich denke, das ist gut und richtig so. Man muss die Menschen irgendwann gehen lassen. Ungern gehen lassen, damit man noch einmal einen Wert schafft, aber gehen lassen. Fast habe ich das Gefühl, dass dein Leon das besser kann, wie gern würde ich ihn endlich kennenlernen und mich bemühen, zu seinem Baum vorgelassen zu werden! Und wie beruhigend, dass du nicht glaubst, was man dir sagt, weder den bestallten noch den freischaffenden Gurus. Bloß kein Bild machen! Nie und nirgends! Und wer immer dir das freie Erleben untersagt, der kriegt es mit mir zu tun! Wozu übrigens auch das gedankliche und vor allem schriftliche Erleben gehört… Mir geht es da wohl ähnlich, du hast recht, auch ich will keine festen und vorgegebenen Formen, in die ich alles hineinlebe, was ich so erlebe, von mir aus kann später gern noch etwas herumliegen... Und auch ich bin an diesem Punkt ganz Abwehr, stimmt, ob körperlich oder geistig. Aber ob das bereits unsere Verbindung erklärt? Vielleicht ist es ein Grund für unsere Allianz, aber schaffen Allianzen Verbindungen, oder ist das umgekehrt?...

Und in anderer Hinsicht, fürchte ich, lasse ich alles mit mir machen... Einfach *alles*. Gibt es überhaupt etwas Dümmeres, als sich ohne Strampeln und Umsichschlagen einspannen und anschließen zu lassen? Von Patientinnen, Mitarbeiterinnen, Kolleginnen, Steuerberaterinnen, Verkäuferinnen, Vermietern... Leuten, die allesamt, ohne rot zu werden, behaupten, mir zu Diensten zu sein, tatsächlich aber ständig an mir herumzuppeln und wollen, dass ich mich um sie und ihre Angelegenheiten kümmere... Und sogar von *Dingen* lasse ich mich aufhalten und einsetzen, selbst diese bescheuerte Espresso-Maschine, angeblich vollautomatisch, sagt mir pausenlos, was ich zu tun habe. Milch oder Bohnen oder Wasser nachfüllen, entkalken, Milchdüse säubern, Schublade leeren... morgens aufbauen, abends abbauen, irgendwann zwischendurch den Service anrufen... Dieses Ding ist ein Tamagotschi, es ist nicht für mich da, ich bin für das Ding da. Und für den ebenso anspruchsvollen Computer, für den Kopierer, die Telefonanlage, den Stuhl... Ich bin eine Sklavin, ja, reden wir nicht drum herum, mobiles Anlagevermögen. Ich finde, es könnte einer mal wieder *mich* bedienen oder doch wenigstens so *tun*, als wäre ich mehr als ein Mittel, nämlich Sinn und Zweck... könnte mir abends ein Stück Thunfisch mit Salat und etwas Rotwein hinstellen, mir zuhören und die Füße massieren. Stattdessen Stille und Leere und totes, anspruchsvolles Zeug. Ich hätte Joachim nicht freigeben sollen, der weckt mich jetzt nachts immer noch und muss etwas bei mir loswerden oder von mir wissen, statt mir einfach bedingungslos gutzutun. Das muss ich auch ändern. Bin ich dazu da, die Reste zu verwerten, die seine Langweilerin von ihm übrig lässt?

Naja. Vielleicht gehe ich, wenn es ganz schlimm kommt, in Zukunft einfach direkt vom Dienst zur Tantra-Massage und trinke danach Jasmintee ... Allein.

Denn ebenfalls mit Johannes wird es immer anstrengender, da bin ich bald nur noch ein wandelndes Bedienelement. Inzwischen will er nicht nur unterworfen, sondern auch geschlagen werden, am liebsten auf seine allersensibelsten Gonaden, mit Sex hat das nicht mehr viel zu tun. Außerdem liebt er politische Settings, das brutale Verhör, den Gulag, den Gestapo-Keller, Hauptsache, ich bin ein Fetischvieh, habe Lack oder Leder an, hohe Stiefel und Handschuhe bis zu den Schultern, schwinge eine Peitsche oder sogar einen Knüppel ... Ich weiß inzwischen nicht einmal, ob wir uns noch diesseits der Legalität befinden und was passiert, wenn ich ihn wirklich verletze, was ich als Ärztin dann im Krankenhaus erzähle. Oder was ich mache, wenn er plötzlich seine Hasskappe aufsetzt und mich polizeilich zur Kenntnis bringt, einfach um sein Mütchen zu kühlen ... Kühlung braucht er eine ganze Menge.

Und dabei ist wirklich das Absurde, dass ich selbst eigentlich gar nicht vorkomme und nur ein Platzhalter bin. Mein Urmodell, das habe ich jetzt spielend begriffen, das Urbild, mit dem ich ihn am sichersten lenke und zwinge und presse, das ist wirklich und immer noch seine Mutter, so viel ist mir inzwischen klar. Sie hat ihn nicht nur allein gelassen, sondern auch ein paar Jahre, als er ihren neuen Beziehungen im Weg war, bis aufs Blut geprügelt. Weil er sonst ignoriert wurde und in ihrem Leben nicht vorkam, kannte er bald keinen intensiveren und exklusiveren Modus mit ihr als den des Züchtigens und Opferns. Es muss da ständig eskaliert sein. Sie stößt ihn weg, will ihr eigenes Leben leben, er provoziert sie, stößt sie seinerseits weg und will von ihr nichts mehr wissen, worauf sie auf ihr eigenes Spiegelbild einschlägt, was er gerecht findet, als Beweis seiner infantilen Macht genießt und als eine Gefühlsebene, die niemand sonst mit seiner Mutter teilt. Das also ist jetzt *meine* Aufgabe ... Allerdings hat sich das Urmodell inzwischen mehrfach umgeformt und *politisiert*. Sodass er die Macht, unter der er leidet, im Spiel unglücklich liebt – den Sowjetkommunismus, den Nationalsozialismus, den DDR-Sozialismus – und ihr, einfach weil sie die Macht ist, rückhaltlos recht gibt – und ich mit allem, was ich tue, umso richtiger liege, je mehr Verachtung es ausdrückt. Wozu gehört, dass ich ihn nicht direkt berühren darf – mit dem Handschuh, mit der Peitsche, mit dem Wort, aber nicht mit meiner Haut, ich muss ihn berühren, ohne ihn zu berühren. Sein *unbändiger* Wunsch, bis zu mir vorzudringen, darf *niemals* erfüllt werden ...

Aber wo bleibe ich in diesem Spiel? Ich möchte durchaus berührt werden und berühren, aber das interessiert ihn nicht. Und dich ja offenbar auch nicht, irgendwie geht es euch beiden nicht um den Körper, nur um seinen Bewohner. Ah, bei dem Gedanken mag ich jetzt gar nicht mehr weiterschreiben, ich gehe einfach ins Bett und tue mir gut. Zu träumen gibt es genug ...

Deine Mangelhanna

Von: Sebastian Heilering <sebastian@heilering.de>
Gesendet: Samstag, 04.08.2007 02:36
An: Dudenhausen, Hanna
Betreff: Wider das Befremden

Meine Sehnsuchtshanna, das Porträt ist angekommen. Ich musste es natürlich abholen, keine Ahnung, wo es überhaupt so lange geblieben ist, aber jetzt ist es da, lehnt an der Wand, und sie, die da eingefangen ist, schaut so ausbalanciert aus dem Fenster, wie du sie beschrieben hast, den Blick halb nach innen, halb nach außen gerichtet, so reizend offen in beide Richtungen, dass ich schon mehrmals nach oben gegangen bin, um sie zu besuchen. Denn die Grenze, an der sie steht, ist ja längst mein eigener Ort, und sie hilft mir, ihn genauer zu erfassen und zu behaupten – sie und du, ich bin erstaunt, wie gut du sie erkannt hast und dass sie hierhergehört, wie du hierhergehörst ... Und ich würde dir danken, wenn ich dir damit nicht bewusst machen würde, dass hier *noch* jemand ist, der dich in Anspruch nimmt, statt dich einfach zu verwöhnen – ich meine, über das Schreiben hinaus ... Obwohl ich oft an deine Haut denken muss und an deine hohen Wangenknochen, im halben Profil von schräg hinten, ich weiß gar nicht, warum gerade an sie. Und an dein rechtes Schlüsselbein, wo der Leberfleck es markiert ... Merkwürdig, was sich im neuronalen Netz so alles verfängt! ... Du bist sehr viel mehr als der Luxuskörper, den du hast, *sehr* viel mehr – aber auch der verlangt seine Aufmerksamkeit, ich verstehe das.

Allerdings irrst du dich, wenn du glaubst, sie sei nicht mehr da und habe den Platz geräumt. Sie *ist* da, immer noch, ich spüre sie überall und bewache ihre schlummernde Gegenwart. Im Haus, wenn ich in der Küche mit den Gerätschaften scheppere, manchmal habe ich das Gefühl, sie spiegele sich in den blinkenden Töpfen. In der Badewanne, wenn ich die Augen schließe und alle paar Sekunden aufschrecke und mich umsehe und fast sicher bin, sie sei an meinem Nacken vorübergeweht – wahrscheinlich, weil hier die heiligen Festlichkeiten meines Vaters besonders intensiv nachwirken. Selten im Schlafzimmer, da bin ich eigenartigerweise vollkommen allein. Dann aber im Garten, in allem, was dort wächst und lebt, und vor allem an unserem neuen Marmortisch, den die Arbeiter tatsächlich so vorsichtig mit dem Bagger hereingefahren und oberhalb des Brunnens zusammengestapelt haben, als wären sie auf Zehenspitzen oder weichen Sohlen gegangen, da ist jetzt ein Bereich, in dem ist die Wirklichkeit zugleich offener und dichter als irgendwo sonst auf der Welt, deine Melencolia schaut von oben genau auf diese paar Quadratmeter, so offen und so dicht wie auf dem Berg oder auf dem

Friedhof, als wäre es dieselbe Struktur ... Ich habe mir fest vorgenommen, noch einmal in Ruhe auf diesen Gottesacker zu gehen und die Sache zu erkunden. Ich will auch meine Nachbarin noch einmal genauer befragen, sie weiß mehr, als sie durchblicken lässt, und verrät sich schon dadurch, dass sie einen allzu wachen Sinn für mein wunderliches Söhnchen hat. Als er sie unvermittelt gebeten hat, von ihrem verstorbenen Mann, den sie sehr oft erwähnt, nur zu *flüstern* – laut sprechen sei *gefährlich*! –, hat sie ganz gerührt reagiert und Leon für «sehr begabt» erklärt. Und als er ihr einige Tage später sogar geraten hat, «zur Sicherheit» lieber *ganz von ihm zu schweigen* und überhaupt jedes Wort, das mit dem Schmieden zu tun habe, zu meiden – ihr Mann, um rund zwei Jahrzehnte älter als sie und seit ihrer Jugend für sie nur *der Traummann*, war der letzte Schmied in dieser Gegend gewesen –, da hat sie sich nicht geärgert, sondern ihn nur kurz in den Arm genommen und ist dann demonstrativ über den Hof gegangen, um die Tür, hinter der noch der alte Amboss vor der Feuerstelle samt Rauchfang steht, langsam in den Rahmen zu ziehen und abzuschließen. Woraufhin Leons Gesichtchen angeblich «geleuchtet» hat. Auch unter Leons Baum übrigens darf man jetzt nur noch flüstern. Das finde ich ja eher schade. Aber immerhin, flüstern darf man noch. Und es ist ja auch ein bisschen feierlich ...

Was du über dein vornehmes Sklavendasein schreibst, erinnert mich an meine Schwester. Sie hat es tatsächlich geschafft, ist eine der jüngsten deutschen Professorinnen, unsere Mutter hat mit Selbstverständlichkeit erst die Nachricht und dann, wie sie mir erzählt hat, bei der Feier die «Devotionen» der künftigen Kollegen entgegengenommen, die Corinna allesamt eine große Karriere voraussagen. Ich glaube das sofort, denn sie ist nicht nur genial, das war sie immer schon, sondern sie hat auch ein Thema gefunden, das sie auf Jahrzehnte beschäftigen wird. Schon als sie in ihrer Dissertation über genetisch bestimmte Verhaltensmuster gearbeitet hat, ist sie auf die Epigenetik gestoßen, die momentan offenbar alle Denkgewohnheiten in diesem Bereich aufreißt – und hat nun in einem Team an der McGill University in Montreal weitere starke Hinweise darauf gefunden, dass sich Erfahrungen genetisch vererben lassen. Ich habe sie, als sie mir das zum ersten Mal erzählt hat, natürlich sofort gebeten, einen Beitrag auf bottomupp zu schreiben, der prompt eine Lawine an Reaktionen ausgelöst hat. Kein Wunder – ihre Forschungsgruppe hat die DNA aus Hirnen von Selbstmördern und Selbstmörderinnen untersucht, die als Kind misshandelt oder vernachlässigt wurden, und festgestellt, dass irgendwelche normalerweise aktiven Schlüsselgene im Hippocampus durch eine chemische Markierung mit bestimmten Methylgruppen ausgeschaltet waren. Sieht man den Befund mit anderen Forschungen zur Vererbung von Mythelinmustern zusammen, so spricht vieles dafür, dass die DNA in Teilen wie eine Flaschenpost funktioniert, und Corinna war raffiniert genug, sogar weitverbreitete Störungen in der deutschen Gesellschaft auf die kriegsbedingten Traumatisierungen unserer Großväter und Großmütter zurückzuführen und für prinzipiell heilbar zu erklären – denn an die Mythelinmuster kommt man teilweise schon jetzt medikamentös heran. Die Kommentare auf bottomupp reichten von Schock und Wut über erlöste Zustimmung bis zu tiefer Genugtuung über den endlich nachgewiesenen Weg der kulturellen Tradition durch die Materie.

Das ist die eine, die öffentliche Seite. Die andere ist, dass Corinna sich die Haare aufstellen, sobald sich ihr ein Mann nähert – will heißen ein Mannmann, hättest du früher gesagt, ein Mann, dessen Männlichkeit für sie unüberseh- und -gehbar ist… und dass sie, solange sie denken kann, mit einem Schuldgefühl herumläuft: dem Gefühl, sie müsse sich ihre Existenz *in jedem Moment verdienen*. Ein Ansparen ist ausgeschlossen, jede Pause lässt den Berg der unabtragbaren Schuld weiter wachsen. Und weder für das eine noch für das andere findet sie einen für sie plausiblen Grund. Ihre öffentliche und wissenschaftliche Hypothese ist darum zugleich eine sehr private und spekulative, sie vermutet, dass die Mutter unserer Mutter von *den Russen* – ihre Wortwahl – beim Einmarsch vergewaltigt wurde und der Vater unserer Mutter an den Partisanen-Erschießungen in Polen beteiligt war. Sowohl die Opfer- als auch die Täter-Erfahrung würden demnach in ihr weiterwirken. Wenn du mich fragst, ist sie bloß intellektuell verklemmt und ein Opfer unserer überehrgeizigen Mutter, während ich die Gnade mittelmäßiger Intelligenz und väterlicher Instabilität genieße. Aber das will sie nicht hören. Für sie ist wahrscheinlich genau diese Erkenntnis die unerträglichste von allen: Die Erkenntnis, dass sie ihr ganzes Leben lang lieb und brav gewesen ist und mehr als alles andere den eigenen Trieb in seiner sprengenden Befreiungskraft gefürchtet hat. Vor allem hat sie viel mehr Angst, plötzlich sie selbst als auf den vorgeschriebenen Bahnen weiter unglücklich und erfolgreich zu sein – was mir unter solchen Umständen geradezu garantiert scheint, sie kann da ganz ruhig bleiben. So reagiert sie sich notorisch an der werten Kollegenschaft in der Triebunterwelt der wissenschaftlichen Anmerkungen ab, wo Karrieren korrigiert und fallbeilartig beendet werden, und beschäftigt sich im Übrigen damit, ihre Flaschenpost zu finden und zu entziffern. Was glücklicherweise lange dauern und ebenso lange gegen alles andere immunisieren kann.

Nichts ist ihr im Übrigen lästiger als die Dingwelt – als eine Welt ohne Vernunft, die sich gegen all ihre guten, noch gegen die *besten* Argumente immer wieder als versperrt erweist… und die trotz ausgesucht verletzender Worte eckig, hart, schwer und langsam bleibt. Ich habe sie dennoch vor ein paar Tagen in Schutz genommen: Dass die Dinge sich nicht äußerten, sei nicht automatisch ein Beweis für ihre Feindseligkeit, nicht einmal für ihre Gleichgültigkeit. Sie könnten auch einfach unfähig oder tot sein. Beides aber findet Corinna so «grausig», dass sie die Annahme erwiderter Antipathie entschieden vorzieht, und was sie nicht will, das sieht sie nicht. Ich habe also nur noch leise angeregt, die ganz eigene Existenzform der Dinge und ihre natürliche Geschwindigkeit zu würdigen; aber dazu wiederum, sagt sie, habe sie weder die Geduld noch die Zeit. Also flucht sie weiter über alles, was ihr im Weg steht, ihr mutwillig auf den Fuß fällt und sich nicht öffnen lässt.

Ich erzähle dir das aber nicht, weil ich glauben würde, dass du ebenso brav oder intellektuell vernagelt wärst, sondern eher, weil du kannst, was sie nicht kann, und weil sie meine Schwester ist. Und jetzt ist es so spät geworden, dass ich dir gar nicht mehr sagen kann, was ich wirklich für eine Gefahr halte, nämlich Johannes, der dir sicher nicht übelwill, aber unglücklich ist und dich, wenn er kann, mit sich ziehen wird... Es ist so spät geworden, dass ich dich gar nicht mehr warnen kann, weil ich ausruhen und für mein Söhnchen da sein muss. Aber behalte es im Kopf, du meine Kunstliebhaberin, dass ich da etwas auf dich zukommen sehe, und sieh dich bitte vor. Und wenn auch nur vor dem Schaden an deiner Seele, an die du nicht glaubst...

Dein Gartensebastian

Von: Hanna Dudenhausen <hudenhausen@dllf.de>
Gesendet: Sonntag, 05.08.2007 00:37
An: Heilering, Sebastian
Betreff: Fortsetzungsgeschichte

Ich wusste gar nicht, du mein drittes Auge, dass deine Schwester uns so verwandt ist und so nahe in ihrer unablenkbaren Feindschaftspflege, ihrem Starrsinn, ihren Fixationen... Starke Pole, dazwischen kann und soll nichts leben, und koste es die Gesundheit. Ich würde sie in unserer hochneurotischen Familie herzlich willkommen heißen, wenn ich dadurch nicht mit dir in die Nähe des gebrochenen Inzesttabus geriete. Und wenn diese Sorte Probleme nicht schon von

Johannes zuverlässig geliefert würde, du hast recht, er *kultiviert* das Unglück und tut mir nicht gut. Nicht in der Nacht, wenn er kriecht, und nicht am Tag, wenn er sich aufrichtet…

Aber da du mir noch immer keine Hoffnungen machst und zwar Melencolia, nicht aber mich zu dir kommen lässt… Natürlich halte ich zu ihr Verbindung, zu ihr und ihrem Horizont, aber es ist doch etwas anderes, als selbst da zu sein und *endlich* verwöhnt zu werden. Ist das nicht überhaupt *unser* Elysium, *unser* Paradies? – Das Schlaraffenland des Körpers, zu dem man von einem Berg weicher Leiber hinüber- und durchgereicht wird, um dort drüben endlich ganz zu fließen und zu strömen?… Und was bleibt mir stattdessen? Nichts, als mich *seinen* Launen zu stellen, wie du dich offenbar auch *ihren* Launen stellst… Nichts, als mich dir und meiner Insel der Seligen zu nähern, indem ich hier auf dem Elektronenpapier, auf dem wir beide wahrhaft zu Hause sind, zwischen unseren Welten weiter erzähle und das Unzuträgliche mit dir teile, wie mit meinem Ehemann nach vollbrachtem Tagewerk. Obwohl es dich quält, ich ahne es, mein Liebster, aber dazu leben wir miteinander, und ich habe sonst ja niemanden… Ich sitze allein, in tieferer Menschenleere als du, ohne einen kindlich weisen Leon nebenan, nur mit Wein und Zigarette an meinem schönen Sekretär, und muss mir trotz meiner begrenzten Möglichkeiten einen Reim auf alles machen, und wer könnte mir besser helfen, besser mit mir reimen als du, der du mich liebst und dich schon darum nicht wehren kannst?…

Tatsächlich waltet da ein Gesetz. Mit seinen Nächten und seinen Tagen, meine ich, den Johannes-Nächten und -Tagen, aber das hast du längst angenommen, du bist ein guter Zuhörer… Je hilfloser und jämmerlicher er sich in der Dunkelheit krümmt, desto stolzer besteigt er am nächsten Tag wieder seinen Thron und herrscht im Licht. Die Stimmungen und Gefühle lösen einander in extremen Ausschlägen, aber mit schöner Regelmäßigkeit und in einem geschlossenen

Kreislauf ab. Denn auch der Stolz will irgendwann wieder gebrochen werden, je triumphaler er ausfiel, desto tragischer. Ich würde ihn ja gern aus dem ganzen Regelkreis lösen, aus der großen Haupterhebung nicht weniger als aus dem Gekrieche, wozu noch mit den frühen Gespenstern abstrampeln, jetzt, da wir groß und stark sind? Warum ihnen ohne Not noch *irgendein* Recht auf die eigene Realität zugestehen?... Und eigentlich braucht er mich ja gar nicht, nur *irgendeine* Mitspielerin. Jedenfalls fühle ich mich nicht gemeint, wenn ich als Mutterlarve seinen hübschen Hintern malträtiere, und ich fühle mich auch nicht gemeint, wenn er seine cholerischen Anfälle bekommt und ich den kleinen Jungen in ihm krakeelen höre. Ich *bin* nicht gemeint, nur eine Platzhalterin für ein altes, böses Spiel... Aber du, mein Neben-Ich, du weißt, wovon ich spreche... Kann ich *noch* einmal... – jemanden allein lassen? Kann ich noch einmal... jemanden *damit* allein lassen?... Obwohl ich mich bei Rebecca zurückhalte und nicht weiß, ob das *wieder* oder *endlich* geschieht... Obwohl ich mich von meiner Mutter freigesprochen habe, sie reden lasse und einfach nicht mehr zuhöre. Obwohl ich manchmal die Kinder vor mir sehe, mit traurigen Blicken, einfach so zwischendurch, und, für mich selbst unbegreiflich, *trotzdem weitergehe*... Genau, ich kann es *nicht*. Ich kann ihn, da ich ihn nun einmal *erkannt* und ihn trotzdem nicht im weiten Bogen gemieden habe... ich kann mich nicht *auch ihm noch* entziehen und so tun, als hätte ich, nur weil ich nicht gemeint bin, nichts damit zu tun. Denn ich habe damit zu tun. Ich kann nicht sagen, lass alles hinter dir, wenn ich ihn doch *vor allem darum* aufgesucht habe. Also sehe ich der Sache in die Augen und in den Nacken, arbeite und kämpfe ich in seinem Fleisch. Und das ist nicht übertrieben, es *ist* ein Kampf, um ihn und mich...

Und dazu gehört... – bist du noch da? Nimm dir ruhig eine Zigarette, willst du ein Glas Wein?... Und dazu gehört, seiner Wut den herrlichen Raum zu geben, den sie braucht. Und sie *braucht* ihn... Darum erschrecke ich *nicht*, wenn er schon zum Frühstück irgendeinen Rap wummern lässt, mit lauter unnötigen Ansagen und Klarstellungen von Menschen, die ich definitiv nicht kennen möchte, und wenn er eine nach der anderen raucht, in seiner Küchenecke, mit Sonnenbrille... Und ich beschwere mich *nicht*, wenn die ersten Wörter, die er zu mir durchpresst und -stößt, sobald ich ihm einen Kaffee hinstelle, *Was soll das?!* lauten. Grund genug hätte ich. Meistens geht sein Zorn sowieso sehr schnell aufs Ganze. Es genügt ihm ein Zeitungsartikel oder ein Brief vom Finanzamt oder einer Versicherung, dass er das nächstbeste Geschütz auffährt... *Diese Sesselpuper!*, heißt es dann unter kräftigen Schlägen auf das gefaltete Papier. Diese gedungenen Kleingeister und Schoßkläffer, die sich einem rattenartig an die Hosenbeine machen, kann die nicht einer wegpflücken und ersäufen?! Muss ich mich von dieser Schnüffelplage wirklich *anschreiben* lassen? Ich?! Wieder Schläge. Das *Geschmeiß*! Und so weiter. Ich würde ihm gern sagen, du hast recht, es sind Spatzen, mach dir nicht die Mühe. Aber er *braucht* die Kanonen, um mit ihnen fertig zu werden...

Dann wieder wird er manchmal melancholisch und weint ein bisschen vor sich hin, die Stirn auf dem Tisch, die Zigarette verraucht schön und hoch oben über seinem fleischigen Hinterhaupt, während ich in seinem Saustall Ordnung schaffe... Was für ein *Eeelend*, heißt es dann irgendwann lang gezogen von ganz tief unten und lähmend unironisch... Ich höre es jetzt auf meinem Handy, ein paar seiner Aufführungen *musste* ich einfach für die Ewigkeit und vor allem für dich bewahren, ich schreibe gehorsam wie ein Buchhalter mit...: *Was für ein Eeelend*, klagt er hohl wie aus dem Kellergewölbe: in *so* einer Zeit zu leben! Umzingelt von Kröten und Würmern, die einen bekrabbeln und überschleimen... *Soo* sein Leben hinzubringen und zu verrecken!... Er windet sich auf dem Tisch, ich höre und sehe ihn noch, er sitzt plötzlich kerzengerade: Und warum? Warum, *verdammte Scheiße!!?* Weil dieser... dieser *Staaat* (dieses Wort ist ein *Schimpf*wort für ihn...)... keinen Sinn für das Hohe und Große hat!

Weil er … weil er der *Pracht* nimmt und … dem *Jammer* gibt! Weil er den Auswurf und die Fäulnis und das Verrotten belohnt und bezahlt … Und warum? Warumwarum?!! Verdammte Scheiße, aus *Mitleid*! Und aus *Feig-heit*! Weil der Dee-moo-kraat (er verzieht mit jedem Vokal das Gesicht, auseinander, konzentrisch, zentrifugal, und wirft es auf beide Seiten, als reiße er bereits Fleisch aus dem erlegten Tier …), der Dee-mo-krat, dieses *Gezücht!*, nichts mehr fürchtet als den *wahren Adel*, nichts mehr als das *Geheimnis der Herkunft*, verstehst du? – Was machst du denn da überhaupt, fass das nicht an, leg's wieder hin! … – (keine Ahnung, welches Eigentum ich da durch meine Berührung besudelt habe …) *Ver-dammte Schei-ße!!* (Er erstarrt, holt von unten in Schlangenbewegungen Luft und Kraft, doziert dann weiter, als wäre nichts gewesen …) Der fürchtet nichts mehr als das Geheimnis der Herkunft, sage ich, als das, was ihn *natürlicherweise überragt!* … Verstehst du …? *Was außerhalb seiner Kritik steht*, was er *nicht erreicht* … Es gibt nur *eine* Steigerung der Dee-moo-kraa-tiiie, das ist die *Thee-raa-piiie* … die rituelle Auslese der Allererbärmlichsten, des solidarbedürftigen Seelenaussatzes, des Seelenbodensatzes, der Gemütslahmen … Das will aufgehoben und gestreichelt werden, das will Verständnis und wieder zur Geltung kommen … *Das!!* Und will sein kleines, jämmerliches *Scheiß*-Recht auf sein kleines, jämmerliches *Scheiß*-Glück … Und wenn es gut läuft, geht das, nachdem so ein Therapiemensch in Weiß und küssbarem Fingergold ihm diese kleine Gnade gewährt hat, wieder dahin, wo es hergekommen ist, zurück zur mümmelnden Herde, und fällt nicht weiter auf, das Vieh …

Und wenn ich dann nicht weiche, mein ferner Sebastian, bist du *hier* noch bei mir? …, dann dreht er erst richtig auf. Ich habe hier noch eine Aufnahme von gestern, als er eine Leinwand erst mit Farbe und Dreck und Bier und Kippen beworfen hat, dann auf sie eingetreten und sie sauber zerlegt hat, in ihren Einzelteilen auf einen Baumstumpf genagelt und behauptet, *das ist der heilige Sebastian* … um dann in einem letzten Aufbäumen des heiligen Zorns auch noch eine rostige Forke mitten hineinzuwerfen und befriedigt ihr Nachzittern zu beobachten... Während dieses ganzen kreativen Zerstörungswerkes hat er mir auch noch atemschwer, aber vollkommen ruhig *die wahre Schöpfungsgeschichte* erzählt. Gott, hat er mich informiert – und ich informiere jetzt dich, ich lasse einfach laufen, er tritt an dieser Stelle bereits auf den Rahmen ein, wahrscheinlich könnte ich dir auch die Audio-Datei schicken, aber das führt definitiv zu weit... –, *Gott ist nicht der, für den wir ihn halten.* Ich weiß es, sagt er und tritt zu, denn ich habe mit ihm getrunken, da *quatscht* er immer. Er hat diese Welt nicht gemacht, hat er gelabert, das versoffene Schwein, weil er etwas Gutes tun wollte, sondern *weil er Hunger hatte.* Er *frisst* die Seelen, jeden Morgen, Mittag und Abend, hart gekocht, geröstet und roh, er brauchte mehr, als er in dem Paralleluniversum finden konnte, aus dem er stammt (Johannes reißt noch Fasern auseinander), und darum hat er da aus einem Vakuum, aus einer winzigen, verkeimten Unregelmäßigkeit des Raumes dieses Universum gemacht – um eine *Zucht* aufzubauen. Seelenfelder für den Schmierinfekt aus einer anderen Welt, für *Gott.* (Es knallt und rumpelt im Hintergrund.) Und damit sie nicht alle gleich schmeckten, kam er auf die Idee, seine *beste* Idee, wie er noch immer kichernd und sabbernd fand, ihnen eine Geschichte zu geben und sie individuell leiden zu lassen, jeden für sich, denn nur das Leiden macht die Seelen schmackhaft (er fängt an zu nageln...), und das Jammern gen Himmel ist eine Anregung für den göttlichen Appetit. Darum hat er irgendwann auch diesen Jammer-Jesus hinuntergeschickt, damit die Menschen dem Gammler hinterherliefen und jeder sein Kreuz aufnahm und noch ein bisschen tiefer litt, Jesus war doch nicht dazu da, das Leiden zu beenden, er war da, um die Speise zu salzen und zu pfeffern (er nagelt mit wachsender Munterkeit weiter...). Jesus ist das Böse, und der Teufel ist die einzige Hoffnung für die Menschen, der Einzige, der Bescheid weiß und die Wahrheit sagt und die Revolution anführen könnte, aber Jesus, der Anrichter, hat das verhindert (er nagelt und nagelt), er und der vornehm unerweichliche Petrusfels und die ganze mitverschworene Kirche, die sinistre Singsang-Combo der Hirten in der Seelenherde des ewig hungrigen Gottes. Er isst nur das Beste, nur das Innere, wie die Schlangen; die Körperschale verschmäht er. Frühere Epochen haben das gewusst, frühere und stärkere Epochen haben *gewusst*, dass am Leiden kein Weg vorbeiführt, an Folter und Krieg, was natürlich um einiges größer war als das heutige Leiden an Schlampen und Eiterpickeln, sie haben gewusst, dass Leiden der *Sinn* unserer Existenz ist (er schlägt wie blöde auf sein Werk ein). Sie haben gottgefällig geschlachtet und sich gottgefällig schlachten lassen, die wären niemals zur Theeraapiie gewürmt, die haben ihr Schicksal und ihr Kreuz hochgestemmt und auf sich genommen, und die Kunst ist dazu da – hier hat er die Forke mit Lust in *seinen* Jesus oder Sebastian oder sonst was geschleudert –, die Erinnerung an die ganze Wahrheit und an die Möglichkeit eines heroischen Lebens wachzuhalten. Auch die Kunst als Statthalter der *ganzen* Wahrheit muss darum unbürokratisch, unpolitisch und totalitär herrschen und leiden und duldet keinen Götzen und keinen pupenden Kleingeist neben sich. Sie ist die letzte Spur der Würde unter den Augen des Züchters … Übrigens … Schläfst du? He! Gehen wir heute ins Dark Region? Ich habe das Gefühl, ich müsste heute meine neue Montur ausprobieren …

Hier bin ich dann aufgewacht und habe das Gerät ausgeschaltet. Ich kann ja nicht jeder seiner erhellenden Reden folgen, aber später habe ich es mir angehört und fand es doch typisch und sehr rund. Ich hoffe, dir erging es nicht wie mir … Ich will's nicht wissen und darf's nicht sagen, aber er erinnert mich wahrhaftig manchmal an Markus … Ich sollte wieder anfangen zu lesen. Aber wie auch immer und erst recht, ich kann ihm nicht helfen, fürchte ich. Und zur Therapie, die er natürlich *dringend* bräuchte, bekomme ich ihn schon gar nicht … Da legt er die Hürden einfach zu hoch, es sei denn, ich könnte ihm das als die ultimative Entwürdigung, als *die Gosse* verkaufen …

Auch so ein Lieblingswort von ihm. Komm, ich führe dich zur Herde, sollte ich sagen, und ihn an der Kette ziehen, das mag er … Ich muss schlafen. Schlafen, schlafen.

Deine Dunkelhanna

Von: Sebastian Heilering <sebastian@heilering.de>
Gesendet: Dienstag, 07.08.2007 01:23
An: Dudenhausen, Hanna
Betreff: Bewegungen

Wo bleibt deine Führungsgabe, meine Traumspielerin, deine kreative, ordnende Arbeit am Künstler? Ich beneide deinen Johannes, seine magische Belebung und Erledigung Gottes, seine Fähigkeit, die Dinge mit *sich* zu beauftragen, sich ihr sperriges Eigenleben gefügig zu machen. Wie anders als meine Schwester! Als du und ich! Vielleicht muss man über den heiligen Zorn deines Selbstmachers verfügen, vielleicht über seine Hybris, die Schöpfung in der Eigenschöpfung zu ermorden, ich liebe zu viel, um es krachend wegzuräumen und mir Platz zu verschaffen, ich kann nur tiefer in die Dinge gehen, wenn ich atmen will. Auch für dich ist das Abschaffen kein Weg zum Schaffen, du musst um die Dinge herumgehen, um Auslauf zu haben, und musst die Menschen verführen, um sie zu führen, um sie glücklich zu machen, dass sie dir folgen dürfen … Aber immerhin. Ich kann die Menschen weder verzaubern noch charmieren, ich muss sie im Schweiße meines Angesichts überzeugen und brauche dazu die Wahrheit, selbst hier … Sodass ich sogar neidisch bin auf die kindlich geborgenen Broker, die auch nur mit Ideen und Symbolen umgehen, die in ihrem Flacker- und Flimmerleben keinen Bruch kennen zwischen Ego-Shooting und Ego-Trading, jetzt, in diesem Moment, ganz reale, erwachsene Unternehmen anhalten, Heerscharen von Industriearbeitern in der freien

Wildbahn aussetzen, Familien ins Bodenlose fallen lassen, Regionen entvölkern, Länder in die Armut treiben ... Auch die Broker sind Magier, die durch die grün leuchtende Zahlenrealität bis ins Herz des Körpers durchgreifen, es wahlweise abbremsen oder wieder zum Schlagen bringen ... Ich habe für Andreas und Bottomupp einen Beitrag über die Allmacht des Homo clausus verfasst, des modernen Containermenschen und U-Boot-Fahrers, der niemals im Meer war, der keinen Fisch und keinen Felsen, nur die bunten Pegel und Knöpfe kennt ... Aber letztlich verstehe ich diesen Menschen nicht, Leon wüsste mehr mit ihm anzufangen, mein Leon, der unserer Nachbarin heute ernstlich ankündigte, nicht mehr zu ihr zu kommen, weil auch sie selbst zu ihrem verstorbenen Mann gehöre, wie das Werkzeug, wie sein Name ... dann aber, als sie ihn schockiert ansah, leutselig und gutmütig lachte, er mache ja nur Spaß und übertreibe, schließlich sei das alles schon *soo* lange her, und, kaum war das überstanden, zum Mittag keinen Fisch essen wollte, weil er befürchtete, dann bald keine Luft mehr zu bekommen, zumindest nicht *über* Wasser ... Er wird immer wunderlicher und feiner und hat die Flüsterzone jetzt auch auf unseren Marmortisch – er nennt ihn den *Altar*, ich weiß nicht einmal, woher er das Wort hat – und auf einen Radius von rund zehn Metern um ihn herum ausgedehnt, der auch den Brunnen abdeckt ... *Damit sie nicht erschrickt.* Sagt er, und ich traue mich nicht nachzufragen. Es passiert ihm *nie*, dass er beim Spielen mit seinem Freund aus Versehen laut über die Grenze springt, ist das nicht unnatürlich? Vielleicht ist er gar kein Kind, sondern *alt* und kommt weit her? ... Was genau ist übrigens das Dark Region?

Ich habe bei der Gelegenheit meine Nachbarin auch auf den Friedhof angesprochen, und dieses Mal war sie wieder in Stimmung. Sie hat mir sehr einfach erklärt, dass viele aus der ganzen Region und aus dem ganzen Land hierher *zurückkämen*, um hier zu sterben. Und als ich nachfragte, wie es sein kann, dass so viele hier geboren seien:

Hier hätten auch viele ihren Ursprung, die nicht hier geboren seien. Daraus erkläre sich auch die Gravur im Marmorportal: *hic natus, hic situs est.* Hier am Berg sei der Mittelpunkt der Welt, das hätte ich doch längst selbst herausgefunden. Und als ich vorsichtig nickte: Ich sei doch überhaupt nur hier, weil die Grenzen hier durchlässig seien, das habe, wie das ganze Dorf und all die anderen, die hierherkämen, bekanntermaßen auch mein *festlicher Vater* schon gewusst. Und nur deswegen könne ja auch die Braut ihren gefallenen Bräutigam jedes Jahr wiedersehen... Wie das!?, fragte ich erschrocken. Mein Vater?! Und bekanntermaßen? Aber da erschrak auch sie und weigerte sich, noch irgendetwas Weiteres zu sagen, sie hatte sich offensichtlich verplappert und das nur durch meine unbedachte Reaktion bemerkt. Ich werde also trotz der Hitze übermorgen auf den Friedhof gehen und selbst versuchen, dem Geheimnis auf die Spur zu kommen. Nein, nicht trotz, sondern *wegen* der Hitze. Ich spüre, sie hilft mir und kommt auf ihren Höhepunkt. Jetzt oder in einem Jahr, nur noch wenige Tage, dann ist alles offen und geht alles von vorn los.

Ansonsten bin ich natürlich kein Gärtner und werde es so schnell auch nicht, trotz meiner stadtbürgerlichen Sentimentalitäten. Aber bauen und basteln kann ich, die Klause, *meine* Klause, ist beinahe fertig, die dicken Mauern schützen jetzt vor der Hitze und bald auch vor dem Herbst, und dank Hotspot kann ich bereits darin arbeiten und den apokalyptischen Sound machen, den Andreas von mir haben will... Ich lebe das Tempo der alten und alternden Dinge darin, eines rostigen Spatens, eines Fasses, es fehlt nur ein eigenes Klo, ich muss immer ins Haupthaus gehen. Und leider entdecke ich da jetzt immer öfter Blut in meinem Stuhl, ich habe allmählich den Albdruck, obwohl kein Arzt etwas entdeckt, ich sterbe daran. Nein, so dramatisch ist es sicher nicht, aber mich beunruhigt, dass ich weiter abnehme, jetzt schon mehr als zehn Kilo, dass mir oft grundlos übel ist, nur weil ich das Leben nicht so haben kann, wie ich es mir wünsche, und dass ich mir unser Wiedersehen, dein und mein Wiedersehen nicht vorstellen kann. Verstehst du? *Ich kann es mir nicht vorstellen.* Weder hier noch in Athen, noch sonst irgendwo. Das macht mir Angst. *Kannst du es?* Schau ein bisschen voraus und sag mir, was du siehst, vielleicht steht es dann auch mir vor Augen.

Dein flirrender, irrender Sebastian

Von: Hanna Dudenhausen <hudenhausen@dllf.de>
Gesendet: Mittwoch, 08.08.2007 23:12
An: Heilering, Sebastian
Betreff: Re: Bewegungen

Blut im Stuhl, du mein Wahnsinnsknabe?! Mehr als zehn Kilo abgenommen?! Ich kann das nicht lesen, *nicht schon wieder,* dass du dich nicht um dich kümmerst! Wenn Ärzte nichts finden, heißt das gar nichts, hörst du?! *Gar nichts!* Dann musst du halt weitersuchen, *du*, und niemand sonst, bis du jemanden findest, der etwas findet! Du *hast* doch etwas! Und auch wenn die Psyche immer irgendwie beteiligt ist und sich mit der Physis heillos vermengt: Meistens ist es sehr viel einfacher, am Körper anzusetzen. Also kümmer dich! Geh zum Gastroenterologen! Ich erwarte Vollzugsmeldungen, sonst komme ich und nehme dich bei der Hand! Und, mein Lieber: Geh gefälligst an dein Handy, wenn ich dich anrufe!! Das schätze ich gar nicht, wenn man auf meine Initiativen einfach nicht reagiert.

(Für sich:): Männer!... Ich weiß schon, warum ich die in meiner Praxis nicht sehen will... Alles muss man denen beibringen. *Alles!!* Obwohl ja dieser hier, *dieser eine*, über irgendein Organ, *Empfangs*organ verfügt... Wieso nutzt er es nicht? Warum nicht *da*für? Oder tut er es, und das ist das Ergebnis?... So oder so: Was für ein erstaunlicher Mensch!...

(Wieder an Sebastian gewendet:) Das Dark Region ist ein Club, aber einer der besonderen Art. Eigentlich passt der eher nach Berlin. Johannes hatte davon gehört, von irgendeinem seiner dubiosen Freunde, die wie er nie da sind, wenn man sie braucht, nur dann, wenn man sie ganz sicher *nicht* gebrauchen kann, und wollte da unbedingt einmal hingehen. Und das erste Mal haben wir uns wirklich nur schwarz eingekleidet und die erzromantische Inszenierung genossen. Das fängt schon mit dem Eingang an: Man findet das Dark Region gar nicht, wenn man nicht weiß, dass es sich in einer Sackgasse hinter einer hohen Mauer und einem schweren, verrosteten Eisentor befindet. Man muss freihändig gegen das Metall schlagen, es dauert eine bis zwei Minuten, dann kommt jemand, öffnet das Tor einen Spalt, schließt es und entfernt sich wieder – oder zieht es auf. Wir hatten Glück, wir durften folgen, einem blassen, hageren Typen in einem fußbodenlangen Ledermantel, über einen Hof, Kopfsteinpflaster zwischen Gebüschinseln, dann hinunter in einen engen, unscheinbaren Treppenschacht, wieder an eine schwere Tür. Klopfen mit einem schweren Ring, Entriegeln, Öffnen, feuchter Keller- und Modergeruch, ein paar Leutchen in grünlichem Schimmer, ein kleiner Schreibtisch mit der Kasse, wo wir gestempelt wurden. Dann ein langer Gang, in dem es einfach nur dunkel wird, bevor man links abbiegt und plötzlich in einer rot leuchtenden Bar steht, auf einen Tresen zugeht, rechts einen großen dunklen Bereich mit runden Tischen entdeckt. An das Licht gewöhnt man sich sehr schnell, sodass man auch sehr schnell Gesichter ausmacht und Bruchstücke einer etwas grotesken Normalität. Eine aufgeschwemmte Blonde in einer knackigen Fetisch-Uniform, aus der ihr Busen quillt… eine magere Frau im knallroten Latex-Ganzkörperanzug, selbst Hände und Füße sind durchgängig beschuht und behandschuht, die Haare und der Lidschatten in Lila… ein brustbehaarter, brustgepiercter Mann mit dem Kopf unter einer Gasmaske mit langem Schlauch… ein mindestens 50-jähriger Schmerbauch, der sich auf einer kleinen Tanzfläche nackt und breitbeinig und dort unten schwer gewichtsbe-

hängt im Takt wiegt, die Augen träumerisch geschlossen ... Und alle diese Außerirdischen stehen an der Bar und nippen von ihren Gläsern, als wär's in einer Frühstücksbäckerei, wir mitten unter ihnen und gespannt auf alles Weitere. Irgendwann nehmen wir unsere schimmernden, schäumenden Drinks, wenden uns zu einer geöffneten Kellertür, hinter der sich das dumpfe Stampfen von Maschinen mit sonoren, schlierenden Bässen mischt. Wir gehen langsam und gemessenen Schrittes wie durch eine Ausstellung, ich setze meine schwarzen Designer-Tangoschuhe auf den Steinboden, wir defilieren an einem Verschlag, durch dessen Holzlatten man in eine Plüschlandschaft blickt, in der eine fette Frau in Corsage eine andere fette Frau im Catsuit mit einer Reitgerte traktiert. Hinter einem weiteren Verschlag, ebenfalls abgeschlossen, steht an einer Wand ein Mann, gewickelt in Frischhaltefolie wie eine eingesponnene Fliege im Netz, nur die Spinne selbst scheint noch zu fehlen. Zwischendurch in einem britischen Clubsessel links ein Kerl, der von unten und durch das Publikum hindurch auf den rechts an der Wand laufenden, animierten Porno mit Mannmonstern und schönen Kriegerinnen starrt, dabei rhythmisch und sinnlos mit dem linken Unterarm auf die gepolsterte Lehne schlägt. Und schließlich das dunkle Herz des Clubs, ein Verlies von vielleicht zehn oder zwölf Meter Länge, in dem uns Vogelzwitschern empfängt und Bachgeplätscher, an dessen Rückwand Menschen hinter Eisenstäben in halbmetertiefen Gelassen hocken, an deren rechter Wand Ketten und an den Ketten Menschen hängen und stehen, die gereizt oder gepeitscht oder penetriert werden, und in dem es, frei verteilt, Paare miteinander treiben, um die man herumgehen, die man sich genauer ansehen – mancher Passant geht in die Hocke, um besser inspizieren zu können – und die man vor allem aus nächster Nähe belauschen kann. In ihrem schweren Atem, ihrem Stöhnen, ihrem vertraulichen Flüstern. Man darf sie nicht anfassen, darf nicht mitmischen, aber dass man da ist und das Geschehen in sich aufnimmt, ist ein großer Teil der Lust, die in ihnen entsteht, und so tritt man heraus aus dem Zuschauerraum und wird doch zu einem Akteur auf der Bühne, durch seine Aufmerksamkeit und seine wohlwollende Wärme, die auf die Pulsierenden abstrahlt und sich mit ihrer Hitze verbindet.

Mir hätte das auch vollkommen gereicht, dieser lebendige Austausch voller Zudringlichkeit und Respekt – ich sinke vor nichts auf die Knie als vor dem Leiden und vor der Lust. Wobei die Lust so viel Mitgefühl verlangt wie das Leiden und das Leiden die empfindlichsten Fibern bloßlegt, eines begünstigt das andere … Ich hätte Stunden dort stehen und mitgehen, um sie herumgehen und ihre Leidenslust bezeugen können. Aber Johannes reichte das natürlich nicht, er hüpfte, nachdem wir wieder das Freie gewonnen hatten, schon im Morgengrauen, wie ein Flummi um mich her, lachte überdreht, wo mir ernst zumute war und ich unpassenderweise an dich dachte, stieß triumphale Schreie aus und hatte ganz furchtbar viele Ideen. Die natürlich alle darauf hinausliefen, dass er ebenfalls agieren, sich zeigen und inszenieren und öffentlich büßen und auf *dieser* Bühne schauerlich und erhaben leiden wollte. Und seitdem gehen wir unregelmäßig da hin, sooft es ihn juckt, er bestimmt nicht nur den Ort, sondern auch die Zeit, zieht sich zum Beispiel schwarze Lederhosen mit offenem Schritt und ausgeschnittenen Pobacken an, stülpt sich eine rot leuchtende Koteka über den Penis, schnallt sich Hosenträger über den nackten Oberkörper und zieht mich mit sich, damit ich ihn standesgemäß im Dark Region mit Schlägen verwöhne, selbst angetan mit einer Katzenmaske, wie im venezianischen Karneval, mit einer Katzenmähne und mit langen, schwarzen Handschuhen, damit mich keine von meinen Patientinnen erkennt, auch an meinen Händen nicht. Obwohl ich natürlich immer guten Gewissens behaupten könnte, hier auf einer Fortbildung zu sein … Auf meine Kosten komme ich bisher nicht, eigentlich immer weniger. Er rekonstruiert und wiederholt, nein optimiert mit mir seine Urszene, er baut und sperrt mich ein, er bestimmt und verkündet, wann und wie es stattfindet. Ich bin die Sexpuppe für seine parasexuelle Notdurft, die unserer Beziehung durch ihre wachsende Perfektion endgültig die Lust austreibt. Selbst wenn wir miteinander schlafen und ich mich wundere, dass sein umfixierter Körper das mechanisch überhaupt noch hergibt, selbst dann schaut er mich nicht mehr an. Meine Individualität *stört* ihn, sooft ich ihn daran erinnere. Da ich nicht vorkomme, erschleiche ich mir die Erkundung seiner verqueren Psyche, es ist fast die Erfüllung eines alten, meines heimlichsten Traumes, einen anderen Menschen als vollkommenes Werkzeug seines Willens direkt in meinem Fleisch zu spüren – und als empfindender Objektkörper *zugleich erkennender Subjektkörper* zu sein. Aber auch dafür muss ich zunächst einmal ich sein und muss der Wille des anderen *Lust auf mich* enthalten. Verstehst du? Und die schwindet, je perfekter unsere Rekonstruktion ausfällt. Als er kurze Hosen und Sandalen angezogen und von mir verlangt hat, unsere schöne Reitgerte durch einen *Teppichklopfer* zu ersetzen, habe ich mich rundheraus geweigert. Woraufhin er aufgesprungen und wütend in sein Atelier gestürmt ist und eine sehr berührende Collage aus abgerissenen Barbie- und Ken-Armen gemacht hat … Und umgekehrt weiß ich wirklich kein Setting, das *ich* wiederholen und szenisch erkunden müsste … Auch das allseits beliebte Doktorspiel interessiert mich überhaupt nicht. Entweder werde ich in der Praxis bereits alles los, oder es hat für mich ganz einfach keine sexuellen Reize. Ich neige zu Letzterem. Es ist immer und einfach der Körper, der mich fängt. Der Körper und das, was er hervorbringt.

Aber auch wenn ich am Ende genauer weiß, was ich da eigentlich mache, und immer besser die Geschichten in den Körpern lesen kann, bin ich zufrieden. Und irgendwie spüre ich in jeder meiner Zellen, dass ich einer *Spur* folge. Also schaue ich, wohin sie mich bringt. Ich kann mich übrigens vor Patientinnen kaum mehr retten, meine Kolleginnen auch nicht, und wann ich zusammenklappe, weil mein Defizit an wiederherstellenden Schlummerstunden in den dreistelligen

Bereich wächst, ist wahrscheinlich auch absehbar. Aber ich spüre, die Entscheidung kommt bald, und mit ihr kommt die Erholung. Spätestens nach meinem ersten Salon.

Geh zum Arzt! Ich würde die Peitsche schwingen … – *Geh – zum – Arzt!!* … –, wenn ich nicht wüsste, dass das bei dir *gar* keinen Effekt hat. Also nehme ich nur dein Gesicht zwischen beide Hände, küsse dich auf die Stirn und, wenn ich darf, auch auf deinen schönen Mund und sehe dir in die Augen: Versprich es mir!

Deine nicht minder irrende, flirrende Hanna

Von: Sebastian Heilering <sebastian@heilering.de>
Gesendet: Samstag, 11.08.2007 02:12
An: Dudenhausen, Hanna
Betreff: Ort und Zeit

Ich verspreche es, mein liebender Mitmensch, weil dein Blick zwischen deinen warmen Händen so eindringlich war und du natürlich recht hast. Man muss es zumindest versuchen. Ich habe deinen Impuls aufgenommen, gleich einen Gastroenterologen gesucht und in Perugia gefunden, einen Mann namens Simonetti, den mir meine Nachbarin empfohlen hat und mir seine Helferin schon für nächste Woche ein Stündchen reservieren konnte; ich hoffe nicht, dass seine Verfügbarkeit ein schlechtes Zeichen ist … Ich denke auch manchmal, dass mein Darm, obwohl ja seine natürliche Aufgabe darin besteht, einfach zu aufnahmebereit, zu empfänglich ist, vielleicht auch für Stoffe, die kein Arzt jemals wird diagnostizieren können. Aber ich bin nicht S …, ich glaube nicht an dies oder das, ich bin nur aus unerfindlichen Gründen sicher, dass es weder das eine noch das andere und nur vielleicht etwas dahinter ist.

Und sicher bin ich mir inzwischen auch, dass es da irgendetwas gibt, das du nur mit Johannes herausfinden kannst. Ich kann nicht behaupten, dass er mir sympathisch ist oder dass ich ihn gern in deiner Nähe weiß, auch wenn ich vielleicht verstehe, wie das Dark Region funktioniert, und selbst gern einmal im durchzwitscherten Kerker um mich schauen würde... Aber dein Erkenntniskörper täuscht sich nicht, das zumindest weiß ich, und wenn *er* sich von der Sache etwas verspricht, kann es für *dich* nicht schlecht sein. Ich bin gespannt, was es ist.

Und bei der Gelegenheit möchte ich dir gleich noch einmal danken. Denn nachdem du das Bilderverbot erneuert hast, habe ich mir endlich den Blätterstoß mit meiner Dissertation wieder vorgenommen. Eigentlich wollte ich ja hier, aus italienischer Distanz, ganz viel daran schreiben, ich sehe seit Langem die ideelle Verwandtschaft unserer Gegenwart mit der Zeit um 1900, mit dem Muskelspiel des Kaiserreichs und der ästhetisch gegenhaltenden Décadence, die mit ihrem Tiefenprotest gegen das Bestehende und ihrem Sinn für Vergänglichkeit, Tod und Weltende meiner Meinung nach die Menschlichkeit bewahrte. Und ich gebe zu, ich habe Spaß daran gefunden, vor drei Wochen in meiner Kolumne die wurschtige Bekanntgabe von Bear Stearns, dass von einem ihrer grandiosen Hedgefonds «effektiv kein Wert mehr übrig» sei, vor dem wunderschön gemalten Abendhimmel unserer Kultur als das erste Fiepen des sinkenden Immobilienballons hörbar zu machen. Tatsächlich sehen wir jetzt schon sein Erschlaffen. Freddie Mac, Fannie Mae, JP Morgan Chase, der DAX, der Euro... Es braucht schon bald keine Auguren mehr wie mich, sondern schlicht geniale Krisenmanager. Mein Vater hätte auf Jahre hinaus nur noch mit aufgestellten Nackenhaaren vor dem Monitor gesessen.

Warum aber selbst Krisenmanager Probleme haben werden: Unsere Deutungsmodelle fallen immer weiter hinter der Wirklichkeit zurück. Das sagt schon die Mathematik: Wo alles mit allem zusammenhängt, erhöht jeder neue Knotenpunkt im Netz die ohnehin schon unbeherrschbare Komplexität ins Kosmische. Das Bilderverbot, als Verbot magischer Selbstermächtigung, könnte da geradezu heilsam sein, uns zurück auf den Boden des Trial and Error bringen und unsere Aufmerksamkeit auf die *Quellen* all unserer Projektionen lenken ... Und vielleicht helfen uns da die frühen, noch nicht ausformulierten Kulturen mehr als unsere neuere Geschichte. Ich habe das schon damals auf dem Forum Romanum empfunden und hoffe auf die Akropolis – entschuldige bitte, das war natürlich wieder eine fahrlässige Bemerkung.

Aber wusstest du zum Beispiel, dass selbst die kraftstrotzenden Römer aus reiner Wissenschaftsgläubigkeit beinahe ununterbrochen ihren *Untergang* erwarteten? Ihre Schwäche war das Zahlensystem. Die Zwölf, die sich dem Gründer in zwölf Adlern offenbart hatte, brachte sie schon nach 120 Jahren in Endzeitstimmung. Als nichts passierte, beruhigten sie sich zwar erst einmal, steigerten sich dann aber wieder bis zum Ablauf des 365. Jahres in die finale Furcht hinein, kamen abermals ohne Weltenbrand davon, runzelten die Stirn und billigten der Stadt nun also ein wahrhaft Großes Jahr aus zwölf Monaten zu je hundert Jahren zu. Damit waren sie erst einmal auf der sicheren Seite, konnten das Rechnen aber nicht lassen, trafen neue Annahmen über die kosmischen Zyklen, überarbeiteten die Ergebnisse bei jedem auch nur verdachtsweise kosmischen Ereignis und vertieften so aus übergroßem Sicherheitsbedürfnis nur immer weiter ihre Unsicherheit. Vergil schob darum beherzt den ganzen Zahlenwust beiseite und ließ Jupiter bekannt geben, er habe den Römern das Reich ohne Ende gegeben – was ja eine sehr elegante, geradezu verführerische Lösung war. Doch dass Rom von Alarich eingenommen wurde, setzte wieder die zwölf Adler des Romulus ins Recht, schließlich war man soeben in das zwölfte Jahrhundert seiner Existenz eingetreten ... Sie konnten das Bildermachen einfach nicht lassen. Und was steckte dahinter? Dass sich alles, was sich bewegte, ob am Himmel oder auf der Erde, ständig wiederholte, konnte ja jeder sehen. Alles ging und kam wieder, die Sonne, der Mond, die Jahreszeiten, das Leben – die Zahlenverhältnisse zu kennen hieß, das *kosmische Erfolgsmodell* zu kennen. Doch erstens ließ sich dieses Erfolgsmodell nicht auf die Historie anwenden, für die interessierte sich das Kosmische gar nicht. Und zweitens ist ja auch die ewige Wiederkehr, wie die Eingeweihen wussten, nur das Bild einer *tieferen Wahrheit* – ein zeitliches Bild dafür, dass sich im Grunde gar nichts verändert, auch gar nichts vergeht, dass die Zeit vielmehr stillsteht und jedes Vorher und Nachher Illusion ist, keinerlei kosmische Bedeutung hat, alles, was war und sein wird, immer da ist, jetzt da ist und in alle Richtungen offen ...

Ich frage mich, ob ich nicht besser über solche Erfahrungen schreiben sollte – mit der Vergänglichkeit von Deutungsmodellen. Oder, noch besser, über die letztlich immer entscheidenden Vorteile der inneren Erfahrungen gegenüber dem projizierenden Denken und Bildermachen ... Denn ich habe heute schon wieder etwas erlebt, das ich nicht deuten kann, und ich gebe es langsam auch auf. Das Deuten, meine ich. Ich war auf dem Friedhof, wie geplant, und habe einfach versucht, die Stimmung aufzunehmen, auf den Kieseln, zwischen den Platten, im Grillengezirp ... Ich habe mir die Fotos auf den Steinen angesehen, die ich schon immer unangemessen fand. Als Bilder, natürlich, auch hier, Leon hätte *gar* kein Verständnis dafür, denn wie kann man die Toten zwingen, an *diesem* Ort zu bleiben, und dann auch noch mit derart schlechten Aufnahmen? Im Kittel, mit zerzausten Haaren, mit verwackelter Prothese, im schlecht sitzenden Anzug, mit Hund ... Fast schien es mir, als würde man sich mit der Auswahl einfach keine Mühe geben, auch im Voodoo spielt es ja keine Rolle, ob die Puppe dem Menschen ähnlich sieht, Hauptsache, dass sie es *ist* ... Und oft bürgt ja gerade das Unvorteilhafte für das Echte. Aber die Lieblosigkeit schien mir trotzdem fahrlässig, und mir wurde unwohl, als wollten sich die Toten an mir schadlos halten und stellten mir aus reiner Boshaftigkeit in exakt der fotografisch aufgezwungenen Hässlichkeit nach. Ich suchte die steinerne Bank, auf der ich schon einmal gesessen hatte, und wieder erhob sich, kaum dass ich mich auf den merkwürdig kühlen Stein niederließ – es war Mittag! –, ein laues Lüftchen, das mich anwehte und berührte, ohne mich zu berühren … Ich nahm Reißaus. Doch es half nichts, das Lüftchen folgte mir, und als ich anfing zu traben, an Platten und Kleinstkapellen und Kerzen vorbei, da hörte ich plötzlich, wie es metallisch über mir durch die Luft schnitt, spürte ich, wie meine Beine von einem Mantel behindert wurden, und ich sah ein Gesicht dicht neben meinem Schädel, mit hübschem Lächeln unter der Boxernase, ich hielt an, schloss die Glotzaugen und begrüßte ihn. Und er schob sich dankbar in mich, streckte sich in meine Arme und Beine und erfüllte mich plötzlich mit so viel Zuversicht, mit so viel Liebe und Zärtlichkeit, dass ich ihm meinerseits dankte und ihn noch einmal zurückhielt, bevor er sich endgültig wieder löste und ich meine Augen öffnete. Das heißt, ich *dachte*, dass ich sie öffnete, tatsächlich aber konnte ich immer noch hinter den Schleier sehen, wo Markus mit der Rothaarigen und zwei schlanken Sektkelchen auf einer Grabplatte saß, unter der es unangenehmerweise schmatzte, wie überhaupt um mich herum, wie von vielen Einzelwesen, ich wollte weglaufen von dieser saftigen Erde, die überall um uns herum walkte und sich zusammenzog und dampfte und Gestalten nach oben trieb, aber ich konnte mich nicht bewegen, bis ich plötzlich, dank *seines* vertrauten Engagements, an meinem Rücken den geliebten Körper empfand, tatsächlich *ihren* Körper, für eine oder zwei Sekunden glücklich war und die Augen aufschlug, dieses Mal tatsächlich. Denn ich hatte, wie ich jetzt begriff, die ganze Zeit auf der steinernen Bank gelegen, wo mich immer noch die Luftblase umhüllte und ich so erholt aufstand, als hätte ich Stunden um Stunden geschlafen.

Und jetzt weiß ich auch, dass ich sie wiedersehe. Dass die Zeit gekommen ist, es kann nur noch wenige Tage dauern. Bei uns hat sich ohnehin längst der Garten belebt, ich war erst nicht sicher, aber jetzt kann ich das Gewisper gar nicht mehr überhören, es wird noch still, wenn ich näher komme, und weicht vor mir zurück, aber es bereitet sich vor, ebnet den Boden für das Fest, und ich will gar nicht mehr stören als nötig. Stattdessen vertreibe ich mir die Zeit mit Leon, der die Klause ebenfalls schön findet und meint, dass sie *mein Baum* sei – *dann hast du auch deinen Platz, so wie ich* –, der aber heimlich, wie ich aus der Küche gesehen habe, mit seiner kleinen Schaufel zusammen mit Angelo etwas unter einer der Seitenwände vergraben hat, und als ich nachgefragt habe, was das gewesen sei, schließlich zugegeben hat, es sei eine *tote Schildkröte* gewesen, die er am Weg zum Berg gefunden habe. Und zur Erklärung für den immer noch ahnungslosen Vaterverstand: *damit die Klause lebt und zu uns gehört.* Das habe ich hilflos als Letztbegründung akzeptiert und nicht weiter hinterfragt.

Und wie direkt er die Dinge begreift, habe ich auch gesehen, als wir heute, nachdem ich vom Friedhof gekommen war und ihn abgeholt hatte, zur *Kinderquelle* gegangen sind. Das hatte mir ebenfalls unsere Nachbarin und Betreuerin erzählt, weil viele von denen, die hierher zurückkehren, davon ausgehen, dass sie aus genau dieser Quelle stammen. Und in der Umgebung der Quelle – ein Rinnsal zwischen Geröll am Fuße des Berges, oberhalb des Friedhofes – gibt es auch noch Höhlen und Gruben und Senken, die allesamt als Geburtsstätten gelten. Leon fand das erst gar nicht überzeugend, weil er ja *gesehen* hat, wie S.' Bauch gewachsen ist und darunter mutmaßlich sein Brüderchen. Aber wir haben, kaum dass wir uns mit dem Wasser der Quelle erfrischt und umgedreht haben, zwei- oder dreihundert Meter weiter unten einen alten Mann entdeckt, der sich an dem Bächlein langsam und mühselig und eckig sinken ließ und schließlich wie eine Grabfigur, mit dem Stock statt eines Schwertes vor

Brust und Bauch, reglos liegen blieb. Ich weiß nicht, ob er da wirklich gestorben ist, aber für Leon war die Szene offensichtlich Augenschein genug, um sich zu Hause nach dem Abendbrot in einem unbeobachteten Moment ganz ebenso in den Garten und die Hände flach auf den Bauch der Erde zu legen. Ich habe das reglose Kindlein schlafend herein- und ins Bett getragen, aber als es lag, öffnete es die Augen und fragte mich seelenruhig: *Du weißt, dass sie da ist, oder?* Und als ich nickte: *Sie wartet.* Fast hätte ich gefragt, worauf. Aber das hätte nur wieder mein Bedürfnis nach dem Schutz des Schleiers verraten. Und mein kleiner, geistig musikalischer Junge wäre der Letzte, vor dem ich mir diese Blöße gegeben hätte. So habe ich ihn vatermütterlich auf die entspannte Stirn geküsst, mich in die Küche gesetzt, die Dämmerung genossen und ebenfalls gewartet. Gewartet wieder wie damals, aber nicht ängstlich, sondern voller Vorfreude und Lust, sie auszukosten, mit Rotwein, Käse und Oliven. So kann das Warten lange dauern, die faustische Ungeduld ist hier unten sowieso ganz von mir abgefallen. Und irgendwann habe ich wie immer, wie so oft, angefangen zu schreiben, angefangen, mit dir zu leben, mit dir meinen Feierabend zu verbringen, in unserem Raum, in unserer Sprache… Ich gehe gleich noch einmal zu Melencolia, sie weiß auch alles, und trage ihr einen direkten Gruß für dich auf.

In Liebe, dein Mitreisender

Von: Hanna Dudenhausen <hudenhausen@dllf.de>
Gesendet: Sonntag, 12.08.2007 20:13
An: Heilering, Sebastian
Betreff: Re: Ort und Zeit

So, mein lieber Gespenstersebastian, das hast du ja raffiniert gemacht: Erst zeigst du dich vernünftig und lebenspraktisch – *gut so!* –, dann redest du so schlau daher, dass man das Irrationale für bloße

Theorie halten könnte – weniger gut, weil *falsch* … –, am Ende bist du auch noch so lieb, dass man dir gerade jetzt nichts vorwerfen mag – und dazwischen *delirierst* du. Wenn wir tatsächlich in unserem Zug sitzen, ist das ganz offensichtlich eine Geisterbahn, was ich auch noch nie bemerkt habe … Mein Bilderverbot war nicht als Freibrief gedacht! Außerdem war es nur ein Reflex, kein Impuls: Ich wollte dich darin bestärken, den Glauben um jeden Inhalt zu bringen, ihn zu *leeren*. Und nun hast du eine *reine Form* … – mit ausreichendem Platz für alles, was du willst … Dich zu unterstützen ist ja gemeingefährlich!

Und ich weiß auch nicht … Was du da erzählst, klingt so … so archaisch … Ich will das gar nicht bestreiten, aber man könnte diese ganze Szenerie wahrscheinlich schnell als eine etwas groteske Folklore mit leichtem Sekteneinschlag abtun und sich auf Wichtigeres konzentrieren. Stattdessen gibst du dem eine Bedeutung … Aus irgendeinem mir unerfindlichen Interesse … Du blendest ganz viele Dinge aus, dann wieder ein paar *sehr* merkwürdige Dinge ein, bringst sie in irgendeinen Zusammenhang und bist froh, dass sich tatsächlich alles fügt … Aber könntest du nicht noch viel glücklicher sein, wenn man sehen könnte, dass es sich *nicht* fügt?! Mal ganz abgesehen davon, ob es überhaupt stimmt, was du da alles wahrnimmst oder erlebst oder erfährst? Ich bin ja geneigt zu glauben, dass das, was du siehst, auch in irgendeinem Sinne da ist. Vielleicht nicht im Bild und nicht im konkreten Detail, aber irgendwie. Und du hast mich manchmal schon so erstaunt, dass ich nichts ausschließen mag … nichts direkt einschließen und einbauen, das auch nicht, dann müsste ich ja ganz neu losdenken, aber auch nichts ausschließen. Ich hatte sogar zu besagter Zeit eine … eine Vision von Melencolia, die erst links aus dem Bild und dann plötzlich *mich* ansah … Glücklicherweise ist Markus jetzt deine Sache, und zu Sibylle will ich erst recht nichts sagen … Nehmen wir also an, deine Wahrnehmungen beruhten nicht auf irgendeiner Unfähigkeit, sondern tatsächlich und unausdenkbar auf einer *Fähigkeit*...: Wäre es selbst dann nicht trotzdem *klüger*, diese Dinge nicht so wichtig zu nehmen und diesseits unserer Grenzen zu bleiben? Oder sie als die Kuriositäten zu sehen, die sie sind? Was, bitteschön, ist das für eine komische Lachsexistenz, in der man irgendwann mit Scharen von Artgenossen an seinen Geburtsort zurückkehrt, um zu sterben? Wobei die Lachse ja immerhin noch vorher Hochzeit halten...

Und ist das Irrationale, das du da reflektierst, überhaupt etwas Geistiges? Wenn du mich fragst, nicht. Das Irrationale ist der *Körper*: Er ist dieses Meer von Eindrücken, Gefühlen und Zuständen, das so vielen Angst macht, und auf ihm schwimmt das Bewusstein wie ein Fettauge oder ein Floß. Darum mag ich, sehr europäisch, auch keine Leute, die vom Wissen oder von der Weisheit des Körpers sprechen und dem Körper damit seine Irrationalität austreiben wollen – Erkenntnis übrigens ist *nicht* notwendig rational, Erkenntnis ist so etwas wie Erfahrung und Erlebnis... –, Leute, die auch nichts anderes sind als eine Funktion ihres Körpers und die trotzdem meinen, ihn zähmen und reiten zu können. Ich glaube, auch du bist nichts als ein Körper mit besonders feinem Sensorium, ein Meer mit ganz besonders viel Leben und wahrscheinlich sogar mit einem besonders großen Floß. Aber was für einen Unterschied macht das schon, im Verhältnis zum Ganzen. Dein Verstand rührt im Wasser und wirft Blasen auf – das ist, wenn du im Meer etwas siehst und erkennst...

Was ich sagen will: Glaub nicht an die Blasen. Glaub nur an das Meer, das mit anderen Meeren zusammenfließt. Und daran, dass dein Floß dich noch ein bisschen trägt, wie auch meines mich trocken und warm an der Sonne hält. Vielleicht können auch wir beide noch stärker auf die Strömungen vertrauen? Auf die *Tiefe* – in *deinem* Begriff?...

So. Und jetzt kümmere ich mich um meinen Salon. Die Sache wird *richtig* nett, sage ich dir. Ich plane sie jetzt als Reihe von Themenabenden, und der Eröffnungsabend spielt, du wirst dich nicht wundern, in *Italien*. Wenn wir beide uns nicht auf den Weg machen können, baue ich uns wenigstens eine phantastische Brücke ... Der größte Unsicherheitsfaktor ist Johannes. Aber andererseits: Von ihm hängt gar nichts ab. *Er* hängt ab.

Deine Wellenbrecherin

Von: Sebastian Heilering <sebastian@heilering.de>
Gesendet: Montag, 13.08.2007 23:01
An: Dudenhausen, Hanna
Betreff: Alles Warten

Ich strapaziere deinen guten Willen, Unbestechliche, ich weiß schon, dein Verständnis und deine Geduld. Und ich kann dir ja selbst nicht sagen, was hier vorgeht, peinsam, aber vielleicht kann ich uns auf Umwegen der Sache näher bringen, den heimlichen Austausch unserer Meere ein wenig fördern, wo die Flöße einander fernbleiben müssen ... Andreas wollte gestern nämlich wieder «etwas Naturverbundenes» von mir, *irgendetwas aus der Gegenwelt*, hat er gesagt. Eigentlich wollte er natürlich wissen, was hier vorgeht, angeblich im Namen unserer Leser, da habe ich mich auf sein Kommando in die Vorstellung eines verwalteten, observierten Landes im kalten Norden hineingesteigert. Es gibt ja in Deutschland wirklich keinen Flecken mehr, der nicht irgendjemandem gehört, der nicht bewacht und bewirtschaftet wird, jeder Grashalm und jeder Strauch und jeder Baum und sogar die Ostsee, für die man sich anstellt und Eintritt bezahlt, müssen sich bei uns als zweckmäßige, pflichtschuldige Teile der bürgerlichen Ordnung ausweisen. Weil aber das Ganze eine Kunstwelt ist, gibt es auch keine Wirklichkeit mehr, es ist alles gestaltet und verwaltet. – Vielleicht hast du meinen kleinen Beitrag ja sogar gelesen. Und als ich aus diesem paranoiden Albdruck herauskam, war ich so froh, dass ich hier im ländlichen Süden nicht lückenlos umgeben bin von Menschen und menschlichem Ausdruck, und konnte ich nichts fiktionaler finden als das Leben, das man in Hamburg und Berlin lebt…: Vielleicht, dachte ich, ist auch das Vertrauen auf Verstand und Vernunft nichts als ein Trugschluss, zu dem eine durchrationalisierte Umgebung verführt? Wenn man *nur noch innen,* in einem gigantischen Wohnzimmer, und *gar nicht mehr draußen* lebt? Wenn man gar nicht mehr hinauskommt, selbst wenn man wollte? Das muss doch Folgen haben. Schon darum, glaube ich, leugnen so viele das Meer, die Weite und Tiefe rund um das Floß… Sie sehen das einfach nicht mehr. Das ist wie mit Stadtkindern, die annehmen, dass die Milch aus dem Supermarkt kommt.

Ich tue das nicht. Ich kenne Kühe und das Meer, die Weite und die Tiefe, und auch die Antwort auf deine Frage lautet natürlich Ja. Ich habe so viele Stunden von dir geträumt, so viele Morgen- und Mittags- und Abendstunden, ich lebe so lange schon mit dir, habe mir so oft nichts anderes gewünscht, wir haben die Strömungen in der Tiefe schon vor Jahren und dann wieder ineinandergelenkt, wie hätten wir sonst überhaupt miteinander sprechen sollen. Doch einige wenige Tage, die muss ich noch abwarten, denn hier belebt sich jetzt alles, es geht los. Was genau? Du bist hartnäckig, ich kann dir das nicht sagen, nur was ich wahrnehme, von Floß zu Floß. Gut, das also will ich tun.

Es ist, musst du dir vorstellen, nichts anders als sonst. Überhaupt nichts. Und vor allem nicht, wenn man hinsieht, dann tun die Dinge, als wäre alles ganz normal. Das Kupfer hängt unschuldig an der Wand, die Holzlöffel, als könnten sie kein Wässerchen trüben, die Tontöpfe stehen genau da, wo sie stehen sollen, auf der Terrasse, auf dem Rasen, im Garten, und sogar der Deckchair macht mit und verhält sich unauffällig. Aber kaum dass ich wegsehe, löst sich alles behutsam aus seiner Fassung, zittert und steht vibrierend in der Hitze und entwickelt ein regsames Eigenleben. In meinem Rücken wispert und tuschelt es, manchmal ganz nahe an meinem Ohr, und verstummt abrupt, sobald ich mich umdrehe. Wie die Kinder, als würde ich nur meinen Augen trauen. Dabei weiß ich auch so, dass die Welt längst ihre Festigkeit verliert und *wirklich wird*, und die Dinge können es auch gar nicht geheim halten, so aufgeregt und hippelig sind sie. Wenn ich über das Gras oder über die Büsche streiche, dann stellen sich die Halme und Blätter auf wie Haare auf einer Gänsehaut. Wenn ich eine Schale aufnehme, kann sie es nicht verhindern, dass sie kurz und wohlig aufleuchtet, als würde sie in ihrem Ton meine Wärme unmittelbar in Licht umsetzen. Der Brotlaib *dehnt* sich sogar unter meiner Berührung und auch er albernerweise nur, wenn ich die Augen schließe. Sie alle fühlen vor in eine neue Ordnung oder sind, die Nase vorgereckt, mit einer Fingerspitze schon drin.

Wahrscheinlich hältst du mich jetzt für behandlungsbedürftig, und ich kann es dir nicht einmal verdenken. Aber erinnerst du dich an unseren kleinen Austausch über das Glück? An meine Lichtsäule mit dem schwimmenden, blinkenden Sternenstaub? Oder an das Anwehen eines weiblichen Dufts? An die sinnliche Welt des Anfangs? Seit Tagen gibt es fast nichts, das meine Aufmerksamkeit nicht gleich durchreichen würde bis zu diesem Horizont der Formungen und Gründungen. Erkennen ist Wiedererkennen, wenn mein Blick sich im Feigenbaum verliert und ich hinter ihm jenen anderen Baum ausmache, von dem mir vor vielen Jahren der alte Mann mit seinem Krückstock einen Apfel herunterzog, den er dann in der warmen Sonne mit seinem Taschenmesser aufschnitt... Wiedererkennen, wenn ich nachts meinen Wecker höre und zugleich und immer stärker die große, monolithische Schrankuhr, deren Picken im Wohnzimmer meiner Großmutter mit den Stunden so gnadenlos wurde, dass an Schlaf in dieser schwer möblierten Finsternis nicht zu denken war ... Wiedererkennen ist, wenn ich am Bahnhof zwischen den Alten sitze und ihr schadhaftes Lachen sehe und hindurchsehe bis zu den Biss-Spuren an der Tabakspfeife meines Urgroßvaters, vor denen ich als Kind auf dem Dachboden zurückgeschreckt bin, als hätte er sie eben erst aus dem Mund genommen ... Wenn das Farbenspiel in der Küchenvitrine noch immer von den gläsernen Tropfen meiner Mutter herrührt, jeder so groß wie zwei Pflaumen und voll vom ewig fallenden Wasser ... Oder wenn die Häuser in Cortona sich mir zuneigen wie die Häuser in München, sooft ich pfeifend von der Schule kam ... Alle diese Dinge hatten *gelebt*, mir den Arm auf die Schulter gelegt und die ursprüngliche Fülle über mir ausgegossen.

Und nun stell dir vor, dass die Lücke zwischen den Dingen und ihren quellenden Urbildern verschwände, zwischen den heutigen und den Urszenen, dass ich wieder oder immer noch am Anfang stünde oder doch nur kurz davor. Dass der *Kreis* sich festlich schließen und einen neuen Umlauf beginnen würde. Dass ich nicht nur zurückkehrte an die Stätten, an den Apfelbaum, auf den Dachboden oder an den Steg, an dem ich erstmals ein Boot im Schilf sanft rascheln und Dollen im Umlagern knarren hörte, sondern dass dies *alles* hier «Stätte» wäre. Heiliger Raum und heilige Zeit. Wenn du dir *das* vorstellen kannst, dann weißt du, was sich hier vorbereitet. Ein Untertauchen ins Chaos, ein Öffnen aller Grenzen und das Aufkommen einer neuen Ordnung in einer neuen, erfrischten Zeit. Ich behaupte nicht, dass ich schon wüsste, wovon ich ahne und rede, ich habe noch nichts gesehen und weiß schon, dass alle die Wesen, die insbesondere meinen Garten bevölkern, gut daran tun, sich noch nicht zu zeigen ...

Und so liege ich stundenlang auf meinem Deckchair, schließe die Augen und lausche. Oder ich ziehe sogar ein Laken über den Kopf und schaue auf die leuchtende Fläche, immer in der Hoffnung, ich könnte die muntere Gesellschaft verführen, mir ein kleines Schattenspiel darauf aufzuführen. Aber so leicht sind sie nicht zu erwischen, die Dinge treten an die Oberfläche, tauchen auf und schauen sich keck um, es raschelt und wispert und begeistert sich rund um mich her, aber noch wird sich keine Seele erklären oder festlegen und den Moment des Übertritts gefährden. Also suche ich Entspannung im Schlaf, finde nach kaum zwei oder drei Minuten meine Schulter verspannt, lege mich auf die Seite, was die Sache nur noch schlimmer macht, warte das Brennen in meinen Gedärmen ab, versuche es noch einmal mit der Aufführung, warte weitere Minuten unter dem hellen Zelt, gebe es auf, liege auf dem Rücken, werfe schließlich alles ab, springe unmutig von meinem Ozeanmöbel ins Haus und treibe dort stilvoll Hallodri, bis ich endlich Leon abholen kann, der mir aber auch nichts verrät. Er verhält sich nur so feierlich wie vor meinem Geburtstag, wozu eben absolute Schweigsamkeit gehört, und verfügt sich immer möglichst schnell unter den Orangenbaum. Wo ich ihn irgendwann sinnlos und kleinlaut besuche und bleibe, wenn ich darf.

Gut, auch du kannst jetzt nichts weiter erfahren, mehr als ein seelisches Sittengemälde kann es nicht geben, aber ich bin froh, dass ich es ein kleines bisschen mit dir teilen kann. In ein paar Tagen kann man, glaube ich, auch wieder mit mir reden. Und dann bin ich auch zum Arzt gegangen, was *nötig* ist. Aber nur aus gastroenterologischen Gründen. Ich räume jetzt ab, stelle die Berge wieder an ihren alten Platz, putze den Mond und gehe ins Bett, um noch ein bisschen zu wachen.

Dein Geheimniskrämer, der unverletzte Sebastian

P. S.: Wie sieht so ein Themenabend aus? Und gar ein *italienischer*?

Von: Hanna Dudenhausen <hudenhausen@dllf.de>

Gesendet: Dienstag, 14.08.2007 19:32

An: Heilering, Sebastian

Betreff: Re: Alles Warten

Nun, mein Seher, mich wundert ab jetzt gar nichts mehr. Ich nehme es einfach hin, warte mit dir auf das Ende des Jahres oder Jahrtausends und komme dann eben im neuen. Schließlich halte ich es auch sonst nicht anders, ich bin umgeben, entschuldige bitte, von halb oder ganz Verrückten, und sehr wahrscheinlich hat das ja etwas mit mir und meinen Vorlieben zu tun. Oder soll ich die Tatsache, dass gerade zu *meinen* Nächsten der Zentralausfall und der Hirnriss gehören, sogar auf meine ursächliche Beteiligung zurückführen? ... Selbst du, mein lieber, mir regelmäßig entgleitender Sebastian, sag mal, mache *ich* dich wahnsinnig?... Du kannst es mir ruhig sagen! Natürlich bekomme ich dann einen hysterischen Anfall, falle aus jedem Rahmen und ziehe mich wie du von aller Welt zurück. Aber das soll dir auch jetzt weder die Wahrheit noch ihre Äußerung verleiden, nur zu!

Vielleicht liegt diese signifikante Häufung von Abwegigkeiten aber auch daran, dass ich mein Gegenüber zu selten warne. Eigentlich tue ich das nie. Ich habe dir das nicht erzählt, weil es mir peinlich war und ich es gern vergessen wollte, aber als ich das letzte Mal mit Markus' richterlichem Vater gesprochen habe und er mir ein paar Meter hinter der Heuchelfront heimlich *seine* Schuld zuschieben wollte, da hat er irgendwann zu meiner Besserung sogar *ein Kirchenlied* angestimmt. Sehr getragen, sehr voluminös, sehr bedrohlich... Und ich dachte nur, während er aufwärtsblickte: *Jetzt lässt er endgültig die Sau raus.* Für mich gab es da immer einen Bruch, wenn ich mit solchen Leuten gesprochen habe. Zum Beispiel über die Energiepolitik: Da hat Markus' Vater unverrückbar für die Kernenergie plädiert, was man ja gern machen kann, wenn man bereit ist und in der Lage, das Risiko und die Verantwortung zu tragen. Aber als ich ihn aufgefordert habe, sich doch bitte zu diesem kleinen Punkt etwas genauer zu erklären, hat er nur gesagt: *Das steht nicht in meiner Macht, das muss ich unserem Herrgott überlassen.* Er hätte mich nicht gründlicher irritieren können, wenn er sich mit Schaum vor dem Mund auf den Boden geworfen und die Augen starrkrampfend ins Weiße gedreht hätte. Vielleicht hätte ich ihm *das* sagen sollen? Statt ihm zu versichern, dass mich seine Demut sehr beeindrucke, ich es aber umso merkwürdiger fände, dass er lecker Energie konsumieren und die Rechnung dann aufstoßend in den Himmel reichen wolle? ... – Woraufhin er mich natürlich mit Stille und baldiger Abwesenheit strafte. Ich hätte ihn auch, als er sang, um diese Strafe bitten sollen ...

Dabei habe ich für das Abwegige, Abweichende ja durchaus etwas übrig, selbst für den total durchgeknallten Herrschaftsanspruch, siehe Johannes. Nur nicht, wenn er so feige und hinterhältig daherkommt wie bei diesem Sangeschristen. Johannes und Markus und Nietzsche haben da ziemlich recht, glaube ich. Und weil auch bei dir keine Feigheit zu befürchten ist, weil das zumindest etwas Neues bei dir wäre und ich eher noch das Gefühl habe, *dass du es mit diesen Erfahrungen aufnimmst*... dass du dich von ihnen *herausgefordert* fühlst und dich nicht hinter den Fensterläden verschanzen willst... dann zeig mal, was du draufhast. Ich bin im Saloon hinter der Bar, wenn du fertig bist.

Wo ich übrigens auch ein bisschen musikalisch bin: in der *Ehrfurcht*. Klingt gut, oder? Fast so archaisch wie das *Heilige*, nicht? Tja, du darfst mich nicht unterschätzen, auch ich kann religiös schockieren! Nicht so wie Johannes in seinem gottvertrauten Zorn, das nicht, auch nicht so wie du, der du mit deiner Sprachkamera einfach weiter draufhältst, während die italienische Landschaft ihre Hüllen fallen lässt... Schamlos seid ihr alle zwei. Aber wenn ein Bild anfängt zu leben... jetzt zähle auch ich mal endlos auf... wenn einem eine literarische Figur ans Herz wächst... wenn einen Musik wie ein

Schauder überläuft ... die in der Oper tränende Pretty Woman mich ergreift mit ihrem Glück ... wenn umgekehrt ein alter Mensch in seinem Unglück zittert ... oder eine sehr diesseitige, aber italienische Schönheit sich vor einem Kleinkind auf dem Arm der Mutter bekreuzigt und ihm das Patschehändchen küsst ... dann fühle auch ich nichts als Ehrfurcht. Immer dann eigentlich, wenn Lust und Schmerz kommen oder gehen. Ich glaube, ich habe das schon mal gesagt, so oder so ähnlich. Und da das, was du gerade erlebst und freigiebig mit mir teilst, mit dem einen oder anderen oder beidem sicher zu tun hat, will ich nichts sagen. Sondern ... warten. Mit dir warten. *Die* Geduld bringe ich noch auf.

Apropos Italien. Mein Auftaktabend hat ja deine neue und unsere alte Heimat zum Thema. Ich habe darum unseren örtlichen Goethe-Statthalter gegen Honorar gebeten, einen Vortrag über die klassische deutsche Italien-Sehnsucht zu halten – und darüber, ob man im Zeitalter des Internet überhaupt noch «weg» sein kann. Das solltest du dir hier vor Ort anhören! ... Und ich habe Johannes gebeten – mit dem es auch nicht mehr lange dauern kann, wir beide, du und ich, haben uns bald wieder exklusiv –, ich habe ihn gebeten, sich «in freier Form» über sein Verhältnis zur italienischen Renaissance auszulassen ... Das wird am Ende weniger ein Sprechen über Kunst als Kunst sein, was mir sehr recht ist. Und darüber hinaus gibt es eine Weinbar, kostenlos bestückt von einem benachbarten italienischen Händler, und landestypische Happen, die ich zu einem Sonderpreis bei Frauke, unserer Café-Betreiberin, bestellt habe. Sie macht ohnehin Catering, freut sich jetzt über die Werbung und will alles einschließlich Galerie mit italienischer Gegenwartskunst schmücken. Ich überlasse ihr das einfach, es wird *auf jeden Fall* ein Riesenspaß.

Viel Erfolg mit deinem Simonetti!

Deine streitbare Aufklärerin

Von: Sebastian Heilering <sebastian@heilering.de>
Gesendet: Donnerstag, 16.08.2007 22:02
An: Dudenhausen, Hanna
Betreff: Am Ende des Wartens

Sie war da. Dir, meiner anderen und viel längeren Gefährtin, dir muss ich es erzählen, nachdem ich die Augen geschlossen hatte, wie damals in der Uni, plötzlich war sie da. Ich habe heute den ganzen Tag damit zugebracht, wieder zur Besinnung zu kommen, der Regen hat mir geholfen, und du wirst, was ich dir erzähle, ohnehin als Gleichnis oder bloße Bebilderung verstehen, aber ich kann nicht mehr tun, als ich immer tat, nämlich ehrlich zu dir sein, dir meine Wahrheit sagen und die Wege zu mir ebnen. Zu mir und dem, der gestern schon im Morgengrauen, beim ersten Krähen, die Augen aufschlug und hellwach auf die Füße und die Terrakottafliesen sprang… Ich wusste nicht, warum, fand absurd, wie eilig ich die Treppe hinunterglitt und schon wenige Augenblicke später damit beschäftigt war, Mehl und Backpulver und Milch zu mischen, um Brötchen zu backen… *Festtagsbrötchen*, wie mir schlagartig klar wurde, als ich Leon am Tisch entdeckte, in einer dunklen Ecke, mit übergeworfener Decke und müden Augen. Ich hatte keine Ahnung, wie lange er da schon gesessen hatte, und musste ihm nichts erklären, wie er mir nichts erklären musste, natürlich nicht, denn *er fasste nichts an*, und ich begriff, dass ich längst im Ritus war und jede Bewegung ein Teil der Liturgie. Ich war kein anderer, das nicht, aber nur ich konnte es sein, und nur dann war es gültig. Und Leon hüllte sich in seine Decke und freute sich auf das Frühstück.

Es war noch viel zu früh, als alles fertig war, in der Ecke *brauchten* wir die Kerze, wenn wir kein elektrisches Licht anstellen wollten, und das kam nicht infrage. Einen winzigen Augenblick lang dachte ich an den langhaarigen Mann im Garten und wie er vorher das Brot gebrochen hatte, als ich dasselbe tat, aber es hatte natürlich nichts mit ihm zu tun, es war nur das Gefühl, dass alles über sich hinausgriff, wie immer und immer neu geschah, ich sah andere Männer und Frauen in meinem Rücken, die Gefäße trugen, und Tiere, in langer Reihe, und ich war mir nicht sicher, ob ich nicht selbst ganz hinten in nebliger Ferne als Erster in der Reihe stand.

Ich weiß, du hörst mir nur unter Qualen oder befremdet zu. Leon, natürlich, traute sich nicht, sein Stimmchen zu erheben. Ich aß mit ihm, wusch ihn, zog ihn an, setzte mich mit ihm an die Mauer und wartete, bis die Sonne Kraft gewann. Dann standen wir auf und gingen zu meiner Nachbarin und ihrem Angelo, die uns schon erwartet und die Tür geöffnet hatten... Du dagegen wirst dich nur schwer beherrschen können, jetzt nicht zum Handy zu greifen und mich zur Ordnung zu rufen. Psst... Bleib bei mir im Zug. In dem ja auch sie schon saß und jetzt nur noch du. Setz dich neben mich, und zieh mit mir durch die Welt. Gerade für einen so klaren Menschen wie dich kann das ein echter Ausflug sein, mehr noch als für mich.

In der Mittagshitze, wie ein letztes Brennglas in diesem trockensten aller Sommer, war ich kaum mehr ich selbst. Im Garten herrschte längst Hochbetrieb, die vegetative Gesellschaft plauderte lebhaft durcheinander, vom gründelnden Bass bis hoch zum Diskant, und während ich mitten im Stimmengewirr flanierte, spürte ich, dass auch mein eigener Körper die Festigkeit verlor und nur noch wie ein Bienenstock vieler Seelen in sirrender Kommunikation zusammenhielt, wie der Staatsbau vieler Zellwesen, die sich ihre Freiheit wieder nahmen, um mit dem lustigen Gartenvölkchen in Kontakt zu treten. Und um uns herum, mitten in uns bot sich überall dasselbe Bild: Keine Pflanze und kein Tier konnten die Gestalt bewahren, alles zerlöste und verwandelte sich, setzte sich neu zusammen, ganze Myriaden lebendiger Gras- und Kräuter- und Insektenseelen schwirrten und trieben suchend und versuchend durcheinander. Als ich wieder in der Küche stand und an die große, gusseiserne Pfanne auf dem Feuer trat, war ich nicht einmal sicher, ob ich noch über die fleischliche Festigkeit verfügte, die ich brauchte, um den Deckel anzuheben. Doch eine dicke, würzige, gefährlich heiße Dampfwolke schlug mir entgegen und durch mich hindurch, eine rötliche Brühe mit aufgeklappten Venusmuscheln und Garnelen, ich schabte den schweren Deckel schnell wieder auf den Rand und ging weiter zum Badezimmer. Und einen Augenblick war mir auf dem Weg, als hörte ich dezentes Klappern vor dem Spiegel, Flakons und Töpfchen auf der Konsole, und als ich eintrat, war zwar nichts zu sehen, aber es duftete flüchtig an mir vorbei, und ab diesem Moment war ich sicher, dass sie kommen würde.

Am frühen Abend, noch immer unter einer Hitzeglocke, saß ich mit Leon auf der Terrasse beim Essen, als sich ein lauer Wind erhob, der ihn bei halb vollem Teller hoch vom Tisch und unter seinen Baum trieb, wo er zwischendurch wieder etwas vergrub, ansonsten aber wie ein Mönch im Schneidersitz mit seinem Buch sitzen blieb, bis er plötzlich in meiner Klause stand, sich mit Umarmung und Kuss verabschiedete und sang- und klanglos, fast eilig hinüber ins Haus und ins Bett ging. Ab zehn saß ich gewaschen, in weißer Leinenhose und weißem Leinenhemd, hinten an unserem Marmortisch und hielt Ohren und Nase hoch in das kontinuierliche Wehen und Streichen vom Friedhof, das durch sein offenes Tor über die Landschaft kam, hoch in die Stimmensaat, die in die längst rücksichtslos tuschelnde Betriebsamkeit des Gartens einfiel und sich mit ihr mischte. Die Grenzen waren offen, die Kerzen auf der Terrasse verloschen, bekannte Laute legten sich schwer auf meine Lider, es war trotz des bleich leuchtenden Mondes gestaltlose Finsternis um mich und dann ein helles, schattenreiches Auflodern, und als ich die Augen öffnete, sah ich auf dem Boden vor mir eine feste und große, persisch gemusterte und mit Mezzeri überzogene Decke, ins Gras gebreitet und sorgfältig glatt gestrichen, und um sie herum, in einem großen Oval, im Abstand von jeweils rund einem Meter entzündete Fackeln. Ich hörte *sie*, wie sie in einem langen Kleid an mir vorüberging, hörte ihre nackten, fein schleifenden Sohlen auf den Steinplatten, die vom Haus heranführten, hörte sie deutlich *Komm zu mir* flüstern, ein paar Schritte weiter dann *Hier will ich mich auf die Erde setzen*, und betrat an derselben offenen Stelle das Oval. Ich ließ mich nieder, sah vor mir die Schwärze des Berges, schloss die Augen und richtete meinen Rücken auf, dass meine Wirbelsäule die Kraft durchleiten konnte, bis hoch hinauf in den Himmel, der sich mit mir bereits auf dem Gipfel niederließ. Mein Atem wurde flacher und selten, trotz des argen Bauchgrimmens, ich hörte den Kies, ein schweres Knirschen von der Gruppe alter Männer, die sich langsam den Weg hinaufarbeiteten und vom Feuerkreis vor Altar und tiefem Brunnen keine Notiz nahmen, ich öffnete die Hände in meinem Schoß, sah in meinem Geist ihr Bild, ihre entblößten Zähne, das Kräuseln ihrer sommersprossigen Nase, fühlte ihre Handrücken wie warme Schalen in den meinen, flüsterte *Sibylle*, weil ich sie schon nahe wusste, aber noch flüchtig, zog sie an ihrem Namen, öffnete die Augen und sah sie vor mir, wie ich sie durch die Lider gesehen hatte. Sie trug ebenfalls ein helles Leinengewand, unter dem sich ihre Schlüsselbeine und kleinen Brüste abzeichneten, ihre langen, untergeschlagenen Beine und schlanken Füße, sah mich an unter ihren rotblonden Haaren, mit sich dehnenden Nasenflügeln und blaugrün leuchtenden Augen. Und dann sprach sie ruhig, im Tonfall klar und einfach, als hätten wir schon Stunden miteinander gesprochen: *Aus dem Nichtseienden führe mich zum Seienden.* Ich erschrak erst und zog meine Hände zurück, doch sie fing sie wieder ein und zog meine Schalen in ihre. *Aus der Finsternis führe mich zum Licht…* Da nickte ich plötzlich, verstand, denn wir hatten es vor Jahren gemeinsam gelesen, und ich setzte lächelnd fort: *…und aus dem Tod zur Unsterblichkeit.* Da klarte auch ihr Gesicht auf, sie krauste die Nase und reckte ihren festlichen Körper, dass wir gemeinsam ein einziges Haus bildeten, mit einer einzigen Achse und achtzehn Öffnungen, schlossen die Augen und genossen den

Wind, der sich, während wir weitersprachen, nach und nach zum Sturm auswuchs. *Ich bin der Himmel*, sagte ich, *du bist die Erde*. Und in diesem Moment begann es hoch oben schwer zu rumpeln.

Es war eine schlichte Zeremonie. Nur unter uns, wie wir es uns immer gewünscht hatten, selbst die Seelchen verschwanden und tauchten erst wieder auf, als die ersten Tropfen fielen, schon weit nach Mitternacht. Ein Ereignis, das nicht unseren Verwandten und Freunden geschuldet war, mit dem wir uns nicht von ihnen die große Erlaubnis holten, sondern das einzig und allein Ausdruck unserer Liebe war. Ein Gespräch und eine Berührung, endlich doch. Was ich immer gesucht hatte, die Aufhebung alles Beiläufigen in der Hingabe, das Ineinander der Sehnsucht… Die Körper mussten erst abgeworfen sein, bevor wir uns finden und treffen und umgeben und durchdringen konnten. Ich sah, wie sich die Unter- von der Oberlippe löste und unmerklich anfing zu zittern, als wüsste sie nicht, ob sie sich an einem weiteren Lächeln oder an einem leidenden Atemholen beteiligen sollte, spürte die Wärme der Auferstandenen und hörte das leichte und tiefere Anstoßen ihrer Stimme… und obwohl alles, was folgte, so natürlich und erwartbar für jeden Menschenkundigen im Rahmen blieb, waren sie und ich es so fraglos in unserer ganzen Wirklichkeit, dass sich endlich auch die Bindung vollziehen ließ. Der Sturm erhob sich, der Himmel floss zur Erde nieder, um unser Lager herum wirbelten und wehten die Wasser, aber die Fackeln hielten uns in unserer erhöhten Glocke, die Böen strichen mit elementarer Sicherheit sanft über uns hinweg, und sie blieb auch noch bei mir auf dem Lager, wie ich erneut und wieder hervorgebracht, als der Wind allmählich nachließ. Wir sprachen über meinen Vater, der hier, wie sie sagte, schon vor uns die Rückkehr vollzogen und dann Ordnung geschaffen hatte, von Markus und der Rothaarigen, die sie gefunden und an diesen Geburtsort geführt hatten, von dem kurz gefallenen Bräutigam sogar, der ihr, wie mir die Nachbarin, das Geheimnis der alljährlichen Liebesnacht verraten hatte. Und natürlich sprachen wir von Leon, unserem Leon, mit dem sie im Kontakt war und der sie nun ebenso würde gehen lassen wie ich … Ich wäre ihm, sagte sie, so gern auch weiter die Mutter gewesen, die ihn in den Arm nimmt … Aber ich weiß, dass dein und mein Feuer kraftvoll in ihm brennt und dass du es hütest wie das Leben selbst. Ich habe gut gewählt, mein schöner und kostbarer Gemahl, und werde, wenn du mich brauchst, immer bei dir sein. Bei dir und euch. *Leb wohl.* Wir haben noch lange eng umschlungen gesessen, die Köpfe und Stirnen fließend aneinander, auf der fruchtbar sprießenden Erde, bis die Sonne kam, da schlief ich ein und wachte bald schon ohne sie wieder auf. Die Fackeln waren erloschen, der Garten sanft und klar, ich erhob mich und ging zu meinem Jungen ins Haus.

Und heute weiß ich, dass er und ich, wir beide, sie haben gehen lassen. Wir haben nicht über sie gesprochen, und ich weiß noch nicht, wie wir es jemals wieder tun werden, aber nicht sie hat uns nicht freigegeben, sondern wir haben geklammert und jetzt die Hände geöffnet, auch um Benjamin, erst jetzt. Nur so zumindest kann ich mir wirklich erklären, dass wir heute Abend im Bett lange in der Dunkelheit gelegen haben und Leon angefangen hat zu kichern, ich ihn gefragt habe, wieso, dabei aber selbst schon ein wenig eingefallen bin und wir beide schließlich einen Lachkrampf bekommen haben, den wir liegend und seelenruhig ausgekostet haben, bis wir eingeschlafen sind. Und irgendwann bin ich vom Plattern des Regens aufgewacht, habe die Fensterläden geschlossen und mich an den Rechner gesetzt. Weil ich es sonst niemandem erzählen werde, nur dir – der sie mich einst anvertraut hat. Die Linie hat sich zum Kreis gerundet, wozu noch länger warten.

Dein, nur dein Sebastian

Von: Hanna Dudenhausen <hudenhausen@dllf.de>

Gesendet: Montag, 20.08.2007 19:32

An: Heilering, Sebastian

Betreff: Re: Am Ende des Wartens

Du bist so weit, mein Sebastian, ganz offensichtlich, aber nun brauche *ich* noch ein paar Tage länger, ganz gegen meine Gewohnheit, und weiß ich noch *immer* nicht, was ich dazu sagen soll… nicht einmal das!… Ich fühle mich geehrt, weil du es mir erzählst und dich dabei so angreifbar machst – zumal du meine Vorbehalte ja kennst und voraussiehst, es hätte keinen Sinn, sie jetzt zu verheimlichen, das zeugt von *sehr* viel Vertrauen, wie ich es mir gewünscht habe. Und es ist ja eigentlich etwas sehr Schönes, was du beschreibst, *traumhaft* Schönes. Aber so gern ich dir folgen möchte, sosehr ich mich der Ehre und deines Vertrauens würdig erweisen und deine metaphysischen Stippvisiten einfach hinnehmen möchte… Vor allem empfinde ich, dass ich… dass ich doch irgendwann nicht aufgepasst und dich irgendwo am Wege, irgendwo in Italien verloren habe. Verzeih mir, Geliebter, ich würde dir gern anderes sagen, aber ich *kann* da nicht mehr mitgehen, nicht, wenn ich weiterhin ehrlich sein soll, was ohnehin nicht anders geht. Ich kann das Ganze *klinisch* sehen, als Dokument einer narzisstischen Störung. Da gibt es ja oft diese Symptome des Auseinanderfallens, das Bedürfnis, den Körper und zugleich die ganze Welt aus den versprengten Einzelteilen neu zusammenzusetzen. Das kann sehr kreativ sein, auch die Vorgeschichte einer unmöglichen Berührung passt dazu, dass sie dich über all die Jahre letztlich hat verhungern lassen. Vielleicht hatte sie selbst eine narzisstische Störung und lebte im Noli-me-tangere-Kreis, hinter der narzisstischen Mauer, und konnte dich nicht hereinlassen. Vielleicht konnte sie ihre Grandiosität nicht aufgeben und einem behandelnden Arzt übertragen, hat sich stattdessen lieber in die reifere Form der Weisheit gefunden, auch das eine unverletzliche, unantastbare Position, fast so unantastbar wie der Tod, der sich darum erst recht zur Katastrophe auswachsen musste, sodass du sie, die sich mit ihrem Sterben nur noch einmal und nun endgültig entzogen hat, auf irgendeine Weise *wiederherstellen* musstest. Und der psychische Apparat *kann* so etwas… Deine Sehnsuchtsdynamik kann es, nach dem verlorenen fötalen Paradies… Natürlich könnte ich deine Erzählung auch als poetische Phantasie und als Kunstwerk ansehen. Ich erkenne zumindest Freuds Überlegungen zur Sprachmagie und zum Tabu, seine narzissmustheoretischen Überlegungen, die du vielleicht mit Absicht eingearbeitet hast. Vielleicht hast du dich auch nur an Freud erinnert und konntest mit seiner Hilfe deinen kleinen Jungen verstehen – der ja wirklich Freuds Annahme belegt, dass der Mensch in seiner individuellen Entwicklung die Entwicklung der Gattung nachvollzieht, auch frühe animistische oder religiöse Phasen. Vielleicht hast du das und viel mehr noch eingearbeitet und deinen heimlichen Spaß dabei gehabt. Ich möchte das gern glauben, aber ich spüre selbst und fürchte, dass weder die klinische noch die künstlerische Betrachtung dem gerecht werden können, was du mir sagen willst. Und genau das möchte ich ja so gern verstehen: was du mir sagen willst.

Natürlich. Ich könnte auch versuchen, einfach nur mitzufühlen. Weg mit all dem rationalen Plunder!… Dann wäre deine Hochzeit tatsächlich der Höhepunkt einer persönlichen Heilsgeschichte. Und vieles spricht dafür, in und zwischen deinen Zeilen, egal, wie autonom oder wie gemacht die Braut war. Aber ich bin mir gar nicht sicher, ob der Höhepunkt nicht eigentlich oder vielleicht zugleich den *Tiefpunkt* markiert, an dem man für jede weitere Linderung mit Wirklichkeit bezahlt, und dann könnte ich es nicht verantworten, tatenlos zuzusehen. Nicht noch einmal. Ich habe mich damals in unserem Telefonat zum Schweigen bringen lassen und habe schlecht daran getan. Nur darum bleibe ich auch jetzt bei der Wahrheit, es ist die letzte Verbindung, das merke ich sehr wohl, die ich jetzt noch zu dir habe und die ich nutzen muss, wenn ich retten will, was zu retten ist.

Und ich könnte dein Hellsehen als etwas Insulares verstehen, auch damit habe ich es schon mehrmals und schon vor Jahren versucht, als ein Symptom, das die Funktionstüchtigkeit deines übrigen Systems nicht infrage stellt, als ein Randphänomen. Aber ich habe das Gefühl, dass diese Deutung die *allerunlauterste* wäre. Denn was hat dich überhaupt in deine italienische Klause getrieben? Und was suchst du da schon seit Monaten? Dein ganzer psychischer Apparat zielte ja genau auf *diesen* Punkt, was mir jetzt vollkommen klar ist und ich, wie gesagt, nur nicht wahrhaben wollte, weil dieser Vorgang zu deinem «Verschwinden» gehört, wie ich ihn sehr leichtsinnig beplappert habe – ob ich ihn nun akzeptiere oder nicht ... Und ich akzeptiere ihn *nicht*. Deine Fähigkeit, den Dingen eine Bedeutung zu geben, hat offenbar tatsächlich zu einem Eigenleben der Bedeutungen und ihres Zusammenhangs geführt.

Ich merke schon und gebe es zu, die Wahrheit zwischen uns ist auch für mich die letzte Rettung, eine Rettung vor all den Dingen, *die nur im Geist existieren*. Gut, dass wir diese Spielregel vor Jahren vereinbart haben ... Wir stehen am Scheideweg, wo es auf der einen Seite zur Religion und auf der anderen zum Körper geht. Und für mich, verzeih mir, ist die Religion, ist die *Preisgabe* des Körpers ... – *keine* Option. Wenn sie für dich ein Fundament ist – *ich* kann darauf nicht bauen. Und ich kann es auch *dir* nicht lassen, ohne wenigstens daran zu rütteln.

Aber ich formuliere das mit Bedacht vorsichtig und negativ. Denn der reine Körper ist, wie ich inzwischen weiß, auch keine Lösung. Ich habe mich verändert, vielleicht geht es ja *darum* in dem, was ich momentan erlebe, wovon du vermutest, dass es mir darum geht ... Irgendwie stecke ich in der Klemme, zwischen dir und Johannes. Nicht, weil ihr beide Möglichkeiten, sondern weil ihr beide *Unmöglichkeiten* darstellt. Ich muss Melencolia noch ein bisschen um Vertretung bitten und es mit Johannes endlich darauf ankommen lassen. So kann es nicht weitergehen. Ich *war* immer Körper, und plötzlich *habe* ich einen. So, wie nur einmal in meinem Leben, als ich ihn sich selbst überlassen musste … *Ich will wieder Körper sein.* Während du, fällt mir dabei auf, wahrscheinlich auch einen Körper *hast* und endlich *ganz Geist sein willst* … Schauerlich, das mag ich mir gar nicht vorstellen, nicht für mich, aber auch nicht für dich. Am Wochenende sind wir im Dark Region, Johannes und ich, und diesmal werde ich ihm seinen Willen geben … restlos geben. Dein Beispiel soll nicht umsonst gewesen sein, die Entscheidung muss her.

Deine Finalhanna – sofern es dich noch gibt …

Von: Sebastian Heilering <sebastian@heilering.de>
Gesendet: Donnerstag, 23.08.2007 23:12
An: Dudenhausen, Hanna
Betreff: Wieder da

Klar gibt es mich noch, liebe Natalhanna, obwohl der schnurrbärtige Herr Dottore mir eine sehr ordentliche Entzündung des Dünndarmes bescheinigt hat und leider gar keine Idee hat, woher sie kommen könnte … Mein Besuch in Perugia war einen Tagesausflug wert, und die kleine, verwinkelte Straße mit dem engen Aufgang und der finsteren Praxis war es auch. Nur bin ich kaum weiter, was die Therapie angeht. Ein irritabler Darm, ein ebenso psychisches wie physisches Phänomen … Das kennen wir.

Dank trotzdem für deine Strenge und Ehrlichkeit. Ich verstehe, dass du mich nicht aufgeben willst, das will ich auch nicht, und deine engagierte Suche in meinem «psychischen Apparat» – da sieht die Seele dann plötzlich sehr fest und hart aus – will ich, wo sie keiner Déformation professionelle entspringt, auf ewig als Kampf um meine Erhaltung preisen. Ich verstehe aber auch, dass ich aus deinem Rahmen falle und du aus Gründen deiner Selbsterhaltung in ihm bleiben willst. *Natürlich* musst du dich um den Kern meiner Erzählung drücken, der eben ein Nichts ist, nichts Greifbares, nichts als Erscheinung, Erlebnis und Sprache. Für mein Gefühl aber bezahle ich *nicht* mit Wirklichkeit – eine bemerkenswerte Formulierung –, sondern ich *halte sie erst jetzt in Händen*, wie ein Traumgut. Wenn ich hinausschaue ... vielleicht ist das ähnlich wie mit dir und deinem Körper oder wie mit dem, was wir meinen, und dem, was wir äußern ... wenn ich hier am Tisch sitze und im Tempo der Dinge in die sanfte Landschaft hinausschaue, dann empfinde ich den Regen nicht mehr als Vorhang, die Dunkelheit nicht mehr als Trübung, die Wolken nicht mehr als beengend ... und ich sehe im Regen und in der Dunkelheit oder in den Wolken auch *nichts anderes* mehr, keine Verbildlichung von etwas, nichts, wofür sie stehen, keine «eigentliche» Bedeutung dahinter ... sondern ich sehe und genieße genau das: Regen, Dunkelheit, Wolken. Und ich weiß, dass darin Sibylles eigentliches Geschenk besteht. *Das Leben ist endlich, wie es ist.* Ich meine, es ist jetzt *wirklich*, wie es ist. Und ich kann dir gar nicht sagen, wie ich das genieße. Du magst recht haben, dass hier eine Heilsgeschichte an ihr Ende kam, das war mir nie so bewusst. Aber ihr Ende ist auf der Erde. Vielleicht manchmal auch eine Handbreit über der Erde, auf jeden Fall aber in einem Raum, der nun nicht mehr leer ist, sondern dicht und reich und lebendig. Ich kann es nicht anders beschreiben. Selbst Leon nimmt jetzt alles, wie es kommt, denkt nicht mehr nach, rennt wieder in seinem *Grund*modus, hält es kaum mehr unter seinem Baum aus und spielt mit Angelo und lacht ganz viel und isst mit großem Appetit und schläft abends in wenigen Minuten ein. Ich glaube, wir sind jetzt beide keine Monster mehr. Mein kleiner Junge ist wieder ein Kind, die Schmerzkapsel hat sich geöffnet, und ich kann wieder von mir absehen. Wenn ich an Sibylle festhalten wollte, musste ich an mir festhalten, das ist jetzt vorbei. Ich muss mich nicht mehr so wichtig nehmen, weniger denn je, kann zurücktreten und mich darum auch wieder ungebremst um die Welt – und um die Plattform kümmern.

Was das betrifft, so macht sich Andreas gerade ein paar Sorgen, glaube ich. Aber wir werden die vorhandenen Aufgaben nicht neu aufteilen, sondern einfach insgesamt mehr machen. Momentan vernetze ich uns mit anderen europäischen, US-amerikanischen und neuerdings auch lateinamerikanischen Aktivisten. Die gemeinsamen Nenner sind noch allzu groß, sie laufen darauf hinaus, das Heft des Handelns zurück in die Hände der Politik zu legen. Wir dürfen die Gestaltung *unserer* Welt nicht aufgeben. Vielleicht ist das noch zu wenig für echte Zusammenarbeit. Wir haben gemeinsame Feinde, nicht immer dieselben Freunde. Aber es ist ein Anfang, und ich bin guten Mutes, dass wir uns früher oder später auch auf ein paar minimale Forderungen einigen können, auf die Rückkehr zum Goldstandard, die Einführung der Tobin-Steuer oder die Trennung des Investmentbankings vom Kreditgeschäft …

Und jetzt kann ich es mir doch nicht verkneifen, weil ich merke, wie ich im Schreiben an dich den Boden unter den Füßen verliere, Wahrheit gegen Wahrheit: Du neigst immer dazu, alles in Schachteln zu packen, fast wie früher mein Vater. Klinisch, poetisch, empathisch … Narzissmus, Freud, Animismus … Kann es denn nicht auch so sein, dass es da *nirgendwo* hineinpasst und *trotzdem* wichtig und richtig ist? Dass es keine Neben-, sondern eine Hauptsache ist und *trotzdem* unaufklärbar? Habe ich mich nicht bemüht, kein Bild zu machen und keine Lehre zu ziehen, wo alles tatsächlich *offen* war? Wir beide kommen seit Jahren immer wieder an den Punkt, an dem wir die Dinge stehen lassen müssen – einfach weil man schriftlich immer aus dem einen Inneren ins andere Innere spricht, durch keinen Zwischenraum und kein Zwischenfleisch behindert. Unser Wahrheitsgelöbnis hat ja eigentlich aus der Not mit dem Schreiben eine Tugend gemacht und das, was gar nicht anders geht, zur experimentellen Absicht erklärt. Warum musst du dich dann jetzt zum Subjektgeist aufwerfen und mich zum Objektgeist degradieren? Warum partout und um jeden Preis die Lufthoheit behaupten? Vielleicht ist das eine weibliche Strategie, Frauen sind manchmal gern fein und vernünftig und wissen es dann besser als die tumben Toren. Vielleicht ist das tatsächlich auch eine Berufskrankheit, wie unter Lehrern, so unter Ärzten und gar Ärztinnen. Aber du kannst mir schon zutrauen, dass ich auch selbst über ein paar Mittel verfüge, um aus den Dingen schlau zu werden, nur dass es eben manchmal nicht so leicht ist. Und dass man nicht immer zu denselben Ergebnissen kommen muss wie du. Vielleicht bist du selbst zu eng im Geschirr, trotz deines ewig ausbrechenden Johannes, zu eingespannt und angeschlossen ans System, als dass du noch rechts und links vom Wege etwas sehen könntest. *Weißt* du, dass Sibylle länger hätte leben können? Länger *gut? Weißt* du, dass sie eine Trübung des Blicks oder eine Störung hatte – und nicht einfach auf ihre Weise *vollkommen* war? So wie wir alle, jeder für sich und jeder auf *seine* Weise, vollkommen sind? *Weißt* du, dass ich, indem ich erlebe, das Erlebte hervorbringe – und nicht etwas sehe, *für das du blind bist?* So dass ich nicht Hilfe *brauche*, sondern Hilfe *bin?* Und *weißt* du, *unumstößlich*, dass dein Mitgefühl größer und umfassender ist als mein Gefühl – und nicht unendlich kleiner, sodass es ohne Schwierigkeiten Platz darin findet? Nicht alles, was man erlebt, bringt einen voran und nach oben, manches öffnet auch nur den gewaltigen Raum in und um uns herum. Und mit diesem gewaltigen Raum, um auch das deutlich zu sagen, meine ich *nicht* Hamburg …

Entschuldige bitte. Es ist absurd, dass wir uns gerade jetzt streiten. Aber vielleicht gehört auch das dazu – dass wir den Weg erst noch vom angesammeltem Schutt freiräumen müssen. Wann, wenn nicht jetzt … Ich will es hoffen. Der Regen verbindet immer noch, er wäscht ab, ernährt … Ich wünsche dir sehr, dass auch *dein* Sommer auf seinen Höhepunkt kommt – in meinem Falle *war* es einer – oder sogar auf seine Höhepunkte und dass sich danach alles wie hier verläuft.

Dein etwas irritierter Sebastian

Von: Hanna Dudenhausen <hudenhausen@dllf.de>
Gesendet: Montag, 27.08.2007 00:36
An: Heilering, Sebastian
Betreff: Reinen Tisch

Es ist gut, mein Herzenssebastian, dass du im Gegensatz zu Johannes meinen Widerwillen ernst nimmst und ihn nicht verdrehst. Ich habe auch sofort gewusst, dass ich zu weit gegangen bin, verzeih mir! Das Versenden einer Mail ist einfach viel zu einfach, außerdem hatte ich sie nun einmal *nötig*, wahrscheinlich weil ich zuerst immer mit dem Körper denke, der Grenzen hat und Grenzen braucht, weil auch ich «irritiert» bin und vollkommen überfordert und nicht so tun kann, als wäre ich es nicht. Es geschieht mir nur recht, dass du meine fachfraulichen Überlegungen einfach übergehst und dich weiterhin an meine Person hältst, vielleicht sollte ich mir selbst die Mediziner-Pose nicht glauben. Und deine Fragen sind gut. Aber letztlich laufen sie darauf hinaus, dass man, da wir nun einmal *alle* nicht wissen, was ist… dass wir die Welten, in denen wir leben wollen, *wählen* müssen. Ich *habe* gewählt und kann darum nicht mehr guten Gewissens alles mitmachen oder geschehen lassen… Was heißt guten Gewissens, das ist albern, ich kehre noch einmal hinter die Grenzen meines Subjekts zurück: *In meiner Welt bleibt nicht ein Stein auf dem anderen*, wenn ich die Existenz von Geistern zugestehe. Bevor ich das tue, suche ich lieber noch und noch einmal die ganze Bühne ab, ob sich nicht doch irgendwo ein doppelter Boden, ein Spiegel, eine Lichtinstallation oder auch eine Falltür findet… Insofern: Bitte, sei gnädig und *verzichte* auf diese, meine Bankrotterklärung. Und bleib bitte am Ball, was die Entzündung angeht. Du musst nach den Ursachen suchen.

Im Übrigen hat dein Wunsch geholfen ... (das sagt man so dahin:): Ich bin ihn los. Es war nicht einfach, aber ich bin ihn los. Im Grunde hatte ich mich seit deiner schönen und tiefen Schauergeschichte gefragt (bitte verzeih noch einmal, du *spürst* meine Zerknirschung!), ob ich *meine* Befreiung auch rituell vorbereiten sollte, und hatte über Inszenierungen nachgedacht ... große Auf- und Abtritte, ich liebe ja so etwas und war trotz des religiösen Zwielichts ganz neidisch auf den prachtvollen Rahmen, den du gefunden hast. Eine letzte, endgültige Rede halten ... ihm in unserem Lieblingsrestaurant sein Leben erklären ... mit hoch erhobenem Kopf und raschelnder Schleppe gehen ... Aber ich fand da nichts Effektvolles. Eine andere Variante, die mir vor Augen stand, auch sehr verführerisch, war, ihm souverän mein Desinteresse zu zeigen (dass ich jetzt erzähle und nicht weiter mit dir streite, bedeutet *kein* Desinteresse, sondern tiefe Scheu und Respekt ...), die andere Variante also war, ihm durch *Ignoranz* zu beweisen, dass ich in der Königinnenklasse zu Hause bin und mich nicht ewig mit dem Pöbel abgeben kann. Ich stellte mir vor, in der Praxis, während ich mich mit Papieren und reizvollen Frauen beschäftigte, nebenher mit einer wegwerfenden Geste *den Mann* entfernen zu lassen und später einen herzlichen, stilvollen Dankesbrief zu schreiben, nach dem mir niemand mehr etwas hätte vorwerfen können ... Aber dann, am Samstag beim Einkaufen, fand ich, dass jede Inszenierung ihn nur gewürdigt hätte, zumal er, gerade was das Ignoriertwerden angeht, womöglich noch auf den Geschmack gekommen wäre, aktive Missachtung wäre wahrscheinlich sein Liebstes ... Sollte ich mir tatsächlich die Mühe machen, ein Bühnenbild für ihn auszusuchen, die richtige Beleuchtung zu finden, ihm eine Rolle zu geben? Nein, keine künstliche Erhöhung, dachte ich, nur noch Wirklichkeit, das ist meine Stärke und sein Albtraum.

Ich habe meine Einkäufe nach Hause gebracht, bin einfach zu ihm gegangen und habe es darauf ankommen lassen.

Strategisch war das ein Fehler, ich habe ihn unterschätzt. Und wahrscheinlich sagst du jetzt: Siehst du! Du unterschätzt auch mich!... Aber lass mich bitte erzählen, wenigstens noch dieses eine Mal!... Er stand also an der Staffelei und empfing, und ich war Groupie und Bittstellerin. Schon deswegen übellaunig, fing ich an, zu zicken und mich zu beklagen, ein jammervoller Rückfall ins Frauchenschema, und er hörte geduldig zu und malte weiter. Du bist ein Monster, ein Satansbraten, sagte ich ruhig, aber latent hysterisch, du kochst auf kleiner Flamme lecker in deinem Egosaft, und mich kochst du gleich mit, du kennst mich gar nicht, du kommst einfach über mich und dringst ungefragt in mein Leben ein ... Noch in der Unterwerfung beherrschst du mich, ich werde dich verlassen. Ich habe, mit anderen Worten, so ziemlich das genaue Gegenteil dessen gemacht, was ich mir vorgestellt hatte, und mit dem denkbar miesesten Erfolg. Denn irgendwann meinte er einfach, du hast recht, verzeih mir, legte den Pinsel aus der Hand, ließ sich hinunter auf alle viere und krabbelte mit geducktem Kopf auf mich zu, wir waren umstandslos wieder in seinem Spiel... Er widerte mich an, wie er um mich herumschlich, sich zu meinen Füßen kauerte, meine nackte Haut berührte, ich sagte, nicht meine Haut, und erfüllte ihm schon damit wieder seinen Wunsch. Ich sagte, beweg dich nicht, ich hasse es, wenn ich dich leben spüre, und er wimmerte und winselte wohlig, und ich sagte, ich will *gar* nichts von dir hören, deine Existenz ekelt mich an. Hör auf zu atmen, dieses Bauchtier soll sich nicht mehr dicke tun und aufblasen, geh weiter weg, du wärmst mich an. Und irgendwann begann ich, ihn zu treten, weil er mir zu nahe kam, ihn weg- und nachzutreten, woraufhin er immer wieder hektisch zurückkroch und meine Beine umschlang, ich trat ihm gegen die Schultern, gegen die Brust, Hauptsache, weg, und er fiel hin, schlug sich sogar ein wenig die Stirn an einer seiner Installationen auf, krabbelte wie ein schweres Insekt wieder zu mir, umschnürte fest meine Beine, ich schrie auf, zappelte, trat und fing an, als er sein Gesicht, seine Nase in meinem Schoß vergrub, meine Knie in sein Gesicht zu ziehen, immer härter und kürzer, die Ellbogen dazuzunehmen, bloß nicht die nackten Hände, und es *musste* längst richtig wehtun, aber es war, als würde er alle Energie, die ich gegen ihn schlug, in sein psychisches System einspeisen, als wäre all meine Wut für ihn nichts als *reine Zuwendung,* für die er mich dankbar umklammerte, ich erhob mich, um meinen Schoß frei zu bekommen, legte meine Hände umeinander, zog sie hoch über den Kopf und ließ sie wie eine Axt auf sein Kreuz niedersausen. Er umspannte meine Unterschenkel, steckte den Kopf durch, den ich ihm möglichst knorpelig zwischen meinen Knien quetschte, und ich zog immer wieder die Arme hoch und ließ meine schmerzende Doppelfaust auf seinen Rücken krachen, und er sagte keinen Ton mehr, und ich wusste, er würde das ewig aushalten, ewig genießen, ewig aufsaugen, und irgendwann würde ich müde ablassen und zusammenfallen und es nicht verhindern können, dass er sich wieder dankbar um mich herumkuschelte, und mich überkam die nackte Angst, als würde ich durch die Straßen rennen und genau wissen, dass mich mein Verfolger irgendwann erwischen würde, ich lief, indem ich immer verzweifelter zuschlug und spürte, dass ich mich mit jedem Schlag tiefer in sein Spiel verstrickte, dass ich mich mit jedem Schlag weiter von mir und *meiner* Körperlichkeit entfernte, dass er jeden Schlag nahm wie eine Gabe und Gnade, als ein Fass ohne Boden, wie dein großer Säugling damals, ich konnte hineinstopfen an Hass und Wut und Widerwillen, so viel ich wollte, er konnte einfach nicht genug davon kriegen, und seine keuchende und schnaufende Stille war so voll feierlicher Erwartung der ewigen Fütterung, dass ich anfing, im Schlagen hilflos vor mich hinzuheulen, zunehmend schwächer austeilte und ohne jede Idee, wie ich da heil herauskommen sollte. Irgendwann hatte er ein Einsehen mit mir, ein letzter Rest Anstand, er löste die Umklammerung, ging noch ein wenig in Deckung, aber trollte sich dann, und ich fiel auf den Stuhl und weinte, und er machte mir einen Kaffee und einen Wein und stellte das Tablett einen Meter von mir auf den Boden, ohne mich zu berühren.

Er schlug dann sogar vor, dass wir auf den Club am Abend verzichten sollten, und malte erst einmal weiter, in großen, begeisterten Schwüngen. Aber ich hatte meinen Fehler ja längst erkannt und musste mich nur erholen. Ich trank und rauchte, draußen auf der Terrasse, und zog mich dann um, spannte mich in meine Ledermontur. Und zum ersten Mal nahm ich das Nietenhalsband mit der Leine, das er irgendwann besorgt und das ich immer abgelehnt hatte, seine Augen leuchteten, und er zog sich um. Im Dark Region war tatsächlich die Hölle los, schon der Vorraum und die Bar waren gefüllt mit Szenetouristen, im Zwischenraum hämmerten zwei hagere Provinzler mit Brötchenpopos wie Maschinen in Frauen, die sich an deren stoßdämpfenden Unterarmen festhielten, der gynäkologische Stuhl wurde genutzt, sogar der Hot Tub, überall manipulierten Menschen eher gelangweilt aneinander herum ... *Ein guter Ort, um verloren zu gehen*, dachte ich und führte meinen Hund an der Leine nach hinten in das Verlies. Ich kettete ihn an, hielt ihn aber weiter an der Leine und traktierte ihn ein bisschen pro forma mit der Gerte, nein, schlimmer noch: ohne jedes Eigeninteresse und selbst *ohne den guten Willen, ihm wehzutun* – was er, wie ich merkte, schon mit Unmut registrierte. Aber er wusste nicht, dass ich wartete ... und weiter warten musste. Und als eine überschminkte Brünette kam, die, als ich ihr die Gerte anbot, zweifelsfrei gestört lachte, mit demaskiertem Zahnfleisch, und sie ihm sofort erst einmal zwischen die Beine zog, wusste ich, dass ich gefunden hatte, was ich suchte. Ich ließ sie warm werden, nickte ihr aufmunternd zu, beobachtete, wie Johannes anfing, sich zu überlassen, und als ich spürte, dass er schon konkreter hoffte, gab ich der Brünetten die Leine in die Hand, zwinkerte erst ihr und dann ihm zu, der es sofort mit der Angst bekam und an den Ketten zerrte, und ging davon. *Nie wieder*, dachte ich. Und: Ich brauche *richtigen* Sex. Und wusste, noch im Hof, dass *dies* mein Abgang war und dass es ohne Abgang nun einmal nicht ging – wie ich am Anfang ja gleich richtig gedacht hatte. Gerade die Trennung versteht so ein Mensch nur, wenn sie im symbolisch gültigen, offiziellen Raum des Spiels erfolgt. Ich bin gespannt, ob er seinen Salon-Vortrag noch hält.

Tja. Das war das. Und auch wir beide, du und ich, müssen schauen, wo wir mit all dem landen. Wir haben so lange schriftlich miteinander gelebt, vielleicht schrecken wir innerlich vor der ganzen Wirklichkeit zurück und *suchen* die Auseinandersetzung. Obwohl wir es doch zum ersten Mal seit Langem, seit Rom geschafft haben, *gleichzeitig* frei zu sein ... Wann, wenn nicht jetzt? ... Wir werden sehen.

Deine unberührte, unverletzte Hanna

Von: Sebastian Heilering <sebastian@heilering.de>
Gesendet: Mittwoch, 05.09.2007 21:23
An: Dudenhausen, Hanna
Betreff: Haussegen

Du bleibst charmant, meine Ungerührte, in all deiner sensiblen, wiedereroberten Unverletztheit, das finde ich rührend, auch wenn du damit vor allem meine Nachsicht einholst, auf eine sehr frauliche Weise, die mir nicht zu Gebote steht. Aber dass du weiterhin so schnell urteilst und wegsortierst, finde ich doch allmählich richtig ärgerlich – so ärgerlich, dass ich mich schon frage, ob ich dich, wie du mich einmal gebeten hast, jetzt vor einem ungehemmten, muttergleichen Durchmarsch warnen sollte. Daran ändert auch deine ebenso schnelle Entschuldigung nichts mehr, zumal du ja deine Sicht der Dinge im selben Atemzug bekräftigst. Soweit ich weiß, habe ich dir keine «schöne Schauergeschichte» erzählt, sondern einfach ein Erlebnis mit dir geteilt, das mir auf eine zugegeben schwierige Weise *heilig* ist – und ich hatte gehofft, dass wenigstens du es einfach so hinnehmen könntest, wie ich selbst es hingenommen habe, ohne «Widerwillen» und ohne dass du gleich dein Weltgebäude einstürzen siehst. Du kanntest die Vorgeschichte, meine Überlegungen vor Ort, meine grundsätzlichen Vorbehalte gegen jeden positiven Glauben… Kann man denn unter solchen Voraussetzungen nicht irgendwann einmal seine ganz gewöhnliche Aufgeklärtheit stecken lassen und sich den Übergriff verkneifen? Ohne sich auf die Treue zu sich selbst oder sein Gewissen oder seine Denkarchitektur herauszureden? *Wenn* jemand dazu in der Lage ist, dachte ich, *dann* du… Und nun sehe ich, dass du das, was doch immerhin Wert schafft, Liebe und Wirklichkeit, spöttisch oder scheinverständig abtust – und in demselben Brief das, was Leid verlängert und Wert zerstört und was auf seine Art *mindestens* so gespenstisch ist, ernst und rituell wichtig nimmst. Das ist fast noch eindeutiger als deine explizite Vorliebe fürs «Abweichende» und «Durchgeknallte», der ja offenbar auch ich deine Zuneigung verdanke…

Dabei finde ich es für meinen Teil sehr überzeugend, dass man durch eine Hütte gehen muss, um als ein neuer Mensch in die Welt treten zu können – und glaube sofort, dass dir die Geburt aus diesem kalten Mutterbauch auch tatsächlich gelungen ist. Das zu deinem großartigen Kellerbericht. Ich habe immer damit gerechnet, dass du die alte, verletzte Eva irgendwann loswirst und dein Heil im befreiten, entlasteten, wieder ruhiger atmenden Körper findest. Nein, falsch, ich gebe es zu: Ich habe gedacht und noch mehr gehofft, dass du dein Heil *mithilfe* deines Körpers findest und dich dann irgendwann in einem wiederhergestellten, wieder bewohnbaren Raum des Seelischen einfindest und dich dort mit mir triffst. Aber wie soll das jemals gelingen, wenn du sogar nach dieser… dieser *Ausreizung* des Körperlichen, dieser Wanderung an deinen körperlichen Grenzen *nicht zurückkehrst*? Willst du dich auch weiterhin und immer nur mit dem Materiellen beschäftigen? Nichts weiter als Materielles sein? Nichts weiter als mit sich versöhnter, wieder klingender Körper und nichts darüber hinaus? Und wenn ja: Wie kannst du *dann* auch nur den leisesten Sinn für das aufbringen, was *mir* wichtig ist und was mich ausmacht? Ich halte es inzwischen für denkbar und möglich und sogar wahrscheinlich, dass wir beide, du und ich, über die Jahre zweigleisig gefahren sind. Wir haben uns deswegen so gut ergänzt und zusammengefunden, weil wir wussten und schätzten, dass der andere das *hat und kann,* was jeder für sich *nicht* hatte und konnte. Und wenn nun jeder für sich zu einer Lösung, wenn wir beide zu so grundverschiedenen, einander *entgegengesetzten* Lösungen gekommen sind: *Brauchen wir einander dann überhaupt noch?* Sind wir dann überhaupt noch bereit, *Respekt* füreinander aufzubringen? Vielleicht sind wir jetzt auch froh, *endlich einseitig* sein zu dürfen, das Einseitige für das Ganze nehmen zu dürfen …

Und das auch über unseren engsten Kreis hinaus: Was soll daraus werden, wenn ich mich nun noch enger mit all den bunten Vögeln, Chaoten und Anarchisten dieser Welt zusammenschließe und mit ihnen gemeinsam den Vorrang des Materiellen bekämpfe? – Natürlich auf politischer Ebene, aber *kann dir das egal sein?* Und wenn für dich die Sache der Frauen irgendwann nur noch Mittel zum Zweck ist, Mittel zu Geld und Macht, zu Immobilien und bürgerlichem Ansehen: *Kann mir das egal sein*? Wir haben uns in mancher Hinsicht sehr unterschiedlich entwickelt, das war für mich kein Problem, sondern inspirierend und vervollständigend … Ich dachte immer, auch wir würden uns umeinanderlegen und einander durchdringen wie Yin und Yang. Aber Zeiten der Krise sind Zeiten der Entscheidung … Und ich sehe Krisen voraus. Krisen, in denen aus meiner Sicht *alles* davon abhängt, dass wir dem Materiellen einen Sinn geben, der *nicht* im Materiellen liegt.

Ich will da wirklich nichts herbeireden, weder im Großen noch im Kleinen. Und schon gar nicht so tun, als wüsste ich alles und hätte alles im Griff – das ist ja gerade etwas, das aus meiner Sicht Lösungen vereitelt. Wärst du Johannes losgeworden, wenn du es nicht einfach hättest darauf ankommen lassen, einen Fehler zu machen und diesen Fehler dann im Bedarfsfall zu korrigieren? Leben ist, wenn es anders kommt...

Wahrscheinlich schieße ich auch jetzt über das Ziel hinaus. Aber ich war so lange unsicher, ob ich in dir Resonanz finde und deine Ironie sich irgendwann verliert, und bin jetzt... jetzt so *enttäuscht*... blödes Elternwort... dabei meine ich es in einem sehr genauen Sinn, ich habe tatsächlich das Gefühl, dass wir schon lange von falschen Voraussetzungen ausgehen. Genau darum wollte ich, gleich, nachdem wir uns wiedergefunden hatten, dass wir die Lücken erzählend auffüllen und uns nicht über möglicherweise gewachsene Unterschiede hinweglügen. Und nun, befürchte ich, ist das passiert. Meine eingestandene, unsere gemeinsame, in der Untätigkeit verratene *Scheu vor einem weiteren Treffen*, so oder so, war offensichtlich eine *Scheu vor der Wahrheit* – und auf die müssen wir es jetzt, in guter Tradition, doch noch einmal ankommen lassen. Zumindest ich möchte nicht, dass wir einfach so weitermachen wie bisher und womöglich weiter ins Leere laufen.

Du weißt, hier ist immer Raum für dich, ich will dich nicht ausladen. Aber ich denke, wir sind gut beraten, einfach noch einmal nachzudenken. Noch einmal zu überlegen, ob mit dem Schreibraum auch schon unser gemeinsamer Lebensraum ausgeschritten ist. Ob wir *ausgedient* haben, jeder im Leben des anderen. Das hört sich sehr dramatisch an, merke ich gerade – was immerhin hieße, dass auch sehr viel auf dem Spiel stünde. Aber das... *möchte* ich auch gern glauben. Glauben, wo Wissen nicht möglich ist.

Dein Sebastian

Von: Hanna Dudenhausen <hudenhausen@dllf.de>
Gesendet: Dienstag, 11.09.2007 00:04
An: Heilering, Sebastian
Betreff: Re: Haussegen

Ich muss darüber nachdenken, mein Sebastian, auch ich, und ich komme nicht dazu. Kann sein, dass du recht hast, kann auch nicht sein. Ich bin natürlich eine Zicke und nutze sehr gern bedenkenlos jedes Mittel, das mir meine geschlechtliche Rolle an die Hand gibt, rede mich mal auf die Stärke und mal auf die Schwäche der Frauen heraus, wie es halt passt und vielleicht auch dem anderen Freude macht. Aber es ist nicht ganz fair, finde ich, dass ich über das, was wahr ist, auf deine Weise entscheiden soll. Du glaubst, wo Wissen nicht möglich ist, ganz recht. Und auch ich kann so zu keinen belastbaren Ergebnissen kommen. *Ich* kann das nur, wenn wir uns endlich wieder treffen. Ich muss dich sehen, hören, riechen, sonst weiß ich nicht, was da ist oder fehlt. Du kannst jetzt alles zerreden, und ich kann dich nicht daran hindern. Wenn ich es versuche, plappere ich nur das nächste unbedachte oder auch gezielt naive Wort daher, das du mir dann mit Freude, vielleicht auch mit Recht und allerheiligstem Ernst um die Ohren haust. Du kannst sagen, alles Lüge, obwohl wir uns seit Jahren auf deine Art, also von innen nach außen, verständigen – *dann ist diese Art eben nichts wert*, und wir sollten es noch einmal versuchen, indem wir uns umarmen. Von außen nach innen. Nur wenn dann immer noch nichts da ist, weder nach deinem noch nach meinem Urteil, komme auch ich ins Grübeln. Aber ich werde selbst dann, zu deiner Beruhigung, keine andere Politik verlangen, auch keinen Verzicht auf jede Regulierung der Finanzmärkte – obwohl man ja durchaus argumentieren könnte, dass jede Regulierung einen geistigen Eingriff in die menschliche Natur der Selbstbereicherung bedeutet… Die Politik überlasse ich gern dir und den Philosophen, solange ihr mir nicht ins Handwerk pfuscht… Naja, vergiss diese Bemerkung. Ein bisschen mitreden möchte ich schon.

Aber so viel möchte ich dann auch meinerseits sagen: Ich finde es schon ein wenig verletzend, dass du mir seit Jahren und sehr beharrlich zwar nicht das klare, wohl aber das *tiefe* und *weite* Denken absprichst. Und umgekehrt finde ich es *flach* und *eng* gedacht, dass du dir das Denken einfach nicht als Körperfunktion vorstellen kannst oder magst. Nicht das Denken, nicht die Kreativität, nicht die Moral, nicht die Religion … Und fast glaube ich, dass es dabei nun *dir* allein um die Deutungshoheit geht, um deine Zuständigkeit als Geisteswissenschaftler, und du damit am Ende doch noch auf meine griechische Körpermail reagierst. Platon und das Christentum sollen recht behalten, das Flüchtige soll das Feste sein und das Feste flüchtig. Das finde ich nicht nur degradierend, sondern auch sehr bedauerlich. Weil nichts von dem, was ich dir sagen kann, dann noch irgendeinen Wert über mich hinaus hat, wie du mir ja überhaupt eine Vorliebe fürs Wertlose bescheinigst. Du hörst mir zu – und machst für mich eine Ausnahme, weil ich es bin. Und weil ich ein so hübsches, spitzes Näschen habe. Das ist selbst mir zu wenig, und wir müssen *auf jeden Fall* noch einmal darüber reden.

Ich versuche mal trotzdem zu erzählen, als wäre alles wie vorher. Oder als wäre es schon jetzt, wie es wieder sein wird, wenn wir miteinander gesprochen haben. Ein fröhlicher Ritt über dem Abgrund, wo du auch das gemächliche Gehen fast beendet hast. Denn inzwischen war ja mein erster Salonabend, und *noch* künstlicher, als davon zu erzählen, wäre es, *nicht* davon zu erzählen. Bis dass der Stromausfall uns scheidet. Es war ein voller Erfolg, sage ich dir, *ganz Ottensen* spricht darüber, ein bisschen auch der Rest der Stadt – die für mich also, wie du siehst, schon bald zu klein sein wird, der gewaltige Raum überwölbt auch für mich diese goldenen Dächer … Und alle, alle sprechen natürlich nicht, weil es erwartbar gut war, sondern weil es reizend auf der Kippe stand und nur eben gerade und mit viel Glück noch gut ging … Das fing schon mit der Ausstattung an, für die sich die von Frauke beauftragte Schaufensterdekorateurin eigentlich etwas Lustiges ausgedacht hat – durch alle Räume waren Wäscheleinen gespannt, und zwar so tief, dass man sich im Wandern am Anfang immer ein bisschen beugen oder Sachen beiseiteschieben musste, um dann plötzlich überraschend vor einem oder einer Bekannten zu stehen. Aber die Klamotten selbst waren teilweise so unitalienisch, so *geschmacklos*, dass man sich vor ihnen ekelte. Und bei den Vorträgen hingen sie einfach nur im Weg, also haben wir sie heruntergenommen, und da blieben dann nur unsere langweiligen, kahlen Räume mit dem sehr mäßigen Catering auf den Stehtischen übrig – und unser teigiger Goethe-Darsteller, der doch tatsächlich alle Italien-Sehnsucht als *veraltet* und *überflüssig* ad acta legen wollte, die Deutschen seien längst die besseren Italiener, ganz ebenso, wie sie längst auch die besseren Spanier oder Griechen seien, zudem könne man nirgends so gut mediterran essen wie in Hamburg oder München … Und nachdem er das gestellte Thema auf diese Weise glücklich verfehlt hatte, ging er dann dazu über, *Sylt* zu empfehlen, *in Hamburg*, mit einem Reisebericht im Altersstil des Geheimen Rates … Meine Gäste kamen aus dem Staunen nicht mehr heraus.

Und da hatten sie ja noch nicht einmal Johannes erlebt. Manchen war er noch von der Eröffnung bekannt, manche waren sowieso nur seinetwegen und auf seinen Marschbefehl hin gekommen, zumindest kannten ihn die meisten, was eine gute Voraussetzung war. Denn natürlich wollte er sich noch ein bisschen an mir rächen, wenn er schon mal da war … ganz großes Kino. Er stürmte auf oberschenkelhohen Stiefeln herein und sprang mit glänzendem Fleischhaupt auf das kleine Podest, zwei martialische Leibwächter hinter sich, die demaskierte Brünette einen Kopf tiefer und drei Meter weiter an seiner Seite, blieb zackig stehen, mit verschränkten Armen, ließ den Kopf sinken und dachte erst einmal öffentlich nach. Das Schniefen und Schaffen verlor sich allmählich, vereinzeltes Lachen ebenfalls, er hob den Kopf und gab irgendetwas von sich, die Leute sahen sich fragend an, *hatte er etwas gesagt?*, er setzte irgendwo in den unteren Lagen nach, sehr für sich, sehr leise, sehr verschliffen, irgendwo hinter der Sonnenbrille, ich kann ihn auch auf der Tonspur kaum verstehen ... Er spricht, in tragischer Zwiesprache mit seinem Schicksal, über die italienische Renaissance ... Die stelle man sich ja in der Regel hell und klar und schön und als Beginn des bürgerlichen Lebens unter freiem, leerem Himmel vor ... mit Wohnwagen, Bratwurst und Gartenzwergen ... Aber das eben sei der *Fehler!* ... In der Renaissance sei es eben *nicht* um die Befreiung des bürgerlichen Subjekts gegangen – er lacht plötzlich laut und meckernd auf, nimmt sich wieder zurück, schmiert genervt «Naaaiiiiinn! ...» und akzentuiert dann jede Silbe. Naaiin, es sei im Ge-gen-teil um die Befreiung *des Hel-den* gegangen, und zwar zuallererst um seine Befreiung *von allen Rücksichten auf das «bür-ger-li-che Sub-jekt»* ... Er lacht überlaut, fängt sich durch ein noch lauteres Räuspern wieder ein, kichert elastisch. Redet über das Mittelalter, das schöne Leben unter einem gemeinsamen Dach, in einer gemeinsamen Welt mit gemeinsamen Symbolen. Er schwärmt vom Goldgrund, vom Weihrauch, von gnädigen, allein dem Seelenheil geltenden Folterkellern und Scheiterhaufen. Er verwirrt sich, findet irgendwann wieder voller Ekel sein längst verlegtes bürgerliches Subjekt, in der italienischen Porträtkunst ... Leute ohne Demut, urteilt er verächtlich, ohne jede Vorstellung von fremder Größe. Eitle und feiste Gesellschaftsstatisten, Krisenfutter. Im Mittelalter, schnarrt er wieder leise und drohend, waren die Fürsten und Bischöfe ja immerhin so nett gewesen, ihren Schäfchen und Leibeigenen die Verantwortung abzunehmen, jetzt mussten die allein klarkommen und waren den Heerführern und sonstigen Selbstermächtigern und Selbstbedienern schutzlos preisgegeben. *Schlachter oder Vieh*, zieht Johannes in anschwellender Lautstärke und fast singend. *Schlachter oder Vieh!* ... Und dann brüllt er unter dem Grinsen seiner Gorillas ... *Ter-ti-um non da-tur!* Und das *erst recht nicht in der Kunst*: wo man entweder zu den *Schöpfern und Vernichtern* gehöre – das sei *ein und dasselbe* – oder zu den *Menschen mit Gefühlen*. Den *Im-pres-si-o-nis-ten* ... Wo man den David ins Leben ruft oder *Stimmungen* hat … Wo man Sklaven aus dem Stein befreit – oder *Zustände* bekommt … Er lacht wieder meckernd, zu seinen finsteren Jungs gewendet … Und als ein gemütlicher Kahlkopf mit dem Jackett über den Schultern im Publikum ebenfalls lacht, ich sehe noch seine Pünktchen-Fliege, wird Johannes urplötzlich ernst und spricht ihn ruhig und freundlich an: *Was lachst du?*, fragt er. Hast du eine Lachlizenz? Und da der Dicke noch lauter lacht, ebenfalls lauter und schneidend: Hm???!!! *Hast du eine Lachlizenz?!!* Und weil der nicht aufhören will: Ich habe dich etwas gefragt!! Du hast nämlich *keine*!! Geh mir aus den Augen! Du *Opfer*!! – Und zu einem seiner Bodyguards: *Schaff ihn weg*. Woraufhin der tatsächlich vom Podium heruntersteigt, sich vor dem Dicken aufbaut, ihm blitzschnell den Arm auf den Rücken dreht und den quiekenden Mann durch die ungläubigen, entsetzten Reihen schiebt … Und Johannes endgültig durchdreht: *Denkt ihr, ich mache Spaß??!! Denkt ihr, das ist lustig?? Dass die Speckschwarte jetzt Schmerzen hat?? Meint ihr, mir macht das Spaß?!!* Euch den ganzen Scheiß zu erklären, *und ihr checkt immer noch nichts*?!! – Und jetzt weiß ich, worauf er hinauswill, und ich spüre die Blicke meiner Gäste auf mir, und ich fange an zu lächeln. Woraufhin Johannes beginnt, laut und rhythmisch auf den Tisch zu hämmern: Ich wasche meine Hände in Unschuld. Das hier *soll* nichts! Das ist *Selbstzweck*! Und wehe, einer von euch Blindfischen und Besitzfetischisten nimmt hier irgendetwas mit!! Hier *gewinnt niemand irgendetwas*, das hier ist die *kleine* in sich selbst kreisende, ewige Tortur! He, du bebrillter Lohnsklave, da bist du ja wieder, hast du Specki vor die Tür gekriegt?? – Und weil die Leute immer noch auf mich schauen und mit mir entschlossen sind, die Sache nicht aus dem Kreis der Kunst zu lassen: *Ihr seid schmerzfrei, oder? Vollkommen schmerzfrei!* … – Und jetzt lacht er wieder meckernd und verwirrt sich: Ich nehme euch mit in den Keller, dann wollen wir sehen, ob ihr immer noch … *du Fleisch musst doch etwas merken* … – Und ich gehe irgendwann einfach dazwischen, steige auf das Podium, danke ihm, der mit offenem Mund dasteht, für seine *großartige* Performance, mache den Witz, er sei übrigens käuflich und ein zuverlässiger Verschwender, die reinste Konjunkturspritze … Ich weise zum Dessert-Büfett … bitte halsreckend *den Herrn* wieder herein … Woraufhin Johannes einen bösen Lachanfall bekommt, nur noch Dinge auswirft wie *du Luder*, aber alles sich wieder verläuft und niemand ihm mehr zuhört … Ich weiß ja, es war nicht seine Schuld, er musste anstelle eines anderen büßen, aber das ist ja nichts Ungewöhnliches, das geschieht jeden Tag millionenfach und subkutan. Er musste endlich *Objekt* der Inszenierung werden und selbst ins Leere laufen, wie ich ins Leere gelaufen war und es mit der Angst bekommen hatte, nun er … Und seine dunkeläugigen Gorillas, die ebenso hilflos herumstanden wie er. *Ich habe sein Stroh zu Gold gesponnen.* Damit hat sich alles ausgezahlt. *Alles.* Ich muss ihn nie wiedersehen. Ihn nicht und niemanden seiner Art. Ich habe ihm sogar den Abschiedsblick verweigert. Der Bock ist als geschlagener Hund geendet, noch einmal und vor meinen Augen. Und weil ich schon mal in Fahrt war, habe ich gleich auch der Dekorateurin gekündigt, über Fraukes Kopf hinweg. Auch der nächste Salon kann am Abgrund wandeln, er kann untergehen, aber er soll dann stilvoll untergehen … Nicht mit deutschen Unterhosen. Und ich habe schon eine Frau, die besser ins Konzept passt, eine Malerin mit Kind, die Schub hat auf ihrem Passionsweg und einen Job braucht. Dem Herrn ohne Lachlizenz (unglaublich! …) haben wir zur Entschuldigung ein Wellness-Wochenende geschenkt; ein Werk von Johannes wollte er nicht haben …

Gut. Jetzt habe ich noch weitererzählt, und niemand kann mir vorwerfen, es würde mir an gutem Willen mangeln. Aber das alles tue ich nur unter Vorbehalt … Ich muss noch nachdenken, und in den nächsten Tagen komme ich auch dazu.

Bis dann, deine Salonhanna

Von: Sebastian Heilering <sebastian@heilering.de>
Gesendet: Samstag, 29.09.2007 12:03
An: Dudenhausen, Hanna
Betreff: Motive

Du denkst lange nach, meine Hamburg- und Goldhanna, und das gibt auch mir Zeit, noch einmal zurückzutreten und mir Überblick zu verschaffen. Wir sind tatsächlich, scheint mir, wieder einmal am Ende einer Etappe angekommen. Und die nächste, befürchte ich, können wir nur getrennt bewältigen. Wie ich darauf komme? …

Mir ist klar geworden, dass wir über all die Jahre ein gemeinsames Thema hatten und schon nach Rom mit einem gemeinsamen Motiv gereist sind. Vordergründig ging es natürlich darum, dass wir an Früheres wieder anknüpfen wollten, und das Mittel der Rückbindung war das noch immer warme, noch immer lebendige Urmilieu abendländischer Kultur, in der griechischen Polis wollen wir diese intrauterine Geborgenheit ja weiter vertiefen. Doch wenn ich mir unsere Gespräche vergegenwärtige, die rücksichtslose Offenheit, in der wir Kassensturz gemacht und unsere damals eben zurückgelegten Lebensdekaden analysiert haben, dann ging es eben *nicht* darum, im Vertrauten zu treiben, sondern darum, endlich *aufzubrechen*. Wir beide wollten vor allem *loskommen*, schon zum Abitur, wollten immer schon ganz viel *hinter uns bringen*, und haben ausgerechnet Rom als Symbol des reizvoll Unbekannten genutzt. Nichts anderes hatte uns ja auch zu unserer Zehn-Jahres-Planung verführt: der *große Bogen*, in die *große, weite Welt* – die wir damals eben noch in der europäischen Nachbarschaft vermutet haben … Wir haben uns das abendländische Element nur gefallen lassen, um zu sehen, was *immer noch möglich war*, trotz aller späteren, eng geführten Wirklichkeiten. Und genau darin haben wir uns dann auch gegenseitig ermutigt und unterstützt: uns dem zu stellen, was uns einschränkte und bedrängte, es wegzutreten, auszubrechen und noch einmal neu zu beginnen …

Unser gemeinsames Thema war die *Freiheit*. Und die haben wir dann erst einmal in unserem rollenden Sprachraum gefunden. In dem wir Platz nahmen und mit ein paar Getränken sitzen blieben, um uns jederzeit so viel Aufmerksamkeit und Zeit zu schenken, wie wir brauchten.

Und vielleicht hat uns das Wohlbefinden, das aus diesen Wohltaten resultierte, dazu verleitet, unsere Beziehung als Liebe *misszuverstehen*? Ich bin ganz sicher, mir hätte oft der Mut gefehlt, wenn ich in dir nicht so viel vorbehaltlose Zustimmung, so viel Vertrauensvorschuss gefunden hätte. Wohin auch immer ich mich vorwagte, ohne Rücksicht auf professionelle Verluste, wohin auch immer ich mich frei- und hinausdachte, hatte ich das Gefühl, längst schon von dir angenommen und aufgefangen zu sein. Das ist so viel, dass ich dir gar nicht genug dafür danken und es dir nur mit Gleichem vergelten konnte. Auch du konntest davon ausgehen, glaube ich, dass ich jeden deiner Impulse und Befreiungsschläge mittragen, dass ich bei jedem deiner Tritte hinter dir stehen und dich im Falle deines Fehltritts und Falles auffangen würde. Ich wollte mich vor allem geistig und du dich vor allem körperlich lösen. Vielleicht ist das nur eine andere Formulierung dafür, dass du ganz Körper sein wolltest und ich ganz Geist. Beides konnten wir gemeinsam sehr viel besser als allein. Aber es war vollkommen unklar, ob das Lösen und Verlassen auf eine neue Bindung zwischen uns hinauslief, sie vielleicht sogar schon voraussetzte. Inzwischen bin ich mir ziemlich sicher, jetzt, da wir beide fleißig gekappt und abgeworfen und ausgeschlossen haben, so verstehe ich deine und jetzt auch meine Erzählung … – inzwischen bin ich mir ziemlich sicher, dass es das *nicht* tat. Wir haben uns geschrieben, weil wir uns darin näher waren, als wir es jemals hätten sein können, und weil wir darin keinen Beschränkungen unterlagen. Wir haben einander Respekt bezeugt und uns gegenseitig bestärkt, vor allem da, wo wir sonst Scham empfanden und Schwäche, aber darüber hinaus haben wir Ansprüche weder erhoben noch eingelöst und sind in gegensätzliche Richtungen gerannt. Und ist nicht auch das ein Faktum, das bemerkt werden will? Dass wir jetzt so weit auseinander leben? Noch nicht miteinander leben? Dass wir immer noch nicht miteinander geschlafen haben? Wahrscheinlich, weil uns das zu eng geworden wäre ... zu eng, weil wir uns immer weiter geöffnet haben, obwohl wir außerhalb unserer Mails gar nicht wieder zusammengekommen wären. Und dann soll es auch nicht so sein.

Natürlich, das wäre vielleicht auch ein Beweis unserer Liebe. Dass es *nur* mit uns zu eng hätte werden können. Wir haben ja beide in unseren Beziehungen immer Distanz gehalten. Im Falle von Sibylle musste ich das nicht einmal, weil sie nicht der Mensch war, dem man nahekommen konnte, nicht unter normalen Umständen, du hast ganz recht und meinst es nur anders. Viel spricht dafür, dass gerade unsere schriftliche, schriftlich intensivierte Vorgeschichte uns daran hindert zusammenzukommen, wir könnten das gar nicht ertragen. Dann wäre wirklich «meine» Art, der Weg von innen nach außen, kontraproduktiv gewesen, weil wir zu viel voneinander gesehen hätten, um uns nicht zu fürchten. Wahr sein könnte aber auch, dass wir nur darum so offen miteinander sein und reden konnten, weil wir insgeheim immer darauf gerechnet haben, dass einer von uns beiden ausgleichend auf Einhaltung des Abstandes achtet. Während so jemand wie Gesa, die sich hier übrigens für morgen angekündigt hat und ein paar Tage bleiben will, immer darauf rechnen wird, dass mindestens einer von uns sich vergisst und der andere ihm dann nicht im Wege steht. Das bedeutet nichts, beileibe nicht, aber es ist die Wirklichkeit. Und es ist kein Lebensersatzstoff, wie unser geheimes Schrifttum, sondern das Leben selbst. Kein Plagiat, sondern das Original.

Gut, sei mir nicht böse, dass ich dich mit meinen Gedanken jetzt überholt habe. Ich wollte damit auch nichts «zerreden» – was für dich wahrscheinlich heißt, die Welt zu entfernen, so wie man beim «Verschwinden» sich selbst zurücknimmt und entfernt. Vielleicht ist da sogar etwas dran. Es gibt Freiheiten, und es gibt die Freiheit. Aber mir ging es gar nicht um Entfernung, sondern um die *Rettung unserer Nähe* – die vielleicht auf *Verzicht* hinausläuft. Ein altes, unmodernes Wort, du hast es zuerst benutzt. Aber vielleicht die Existenzbedingung *unserer Liebe*, die keine «Lüge» ist, das zuletzt, sondern *zugleich mehr und anderes* als Liebe.

So. Und jetzt du. Wenn du noch kannst.

Dein trauriger Sebastian

P. S.: Auch Eva will kommen, du erinnerst dich, die sich damals im Rotlicht erkannt hat, Anfang November mit ihrer neuen Freundin, diesmal einer etwas knochigen, aber aparten Bulgarin, und will sich mit mir über ihr neues Buch austauschen, über den Tauschwert des menschlichen Körpers – als Rohstoff, Transportgut oder Arbeitskraft, als medizinische Investition oder Gegenstand der Versicherungsmathematik… Sie sieht die *Quantifizierung des Menschlichen* als Grundübel und -fehler unserer Zeit und will dazu auf bottomupp etwas machen. Wird sicher kurzweilig.

Von: Hanna Dudenhausen <hudenhausen@dllf.de>
Gesendet: Freitag, 26.10.2007 23:11
An: Heilering, Sebastian
Betreff: Ohne einander

Kaum noch … Können, meine ich … Sebastian, Lieber, du mein Phantasma, du verflirrst vor meinen Augen, zerrinnst mir zwischen den Fingern, und ich kann dich denkend nicht halten. Deine Worte sind überzeugend, auf eine unheimliche Art und furchtbar überzeugend, ich weiß nicht einmal mehr, ob sie nicht längst für sich stehen und gar keine Stimme mehr haben, keinen leiblichen Raum, der sie formt. Du denunzierst unser gemeinsames Leben als Lebensersatzstoff... Das kann ich nicht finden, ich bin *unfähig*, so etwas zu finden. Wirklich ist, was wirkt. Aber was du über den Verzicht schreibst und den Sinn und Zweck unserer Partnerschaft und dass wir «ausgedient» haben ... was sogar seine schöne Seite hat, wenn ich weiß, dass du meiner und ich deiner Existenz gedient habe ... Ich weiß nicht, ob es «stimmt» und nicht auch anders denkbar ist, ob es denn nicht immer so ist, dass zwei, die sich lieben, einander auch sehr praktisch in den Kram und Plan passen und dass es sich, wenn man es darauf ankommen lässt, trotzdem nach unendlich viel mehr anfühlt. Und ich würde es, das weißt du, *jederzeit* darauf ankommen lassen, auch jetzt und sogar dann, wenn Gesa zum Zuge gekommen wäre, was mich schon sehr verletzen würde ... Und vielleicht hast du auch nur Angst, dass ich dir, obwohl du es gern hättest, *gar nicht* fremd geworden bin. Vielleicht ist es nur dein *Bedürfnis – dein* Bedürfnis –, dass der Körper nicht doch noch über dich kommt, und du beleidigst mich nur, um bei deiner hohen Meinung über dich bleiben zu können.

Aber indem du das sagst, *tust* du ja etwas – tust du etwas, das du fast immer getan hast und ich fast immer akzeptiert habe und das von daher, wie ich jetzt einsehe, ganz einfach *gelten sollte*. Ja, wir hatten ein gemeinsames Projekt, das wir erfolgreich zu Ende gebracht haben, ein doppeltes Freiheitsprojekt. Wir haben uns von vielem befreit, und ich kann mir sehr gut vorstellen, dass es zu diesem Projekt gehört, dass wir uns jetzt auch voneinander befreien. Du von mir und ich von dir. Das klingt hart, vielleicht sollte ich sagen «erst einmal» oder «vorübergehend», und das ist ja sowieso alles im Leben. Aber für den Moment – noch so eine Entschärfung ... – kann ich mir, wenn du das unbedingt möchtest, auch ohne Weiteres vorstellen, dass ich einfach meinen Weg weitergehe und schaue, wo ich damit lande. Das – *kann* ich akzeptieren.

Ein paar Meter bin ich da auch schon wieder gegangen. Denn nachdem ich Johannes den Laufpass gegeben hatte, fühlte ich mich so fantastisch und beschwingt, dass ich mich auch gleich noch von Joachim getrennt habe. Ich konnte nicht mehr Nacht für Nacht in der Küche mit ihm sitzen und mir seine Probleme mit irgendwelchen langweiligen Bräuten anhören, ich bin innerlich vollgelaufen und dann beinahe geplatzt. Also habe ich ihm gesagt, hör zu, wir können Freunde bleiben, aber wir müssen darum nicht weiter zusammenwohnen, im Gegenteil, dann *werden* wir auf Dauer keine Freunde bleiben. Mach dir im Übrigen keine Umstände, ich verändere mich gern mal, ich schaue mal, ob ich etwas Schnuckeliges finde. Und weil ich sowieso gerade mit unserem Vermieter im Eulenhorst verabredet war, habe ich ihn gefragt – und der gute Mann hat tatsächlich eine schöne, frisch sanierte, aber unpraktische Dachgeschoss-Maisonette in der Eulenstraße, die er nicht loswird und nicht irgendeinem Dahergelaufenen günstiger geben wollte – mir aber schon. Fast 90 Quadratmeter ohne irgendeine Wand zwischendurch, nur die von der Wendeltreppe durchbrochene Decke, herrliche Böden, das Bad mit Schiefer gefliest, sonst überall Eichenparkett und oben eine Riesenterrasse mit Blick über die Dächer, einfach traumhaft, da werde ich unter dem Fenster in der Dachschräge, das heißt direkt unter dem Himmel, schlafen. Zum 1. November kann ich einziehen, und ich überlege jetzt, was ich mitnehme. Eigentlich, habe ich das Gefühl, sollte ich so gut wie alles bei Joachim lassen. Aber er will natürlich Platz für meine Nachfolgerin haben … also muss ich zusammenklauben oder den Sperrmüll kommen lassen. Mal schauen. Jedenfalls ist die Stimmung zwischen uns so gut wie lange nicht mehr, der ausdrückliche Verzicht – da ist es wieder, das Wort – entkrampft offenbar und bekommt uns gut.

Aber mach dir keine Hoffnungen, mit dir und mir geht das nicht. Joachim ist mir körperlich egal. Was unter anderem daran liegt, dass der Körper *nicht* quantifizierbar ist und keinen Tauschwert hat … Aber wenn ich mir mit dir einig sein soll, dass wir einander längst zu gefährlich geworden sind, um uns wieder näherzukommen, oder auch, dass wir uns bei aller Nähe in einem ganz entscheidenden Punkt auseinanderbewegt haben … wie auch immer, dann kann ich dir auch nicht mehr schreiben. Nicht, bevor es sich nicht *gut* anfühlt, auf dich zu verzichten. Ich kann nicht mit jeder Mail doch wieder an deiner Tür kratzen und selbst wenn du mich einlässt, mit neuen Gegenargumenten und Ausreden kämpfen.

Und um auch das noch einmal klar zu sagen: So weit zumindest stimmt es, ich habe noch einmal darüber nachgedacht, ich kann das, was dir offenbar so wichtig ist … ich kann dein «Erlebnis» ganz sicher nicht, *auch nicht möglicherweise,* als Wahrnehmung einer objektiven Realität annehmen. Entschuldige bitte, ich *kann und will* es nicht. Was zur Erklärung dieses Erlebnisses dann auch immer übrig bleibt. Ich kann dich in deiner Trauerarbeit verstehen, ich kann dir helfen und beistehen und nahe sein, ich kann dich warnen und beraten, aber ich kann *deinen* Sinnen nicht trauen, wo ich selbst auf *meine* keinen Pfifferling geben würde. Und ich kann und will es auch nicht akzeptieren, wenn man mich darum für alle höheren Aufgaben verloren gibt. Dann könnte ich auch gleich meine Praxis dichtmachen – was meiner Einschätzung nach ein *Fehler* wäre, von dem ich gern wüsste, dass auch *du* ihn als Fehler einschätzen würdest. Manchmal kommt man wirklich nicht vor und nicht zurück.

Deine Hanna

Von: Sebastian Heilering <sebastian@heilering.de>
Gesendet: Dienstag, 30.10.2007 21:35
An: Dudenhausen, Hanna
Betreff: Re: Ohne einander

Stimmt. Meine nahferne Hanna. Mir geht es auch so: Nicht vor und nicht zurück. Sooft ich darüber nachdenke. Aber dann lass uns doch einfach warten, bis wir uns wieder bewegen können.

Viel Spaß in deiner neuen Wohnung!

Dein nahferner Sebastian

Von: Hanna Dudenhausen <hudenhausen@dllf.de>
Gesendet: Dienstag, 30.10.2007 23:02
An: Heilering, Sebastian
Betreff: Re: Re: Ohne einander

So soll es sein, vielen Dank!

DH

Von: Hanna Dudenhausen <hudenhausen@dllf.de>
Gesendet: Dienstag, 30.10.2007 23:05
An: Heilering, Sebastian
Betreff: P. S.

Hast du nun mit Gesa geschlafen, oder nicht?

Von: Sebastian Heilering <sebastian@heilering.de>
Gesendet: Dienstag, 30.10.2007 23:31
An: Dudenhausen, Hanna
Betreff: Re: P.S.

Das willst du nicht wirklich und wahrhaftig wissen, oder?

Von: Hanna Dudenhausen <hudenhausen@dllf.de>
Gesendet: Dienstag, 30.10.2007 23:53
An: Heilering, Sebastian
Betreff: Re: Re: P.S.

Wenn du schon *so* antwortest... Aber ich will es wissen, doch, natürlich! Ich weiß, ich habe kein Recht, eifersüchtig zu sein. Aber es war für mich in Ordnung, hinter Sibylle zurückzustehen, sie war deine Heilige, nehmen wir das mal an, sie war für dich unberührbar und hat auch dich nicht berührt, meiner Meinung nach bis heute nicht, entschuldige bitte. Aber Gesa ist *von meiner Art*, so viel habe ich begriffen, also komm mir nicht mit Gegenfragen, sondern halt dich an unsere Abmachung, und sag mir die Wahrheit!

Ich hätte nicht trinken sollen, aber ich schicke diese Sätzchen jetzt trotzdem ab.

Von: Sebastian Heilering <sebastian@heilering.de>
Gesendet: Mittwoch, 31.10.2007 00:37
An: Dudenhausen, Hanna
Betreff: Re: Re: Re: P.S.

Gut, wenn du partout darauf bestehst und alles wissen willst. Ja, wir haben miteinander geschlafen, und es war wundervoll. Wir haben gemeinsam gekocht und mit Leon Spaß gehabt, haben ihm Harry Potter vorgelesen und dann allein getrunken. Wir haben frühere Kollegen Revue passieren lassen, und ich habe sie an die Situation damals erinnert, die sie angeblich vergessen hat. Aber dann hat sie sich die Sache von mir noch einmal erklären lassen und sie noch einmal vorgeführt, sich noch einmal auf die Tischkante gesetzt und ihren glücklicherweise vorhandenen Rock hochgezogen, immer mit der zwinkernden, untergreifenden Rückfrage, ob es so richtig sei… Und ich konnte immer nur bejahen. Und da ich dieses Mal *gar nicht* müde war und sie so gut roch und ihre Hände so warm und voll waren… Sei mir nicht böse, aber ich kann nicht genauer werden. Wir haben, hatte ich das Gefühl, die ganze Nacht miteinander geschlafen, haben zwischendurch gesprochen, ohne voneinander abzulassen, haben weitergetrunken, natürlich auch Wein… haben uns verbunden und immer nur so viel bewegt, dass die Verbindung blieb… haben das Morgengrauen beobachtet… Sie ist irgendwann eingeschlafen, ich bin aufgestanden und habe bei unserem Bäcker die ersten fertigen Brötchen gekauft. Und wir haben mit Leon gefrühstückt, den unsere festliche Stimmung überhaupt nicht interessierte, nur unser Lachen und unser Übermut, und der sich, bevor wir ihn in die Gruppe entlassen haben, rückversicherte, dass Gesa am Nachmittag noch da sein würde… Und wir sind in die Berge gegangen und haben noch einmal ein paar Meter abseits des Weges, hinter einem Felsen… Aber das willst du nicht wissen, nicht wirklich, tut mir leid, und ich höre jetzt auch auf. Es stimmt, sie ist von deiner Art, *sie kommt durch* – und sie kommt wieder. Aber… sie hat kein Zimmer hier. Und wir, du und ich, werden uns doch endlich finden. Sobald ich über meinen Schatten springen kann und du über deinen.

Immer noch dein Sebastian

Von: Hanna Dudenhausen <hudenhausen@dllf.de>
Gesendet: Mittwoch, 31.10.2007 01:02
An: Heilering, Sebastian
Betreff: Re: Re: Re: Re: P.S.

Fuck.

Von: Sebastian Heilering <sebastian@heilering.de>
Gesendet: Mittwoch, 31.10.2007 01:07
An: Dudenhausen, Hanna
Betreff: Re: Re: Re: P.S.

Wie meinen?

Von: Hanna Dudenhausen <hudenhausen@dllf.de>
Gesendet: Mittwoch, 31.10.2007 01:02
An: Heilering, Sebastian
Betreff: Re: Re: Re: Re: P.S.

Vergiss es. Du hast recht, ich wollte das nicht wissen. Und jetzt muss ich schlafen ... Wenn ich das kann. Wie sagtest du? Es ist, wie es ist. Jetzt *wirklich*. Gute Nacht.

Von: Sebastian Heilering <sebastian@heilering.de>
Gesendet: Mittwoch, 31.10.2007 01:21
An: Dudenhausen, Hanna
Betreff: Re: Re: Re: Re: Re: P.S.

Gute Nacht. DS

Epilog

11. Mai 2009 bis 10. Juni 2010

Von: Hanna Dudenhausen <hudenhausen@dllf.de>
Gesendet: Montag, 11. 05. 2009 23:13
An: Heilering, Sebastian
Betreff: ?

Noch da?

Von: Sebastian Heilering <sebastian@heilering.de>
Gesendet: Montag, 11. 05. 2009 23:49
An: Dudenhausen, Hanna
Betreff: Re: ?

Klar … Herzlichen Glückwunsch!

Von: Hanna Dudenhausen <hudenhausen@dllf.de>
Gesendet: Montag, 11. 05. 2009 23:54
An: Heilering, Sebastian
Betreff: Re: Re: ?

Immerhin! Schön, dass du den Tag noch wiedererkennst! Wie geht's? Ich weiß gar nichts mehr von dir – abgesehen natürlich von dem, was ich auf bottomupp von dir lese und was ich mir da von dir gesagt sein lasse …

Von: Sebastian Heilering <sebastian@heilering.de>
Gesendet: Dienstag, 12.05.2009 00:02
An: Dudenhausen, Hanna
Betreff: Re: Re: Re: ?

Was lässt du dir da gesagt sein?...

Von: Hanna Dudenhausen <hudenhausen@dllf.de>
Gesendet: Dienstag, 12.05.2009 00:06
An: Heilering, Sebastian
Betreff: Re: Re: Re: Re: ?

Willst du das wirklich und wahrhaftig wissen?...

Von: Sebastian Heilering <sebastian@heilering.de>
Gesendet: Dienstag, 12.05.2009 00:10
An: Dudenhausen, Hanna
Betreff: Re: Re: Re: Re: ?

Bitte, keine Empfindlichkeiten...

Von: Hanna Dudenhausen <hudenhausen@dllf.de>
Gesendet: Dienstag, 12.05.2009 00:17
An: Heilering, Sebastian
Betreff: Re: Re: Re: Re: Re: ?

Entschuldige bitte, das sollte gar keine sein. Dann aber erst morgen. Heute muss ich ins Bett, ich putze gerade Zähne. Gute Nacht.

Von: Sebastian Heilering <sebastian@heilering.de>
Gesendet: Dienstag, 12.05.2009 00:23
An: Dudenhausen, Hanna
Betreff: Re: Re: Re: Re: Re: Re: ?

Gute Nacht.

Von: Hanna Dudenhausen <hudenhausen@dllf.de>
Gesendet: Mittwoch, 13.05.2009 21:03
An: Heilering, Sebastian
Betreff: Basics

Sorry, gestern ist mir dann doch etwas dazwischengekommen, obwohl ich mich eigentlich kaum mehr stören lasse – und damit schon im Thema bin. Denn was ich von dir und bottomupp gelernt habe, das ist die Reduktion aufs Wesentliche. Meine Wohnung ist immer noch fast leer. Oben habe ich einen kleinen Gartentisch mit Stühlen, für drinnen und draußen, einen Deckenstrahler mit Leselampe, ein Schlafsofa und ein Laptop – mit dem kommuniziere ich, mit dem informiere ich mich und sehe ich fern. Und unten sind nur die Küche und das Badezimmer notdürftig bestückt, im Wohnzimmer gibt es einen begehbaren Schrank, alles andere ist leerer Boden. Herrlich. Ich habe erwartet, dass sehr bald mehr dazukommt, zumindest nach ein paar Monaten, dass ich mein Lager stückweise auflösen würde und dem Abbau irgendwann ein gezielter Aufbau folgen würde. Aber bisher fehlt mir nichts, alles, was ich brauche, ist da. Vor allem freier, begehbarer Raum. Ich habe am Anfang jede Gelegenheit genutzt, um Dinge zu verschenken, meine Möbel, meine Bücher, mein Feuerzeug... Sogar mein Auto habe ich Joachim damals überlassen, ich mache jetzt Carsharing und organisiere, wenn ich mal einen Rückfall erleide und Lust auf etwas Neues bekomme, Klamottentausch-Partys mit ein paar geschmackvollen Freundinnen. Alles, was mich irgendwie belastet, was unnötig meine Aufmerksamkeit verlangt und mich sinnlos beschäftigt, kam und kommt ansonsten immer noch weg. Wenn ich Besuch habe und dem einen oder anderen ein Becher oder mein Flaschenöffner gefällt oder eines meiner wenigen Bilder, bekommt er es *sofort* in die Hand. Wer mich kennt, macht mir zu meinem Besitz schon keine Komplimente mehr...

Und ganz ähnlich geht es mir mit den Menschen. Ich folge auch hier deinen Ratschlägen und halte nur noch mit denen Kontakt, mit denen ich wirklich Kontakt halten möchte. Das wird schnell sehr übersichtlich, und ich habe plötzlich ganz viel Zeit, um die wenigen Bücher zu lesen, die sich lohnen, natürlich platzsparend im E-Reader. Den Salon habe ich eingedampft, sodass er inzwischen eine sehr exklusive Veranstaltung ist, mit deren monatlicher Organisation sich eine freie Eventmanagerin in meinem Auftrag weitere Kontakte verschafft. Nur noch Leute, die aktiv und hochinteressiert sind. Männer spielen in meinem Leben momentan keine Rolle, ich spreche kaum mehr mit ihnen, es ergibt sich auch kaum mehr eine Gelegenheit, ich habe es ein Vierteljahr mit einer Frau versucht, einer wahren Genießerin, deren Busen so prächtig war und deren Duft so berauschend, dass ich mich nicht zurückhalten konnte. Aber irgendetwas fehlte dann doch – jaja, ich bin halt fixiert... –, und als ich sie beim Wort genommen und sie gefragt habe, ob sie sich mit mir um zwei reizende Kinder kümmern würde, war der Verhandlungsspielraum schnell ausgeschöpft. Mehr Verantwortung kam für sie *gar* nicht infrage.

Für mich aber schon, für mich ist das der Punkt, an dem ich ganz sicher mehr machen und aufbauen muss. Tommi und Annika sind inzwischen, wie erwartet, im Heim, schon ein gutes Jahr in einer kirchlichen Einrichtung hier in Hamburg, in der sie sich nach all dem Streit mit Parallelwirklichkeiten und Instrumentalisierungen sogar wohlfühlen. Sie dürfen ein gemeinsames Zimmer bewohnen, das immer noch aufgeräumt ist, nun aber sichtlich benutzt und belebt wird. Der sehr selbstbewusst gewordene Tommi geht in die Schule, die gar nicht mehr verzuckerte Annika in die Vorschule, sie saugen alles verfügbare Wissen mit geradezu beängstigender Geschwindigkeit auf, wir treffen uns jeden Mittwoch zum Mittagessen und verbringen jedes Wochenende einen ganzen Tag miteinander. Ich lerne alle interessanten Museen und Indoor-Spielplätze kennen, den Hafen, die Elbe, die städtischen Schwimmbäder, ich lese Harry Potter mit ihnen, obwohl ich wenig damit anfangen kann, oder die Brüder Löwenherz, obwohl ich die zu düster und traurig finde, sie haben den Film gesehen und natürlich Gemeinsamkeiten mit ihrer eigenen Situation entdeckt, wir führen oft Gespräche über Grundsatzfragen, in denen ich mich mangels strenger Logik gern um Kopf und Kragen rede. Aber ich habe mich an sie gewöhnt, lebe schon jetzt mit ihnen und kann sie auf Dauer nicht lassen, wo sie sind, ich brauche jemanden, der mit mir die Pflegschaft und vielleicht die Adoption betreibt. Wenn ich da jemanden finde, glaube ich nicht, dass das Jugendamt noch länger auf meine leider unverändert psychotische Schwester, die mich bei meinem letzten Besuch in die Schulter gebissen hat, auf meinen undurchsichtigen Schwager, meine nomadisierende Schwester oder auf meine nach wie vor unverantwortliche, unwillige Mutter setzt. Das also hat für mich jetzt absoluten Vorrang. Zwei zusätzliche Wände mit Türen sind im Fall des Falles unten schnell eingezogen. Dann entstehen ein dunkler Flur, aber sehr helle Räume.

Ich habe zu viel geschrieben, ich weiß, deine Aufmerksamkeit zu lange beansprucht … Aber das ist reine, nachhinkende Gewohnheit, du kannst ja deine Antwort kürzer abhandeln. Hauptsache, du bist da. Man kann auch gelassen sein, ohne dass man gelassen wird. Aber es ist natürlich leichter, wenn es wenigstens *einen* gibt, der einen lässt.

Herzlich Hanna

Von: Sebastian Heilering <sebastian@heilering.de>
Gesendet: Donnerstag, 21.05.2009 21:39
An: Dudenhausen, Hanna
Betreff: Re: Basics

Liebe Hanna, was auch immer du mir zu verdanken meinst, hast du natürlich dir selbst zu verdanken. Kein Mensch verändert einen anderen, es sei denn, der andere nimmt ihn sich dazu… Du hast aus meinen Texten etwas sehr Reales gemacht, und ich bin stolz auf dich – stolz, dass ich diese sehr eigene und auch am langen Band haltbare Beziehung zu einem Menschen habe, der sich ständig neu erfindet und dabei auch für andere ständig Neues schafft. Du warst gut für mich, bist es für viele andere und wirst es auch für die beiden begabten Kinder sein.

Und ich bin stolz darauf, dass du meine Überlegungen dazu verwendest, deine Beziehungen zur Dingwelt zu lockern. Weil die Banken den Hals nicht vollkriegen, seit dem Lehman-Unvermögen weniger denn je, weil sie ihre Babybroker sogar mit Reis und Mais haben spekulieren lassen und die Nahrungsmittelpreise weltweit steigen und die Krise in den Entwicklungsländern eine *echte* Krise ist, hungern rund hundert Millionen Menschen mehr. Nur für diese manikürten Boygroups bezahlt bald eine Milliarde Menschen mit physischer Wirklichkeit… Die Party *hier* schluckt den Alltag *dort*. Unter dieser Voraussetzung scheint mir jeder Weingenuss frivol.

Allerdings kann ich Wein sowieso nicht mehr trinken. Ich habe festgestellt, dass auch Bier meine Bauchkrämpfe verstärkt – die sich in den letzten Monaten wieder deutlich bemerkbar machen. Vielleicht liegt es am Histamin, vielleicht ist es eine Allergie, vielleicht unsere globalisierte Occupy-Ohnmacht, aber die Ärzte finden einfach nichts, ich nehme nur weiter ab, obwohl ich längst schon ein Hemd bin, habe permanent erhöhte Temperatur, bin dauernd müde, habe

Gliederschmerzen. Und um jedem naheliegenden Verdacht vorzubeugen: Auch Diabetes und Rheuma sind ausgeschlossen, ich habe sogar die Tropenmedizin bemüht. Von daher bin ich auch deinem Rat gefolgt, aber leider ohne Erfolg. Oder doch nur mit dem einzigen Erfolg eines halbwegs guten Gewissens. Ich glaube ja nicht einmal, dass die Ärzte irgendetwas ausschließen können. Wie sollten sie das können. Sie finden nur nichts.

Was meinst du, wie lange wird es dauern? Ich meine: bis wir uns wieder einander öffnen? Ich bin beinahe jede Woche in deinem Zimmer, lasse es auch immer mit reinigen und stelle dann immer wieder fest, dass ich uns einfach nicht nach vorn denken kann. Ich versuche mich an endgültigen Deutungen, an Formeln wie der, dass wir vielleicht Lieblingsmenschen und Liebesmenschen, mehr aber noch Freiheitsmenschen waren. Aber das sind nur Griffe ins Unbegreifliche, letztlich kann kein Wort uns ruhigstellen. Also trauere ich um uns, um das, was möglich war, und hoffe – obwohl mein Gefühl mir etwas anderes sagt.

Herzlich Sebastian

Von: Hanna Dudenhausen <hudenhausen@dllf.de>
Gesendet: Sonntag, 24.05.2009 21:03
An: Heilering, Sebastian
Betreff: Beiseite

Es ist interessant, Sebastian, Lieber, was du von dem langen Band sagst. Denn das klingt, als hättest du inzwischen deine Meinung geändert, als würdest du jetzt wie die frühere, putendumme Hanna glauben, dass man für Freundschaften nichts tun muss. Als wären sie da oder nicht da, und man könnte hingehen oder zu Hause auf dem Sofa bleiben. Das stimmt nicht, auch ich habe gelernt. Wir werden uns verlieren, wenn wir zu lange warten. Aber unsere Zeit wird kommen, irgendwann werde ich einfach losfahren.

Manchmal scheint es mir, als würde ich mich *dazu* neu aufbauen. Als hätten wir uns tatsächlich unter falschen Voraussetzungen getroffen. Nicht in Rom, das war der richtige Augenblick, wir waren beide bereit und hätten, wenn wir nicht so ungeschickt und unverständig gewesen wären, fast schon das Richtige getan. Unmittelbar danach kam einfach zu schnell anderes dazwischen, auch das Missverständnis. Aber vor drei Jahren, da hatte ich leibhaftig das Gefühl, ich hätte alles im Griff, und das wollte ich auch nicht aufgeben. Ich habe mich unendlich gefreut, dass es zwischen uns wieder ... wieder floss ... aber im Grunde war ich auch froh, dass Sibylle und Joachim da waren und ich in meiner Lebensplanung keine Konzessionen machen musste, du hattest recht mit deiner Skepsis. Und diese Skepsis war auch noch berechtigt, als Sibylle gestorben war. – Ich hoffe, dass ich inzwischen offen darüber sprechen darf. Ich glaube, ich habe damals alle mit meinem Aktionismus platt gemacht, ich wäre, wenn du mich gelassen hättest, nach wenigen Wochen kurzerhand nach Italien gereist und hätte neben Praxis und Galerie und Salon und Familie ... auch *das mit dir* noch erledigt und abgehakt und ... geschafft. Ich hätte es *kontrolliert* – und weiß, dass ich mich dir in einem viel gründlicheren, viel weniger rationalen Sinn *anvertrauen* muss. Ich weiß es, weil es mich damals so erschreckt hat, zugeben zu sollen, dass es Dinge gibt, die sich nicht kontrollieren lassen, und dass man manchmal einfach glauben und vertrauen muss. Für mich war das eine Prüfung, und ich habe sie, widersprich mir nicht, *nicht* bestanden. Ich hätte mich dir so nicht in die Arme werfen können, und das ist dann, scheint mir, doch ein bisschen erbärmlich ... Ja, das ist es. Hart, aber wahr. Ich habe da auch als Ärztin versagt, du hast mich definitiv an meine Grenzen gebracht.

Und wenn ich dann noch Johannes dazunehme, der mich definitiv *auch* an meine Grenzen gebracht hat ... der meine Kontrolle entleert und als Illusion entlarvt hat ... der mir gezeigt hat, dass ich *erst als Kontrollfreak ganz Sklavin* bin ... und dass der Körper sich nicht entkörpern lässt, weil der Schmerz jede Inszenierung aufbricht ... wobei ich die Kontrolle und die Entkörperung da schon *nicht mehr nötig* hatte und in meinen Körper zurückkehren konnte, wie ich glücklicherweise gemerkt habe ... und wenn ich Joachim dazunehme, *von* dem ich sehr wenig, aber *an* dem ich sehr viel gelernt habe, nämlich dass nichts gefährlicher ist, als Gefühle zu vermeiden ... na ja, vielleicht habe ich das auch an Rebecca gelernt, die immer öfter zurückgeschreckt ist und auch mich *zurück-* und *an*gehalten hat ... Wenn ich das alles zusammennehme und dazu noch manches andere ... zum Beispiel, dass Männer auch in meinem Leben mehr sein müssen als beaufsichtigte Diener meiner Existenz, die etwas wiedergutzumachen haben ... und dass manche Dinge nicht gut sind, weil sie einen weiterbringen, sondern einfach nur deswegen, weil sie gut *schmecken* ... Dann weiß ich, dass immer noch ein weiter Weg vor mir liegt. Zu dem erst einmal gehört, dass ich aufhöre, mich wie ein Kind zu benehmen, und stattdessen für Kinder da bin, die mich als erwachsene Frau brauchen. Ich gebe Kontrolle auf und nehme Verantwortung an, das mach ich auch so in der Praxis.

Vielleicht rufst du mich irgendwann, oder du stehst plötzlich vor der Tür. Aber deine Krämpfe bleiben ein Mirakulum. Ich habe einen Freund, der ist zugleich Internist und Heilpraktiker, den würde ich dir gern vermitteln. Am besten schickst du mir eine kleine Skizze deiner Krankheitsgeschichte, die leite ich dann einfach weiter.

Deine Hanna

Von: Hanna Dudenhausen <hudenhausen@dllf.de>
Gesendet: Mittwoch, 03.06.2009 23:04
An: Heilering, Sebastian
Betreff: Wg: Beiseite

Mein Lieblingssebastian, hat dich diese Mail erreicht?

Deine Hanna

Von: Hanna Dudenhausen <hudenhausen@dllf.de>
Gesendet: Samstag, 06.06.2009 22:44
An: Heilering, Sebastian
Betreff: Wg: Wg: Beiseite

Sebastian??!

Von: Sebastian Heilering <sebastian@heilering.de>
Gesendet: Sonntag, 07.06.2009 16:12
An: Dudenhausen, Hanna
Betreff: Auszeit

Ja, entschuldige, meine Herzenshanna, mir geht es nicht gut. Die Krämpfe nehmen weiter zu, oft krümme ich mich nur noch, und ich wiege immer weniger. Das liegt zweifellos an der Entzündung, ich resorbiere nichts mehr, nehme auch Cortison, aber das hat alles seine Grenzen, ich kann das nicht in rauen Mengen nehmen und muss an die Ursachen heran. Also habe ich beschlossen, die Zelte hier abzubrechen und zu verschwinden. Ich habe Leon zu meiner Mutter gebracht, der Abschied war einfach nur zum Heulen. Ich habe meinem kleinen und tapferen Jungen gesagt, dass ich noch nicht weiß, wann ich wieder da bin, dass ich nun einmal krank bin und noch viel, viel mehr Weg hinter mich bringen muss, um wieder gesund zu werden. Und er hat mich getröstet, weil ich die Tränen nicht zurückhalten konnte, mit seinem kühlen Gesichtchen an meiner fiebernden Stirn, und hat mir gesagt, Papa, geh einfach immer weiter, bleib niemals stehen, immer weiter, *bis du wieder da bist*... Und so will ich es jetzt halten. Ich beginne da, wo alles begann, in Afrika, mehr Frühe und offener Raum sind nicht möglich. Und dann, unter einem traumhaften Sternenhimmel, wenn stimmt, was man so sagt, geborgen im jungfräulichen Kosmos, werde ich sehen, wohin ich mich wende und was *wirklich möglich* ist. Wir sind Bürgerkinder, wir alle und wir beide, meine Gefährtin, und was wir miteinander erlebt haben, waren Ereignisse, *winzige* Ereignisse innerhalb des Bürgertums. Kann sein, dass ich jetzt seine Grenzen überschreite, ich habe mich lange einspannen und anschließen lassen, auch ich und auch noch mit bottomupp, das immerhin viele kleine Bewegungen zu einer etwas größeren Bewegung versammelt hat, insofern bin ich zufrieden... Aber jetzt muss ich mich um mich kümmern, ich nehme mir endlich frei und gehe raus, spielen.

Ich liebe dich, ich verehre dich,

dein Sebastian

Von: Hanna Dudenhausen <hudenhausen@dllf.de>
Gesendet: Mittwoch, 10.06.2009 07:13
An: Heilering, Sebastian
Betreff: Re: Auszeit

Mein teurer Sebastian, was soll denn das heißen?! Wie lange willst du weg sein?! Und mit dem Ort, an dem alles begann, meinst du dann die Wiege der Menschheit, die Höhlen von Sterkfontein? Bist du auf anthropologischer Wallfahrt?... Gib mir ein Zeichen, nur ein Zeichen!

Deine ahnungsvolle Hanna

Von: Hanna Dudenhausen <hudenhausen@dllf.de>
Gesendet: Samstag, 13.06.2009 18:32
An: Heilering, Sebastian
Betreff: Wg: Re: Auszeit

Nur ein Zeichen!

DH

Von: Hanna Dudenhausen <hudenhausen@dllf.de>
Gesendet: Sonntag, 14.06.2009 19:24
An: Heilering, Sebastian
Betreff: Wg: Re: Auszeit

Ich habe es vorausgesehen... Aber du willst es mir nicht etwa heimzahlen, oder? Damals meine sang- und klanglose Flucht aus München? Ich hätte es *verdient,* ich weiß... Aber ich bin eine Frau! Ich *neige* zu spontanen Überreaktionen. Und ich war jung! Du dagegen... du bist erwachsen und planst. Was also, *um Himmels willen,* hast du vor?

Von: Hanna Dudenhausen <hudenhausen@dllf.de>
Gesendet: Sonntag, 21.06.2009 16:02
An: Heilering, Sebastian
Betreff: Wg: Wg: Re: Auszeit

Verrate mir nichts, tu nur eins: Antworte mir!... – Bitte!...

Von: Hanna Dudenhausen <hudenhausen@dllf.de>
Gesendet: Mittwoch, 24.06.2009 18:38
An: Heilering, Sebastian
Betreff: Wg: Wg: Wg: Re: Auszeit

Se-bas-ti-aan!!

Von: Hanna Dudenhausen <hudenhausen@dllf.de>
Gesendet: Samstag, 27.06.2009 14:23
An: Heilering, Sebastian
Betreff: Wg: Wg: Wg: Wg: Re: Auszeit

Ok. Gutgut, ich beruhige mich. Ich habe heute deine Mutter angerufen, sie weiß auch nichts, aber sie hat *gar* keine Angst, und ihre Sorglosigkeit hat mich angesteckt. Übrigens in meinen Ohren immer noch eine entzückende und spannende Frau. Über Sebastian, sagt sie, habe ich mir nie Gedanken gemacht, ich hatte immer das Gefühl, dass er das alles schon hinbekommt. Und er wollte schon als Kind keine Hilfe. Als ich ihm irgendwann in sein Bild hineingemalt habe, nur die Verzweigung eines Astes, weil bei ihm alle Äste gerade und wie ein Strauß direkt aus dem Stamm abgingen und ich es zu kompliziert fand, es ihm zu erklären – da hat er ein *Geschrei* gemacht!... Hanna, Sie können sich das nicht vorstellen. Und dann hat er das Papier zusammengeknüllt und weggeworfen, da war er immer kompromisslos. Also habe ich ihm nicht mehr geholfen. Er hasste es auch immer, entschuldigen Sie bitte, wenn man ihm in seine längst gefassten Pläne hineinredete. Das ging so weit, dass er, wenn er den Müll hinausbringen wollte und ich sagte, ach ja, das ist eine gute Idee, der hätte schon längst hinausgemusst – dass er den Müll wieder abstellte. Um mir und auch sich selbst gegenüber gar nicht erst den *Verdacht* aufkommen zu lassen, er könnte es am Ende meinetwegen oder auch nur um meinetwillen gemacht haben. Wenn, dann aus eigenem Antrieb. Nein, liebe Hanna – komisch, er hat nach der Schulzeit nie wieder von Ihnen erzählt… –, diese Reise muss er mit sich allein abmachen, er wird schon wieder auftauchen. Irgendwann taucht er immer wieder auf, das ist zumindest meine Erfahrung. Und jetzt muss ich auflegen, ich muss meinen Enkel vom Hort abholen, da darf ich nicht zu spät kommen. Auf Wiederhören, alles Gute, auf Wiederhören!… Und also rede ich dir jetzt auch nicht mehr hinein, sondern *vertraue dir*. Irgendwann tauchst du schon wieder auf. Und bis dahin *langweile* ich mich eben. Heute verbuche ich es beispielsweise schon als Ereignis, dass ich diese Moderatorin mit dem Riesenzinken in der Mönckeberg gesehen habe… Ich hoffe, du feierst morgen.

Deine Hanna

Von: Hanna Dudenhausen <hudenhausen@dllf.de>
Gesendet: Sonntag, 13.12.2009 17:52
An: Heilering, Sebastian
Betreff: Advent

Es ist albern, mein verschollener Lieblings- und Freiheitsmensch, albern und kitschig, aber du fehlst mir in diesen Tagen noch mehr als sonst. Ich sitze allein vor meinem Kranz, einem sehr schönen und schlichten Kranz, geschmückt nur mit Tannenzapfen, Zimtstangen und ein paar alten Märchenfiguren aus bemaltem Holz... allein, wenn auch natürlich sehr dekorativ auf meinem einzigen Sofa, die Tasse mit dem Rooibustee auf meinem einzigen, gut genutzten Tisch... Auch die Kinder, Rebeccas Stimmen, sind immer noch nicht da, ich kämpfe da einen einsamen und doppelt schwierigen Kampf. Ich könnte mir wieder einen Mann suchen, der mich nicht berührt, der mir die Oberfläche glaubt und mich darunter in Ruhe lässt, der mir aber beisteht und mich zum Jugendamt begleitet. Aber ich will nicht wieder einen Platzhalter und keinen Ersatzzustand, auch ich will die dichte Wirklichkeit, von der du mir so unerträglich reizvoll erzählt hast. Auch ich will, dass es endlich ist, wie es ist.

By the way... Vor ein paar Tagen war ich so verdammt enttäuscht, das hängt mir immer noch hinterher. Ich hatte auf bottomupp einen aktuellen Artikel von dir gelesen, den gegen Ökosprit aus frisch angebautem Mais, und ich war darüber so glücklich, dass ich sofort Andreas gemailt, was sage ich, ihn mit einer Mail *umarmt* habe – und er hat mir dann gestanden, dass er nur einen alten und noch nicht verwendeten Text «publiziert» oder auch «scharf gestellt» habe. Der habe jetzt perfekt gepasst, du seist ja schon immer seherisch veranlagt gewesen... Ich war schlagartig zermürbt, was Andreas gemerkt haben muss. Jedenfalls versicherte er mir, er werde mich sofort kontaktieren, wenn etwas von dir komme. Es laufen ja offenbar alle deine Mails in seinen Client, und er würde es auch sehen, wenn du irgendwelchen anderen Menschen schreiben würdest. Und das hast du offenbar noch nicht getan. Da war ich einen kleinen Augenblick lang immerhin froh, dass ich nicht der einzige Mensch bin, der keinen Mucks von dir hört... Aber Andreas sagte mir auch, dass du vor deiner Abreise höchstens noch 60 Kilo gewogen hast. Stimmt das?? Das hat mich wieder sehr geängstigt. Wie willst du dich mit diesem Gewicht und im Falle des Falles überhaupt deiner Haut erwehren? Was, wenn ein Rhinozeros schwer auf dich zugaloppiert oder ein

Affe dir dein Handy wegnimmt? Wie willst du Hitze und Schlaf- und Biermangel und überhaupt die Strapazen einer solchen Reise körperlich durchstehen? Sieh wenigstens zu, dass du genügend isst! Vielleicht bekommt dir ja das Essen in Südafrika oder sonst wo tatsächlich besser, vielleicht ernährst du dich ja von Insekten, die sollen sehr nahrhaft sein, sieh zu, dass du gesund wirst! – Ob du dir von Sibylle helfen lässt? ...

Ich sitze hier und schaue in die magischen Flammen, ab und zu über sie hinweg in den Nachthimmel, dann wieder in mein Laptop auf dem Schoß, manchmal direkt über mir in die hohe Ferne. Ich bin allein und möchte es nicht sein und möchte nicht *irgendjemanden* hierhaben, ich möchte dich. Verdammt, wenigstens zu Weihnachten.

Alles Gute in die weite Ferne,

deine innerlich immer noch fröstelnde Hanna

Von: Hanna Dudenhausen <hudenhausen@dllf.de>
Gesendet: Sonntag, 03.01.2010 16:34
An: Heilering, Sebastian
Betreff: Alles neu

Wo auch immer du steckst, du mein Kummersebastian, alles Gute zum neuen Jahr! Ich weiß nicht, ob sich auch da, wo du bist, die Grenzen öffnen, ich weiß nur, dass ich dir hier zugeprostet und nichts bemerkt habe, du bist also auch nicht auf der anderen Seite. Werde wieder stark und schön, und komm zu mir zurück! Ich hätte dir damals verzeihen müssen, hätte dich nicht einfach verlassen dürfen, hätte mich mehr auf dich einlassen müssen, hätte dir diese blöde, diese kalte analytische Mail nicht schicken dürfen, hätte dich niemals gehen lassen dürfen, hätte nicht so stolz sein dürfen, ich hätte dir vor deiner Abschiedsmail ausreichend Anlass geben müssen, die Lösung bei mir zu suchen und nirgendwo sonst. Bei mir. Bei mir. Alles wird immer spekulativer. Das, was war, ist, wird, man kommt aus dem Deuten nicht raus. Man gräbt alles um und um, das Unterste landet zuoberst, was eben noch betretbarer Boden war, versinkt... Ich habe dich geliebt, ich blieb dir treu, ich habe dich auf Distanz gehalten, ich war dir nahe, ich habe dir die Freundschaft gekündigt, dich benutzt, dir ein Sicherheitsnetz geboten, dir die Freiheit geschenkt, dir den Tod gebracht, dich dem Tod entrissen, es ist alles richtig und falsch, ich habe keine Möglichkeit mehr, die Wahrheit herauszufinden, wozu haben wir denn diese schriftliche Liebe miteinander gelebt, wozu, wenn nicht für die Wahrheit und am Ende, um die Wahrheit *entbehrlich* zu machen... Woran halte ich mich jetzt, ich habe nur meinen eigenen Körper, der spricht nicht die Wahrheit, der sagt überhaupt nichts, aber vor seiner Wärme und Schwere verrinnt alles Gerede ins Überflüssige, verrinnt und tropft in ein trübes *Meer* des Überflüssigen, er allein, mein Körper, bleibt in seinen Grenzen und pocht und schlägt dir entgegen, pocht und schlägt nach Südosten, nach Athen, und ich vertraue ihm. Spätestens in Athen, fühle ich, werden wir uns wiedersehen. Unsere Verabredung gilt. Wir haben uns einmal getroffen, unglaublicherweise, du warst einfach da, im Zehnjahresumlauf, und wir treffen uns auch ein zweites Mal, zum nächsten Umlauf, ich weiß es und bin da.

Deine, deine Hanna

Von: Hanna Dudenhausen <hudenhausen@dllf.de>
Gesendet: Dienstag, 11.05.2010 23:21
An: Heilering, Sebastian
Betreff: Noch einmal alles neu

Dies ist noch ein weiterer Geburtstag, mein Erinnerungsmensch, an dem ich mir die Glückwünsche abholen muss. Aber ich halte es kurz. Es geht mir gut, ich arbeite, ich spreche und höre, ich tröste, bin streng, rate und gebe Zuversicht, ich schlafe, lache, weine, esse mit Appetit – ich *lebe*, weil ich mich freue, freue auf unser Wiedersehen. Nicht mehr lang! Dann halten wir uns endlich wieder in den Armen! Nicht mehr lang! Ich verzeihe dir dein Schweigen, heute, weil ich weiß, dass wir uns viel zu sagen haben. Bald.

Von: Hanna Dudenhausen <hudenhausen@dllf.de>
Gesendet: Donnerstag, 10.06.2010 22:35
An: Heilering, Sebastian
Betreff: Es ist so weit

Ich packe, mein gar nicht mehr ferner Reisesebastian, nur einen einzigen kleinen Koffer, aber morgen am späten Nachmittag sitze ich im Flieger, auf direktem Weg zu dir. Du hast mich gefragt, ob ich es mir vorstellen kann, du könntest das nicht, aber ich, ich kann das inzwischen sehr gut. Ich *sehe* mich – morgen Abend im Hotel, in einem kleinen und schönen Haus, in dem ich zur Sicherheit zwei Zimmer gebucht habe, abgehend von einem gemeinsamen Parkettflur, ich sitze auf der Terrasse im vierten Stock, hell auf einem dunklen Korbsessel, und blicke auf die festlich erleuchtete Akropolis, auf der wir uns am Sonntag treffen werden. Ich trinke harzigen griechischen Wein, flirte mit dem hübschen, aufmerksamen und glatzköpfigen Kellner, der Deutsch spricht, stelle meinen Fuß probeweise im eleganten Bogen auf dem Korbhocker ab, rauche und habe alle Zeit der

Welt. Am Samstag schaue ich mir schon einmal die Goldmaske des Agamemnon an, das können wir zusammen gern noch einmal machen, ich will mich nur einschwingen, die Freiheit des Ursprungs vorkosten, die hier bewahrt ist, in der alles noch möglich war und noch möglich ist. Am Nachmittag gehe ich wellnessen, ich liebe es inzwischen, körperlich alle Verantwortung abzugeben und mich verwöhnen zu lassen. Am Abend esse ich auf der Dachterrasse des Strofi, auch hier mit Blick auf die Akropolis, es ist das herrlichste Restaurant im ganzen Abendland. Ich lasse mich bedienen, genieße die griechische Gesellschaft und koste auch diesen Moment nur vor, bereite dir denkend und wärmend den Boden. Und am Sonntag, ich *sehe* es, frühstücke ich im Hotel, Weißbrot und Tomaten und Oliven und Joghurt und Marmelade, ziehe mir etwas Hübsches an, das ich mir gestern gekauft habe, es wird dir gefallen, samt Hut, und gehe dann los, ersteige das Heiligtum, bis ich frei und luftig auf der Höhe stehe, direkt vor den Säulen, und warte dort im lauen Wind auf dich. Ab Viertel vor zwölf. Ich *sehe* und *fühle* es. Sehe und fühle *uns*. Endlich, endlich sind wir wieder ganz beieinander und beginnen noch einmal, von vorn, ganz von vorn.

Wie ich mich freue, du mein Gefährte, bis Sonntag, ich fliege!

Ich liebe dich, ich brauche dich,

deine Hanna

Danksagung

Ich bin glücklicherweise nicht allein. In dem, was ich erlebe, kommt vieles von vielen zusammen. Darum bin ich froh, danken zu können:

Susanne – für deine Liebe, Nähe, Ermutigung und kritische Begleitung.

Tristan – für deine Offenheit und deinen Humor.

Erika – für die Weitergabe deines Urvertrauens und anhaltende Beratung.

Henrich – für die engagierte Eröffnung eines geistigen Raumes.

Hermann, Karolus, Klaus Rainer und Ulf – für eure Aufmerksamkeit, euer Verständnis, eure Unterstützung.

Anne, Annette, Antonia, Claudia, Clemens, Dirk, Eva, Friedrich, Gabriele, Gertrud, Gitta, Heike, Julia, Kerstin, Kirsten, Klaus, Lina, Lisa, Manfred, Marek, Maren, Michael, Nasser, Nikolaus, Oliver, Ophelia, Sabine, Stephan, Thomas H., Thomas K., Tonio, Wolfgang M., Wolfgang S. – für Austausch, Anregung und Freundschaft.

Wolfgang Beck, Martin Hielscher und dem Verlag C.H. Beck – für die herzliche und sachkundige Betreuung.

Und dem Bootshaus Stella am Lietzensee, Café Colon, Leonhardt, Ombretta und Café Reet für immer herzliche Aufnahme und Bewirtung.

Hannas Beobachtungen zu den Wirkungen der Gesundheitsreform folgen dem Artikel *Das Ende der Schweigepflicht* von Heike Faller im ZEITmagazin vom 16. Mai 2012. Die McGill University von Montreal hat ihre Forschungen zur Epigenetik natürlich ohne die Mithilfe von Corinna Heilering durchgeführt.

Sebastians italienische Ballade verdankt sich – bei freiem Umgang – einem Bericht samt Reflexionen von Mircea Eliade in *Kosmos und Geschichte. Der Mythos der ewigen Wiederkehr.* Weitere Inspirationsquellen waren u. a. Mircea Eliades *Das Heilige und das Profane. Vom Wesen des Religiösen* sowie Sigmund Freuds *Totem und Tabu*.